Henry Roth
Die Entfesselung

Henry Roth

Die Entfesselung

Roman

Aus dem Amerikanischen
von Heide Sommer

ULLSTEIN
BERLIN

Die Handlung des hier vorliegenden Bandes ist frei erfunden. Obgleich einige Charaktere durch Menschen inspiriert wurden, die der Autor kannte, darf die Erzählung nicht als Beschreibung tatsächlich geschehener Ereignisse gewertet werden. Dieser Roman ist mit Sicherheit keine Autobiographie und sollte auch nicht als solche gelesen werden.

Titel der Originalausgabe:
Mercy of a Rude Stream. From Bondage
© Henry Roth Estate
Erschienen bei St. Martin's Press, New York

Der Ullstein Berlin Verlag ist ein Unternehmen der
Econ Ullstein List Verlag GmbH & Co. KG

Umschlaggestaltung:
Büro Jorge Schmidt, München – Constanza Puglisi
Umschlagbild: St. Martin's Press, New York

Lektorat: Ulf Geyersbach
Glossar: Elisabeth Seligmann

Mitwirkung bei der literarischen Recherche: Sonja Valentin

Gesetzt aus der Aldus Roman und der Optima
Satz: Mitterweger & Partner, Plankstadt
Druck und Verarbeitung: Clausen & Bosse, Leck
Printed in Germany 2000
ISBN 3-89834-013-9

Zur Erinnerung an Lea, meine Mutter

INHALT

I pass, like night, from land to land;
I have strange power of speech;
The minute that his face I see
I know the man that must hear me,
To him my tale I teach.

Ich geh, wie die Nacht, von Land zu Land;
Ich hab eine seltsame Macht über Sprache;
Und im Moment, da sein Gesicht ich seh,
Erkenn ich den Mann, er muß mich verstehn:
Ihm will ich meine Geschichte vertraun.

S. T. COLERIDGE
Die Weise vom alten Seefahrer

PROLOG

Er war ein Witwer, einer von denen, deren Trauer um den
Verlust ihrer Ehefrau nie verging. Selbst fünf Jahre, nachdem
Ira Stigman seine Frau verloren hatte, überfiel ihn immer
noch unerträglicher Kummer, wurde er immer noch von seltsam trockenem Schluchzen geschüttelt... Er war jetzt neun-
undachtzig Jahre alt, stand kurz vor der Vollendung seines
neunzigsten Lebensjahres. Vieles von dem, was ihn einst
sehr beschäftigt hatte, seine politische Parteinahme, nationale
und internationale Konflikte, Israel, ja selbst die literarische
Welt, das Feld seiner eigenen Berufung – all das interessierte
ihn nur noch am Rande, aus der Ferne, wie man es von einem
Mann, der sich den Neunzigern näherte, wohl erwarten
mochte. Was blieb ihm denn noch – bestenfalls? Noch ein,
zwei Jahre vielleicht? Ein oder zwei Jahre Hinfälligkeit. Ein
oder zwei Jahre Abhängigkeit von anderen in fast allen Dingen
des täglichen Lebens, sogar bei der Fortbewegung. Ein oder
zwei Jahre, in denen er womöglich noch die Demütigung
der Inkontinenz würde erdulden müssen – kurz, ein oder
zwei Lebensjahre vielleicht, die er nicht wollte, auf die er
ganz bereit war zu verzichten. Und gern verzichten würde,
sofern er geeignete Mittel und Wege finden konnte.

Das einzige, was ihn noch interessierte, das ihm noch etwas
bedeutete, das ihm half, die quälende Zeit zu vertreiben, war
sein Computer. Er half ihm nicht nur über die Zeit bis zum
erwarteten Ende hinweg, sondern ermöglichte es ihm, das nötige Geld zu verdienen, um sich mit Grundnahrungsmitteln,
mit menschlichem Beistand und dem bißchen Komfort zu versorgen, der ihm die letzte, beschwerliche Etappe seiner Reise
erleichtern konnte. Die moderne Technik, jener zweifelhafte
Geist aus der Flasche, mochte sich am Ende als großer Fluch
oder als großer Segen für die Menschheit herausstellen, aber
vorerst half sie ihm, diese ansonsten so wertlose, schmerzge-
plagte, gemeinhin Lebensabend genannte Zeit in etwas Wertvolles zu verwandeln. Der Computer war für ihn die zeit-
genössische Entsprechung des Steins der Weisen, früher
der Traum aller Alchimisten, um das Gemeine in Edles umzu-

11

schmelzen. In seinem Fall verwandelte der Computer marternde Schmerzen in Wohlbefinden oder wenigstens eine Art Schmerzstillstand, in eine Atempause von seinen Leiden. Er schuldete der modernen Technik Dank. Mit solchen Gedanken im Kopf saß er dann da und blickte entnervt auf den kleinen Urinfleck auf dem Boden, wo er das Urinal nicht getroffen hatte. Wie immer war er vermutlich so naß wie diese kleine Pfütze, verwirrt und unkontrolliert wie so oft. Wenn er jedoch der Wahrheit auf der Spur wäre, dann hätte er sich etwas unendlich Gutes getan, fast den Stand der Glückseligkeit erreicht. Er hatte sich schon mit sich selbst versöhnt. Nun hatte er sich von der Notwendigkeit einer solchen Versöhnung mit sich selbst befreit. Über so lange Zeit so viel wegen nichts gelitten zu haben – und nun befreit! Im Jahre 1995 endlich befreit aus den Fesseln, die er sich selbst vor über siebzig Jahren angelegt hatte, befreit aus den Fesseln, mit deren Beschreibung er begonnen hatte und die fortzuführen er sich nun bemühen wollte.

ERSTER TEIL

I

Sonnengebräunt vom stundenlangen Wandern auf dem Highway und ungepflegt wie Vagabunden waren Ira Stigman und Larry Gordon wahrhaftig keine Zierde für das Spring Valley Retreat. Aber so schmutzig und abgerissen sie auch aussahen, nie hätte Ira gedacht, daß Tante Sara sie derart kalt und kurz angebunden empfangen würde, wie es dann geschah. Tante Sara, eine Frau mit dunklem Haar und dunklem Teint, hatte sich im Bewußtsein ihrer Überlegenheit als gebürtige Amerikanerin schon immer sehr herablassend gegen Iras Familie verhalten. Sie war sichtlich bestürzt, als sie die beiden jungen Wanderer sah, und konnte sich bei der Begrüßung von Ira und seinem besten Freund kaum ein Minimum an Höflichkeit, geschweige denn Herzlichkeit abringen. Noch viel enttäuschender wirkte Onkel Louis in seiner geistesabwesenden, distanzierten, unpersönlichen Art. Der Onkel, den Ira seit langem abgöttisch liebte, schien ein völlig anderer Mensch geworden zu sein. Verschwunden war das breite Goldzahnlächeln, von dem Ira seinem Freund während des ganzen Weges vorgeschwärmt hatte und das sonst immer auf Onkel Louis' Gesicht erschienen war, sobald er den Freudenschrei seines Neffen vernahm, den dieser ausstieß, kaum daß er des Onkels Postuniform erblickte. Wo war der hagere, großmütige Onkel geblieben, der sich früher nie verabschiedet hatte, ohne seinem ihn anbetenden Neffen eine Handvoll Kleingeld zuzustecken?

Ira hatte Larry alles über Onkel Louis erzählt, während sie unterwegs waren und gelegentlich ein Stück per Anhalter zurücklegten: daß dieser Soldat gewesen sei und wunderbare Geschichten über den Wilden Westen zu erzählen wußte, über Indianer, Büffel und gefährliche Gegenden, Geschichten über die Rocky Mountains und die Stromschnellen des Yellowstone, Geschichten, denen der junge Ira früher, auf dem Fensterbrett bei der Feuerleiter sitzend, völlig hingerissen gelauscht hatte. Onkel Louis, längst ein echter Amerikaner, stets bereit, den sozialistischen *Call* auf dem Küchentisch auszubreiten, hatte ihm die zukünftige Welt der sozialistischen

Gleichheit, die Brüderlichkeit zwischen Juden und Nichtjuden ausgemalt. Mit seiner Begeisterung hatte er Pops unentschlossenes Zaudern beiseite gewischt und aus Bedenken Hoffnung gewebt: Unter dem Sozialismus würde der *mujik* nie mehr ein *mujik* sein; mit der Exekution des Zaren Nikolaus, genannt *Kolki,* die Gewehrkugel, wären die Pogrome ein für allemal beendet; das Epitheton *Jid* – Jude – würde im neuen Rußland endlich geächtet, ebenso jegliche Manifestation von Rassenhaß. Auf wundersame Weise sei im Jahre 1917 eine neue Welt erstanden, und diese würde eine neue Menschheitsordnung hervorbringen. Onkel Louis hatte in Ira sogar den Wunsch geweckt, selbst Sozialist zu sein.

Vier Jahre später war dieser Glanz verblichen. Seine schlechte Gesundheit – es war die Lunge, hatte Mom angedeutet und vielsagend das Gesicht verzogen – hatte Onkel Louis gezwungen, den Postdienst aufzugeben und sich bei halben Bezügen in den ärztlich verordneten vorzeitigen Ruhestand versetzen zu lassen. Sobald sein Gesuch genehmigt war, zogen er und seine Frau Sara mit ihren drei Kindern von Stelton in New Jersey, damals die sozialistische Kolonie, nach Spring Valley im Staate New York und dort in ein großes Farmhaus. In erster Linie, um Onkel Louis' vermindertes Einkommen aufzubessern, aber auch, weil Sara selbst Lust dazu hatte, nahmen sie während des Sommers einige wenige Pensionsgäste auf. Offenbar übertraf das Unterfangen sämtliche Erwartungen, denn im darauffolgenden Jahr waren sie schon die ganze Saison über ausgebucht. Dank der gut funktionierenden Umsorgung ihrer jüdischen Klientel und der räumlichen Nähe des Hotels zur Metropole, und nicht zuletzt wegen ihrer vernünftigen Preise war das Haus im Jahre 1925 schon recht bekannt. Mit Hilfe eines Partners, der die Finanzierung stellte, hatten sie inzwischen ein vollkommen neues Sommerhotel gebaut. Es war eine Nobelherberge, wie Pop, der dort gewesen war und Einzelheiten mitbrachte, zu berichten wußte: eine große Hotelanlage, alle Zimmer mit Bad, für die Gäste ein Swimmingpool, ein Tennisplatz und ein prachtvoller Speisesaal.

Bei allem, was er über die Geräumigkeit des neuen Hotels gehört hatte, war Ira sicher, Onkel Louis würde genügend

Platz haben, um seinen liebenden Neffen (der eigentlich ein Cousin ersten Grades war, aber jung genug, um als sein Neffe durchzugehen) und dessen Freund für eine Nacht unterzubringen. Obwohl alle beide ihren Eltern hinterlassen hatten, wohin sie unterwegs waren, führte Larry mit seiner Mutter noch ein Ferngespräch, um ihr zu sagen, daß es ihnen gutginge. Falls es ihnen an ihrem derzeitigen Aufenthaltsort gut gefiele, würden sie vielleicht erst einen Tag später als geplant nach Hause zurückkommen, und man solle sich bitte nicht sorgen. Waren doch ihre Erwartungen durch Reklametafeln mit einladenden Hinweisen auf die Vorzüge der exzellenten Erholungsanlage zu beiden Seiten des Highways gesteigert worden.

Im späteren Leben würde sie ihn noch oft überkommen, die düstere Verwirrung angesichts der Veränderung im anderen, als hätte er – oder sie – ureigene Verhaltensweisen abgestreift wie tote Haut, wie eine Verkleidung. Die Unterhaltung mit Onkel Louis verlief rein mechanisch. Die beiden jungen Leute waren ganz offensichtlich im Wege. Sie bekamen auf dem wachstuchbedeckten Tisch in der ehemaligen Farmhausküche von einer Hausangestellten ein frühes Abendbrot serviert – Rührei mit Brot und Butter, Marmelade und Kaffee. Dann marschierte Onkel Louis' älterer Sohn Gene vor ihnen her und zeigte ihnen in einiger Entfernung vom Hotel ein abgenutztes Armeezelt, ausgestattet mit einigen Feldbetten und Wolldecken. Hier sollten sie für die Nacht unterkommen. Gene hängte die Petroleumlampe an eine der Zeltstangen, wünschte ihnen etwas verlegen eine gute Nacht und überließ sie ihrem Schicksal.

Nach so viel Vorfreude ein demütigender Empfang, der nicht im entferntesten an das heranreichte, worauf Ira seinen Freund eingestimmt hatte. Niedergeschlagen versuchte er zu erklären, wie sehr der Onkel sich verändert hätte, betonte, wie rätselhaft ihm das alles sei und daß er keine Erklärung dafür fand. War die Veränderung darauf zurückzuführen, daß Mom Onkel Louis' leidenschaftlichen Antrag einst abgelehnt hatte? Aber wieso denn nur? Das war doch schon Jahre her. Ira bat seinen Freund für die Täuschung um Vergebung und wiederholte, daß er sich die Veränderung in seinem Onkel nicht erklären konnte.

»Meine Güte, der ist ja meilenweit entfernt von dem Mann, den ich als Kind gekannt hab. Da war er noch der Briefträger in der blauen Uniform und so nett zu mir, so freigebig mit seinem Kleingeld. Ich weiß gar nicht, was da passiert ist. Jedenfalls tut es mir leid für dich.«

»Hör auf, dich zu entschuldigen. Immerhin hat uns seine Frau ein Abendbrot spendiert, und wir haben einen Platz zum Schlafen.« Larry nahm das alles nicht so schwer. »Vielleicht haben sie ja im Hotel kein Bett mehr frei. Und überhaupt – guck bloß mal, wie wir aussehen. Wie würde das auf seine Gäste wirken, zwei richtige Tramps. Und was würden wir den Handtüchern und der Bettwäsche antun.«

»Ja schon, aber wie er sich benimmt! Jesus, ich wünschte, wir wären nicht gekommen. Dann würde ich ihn so in Erinnerung behalten, wie er mal war. Der Amerikaner. Mein Idol.«

»Nun, er hat viel zu tun. Man konnte sehen, daß er müde war.«

»Dann bist du also nicht böse?«

»Böse? Das hier ist eine Wohltat für mich. Du hast ja keine Ahnung, wie schlimm es seit Dads Tod bei uns zu Hause ist. Dies ist ein richtiges Abenteuer.«

Ira konnte kaum glauben, daß es schon drei Wochen her war, seit Larry im Licht des Küchenfensters gestanden hatte, jenes Küchenfensters neben dem gußeisernen Spülbecken in der Stigmanschen Küche, sein hübsches Gesicht und die Wäschepfähle und Leinen im Hinterhof wie gerahmt vor der rückwärtigen Wand von Jakes düsterem Gebäudekomplex. Dort hatte er gestanden, der erfolgreiche Larry, sein hochgeschätzter Freund!

Zum ersten Mal überhaupt hatte dieser die bescheidene Wohnung in der 119. Straße besucht, Glanz in die einfache Küche gebracht. Vor lauter Wiedersehensfreude hätte Ira ihn am liebsten umarmt, jubelte statt dessen laut auf und schüttelte ihm die Hand. Was wollte er hier? Warum war er schon wieder in New York? In seinem letzten Brief hatte er doch noch geschrieben, daß er bis Semesterbeginn, also bis Labor Day, in den Bergen jobben wollte.

Bei Iras freudig vorgebrachten Fragen hatte Larry geräuschvoll angefangen zu schniefen, kräftig die Nase hochgezogen, wie immer, wenn er tief bewegt war, hatte geplinkert und Mühe gehabt, die Augen offenzuhalten. Sein Vater hatte zu Hause einen Herzinfarkt erlitten und war gestorben, ehe Hilfe eintraf. Als die Ambulanz da war, hauchte er sein Leben aus. Der junge Internist, der mit dem Wagen eingetroffen war, erklärte ihn für tot.

Es gab nichts, was Ira angesichts dieser abrupten Wandlung seiner Freude in Trauer sagen konnte, außer daß er sich ernsthaft bemühte, sein Beileid auszudrücken. »Ach Larry, das tut mir leid.«

Und Mom, an Kummer gewöhnt, erfaßte trotz ihres stümperhaften Englisch sofort, worum es ging. Weniger das, *was* Larry sagte, als vielmehr die Art, *wie* er es sagte, seine Stimme und sein trauriger Gesichtsausdruck erzählten ihr genug über seinen Verlust. Sie strich ihm über den Arm. »*mejn orem kind*. Komm setz dich. Setz dich bitte«, sagte sie, und als er sich mit wundem Augenausdruck und verkniffenen Lippen gesetzt hatte: »Alles muß irgendwann schlafen, *mejn kind*, ob reich, ob arm. So ist es *schojn* mit alle von uns, wier *menschen*. Du sollst mir schon meine Englisch nachsehen.«

»Ist schon gut, Mrs. Stigman. Ich verstehe Sie. Danke.«

»Komm, setz dich näher an den Tisch«, forderte Mom ihn auf und machte dabei eine schwerfällige, einladende Bewegung mit dem Arm und deutete auf den wachstuchbedeckten runden Tisch. »Eine Tasse Kaffee? Ein *kichel*? Ich habe frische *kichel*.«

»Das ist eine Art Kuchen«, übersetzte Ira für Larry. »Trocken. Gut zum Tunken«, zerstreute er seine eigene Verlegenheit.

»Nein danke, Mrs. Stigman.« Larry lächelte zu Mom hinauf. »Ehe ich aufgebrochen bin, habe ich noch alles mögliche gegessen.«

»Nicht ein kleines Stückchen, nein? Und keinen Kaffee? So etwas sollte das Herz doch ein wenig fröhlicher machen. Nein?« Sie hatte Verständnis für Larrys stumme, höfliche Ablehnung und schüttelte mitfühlend den Kopf. »*Asoj schejn und asoj trorig*«, sagte sie.

»Sprich Englisch, Mom«, tadelte Ira und wandte sich vermittelnd an Larry: »Sie sagt, du siehst so traurig aus.« Und wieder zu Mom: »*Nu, wus denn?*«

»Es macht mir nichts aus, wenn deine Mutter Jiddisch spricht«, versicherte Larry glaubhaft. »Du scheinst das aber zu denken. Es stört mich wirklich nicht, und ich kann dir nicht einmal sagen, warum.«

»Es ist atavistisch«, witzelte Ira gequält.

»Nein, es hat so etwas Warmes. Ehrlich. Bitte laß sie doch. Es braucht dir nicht peinlich zu sein, Ira. Einiges kann ich sogar verstehen, glaube ich. Deine Mutter kann sich sehr gut ausdrücken, weißt du – sie kann wirklich gut trösten, und ich sage das nicht nur so.«

»Ach ja? Das freut mich.« Ira war immer noch nicht einverstanden. »Ich mag es aber nicht, das ist das Problem. Mir wird dann so – ach, ich weiß nicht. Ich habe Angst, sie wird sentimental.«

»Sentle-mentel.« So oft hatte Mom gehört, wie Ira sie dessen beschuldigte, daß sie jetzt das Wort erkannte. »Dann bin ich eben sentle-mentel. Gibt es einen besseren Weg, den Schmerz einer Waise zu lindern?« Sie schenkte seinem Verbot, jiddisch zu sprechen, keine Beachtung. »Und wie *du* wohl *deinen* Vater betrauert hättest. Wie laut *du* wohl lamentiert hättest.«

»Genauso laut wie du«, konterte Ira in gleicher Weise.

Mit deutlicher Verwunderung schaute Larry zwischen beiden hin und her.

»Typisch Mutter und Sohn«, befleißigte sich Ira einer Erklärung und fügte gereizt hinzu: »Ich bin froh, daß es dich nicht stört.«

»Es stört mich nicht im geringsten. Ich bedaure nur, daß ich nicht mitreden kann.«

»Oh. Wir sind von der Art, wie du und deine Familie miteinander auskommen, ungefähr so weit entfernt, wie – ach, ich weiß nicht – das sieht man doch.«

»Meinst du wirklich? Es gibt aber im Moment gar keine so große Harmonie zwischen meiner Familie und mir. Und du weißt ja auch, warum. Und übrigens denk nur nicht, daß wir uns immer gut verstanden hätten. Ganz sicher nicht.«

»Ich fühl mich schon ganz elend. Du kommst hierher und erzählst mir, daß du deinen Vater verloren hast, und wir landen bei ganz etwas anderem. Was hältst du von einem Spaziergang?«

»Ach nein. Das hier tut mir schon sehr gut. Dräng mich nicht, Ira. Bitte nicht.«

»Ganz wie du willst.«

»Und er ist zu Haus gestorben, dein Vater?« fuhr Mom unbeirrt mit Fragen fort.

»Ja, er war gerade noch beim Mittagessen. Er sagte, er fühlte sich nicht wohl und wollte sich ein bißchen hinlegen.«

»Aha. Dann ist er also in seinem Bett gestorben?«

»Ja. Meine Mutter hatte keine Ahnung, daß er einen Herzinfarkt hatte.«

»*Sie hat nichts gewisst?*« Mom wandte sich an Ira.

»Nein, *sie hat nichts gewisst*«, bekräftigte Ira genervt.

»Wann hat sie's denn gemerkt?«

»Als Papa gar nicht wiederkam, ist meine Mutter ins Schlafzimmer gegangen. Sie dachte, er ruhe sich nur aus. Aber als sie ihn dann ansprach und er nicht antwortete –« Larry verließ sich ganz auf seine Gestik. »Sie können sich das vorstellen?«

»*Ich verstej, ich verstej.* Meine Sohn, der glaubt mir nicht, daß *ich verstej. Auf ejbik* liegt er nun da.«

»Ewig?« schnappte Larry das Wort auf. »Das stimmt. *Auf ewig.* Und Sie sagen *ejbik*?«

»*Take. Asa giter kop. Asa giter charakter*«, lobte sie Larry vor ihrem Sohn. »Du hast a guut Karakter«, wiederholte sie, damit Larry es auch verstand.

»Danke, Mrs. Stigman.«

»*Nu*, und a guuts Leben hat er gehabt, ja?« Sie verschränkte ihre Wurstfinger.

21

»Ich glaube schon. Er war ein vielbeschäftigter Mann, hat fleißig gearbeitet in seinem Textilgeschäft in Yorkville, im deutschen Viertel auf der Upper East Side, wie Ira Ihnen vielleicht schon erzählt hat. Ziemlich weit unten in der Stadt, zwischen der achtzigsten und der neunzigsten Straße. Wir haben da auch mal gewohnt. Er liebte sein Geschäft, das Kaufen und Verkaufen, das Feilschen.«

»Aha. Busineß.«

»Ja, Busineß.«

»*Nu, a jid* mit eigenem Geschäft«, wandte sie sich an Ira, der recht grimmig dreinschaute. »Typisch mein Sohn«, klärte sie Larry auf. »Und ein ruhiger Mensch war er auch? Viel im Haus, bei Weib und Kinderen?«

»O ja, meistens ruhig. Am glücklichsten war er bei der Familie. Er liebte es, bei der Familie zu sein. Wenn alle Kinder und besonders die Enkelkinder um ihn versammelt waren, dann war er glücklich. Er hat ihnen zu gern Geschenke gemacht.«

»Okay«, warf Ira ein. »Was meinst du Larry, gehn wir?«

»*Lojft schojn*«, sagte Mom leicht pikiert. »Ich sag dir – Lerry – so heißt du doch? Wie er zu Tode kam – ein Segen für ihn. *Uf mir gesugt.* Und wie alt mag er geworden sein?«

»Einundsiebzig.«

»Genug jetzt!« Ira erhob die Stimme.

»*Losst nicht ausreden a wort.*«

»Du hast schon mehr als ein *wort* gesagt. Mom kann den ganzen Tag quasseln und es ein *wort* nennen.«

»Das stört mich nicht, Ira. Ich finde sie einfach wunderbar. Ich glaube, ich verstehe praktisch alles, was sie sagt. Sie ist so nett. Das geht mir durch und durch.«

Er schaute sie an, unverwandt, bewunderte sie unverhohlen. »Ich habe Ira früher schon gesagt, was für eine wunderbare Mutter er hat.«

»Und er gleubet dir? *Herst wus er sugt? Gleibst?*« wollte sie von Ira wissen.

»Jaja, ich *gleibs*«, sagte Ira spöttisch und erhob sich. »Was ist denn nun Larry, komm, wir gehn.«

»Wie du meinst – aber, weißt du, es macht mir schon großen Spaß, mit deiner Mutter zu reden.«

»Ich weiß.«

»Was hältst du davon, wenn ich mal wieder vorbeikomme?«

»*Sehr gut.*«

»Nein Ira, ich meine es ganz ernst.«

»Okay, meinetwegen können wir tauschen.«

Larry stand auf. »Mrs. Stigman, ich habe mich gefreut, Sie kennenzulernen, auch wenn es unter diesen Umständen war. Es war mir ein echtes Vergnügen, mit Ihnen zu reden.«

»Wenn *er* uns nur länger reden lassen wollte. Aber du müßtest ja meine Sohn schon kennen. Ich bin nur traurig, daß du nicht ein bißchen was gegessen hast. Einen Kaffee –«

»Lassen Sie's nur gut sein, Mrs. Stigman.« Larry seufzte plötzlich tief auf, lächelte Mom freimütig und gefühlvoll an und sagte, während er den Kopf umwandte: »Ich brauche gar keinen Kaffee. Ich fühle mich jetzt schon soviel besser als vorher, ehe ich zu Ihnen kam, und nur, weil ich mit Ihnen geredet habe. Sie können sich das gar nicht vorstellen.«

»Ach ja? Da bin ich aber froh. *Nu, gej gesunt, mein oorme.* Wie sagt man bei euch?« Mom zögerte. »Ach, ich weiß nicht.« Sie wandte sich zu Ira. »*Ohne tate?*«

»Ohne Vater. Waisenkind. Aber um Christi willen, werd jetzt nicht sentimental.«

»Nu, dann bin ich eben sentle-mentel«, gab Mom trotzig zurück. »*Gej gesunt, mein ormer,* meine Waisenkind.«

»Vielen Dank, Mrs. Stigman.«

»Du sollst bald mal wiederkommen. Mein Minnele, seine Schwester, *oj,* wenn sie hört, du bist hiergewesen.« Enttäuscht wiegte Mom Kopf und Schultern hin und her: »Und sie hat dich nicht gesehen. *Aj-ji-ji!*«

»Du kannst ihr ja alles erzählen.« Ira sprach provozierend breit und langsam.

»*Aj, bist di a hint, mejn sindele.*«

»Okay.« Ira drehte den Türknauf.

»Nochmals danke, Mrs. Stigman.«

»Vollkommen willkommen. *Gej gesunt.*«

Larry setzte sich auf das Feldbett. »Ah!« Er streckte sich aus. »Ahh – das fühlt sich gut an.« Im Licht der Petroleumlampe, das sich über ihn ergoß, leuchtete sein Gesicht vor Wohlbehagen. »Komm schon. Mach dich auch ein bißchen lang.« Ira konnte kaum glauben, daß Larrys Trauer von so kurzer Dauer gewesen und daß es erst drei Wochen her war, seit dieser bei den Stigmans vorbeigeschaut hatte. Er folgte Larrys Vorbild und legte sich auf die Lagerstatt. »O ja, das fühlt sich wirklich gut an.« Und nach ein paar Sekunden: »Ehrlich, das Zelt hier und die Feldbetten würden mich überhaupt nicht weiter stören, aber daß mein Onkel sich so verändert hat, das stört mich schon. *Boy.*« Und wieder stockte er. »Wenn du wüßtest, wie er früher war. Er hatte den *Call* wie einen Marschallstab in der Hand, so fest zusammengerollt. Du hast doch unseren Küchentisch gesehen. Auf dem hat er dann gewöhnlich die Zeitung glattgestrichen und uns einen Vortrag gehalten über die wunderschöne Welt, die da kommen wird. Und obwohl ich noch ein Kind war und kaum die Hälfte von dem verstand, was er sagte, was er predigte, *boy*, es hat mich doch zum Sozialisten gemacht. Ein Sozialist wollte ich sein.«

Larry gluckste vor Lachen, kicherte leise gegen das schräg abfallende, khakifarbene Zeltdach. »Entspann dich. Mach's wie ich. Ich ruhe mich aus. Ich sterbe vor Verlangen, Edith wiederzusehen, nach allem, was passiert ist. Ich kann mir vorstellen, daß wir uns viel zu sagen haben. Wetten, daß sie eine Menge über das französische Essen zu erzählen hat, wenn sie aus Paris zurückkommt? Vielleicht sogar mehr als über die Museen, die sie besucht.« Er lachte wieder in sich hinein. »Weißt du, das ist eigentlich gar nicht schlecht, das Zelt hier und das Feldbett. Wenigstens sind wir für uns allein.«

Ira hörte es mit Erleichterung. Larry nahm dies alles als Teil ihres Abenteuers: in einem Armeezelt schlafen, das Feldbett mit der kratzigen Militärwolldecke auf dem nackten, harten Erdboden. Larry hatte recht. Was für eine seltene, was für eine famose Gelegenheit, was für ein Jux, fast eine Eskapade. So wenig Aufmerksamkeit wurde ihnen geschenkt, so wenig Dankbarkeit für die einstige Zuneigung zwischen ihm und seinem Onkel Louis, was Ira doch erwartet und seinem Freund

Larry auch so angekündigt hatte, daß er sich plötzlich ganz schuldbewußt unbeschwert und sorgenfrei fühlte. Anhänglichkeit war wie weggeblasen, Anbetung war verschwunden.

Wie zwei Schmarotzer, müde und auf Entspannung bedacht, lagen sie auf ihren Militärfeldbetten, scherzten und schwatzten und schlugen nach den Moskitos, deren allzu viele durch das zerrissene Netz eindrangen.

Und damit sein Freund die letzten Wellen seiner Verärgerung nicht spürte, als die Dämmerung des Sommerabends allmählich verebbte, begann Ira in der Dunkelheit, sich in Erinnerungen zu versenken, seine allerersten Erinnerungen aus dem neuen Land, wohin man ihn, das Einwandererkind, gebracht hatte: wie er nachdenklich den majestätischen, rotgelben Gockelhahn mit den gebogenen Schwanzfedern betrachtete, der im Hinterhof herumlief, als seine Eltern im selben Haus wie Onkel Louis und dessen Familie wohnten – diese »unten«, jene im »oberen« Stockwerk eines Holzhauses in einer Gegend mit viel Grün, mit Telegraphenmasten und Ziegenböcken, im Osten von New York. Vielleicht hat er ja auch mehr getan als nachdenklich den Hahn betrachtet, vielleicht hatte er ihn ja auch gejagt, denn Tante Sara beugte sich aus dem ersten Stock und schimpfte ihn. »Wahrscheinlich ist sie immer noch genau wie damals«, meinte Ira verschmitzt und lachte. »Genau wie ich.« Er und Rosie, Onkel Louis' einzige Tochter und nur wenig älter als Ira (jetzt gerade zu Besuch bei Verwandten, die zu Pops Familie gehörten, in St. Louis): Er und Rosie hatten sich damals die Ehe versprochen und wollten heiraten, wenn sie groß wären. Sie und Ira hatten – natürlich war es seine Idee! – nebeneinander auf dem Fußboden gesessen und sich gegenseitig ihre Geschlechtsteile gezeigt. »Dieser dunkelrote Schlitz, den sie statt meines Stengels hatte, ist mir noch lebhaft in Erinnerung, wenn ich zurückdenke«, offenbarte Ira. »Allerdings, als Onkel Louis dann den Fehler beging, mich in das Farmhaus in Stelton einzuladen, was war ich doch für ein Schurke! Wie habe ich meiner zukünftigen Verlobten da zugesetzt!«

Larrys Zähne leuchteten in der Dunkelheit, er lächelte. »Und danach wurde die Verlobung wieder gelöst, richtig?«

»Vermutlich habe ich der Verlobung das Genick gebrochen«, bestätigte Ira. »Zu schade, daß Rosie nicht da ist, daß ich nicht erfahren kann, wie sie heute aussieht und was sie heute von mir hält. Und besonders auch von *dir*. Wäre sie da, wären wir mit Sicherheit besser aufgenommen worden.«

»Es macht wirklich nichts«, sagte Larry über den dunklen Spalt zwischen den Feldbetten hinweg. Er hatte – sie beide hatten – die Schuhe ausgezogen, und er bewegte die Zehen in den Socken, krümmte und spreizte sie. Larrys Gleichmut in dieser Sache ließ seine Worte merkwürdig gedehnt klingen. »Es macht mir wirklich überhaupt nichts aus. Ich sagte es schon, überhaupt nichts. Mir ist es hier sogar fast lieber.«

»Dann geht's mir auch gleich besser.«

»Und ich bin dankbar, daß ich von den Gedanken an meinen Vater abgelenkt werde. Das ist das eine. Und zum anderen... kriege ich hier das Warten aus dem Kopf, das Warten, bis Edith endlich aus Europa zurückkommt. Ein wenig jedenfalls.« Während der anschließenden Pause war sein Seufzer eher zu ahnen als zu hören.

»Alles wird für mich ganz ungewohnt sein. Merkwürdig. Mein Vater stirbt, und das setzt einen Schlußstrich unter gewisse Dinge. Sieh mal, auch wenn du genau weißt, daß es auf jeden Fall so gekommen wäre, ganz gleich, wie du dich verhalten hättest, du kannst ein leichtes Schuldgefühl nicht ganz von der Hand weisen. Hat mein Wechsel von der New York University zum City College vielleicht doch gewisse Auswirkungen auf ihn gehabt? Die Tatsache, daß ich die Zahnheilkunde aufgegeben habe? Und daß ich mich in Edith verliebt habe? Ich weiß es nicht.« Seine Stirn war umwölkt, seine großen Hände ragten in die Luft. »Aber etwas ist anders, ich spüre nicht mehr diese festgefügte Sicherheit wie früher – du weißt, was ich meine?« Schwer ließ er die Hände auf seine Schenkel fallen. »Und ich kann es mir gar nicht erklären. Bis ich auf die NYU ging, lebte ich in einer heilen Welt, es war die Welt meiner Familie. Das meinte ich, wenn ich davon sprach, daß meine Welt festgefügt war. Jetzt ist es – jetzt dreht sich alles um Edith. Vielleicht sollte ich lieber sagen: konzentriert sich alles auf sie. Ja. Alles konzentriert sich. Das ist wohl das richtige Wort.« Er machte eine Pause.»Nicht daß ich daran etwas ändern möchte. Ich liebe Edith, das weißt du. Aber was mir Sorgen macht, ist das Schreiben, ja, mein Schreiben. Ob es immer noch aus *mir* kommen wird. Das muß es nämlich. Ich fühle aber, es könnte an meine Liebe zu ihr gebunden sein. A-aber v-v-vielleicht ist es andersherum richtiger: gebunden an ihre Liebe zu mir. Es hängt von ihrer Liebe ab, mein Kreativsein. Und darauf ist sie doch so stolz. Es ist schon sehr merkwürdig.«

Ira hatte dem nichts entgegenzusetzen. Er spürte, worum es Larry ging, mehr aber nicht. Die Worte rührten gelegentlich an Iras eigene Wunschvorstellungen, ließen aber wie diese eine gewisse Realitätsbezogenheit vermissen.

Trotz Ediths Abreise nach Frankreich hatte der Sommer für Larry vielversprechend begonnen. Er hatte den Job bekommen, um den er sich im Frühjahr beworben hatte: als »singender Kellner«, der auch mit dem Leiter der Freizeitgestaltung des Camp Copake Sommerhotels in den Catskill-Bergen Hand in Hand arbeiten sollte.

Allerdings bedeutete Larrys Glück für Ira, daß *er* nun niemanden mehr hatte, mit dem er sich ernsthaft austauschen konnte, was ihn immer tiefer in einen Zustand der Isolation und mangelnder sozialer Bindung brachte und ihm das Gefühl gab, vollkommen überflüssig zu sein. Es gab da zwar noch die paar berufstätigen jüdischen Jugendlichen aus seiner näheren Umgebung oder aus der Gruppe, deren Keimzelle die 119. Straße war, doch er machte sich nicht viel aus ihnen – Jake, den Werbegraphiker und Künstler eingeschlossen: Sie alle teilten weder seine Interessen noch seine Sehnsüchte, so nebulös, wie diese waren. Immer tiefer in sich selbst verstrickt, innerlich verschlossen, mit Problemen überhäuft, oftmals wie eingekerkert von seiner Begierde, von seiner an Angst und Selbstvorwurf gekoppelten Begierde, ignorierte er das, wonach die anderen strebten, strich deren stinknormale Wesensstruktur und prosaische Aktivitäten von der Liste der Dinge, auf die er neugierig war – was er allerdings später als Schriftsteller zutiefst bereute, als er sich bemühte, solchen Typen unverwechselbare

27

Charakterzüge und Substanz zu verleihen, Figuren, die er aus seiner Vergangenheit ableitete, einer jüdischen Jugend ohne anständige Erziehung und Ausbildung.

Doch so entnervend und langweilig der Sommer sich auch anließ, öfter als einmal pro Woche konnte Ira nicht nach Rockaway Beach fahren: Tante Mamie wäre sonst mißtrauisch geworden. Sie schenkte ihm jedesmal einen Dollar, wenn er bei ihr auftauchte, aber irgendwo hatte sein *schnoren* auch seine Grenzen. Es gab nur eines, was ihm Erleichterung verschaffte, Erleichterung von sich selbst, vom Makel seiner Existenz in jenem Sommer, von seiner gelangweilten, verächtlichen Teilnahme an den Aktivitäten der Jugend aus der Nachbarschaft, Erleichterung von Müßiggang und Lethargie, von seinen barbarischen, panischen Eskapaden in Rockaway, von Verzweiflung und schuldbewußter Unruhe, das waren Ediths Briefe an ihn. Denn sie schrieb aus dem Ausland nicht nur an Larry, ihren jungen Liebhaber, sondern auch an ihn.

Edith hatte ihre Überfahrt für Mai gebucht und blieb den ganzen Sommer über in Europa – und Ira, der sich seines Hanges zu Wunschträumerei und Abwegigem durchaus bewußt war, hatte immer wieder die Vorstellung und die Hoffnung, daß sie bei ihrem Entschluß, nach Europa zu fahren, selbst auch heimlich gehofft haben könnte, Larry möge während ihrer Abwesenheit eine junge Frau finden, die ihm gefiele, und ihre Affäre zu einem gütlichen und offiziellen Ende bringen. Aber Ira täuschte sich wie gewöhnlich – jedenfalls was Larry anging, der in dem Ferienhotel natürlich kein weibliches Wesen fand, das Edith seine Gunst streitig gemacht hätte. Als Larry nämlich vorzeitig nach New York zurückkehrte, brachte er in deutlichen Worten seinen Ekel über Begegnungen mit jungen Damen in der Sommerfrische zum Ausdruck, von denen einige ihm in ihrer aggressiven Verliebtheit sogar an die Wäsche gegangen waren.

»Sowas mag ich nicht – du etwa?« sagte er zu Ira, der zwar wie ein aufgezogenes Spielzeug heftig den Kopf schüttelte, sich aber vor Neid und Enttäuschung wie eine überspannte Feder fühlte.»Nein, ich auch nicht.« Ein gottverdammter Hosenscheißer war er. Reduziert auf schmutzige, oberflächliche, gnadenlose Obszönitäten; einer, der – verdammt, er konnte es vor Scham und Selbstverachtung kaum denken – nicht genug davon bekommen konnte, nach Rockaway Beach hinunterzufahren und seine Cousine tüchtig durchzuvögeln. »Nein, ich auch nicht«, sagte ausgerechnet er, der einfach alles riskieren mußte, um an eine pummelige, affige Fünfzehnjährige heranzukommen. Oder laß sie sechzehn gewesen sein, als ob ein Jahr mehr oder weniger die Geschichte abgemildert hätte. Edith reiste durch Europa – hauptsächlich durch Italien und Frankreich –, und fast jede Woche erhielt Ira einen Brief von ihr. Sie hatte ihre kleine Reiseschreibmaschine mitgenommen, die tragbare in dem stabilen schwarzen Köfferchen, und schon bald erkannte Ira ihre Briefe an der Schrift, sogar an der dunklen Farbe und den Abständen der einzelnen Buchstaben. Was ihn anfänglich überraschte, ja erstaunte, war ihr Stil. Der war in all ihrer Korrespondenz sehr eigenwillig: hastig, unzusammenhängend, weitschweifig, unredigiert und gelegentlich mit einigen Rechtschreibfehlern behaftet. Sie schüttete ihr Herz aus über Orte, die sie besichtigt, über Essen, das sie konsumiert; sie beschrieb den Zustand ihrer »Eingeweide«, erging sich in allerlei Reflexionen, ohne sich im geringsten um Klarheit zu bemühen, um eine geordnete Reihenfolge. Aber wie hütete er diese Briefe! Wie schwelgte er in ihnen! Wie oft las er sie – immer und immer wieder! Es waren die ersten Briefe, die er je von einer Dozentin erhalten hatte, einer College-Dozentin für Englisch, die unweigerlich bald auf dem Wege zur Professorin sein würde! Professorin! Und so eine ließ sich herab, ihm zu schreiben – oder nein, schrieb ihm so informell und in so schlichten Worten, als wäre er ihr gleichgestellt, stünde ihr nahe, stünde so zu ihr, daß sie auf seine Diskretion vertrauen konnte, wenn sie Geheimnisse über ihre Mitbewohnerin Iola ausplauderte, über die Universität, den Seminarleiter und sogar über Larry, ihren Liebhaber. Ira war froh, daß Larry weit weg war, als er diese Briefe erhielt, so sehr er ihn andererseits auch vermißte; so konnte er Ediths Briefe ganz für sich allein genießen, denn Larry würde gewiß gefragt haben, ob er etwas von ihr gehört hätte. Es fiel Ira leichter, die Briefe, die Larry ihm aus der Ferienanlage schrieb, mit ein paar allgemeinen Floskeln zu beantworten, als persönlich mit ihm über Ediths Briefe zu sprechen. Es waren dies, fühlte Ira, Botschaften nur für ihn, ein geheimer Bund mit ihm allein, ein Omen, so hoffte er sehnlichst, für die Verwirklichung der einzigen Zukunft, die ihm offenstand. In dieser, seiner Zukunft konnte er eine Art Wiedergutmachung – wie sollte er es sonst nennen? – Genugtuung – leisten und ein, nein, *das einzig mögliche* Betätigungsfeld für das unzufriedene, traurige Häufchen Elend finden, das er, wie er meinte, geworden war. Ach ja, Genugtuung finden im Schreiben, im Wort, wie sein Stück in der College-Zeitschrift *The Lavender* ahnen ließ. Sie nannten es *métier*, sie nannten es *forte*, oh, Jesus: Nenn du es eine Form der Befreiung auf den Seiten von etwas Selbstverfaßtem. Oh, und irgendwann vielleicht, wenn die Zeit gekommen war, eines ganzen Buches!

Der angelaufene, verbeulte Messingbriefkasten in der Eingangshalle des Mietshauses nahm plötzlich wieder Glanz an, war gänzlich verwandelt, wenn Ira durch das verschnörkelte, durchbrochene Türchen die schwarzen Lettern auf einem Umschlag erspähte, der nur von Edith sein konnte. Oder es lag – von Mom bereits mit nach oben genommen – ein Brief von ihr auf dem Küchentisch und wartete auf ihn. Den konnte er dann freudig und mit klopfendem Herzen lesen: Worte, die wie ein Federbusch vor seinen gierigen Augen aufsprangen. Ediths Briefe priesen seinen außergewöhnlichen Sinn für Humor, sein Talent für Beschreibungen, seine latenten Fähigkeiten als Schriftsteller, die für sein Alter ungewöhnliche Reife, seine Gesetztheit, aber vor allem seinen Humor. Ihre Worte erfüllten ihn mit einem glühenden Selbstwertgefühl, sogar für Mom erkennbar.

»Sie schreibt dir nette Sachen, die Professora?«

»Jaa.«

Ihre Briefe, die ihm Auftrieb gaben, ihn mit einem Sehnen erfüllten, weckten in ihm den heißen Wunsch, ihr zu antworten und in seiner Antwort das Bild von sich zu bestätigen, das sie ihm aufgezeigt hatte. Und in ebendieser Antwort – zuerst ins Unreine auf einem Schmierzettel skizziert, danach sorgfältig auf liniertem Papier ausgearbeitet – durchdrang ihn eine

Gewißheit, daß er der war, daß er der sein konnte, für den sie ihn hielt; daß er sich zu dem, was sie ihm prophezeite, aufschwingen konnte, wobei Gewißheiten zu Ungewißheiten zerfielen, dann plötzlich zu Hochstimmung anschwollen, die aus den enthusiastischen Worten reflektierte, die er seinem Blatt Papier anvertraut hatte – und im nächsten Augenblick wieder von Zweifel überschattet wurden.

Er schickte seine Briefe an ihre Nachsendeadressen – und erhielt dafür einige von ihr, die seine Stimmung himmelwärts trieben. Seine Briefe, so schrieb sie, seien voller farbiger Details und interessanter Beobachtungen. Er gebe ihr das Gefühl, sich genau an dem Ort zu befinden, den er beschrieb, das Gefühl, seine Empfindungen zu teilen. Seine Briefe wären so direkt und ungekünstelt. Sie freue sich immer schon darauf. Und sie wünschte, Larry könnte ein bißchen von ihm lernen, sich seinen »Trick« abgucken, denn dieser neige dazu, seine Prosa zu poetisch zu gestalten, und das sei einfach sehr schade, weil seine Briefe dadurch so gestelzt wirkten. Es folgten Bemerkungen, daß sie das Reisen grundsätzlich nicht vertrug, wenngleich es interessant war und sie interessante Leute kennenlernte. Besonders mit der französischen Küche hatte sie ihre Probleme. Das Essen war ihr zu schwer, immer unter fetten Soßen begraben. Das verursachte bei ihr Verstopfung, und sie mußte sich häufig einen Einlauf machen. Ira spürte, wie er angesichts ihrer Offenheit peinlich berührt zusammenzuckte, aber gleichzeitig einen gewissen Stolz empfand, daß sie ihm bis hin zur Übermittlung solcher Intimitäten vertraute. Sie vermißte das einfach zubereitete amerikanische Gemüse. Und würde möglicherweise ihre Reise wegen ihrer andauernden »Indigest-dschin«, wie sie absichtlich falsch schrieb, um eine oder zwei Wochen abkürzen müssen.

Schweigen teilte den dunklen Raum zwischen ihnen, andächtiges Schweigen. Als sie so auf ihren Feldbetten lagen, holte Larry tief Luft. »Nur eins ist wichtig«, sagte er dann und versuchte, mehr sich selbst als Ira zu überzeugen: »Edith. Sie ist der einzige Mensch auf der Welt, der mir wirklich etwas bedeutet... Ach, wenn ich *das* Problem doch nur lösen könnte.« Seine Worte, so bedeutungsschwanger, schwebten durch das Halbdunkel des Zelts. »Womit wir wieder bei der Crux des ganzen Problems angelangt sind, ob ich nämlich meine Familie verlassen und Edith heiraten soll oder nicht. Ich weiß schon, was du sagen willst, Ira. Ich soll mich nicht darum kümmern, was andere denken.«

»Aber nein, sprich nur weiter, sprich weiter.«

»Jetzt von zu Hause weggehen, wo mein Vater nicht mehr ist? Das scheint mir kaum noch möglich – es sieht so aus, daß ich es jetzt noch weniger fertigbringe als vorher. Es wird immer grausamer. Richtig grausam. Ich befinde mich an einem Scheideweg. Bis – ja, bis zu Papas Tod habe ich immer gedacht, ich hätte, wenn nötig, die notwendige Härte aufbringen können. Ich habe gedacht, während meines Aufenthalts in Copake hätte ich genügend Mut gefaßt, um meinen Entschluß in die Tat umzusetzen. Je mehr von diesen – na, du weißt schon, diesen sexhungrigen Dingern sich mir an den Hals geworfen haben, desto fester wurde mein Entschluß. Aber Papas Tod war ein grausamer Schlag. Es war mehr als der Verlust des Vaters. Ich denke, so etwas wirft alles über den Haufen, was man sich einmal vorgenommen hat.«

Die Zeit für Geplänkel und Koketterie war vorbei, jedenfalls fürs erste. Ira konnte sich nicht in Larrys Welt hineindenken, das war es; er konnte sie nicht ergründen. Und was zum Teufel machte er hier überhaupt mit Larry? Mit Larry und dessen soliden, wohlanständigen Problemen? Hatte Probleme mit der Liebe und die Sorge um seine Mutter und war immer noch abhängig davon, was die Familie denkt. Hatte Skrupel, naja. Und ausgerechnet er, Ira, quatschte hier über Liebe, über Familie! Nein, alles, worauf *er* hoffen konnte, worauf er spekulieren konnte, waren die dünn gesäten Zufälle, seine schnellen Nummern mit Cousine Stella in Tante Mamies Wohnzimmer. Jesus. Doch, Larrys würdevoller Ernst berührte ihn durchaus, aber eher wegen der Widersinnigkeit des Ganzen. Als wären sie zwei Wolken in der Finsternis des Zelts. Was für ein Ort. Was für ein Gesprächspartner –

»Natürlich weiß ich«, sagte Larry, »daß du mit deinem Vater nicht besonders gut auskommst. So ist es doch – oder sollte ich sagen: so war es doch bis jetzt.« Larrys große Hand beschrieb einen hellen Bogen in der Dunkelheit. »Und nun stell dir mal vor, du wärest an meiner Stelle. Du hättest keinen Vater mehr, du hättest ihn verloren – ja?«

»Und weiter?«

»Deine Mutter ist also Witwe. Es gibt zwar noch mehr Familienmitglieder, aber wenn sie dich jemals gebraucht hat, dann jetzt. Deine Schwester heiratet bald. Du bist das jüngste Kind. Ich hab dir diese Frage schon einmal gestellt. Aber jetzt hat sich die Sache für mich zugespitzt, ziemlich heftig sogar.« Zwei blasse Hände durchpflügten die Dunkelheit. »Würdest du, wenn du Gelegenheit hättest, weggehen und deine Mutter im Stich lassen? Irgendwo ein Zimmer mieten, einen Teilzeitjob annehmen? Was auch immer. Ich weiß, du hängst sehr an deiner Mutter – wie ich an meiner, oder vielleicht noch mehr. Würdest du sie… sich selbst überlassen? Vergiß aber nicht, deine Schwester wäre schon weg. Wir werden das Haus sowieso verkaufen und eine Wohnung in Manhattan beziehen.«

»Ach ja?«

»Würdest du?«

»Mom verlassen?« fragte Ira.

»Ja, sag schon.«

»Und wo bleibe ich?«

»Hab ich doch schon gesagt. Du mietest dir ein Zimmer im Village. Oder du ziehst in eine kleine Pension. Ich weiß nicht. Suchst dir irgendeinen Job, Teilzeit. Arbeitest nachts. Eine eigene Wohnung kannst du dir nicht leisten.«

»Und wozu das Ganze?« fragte Ira, um Zeit zu gewinnen.

»Das weißt du doch. Das Ziel ist immer noch dasselbe. Mit allem brechen, mit allem, was dich und mich bindet.«

»*Mich* bindet nichts – jedenfalls nicht wie dich.«

»Das spielt jetzt keine Rolle. Alle tiefen, engen Familienbande abbrechen. Deine gesamte Perspektive ändern. Alles, was dir lieb und teuer ist. Was dir etwas bedeutet, dir Vergnügen bereitet. Du mußt zurücknehmen, vernichten, was du einmal warst. Verstehst du? All das habe ich schon einmal gesagt.

Ich wiederhole mich, ich weiß. Du müßtest Bohemien werden, allen Ehrgeiz über Bord werfen, Beruf und Karriere aufgeben, leben, wie es gerade kommt«, betonte Larry plötzlich. »Einfach leben, um Gedichte zu schreiben, um Schriftsteller zu sein. Leben – ich weiß auch nicht, wie.« Er machte eine Pause. »Nun?«

Wollte sein Freund sich etwa drücken? Der Gedanke bohrte sich in Iras Hirn. O nein, so nicht. »Hör mal, Freundchen, du forderst mich praktisch auf, dein Leben zu entscheiden?«

»In gewisser Weise, ja.« Larry sprach so verbissen, wie Ira ihn noch nie hatte sprechen hören. »Entscheide du jetzt mein Leben.«

»Wow!«

Schweigen breitete sich wieder zwischen den Feldbetten aus. *Entscheide du jetzt mein Leben,* hörte Ira sein Hirn die Worte wiederholen. Wort für Wort. Da war es wieder. Was wollte er noch? *Entscheide du jetzt mein Leben.* Was, wenn er Larry nun sagte, was *er* tun würde? Wenn er Larry nun die Wahrheit sagte über seine Verderbtheit, seine Roheit, seine Selbstbezogenheit, die davon herrührte, was aus ihm geworden war, ja, die von seinen verachtenswerten, niederträchtigen Gelüsten herrührte, seinem verätzten Charakter – und daß die einst so volltönende Welt der Lower East Side, die holistische, jüdische Welt, die Welt des *chejder,* der Verbeugungen, der Gottesfurcht mit allem, was dazugehörte, in den Nebelschwaden seines Selbst verloren gegangen war, sich in pulverisierte, wabernde Empfindungen verwandelte, Eindrücke in einer Psyche bar jeglicher Integrität... Himmel, jetzt war er abgeschweift, in mehr als einer Hinsicht.

Schweigen, wahrscheinlich beabsichtigt, meditativ. Larry wartete. Also noch mal von vorn. Wenn er Larry eine ehrliche Antwort geben, die einzelnen Schritte mitteilen wollte, die *er* als nächstes blind unternehmen würde, blind und instinktiv, wenn er ihm also erzählen müßte, was er *seinerseits* machen würde, so wäre die Antwort: ja sicher würde er Mom verlassen. Mit jemandem wie Edith als Ziel, als Preis, mit einer solchen Zukunft, oder sollte er lieber sagen: Option – wußte er verdammt gut, daß es für *ihn* keinen anderen Weg geben würde. Aber zum Teufel auch, Larry standen hundert Wege offen. Und hundert Fotzen auch. Aber nicht ihm. Da müßte er lügen. Und falls Larry ihn ernst nehmen sollte, falls seine Antwort bei der Festlegung von Larrys Handlungsweise ernsthaft eine Rolle spielte, würde er ja Larrys Schicksal beeinflussen, ihn seinem Schicksal überantworten. Sofern er, Ira, nicht auf ewig hinter Larry zurückstehen wollte, ihn – wie er es schon früher an sich beobachtet hatte – nicht mit seinen wilden Phantasien, mit seinen Qualen, seinen Eskapaden unterhalten wollte, brachte er seine eigene Zukunft auf Larrys Kosten voran. Es war, als würde er Larry sehenden Auges seinen *eigenen* Zielen zum Opfer bringen. Es war Ira, als könnte er in der beleuchteten Zeltplane über sich sein eigenes Gesicht erkennen, die Brillengläser und sein ganzes Gesicht, wie es wissend und spöttisch ob des unmittelbar bevorstehenden Treubruchs boshaft auf ihn herniedergrinste. Jesus, es war nicht recht. Er versuchte, Zeit zu gewinnen. Eine letzte Gelegenheit, den Verrat abzuwenden: »Entscheide du jetzt mein Leben«, wiederholte er schließlich. »Du meinst, wenn ich an deiner Stelle wäre?«

»Nein! Entscheide du an deiner Stelle. Nicht für mich. Für dich selbst.« Larrys Stimme erfüllte das Zelt mit Heftigkeit. »Als wäre es deine Mutter.«

»Meine Mutter?« Jetzt war er festgenagelt und mußte antworten – nein, *er* war es, der *Larry* mit seiner Antwort festnagelte: »Vermutlich nicht.«

»Vermutlich *was* nicht?«

»Mom zurücklassen – ganz allein.«

»Das würdest du nicht?«

»Ach, bei mir liegen die Dinge eben anders. Ich habe gar nicht die Familie wie du. Wir haben auch nicht im entferntesten diesen – na, diesen Wohlstand –«

»Wir sind eigentlich gar nicht so wohlhabend.«

»Im Vergleich zu mir – du lieber Himmel. Und ein anderes Leben habt ihr, einen anderen Hintergrund. Jahre in Bermuda. Kultur, verstehst du? Du mußt ja nicht tun, was ich sage, was ich dir rate, aber wenn ich keine Schwester mehr hätte, würde ich Mom nicht allein lassen, das ist alles.«

»Nach allem, was du sagst, fällt es mir noch schwerer, von zu Hause wegzugehen.« Wegen des offenkundigen Mangels an Logik und Klarheit in Iras Worten schlich sich ein leicht irritierter Unterton in Larrys Stimme. »Du meinst also, ich genieße sehr viele Vorteile. Und hätte, mit anderen Worten, ein dutzendmal mehr Grund, zu Hause bei meiner Mutter zu bleiben als du. Was ich dir aber zu sagen versuche, ist, daß es genau diese Gründe sind, weshalb ich weggehen sollte.«

»Nun ja, du hast mich gefragt, was ich in *meinem* Fall tun würde«, entgegnete Ira eindringlich. »Schwer zu sagen.« Mit diesem Argument fühlte er sich schon etwas weniger als Verräter. »Ich kann nun mal nicht beides, weißt du: arm sein wie wir und reich sein wie ihr.«

»Würdest du denn zu Hause bleiben, wenn es euch bessergingen? Ich meine, dir fehlt es schließlich an nichts. Stimmt doch, oder? Du stellst es aber so dar, als würdest du zu Hause bleiben, weil du nichts hast. Darum geht es doch gar nicht.«

»Aber jetzt willst du doch, daß ich so bin wie *du*.«

»Wir reden hier nicht von Geld«, sagte Larry mit Nachdruck über den schummrigen Abstand zwischen den Betten hinweg. »Würdest du deine Mutter in diesem Augenblick verlassen? Ja oder nein.«

»Nein.« Nun hatte er sie begangen, die schlimmste aller Sünden, den Treubruch.

»Das wollte ich wissen ... Und warum nicht?«

»In deinem Fall oder in meinem Fall?«

»In meinem Fall.«

»Du hast mir die Antwort doch schon selbst gegeben.«

»Und – scheint dir das ein guter Grund?«

»Nein.«

»Ach du meine Güte!«

»Ich kann's nicht ändern. Ich komm da nämlich nicht mehr mit.« Ira wurde laut. »Verflixt noch mal!« rief er und klatschte sich auf die Stelle, wo das Eindringen eines Stechrüssels den feinen Schmerz verursacht hatte. »Mistvieh. Ich glaub, ich hab sie erwischt. Draußen im Licht könnte ich nachsehen, ob da ein Blutfleck ist. Aber – ach, Quatsch, wenn ich jetzt ans Licht gehe, fressen die mich bei lebendigem Leib. Tut mir leid, daß ich dich hierher verfrachtet habe. Abenteuer hin oder her, wir hätten ebensogut gleich nach Hause trampen können.«

»Ist schon in Ordnung. Ich sagte dir doch, daß ich nichts zu beanstanden habe«, insistierte Larry energisch. »Außerdem hat sich das Abenteuer schon bezahlt gemacht – besser, als wenn wir gleich wieder abgedampft wären. Mit dir so zu reden, klärt doch einiges in mir. Ich kann meine Mutter nicht verlassen. Ich muß dieses Problem irgendwie anders lösen. Wenn ich doch nur mit Edith sprechen und ihre Meinung hören könnte. Und dann denke ich wieder, ich weiß sowieso schon, was sie sagt. Zu Hause bleiben. Meinen Abschluß machen. Das Vernünftige tun. Dieses ganze Zeug. Aber es geht uns allen beiden so. Sie ist ebenfalls unsicher. Und ich müßte das tun, was ihr Sicherheit gibt. Kannst du folgen? Alles hinge davon ab, was ich tue. Und bin *ich* mir denn sicher? Bin ich etwa ihretwegen unbarmherzig? Und schon drehe ich mich wieder im Kreis.«

Und wieder Schweigen. Von etwas anderem reden, um abzulenken. Es war alles zu belastend, worüber sie gesprochen hatten, zu schicksalsschwer. Jesus, er war gerade dabei, sich und ebenso Larry in eine Zukunft einzusperren, in eine durchaus mögliche Zukunft. Wenn er dazu beitrug, Larry seinen Platz in dieser Zukunft streitig zu machen, dann war es eben Schicksal. Das bedeutete nicht, daß es automatisch *sein* Platz werden würde, natürlich nicht, aber vielleicht war er dann einen Schritt näher dran. Himmel, was bildete er sich ein? Er konnte ein Verhalten, wie Edith es von ihm erwartete, sowieso nicht durchhalten. Dafür war er nicht geschaffen, ganz gleich, was für hinterhältige Empfindungen seinen Geist aufstachelten. Ach, Blödsinn.

»Ich habe dir doch schon erzählt, daß wir in Brownsville im selben Haus wohnten wie Onkel Louis«, sagte Ira, um das Thema zu wechseln. »Dort hatten wir auch Hühner, die allen gemeinsam gehörten. Mom hat mir erzählt, daß sie eines Nachts allesamt gestohlen wurden. Einschließlich des wundervollen Hahns. Sie waren einfach weg.«

Larry schien ihn nicht gehört zu haben, schien ihm gar nicht zuzuhören.

Larry war am Grübeln, und Iras Bemühen um Ablenkung glitt an ihm ab. Ira überlegte. Wie um alles in der Welt konnte er den Freund davon abbringen, über ihrer beider Schicksal nachzudenken? Er jedenfalls mußte davon loskommen. Jesus. Davon loskommen und weit weg von seinem Schuldgefühl. »Mom hat mir mal den Grund gesagt, weshalb wir damals zur East Side gezogen sind, und wie anders alles gekommen wäre, wenn wir das nicht gemacht hätten. Also, der Grund war, daß Pop sich, wie so oft, wahnsinnig mit Onkel Louis, seinem Neffen, gestritten hatte. Sie haben sich gegenseitig schreckliche Schimpfwörter an den Kopf geworfen und sich verflucht. *Se hom sich balt geschlugn zum toit.*« Und wie immer auf Larrys Frage »Was heißt das?« gefaßt, schickte Ira seiner Übersetzung einige Bemerkungen über die jiddische Neigung zu fürchterlichen Beschimpfungen voraus. »›Tot umfallen sollst du‹ ist noch die mildeste von allen«, versuchte Ira, seinen Freund aufzuheitern. »›Mögest du auf der Streckbank landen und geviertteilt werden!‹ ›Zu Tode verbrannt, ins Schlachthaus verbannt.‹ Hey, das reimt sich sogar«, fügte er belustigt hinzu.

Keine Reaktion von der Figur, die ausgestreckt auf dem Feldbett an der gegenüberliegenden Zeltwand erkennbar war.

»Ich glaube, genau das haben Juden über die Jahrhunderte hinweg mit ansehen und erdulden müssen.« Ira sprach jetzt langsamer. Er fühlte sich entmutigt, als wäre niemand da, der ihm zuhörte. Gewiß, Larry schwieg ja nicht wegen des Ratschlags, den Ira ihm gegeben hatte, oder weil er ihn womöglich als falsch oder trügerisch empfand. O nein. »Ich denke schon, daß es daher kommt«, fuhr Ira fort, verstummte wieder, erhielt keinerlei Bestätigung, daß er gehört wurde. »Merkwürdig ist, daß sie beim Fluchen nie auf ihre Genitalien anspielen. Weißt du, was ich meine? Die Itaker sagen doch ›beim Arsch deiner Mutter‹ oder ›dein Vater, dieser bärtige Sack‹...« Seine Stimme verebbte. Es hatte keinen Zweck. Das beste wäre, sich umzudrehen, die ganze verdammte Sache zu vergessen, zu warten und, wenn er denn konnte, bis morgen früh durchzuschlafen. Jesus, wie beschissen es Larry doch ging. Larry ging's beschissen, oder aber er, Ira, hatte bei ihm verschissen. *Boy.* Ira beugte sich vor und griff nach der groben Decke am Fußende der Liege. »Da hatte mein Vater ja bessere Decken für sein Pferd«, grummelte er kaum hörbar.

»Weißt du, ich habe dich nie gefragt«, sagte Larry fast ein wenig abrupt, »aber – warst du schon einmal verliebt?« Plötzlich war alles anders. In der verschwommenen Dunkelheit unter den schräg abfallenden Wänden eines Armeezelts ragte der Glockenturm hoch auf, der oben auf dem Hügel im Mt. Morris Park stand. »Nun, von Rosie habe ich dir doch erzählt, der Tochter von meinem Onkel«, würgte Ira heraus. »Oh, nein, nicht diese kindlichen Doktorspiele. Hast du überhaupt schon mal – also, es ist sehr intim. Macht es dir auch wirklich nichts aus?«

»Um Gottes willen nein, wo du mir – schon soviel Privates von dir erzählt hast –«

»Ja, habe ich. Bist *du* schon mal mit einer Frau zusammengewesen? Oder mit einem Mädchen? Mir ist bewußt, daß ich meine Informationen freiwillig gegeben habe. Gefragt werden ist ganz etwas anderes. Also...«

»Oh, kein Problem.«

Larry ließ ein paar Sekunden vergehen. »Ich habe nämlich einen bestimmten Grund, weshalb ich frage; nicht nur aus Neugier.«

»Okay, schieß los.«

»Bist du jemals so erregt gewesen, daß du zu schnell gekommen bist? Daß du einen vorzeitigen Orgasmus hattest?«

»Oh, das ist es also.« Ira ging mit sich zu Rate, bedachte die Konsequenzen, die jede Antwort nach sich ziehen würde, jede außer einer: dem Bekenntnis totaler Unkenntnis. Und was wäre das Zweitbeste nach einer glatten Lüge? »Oh, vielleicht ein oder zweimal.« Immer noch fühlte er sich hinter gespielt beiläufiger Neugier am sichersten. Das Problem lag schließlich auf Larrys Seite.

»Ein oder zweimal, ach so. Aber normalerweise nicht?« Larry drehte sich um, damit er Ira sehen konnte. »Ich glaube, ich bin da irgendwie in Schwierigkeiten. Es macht mir wirklich Sorgen. Ich weiß nicht, wie ich das überwinden soll.«

»Ach ja? Vielleicht solltest du mal zum Arzt gehen.«

»Muß ich wohl. Ich bin ganz sicher, daß es etliche Männer gibt, denen dasselbe passiert. Du hast wohl nichts Besonderes dagegen unternommen?«

»Ich? Oh, nein.« Es war erfreulich, wie wenig Wahrheit er benötigte, um abzulenken, den Geist in der Flasche zu halten.

»Dann kann ich also ganz offen sein? Ich hätte gar nicht gedacht, daß du schon Erfahrung hast. Du hast nie darüber gesprochen.«

»Gesprochen – worüber?«

»Über Geschlechtsverkehr.«

»Ohh.« Die dürre Farbige, die damals die hübsche Pearl, die Toilettenfrau aus dem Yankee Stadion, ersetzt hatte? Die dürre Theodora, gespenstische Erscheinung in der Tür zu einem mit *schmattes* behängten Zimmer in einem stickigen Erdgeschoß? Jesus, darüber konnte man schließlich nicht reden. »Nun«, begann Ira, mußte sich aber erst einmal räuspern, um seine innere Verkrampfung zu lockern. »Ach, nichts, worauf ich stolz bin.«

»Oh, ich verstehe. Ich wollte keine Details aus deinem Liebesleben, ich wollte nur wissen, ob das vorkommt, mehr nicht. Ein oder zweimal? Das beantwortet wohl meine Frage.«

Im Madison Square Garden hing ein Boxer in den Seilen. In Iras Gehirn schnellten die Fasern vor und zurück und verdrehten sich zu einem Ankertau der letzten Rettung: Früher habe ich mit meiner Schwester gevögelt. Versuch mal, das auszusprechen. Also gut, dann mach Stella eben etwas älter: Des öfteren knöpfe ich mir meine Cousine vor. Ich bumse sie immer noch – sooft sich Gelegenheit dazu bietet. Jesus, wie hatte er sich vor diesem Augenblick gefürchtet, und zwar schon in dem Moment, da Larry den Vorschlag zu diesem Ausflug machte. Was für ein Glück, daß sie nicht eine ganze Woche unterwegs waren, was Larry ursprünglich vorgehabt und Ira von Anfang an, innerlich schaudernd, abgelehnt hatte. Glück gehabt. Dieser Drang, sein Herz auszuschütten, sein Gewissen zu erleichtern, seine Krallen in die Maschen des Netzes zu schlagen, welches sein Selbst gefangenhielt. Junge, Junge, wenn er nämlich erst einmal ins Reden kam, konnte man nie wissen, wo das enden würde. Ältere Cousine. Älter

40

als wer – älter als er, oder älter als *sie*?»Ich…«, begann er, und dann:»Ja, es ist wirklich nicht sehr schön. Aber weißt du, manchmal geht es eben mit einem durch.«

»Manchmal?«wiederholte Larry sarkastisch.»Das ist die Untertreibung des Tages. Geht es mit einem durch, ist richtig. Wenn ich Edith nicht treu bleiben wollte – also hör mal, ich bin schließlich nicht prüde, oder? Ich habe mich nur entschieden.«

»Nun, manchmal geht es eben zu früh los. Überraschend. Na ja, beinahe überraschend«, schränkte Ira ein. Jetzt war es soweit: Er stand an der Schwelle der Übertragung. Was würde er übertragen? Energie. Die Spannung, die in ihm gefangen war. Triebkraft. Macht. Brisante Erinnerung. Qual und Torheit, die Ursache für das eine, einzigartige Drängen, das ihn in seine chaotischen Visionen trieb.

II

Wie begann sein Tag? Er saß da und versuchte weniger, sich zu erinnern, sondern wunderte sich über die erstaunliche Vielfalt der Reflexionen und Offenbarungen, die ihm in den Sinn kamen, die das Hirn im Verlauf einiger weniger Stunden erzeugen konnte, in den Stunden zwischen dem morgendlichen Aufstehen und dem Platznehmen am Computer. Es war ja soviel – ja wahrhaftig, soviel interessanter und wertvoller als das verworrene Garn der Erzählung, das er spann. Früher, als M. noch lebte, begann der Tag trübselig und kalt, begleitet von feinem Schneefall. Er hatte das Bett noch nicht verlassen, und M. war zu seiner Rettung erschienen, wie sie es in den letzten Jahren, die sie zusammen hatten, mehr als einmal tat. Sie schob eine Hand unter seinen Nacken und half ihm beim Aufsitzen. Dann blieb sie neben seinem Bett stehen und vergewisserte sich, daß er stabil genug war, um ohne Gefahr allein gelassen zu werden. Im Knopfloch seiner Pyjamajacke war an einem Bändchen eine Pfeife befestigt, eine kleine Plastikpfeife, die M. ihm besorgt hatte. Es war eine Trillerpfeife, wie Kinder sie zum Polizeispielen benutzten, die einen lauten, schrillen Ton von sich gab, wenn er hineinblies. Und er blies hinein, wenn er so weit war, daß er aufstehen konnte, oder wenn er Hilfe brauchte.

An solchen Tagen war M. ungefähr eine halbe Stunde vor ihm aufgestanden, hatte die Heizung höher gedreht, die Prozedur des Kaffeekochens vorbereitet und mit der täglichen Plage begonnen, sich ihre schweren Gummistrümpfe anzuziehen – nicht einfach nur Stützstrumpfhosen, sondern die stramm sitzenden Gummistrümpfe gegen Krampfadern, die sie immer und nun schon seit vielen Jahren trug. So fest war das Material, daß sie sich bis zum äußersten anstrengen mußte, um sie überhaupt hochzubekommen – eine Aufgabe, die noch dadurch erschwert wurde, daß sie ihre Knöchel mit Kompressen, dick wie Puderquasten, abpolstern mußte, damit sie sich ihre gerade abgeheilten offenen Beine beim Gehen nicht wieder aufriß. Er stöhnte, während sie ihn hochhievte, und blieb erst einmal auf der Bettkante sitzen, wenn sie wieder gegangen war. Mit zusammengekniffenen Augen saß er da, so mörderisch waren seine Schmerzen.

Jedes einzelne Gelenk im Körper tat ihm weh, vom kleinen Finger bis zum Ellenbogen, die Schultern, der Nacken – die schlimmsten Übeltäter von allen waren die Halswirbel, und zwar dort, wo sie zur linken Hälfte seines Hinterkopfes hin ausstrahlten. Der Schmerz, den diese verursachten, hinderte ihn am Schlafen *und* am Aufstehen. So kam es, daß er sich morgens, wenn sein Bewußtsein zurückkehrte, erst einmal mit einem kaum unterdrückten Schmerzensschrei Luft machte: »Aauu-auauauau.«

Als nächstes wollte er in sein Arbeitszimmerchen und schlurfte in den Mokassins, die er im Bette trug (damit sich seine großen und mittleren Zehen nicht an der schweren Winterdecke wundscheuerten), den Flur entlang.

– Was für eine Darbietung, mein Freund! Ein Organum der Organe, könnte man sagen.

Ich weiß, Ecclesias.

Zuerst also ins Arbeitszimmer, weil er es mit einer eigenen kleinen Heizung ausgestattet hatte und weil es direkt neben dem Badezimmer lag; weil seine Hosen und Unterhosen dort hingen und weil er sich dort nach dem Duschen ohne fremde Hilfe anziehen konnte. (Bei der Bekleidung des Oberkörpers mußte M. ihm allerdings behilflich sein.) Als nächstes setzte er sich in seinen Drehsessel in der Nähe des Computers, welcher mit einer weißen Haube abgedeckt war, einer Art Zipfelmütze, wie die Mitglieder des Ku-Klux-Klan sie trugen, improvisiert zurechtgeschnitten aus einem Müllsack, der hier jetzt als Abdeckung diente. Da saß er nun und stöhnte, während er sich mühselig des Pyjamas und der weißen Socken entledigte. Dann ins Badezimmer, in die Wanne, die Dusche aufgedreht und die Wassertemperatur so heiß eingestellt, wie es gerade noch erträglich war.

Dort sang er dann, ganz leer im Kopf, *La donna è mobile* und all die anderen Lieder, an die er sich noch erinnern konnte, und das waren alle Lieder, die er bei Miss Berger, der alten Scharteke mit dem Krähengesicht, gelernt hatte. Er kannte und liebte sie fast alle noch.

A tinker I am.
My name's natty Dan.
From morn till night I trudge it …

Oder:

Out on the sea when the sun is low,
and the fisherman homeward turns …

Oder:

Men of Harlech, in the hollow,
do ye hear like rushing billow …

Die anderen Jugendlichen aus seiner Klasse hatten dabei immer gegackert und gesungen:

A stinker I am.
My name's snotty Dan.

Und alle, wirklich alle sangen »Men of *Harlem*, in the hollow…«, aber ausgerechnet ihn griff sie heraus und ließ Mom

43

in die Schule bestellen. Er hätte gleich zu Mr. O'Reilly gehen sollen, verdammter Idiot, schüchterner jüdischer Schafskopf, der er war – gleich zum Direktor, dem mit dem Zucken im Gesicht, dem Mann, der ihn verstand. Und hätte sagen sollen:»Ich habe nichts getan, Mr. O'Reilly. Ich hab nichts Böses getan. Ich habe doch nur gegrinst. Ich hab nur nicht an das gedacht, was Sie mir früher mal geraten haben.« Oh, beklage dich bei seiner Asche. Wo war Mr. O'Reilly? Wo waren die siebzig – über siebzig! – Jahre geblieben? Mein Gott, inzwischen waren es schon eher achtzig denn siebzig.

Verschlungene Pfade, Reflexionen unter der heißen Dusche, die seine dankbaren Gelenke, Muskeln und Sehnen lockerte, geschmeidig machte und die rheumatischen Schmerzen linderte. Und wenn die Schmerzen dann zurückgingen und er wieder einigermaßen klar denken konnte und nichts anderes seine Aufmerksamkeit in Anspruch nahm, dann würde er wieder einmal eine Gruppe von Leuten, denen es nicht anders ergangen war als ihm, mit seiner Lieblingsthese, nein, seinem Dauerthema beglücken: der Suche nach dem Grund für unsere Unfähigkeit, eure und meine, über ein erstes Buch oder zwei oder eine Trilogie hinauszukommen: ob wir nun Schwarze waren oder Weiße, die wir schwarz auf weiß gedruckt unseren Beruf ausübten, ob Juden oder Nichtjuden. Der Grund für unser Versagen lag in dem Bruch, den wir in unserer Entwicklung oder auf dem Höhepunkt unserer Entwicklung erfuhren. Dort lag der Hund begraben. In den ersten Jahren unseres Lebens legte die Psyche die Grundlage und schüttete das Fundament, auf dem wir – bewußt oder nicht – unser ganzes weiteres Leben aufzubauen hofften. Was meinte er damit? Vielleicht hatte er diese Lebensgrundlagen als zu statisch erscheinen lassen; das waren sie nicht; sie waren dynamisch, es waren Prozesse. Diese frühen Jahre verankerten in jedem menschlichen Wesen ein Deutungssystem – Himmel, warum nur hatte er das nicht schriftlich ausgeführt und daraus ein Manuskript für einen Vortrag gemacht? Schon oft war er eingeladen worden, einen solchen zu halten und hatte immer abgelehnt: weil er von sich wußte, daß er der Welt schlechtester Redner war, ein einziger Flop auf dem Podium, ein zum Scheitern verurteilter Waschlappen.

– Was du jetzt auch bist.

Sí, sí, amigo Ecclesias. Wahrhaftig. Was ich jetzt auch bin.

Ausarbeiten sollst du den gottverdammten Text – und ihn als Vortrag halten; ihn nach einer Weile auswendig können. Jesus, und dann der Zaster! Erstattung sämtlicher Kosten bot man ihm an und ein fettes Honorar dazu. Sie hätten wohlhabend sein können, er und sein geliebtes Weib.

Vorträge halten wie verrückt (gut gesagt): Ein schwerwiegender Bruch war es, woran er litt, eine schwerwiegende, lähmende Diskontinuität. Als Kind hatte er erwartet, daß das, was in seine Psyche eingepflanzt war, sich zu voller Blüte entfalten würde, wenn er in die Entwicklung käme: die Landschaft, ob Feld oder Farm oder Dorf oder Vorort in der Stadt, alles würde mit seiner größer werdenden Welt mitwachsen, wenn er selbst größer würde. Und die Sprache: was für ein wichtiger Faktor sie doch war, Jiddisch in seinem Fall. Er mußte aber erleben, wie dieses eintrocknete, wie seine Muttersprache in einer einzigen Lebenszeit verkümmerte.

Für Donatus, den alten Lateiner (es waren wenige, die damals schrieben), galt dasselbe, aber auch für Anaya, den Chicano, und sogar für den schwarzen Südstaatler. Über die Menschen, aus denen sich seine Umgebung zusammensetzte, konnte man das gleiche sagen, über ihre Art zu sprechen und das, was sie taten, über die Art, wie sie es taten, über ihre Manierismen und provinziellen Vorurteile, ob sie nun einer Großregion entstammten oder einer Enklave: Alle waren in der sich entwickelnden Persönlichkeit verankert, von allen erwartete er, daß sie blieben: die traditionellen Lebensweisen, die Menschen, ihre Beschäftigungen. Aber sie blieben nicht. So einfach ist das. Sie blieben nicht. Sie wurden ihm amputiert –

Iras Vortrag nahm in dem Maße an Leidenschaft zu, wie seine körperliche Niedergeschlagenheit abnahm: Manchmal mehr, manchmal weniger drastisch, so deklamierte er stumm, verdrängte die *kosmopolitische* Welt die *provinzielle.* Aber gleichzeitig ging auch ganz viel von der provinziellen Welt verloren, wurde von der kosmopolitischen absorbiert, gelegentlich so dramatisch wie im Fall der jüdischen East Side, gelegentlich etwas schleichender wie bei der bäuerlichen Existenz in Amerika. Das ländliche Kaff hörte auf, eines zu sein, der Vorort ebenso. Glücklich der Autor, der auf das zurückgreifen konnte, was noch vorhanden war oder erst im Wandel begriffen, der sich auf das stützen konnte, was noch Bestand hatte – das Volkstümliche und die überlieferte Lebensweise. Denn andernfalls, so fand er, müßte er mit einer neuen Landschaft, einer neuen Umgebung, einem neuen Satz Lebensbedingungen und Figuren, Sitten und Gebräuchen noch einmal ganz von vorn anfangen, mit Aufgaben, die nicht zu den bereits geopferten Lebensgrundlagen paßten, wobei die Deutungen, die er sich für die Zeit der Reife zurechtgelegt hatte, nicht mit den hehren Normen übereinstimmten. Diese zwei waren inkommensurabel. Ja.

Zum großen Teil, nein, zum größten Teil lag die Motivation für den Wandel im Wirtschaftlichen. Die Wirtschaftslage war verantwortlich für den heißen Wunsch, aus dem Vorfeld der Verarmung herauszukommen, den Restriktionen zu entfliehen, die das provinzielle Milieu einem auferlegte – Restriktionen, die eng verknüpft waren mit Armut, Restriktionen, die Elend und Not bedeuteten.

Der Geist, inzwischen über die größeren Möglichkeiten der kosmopolitischen Welt aufgeklärt, erhitzte sich voller Empörung gegen Verbote, die gestern noch zur *traditionellen Lebensweise* gehörten und heute als Nötigung empfunden wurden. Sofern die Empörung gegen die provinzielle Welt Erfolg hatte und der Mensch, zum Beispiel ein Schriftsteller, die Restriktionen abschüttelte, die zu seinem prägenden Milieu gehörten, *verließ er gleichzeitig die volltönendste, am kräftigsten sprudelnde Quelle seiner Kreativität: sein Volk, dessen Tradition und Lebensart,* seine frühesten und lebhaftesten Eindrücke, *die besonderen Elemente seiner Entwicklung.* Demzufolge würde ihn der Erfolg seines besten Werkes zur Diskontinuität verdammen, falls er denn kontinuierlich weiterarbeiten wollte. Was für ein Paradoxon! Verdammte ihn dazu, sich auf seichtere, erst kürzlich erschlossene Quellen zu stützen, die in ihrer Art und Beschaffenheit so ganz anders waren als diejenigen, die sein bestes Werk durchdrangen. Folglich war er zur Wiederholung verdammt, ins akademische Milieu, nach Hollywood, verdammt zu Suff und geistiger Lähmung, einzeln oder in Kombination. Q.e.d.

Ira drehte die Dusche ab und beugte sich über die Armatur, um den kleinen Hebel zwischen den Ventilen umzulegen, der das Wasser von der Dusche wieder in die Wanne leitete und gleichzeitig dafür sorgte, daß das im Schlauch der Dusche verbliebene Restwasser in die Wanne zurückrieseln konnte. Dann trat er vorsichtig auf die rutschfesten Fliegenpilzfolien, die M. auf den Boden der Wanne geklebt hatte, und hielt sich an den verschiedensten Handgriffen fest, die er vor langer Zeit einmal selbst angebracht hatte, damit M. nicht in der Wanne ausrutschte, und die – welche Ironie – *er* nun benötigte, und M. nicht. Am anderen Ende der Wanne langte er von innen um den Duschvorhang herum und griff sich das gelbe Badelaken, das gleich dort an einem Haken an der schmalen Tür des kleinen Badezimmerschränkchens hing.

Ja. Darin lag der Widerspruch. Er wäre vielleicht zu seinen Ursprüngen zurückgekehrt, er hätte vielleicht auch weiterhin über ein Verplempern, ein Zerbröseln des Lebens geschrieben, eines Lebens, das einst gesund und blühend war und dann – wie unglaublich früh! – in sich zerfiel. Doch wer konnte so etwas mit dem Anspruch auf Stichhaltigkeit und Überzeugung tun, nachdem er jenes Leben abgelehnt, sich aber durch Kontakt mit der kosmopolitischen, der größeren Welt infiziert hatte, in der er jetzt lebte und sich frei bewegte? Andere hatten es geschafft, zu einer stagnierenden oder erschöpften Quelle zurückzukehren; er hätte das auch tun und kontinuierlich neue Modelle liefern können, immer dasselbe Würstchen in unterschiedlicher Verpackung, eine stets anders geartete Version einer Welt, die nicht mehr existierte oder nicht mehr lebensfähig war... Er hätte sich noch und noch selbst kopieren, unbegrenzt Variationen erklingen lassen, Hunderttausende Exemplare jeder neuen Ausgabe verkaufen – und von seinen Tantiemen ein Luxusleben führen können...

Weil das heiße Wasser die Nackenschmerzen gelindert hatte, konnte er sich Kopf und Hals ohne besondere Mühe selbst abtrocknen; aber seine Achselhöhlen konnte er nicht erreichen, seine steifen, verhärteten Muskeln und Sehnen nicht so weit dehnen. Den Rücken trocken zu bekommen bereitete ihm ebenfalls Schwierigkeiten. Auch wenn das Ergebnis nicht ganz zufriedenstellend war, so hatte ihn die ganze Anstrengung doch belebt. Sinnlos, das Trocknen der Beine unterhalb der Knie zu versuchen. Es war sinnlos und obendrein gefährlich. Er konnte stürzen – so oder so. Mehrere hunderttausend Exemplare verkauft...

Doch das war ein ganz, ganz unwichtiger Punkt; obzwar schön, jede Menge Kohle zu besitzen, war es doch völlig nebensächlich. Er fing an, sein Badehandtuch zusammenzufalten. Warf es auf den Boden direkt unter sich, um das behelfsmäßige Fußbänkchen, welches er sich erfunden hatte, um besser aus der Wanne steigen zu können, noch ein wenig zu erhöhen: der Gipfel aller Merkwürdigkeiten, oh, alles an ihm war merkwürdig. Es handelte sich um ein hübsches Brett, von unterwärts gestützt durch hölzerne Schubladenknäufe. Sie gaben dem Brett etwas mehr Höhe, diese Schubladenknäufe, und es gab einen hübschen Tritt ab, dieses hübsche Holzbrett. Einst war es der Deckel der Außentoilette von Iras Behausung gewesen, damals in Augusta im Staate Maine, als er und M. das Haus gerade gekauft hatten.

Er stieg nun sicher aus der Wanne auf die kleine Fußbank – also, die wichtige Frage war doch: Warum waren Erstlingsromane auch oft die besten? Nun, das lag auf der Hand und war von ihm schon beantwortet worden. Die frühesten waren die frischesten. Und doch, andere Erstlingswerke – und wären sie noch so frisch – litten unter Umständen an der Unbeholfenheit, der Unausgegorenheit des Neulings. Nein, nein. Die Frage war doch: Warum hatten erste (und manchmal einzige) Romane häufig eine so große Wirkung? Oft wurden sie zu Bestsellern, und wenn nicht sofort bei ihrem Erscheinen, so doch – wie sein eigener und andere ebenso – später irgendwann. Aber warum war das so? Die Antwort lautete, daß nicht nur der Schriftsteller, der schreibende Künstler unter lähmender Diskontinuität litt; auch die Masse, die einfachen Leute, die lesende Öffentlichkeit, sie alle wurden gleichermaßen von demselben Phänomen geplagt. Dessen war er sich ganz sicher –

Mit seinen Mokassins an den Füßen taperte er zurück ins Arbeitszimmer, wo seine Unterhose auf den aufgeschlagenen Seiten des großen Webster lag, und dieser wiederum auf einer improvisierten Ablage, einem wankenden, schwankenden Fernsehtisch auf Rollen – ja, so sicher wie der Teufel.

Und das eben war es auch, wovon sein Roman handelte, ohne daß er sich dessen bewußt gewesen war. Ganz unabsichtlich hatte er das universelle Problem getroffen, das Millionen Menschen betroffen hatte, und zwar in den Vereinigten Staaten, wie auch – durch über ein halbes Dutzend Übersetzungen – im Ausland.

Aber wie zum Teufel sollte sich ausgerechnet ein Dämlack wie er, der anschließend nichts Vergleichbares mehr zustande brachte, eine derartige internationale Reputation geschaffen haben? Man mußte sich das einmal vorstellen: Wer im Gewusel der East Side hätte sich einst träumen lassen, hätte auch nur einen Dollar oder eine Kopeke verwettet, daß sich aus Millionen von Immigranten ausgerechnet das Stigmansche Blag, dieser Bengel aus dem Eckhaus an der Kreuzung 9. Straße und Avenue D, irgendwie hervortun und alle möglichen Berufe, außer vielleicht Rabbiner, ergreifen würde... Nun, einen gab es, der vielleicht so etwas vermutet hätte: den Zimmerherrn, Feldman mit Namen, der – ehe Onkel Morris nach Amerika kam – bei ihnen in ihrem Adlerhorst im fünften Stock zur Untermiete wohnte. Er hatte Mom mit außergewöhnlicher Hellsichtigkeit prophezeit: »Hier wächst ein neuer Maxim Gorki heran« – auch wenn das vielleicht etwas abwegig war. Wer hätte sich denn träumen lassen, daß dieser kleine Straßenbengel, dem der arme, gequälte Rabbiner – oder *malamut* – beizubringen versuchte, wie man das *loschen kodesch* in seine *Mama loschen* übersetzte, daß dieser kleine Straßenbengel eines Tages erleben würde, daß alles, was er in seiner englischen Stiefmuttersprache geschrieben hatte, ins moderne *loschen kodesch* übersetzt worden war.

Aber in Wirklichkeit – so haderte Ira mit sich – war der Gedanke eine Bagatelle, eine Narretei, eine Eintagsfliege. Der wahrhaft wesentliche Gedanke, den ein israelischer Rezensent in der Zeitung *Haaretz* beisteuerte, lautete: »Die Kindheit ist nicht ein Schritt auf dem Wege, sondern der ganze Weg.« Unheimlich, der Mann! Ohne mehr über den Autor zu wissen, als das Buch verriet, hatte er unfehlbar ins Schwarze getroffen. Die Stärke des Romans entsprang der Schwäche des Verfassers; als Erwachsener hätte er sich literarische Techniken und Virtuosität aneignen können; aber der Schöpfer des Romans war immer noch ein Kind, frühreif vielleicht im schriftlichen Ausdruck, aber immer noch ein Kind.

Nun – nach der Unterhose die Oberhose oder nach den Shorts das lange Beinkleid, ganz nach Belieben. Jedes Aufstehen, selbst wenn es nur einem kurzen Augenblick des Sitzens folgte, mußte damals schon genauestens durchdacht sein – mit Knien, die nur noch jeweils einmal dem jämmerlich schmerzvollen Druck des

Erhebens standhielten. Er war bemüht, seine Verrichtungen zu »rationalisieren«, sich also unnötige Bewegung zu ersparen: zuerst die Füße in die Unterhose, dann in die lange Hose, und vor dem Aufstehen beide Hosen bis zu den Knien hochgezogen; denn so mußte er sich nur einmal erheben statt zweimal: dann die Unterhose bis zur Taille hochziehen und, um sich nicht zwischendurch hinsetzen zu müssen, die lange Hose gleich mit; schnell den Gürtel eng geschnallt, damit die lange Hose nicht wieder bis unter die Knie zurückrutschte. Oh, Kniffe und Tricks gab es bei jedem Geschäft, und viele Wege führten nach Rom oder konnten helfen, eine rheumatische Arthritis zu überlisten. Das Entscheidende aber war, daß er in seinem Roman eine Geschichte erzählt hatte, die eine universelle Erfahrung anklingen ließ, eine universelle Beunruhigung, die zweifellos in diesen Zeiten stärker vorherrschte als je zuvor in der Geschichte des Menschen: das Gefühl von Diskontinuität.

Ein literarisches Genie brauchte er deswegen nicht gleich zu sein – barfuß wanderte er jetzt durch den Flur in Richtung Küche, wohin M. inzwischen schon seine Armbanduhr, Socken und Turnschuhe sowie die Kleidungsstücke für den Oberkörper gebracht hatte, wie sie es immer tat: Es war John Synge, so reflektierte Ira, der das oben Gesagte bereits vor ihm entdeckt hatte. John Millington Synge, den Ira als Mann und Dichter hoch verehrte, von dem Ira so viel gelernt hatte und dem er sich nie entfremdet fühlte, den er nie hassen gelernt hatte wie er Joyce haßte, sondern den er verehrte bis auf den heutigen Tag. Synge war es, der einmal – frei wiedergegeben – geäußert hatte, Talent allein sei nicht genug. Der Schriftsteller müsse eine Saite anreißen, die etwas tief im Herzen seiner Zeit harmonisch zum Klingen bringe. Darum also hatte ein Armleuchter wie *er* einen Klassiker dieses Genres, wie man das nannte, schreiben können. Ein echter Glücksfall.

Er betrat die Küche, wo M. schon alles bereitgelegt hatte, was er noch zum Anziehen brauchte. Sie erwartete ihn, wie immer freundlich, wie immer geduldig, in rosafarbenem Rock und braunem Pullover, ihr schmales, ovales, angelsächsisches Gesicht faltig und schön, das Haar grau und elfenbein meliert, und murmelte tröstliche, fröhliche Worte, als er hereinkam. Er setzte sich in den großen Sessel, der eigens für ihn angeschafft worden war, weil die hohe Rückenlehne seinen Kopf stützte. Auf dem Tisch lagen in einem chinesischen Lacklöffelchen bereits abgezählt seine Vitamine und Mineralstoffe, Kapseln und Pillen, ungefähr sechs an der Zahl. Außerdem stand dort ein Glas mit Fruchtsaft zum Hinunterspülen derselben und gleich daneben das kleine Körbchen mit Tupfern und das Tiegelchen mit der Salbe gegen Fußpilz, die M. ihm zwischen die Zehen schmierte, sobald sie diese trockengerieben hatte. In Reichweite befand sich auch das kleine quadratische Holztablett mit allen möglichen Utensilien wie Salz- und Pfeffermühle – und dem Röhrchen mit Imuran-Tabletten; von denen schluckte er eine; das andere Röhrchen enthielt die Fünf-Milligramm-Tabletten Prednison, sein Cortison; von denen schluckte er zwei. Inzwischen stand M. schon am Herd und füllte ihm den Vollkorn-Porridge auf, den sie an diesem Morgen gekocht hatte...

III

Schwacher Lichtschein drang durch das Moskitonetz am Eingang des Zelts, und als Ira den Kopf hob, sah er, wie jemand in der rückwärtigen Veranda des Farmhauses eine Laterne anzündete. Dort hatte man ihnen ihr Abendbrot serviert, und dort aß vermutlich auch das Personal, hinten auf der Veranda, die anscheinend ein Ableger des Hotels geworden war. Jetzt spiegelte sich der Lichtschein in den Augengläsern der Gestalt, die mit der Laterne in der Hand die Stufen hinunterging – abwärts und in ihre Richtung... Es war Onkel Louis. Ira spürte ein Wiederaufleben seiner Zuneigung, eine Erneuerung der Dankbarkeit aus seinen Kindertagen. Onkel Louis war so aufmerksam, in seiner knapp bemessenen freien Zeit zu ihnen herüberzukommen, um mit ihnen zu reden. Fernab vom Hotelbetrieb und seinen damit verbundenen Pflichten wollte er sich möglicherweise eine freundschaftliche Unterhaltung gönnen, noch einmal die Mut machende Sympathie von früher demonstrieren, die ihn vor Jahren bei seinem Neffen so beliebt gemacht hatte. Jetzt würde Larry vielleicht selbst sehen können, daß Iras Lobeshymnen auf seinen Onkel wenigstens zum Teil gerechtfertigt waren.

»Mein Onkel kommt.« Ira setzte sich auf, schwang die Beine herum, erhob sich von der Liege und wartete, bis der Näherkommende in Hörweite war.

»Onkel Louis, meine Güte, wie freue ich mich, dich zu sehen. Komm rein, schnell weg von den Viechern.« Ira hielt das Moskitonetz auf: »Komm rein und setz dich.«

»Ach nein. Ich wollte gar nicht lange bleiben.«

»Nicht?« Ira war sprachlos. »Wie schade, Onkel. Ich dachte, du wolltest vielleicht.« In sein Bedauern mischte sich ein Flehen. »Ich hatte gerade meinem Freund hier... also, schon unterwegs habe ich ihm erzählt« – er deutete auf Larry, der sein Gesicht erhoben hatte und Onkel Louis musterte –, »wieviel du über den Sozialismus weißt und wie sehr du mich in meinem Wunsch, Sozialist zu sein, beeinflußt hast.«

Onkel Louis war immer schon mager gewesen, aber jetzt wirkte er ausgemergelt. Als er seine Laterne an einem zweiten Haken am Zeltpfahl aufhängte, traten im offenen Kragen seines gestreiften Oberhemds die Sehnen und Halswirbel unter der dünnen Haut hervor. Das Licht der zweiten Laterne schien Furchen in die gegerbte Haut seines abgehärmten Gesichts zu pflügen. Onkel Louis schüttelte den Kopf.

»Ich sehe, du bist müde, Onkel«, sagte Ira verständnisinnig. Hinter randlosen Brillengläsern funkelten mißbilligend Onkel Louis' Augen, als er sich schroff von der Lichtquelle abwandte. Verschwunden war alle Güte, die Milde, die Ira einst eines Besseren belehrt hatte, als er mit vierzehn Jahren nach West Point gehen wollte. Damals hatte Onkel Louis gesagt: »Die mögen keine Juden in West Point.« Jetzt sprach derselbe Mensch, aber eine andere Stimme sagte: »Reine Zeitverschwendung.«

»Was ist? Meinst du den Sozialismus, Onkel?«

»Ja, den Sozialismus. Verschwende nicht deine Zeit damit.«

Ira war zu verwirrt, um etwas zu sagen, um noch etwas anderes zu tun, als vor sich hinzustarren. Onkel Louis' Ernüchterung vertrieb – ähnlich dem Licht der Laterne, die er am Mittelpfahl aufgehängt hatte – restlos die vollkommen andere, intime Stimmung, die noch vor einer Minute das Halbdunkel mit einer Krise ganz anderer Art erfüllt hatte.

»Er ist ein Nichts. Schlimmer als ein Nichts.« Onkel Louis
sprach fast tonlos, als sei das Thema für ihn schon vor langer
Zeit belanglos geworden, als sei es für ihn gestorben.
»Der Sozialismus hat bei weitem nicht gehalten, was wir erwartet
hatten. Kein Idealismus, keine Prinzipien, keine Brüderlichkeit. Was haben wir denn in Rußland? Sozialismus? Sozialisten werden dort ermordet! Die Kommunisten sind noch
größere Tyrannen, als es die Zaren jemals waren. Sie unterdrücken die einfachen Leute schlimmer als je zuvor – die
ehrlichen, hart arbeitenden Bauern. Was für ein Sozialismus
ist denn das? Freiheit – hatten wir gedacht. Freiheit? Die sagen
einem, was man tun muß, wohin man gehen soll, was man zu
denken hat. Niemand ist sicher. Man kann den Mund nicht
aufmachen, man kann nicht anderer Meinung sein. Die Büro-
kraten reißen dir den Kopf ab. Es ist die totale Unterjochung.
Du weißt, was Unterjochung ist?«

»Selbstverständlich, Onkel.« Ira konnte den Vorwurf in seiner Antwort selbst heraushören.

»*Das* haben sie in Rußland – Unterjochung, und nicht etwa
Sozialismus. Und die Juden? Ach! Das Wort *Jid* ist in aller
Munde. Genau wie früher. Schlimmer als früher. Stalin ist
ein Mörder, er wird schrecklicher sein, als man sich vorstellt.
Ihr redet über Antisemiten. Er ist der Antisemit der Antisemiten. Alle Juden versuchen, aus Rußland zu entkommen, selbst
die sozialistischen Juden. Stalin schickt Lenins Anhänger vor
die Gewehre der Exekutionskommandos. Ein Mörder. Und
darauf haben wir nun gewartet, dafür haben wir gebetet:
die sozialistische Revolution. Eine schöne sozialistische Revolution ist das!« Ausgemergelt und wie gelähmt stand Onkel
Louis ein paar Sekunden lang da, ohne Hoffnung. »Nu.« Mit
einem Wisch seiner knochigen Hand, in der er ein gelbes Papier
hielt, tat er das Thema ab. »Hör auf meinen Rat. Verschwende
nicht deine Zeit damit. Am Ende wirst du nur enttäuscht.«

»Meinst du das wirklich, Onkel?«

»Das garantiere ich. Es ist nur eine Frage der Zeit.«

Einmal mehr machte Onkel Louis auf diese Weise eine
Illusion zunichte, die er zuvor im Kopfe seines Neffen entzündet hatte. Erst jetzt, da Ira älter war und in der Lage, jeden-

falls flüchtig Ursachen und Beweggründe zu erkennen, für die er früher kaum empfänglich war und die zu hinterfragen er sich fast nie die Mühe gemacht hatte, erst jetzt also überlegte er, ob die Dinge, mit denen Onkel Louis hier die Sowjetunion und den Sozialismus verunglimpfte, überhaupt stimmten. Oder ob er das vielleicht nur sagte, weil er jetzt ein Sommerhotel besaß – oder einfach, weil er, auf natürliche Weise ernüchtert, alt wurde – oder beides. Wie seltsam, daß so viel in einer Zeitspanne passieren konnte, in eine knapp zehnjährige Desillusionierung gepreßt war. Gepreßt zu einem kleinen Ballen, *yeah*, auf daß wir nicht darüber fallen: Ira spürte, daß der Rückzug aus den Reihen der Idealisten für Onkel Louis den Rückzug aus dem Leben bedeutete. Er hatte aufgegeben, und es war nun Iras Aufgabe, die kühnen Ideen weiterzutragen, denen sein Onkel entsagt hatte. Es schien ganz unvermeidlich, daß Ira nun der jugendliche Held sein mußte, der das neue Banner trug, wenn die Schatten der Nacht rasch fielen. Es war immer wieder dasselbe: jenes geistlose *Excelsior* von Longfellow, über das sich jeder, der nur ein Minimum an moderner Einstellung und ein Quentchen Geschmack besaß, wegen der darin enthaltenen einfältigen Gesinnung schlicht und ergreifend lustig machte. *Excelsior.* Kein Wunder, daß die Kids wieherten: hier wurde Süßholz geraspelt. Sägespäne als Füllsel. Aber es war mehr als das Vorwärts- und Aufwärtsstreben, mehr als Gerechtigkeit für die Unterdrückten – und Duldung der Juden –, es waren nicht nur diese Ideale, die Ira dem Sozialismus in die Arme getrieben und ihn für Onkel Louis' Engagement derart empfänglich gemacht hatten, daß er es in sich aufsog und zu seiner eigenen Sache machte, zu seiner Antwort auf ein tiefempfundenes Bedürfnis umwandelte, wobei er kaum die Fähigkeit besaß, sein Bedürfnis in Worte zu fassen. Was aus ihm geworden war, in was er immer stärker hineinrutschte, das war es, was er verachtete. Der Sozialismus stellte sich seiner Selbstverachtung entgegen; der Sozialismus erhellte die Dunkelheit über ihm. Nie konnte er Larry sein, der dort, vor Unentschlossenheit wie gelähmt, herumsaß, der verliebt war, verliebt in eine reife, kultivierte Frau, Larry, der sich mit der Entscheidung zwischen zwei

54

akzeptablen, klaren Alternativen herumquälte. Doch vielleicht konnte er, Ira, ja aufhören, *er selbst* zu sein, und das mit Hilfe des Sozialismus. Innerhalb einer einzigen Minute wurde das Unerwartete zum Vorherbestimmten. Er würde dort anfangen müssen, wo sein Onkel aufgehört hatte. Ohne große Worte signalisierte ihm ein innerer Dialog das Für und Wider in verschiedenen Farben.

»Danke für die Lampe, Onkel«, sagte Ira. Er war nicht überrascht, daß der Besuch seines Onkels ihm so viel und Larry so wenig bedeutete, Larry, der immer noch unbeweglich auf dem Feldbett saß und vollkommen desinteressiert nach oben, in Onkel Louis' Gesicht blickte. »Möchtest du dich nicht wenigstens einen Moment hinsetzen?« Ira deutete in Richtung auf seine Liege. »Komisch. Und ich dachte ganz sicher, du bringst die Lampe mit, um dich hier mit uns zu unterhalten.«

»Nein, nein. Ich bin nur auf einen Sprung vorbeigekommen.« Onkel Louis wedelte einmal heftig mit dem Papier in seiner Hand und wehrte so die Einladung ab. Dann beugte er sich zu Larry hinunter. »Bist du Larry Gordon?«

Aus allen möglichen trüben Perspektiven, wie durch gespenstischen Schimmer und Schatten, erschien das gelbe Papier in Onkel Louis' knochiger, geäderter Hand plötzlich als das, was es war: das Hochglanzkuvert eines Telegramms von der Western Union.

»Ja, der bin ich.« Und Larry, bis dahin apathisch, merkte auf. Er machte sich gerade, zeigte Betroffenheit. »Ist das etwa für mich, Mr. Sanger?«

»Hier, bitte.« Onkel Louis reichte ihm den gelben Umschlag. »Ich wußte doch, daß wir keinen Gast dieses Namens haben.«

»Danke. Aber, das kann doch nicht sein –« Larry stand auf. »Genauso habe ich auch meinen Vater verloren. Ein Telegramm.« Seine Hände und seine Stimme zitterten. Jeder kleinste Lichtstrahl im Zelt schien auf Larry zu deuten, als dieser den dünnen gelben Umschlag aufriß, den Inhalt überflog –

»Ohh!« Er warf den Kopf in den Nacken, ein langer Aufschrei folgte. Er klappte das gelbe Papier zusammen. Sein

Gesichtsausdruck wie verklärt, seine Züge beseligt, seine inbrünstige Freude erleuchtete das ganze Zelt. »Sie ist wieder da!« rief er. »Edith ist wieder da! Edith ist wieder da! Sie ist wieder in New York! Oh, danke, danke, Mr. Sanger! Tut mir leid, daß ich so aufgeregt bin. Es hätte keine bessere Nachricht geben können als diese! Es ist einfach wunderbar!« Die verzückten Worte purzelten nur so aus ihm heraus. »Oh, wie herrlich! Einfach wundervoll!«

Ira grinste verlegen, denn die Ekstase seines Freundes war ihm peinlich, und peinlich berührt blickte er von Larry zu Onkel Louis und hoffte, dieser würde Verständnis haben, Nachsicht üben. Der Onkel und Larry waren ungefähr gleich groß, als sie so unter der Firststange zwischen den schrägen Zeltwänden im Licht der Laterne dicht nebeneinanderstanden, die Gesichter auf gleicher Höhe, das eine jung und hübsch, vom Glück belebt, das andere erschöpft, verbraucht, zerknittert.

»Wie ich sehe, hast du eine gute Nachricht erhalten«, meinte Onkel Louis wohlwollend, wenn auch ermattet.

»Habe ich, Mr. Sanger. Ich glaube kaum, daß ich noch mal im Leben eine so gute Nachricht bekomme, und wenn ich hundert Jahre alt werde! Ich kann Ihnen gar nicht sagen, wie glücklich ich bin. Also -« Larrys Kopf warf einen Schatten an die Zeltwand. »Es ist kaum zu glauben. Einfach phantastisch, es ist ja so schön.«

»Ich freue mich für dich. Bin froh, daß du die Nachricht bekommen hast. Der Bote von der Western Union hat das Telegramm am Empfang abgegeben. Rein zufällig habe ich mir gedacht, daß es für dich sein könnte.« Onkel Louis streckte einen seiner mageren Arme nach der Laterne aus: »Ihr braucht das Licht nicht. Es zieht nur noch mehr Moskitos an.«

»Mr. Sanger - ich denke gerade, ob - ach bitte, darf ich Sie wohl bei all Ihrer Güte noch um einen Gefallen bitten?« bettelte Larry. »Würden Sie mir wohl gestatten, ein Ferngespräch zu führen? Ein R-Gespräch natürlich. Dürfte ich mal telefonieren? Hätten Sie etwas dagegen? Gleich jetzt? Nach New York?« Siegesgewiß und atemlos drängelte Larry.

»Warum nicht? Nur zu. Du kannst das Telefon in der Küche benutzen.« Onkel Louis nahm die Lampe ab, schwenkte sie und winkte ihm damit. »Komm, folge mir. Denselben Weg, den du gekommen bist.« Mürrisch und erschöpft, wie er war, ließ er noch ein unterdrücktes Stöhnen hören: »Und paß auf, daß es auch wirklich ein R-Gespräch wird.«

»O gewiß. Ich weiß, ich weiß. Gewiß doch, Mr. Sanger! Danke.« Mit einer flinken Bewegung gelang es Larry, den Schlitz im Moskitonetz zu öffnen und hindurchzuschlüpfen. Während Onkel Louis schon auf das Haus zuschritt, drehte sich Larry noch einmal zu Ira um. »Kommst du?«

»Nein. Ich bleibe hier.« Ira blieb stehen – und rief: »Gute Nacht, Onkel. Und auf Wiedersehen.«

»Auf Wiedersehen, Wiedersehen«, kam die lakonische Stimme aus der Dunkelheit, und schwebend entfernte sich die Laterne. »Und grüß mir deinen Vater und deine Mutter.«

Larry hielt inne, winkte Ira mit blasser, im Dunkeln leuchtender Hand, ihm zu folgen.

Doch Ira bedeutete ihm weiterzugehen.

IV

Und überläßt die Welt der Dunkelheit und mir, dachte Ira, als er sich setzte und wartete – bedrückt, verwirrt, beunruhigt – »Bäh«, hörte er sich selbst verachten. Zuviel, zu widersprüchlich, zu unvereinbar. Und, *boy*, zu aufgewühlt, ja. Inmitten von Larrys Hoffnungen, Problemen, Aussichten, seiner Hochstimmung und Freude! Im Gegensatz dazu Onkel Louis' erschöpfte Desillusionierung, als sei es dessen Hauptsorge, inmitten der Trümmer seiner Hoffnungen und Ideale zu überleben. Jesus, pathetisch, was für ein Anblick! Und er, Ira? Er registrierte beides, sah beides auf seine eigene vertrottelte Art, mit den Augen seines eigenen krankhaften Verlangens, und wäre beinahe schwach geworden und hätte sich um ein Haar vor Larry verraten. »Bäh.« Sollte er ihm nachgehen? Mit ihm in die Küche zurück, sich seine ekstatischen Ergüsse anhören? Garantiert wollte er Edith anrufen. *Love, dove, love, shove.* O mein Liebchen, mein Liebling, und das ganze Hotel half vielleicht noch mit und hörte zu, während Ira sich mühte, nicht im Boden zu versinken. Und Onkel Louis war auch dabei. Jesus, der siechte dahin, nicht wahr? Wie seine sozialistischen Ideale. Und die gestrenge, harte, herablassende Tante Sara, die sich vergewisserte, daß es auch wirklich ein R-Gespräch war... Also, Edith war zurück. Tja, zärtliche Worte, Seufzer, Kosenamen, verbale Liebkosungen – von Larry, der vor Glückseligkeit überschäumte. Und *er* nur Zuschauer, der lahm daneben stand, für jedermann klar erkennbar nur ein Anhängsel. Aber was zum Teufel war das mit dem vorzeitigen Orgasmus? Ira mußte ohnehin immer furchtbar schnellmachen, weil – weil, ach verdammt, er wußte schließlich, warum. Aber Larry hatte doch alle Zeit der Welt. Jesus, das Leben war voller übler Scherze. Und voller Widersprüche. Wie sehr hatte er sich einst Onkel Louis zum Vater gewünscht. Gehofft, dieser würde mit Mom ins Bett gehen. *Lyupka.* Das sollte Sara mal erfahren. Und Onkel Louis sollte erfahren, daß er seinen Neffen einst so weit gebracht, daß dieser sich im Traum an Moms Pobacken einen Steifen gerieben – und Mom hatte nur darüber gelacht. Und das wiederum sollte Pop mal erfahren. Dieser ganze Sozialismus war reine Zeitverschwendung, sagte Onkel Louis. Alles Quatsch.

Edith hätte zuerst bei ihm zu Hause angerufen, berichtete Larry, als er ins Zelt zurückkehrte. Seine Schwester hatte ihr nach einigem Zögern erzählt, wo er war, wo er höchstwahrscheinlich sein könnte. Und darum wurde das Telegramm im Dunkeln und bei Lampenlicht im Zelt zugestellt vom hageren, völlig veränderten, völlig erschöpften Onkel Louis. Es wurde Larry zugestellt, der dumpf auf seiner Liege lag und über sein Los nachdachte.

In den Jahren danach, in den Jahrzehnten, die ins Land gingen, hatte Ira ihn nie gefragt: Erinnerst du dich noch an damals? Ist dir jemals etwas Aufregenderes widerfahren als das? Er hatte nie gefragt. Seltsam, daß er nicht gefragt hatte – nun, so seltsam auch wieder nicht. Es war sein eigener unvollkommener, egotistischer Charakter – oder, um sich zu schonen, ein wenig barmherziger ausgedrückt: Taktgefühl und Sensibilität. Warum das alles wieder ausgraben, die Illusionen, die Schwärmereien, die hoffnungslosen emotionalen Verwicklungen der Jugend? Was konnte man denn zu Larry sagen – über einen möglichen Verlust, eine mögliche Niederlage *seinerseits?* War das nicht prickelnd, Larry? Etwas derart Banales wie dies. Junge, das war doch was, oder? Das Zelt, die Dunkelheit, der schmutzige Fußboden, die Moskitos – echte New Jersey-Moskitos im Staate New York, so groß, daß man auf ihnen reiten konnte. Und Onkel Louis, der mit der Laterne und dem Telegramm in der Hand zu ihnen kam. Vielleicht konnte man ja nach so vielen, vielen Jahren, wenn die Vergangenheit kaum noch eine Rolle spielte, in sie zurücklauschen, über sie nachsinnen, an ihr teilhaben, dem Geplapper noch ein Jota hinzufügen ... Nein. Aus naheliegenden Gründen nicht.

Eine Weile sitzen, die Hand in der Tasche, den Kopf gesenkt. Es war im Sommer 1925, wieder einmal. Und das Gehirn steht still oder scheint stillzustehen, aber natürlich tut es das nicht. Ein albernes Geschäft, die ganze Sache, wie das Leben selbst. Daß ausgerechnet er, Ira, um wieder oben anzuknüpfen, mit einem gebildeten, liebevoll erzogenen Jungen wie Larry zusammen war und damals schon etwas mit ihm vorgehabt haben sollte, im richtigen Augenblick seine Loyalität zu ihm wanken ließ und abschüttelte, wild entschlossen, ihn, seinen Freund, als Vehikel in eine äußerst vage Zukunft mit verschwommenen Umrissen zu mißbrauchen. Wie machte man so etwas? Nicht vorsätzlich, das war das Merkwürdige; es geschah in einem Akt unfreiwilligen Phantasierens. Niemand außer ihm konnte so verrückt sein ... Wie zum Teufel hast du je davon geträumt, das zu können? Nun, er hatte es sich schon eingestanden, wie er es gemacht hatte, ein Dutzend Mal, oder es jedenfalls versucht. Man denke nur an jene trübselige Kaltwasserwohnung in der 119. Straße, und man denke an das behagliche, gut eingerichtete, geräumige Apartment in der Bronx, ein Apartment, das die gesamte Etage einnahm und in dem Larry sogar ein eigenes Zimmer besaß. Oh, gehab dich wohl, mein Freund, mein Freund und Sprungbrett. Larry beschuldigte Ira, ihn lediglich als solches benutzt zu haben, und viel später, als gegenseitige Beschuldigungen an der Tagesordnung waren, sagte Larry Ira gehörig die Meinung. Und tat recht daran. Aber was zum Teufel konnte man da machen? *Nada.* Er mußte das Leben dem Roman anpassen.

So brachte Ira es denn fertig, als bewußtes oder unbewußtes Ergebnis dieser ganzen Zustände, Zufälle und Zusammentreffen, einen Roman zu schreiben, der schließlich mit großem Beifall aufgenommen wurde. Ob der Beifall verdient war oder nicht, das endgültig zu entscheiden, würde es noch weiterer Generationen bedürfen, wie auch erst nach weiteren Generationen eine abschließende Bewertung von Joyce würde erfolgen können: ob nämlich Joyce es verdiente, neben einem Milton oder einem Shakespeare eingestuft zu werden, ob er es verdiente, unter die Größten der Literatur gezählt zu werden. Selbst wenn das Lob für seinen *eigenen* Roman konstant blieb – sagen wir, so konstant wie der verdiente Ruhm eines Oliver Goldsmith oder anderer, weit weniger würdiger, eines Jack London, eines Nathanael West, eines Mike Gold, vielleicht noch eines Lowry, Wright, Ellison und Abe Cahn, stellte Ira sich trotzdem die Frage: Zahlte sich dieser Erfolg angesichts seiner persönlichen Leiden und der Leiden anderer, Larrys und Ediths nämlich, überhaupt aus? Lohnte sich überhaupt, was man auf Kosten anderer erreichte? Auf Kosten der menschlichen Integrität, des menschlichen Charakters? Dumme Frage, sinnlose Frage, so schien es auf den ersten Blick. Und doch steckte in der Sache eine moralische Komponente, die man weder leugnen noch verwerfen konnte. Und wer konnte schon sagen, daß die beschädigte Moral, das moralische Krebsgeschwür, auf dem sein Erfolg beruhte, nicht doch subtile Vergeltung übte, als er die nächste Stufe auf der Leiter seines kreativen Prozesses in Angriff nehmen wollte: seinen zweiten Roman – und ob es nicht ebenjenes moralische Krebsgeschwür war, das in ihm metastasierte, ihn krank und unfähig machte? Dieser Gedanke war ihm gekommen, als er mittendrin war, eben diese Frage so herrlich unkompliziert, wie es schien, ihrer Erledigung zuzuführen. *So ist es gewesen, so hat es sich damals zugetragen,* stand schon auf dem Bildschirm, als die neue Erkenntnis ihm einen Strich durch die Rechnung machte – gefolgt von den Worten *Dumme Frage, sinnlose Frage.* Und doch – war es das? Ein verdorbener Charakter war der Lohn für einen ernsthaften moralischen Defekt, ein verdorbener Charakter oder eine zerfallene Identität; und als die nächste Phase kam, als Charakter und wiedervereinigte Identität gebraucht wurden, reif und gesund, da versagte er kümmerlich. Und wegen ebensolcher moralischer Probleme, so vermutete Ira, hatte der gute alte Ezra Pound den Tag verwünscht, da er zum ersten Mal einen Federstrich zu Papier gebracht. Und was hat er letzten Endes von Joyce gehalten, von *Finnegans Wake*? Hat er gemeint, es sei ein Evangelium? Oder die Heilige Schrift? War es das? So etwas wie der moralische Zeigefinger.

Nun, und welchen Nutzen hätten diese gelehrten Schriften, falls sie denn wahr sein sollten? Und was konnte er, Ira, seinen Mitmenschen und der Nachwelt Wertvolleres hinterlassen als Pound? Wieviel Erleuchtungsschimmer konnte er verbreiten, um anderen zu helfen, die Fallstricke, für die er anfällig gewesen war, zu umgehen, um anderen zuverlässig zu helfen, ihr Leben zu leben, wie es sich für menschliche Wesen geziemte, in Würde und Anstand, mit einem Bewußtsein für Rechtschaffenheit – und ein wenig Erfüllung? Vermutlich nicht viel mehr als jeder Prediger. Seelenheil als solches, moralische Aufrüstung oder eine positive Veränderung des Charakters erreichte man aber höchst selten durch Moral- oder Strafpredigten. Und für jeden einzelnen, dem es besser ging, der sich positiv veränderte, brachten die sozialen Verhältnisse und die Umwelt vermutlich hundert neue Individuen hervor, die Erlösung oder Resozialisierung nötig hatten. Die großen Veränderungen, die positiven Veränderungen für die breite Masse verlangten nach breit angelegten Aktionen der Masse, verlangten nach konzertierten Aktionen der Masse, um die Gesellschaft dahingehend zu verändern, daß sie eine Förderung der Anständigkeit begünstigte – der Anständigkeit *aller*; und dazu bedurfte es an erster Stelle einer Verbesserung der materiellen Lebensbedingungen und der Lebensqualität und an zweiter Stelle greifbarer Anreize für jeden einzelnen, sein Schicksal selbst in die Hand zu nehmen, der Bildung von Überzeugungen, die sich in Handlungen umsetzen ließen. Und noch vieles mehr. Auf eines jedenfalls konnte man ziemlich sicher wetten: Fast alle Menschen konnten, verdammt noch mal, im hohen Alter ohne Schwierigkeiten tugendhaft sein.

Es war kurz vor Sonnenaufgang und noch dunkel, als Ira geweckt wurde – von Larry, der ihn beharrlich von der gegenüberliegenden Zeltwand aus anredete. Larry saß bereits auf der Bettkante und schnürte sich die Schuhe. Angehender Morgen eines angehenden Zahnarztes. Meine Güte, was für eine Zeit, um aufzustehen. Ira knurrte unwillig, gähnte lang und breit, kratzte sich, wo er Moskitostiche hatte, schimpfte und fluchte, als er sich aufsetzte und die Füße in die Schuhe zwängte.

»Wieso bist du denn schon wach?«

»Ach, ich liege hier schon wer weiß wie lange und kann nicht mehr schlafen. Ich wollte nur warten, bis es Zeit ist.«

Morgengrauen. Es zog herauf, fahl marmorierte es den Himmel hinter dem Moskitonetz. Keiner von beiden wußte, wie spät es war. Klamm und verschlafen, stand Ira auf, schlüpfte aus dem Zelt, urinierte gegen die Feuchte der Nacht, ließ oben und unten blubbernde Winde entweichen, kehrte zu Larry ins Zelt zurück. Larry hatte schon sein Jackett übergestreift und war abmarschbereit. In der Küche des Farmhauses sah man Licht. Onkel Louis war wohl auch schon auf. Wenn sie hineingingen, um sich zu verabschieden, konnten sie vielleicht noch einen Kaffee abstauben. Aber Larry drängte, sie sollten es lassen, den Kaffee vergessen und sich hinaus auf den Highway nach New York begeben. Je früher man kam, desto größer die Chancen auf eine Mitfahrgelegenheit, mahnte er Ira, der zwar auch dieser Meinung war, aber ihn seinerseits daran erinnerte, daß es ohnehin nur eine kurze Strecke war: sie waren nicht besonders weit von der City entfernt, etwa vierzig oder fünfzig Meilen. Wozu also – und er versuchte, seine Brummigkeit amüsiert klingen zu lassen –, wozu also beim Schein der Sterne trampen: »Dann müssen wir uns ja nach den Bären orientieren.«

Larrys Drängen gab den Ausschlag. Forsches Ausschreiten auf dem schmalen Band des Gehwegs zur Hauptstraße hin wirkte belebend und erquickend. Die Morgendämmerung trieb sich wie ein Keil gewaltsam in die Nacht hinein und machte Platz für den Sonnenaufgang. Die beiden Freunde erreichten die Betondecke der dreispurigen »Route 1« und nahmen die Beine in die Hand, Richtung New York. Larry drehte sich immer wieder um und hampelte und winkte mit dem Daumen, ziemlich offensiv.

Bald schon gewann die Landschaft an Natur und Grün, die Bebauung entlang der Straße an Buntheit und Charakter, die Betondecke der Straße fing zu gleißen an. Larry versuchte, Autos anzuhalten, unermüdlich wanderte er rückwärts in die Richtung, in die sie unterwegs waren, versuchte überschwenglich, Autofahrer mit Gesten zu beschwören, sie doch mitzunehmen. Eine halbe Stunde nach Sonnenaufgang überholte sie ein Truck, bremste und hielt vor ihnen im Schotterbett. Als ginge es um ihr Leben, rannten sie zu ihm hin. Der Fahrer war ein jüdischer Geflügelfarmer und mit Kisten voller Eier für den Großmarkt auf dem Wege nach Manhattan. Ein wunderbarer Augenblick, als sie, atemlos vor Lachen und überschäumender Dankbarkeit, das Fahrzeug enterten und sich ein Plätzchen neben dem rotbackigen, untersetzten Mann mittleren Alters suchten, der am Steuer saß.

Man stellte sich einander vor. Larry unterhielt ihren Wohltäter sogleich mit seinem Enthusiasmus, seinen großen Gesten, seiner nichtjüdischen Erscheinung und seinem jüdischen Charisma – sowie mit kleinen Liedern und Geschichtchen, die er sich kürzlich erst als singender Kellner in Copake angeeignet hatte. Die zermürbenden Probleme der letzten Nacht waren wie weggeblasen, Heiterkeit und Selbstvertrauen wiederhergestellt. Er war wieder er selbst, der aufgeschlossene, sympathische Larry, als ob es Unentschlossenheit und Trauer nie gegeben hätte. Diese wenigen Stunden im Zelt zwischen der Ankunft des Telegramms und dem ersten Schein der Morgendämmerung mußte er dafür genutzt haben, zu irgendeiner Art Lösung zu kommen. Obwohl er Ira nichts darüber sagte, war es doch offensichtlich, daß er seinen einmal gefaßten Entschluß auch bei hellem Tageslicht immer noch richtig, ja sogar herzerfrischend fand. Seine Munterkeit an diesem Morgen, die Elastizität seiner Schritte, als sie sich beeilten, den Highway zu erreichen, seine Fröhlichkeit und Zuversicht – alles schien darauf hinzudeuten, daß eine innere Krise vorüber war und ein beglückender Glaube an sich selbst den bösen Zweifel vertrieben hatte.

Während der Lastwagen auf nagelneuen Reifen dahinrollte, die abwechselnd auf den glatten Betonplatten wimmernde Geräusche machten oder auf deren Nahtstellen laut rumpelten wie Eisenbahnräder auf den Lücken zwischen den Gleisen, überlegte Ira, ob der intensive Gedankenaustausch, den sie letzte Nacht gehabt hatten, Larrys Entscheidungen irgendwie beeinflußte, ob seine zwanghafte Egomanie – hatte er eigentlich die Wahrheit gesprochen oder hatte er sein eigenes Interesse vorangestellt? – seinen Freund fehlgeleitet hatte. Für den Moment bestand wohl keine Gefahr, aber es belastete sein Gewissen. Sollte Larry doch seine Zukunft selbst entscheiden! Es kam Ira jetzt schon so vor, als habe dieser sich entschieden, das zu tun, was ihn, Ira, insgeheim nur freuen konnte: Aus *seiner* Sicht hatte Larry sich nämlich für das Falsche entschieden – was sein Privatleben und seine Chancen als Schriftsteller anging – und diese eine Zukunft gewählt, in der sie beide (für Larry unmerklich!) schon längst begonnen hatten, miteinander zu konkurrieren.

Oh, es war verrückt, es war verrückt. Aber es war so. Was war denn der Grund für all den Frohsinn, all die Freude? Nur weil er Edith bald sehen, mit ihr zusammensein würde? Sicherlich. Aber Larry hatte doch selbst gesagt, Edith wollte, daß er noch nicht auszog, sondern zu Hause wohnen blieb und sein Examen machte, und daß er ihrem Rat folgen würde. Und jetzt, letzte Nacht, da meinte er plötzlich, er müsse seinen Weg selbst finden und genau das Gegenteil von dem tun, was Edith ihm geraten hätte: sie aus der Tiefe seiner aufrichtigen Gefühle durch Taten überzeugen und den entscheidenden Schritt, den drastischen Schritt tun, auch wenn es nicht der klügste wäre; sie überzeugen, daß eine Ehe für ihn denkbar und er bereit wäre, alle anderen Bande zu kappen und sie zu heiraten. Sein Verhalten allerdings schien eine derart wilde Entschlossenheit nicht anzuzeigen – falls man hier überhaupt Vermutungen anstellen konnte. Larry hatte irgendwie seine Liebe zu Edith mit den Gefühlen für seine Familie, mit seiner Bindung an die Familie in Einklang gebracht – wenigstens,

was ihn selbst betraf – und war glücklich und zufrieden
mit seinem Kompromiß. Und doch, eine dumpfe Ahnung
drängte sich auf: Auf diese Weise konnte Larry auch Trennung, Schmerz und Streit vermeiden – oder hinauszögern.
Je nun...

Gedanken spulten vor der vorüberziehenden Landschaft ab,
schlängelten sich an Reisebussen und saftigen Weiden vorbei,
glitten über Häuser hinweg, strömten gegen die Wolken hinter den Bäumen am Rande der gemähten Wiesen.

Als würde er heimlich lauschen, verhielt Ira sich ganz still
und versuchte, die Gründe für des Freundes Fröhlichkeit zu
beurteilen, versuchte sich vorzustellen, welche Auswirkungen
jene Verflechtungen auf ihn haben würden – wie er sie für sich
nutzen konnte, zu seinem Vorteil. Währenddessen unterhielt
Larry den jüdischen Geflügelmann. Und dieser, Asher war
sein Name, verlor nie sein zufriedenes Lächeln. Er strahlte
beim Fahren. Sogar als sie sich der City näherten und der Verkehr ihnen auf die Pelle rückte, steuerte er mit einem Lächeln
mitten hindurch, mit dem Ausdruck eines Mannes, der trotz
allem das bessere Los gezogen hatte, der viel besser dran war
als alle anderen, weil er Larrys Anekdoten zu hören bekam,
Larrys heitere Leckerbissen aus den »russischen« Feriendör-
fern, die er mit ansteckender Begeisterung, mit all der Vitalität
eines routinierten Vortragskünstlers zum besten gab. Wenn
der Entschluß der letzten Nacht Larrys inneren Konflikt gelöst und ihn aus seinem Dilemma befreit hatte, dann drückte
sich das jetzt so aus, wie Ira es vorher nur andeutungsweise –
und nie mit soviel Feuer und Schwung – bei ihm erlebt hatte
und wie Larry es jetzt neben dem hingerissenen Geflügelfarmer in der Kabine des fahrenden Trucks demonstrierte:
Larry als Unterhaltungskünstler, Larry, der diese, seine Rolle
genoß.

Sie kamen in die City, erreichten die Endstation der
U-Bahnlinie, die hier als Hochbahn geführt wurde. Als die
beiden anboten, nun auszusteigen, bat Asher sie, doch sitzen
zu bleiben, und fuhr sie großzügigerweise noch den ganzen
weiten Weg durch die Bronx. Schließlich bremste er unter
dem Bahnhof, an welchem er die Straße unter der Bahntrasse

verlassen und abbiegen mußte. Er fuhr rechts ran und hielt. Er reichte ihnen die Hand und lud sie ein, seine Farm, nicht weit von Spring Valley, zu besuchen. »*Asher's Shady Brook*, das kennt dort jeder. Ihr wollt vielleicht mal'n paar tüchtige Farmerettn sehn – wie man im Kriege sagte. Ich habe vier Töchter. Alle bildhübsch.«

Sie versicherten ihm, sie würden alles daransetzen, seine Gastfreundschaft einmal in Anspruch zu nehmen, und machten sich unter großem Gelächter auf und davon. Sogar Ira wurde plötzlich von einer Lebhaftigkeit ergriffen, die er kaum an sich kannte, die gar nicht zu ihm paßte. Und tatsächlich lag etwas Berauschendes über allem, etwas Unbekümmertes, der Zauber von Larrys Erlösung. Nein, er irrte sich sehr – es überkam ihn ein flüchtiges Schwindelgefühl, als habe er sich von sich selbst entfernt. So sollte man leben. Aufhören zu intrigieren, aufhören, berechnend zu sein, heimlich Phantasien zu nähren, die er nie hegen durfte. Larrys Entscheidung war richtig. Und wer zum Teufel war *er* zu glauben, daß er in der Sache eine Rolle spielte oder auf die eine oder andere Weise davon profitierte, ganz gleich, wie Larry sich entschied? Aber *was* um alles in der Welt war er denn? Ein Niemand, er war ein Schlemihl. Also, zurück das Ganze, dann bleib ruhig einer.

Beim Rumpeln einer nahenden Bahn stürzten sie die Treppen hinauf, drückten ihre Münzen in den Schlitz am Drehkreuz und drängten sich in den Zug, indem sie die Türen überlisteten, die sich schon schließen wollten. Sie keuchten und grinsten vor Übermut, den nur sie selbst verstanden, hängten sich an die Haltegriffe und blieben stehen, obwohl es zwischen sitzenden Fahrgästen vereinzelt noch freie Plätze gab.

Nach zwei Stationen trennten sie sich, Larry stieg aus. »Ruf mich in ein paar Tagen an. Ruf an. Übermorgen! Ich bin zu Haus.« Larry ging den Bahnsteig entlang, und sein Rufen drang durch das halboffene Fenster, so laut, daß alle im Wagen es hören konnten; und Ira, selbstbewußter und freudig erregt, war nicht etwa peinlich berührt, sondern brüllte zurück:

»Wird gemacht!«

Der Zug fuhr an, ließ Larry auf dem Bahnsteig stehen. Aber für eine Sekunde schien das Fenster, durch das Ira einen letzten Blick auf den Freund erhaschte, das Gesicht des Verliebten mitzuziehen: glückselig und strahlend vor Freude und Erwartung.

Was für eine fabelhafte, erregende Zeit, was für eine Lebensphase, so berauschend, so tief empfunden, miterlebt im brennend verliebten Zustand eines anderen, ersatzweise und kurzlebig. Es war phantastisch gewesen. Früher eine kleine Hühnerleiter, heute eine vollendete Zugbrücke – so wollte er jetzt sein, offen, er selbst, ja, wie er war... Mal sehen. Unterwegs konnte er sich seine Strategie ein wenig zurechtlegen, sich ein bißchen Ruhe gönnen in all dem Getöse der Bahnfahrt, während der Zug über die Schienen in die Stadt rumpelte. Über dem hämmernden *din-din-din* der Eisenbahn Pläne schmieden, seinen Gedanken nachhängen, *Gunga Din-din-din*, mal sehen, dachte er – und es sah aus, als würde er bahn-*dawenen*, so sehr schaukelte es ihn von der 96. Straße bis zum Broadway, wo er dann umstieg in einen Zug, der ihn zurück zur Lenox Avenue und nach Harlem brachte. Woll'n doch mal seh'n, wieviel Glück er wirklich hatte. Wenn er Glück hatte, waren keine weiteren Erklärungen nötig: in einem günstigen Augenblick Stella schnappen, die jetzt von ihren vierwöchigen Strandferien wieder zu Hause war. Leichtes Spiel. Es konnte aber sein, daß er über sie und Tante Mamie und Hanna, falls sie denn zu Hause waren, erst noch ein paar Details von seinem Ausflug mit Larry wie Streußel über einen Kuchen verstreuen mußte, sich die Langeweile versüßen, während er auf seine Chance wartete. Oh, er war gerissen, gratulierte er sich, flexibel und verschlagen. Auf diesem Gebiet war er unbesiegbar, kannte die raffiniertesten Schachzüge. Und wenn er kein Glück hatte, dann hatte er eben kein Glück! Das kam öfters vor – er unterdrückte ein Achselzucken; wenn er kein Glück hatte, dann hatte er eben Pech, dann eben Pech. An Sonntagvormittagen konnte er nicht länger auf Minnie zurückgreifen. Jesus, dieser Goi mit dem Auto, der durfte sich neuerdings an ihr austoben, Samstag abends, nach der Arbeit. Er trieb es mit ihr, bumste sie auf dem Rücksitz, soviel stand fest. Hatte ihn Sonntag vormittags um seinen Schuß gebracht, wie die irischen Kinder sagten, wenn sie auf der Reservebank saßen. Es war vorbei. Sie wies ihn ab, und damit hatte es sich. Er versuchte, sie zu überreden, aber dann stritten sie immer, bis Mom vom Einkaufen zurückkam. Einzig auf Stella konnte er noch setzen.

Von Kniehöhe ließ er seine Blicke quer über den Gang abwärts wandern zu den Schuhen der Mitfahrenden auf dem kastanienbraunen Steinholz-Fußboden des Zuges. Man konnte ihm seine lüsterne Verwirrung weniger ansehen, wenn er mit gesenktem Kopf dasaß und so tat, als studierte er die Schlagzeilen der zwischen seinen Füßen herumliegenden zertretenen Gazetten:

SCHLACHT IM SCOPES-PROZESS VERLOREN,
ABER NICHT DEN KRIEG: SAGT ANWALT DARROW.
FRANKREICH FORDERT ENTMILITARISIERUNG DES RHEINLANDS.

Das einzige Problem war, daß er müde wurde, wenn er die kleinen Buchstaben zu lesen versuchte. Und müde mochte er gut und gerne sein, nach den Aufregungen der schlaflosen letzten Nacht, als Larry plötzlich abzischte, als sei bei ihm eine Sicherung durchgebrannt – so war es doch gewesen, oder? Und dann dieses wimmernde jih-jih-jih der Moskitos, und dann auf einmal der Donnerschlag, das Telegramm: Licki, lacki, lucki, das roch nach Muschi. Und Onkel Louis, was für ein bemitleidenswertes Wrack er war. Was für ein Unterschied zwischen heute und dem schlanken, drahtigen Kerl in beeindruckendem Postbotenblau von früher, der versucht hatte, Mom ins Bett zu kriegen – und das war erst sieben oder acht Jahre her. Sie hätte ihn lassen sollen.

Und was gedenkst du zu tun? Plötzlich wurde er wütend auf sich, wehrte sich heftig gegen seine geheimsten Gedanken, seine Selbstüberschätzung mit ihrer verhaßten höhnischen Grimasse. Wer zum Teufel war er denn, *ihm* raten zu wollen? Konnte er sich etwa so eine entzückende, vornehme Dr. phil. angeln wie Larry und mit ihr schlafen? Nein. Also, hör auf zu meckern, du Tölpel. Such dir 'nen Job neben dem Studium und gib halt zwei Dollar aus, wenn du es mal nötig hast, wie andere schließlich auch. Jaja, sein Einwand troff vor Skepsis: lahmarschiger Bastard. Und pleite dazu. Oder fang dir einfach was Neues ein. Seine Ausreden: Er war ja so scheu und ach, so schüchtern. Himmel, warum hatte Larry in einem Haus am St. Mark's Place ein schönes, sauberes, weißes Apartment, in das er gehen konnte und wo man am frühen Abend diesen schönen Blick aus dem Fenster hatte, wie damals, als sie alle vier von ihrem Ausflug nach Bear Mountain, von ihrer Dampferfahrt auf dem Hudson River, zurückgekehrt waren. Und auf der Rückseite des Hauses – was für ein hübscher Innenhof dort unten, die Skulptur auf dem Rasen, die Bäume, die Büsche. Wie eine Landschaft, vom Fenster gerahmt. Und alle Zeit der Welt, einander zu genießen, streicheln und beruhigen, *schmusn* und schmusen und sich unterhalten und *schmusn*. Minnie wollte sich nicht mal mehr von ihm küssen lassen, und Stella roch fast immer aus dem Mund, nach Zwiebeln, nach Büchsenlachs und Zwiebeln. Und kein einziges Wort, nur heimliches Getuschel. Aber Larry und Edith – die mischten Küsse mit Gesprächen über Schönheit, Schönheit, Schönheit, wie Edna Millay es von Euklid allein erzählte. Und er –? Tja. In der Wohnung von Tante Mamie, das wußte er nur allzu gut, würde er Stella – während die Tanzmusik plärrte – abends im Wohnzimmer besteigen und es ihr vor dem Stromberg-Carlson-Überlagerungsempfänger nach Kräften besorgen.

Jetzt passierte der Zug die Station 110. Straße, fuhr auf dieser Linie durch und hielt erst wieder an der 103. Straße. Als nächstes dann die 96. Straße. Für ihn fielen ein paar Brosamen ab, ein paar Krümel von Larrys Romanze. Wie die *chomez*, die Pop am Morgen vor der ersten Passahnacht mit einer Feder zusammenfegte, Krümel ungesäuerten Brotes. Die wurden dann in einen Holzlöffel getan. Mit einem Lappen umwickelt. Und auf der Straße verbrannt – Ira schnaubte leise vor sich hin, angesäuert, es war ein Spaß. Wen kümmerte das heute? Man konnte schon seinen Spaß haben in der 119. Straße: Hey Mickey, hey Feeney, hey Maloney, ihr wißt doch, was das ist? Das sind *chomez*, ein paar trockene Brotkrümel. Und dann

69

sagten die wohl – Ach ja? Was machste denn damit? Und du sagtest dann wohl – Verbrennen, auf der Straße verbrennen. Und die dann wieder – Nur zu, wir pissen drauf. Ihr Juden seid doch völlig plemplem…

Jetzt 103. Straße. *Passover. Pessach. Mazzes.* Als Moses die Hebräer aus der Unterdrückung führte. Als der Vermieter, dieser Ire, Mom einen Gefallen tat und ihr die Küche neu anstrich. Und die Toilette auch. Und die große Zinkbadewanne in ihrem Sarg aus Spundbrettern – alles mit billiger grüner Hausanstrichfarbe, die einem im heißen Wasser am Hintern klebenblieb. Aber, *boy*, wie groß die Wanne doch war…

Nächste Station 96. Straße, er würde am besten schon mal aufstehen…

So groß, daß man sich darin treiben lassen konnte. Beim Passahfest 1918, als er zwölf Jahre alt war. Als der Weltkrieg noch andauerte. Apropos Unterdrückung. *Boy*, er hätte schreien mögen – *nates, nates*, jüdischer Nacktarsch! Er kannte das Schimpfwort und noch viele andere. Nati, kleiner Nathan, ein Spitzname für Judenjungen. Um sich verständlich zu machen, mußte er aber laut brüllen wie die Itaker. Junge, Junge, wie weich und wie glatt: freies Schweben, als sei die Schwerkraft aufgehoben, Auftrieb an die Oberfläche des lauwarmen Wassers. Und das war noch vor Passah. Moses – oder war es Gott? – teilte das Rote Meer mit titanischem, nein, kosmischem Befehl. Wie zum Teufel konnte es geschehen, daß ein einzelner kleiner Israelit mit einem einzigen kleinen Stäbchen ein ganzes Meer spaltete, einen derartigen Kataklysmus verursachte?

Ach, zum Teufel auch. Jetzt 96. Straße. Versuch dein Glück, man weiß ja nie. Die Bahn fuhr langsamer und hielt. Ira wartete darauf, daß die Türen aufgingen, sah den grauen Gummischutz zwischen Bahnsteig und Türschwelle – und mußte grinsen. Ach –. Vielleicht würde sich Larry gerade in diesem Augenblick fertigmachen, um zu Edith aufzubrechen.

Dennoch, Ira hatte wieder mal kein Glück. Weil er doch erst noch zu Hause vorbeischaute, war er nicht sofort zu Tante Mamie gegangen, und als er dann dort eintraf, war Stella nicht da. Aber wenigstens war Minnie zu Hause. Sie würde aufhören, erzählte sie ihm, mit ihrem nichtjüdischen Freund Rodney zu gehen, dem nichtjüdischen Einkäufer der Firma, in der sie beide arbeiteten: dem »Goi mit dem Auto«, wie Ira spöttelte. Er wollte sie in der Woche, die ihre letzte in der Firma war, zu Hause besuchen – warum eigentlich nicht? Er mochte sie wirklich sehr. Er wollte gern ihre Eltern kennenlernen. Seine Leute lebten in einer Stadt am Mohawk River, in Schenectady, und das war zu weit weg, sonst hätte er sie ihnen schon längst vorgestellt. Er meinte es ernst. Er wollte fest mit ihr gehen; sie sei nett, sagte er, sie sei klug und gescheit und lebhaft, aber noch wichtiger: zuverlässig und treu. Davon war er überzeugt. Sie war die Sorte Frau, die er heiraten wollte; nie würde sie ihn betrügen. Und wie anders als bei ihr zu Hause sollte er ihr näherkommen, wenn er es doch ernst meinte? Auf der Straße rumknutschen? Das gehörte sich nicht. Er hatte einen guten Job, und Minnie mußte noch ein Jahr die High School besuchen. Sie hätte zu einer Verlobung ja oder nein sagen können, gleich jetzt und hier. Er war sicher, daß sie ja sagen würde; sie verstanden sich doch so gut. Wenn sie erst einmal verheiratet wären und eine eigene Wohnung hätten, könnte sie durchaus aufs Hunter College gehen, wie sie geplant hatte. Er hätte nichts dagegen, wenn sie ein paar Jahre als Lehrerin arbeiten würde.

»Mensch, nun hör mir doch mal zu!« zog Minnie ihren Bruder ins Vertrauen und legte ihm die neueste Entwicklung dar: »Nie könnte ich ihn heiraten, er ist ein Goi. Ich werde Schluß machen mit ihm – und hätte gar nicht erst mit ihm anfangen sollen.«

Als wollte sie keinen Zweifel an ihrem Vorsatz aufkommen lassen, kündigte sie an, sie werde am Samstag zum Abendessen zu Hause sein. »Und fragt dann bloß nicht, warum. Gar nicht drum kümmern. Ich gehe nämlich zurück auf die Julia Richmond. Dabei kann ich ihn nicht brauchen. Ich möchte Lehrerin werden.«

»Ach!« sagte Mom resigniert. »Ich werde schon nicht fragen.«

»Wir haben ihn ja noch nie zu Gesicht bekommen.« Pops Miene sprach Bände.

Mit einer flapsigen Handbewegung kam Minnie einer Erwiderung zuvor: »Wer wird schon wollen, daß er diese Wohnung sieht?«

»Dann laßt uns halt umziehen. Laßt uns nach einer neuen Bleibe suchen.« Pop gab sich großzügig, wenn es sich um Minnie handelte.

»Laßt uns in die Bronx ziehen«, schlug Mom vor. »In der Bronx gibt es schöne Wohnungen, und es wird allmählich sehr jiddisch dort – immer mehr.« Und Mom fing an, Nachbarn und Bekannte aufzuzählen, die kürzlich dorthin umgezogen waren. »Und koschere Schlachter und Frischfischgeschäfte für den Freitag. Und natürlich auch Feinkostläden und Backstuben. Du zeigst mir dann zwei- oder dreimal, wie ich zu Mamie fahren muß, wenn ich den Sejde besuchen will. Danach werde ich es dann schon alleine schaffen.«

»Vergeßt den Umzug in die Bronx! Habe ich doch schon gesagt. Wenn ich mit der Richmond fertig bin, dann mache ich mir Gedanken über einen festen Freund. Zumindest will ich erst meinen High School-Abschluß haben. Und jetzt will ich nichts mehr davon hören. Also, tut mir den Gefallen.«

Ira wußte ja, warum, und högte sich. Sie mußte ihrem Goldfisch von einem Goi den Laufpaß geben. Wenn sie ihn erst einmal nach Haus einlud – ach, Mom wäre nicht das Problem. Pop vielleicht auch nicht einmal. Aber, *oj, oj, oj* der Sejde, die lieben Anverwandten – *oj-joj-joj*, ein *goj*! Sie war aber ein gutes Kind, Minnie, seine Schwester, daß sie ihren Freund nun aufgab, ihn davonjagte. Jesus, *er* hätte das nicht getan, wenn er ihn – oder sie, oh, wie sich ihm die Härchen aufstellten – wirklich gemocht hätte. Zur Hölle mit dem Sejde und allen anderen. Schließlich liebte sie den Typen doch – sehr sogar. Rod verzog das Gesicht, als wolle er gleich anfangen zu heulen, als sie ihm mitteilte, sie würde Samstag abends nicht mehr mit ihm ausgehen. Minnie schniefte, als sie es Ira erzählte, und sie war noch nicht ganz fertig, da verdrückte sie sogar eine oder zwei ehrliche Tränen. Und wie er da mit ihr fühlte, Krokodilstränen heuchelte und »Uh-hu-hu-weh« schluchzte und »Oh-jeh, das tut mir aber leid, er scheint so ein lieber Kerl« und dabei ihren nackten Arm streichelte, als sie schon im Nachthemd war. »Du wirst einen anderen finden, Minnie, einen Juden. Mach dir keine Sorgen. Du bist schon so erwachsen und siehst so gut aus. Ist doch klar, wenn sogar *er* dich für klug hält und findet, daß du hübsch bist – was machst du dir Sorgen?«

»Also, wenn du die Wahrheit hören willst – ich habe tatsächlich gehofft, er würde vielleicht *schmattn*. Du weißt, daß er beschnitten ist? Im Krankenhaus haben sie ihm das gemacht.«

»Ach ja?«

»Aber ich brauche unbedingt dieses Diplom vom Hunter College. Ich kann kein Risiko eingehen. Falls wir heiraten, und etwas käme dazwischen –! Ich könnte schwanger werden. Oder –« Minnie warf den Kopf zurück und strich sich nervös eine Locke kastanienroten Haars aus dem Gesicht mit der sich runzelnden Stirn. »Und wenn noch etwas anderes geschähe. Ich habe schon viel über Ärger mit der Schwiegermutter gehört. Sie ist Christin, ich bin's nicht. Und wenn ich mal ein Baby bekomme, dann würde es jüdisch erzogen werden *müssen*. Stell dir vor, sie würde das nicht wollen oder es nicht mitmachen. Ich will die Sache lieber beenden, solange ich noch kann. Ich setze mich einfach noch mal hin und mache meinen High School-Abschluß.«

»Das ist sehr klug«, lobte Ira und gab ihr einen beifälligen, leichten, brüderlichen Klaps auf die nackte Schulter. »Und außerdem hast du Glück, weil der Bruch naturgewollt ist.«

»Ach, weißt du, ich hatte gerade angefangen, ihn zu lieben.«

»Tss, tss, tss.« Ira war emsig bemüht, die kostbaren Minuten von Moms Abwesenheit noch auszudehnen. »Du armes Kind.«

In ihren Augen stiegen Tränen auf. »Mein lieber Bruder. Ich habe niemand anderen.«

»Oh, das kommt noch. Wirst schon sehen. Und jetzt hast du erst einmal die Julia Richmond High School, um dich von ihm abzulenken.« Gott, warum war er so? Warum mußte er auch noch *wissen*, daß er so war? Im Bewußtsein eines zwiegespaltenen Bewußtseins: wie der Stab des Merkur in der Praxis des Arztes, der Äskulapstab, an dem sich die beiden Schlangen emporwinden wie zwei gleiche Sinuskurven, die sich in Überschneidungspunkten kreuzen: »Sin«-Kurven, wie wir in Trigonometrie witzelten, ja – Sinuskurven, Sündenkurven, aber weniger beim *Triggen*... denn beim *F*...

In solchen Momenten tat sie ihm ehrlich leid. Dann konnte er mit ihr traurig sein, ihr ein Bruder sein, ein echter *mensch* von einem Bruder, wenigstens dann einmal.

V

Er konnte sich das Bild viele Jahre später immer noch ins Gedächtnis zurückrufen: Edith, wie sie in der offenen Tür des von Wind und Wetter verschmutzten Eisenbahnwagens stand. In einem hellgrünen Sommerkleid mit blassen Ranken darauf, zierlich, mit olivfarbenem Teint, so stand sie da, eingerahmt von den Rotgußtüren des Personenzuges, die sich anscheinend nur geöffnet hatten, um ihrer schlanken Figur Platz zu machen. Es war Edith Welles höchstpersönlich, und ihre großen braunen Augen mit den schweren Lidern hielten Ausschau nach einem bekannten Gesicht unter den wenigen Menschen, die am Zug warteten. Der Bahnhof hatte keinen Bahnsteig, nur dicke Bohlen neben den Gleisen. Und während der Schaffner in blauer Uniform und Goldrandbrille, mit dem unvergeßlichen Messingabzeichen an seiner Schirmmütze und der schweren Goldkette quer über der Brust, sich väterlichfürsorglich bückte, um den kurzen, zweistufigen Holztritt als Verlängerung der Eisenstufen des Zuges anzusetzen, blickte sie unverwandt auf die Szene vor ihren Augen. Sie reckte das Kinn hoch, was ihrem gesamten Auftreten etwas Trotziges verlieh, stolzen Trotz und Entschlossenheit. Und doch wehte um Augen und Stirn, unter der weichen Krempe ihres schwarzen Glockenhutes, eher etwas wie fragender Zweifel und Besorgnis. Im sanften Schein der Septembersonne blinzelte sie, die zarte Figur im Ausstieg des Eisenbahnwagens, mit schüchternem und dennoch tapferem Gesichtsausdruck in das Licht, das den einfachen Bahnhof überflutete, den Bahnhof von Woodstock.

74

Beim Jubelschrei ihres hocherfreuten jungen Liebhabers lächelte sie zärtlich, wehmütig und ergeben, als akzeptiere sie ihre Tollkühnheit und ihr Vernarrtsein, als beanspruche sie das Vorrecht, sich auf Kosten ihrer eigenen wohlkalkulierten Unklugheit zu vergnügen. Mit ungekünstelter Freude stieg sie die oberen Stufen des Eisenbahnwagens hinab, trat dann auf die unten angesetzten Holzstufen. Der Schaffner, zuvorkommend, wie er war, reichte ihr stützend seine Hand, nahm ihr den Koffer ab und stellte ihn auf die Bohlen. Die Reiseschreibmaschine aber in dem kleineren, schwarzen Köfferchen, die hielt sie fest. Hinter den staubigen Fenstern des Zuges wurden die Gesichter der Mitreisenden zu beschaulich verschwiegenen Zeugen eines glühenden Wiedersehens zwischen einem gutaussehenden jungen Mann, der mit einem hemmungslosen Begeisterungsschrei hinzusprang, um die Angekommene zu begrüßen, und einer Frau unbestimmten Alters, kein Mädchen mehr, wenn auch mit mädchenhafter Figur und mädchenhaft befangen angesichts der prallen Inbrunst des jungen Mannes, der sich ihre Schreibmaschine und den Koffer schnappte und sie zu dem einzigen Taxi führte, das schon reserviert war und vor dem Bahnhof wartete...

In den Augen der weiterreisenden Fahrgäste an den Fenstern würden die beiden nun für alle Zeit zurückbleiben, so kam es Ira vor, der hinter ihnen herging und sich seiner unverbesserlichen Doppelrolle als Schaustück und Schaulustiger zugleich durchaus bewußt war – zurückbleiben in ungeklärtem Verhältnis zueinander, während jene ihrerseits davongetragen wurden zu ihren unbekannten Zielen.

Ein Wink des Schaffners, er hob den Arm. Er bestieg den Zug und hielt den kurzen Holztritt in der Hand. Vor dem Hintergrund von Räderglanz und Lokomotivenqualm ward das Mysterium von Ankunft und Abfahrt vollbracht.

Die drei kletterten ins Taxi. Larry und Edith riskierten keine Umarmung, sondern saßen Hand in Hand, betrachteten einander unverwandt. Welch verliebte Erregung Larry verströmte, während Edith, einfühlsam und empfänglich, seine große Hand mit ihrer freien kleinen leise tätschelte. Und Ira, komplexbeladen wie immer, der Junge aus den Slums,

75

aus einer schäbigen Mietskaserne in East Harlem, fühlte sich privilegiert, diesem wundersam romantischen Abenteuer beizuwohnen: so schön, schön – ja, aber für ihn unerreichbar, als befände er sich in der Vorhölle oder jenseits einer immateriellen transparenten Scheidewand zu glückseliger, bejahender Verliebtheit und Liebe – Liebe, ein Zustand, von dem er ausgeschlossen war. Er hatte sein Einfühlungsvermögen verwirkt, es ruiniert. Ja, und wieder die Frage: Wer würde das verstehen? Er hatte es ruiniert, indem er am Ende angefangen, den Höhepunkt vor dem Vorspiel kennengelernt hatte: den vernichtenden Vollzug nämlich, dem Umfeld zärtlicher Gefühle, der Heiligkeit von Zärtlichkeit und Zuneigung entrissen, deren Zeuge er hier wurde – das war es. Durch Geilheit und Feigheit, durch Heimlichkeit und Vertuschung hatte ihn das Kopulieren, das ihn einst mit Minnie und heute mit Stella verband, von allem anderen, was Liebe bedeutete, ausgeschlossen. »Nicht küssen«, hatte seine Schwester immer gesagt. Und Stella, außer bei jenem einen Mal, wer wollte *die* schon küssen? Die dich immer beobachtete, breitbeinig, während du in ihr kamst, und deren blaßblaue, weit geöffnete Augen beim Orgasmus immer so einen Glimmer bekamen. Wo war denn da Liebe? *Love, schmuv, shove.*

Sie waren aufs Land gefahren, um die letzten beiden Wochen vor Semesterbeginn gemeinsam zu verbringen, sich ein Stelldichein in dem alten Steincottage am Rande der Stadt Woodstock zu geben. Bezaubernd wirkten auf Ira – und ganz und gar unglaublich – die Unregelmäßigkeiten in der einheitlich und doch willkürlich zusammengesetzten Steinfassade, die ihre Stabilität aus dem verzweigten weißen Spitzengeflecht von Mörtelvenen bezog, einem Netz aus hellem Mörtel, das Stein wahllos mit Stein verband. Das Haus machte auf ihn den Eindruck, es liege in ewigem Dunkel, sei es wegen der Weinreben, die am Mauerwerk rankten, oder wegen der riesigen Bäume, die den Rasen davor überschatteten, oder wegen des verfallenen Vordereingangs in einer Nische: ihm vermittelte es ein Gefühl von Schatten – und Abgeschiedenheit. Selbst der gepflegte Garten, eher ein Refugium denn ein Garten, zum Himmel hin offen, war umgeben von einer hohen, stattlichen und dabei rustikalen Mauer. Grüne Lichtung, späte Blumen, Steinplatten eingebettet im Rasen, beschattet von Hemlocktannen. Natürliche Schönheit allenthalben ergoß sich über die Sinne – ankerte unsichtbar neben Bildern und Szenen aus East Harlem.

Das Haus war ihnen von John Vernon überlassen worden, Ediths Kollege im Englischen Seminar. »Meine gute Fee«, spöttelte Larry. John war aber nicht etwa der Eigentümer des Hauses. Es gehörte seiner Schwester, die ihrem Mann, Geschäftsführer von Beruf und zur Zeit in Schottland tätig, nachziehen wollte. Mit seinem selbstbewußten Auftreten und seiner urbanen Weltgewandtheit war es Larry gelungen, der sehr pedantischen, fast mißtrauischen Überprüfung durch die rechtmäßige Herrin des Anwesens standzuhalten. Er nahm sie sogar ganz für sich ein, indem er Verantwortungsbewußtsein und Reife demonstrierte und den antiken Charme von Ausstattung und Dekor des Hauses lobte. Bei ihrem Treffen tauschten sie sich aus über Küchengerät und Einrichtung, über Grundstückspflege und den Gärtner, der während ihres Aufenthalts mindestens einmal kommen würde, sowie über dessen Frau, die Putzhilfe. Weltmännisch und doch ehrerbietig lauschte Larry aufmerksam all den Instruktionen der Lady. Schließlich und endlich war sie offenbar überzeugt, daß für Haus und Hof gut gesorgt würde, und nannte einen, wie sie sagte, nominellen Geldbetrag, nur wenig höher, als zur Deckung der Selbstkosten erforderlich war. Larry zückte einen Scheck, einen von Edith bereits unterzeichneten Blankoscheck, und überreichte ihn der Lady, die, nachdem sie durch ihr Lorgnon einen kurzen Blick darauf geworfen, für den Bruchteil einer Sekunde innehielt und Larry nachdenklich musterte. Nie zuvor hatte er soviel Ausstrahlung gehabt, so ansehnlich und gewandt gewirkt... Während der ganzen Zeit stand Ira etwas abseits, kaum beachtet, den Hut in der Hand, wie ein stummer Diener in einem Theaterstück, und hörte aufmerksam zu. Er fühlte sein Gesicht zucken, so tief ging seine Verwunderung, und all das Neue verblüffte ihn so sehr, daß er nur einen Bruchteil dessen, was vor sich ging, erfaßte.

Larry und Ira hatten den Abend zuvor allein verbracht. Larry hatte Edith angerufen und ihr bestätigt, sie hätten ihre Unterkunft mit Erfolg bezogen, und das Haus sei wunderschön. Sie hatte dann am Morgen zurückgerufen und mitgeteilt, welchen Zug sie nehmen und wann sie ankommen würde. Ihr Zug sollte am späten Nachmittag in Woodstock eintreffen, und obgleich Larry vor Ungeduld platzte, war Ira insgeheim ganz froh über die Verschnaufpause. So gewann er Zeit – Zeit, sich zu orientieren, sich an die völlig neue Umgebung zu gewöhnen, deren einzelne Elemente einzeln zu betrachten, sich einzuprägen. Er war dankbar für eine Gelegenheit zur Bewunderung, zur demütigen und zurückhaltenden Würdigung der schlichten Eleganz und für den Versuch herauszufinden, was diese Eleganz ausmachte. Immer und immer wieder hätte er am liebsten den Kopf geschüttelt: er gehörte nicht dorthin; er hörte und sah zuviel und verstand ja kaum, was er da alles hörte und sah, er fühlte es nur. Ja, natürlich wollte er alles kennenlernen, aber er war viel zu anfällig, viel zu beeindruckbar – oder was auch immer; er war gerade dabei, verführt zu werden. Das war komisch. Denn er meinte nicht wirklich verführt; er wurde soeben davongetragen, weiter fort als je zuvor aus seinem gewohnten Lebensumfeld, aus seiner etablierten Ordnung, als würde er von seinem inneren Schwerpunkt losgerissen und könnte – erst einmal in Bewegung – nicht mehr zurück. Eleganz fiel einem nicht zu, keimte nicht aus viel Besitz, aus sehr viel Geld, wenn man reich war, ein *poretz* war, wie Mom auf jiddisch sagen würde, ein Magnat. Nichts von dem allein garantierte vornehme Eleganz. Es gehörte schon noch mehr dazu. Wie sollte er das erklären? Was ihn verführte, war: Geschmack. Er konnte es sofort spüren, sich an dieses Gefühl erinnern, das er im Alter von zwölf Jahren in jenem eleganten Stadthaus kennenlernte, als er seinen ersten Freßkorb im Auftrag der Firma Park & Tilford versehentlich am Haupteingang ablieferte und hineingebeten wurde. Er war anfällig dafür. Er machte ihm den Mund wäßrig wie etwas Köstliches: guter Geschmack.

Rauhe, graue Steinplatten führten zu dem verfallenen Eingang des Cottage, dicker, fetter Efeu wallte dekorativ über die

Feldsteinmauern. Blumen und Büsche und wer weiß was noch zwischen Straße und Haus. Tannen standen vor dem Haus Spalier. Und drinnen, in dem großen Wohnraum, unter dem gesprenkelten Marmorsims: der Kamin aus Findlingen, die Kaminholzträger aus Messing so ansprechend, Figuren in der Uniform hessischer Soldaten zur Zeit der amerikanischen Revolution mit hohen, imposanten Kopfbedeckungen. An der Wand Bilder der frühen Amerikaner in farbenfrohen Jacken und Kniebundhosen vor lichtblauem Hintergrund, Frauen in bauschigweißen Hauben. Da gab es viel zu sehen, Bilder von Personen, die einst wirklich gelebt hatten, vielleicht der Eigentümerin Vorfahren selbst. In ihren vergoldeten Rahmen posierten sie so still und friedlich in der azurblauen Atmosphäre einer anderen Zeit. Und dann die wertvollen, schlichten Holztruhen und die Anrichten mit dickem Spiegelglas, die feingliedrigen Schaukelstühle mit den hohen Rückenlehnen, die kleinen Sofas und Liegen mit den gestreiften Bezügen. Und dann dieses hinreißende Piano – und sogar der runde, drehbare, aus Holz gearbeitete Klavierhocker wirkte warm und edel und gediegen.

Ira ging wieder nach draußen, wandte sich nach hinten, dem Rasen und dem Garten zu, der von blätterbedeckten Mauern umgeben war, die köstliche Abgeschiedenheit schenkten, inneren Austausch mit Himmel und Wolken. Auf dem Rasen standen durchbrochene, gußeiserne Gartenmöbel, so weiß und schwer – wie herrlich, dort draußen zu speisen. So zwanglos, so angenehm und schön das alles. Eleganz. Wie sonst sollte man es nennen? Und dann, ganz plötzlich, in Gedanken wieder bei der 119. Straße, in der Nähe der Park Avenue und bei der Überführung der Grand Central Eisenbahnlinie, wieder bei den Stufen des Hausaufgangs zum Mietshaus und den Kindern, die dort herumsaßen, direkt über dem steilen Abgrund zur Kellertreppe. Im Gebäude dann der düstere Hausflur und hinter den verbeulten Briefkästen die schäbige Treppe, die man hinaufgehen mußte, bis man die frisch gescheuerte, reinlich kahle Küche erreichte, Jesus, und dann durch die ganze Wohnung, in der alle Zimmer wie aneinandergekoppelte Eisenbahnwagen angeordnet waren, und an dem widerlichen Luftschacht vorbei. Es war einfach ungerecht: Mom und Pop stritten sich darüber, wieviel Haushaltsgeld Mom noch für diese Woche bekam. Sie stritten über die Verwandten, über Geld und darüber, wer die neue Wäscheleine bezahlen sollte. Es gab Vorwürfe, Beschimpfungen und, Himmel Herrgott, seine eigenen Intrigen und Pläne, denn er hatte sich sogar, während Mom und Pop nebenan am Küchentisch saßen, in der Wohnung geheime Fallstricke für Minnie ausgedacht, verführerische Netze, entwaffnende List und Tücke. Als krumme Krücke suchte er die geeignete Lücke, wie er ihr beikommen konnte. Bei-kommen, das paßte. War es nicht seltsam? Nun, da sie ihren Rod, den *gojischen* Stecher abgeschafft hatte, versuchte Minnie, ihrem Bruder aus dem Weg zu gehen, ihrem Bruder Ira, dem sie noch längst nicht traute.

Aber Junge, Junge, was konnte er für ein Schwerenöter sein, wenn er es darauf anlegte – na, wie sollte er sagen? Wenn er ihr schmeicheln, sie streicheln, ein Schmeichelschniedelwiedel sein wollte. Schön *tun* und es selbst schön *haben* wollte. Nun, was sollte er machen? Er würde schon wollen, aber seitdem er als Achtjähriger miterlebt hatte, wie dieser niederträchtige Wichser sich im Wald einen runterholte und das Sekret von der Baumrinde troff, kämpfte er dagegen an; er würde es sich nicht selbst machen. Fast jedes Mal, wenn er es dann doch tat, wollte er sich hinterher den Schwanz abschneiden, als sei er jetzt noch tiefer gesunken, als er es eh schon war: als sei er jetzt einer wie Joe, dieser Päderast mit seinem Suppenschüsselhut. Ach, bring dich doch um, du Bastard. Nein, doch lieber – wie so oft geübt – den Harmlosen spielen, verkünden, er wolle zu Fuß zu Tante Mamie gehen, pflichtschuldigst den Sejde besuchen, dem alten Hypochonder seine Aufwartung machen. Klar war dessen Enkelsohn eine Laus. Aber wem schadete er denn? Waren *die* etwa gut zu *ihm*? Und sofort drehte sich alles in seinem Kopf – ein einziger Wirrwarr, ein Gemuddel, ein Gemulle – er mußte an das schöne Wort *mulligatawny* denken, das er irgendwo gelesen hatte – ein einziges Durcheinander. Warum konnten in seinem Kopf die Dinge nicht so sein, wie sie sein sollten, wie sie in Larrys

Kopf waren, sauber und geordnet, anstatt immer durchkreuzt von Nebenwiderständen und verrückten Möbius-Umleitungen wie Dr. Sorel sie ihnen in Mathematik gezeigt hatte. Warum?

Und vorsichtig mußte er sein, auf der Hut. Gerade in diesen Zeiten verworrenen Grübelns kam es vor, daß Edith Ira aus großen ernsten Augen anblickte, ihn auszuforschen versuchte, so daß er seine Blicke senkte und grinste. Komm her und nenn mich doch verrückt wie Möbius, den Blödius, das hätte er zu ihr sagen und sie vielleicht zum Lachen bringen sollen. Aber dann hätte sie ihn bestimmt gebeten, sich zu erklären. Und huh-huh, um dann womöglich diese ganze gequirlte Scheiße preiszugeben, die er in sich hatte; seine Abscheußlichkeiten, so nannte er es, und bewunderte sein dreifaches Deckmäntelchen. Auch nur die leiseste Andeutung, selbst das wenige, was er Larry anvertraut hatte – absolut undenkbar. Aber was zum Teufel sollte das jetzt? Genug davon.

Er versuchte nachzudenken – an jenen beiden Tagen, als Larry und er auf Edith warteten, und auch noch, als sie dann da war. Er versuchte, an Dinge außerhalb seiner selbst zu denken, an Dinge in diesem üppig ausgestatteten Haus, in dem er jetzt wohnte, in dieser fast schon bizarren Situation. Er versuchte nachzudenken, Vermutungen anzustellen, nach Motiven zu tasten: Vielleicht kam Edith in der bewußten Absicht, für sich herauszufinden, ob eine Heirat mit ihrem jugendlichen Liebhaber machbar sei, womit dieser ihr fortwährend in den Ohren lag. Vielleicht aber auch nicht. Die Idylle in Woodstock konnte ihr auch dazu dienen, als Frau in einer männlich dominierten Welt trotzig ihr Recht auf Privatleben geltend zu machen, wie sie es oft so nachdrücklich forderte. Trotzig. Aber notwendigerweise auch vorsichtig, weil es schließlich eine männlich dominierte Welt *war* und weil ihre Position an der Universität und ihr Auskommen gefährdet sein konnten – ihr eigenes Wohlergehen wie auch das derjenigen, die von ihr abhingen: Mutter, Vater, Schwester, die sie alle teilweise unterstützte, der jüngere Bruder, dem sie durch das College half; aller Wohlergehen stand auf dem Spiel, falls ihr höchst unkonventionelles Verhalten entdeckt würde – bestenfalls unkonventionell, schlimmstenfalls verwerflich.

So nebulös sich Ira des öfteren in heiklen Angelegenheiten wie dieser auch einschätzte, so konnte er sich doch der klaren Erkenntnis nicht verschließen, wie gefährlich dieses Abenteuer für Edith war – zwar vollkommen anders als seine eigenen schmutzigen, verkommenen Eskapaden, aber ebenso verstohlen und heimlich. In dieser Hinsicht ihr so ähnlich, war er sich des Vertrauens, das in ihn gesetzt wurde, um so bewußter und um so entschlossener, es zu rechtfertigen und Edith zu schützen. Sie verletzte gültige Moralvorstellungen; darum mußte sie umsichtig handeln, sehr genau aufpassen, ob man nicht Freunde und Bekannte entdeckte, die womöglich einen von ihnen dreien – und ganz besonders Edith – wiedererkennen konnten. Was für ein Skandal das wäre, wie hoch die Wellen der Empörung an der Universität schlagen würden! Mit Sicherheit würde es im Englischen Seminar einen Riesenwirbel geben, das war klar. Und Professor Watt, der respektable und ehrenwerte Direktor des Englischen Seminars, der bei der Rekrutierung seines Lehrkörpers so gern mit dem Unkonventionellen liebäugelte, würde sich im Falle von Schwierigkeiten ohne Frage zuerst selber schützen und Edith entlassen. Sie mußte damit rechnen, gefeuert zu werden. Eine Liebesaffäre mit einem *Freshman*, einem achtzehnjährigen Studienanfänger! Selbst mit einem Studenten höheren Semesters wäre es noch schlimm genug.

Entsprechend angespannt und gereizt war sie jetzt. Dies um so mehr, als Iola, die ursprünglich zugesagt hatte, an dem Rendezvous in Woodstock teilzunehmen und schon fest entschlossen war mitzufahren, in letzter Minute wortbrüchig wurde und Edith mit der Bürde einer möglichen Bloßstellung alleine ließ. Eine verbotene Menage – Iola drückte sich eiskalt und treulos, übersah dabei völlig, daß sie Edith etwas schuldete, die ihr schließlich geholfen hatte, die Position im Englischen Seminar an der New York University zu bekommen. Edith war pikiert, Ira war enttäuscht. Edith schrieb Iolas Rückzieher der nahe bevorstehenden Rückkehr von Richard Smithfield zu, mit dem sie so gut wie verlobt war, für den

Fall, daß er ein Leben als Hetero und nicht, wie John Vernon es sich erhoffte, als Homosexueller wählte. Vage begriff Ira, daß Iola ihren Beinahe-Verlobten nicht kränken wollte, der schon bald nach Ablauf seines Rhodes-Stipendiums aus Oxford nach Amerika zurückkehren würde. Aber Richard war in Paris von einem Sodomiten – oder so ähnlich – im Taxi »vergewaltigt« worden. Der Schock hatte ihn derartig entnervt, daß er danach in seiner eigenen Sexualität ambivalent wurde und an seiner Beziehung zu Iola zweifelte. Sie konnte sich seiner nicht mehr sicher sein.

Doch Ira hatte seine eigenen Vermutungen darüber, weshalb Iola in letzter Minute aus der Symmetrie ausscherte, die ihre Anwesenheit der Gruppe beschert hätte: Wie zum Teufel konnte sich ein erwachsener Mann in einem Taxi vergewaltigen lassen, ob nun in Paris oder anderswo? Nicht etwa eine Frau, nein, ein *Mann* sollte ohne eigenes Zutun vergewaltigt worden sein? Man hätte, verdammt noch mal, das Taxi anhalten können, selbst wenn man des Französischen nicht mächtig war, und Richard, der Gebildete, sprach die Sprache doch bestimmt. Und überhaupt, wie sollte das gehen – einen Mann vergewaltigen? Die Hose aufmachen, den Schwanz rausfummeln, ihn ablutschen oder mit der Hand befriedigen – oder was? Und alles gegen seinen Willen? Meine Güte. Nee, nee, der Typ mußte wenigstens halbwegs Lust gehabt haben, sich diesem Erlebnis auszusetzen. Kein Wunder, daß Iola von Zweifel befallen war und John Vernon sich in froher Erwartung schon die Lippen leckte.

Iola selbst hätte es durchaus riskiert, sich Edith anzuschließen und das Quartett komplett zu machen. Es gab viel Platz in dem schönen zweigeschossigen Haus, ausreichend Schlafräume und Badezimmer. Nein, es war wohl *seinetwegen*, Ira selbst war der Grund, weshalb Iola es ablehnte, Edith zu begleiten: es war *seine* Unentschlossenheit, *seine* dürftige Ausstrahlung, *sein* magerer Sex-Appeal. Diese Annahme war nicht von der Hand zu weisen, ließ sich auch nicht schönreden: Es war seine Verzagtheit, seine Schüchternheit, sein verfluchter Wankelmut in puncto Libido, der daraus resultierte, was aus ihm geworden war, oder was er aus sich gemacht hatte mit seinem immerwährenden Versunkensein in unheilbare Heimtücke und Schuld, in Heimlichkeit, Furcht und Entwürdigung – und alles, das war das Schlimmste, vor dem Hintergrund des Tabus, das er gebrochen hatte. Ja, er hatte seine Normalität für immer zerbrochen, für immer und ewig, an jenem entsetzlichen Nachmittag, als nur noch ein paar Geometrieaufgaben seine Raserei bändigen und ihn davor bewahren konnten, einen Mord zu begehen. Sein Wahnsinn war zwar unter Kontrolle, ja, hatte aber etwas in seinem Hirn zu sehr verdreht, irreparabel. So jedenfalls fühlte es sich an.

Und so war es auch. Und genau das war der Grund, warum Iola sich ihnen nicht anschloß. Wieso hätte Richard es denn überhaupt erfahren müssen, wenn sie mitgekommen wäre? John Vernon hätte es ihm bestimmt nicht erzählt. Der mochte wohl homosexuell sein, aber er war ein Ehrenmann: Sieh nur, was er jetzt für Edith tat – uneigennützig stellte er ihr und ihrem jungen Liebhaber dieses wundervolle Haus in Woodstock zur Verfügung. Nein. Er, Ira, mußte sich selbst die Schuld geben. Iola spürte seine vergiftete Männlichkeit, spürte seine erdrückende Potenz, spürte seine Scheu vor Gefühlen in einer anspruchsvollen Beziehung. Genau. Ruiniert für den Rest seines Lebens war seine Fähigkeit, in solcher Situation seinen Mann zu stehen. Tja, toller Witz. Damals, als sein Aufsatz *Eindrücke eines Klempners* im *Lavender* bereits erschienen war, hatte Iola ihm einmal einige Blatt Papier aus der Hand genommen – aufgerollte Prospekte, das Studienprogramm des City College of New York oder so – und zu ihm gesagt: »Du hast etwas Neues geschrieben? Für mich?« Sie streckte ihre Hand aus und griff danach, Blicke aus blauen, skandinavischen Augen verschmolzen mit seinen, als sie die Papierrolle nahm. Also – manche Eingebungen sind ja verrückt, aber die Rolle wirkte auf ihn wie ein Phallus, den sie mit der Hand umschloß, heiße Versprechungen lagen in ihrem verschleierten Blick. Nein, er hatte nichts für sie geschrieben. Nein. Verdammter Mist. Wie pikiert sie war an jenem Nachmittag, als sie sich alle in der Theater Guild, hoch oben auf den billigen Plätzen, verabredet hatten, um sich Shaws Stück *Helden* anzusehen.

84

Ein dunkler, angstvoller Schmerz wie lange nicht hatte ihn überfallen, und er lächelte düster über Iolas provozierende Sticheleien. Jesus Christus, nein, kein Zweifel: wieder einmal hatte er verpfuschte Virilität signalisiert. Und warum sollte sie sich um alles in der Welt jetzt noch die Mühe machen, zu ihnen zu stoßen, wenn er doch nichts zu bieten hatte? Es war nicht Richard, auf den Iola Rücksicht nahm, sondern es war Ira, dem sie seinen Mangel an sexueller Bereitschaft übelnahm. In ihrem ungewöhnlich schmalen, skandinavischen Gesicht ahnte er die unterschwellig vorhandene Wollust. Sie konnte flirten und tat es auch. Und was konnte er ihr bieten? Nichts, außer dem aufgerollten Studienprogramm des CCNY. Sie war der Inbegriff der blonden Frau mit geflochtenem Haar, aufreizend in ihrem grünen Kleid, und kokettierte mit ihm bis zum Ende der Vorstellung. *Helden!* Schönes Heldentum... Jesus, alles um dich herum wirbelte in geiler Symbolik umeinander, und du, längst schon gelähmt vom Verbotenen, du, gebrochen von peinlich mißglücktem Werben, du schrecktest zurück vor Nähe. Aber Teufel auch, vor Monaten hattest du sie doch noch zu einem Waldspaziergang in Bear Mountain aufgefordert und hättest dich – all deinen Mut zusammengenommen – sogar, wie Bill Shakespeare schrieb, bis zum Anschlag hochschrauben können. Aber du konntest nicht. Dann also gute Nacht. Du hast dir eine Blöße gegeben, dich fast ganz entblättert...

Sie richteten sich in ihrer eleganten Unterkunft häuslich ein, jeder in einem anderen Zimmer – tagsüber. Des Nachts hatten Larry und Edith ein gemeinsames Schlafzimmer, das große Doppelzimmer im hinteren Teil des Hauses. Ira bezog ein kleineres, das direkt vom Flur abging, in der Nähe eines separaten Bads. Frühmorgens war es frisch und kühl, die drei frühstückten in der Küche. Gegen Mittag hatte es sich so weit erwärmt, daß man draußen, auf den weißlackierten Gartenmöbeln aus schwerem Gußeisen auf dem Rasen, essen konnte, von den hohen Mauern umrahmt. Gewöhnlich machte Larry das Frühstück, manchmal auch Edith, wobei Larry oder Ira dann auf der modernsten aller Hebelarmpressen den Orangensaft herstellten. Die Mittagsmahlzeit bestand aus weichgekochten Eiern und Spargel oder Hühnerfrikassee aus der Dose mit grünen Erbsen und Karotten. Sie brauchte Ballaststoffe, sagte Edith, mußte aber schwer Verdauliches meiden, weil ihr Darm entzündet war. Ira aß gierig wie immer, konnte sich kaum verkneifen zu schlingen und verzehrte zu jeder Mahlzeit doppelt soviel Brot oder Toast wie Larry oder Edith. Von wegen schwer verdaulich: Nichts schmeckte ihm besser als Brot, kräftige Laibe russischen Roggenbrots oder schwerer Pumpernickel, und nicht diese weichen, abgepackten Scheiben. *Boy*, wenn er könnte, wie er wollte, dann würde er schon zum Frühstück Eier und Lachs essen und ein Tartar aus Tomatenhering mit gehackten Zwiebeln. Aber er mußte versuchen, sich gut zu benehmen, ein *chompkn* vermeiden, sein geräuschvolles Kauen, wofür Pop ihn immer tadelte. »Wenn der *fress* ihn überfällt, dann ist er wie besessen«, pflegte Pop zu sagen. Selbst Larry nahm ihn einmal beiseite und sagte freundlich: »Mich stört es zwar nicht, aber man leckt sich nicht nach jedem Bissen die Lippen sauber.«

Ira war überrascht – und peinlich berührt. »*Gee*, tue ich das denn?«

»Ja. Es fällt sehr auf.«

Ira war zerknirscht und sagte nichts.

»Schlimm, daß ich's dir gesagt habe?«

»Nein, nein. Ich werde versuchen, es zu lassen. Mache ich denn sonst noch was falsch?«

»Schon möglich. Aber es ist nicht eigentlich falsch. Nur eine schlechte Angewohnheit.«

»Ach ja? Du könntest es mir aber ruhig sagen«, drängte Ira.

»Du weißt doch, was sonst noch ist, und wie es wirkt.«

»Fällt dir nicht auf, daß du immer *gee* sagst?«

»Tatsächlich?« sagte Ira und bemerkte plötzlich, daß es stimmte. »*Boy!*«

»Und *boy* sagst du auch andauernd«, sagte Larry.

»*Oh, boy.*«

Larry kicherte.

»*Gee*, ich will's versuchen. *Boy*, ich will's versuchen. Doch, ganz bestimmt.«

Ediths Reiseschreibmaschine ratterte fast den ganzen Tag. Sie hatte zwei Gedichtbände zu besprechen, einen für die Sonntagsausgabe der *New York Times,* den anderen für *The Nation.* Allzu viel hielte sie nicht vom Inhalt der beiden Bücher, sagte sie, und bekäme außerdem nicht sehr viel für die Rezensionen bezahlt. Sie sei aber sehr froh über ihren Beitrag in der *New York Times:* wenn auch nur klein, so war er doch ein Anfang. Larry las das besprochene Buch und ihren Artikel. Sie diskutierten darüber. Auch Ira bekam den Gedichtband zu lesen und kratzte sich hinterher kleinlaut am Ohr. »Ich weiß nicht recht. Ich habe es gelesen, aber ich verstehe es nicht.«

»O doch, das tust du wohl!« Edith weigerte sich, ihm zu glauben. »Das versteht jeder, der so sensibel ist wie du.«

»Ich wollte sagen, ich verstehe zwar die einzelnen Wörter und die Vergleiche. Aber ich kann nicht -« Er machte entsprechende Handbewegungen: »Ich kann nicht die Sprünge von einem zum anderen nachvollziehen.«

Edith und Larry lachten.

Und Edith schrieb Briefe, viele Briefe, haute sie schnell herunter wie diejenigen, die Ira von ihr bekommen hatte, als sie durch Europa reiste. Die Schreibmaschine klapperte ohne Unterlaß. Sie redigierte auch einige ihrer Vorlesungen, zum Beispiel die über moderne englische und amerikanische Dichter. Als er einmal einen Blick auf all die dünnen Bücher warf, die auf ihrem Tisch verstreut herumlagen, da staunte Ira insgeheim. Die hatte sie alle in ihrem Koffer mitgebracht, Lyrik von Wallace Stevens und Elinor Wylie, von Archibald MacLeish und Edith Sitwell. Wie konnte sie nur in all den ungleichartigen, indirekten Formulierungen einen Sinn erkennen? Für ihn war das zu hoch. Wie konnte sie so viel in sich aufnehmen, so viel über das schreiben, was sie las? Er war verblüfft, als er die Bücher flüchtig durchblätterte: entweder waren die Gedichte zu undurchsichtig, um sie zu durchschauen, oder sie waren wie ein weitmaschiges Gitter: Er rutschte hindurch und verpaßte das Wesentliche, woran er sich hätte klammern können, verpaßte die Erleuchtung. Er schämte sich, es zuzugeben, blickte auf die Gedichte, die man ihm zu lesen gab, nickte verständnisinnig oder versuchte, Aufgeschlossenheit zu zeigen, indem er leuchtende Freude auf sein Gesicht zauberte – wie ein Glühwürmchen. Warum sagten die nicht, was sie wirklich dachten? Es war ja nicht alles so simpel wie Longfellows *Dorfschmied*. Warum nur konnten die einem nicht direkt sagen, was die einzelnen Redewendungen bedeuten sollten? Sagen, daß dieses oder jenes gemeint sei. Oder der Bedeutung so nahekommen, daß er verstehen und vielleicht sogar angerührt sein konnte, wie von Robert Frosts Worten, die er aus der Untermeyer-Anthologie kannte: »*The woods are lovely, dark and deep, but I have promises to keep.*« Jeder konnte verstehen, was das bedeutete. Oder das Gedicht *L'Albatros* von Baudelaire, auf das Iz Rabinowitz, der im Hauptfach Französisch studierte, ihn aufmerksam gemacht hatte: »*Le Poète est semblable au prince des nuées... Ses ailes de géant l'empêchent de marcher.*« Gee, war das gut. So fühlte er sich auch manchmal: ein Prinz in seiner Phantasie, ein Tölpel im richtigen Leben.

Vielleicht war er ja beides.

In den ersten beiden Tagen nach ihrem Einzug traktierte Edith im großen Schlafzimmer eifrig ihre Schreibmaschine. Larry saß meistens in der Bibliothek und las in dem Buch, das Edith ihm aus Frankreich mitgebracht hatte. Wenn er nicht gerade las, widmete er sich dem Schreiben von Gedichten, dem »Verseschmieden«, wie er es nannte, und auch abends setzte er sich wieder dran, wenn er zum Dichten noch mehr in Stimmung war. Ira machte zwischendurch kleine Nickerchen und kümmerte sich um die Vorräte. Oder aber er setzte sich, immer noch hoffend, daß sein Interesse an Biologie noch einmal aufleben würde, in den sonnigen, geschützten Garten und lernte aus dem Lehrbuch für Biologie, das er mitgenommen hatte. Es war ein veraltetes Biologiebuch für Studienanfänger, das ein älterer Student ihm umsonst abgetreten hatte, weil es im nächsten Semester durch eine neuere Ausgabe ersetzt werden sollte und der Buchladen im College das überholte Werk nicht in Kommission nehmen wollte. »Diese Schweine, die wollen es nicht zurückkaufen«, hatte der Student gesagt. »Hier. Kannst du haben.« So kam es, daß Ira sich seitenweise Material einverleibte, das er größtenteils schon kannte, abwechselnd las und Heuschrecken fing, um sie mit seinem Klappmesser barbarisch zu sezieren. Oh, Heuschrecken kannte er bald in- und auswendig, jeden Körperteil mit Namen und Funktion: die Tracheen, die Mandibeln, den Legestachel und die Tarsen. Einen anatomischen Querschnitt der Heuschrecke auswendig zeichnen, das konnte er. Vielleicht würde im nächsten Semester – kaum ohne Mitbewerber aus den Reihen der Zweitsemester und vieler hochintelligenter Studienanfänger, die ganz dringend mit ihrem Medizinstudium beginnen wollten – in Biologie I noch ein Platz frei sein, auf daß auch *er* endlich sein berufsbezogenes Studium aufnehmen konnte. So bekam er noch einmal eine Chance, in sich zu gehen und vielleicht seine Stärken zu entwickeln. Zu Ediths und Larrys Erbauung referierte Ira sehr gelehrt über die Heuschrecke, deren anatomische Merkmale, das Außenskelett der Insekten, über Art, Ordnung und Geschlecht. »Wißt ihr, das Komische ist ja«, bemerkte er, »ich denke beinahe, daß sie koscher sind. Ich glaube, Juden dürfen Heuschrecken essen. Ich weiß nicht genau, warum, aber ich vermute einfach, daß in den vierzig Jahren Wüste manchmal nichts anderes aufzutreiben war. Gee, ich würde zu gern wissen, womit die Raben den Elias nach Meinung der Rabbiner gespeist haben – ob es wohl Heuschrecken waren, oder was? Ich darf nicht vergessen, meinen Großvater danach zu fragen, wenn wir zurück sind. Er wohnt jetzt bei meiner Tante Mamie in Harlem.«

Edith saß derweil einfach nur da, die winzigen Hände in den Schoß gelegt, und sah ihn aus großen braunen Augen unverwandt an, mit nüchternem, für Ira undurchdringlichem Gesichtsausdruck. Was war es, das sie zu ergründen suchte? Larry schien Iras Ausführungen zu genießen; er bestärkte ihn sogar. Dennoch schien er gar nicht richtig zuzuhören – das war das Merkwürdige. Larry saß mit verschränkten Händen aufmerksam da, aber es war klar, daß er mit seinen Gedanken ganz woanders war – aber wo? Bei einem Gedicht? Ira hatte das undeutliche Gefühl, daß es das nicht sein konnte, daß etwas ganz anderes Larry beunruhigte und daß seine Biologie-Vorträge die Sorgen, die sein Freund hatte, für kurze Zeit vertrieben. Woher zum Teufel Larry die Ideen für seine Gedichte nahm – Ira hatte nicht die leiseste Ahnung. Aber daß er sich in letzter Zeit Iras Stegreifvorträgen gegenüber immer aufgeschlossener zeigte, das fiel auf. Ein wenig verwunderlich, oder nicht? Aber wenn Larry es so wollte –

»Sie heißen Orthopteroidea, Geradflügler, weil ihre Flügel nicht faltbar sind«, führte Ira aus. »Wie ihr wißt, sind Insekten mit Krustentieren verwandt, mit dem Hummer zum Beispiel. Und dennoch dürfen Juden keinen Hummer essen. Komisch, nicht? Mein Vater hat einmal bei einem Luxusbankett gekellnert und so viel von dem übriggebliebenen Hummer gegessen, daß ihm hinterher ganz schlecht war und er sich übergeben mußte.«

Edith lachte. Larry lächelte – geistesabwesend.

»Mein Onkel Moe hat Hummer auch sehr gern. Aber Muscheln nicht. Die kriegt er nicht runter.«

»Warum nicht? Es sind doch auch Meeresfrüchte«, sagte Edith. »Vielleicht, weil sie nicht koscher sind?«

»Genau, koscher sind sie alle beide nicht.« Ira hielt inne, grinste kleinlaut. »Oh *boy*, jetzt hab ich mich ganz schön in die Nesseln gesetzt. Nicht sehr geschmackvoll von mir. Es ist nämlich wegen des ordinären Ausdrucks, den manche Leute benutzen. Ordinäre Leute, meine ich.«

»Wie sagen die denn zu Muschel?«

»Ach, das ist kein schöner Ausdruck. Ich hab doch gewußt, daß ich in Schwierigkeiten komme.«

»Himmel, Ira, so zimperlich bin ich nun auch wieder nicht. Oder wirke ich so?«

»Nein.«

»Warum sprichst du es dann nicht aus?«

»Ein andermal. Ah, ich weiß – ich werde es Larry sagen. Den Rest überlasse ich ihm.«

Edith lächelte – nicht aufgeklärt, aber abgeklärt.

Dann kam der Tag, der dritte oder vierte nach Ediths Ankunft, an dem sich eine dieser nicht rein zufälligen Episoden ereignete: nicht rein zufällig deshalb, weil vage Vermutungen damit verbunden waren oder eine verdeckte Kampfansage sie ausgelöst hatte. Erst später, als von den Begleitumständen des

90

Ereignisses nur der großzügige, stille Wohnraum übriggeblieben war, in dem sich alles abgespielt hatte, da verdampfte das Bild zu ganz gewöhnlichem Tageslicht, in dessen hellem Schein eine Frau mitten im Raume stand. Die Frau war Edith, und mit schlichter Herzlichkeit überreichte sie Larry ein Buch, einen ziemlich dicken Band. Es dauerte ein Weilchen, bis Ira die ganze Tragweite dessen erfaßte, was in dem winzigen Augenblick in dem eleganten Wohnraum vor sich ging. Und doch, die bloße Tatsache, daß dieses Ereignis einen unauflöslichen Knoten, und sei er noch so klein, in seinem Gedächtnis hinterließ, würde für immer und ewig den folgenschweren Augenblick der Wandlung in seinem Hirn markieren, da die Vergangenheit von dem alten Ziel, der früher anvisierten Zukunft abwich und sich einer neuen zuwandte – den Augenblick, da seine Gefühle sich auf etwas Neues richteten, sich von einem alten auf ein neues Feld verlagerten.

Das Buch, das Edith Larry entgegenstreckte, war eins von denen, die sie aus Frankreich mitgebracht hatte. Sie hatte es durch den Zoll geschmuggelt, das blau eingebundene Buch, ein unbetiteltes Exemplar von James Joyces *Ulysses*. Und es gab noch etwas über sie, etwas Bezeichnendes, das man sich merken mußte – die irritierende Einsicht flackerte Ira durch den Kopf –, daß nämlich hinter ihrem steten, liebenswürdigen Blick Täuschung lauern konnte, Falschheit zwischen den harmlosen Grübchen ihres Lächelns. Ja, sie hätte absichtlich gegen das Gesetz verstoßen, erläuterte sie, und sei auch noch stolz darauf, überglücklich, daß es ihr gelungen war. »Es schmeichelt mir ohne Ende, daß ich das Buch durch die Sperren geschleust habe, die man darum herum errichtet hat«, sagte sie, »und zwar nur aus alberner Prüderie. Als ob ein Buch, das dem Leser so viel abverlangt wie dieses, den Moralvorstellungen der Menschen schaden könnte! Nur Tugendwächter wie Mr. Sumner können in unserer Bespitzelungsgesellschaft auf der Jagd nach den unanständigen Wörtern mit den berühmten vier Buchstaben auf die Idee kommen, der Leser würde sich für so wenig Kitzel einer so großen Mühe unterziehen. Jeder, der über gesunden Menschenverstand verfügt, weiß es besser.«

Sie sah nicht nur keinen Grund, sich an die puritanischen Regeln der Bevormundungsgesellschaft zu halten, deren Mitglieder sie als unfähiges, prüdes Pack bezeichnete, sondern sie war auch ehrlich neugierig auf das Buch, das von der Kritik mit so viel Beifall aufgenommen, mit so viel Lob überschüttet worden war – von Eliot, von Pound und von anderen führenden Kritikern englischer Literatur, deren Beiträge in *The Hound and Horn* und in *The Dial* erschienen. Wenigstens vertraut machen wollte sie sich damit. Und vor allem wollte sie, daß Larry es las. Sie hoffte, daß die gewagten literarischen Neuerungen im *Ulysses* sich motivierend auf Larry und sein Schreiben auswirkten, seine Phantasie in bislang unbekannte Regionen lenken würden. »Es könnte dir ein paar Anregungen geben, Darling«, sagte sie, als sie ihm das blau eingebundene Buch überreichte. »Ich würde sehr gern deine Meinung dazu hören, deine Reaktion. Hier findet ein derart starker Bruch mit den Konventionen statt, und natürlich wird sehr gewagt mit dem Thema Sex umgegangen.«

»Du bist so süß, daß du das für mich tust.« Larry küßte sie. Er nahm ihr das Buch ab, blätterte es durch, glühte vor Begeisterung. »Ich wüßte gar nicht, wie ich es sonst je zu sehen bekommen hätte. Und dann auch noch das Risiko.« Er schüttelte bewundernd den Kopf. »Ich bin früher auch schon durch den Zoll gegangen, in Bermuda. Auch wenn ich nichts wirklich Wertvolles zu verzollen hatte, habe ich am ganzen Leib geschlottert. Ich kann nicht sagen, ob ich den Nerv gehabt hätte, den Zollbeamten in die Augen zu sehen, wenn *das hier* in meinem Koffer gewesen wäre.«

»Ach Blödsinn. Schlimmstenfalls wäre das Buch beschlagnahmt worden. Sie hätten es mir abgenommen, wenn sie überhaupt gemerkt hätten, daß es bei uns auf dem Index steht. Und das ist zweifelhaft. Selbstverständlich hätte ich die Unschuldige gespielt. Ich hätte einfach nicht gewußt, daß es verboten war. Ich hoffe nur, daß es dir etwas gibt, Lieber, dir Mut macht zum Experimentieren.«

»Das hoffe ich auch.« Larry schlug die erste Seite auf und las: »›Stattlich und feist erschien Buck Mulligan am Treppenaustritt… *Introibo ad altare Dei*…‹ Damit wird mein Latein wohl noch fertig. Nun, es gibt nichts Schöneres als ein Geschenk. Dank dir vielmals, Darling. Dies ist genau die Lektüre, die man in Woodstock braucht.« Und wieder küßte er sie.

Edith schaute wohlgefällig zu, wie er in der Bibliothek verschwand. Als er es sich in einem gepolsterten Ledersessel bequem gemacht hatte, ging sie zu ihrer kleinen Reiseschreibmaschine, die zwischen den verstreut herumliegenden losen Blättern, Kohlepapier und Aktendeckeln an ihrem Arbeitsplatz im großen Schlafzimmer stand. Ira war sich selbst überlassen. Er schlenderte hinaus auf den eingefaßten Rasen, setzte sich auf einen der weißen, durchbrochenen Gartenstühle und grübelte gedankenverloren über das Geschehene nach, während er mit prüfendem Blick das Gras nach seltenen Insekten absuchte.

Von dem Buch hatte er schon gehört. Er hatte die literarische Elite seines Kurses mit angehaltenem Atem davon reden hören, die avantgardistischen Ästheten, die immer den Gruppenraum im Untergeschoß des College belagerten. Einer von ihnen, der ziegenbärtige Seymour K., war schon etwas älter als der durchschnittliche Freshman und immerhin schon Redaktionsmitglied des *Lavender*, der Literaturzeitschrift des CCNY. Und Seymour war es auch, der auf Ira zuging, um dessen Bekanntschaft zu machen: »Oh, du bist das also. Du hast den Aufsatz über den Klempner geschrieben?« fragte er. Seymour hatte ein Zucken im Gesicht, eine Wange war oberhalb des Bärtchens davon betroffen. Als er nun Iras zaghaftes Eingeständnis seiner Autorenschaft zur Kenntnis nahm, da reagierte der Tic heftig und hartnäckig. Weder er noch die anderen Redakteure aus den höheren Jahrgängen, so sagte er Ira offen ins Gesicht, seien der Meinung gewesen, daß der Aufsatz für eine College-Zeitschrift geeignet war. Er sei nicht nur amateurhaft, sondern »konnte wahrhaftig von einem Klempnergehilfen geschrieben sein«. Er lachte über seinen Witz. Nur weil der Fachberater Mr. Dickson darauf bestanden hätte, sei der Aufsatz überhaupt in Erwägung gezogen und schließlich veröffentlicht worden.

Einerlei. Die College-Intelligenz insgesamt war mit dem *Ulysses* vertraut. Beeindruckende Intellektuelle wie Leon S.

und Yarmolinsky und Lester H. aus den höheren Semestern, für Ira zum größten Teil nichts weiter als Namen, die aber dem Vernehmen nach beim Schreiben förmlich in moderne Stilrichtungen explodierten und alles über den Neuen Humanismus wußten, die *The Hound and Horn* und *The Dial* lasen, die über Gerard Manley Hopkins und den Sprungrhythmus seiner Verse referieren konnten und über Dichter wie Pound und Eliot und Wallace Stevens und, und, und – ach, sie gaben Ira das Gefühl, ein schwafelnder Tölpel ohne eigene Meinung zu sein. James Joyces *Ulysses* war für die geistige Elite von damals wie ein Fetisch. Die sehr wenigen, die das Buch gelesen hatten, schienen dadurch geadelt, schienen eingeführt in eine ultramoderne, eingeschworene Gemeinschaft. Sich mit dem Buch auch nur halbwegs vertraut zu zeigen garantierte schon den Anspruch, zur intellektuellen Spitze zu gehören.

So war also Larry nicht nur Dichter und Schreiber, sondern einer, der privilegiert war, das sagenumwobene Buch des Jahrzehnts zu lesen, das sich womöglich noch als das Buch des Jahrhunderts erweisen würde. Privilegiert auch, bei Semesterbeginn die anderen Eingeweihten kennenzulernen, sich als einer der ihrigen mit ihnen zu treffen, sich unter die Wissenden, die Avantgarde des '29er-Abschlußjahrgangs zu mischen, die sich sogar klüger vorkamen als die Dozenten des Englischen Seminars, von denen sie mit Sicherheit annahmen, daß kein einziger mit dieser strahlenden Supernova am literarischen Himmel vertraut war, ja, aller Wahrscheinlichkeit nach noch nie vom *Ulysses* gehört hatte. Doch dann –

Zwei Tage, nachdem er das Buch aus Ediths Hand empfangen hatte, gab Larry es zurück. Er hatte den größten Teil der letzten achtundvierzig Stunden mit der sorgfältigen Lektüre des Buches verbracht; dann aber fing er an, hier und da einiges frustriert zu überschlagen, um einen interessanten Neueinstieg zu finden; schließlich und endlich, verdrossen und gähnend vor Langeweile, verzichtete er auf weitere Stichproben und legte das Buch aus der Hand. »Dank dir, Liebes«, sagte er zu Edith.

»Hast du es gelesen?« fragte diese.

»Nein, und ich bezweifle auch, daß ich es jemals lesen werde. Ich fürchte, ich kann das nicht.«

94

»Das tut mir aber leid. Ist es dir zu schwierig?« Edith zeigte Mitgefühl. »Wie ich schon sagte – keine leichte Kost, keinesfalls.«

»Nein, das habe ich auch nicht erwartet. Aber oh –« Larry rollte in komischer Verzweiflung die Augen. »O nein. Es kostet einfach zuviel Mühe herauszufinden, wie wenig auf diesen endlosen, engbedruckten Seiten passiert. Ich würde unsere Woche hier lieber mit etwas anderem verbringen – wenn es dir nichts ausmacht. Ich denke, die Zeit ist viel zu kostbar, um mit etwas vertan zu werden, von dem ich nichts habe. Besonders die Zeit mit dir, Darling.«

»Du sollst tun, wozu du Lust hast«, beschwichtigte Edith liebevoll. »Das ist viel wichtiger als das Buch. Du sollst, verehrter junger Mann, nicht das Gefühl haben, daß du es lesen mußt.«

»Das habe ich auch nicht.«

»Du solltest es nicht lesen, wenn es nicht zu deiner literarischen Entwicklung beiträgt. Ich bin sicher, das Buch eignet sich nicht für jeden und könnte sich sogar nachteilig auf die lyrische, romantische Phase auswirken, in der du gerade bist. Das hätte ich bedenken sollen, ehe ich dich damit belaste. Es tut mir wahnsinnig leid.« Zuneigung und Zerknirschung mischten sich in ihrem Gesicht, als sie das Buch in Händen hielt. »Ich wollte es dir nicht aufdrängen.«

»Ach was, es hat mir schon nicht geschadet.« Larry legte ihr den Arm um die Taille. »Meine Neugier ist jetzt gestillt. Ich wünschte nur, deine Mühen, die Risiken, die du eingegangen bist, wären – nun – ein bißchen besser belohnt worden.« Er lächelte auf sie hernieder.

»Mein schöner junger Freund.« Sie blickte zu ihm auf, ihre leicht hervortretenden Augen glänzten anbetungsvoll. »Du machst, was dir beliebt. Sei du nur der entzückende, sensible Jüngling, der du bist. Du wirst schon noch auf deine Weise Zugang dazu finden, da bin ich mir ganz sicher.«

Boyoboy – Ira versuchte, den Unaufmerksamen zu mimen, so zu tun, als ginge ihn das gar nichts an, als gehörte er zum Inventar, was er ja als seine Rolle ansah. Nun sieh mal einer an, wie die sich liebten, sieh nur, wie feinsinnige, feinfühlige, unverdorbene Menschen einander liebten. Sieh dir das an: Wie unbesudelt ihre Zuneigung, ihre Liebe – sie mußten sie nicht verbergen, keine Konzessionen an die Vernunft machen oder Ähnliches, es sei denn, um Gerede zu vermeiden, was Ediths Position als Dozentin gefährlich werden konnte. Aber ansonsten so rein und so erhaben, ach ja. Junge, Junge. Als ob – Jesus, er sagte es höchst ungern, und sei es auch nur in Gedanken – als ob der Schwanz meilenweit entfernt wäre und nichts mit dem Sack zu tun hätte in dieser so engelhaften Liebe. Jungejunge. Was zum Teufel machten die nachts eigentlich?

VI

Die Gelegenheit, den Roman zu lesen, fiel nun Ira zu. Er bemerkte, daß Durchtriebenheit ihn wie ein Schauer überkam, als Edith sich zu ihm umwandte und »Würdest *du* gern mal hineinschauen?« sagte und ihm das Buch mit dem blauen Einband überreichte. Es kam ihm so vor, als würde er Larry jetzt eins auswischen, dem lieben, guten, hochherzigen Larry. Und konnte es sich doch nicht verkneifen. Wenn Larry sich diesem eigenartigsten aller modernen Romane nicht aussetzen konnte oder wollte, dann mußte er eben die Konsequenzen seines Verzichts tragen. Ira fand sich grausam dabei, trotz allem. Er konnte es aber nicht ändern: Er hatte es viel nötiger als Larry, jeden Ruhmespfad zu nutzen, jeden Pfad zum Ruhm, jede Leiter zum Prestige. Ha! Warum hatte er sich denn früher so an Farley gehängt? Und war in die gräßliche Katastrophe auf der Stuyvesant High School hineingeschlittert? Welche Einsicht jetzt auf einmal, nun ja. Auf die Stuyvesant war er gegangen, anstatt auf die Clinton, alles aus demselben Grund: weil er an Farleys Seite einen Ruhmespfad erklimmen konnte. Warum er das nötig hatte? Weil aus ihm geworden war, was er war, wegen der Verletzungen, die er sich selbst beigebracht hatte, und von denen Larry völlig unberührt war. Vielleicht hatte Larry sogar recht, nach allem, was Ira wußte. Das Buch war das ganze ermüdende, undankbare

Studium der literarischen Effekthaschereien, wie Larry es nannte, nicht wert, nur um sich mit einem Glorienschein zu schmücken, von dem die Wortführer der hochnäsigen College-Ästheten, die den *Ulysses* gelesen hatten, stolz meinten, sie hätten ihn sich verdient. Was man wirklich von der Lektüre hatte, konnte Ira nicht sagen. Er konnte Dinge nur flüchtig wahrnehmen, alle möglichen Dinge, auch Hirngespinste, die sich ihm ungebeten aufdrängten, als er seine Hausarbeit für Aufsatzkunde I im *Lavender* abgedruckt sah – und auch, als Edith ihm zu den Briefen gratulierte, die er ihr nach Europa schrieb. Hirngespinste, ziemlich abwegige Träume für einen, der eigentlich Zoologe werden wollte – oder Biologielehrer. Doch man konnte nie wissen. Eines war indes sicher: Er würde sich durch das Buch hindurchkämpfen, koste es, was es wolle, durch den *Ulysses*, den Larry soeben zurückgewiesen hatte. Doch vielleicht war es mehr als das, vielleicht war das der Weg, den einer gehen mußte. Obgleich er wußte, daß er ein kleinmütiger Drückeberger war, spürte er doch die unverdrossene Zähigkeit eines sturen Bocks in sich, eine schonungslose Hingabe an stumpfsinnige Plackerei. Ochsentour – so nannten sie es gelegentlich: die wissenschaftliche Ochsentour. Und doch, ein büffelnder Ochse war er nicht. Diszipliniert war auch nicht das richtige Wort. Er war nicht diszipliniert: Er war ein Nichtstuer, ein *fojlenser*, wie Mom so oft mit ihm haderte, ein Schlamper. Jeder konnte das bestätigen. Aber er hatte – nein, ein Gefühl von Berufung war es auch nicht, verdammt, das war viel zu hoch gegriffen. Eine leise Ahnung? Nein, nicht einmal das. Es lief alles wieder auf dasselbe hinaus: eine Art krampfhafte, dumpfe Entschlossenheit, einen Ausweg aus sich selbst zu finden, einen Weg heraus aus allem, in das er sich hineingeritten hatte, koste es, was es wolle. Larry mußte einen derartigen Preis nicht zahlen. Der hatte es nicht nötig. Die meisten anderen aus der Collegeklasse, die Kameraden, mit denen Ira freundschaftlichen Umgang pflegte, auch nicht: Aaron, Ivan, Iz und Sol. Sie alle hatten es nicht nötig. Aber Ira. Er hatte es nötig und war willens, den Preis zu zahlen. So und nicht anders konnte er es für sich nur ausdrücken. Was gab es denn sonst für einen Weg? Was für einen Ausweg?

Wie geht man damit um – dachte Ira, während der Computer summte und unverzichtbares Bernstein den Bildschirm gut lesbar machte –: Wie beschreibt man eine literarische Antinomie, Anziehung und Abstoßung, die immer noch ökumenisch in ein und derselben Brust hohe Wellen schlug? Wie schreibt man über den zarten Beginn einer Liebesbeziehung, wenn man deren bitteres Ende schon kennt? Nun, eine Minute des Nachdenkens würde enthüllen, daß der größte Teil des Lebens so verlief: Was wir einst herzlich liebgewonnen, wird aufbrausend verhöhnt; was einmal das Herz erfreute, wird aus dem Busen verstoßen, von Ernüchterung verdrängt – oder schlimmer noch: von Haß. Jeder Erwachsene wußte, was eine Zweierbeziehung ist, und jeder Dichter, der diesen Namen verdiente, hatte irgendwann in seinem Leben schon einmal damit zu tun gehabt. Er hätte also, sagte Ira sich, die Frage überhaupt nicht anzuschneiden brauchen, aber er hatte eben eine etwas längere Leitung als die meisten.

Seine Abneigung gegen Joyce hatte nämlich auch etwas länger gebraucht, denn zunächst hatte er das Buch, das Edith mitgebracht hatte, begeistert aufgenommen, und nur unmerklich wuchs anfänglich seine Irritation; dann aber, über sechzig Jahre später, erreichte sie dieses Crescendo der Verachtung. Dergestalt war denn auch sein Abrücken von dem größten richtungweisenden Erzeugnis englischsprachiger Literatur des zwanzigsten Jahrhunderts. In seinen Augen war der *Ulysses* eine Flucht vor der Geschichte; sein Autor hatte es *sich in den Kopf gesetzt,* nichts von der fortschreitenden Entwicklung Irlands zur Kenntnis zu nehmen, und sich geweigert, auch nur einen Bruchteil dessen sichtbar zu machen, was sich latent hinter der scheinbaren Banalität eines bestimmten Tages im Jahre 1904 verbarg. Die Geschichte mochte ihm durchaus ein Alptraum gewesen sein, aber diejenigen, die ihn daraus hätten erwecken können, waren ebenjene, die er scheute: sein Volk.

Der Mann haßte, der Mann fürchtete Veränderung – das war die Crux, mit der Ira sich bei seiner gegenwärtigen Aversion gegen sein ehemaliges Idol herumschlug. Das Buch war das Werk eines Mannes, der seinen Staat, dessen Land und Leute fossilieren wollte; der diese ihrer Zukunft berauben, ihr brodelndes, gehetztes Leben zum Stillstand bringen wollte, ihre Traditionen und Aspirationen auch. Mit der Darstellung eines einzigen Tagesablaufs

wollte er ihren Elan anhand verworrener Nichtigkeiten salbungs-
voll dem Vergessen entreißen, im Leichentuch von Analogien mu-
mifizieren. (Was für gräßliche Bilder kamen Ira in den Sinn: vom
Leichnam und dem Ghul, vom Leichnam und dem Leichenkauer!)
Kurz gesagt: Als die Evolution das Raubtier dann sogar aus den
eigenen Reihen hervorbrachte, da gab es einen, dessen Appetit
durch Elend und Erniedrigung seines Volkes derart gewachsen
war, daß sein Engagement an Eigennutz grenzte, an gesellschaft-
lichen Kannibalismus. Er stellte sich gegen eine Verbesserung der
Lebensbedingungen in seinem Volk. Die Verkommenheit, die
Elend und Hungersnot unweigerlich zur Folge hatten, wurde zu
seinem Rüstzeug, zu seiner literarischen Vorratskammer. Seine
Verachtung für »die Sau, die ihr eigenes Junges frißt« in Mitgefühl
für sein Volk umzuwandeln, welches verzweifelt bemüht war, sich
aus abgrundtiefer Armut, aus dem sprichwörtlichen *tá sean ocras,*
dem »alten Hunger« unter der ökonomischen und sozialen Vorherrschaft der Briten zu befreien, hätte einer gründlichen Revision
jener arroganten Psyche bedurft, die den wahren Ursprung ihrer
Identität verspottete, das irische Volk; es hätte einer vollständigen
Demütigung dieser Psyche bedurft, bis hin zur Selbstverleugnung
und völligen Umkrempelung, wodurch allein ihre Wiedergeburt
hätte bewirkt werden können. Einen anderen Weg gab es nicht.

– Du weißt, was das zur Folge hat, oder nicht?
Oh, ich kann es mir denken, Ecclesias. Auch ich habe mein Volk in
eitler Absicht immer nur als Gegner benutzt. Viel schlimmer als
die Demütigung einer nicht vorhandenen Identität oder die mür-
rische Desorientiertheit bei Identitätsverlust ist der ausweglose
Wettstreit zwischen dem Altern und einem Neubeginn –

Ach, es gab noch so viel, was er dazu sagen konnte – Ira fühlte sich
ermatten; noch so vieles, was ihm in der Hitze seines Antagonis-
mus zu Joyce eingefallen war. Was hatte Iras Urteil über Joyce in
den letzten Jahren so radikal verändert – ihm stockte der Atem ob
der Intensität seiner Introspektion – ja, was war es denn, das seine
Sichtweise so radikal verändert hatte? Iras Urteil über Joyce hatte

sich verändert – nicht plötzlich, aber unaufhaltsam, als Ergebnis kleinerer Unstimmigkeiten, gehäufter Kontroversen, die schließlich und endlich einen kritischen Punkt erreichten: den Punkt der totalen Ablehnung. Und wieder handelte es sich um einen dialektischen Vorgang; Iras wachsende Unzufriedenheit mit seinem großen Meister erreichte ihren Höhepunkt, als er nicht mehr seine Größe, sondern seinen Charakter beurteilte. Der illustre Schriftsteller, der bedeutendste Prosaist des zwanzigsten Jahrhunderts, von dem Ira – wissentlich oder unwissentlich – Methode und Anleitung geschöpft hatte, an dem er sich als seinem stillschweigend anerkannten Prüfstein maß, dem er grenzenlosen Respekt zollte, dieser überragende Schriftsteller hatte sein Volk verleugnet, dessen schwere Prüfungen, Sehnsüchte und Leiden. Genau wie Ira das seine verleugnet hatte, zwar ohne Paukenschlag, aber in gleicher Konsequenz, als sei Joyce das Musterbeispiel für die Art von Abkehr, die für jeden echten Künstler Verpflichtung war, der Größe anstrebte. Doch die Abkehr von seinem Volk hatte keinen Umschwung gezeitigt und schon gar nicht einen Umschwung, wie Ira ihn erwartet hatte: statt eines konkret definierten Volkes nun etwa ein universelles, vom provinziellen hin zum kosmopolitischen. Die Abkehr allein bewirkte noch keine grundlegende Veränderung, keine baldige Erneuerung. Die Abkehr von einem Volk bedeutete schlicht: davon abgeschnitten sein. Davon befreit sein, ja, aber gleichzeitig die eigene Zugehörigkeit zu diesem Volk aufgeben und sich der Möglichkeit begeben, dessen unerschöpfliche Vielfalt, dessen Vitalität und Phantasie für sich zu nutzen. Die Reaktion, um einen Begriff aus der Chemie zu benutzen, kam zu einem Ende: zu einer nicht umkehrbaren Ausfällung: zu einem Roman, jawohl, aus dem eigenen Volk, aus einer homogenen Mischung, durch Ionenaustausch abgesondert als verfremdetes, verfestigtes Sediment. Und wie mit Joyce, so geschah es nun im kleinen auch mit Ira. Oh, die Analogie ging unentrinnbar weiter (ein Ausdruck, den Joyce bevorzugte), ein bißchen schwerfällig, aber unentrinnbar. Von seinem monströsen Ego zur Einsamkeit verurteilt, vom Zugang zur dynamischen Vitalität seines Volkes ferngehalten, kristallisierte Joyce den sterilen Niederschlag seiner Kunst zu Feuersteinen der Bemäntelung, dem Äußersten an possenhaftem Ausdrucksmittel, dem Äußersten, wenn es darum ging, die menschliche Interaktion zum Stillstand zu zwingen. Anders als sein großer Mentor konnte Ira so weit nicht gehen, noch sich die Mühe machen, es zu versuchen. Er arrangierte sich mit seinem Manko, fand sich mit seiner schriftstellerischen Unfruchtbarkeit ab.

Jetzt aber – und das schon seit langem – war Iras Zielrichtung eine andere, und zwar diametral entgegengesetzt zu seiner ursprünglichen, welche ihm einst den Weg zu seinem einzigen Roman gewiesen hatte. Seine neue Zielrichtung war auch diametral entgegengesetzt zu der von Joyce. Jetzt war es die Hinwendung zu einer Wiedervereinigung mit seinem Volk, die mit den Jahren immer stärker wurde, zielbewußter, parteiischer, beseelter, unerschütterlicher. Auch wenn er manchmal den Eindruck hatte, daß es sich in seinem Fall um eine Wiedervereinigung mit einer bereits verlorenen Sache handeln könnte, daß Geschichte und sozialer Wandel die kleine Nation erdrücken könnten, mit der sein Geist sich trotz allem in Hoffnung und Stolz verbunden hatte, klammerte er sich um so loyaler an die Hebamme seiner Wiedergeburt: an Israel.

Sein Volk war Israel. Nicht die Diaspora, die merkantile, die professionelle, die urbane, die Busineß-Diaspora, die – wie er meinte – als Volk der Vergangenheit angehörte und möglicherweise innerhalb der nächsten einhundert Jahre ganz verschwinden würde, und womöglich gut daran täte zu verschwinden, und zur Abschwächung seiner Entfremdung ohnehin nicht viel beigetragen hatte – sondern: Israel! Ein Volk mit Zukunft, ein erlöstes Volk, das sein Land erlöste. Sein Volk war Israel. Nicht irgendein idealisiertes Land, sondern ein Land mit allem, was dazugehörte: von der kleinen Schlampe in der Ladenkette bis hin zu dem ekligen Busfahrer, der die Finger einer Hand unter sein Kinn legte und mit obszöner Geste seiner weiblichen Kollegin, die ihm mit ihrem Bus entgegenkam, einen beleidigenden Gruß zuschnippte; von den sprichwörtlich ungehobelten Beamten und Behördenangestellten, den pingeligen kleinen Despoten an den Schaltern der Postämter, bis hin zu den Tausenden entnervter, intelligenter, warmherziger Einwohner, bärtig oder glattrasiert, strenggläubig oder indifferent, einschließlich der Forscher an den Universitäten, der Fischteichbesitzer, der Traktorfahrer, der

Baumwollpflanzer am Fuße des Gilboagebirges und der Erntehelfer in den Avocadoplantagen an den Ufern des Jordan. Kibbutz, *moschav* und Luxushotel sowie die heruntergekommene Prachtstraße von Tel Aviv direkt am Meer: das alles war Israel. Israel war es auch, das ihn vor Joyce gerettet hatte, ihn vor Entfremdung gerettet und sogar so weit verändert hatte, daß er die Diaspora erduldete. Das kam zwar spät, aber nicht zu spät und hatte Erfolg bei der Veränderung und Umkrempelung seiner einst so introvertierten Persönlichkeit. Dank der Gabe, die Veränderungen zu beschreiben, die seit dem Ende seiner inneren Zurückgezogenheit in ihm stattgefunden hatten – wie er den Zugang zu wohlüberlegter, umsichtiger Parteinahme fand, zu unerschütterlicher Treue und tiefer Anteilnahme. Er verdankte Israel eine neue, kraftvolle Überzeugung, eine neue Menschenliebe, das Gefühl, mit sich und der Welt im Einklang zu sein, eine neugewonnene Sichtweise, die Joyce im Gegensatz zu früher in weite Ferne rückte wie ein Schwarzes Loch, pathologisch und pathetisch, ein Schwarzes Loch aus englischsprachiger Literatur, jenseits dessen Ereignishorizont Veränderung wirkungslos, Erleuchtung unsichtbar blieb, eingefangen und ausgebremst wie in *Finnegans Wake*...

Das waren die Gefühle, die er *heute* Joyce gegenüber hegte. Nicht damals, als Edith ihm den *Ulysses* zu lesen gab. Nicht seine *damaligen* Gefühle. Diese beiden Ströme, diese beiden Gefühlswendungen, die Hinwendung *zu* und die Abwendung *von* dem Altar, mußte er in seiner Brust ertragen, zwei Ströme in *einer* Brust. Nichts Ungewöhnliches, sagte er sich. So etwas kam schließlich dauernd vor. Und doch wußte er sehr gut, daß dem nicht so war. Es wäre schön, wenn die Zeit, die man in Gedanken versunken darüber nachgrübelte, warum es so gekommen war, warum und wann und wo es so und nicht anders gekommen war – wenn diese Zeit sich irgendwie bezahlt machte und eine Antwort zeitigte, die er mit seinen begrenzten analytischen Fähigkeiten auch umsetzen konnte.

Tatsächlich hatte die Niederschrift seiner Gedanken zwei Aspekte ergeben: der eine trivial, der andere zu spät, wenngleich von immenser Wichtigkeit für sein Selbstverständnis. Den trivialen Aspekt definierte er in einem Aphorismus über eine Blattlaus, ein Bonmot von zweifelhafter Qualität: *Sure, Bloom is some sort of hybrid; he's a Hybrew. Sicher ist Bloom eine Art Hybride; er ist ein Hybräer.* Der andere Aspekt erhellte, daß Ira beim »Analysieren« von Joyce, bei dem Versuch, den Charakter von Joyce zu erforschen, auf seinen eigenen verhängnisvollen, fast schicksalhaften Schwachpunkt gestoßen war. Es handelte sich um einen Schwachpunkt, den er mit Joyce gemeinsam hatte und der vermutlich der Grund für seine anfänglich so intensive Affinität zu ihm war: Beide suchten ihrem Milieu, ihrer jeweiligen Volkszugehörigkeit zu entfliehen und hatten schließlich Erfolg damit; jedoch – indem sie das taten, verhinderten beide ihre Entwicklung zum reifen Menschen. Oh, es würde einige Zeit in Anspruch nehmen, es würde Zeit brauchen, bis er *das* auch nur halbwegs gründlich zu Ende gedacht hätte.

Es war wie ein Brief, den man unvollendet mit in den nächsten Tag hinübernahm. Ira hatte »gesichert«, was er an diesem Tag geschrieben hatte, und den Computer ausgeschaltet. Dann aber hatte er seine letzte Aussage nochmals überdacht, ob diese den letzten Stand der Dinge auch wahrheitsgetreu wiedergab, daß sie nämlich beide, Joyce und er, ihrem jeweiligen Milieu, ihrer jeweiligen Umgebung zu entfliehen versucht und, indem sie das taten, ihre Persönlichkeitsentwicklung zum Stillstand gebracht hätten. Ira gelangte zu der Einsicht, daß sein Text die Wirklichkeit *nicht* wahrheitsgetreu abbildete, sondern vielmehr eine oberflächliche Betrachtung war. In Wahrheit war während jener ersten paar Jahre, als sich jeder von ihnen mit seinem Volk identifizierte, jeder seinem Volk angehörte, das Wahrnehmungsvermögen ihr Fenster auf die sie umgebende Welt – ihre Wahrnehmung des gültigen Schemas von Meinungsbildung und Schlußfolgerung und dem, was tatsächlich geschah. Immer stärker jedoch wurden beide im Laufe der Zeit von inneren Zwängen getrieben und benutzten ihre Gehirntätigkeit, ihre geistige Aktivität als *Verhüterli* gegen ihre Wahrnehmung, gegen die Wahrnehmung des gültigen Schemas von Meinungsbildung und Schlußfolgerung und dem, was tatsächlich geschah. Angesichts dieser Erkenntnis hatte Ira fast wie betäubt dagesessen, wie betäubt und entsetzt: *Das* war es also, womit er sein ganzes Leben zugebracht hatte? Er hatte nicht etwa seine Wahrnehmung der Realität in Kunst umgewandelt, sondern sein *Gehirn* zur Kunst gemacht, um die Realität abzupuffern, auf dem Bildschirm zu verfremden. Und heute, mit fast neunzig Jahren, verstand er endlich: Kontinuierlich und zunehmend – bis es ihm zur Gewohnheit geworden war und automatisch so ablief – hatte er auf den dämpfenden Puffer, den Bildschirm reagiert, nicht auf die lebensechte Wirklichkeit, sondern auf die Resonanz ebenjenes Gehirns, das die Wirklichkeit vor ihm verschloß ... Zu schrecklich, um darüber nachzudenken, zu schrecklich der Gedanke, daß ihm diese Offenbarung erst am Ende seines Lebens zuteil geworden war. Niederschmetternd – anders konnte er es nicht nennen. All die Jahre ohne echte Wahrnehmung und statt dessen nur auf die Resonanz reagiert, die von dem Schutzschild, seinem Wahrnehmungsverhütungsmittel durchgelassen wurde. Es war nicht gerade kantisch, was er da über sich (und Joyce) entdeckte, kein *Ding an sich*. Es war die allgemeine Reaktion auf ganz normale Wahrnehmung, wie sie der gesamten Menschheit eigen war, die *er* aber gelernt hatte zu verändern, neu zu schaffen durch einen Dämpfer zwischen sich und den Daten des Daseins.

Das erste Kapitel des *Ulysses* schien ihm wunderbar erzählt, sarkastisch, verschmitzt, präzise fokussiert. Vor allem floß die Sprache leicht und zügig wie ein spritziger Strom aus ernüchtertem Realismus. Licht und Luft in dem runden Turm – klar und kristallinisch; der Ausblick aufs Meer – phantastisch; der stattliche Buck Mulligan, der sein Rasierzeug vor sich hertrug, köstlich ketzerisch. Ira überlegte, wo Larry Hindernisse gefunden hatte, die ihm den Genuß an dem Buch vermiesten: sicher nicht in der Figur des Buck Mulligan und dessen parodistisch-blasphemischen Rezitativen über seinem Rasierschälchen, sicher nicht in der Ankunft der alten Milchfrau und ganz sicher nicht in dem neckischen Geplänkel der drei jungen Männer in dem Turm. Ira empfand die Atmosphäre der Erzählung anfänglich als transparent, fand Handlung und Aufbau straff, den Ton ansprechend und natürlich. Die einzelnen Kapitel brillant – und durchaus leicht zugänglich. Ira war entzückt, er war begeistert und frohlockte: denn er verstand es sogar – das großartige, gewaltige Werk von James

Joyce, *Ulysses,* das sich ihm in allen Nuancen zu erschließen schien.

Während aber die verstohlene Liebesaffäre in dem efeubewachsenen Steincottage in Woodstock ihn umwogte, verdunkelten sich selbst für Ira die Seiten zunehmend, verkam auch ihm die Geschichte zum Labyrinth, zu Sehschlitzen in einem massiven Mauerwerk. Er konnte erkennen, wogegen Larry innerlich opponiert, warum dieser das Buch weggelegt hatte: das Lesen wurde allmählich zur Plage, zum mühsamen, undankbaren Vorantasten, einem Tasten, das häufig in Bestürzung endete, häufig auch im Ungewissen. Nur allzu oft fühlte er sich, als belagere er eine Zitadelle der Erzählkunst, die, mit allen möglichen Einfällen und Tricks gespickt, Verständnis abwehrte und sogar unmöglich machte. Er stolperte durch lange, esoterische Passagen, die ihn demütigten, weil er sie nicht verstand. Aber nicht ein einziges Mal kam er dabei auf die Idee, eine gedankliche Verbindung herzustellen zwischen den Episoden der Erzählung und ihrem Titel; nicht ein einziges Mal bemerkte er Parallelen zwischen Figuren und Situationen im Roman und den homerischen Vorbildern – satirische Parallelen, ironische Parallelen, Parallelen jeder Art. Als reine Schinderei schwer zu ertragen und am schwierigsten zu überwinden war, daß die Geschichte so dahinplätscherte, nur von Zwischenspielen unterbrochen: Bloom und der Bürger, Blooms Trauer um den toten Sohn, Blooms theatralischer Schmerz in der Stunde, die ihm Hörner aufsetzte, Bloom, der sein fußig riechendes Käse-Sandwich verzehrte. (Man erfährt, daß seine schlingenden, schmatzend fressenden Mitesser Lästrygonen waren. Arme Kerle. Wie anders hätte die werktätige Bevölkerung wohl essen sollen?) Hauptsache, der Pub war voller Menschenfresser, darauf kam es an: *Die Lästrygonen* (wie Stuart Gilbert es später in der synoptischen Tabelle aufgegliedert hat): *Schauplatz: Der Lunch; Stunde: 1 Uhr mittags; Organ: Speiseröhre; Kunst: Architektur; Symbol: Polizisten; Technik: Peristaltik...* Nun, da war wenigstens etwas, was den vollendeten Künstler vollauf in Anspruch genommen hatte: die Konstruktion eines ausgeklügelten, dreidimensionalen Kreuzworträtsels.

Oh, und trotzdem gab es viele Gucklöcher, eine Vielzahl von Öffnungen, durch die man einen facettenreichen Blick auf das irische Stadtleben werfen konnte, einzigartig dargestellt, diese pulsierenden Kataloge der Schauplätze und Wahrzeichen. Und, jaja, nicht zu vergessen, für Ira von besonderer Pikanterie, der jähe Bruch im dichtgewebten Prosatext, als der unzufriedene Geistliche die beiden jungen Liebenden erspäht, die schuldbewußt aus der buschigen Abgeschiedenheit ihrer Unzucht auftauchen. Wie ähnlich dem jungen irischen Pärchen, von dem Ira einst vor dem miesen Päderasten im Fort Tryon Park gerettet worden war, wie ähnlich diesen beiden Liebenden, die einer den anderen den Pfad hinunterzogen, das glutvoll errötende junge Dienstmädchen und ihr mürrischer, muskulöser Galan, der stämmige Hausmeister oder Transportarbeiter. Wie irisch mutete Ira an, was er las, der schließlich so viele Jahre unter Iren gelebt hatte, in einer irisch dominierten Straße.

Ja, es war mehr als diese heutzutage recht irdisch wirkenden Betrachtungen, was ihn als jungen Mann am *Ulysses* fesselte. Trotz der kritischen Nörgelei des eigensinnigen, hartnäckigen alten Knackers, der, weil *er* sich mit dem Judentum in Gestalt Israels wiedervereinigt und dadurch sein einst so stumpfes Bewußtsein, Jude zu sein, geschärft hatte und inzwischen zum Gegner seines berühmten Präzeptors geworden war und selbst *heute noch* seine Vorurteile, Einwände und Vorbehalte in die Eindrücke des jugendlichen Lesers einfließen ließ, der er einst selbst gewesen – ja, trotz alledem war der *Ulysses* mehr für ihn. Das Buch war eine enorm befreiende Erfahrung für den seinerzeit noch in einem präembryonalen Stadium befindlichen Literaten, den amorphen, larvalen Romancier. Oh, und das nicht nur wegen der bahnbrechenden Wirkung dieses Buches, wegen der Konventionen, die es sprengte, und der gewagten, situationsbedingten und verbalen Präzedenzfälle, die es schuf, indem es beispielsweise Bloom auf den Abort setzte und Molly menstruierend monologisieren ließ.
Diese Präzedenzfälle waren von unermeßlicher Bedeutung für das Niederreißen konventioneller Barrieren in der Literatur. Aber noch wichtiger als alles andere, ja, von extremer Bedeutung war

für Ira, daß der *Ulysses* ihm nicht nur bewies, daß es möglich war, die Schlacken weltlicher Verderbtheit in einen literarischen Schatz umzuwandeln, sondern ihm auch zeigte, *wie* es gemacht wurde. Das Buch zeigte ihm, wie man ganze Abfallhalden der Verkommenheit abtragen und sie für eine Verwertung in der Kunst aufbereiten konnte. Gleichermaßen wichtig war Joyces Anleitung in sprachlicher Hexerei: Wie stellte man es an, daß Sprache fluoreszierte, das Herz ergriff und das gedruckte Wort durchgeistigte? Kein anderer ist Ira je auf seinem unsteten Weg begegnet, der ihm als Meister sämtlicher Formen der Syntax mehr Respekt eingeflößt hätte, kein gestrengerer Mentor – nein, Zuchtmeister! – für subtilste Wirkungen, subtilste Unterscheidungen in Wort und Wendung als Joyce. Sarkastisch gedachte Ira des alten Spruchs über die Schlachthöfe von Chicago: dort wurde vom Schwein alles verwertet – bis auf das Quieken. Joyce zeigte Wege auf, auch noch das Quieken zu nutzen: Jargon so gut wie Hochsprache, Zweideutigkeiten, Wortspiele, die platte Satire, den Schüttelreim, das Palindrom, Vulgärlatein und Vulgärsanskrit.

So las Ira denn weiter, quälte sich verbissen durch Hunderte dichtgewebter Seiten, verzog das Gesicht in erstaunter Konzentration, suchte nach Auflösung des Knotens – und blieb unbelohnt bis zu dem Moment, wo Bloom einer Beinahe-Prügelei mit einem irischen Chauvinisten entkommt, Stephen die Gaslampe im Bordell zerschlägt und von einem laut brüllenden britischen Soldaten einen Kinnhaken empfängt. Ira suchte nach einem Sinn, den es gar nicht gab, ohne sich je klarzumachen, daß gerade *darin* der Sinn lag. Doch während die Tage vergingen und er las und mit sich rang, las und sich mühte, ergriff eine merkwürdige Überzeugung immer stärker Besitz von ihm, daß nämlich eine grobe Entsprechung des Joyceschen Modells in ihm angelegt war – ganz so, wie er auch eine bescheidene Affinität zum Joyceschen Naturell in sich verspürte, eine zaghafte Eignung für die Joycesche Methode. Auch wenn sich ihm manche Passagen nicht erhellten, so fühlte Ira doch, daß er ein *mejvn* derselben Welt war, als deren unvergleichlicher Kenner Joyce galt: ein Kenner derselben blattern- und pockennarbigen Realität. Es gab Schlüssel, die jene Welt plastisch machten, *Signaturen*, anhand derer diese definiert wurden, und er war nur allzu empfänglich dafür – konnte aber nicht sagen, warum. Er konnte Worte aufbieten, die jene Signaturen konnotativ bezeichneten, Signaturen, welche die Schlüssel zu ihrer beider Alltagswelt waren.

Was war denn an der spießigen Kleinkariertheit der Stadt Dublin, in der Bloom und Dedalus ein und aus gingen, so völlig anders als an der spießigen Kleinkariertheit von Harlem, der Gegend, die Ira so genau kannte, und des East Side-Milieus, vom Gedächtnis wie in einem Reservoir für Eindrücke gespeichert? Wenn ein einäugiger irischer Chauvinist Bloom, dem feige Fliehenden, eine Keksdose hinterherwarf, so hatte Ira es einst genauso verängstigt zugelassen, daß ein paar irische Katholenkinder auf seine blaue Zeugniskarte spuckten, als er mit zwölf Jahren Schlange stand, um sich an der Public School 24 anzumelden. Wenn Bloom auch die Stunde kannte, da sein Weib ihn zum Hahnrei machte – was war das schon im Vergleich zu Iras Wissen um die äquatoriale Stunde am Sonntagvormittag, wenn Mom und Pop nicht zu Hause waren? Und schlimmer, viel schlimmer noch als alles, was Bloom je durchmachen mußte, war der eine höllische Nachmittag, als Mordlust mit Fledermausflügeln über Iras Geometrieaufgaben flatterte, weil Minnies Menstruation ausgeblieben war. Und wenn hier von der Widerlichkeit des Alltäglichen die Rede war, wenn hier das absolute Schwindelgefühl, die Ekstase einer unverhofften, zusätzlichen Gelegenheit an einem ganz gewöhnlichen Wochentag zur Sprache kam – was war im Vergleich dazu schon der Blick auf die Hinterbacken einer Statue... oder die kolossale Ironie, die darin lag, daß die mitleidige Tante Mamie ihm einen Greenback förmlich »aufdrängte«, einen Dollarschein, direkt nachdem er ihre quatschig triefende Tochter Stella, ein Kind noch, mit seiner Flinte aufgespießt hatte. Himmel! An Widerlichkeit, an Verkommenheit, an Perversität und Schmutz besaß er – verglichen mit allen Figuren im *Ulysses* – ganze Ladungen, helle Scharen, wahre Fundgruben voll. Und Sprache war es also, ja Sprache, welche die Minderwertigkeit seines Lebenswandels magisch in kostbare Literatur verwandeln konnte – in den berühmt-berüchtigten *Ulysses* daselbst. Sprache konnte ihn, Ira, aus diesem sündhaften Exil, aus dieser unlösbaren Verstrickung befreien. Einsicht und Notwendigkeit, sofern ihnen Sprache gegeben, konnten das Schweigen besiegen, das Exil, die allgegenwärtigen Hintergedanken – besonders dann, wenn Einsicht und Notwendigkeit, sofern ihnen Sprache gegeben, Großmeister waren im Schweigen, in Exil und Hintergedanken.

Den verlassen daliegenden Hinterhöfen der Mietskasernen, den trübseligen, mit Felsnaphtha aufgewischten Hausfluren wurde manchmal durch vertraute Kohldüfte Leben eingehaucht (und es konnte durchaus das würzige Aroma von gefülltem Kohlkopf sein, den *hullupkes*, wie Mom sie zubereitete). Oh, die runde, in den Bürgersteig eingelassene Eisenplatte als Abdeckung zum Kohlenschacht, dann das Dröhnen, wenn die Kohlen die Rutsche hinunterdonnerten, das rußverschmierte Gesicht des irischen Arbeiters unten im Keller am anderen Ende der Rutsche, der früher Lebensmittel in seiner Kiepe geschleppt haben mochte und nun körbeweise glänzende Steinkohle in den Verschlag des jeweiligen Mieters wuchtete. In diesem Keller verwahrte auch der einäugige jüdische Maler, der Zyklop von der 119. Straße, seine Farben und Pinsel und sein Terpentin. Und nicht zu vergessen die abgestoßenen Steinstufen des Hausaufgangs, die arg zerbeulten Messingbriefkästen im Hausflur unten, die baufällige Holztreppe mit Linoleumbelag, die in den ersten Stock hinaufführte und auf dem Weg dorthin, am Fenster beim Treppenabsatz, eine Kehrtwendung machte. Und dann, o ja, durch den engen, düsteren Korridor, an den Toiletten einander gegenüberliegender Wohnungen vorbei, bis hinter zu der Tür unter dem farbbekleckerten Oberlicht – zu der Tür, die sein Zuhause war.

Waren vierzehn Jahre Schule, vom Kindergarten bis zum College, etwa kein Rohstoff für Literatur? Eignete sich das Material etwa nicht für eine alchimistische Umwandlung wie die riesigen Schrott- und Eisenklumpen, die in der Komödie von Ben Jonson von den habgierigen Puritanern zum Goldfälscher gebracht wurden? Wenn im Schrott Reichtum im Reich der Buchstaben schlummerte – nun, so war er mehr als reich: Seine ganze Welt war eine einzige Müllhalde. All die Myriaden, Myriaden schmutziger Eindrücke, die er für selbstverständlich nahm, sie alle waren konvertibel: von minderwertig zu kostbar, von Alteisen zu Goldbarren. Die Kinder, die mit ihren Würfeln im Schatten der Eisenbahntrasse auf der Park Avenue knobelten – ach, und dann die Arbeiten am Stahlgerüst selbst, wenn der gesamte Eisenbahnviadukt alle vier, fünf Jahre neu gestrichen wurde! Zuerst, nach dem Abbosseln, kam die rote Rostschutzfarbe, dann die graue Lackschicht drüber. Sag's schon, sag es ihnen, dachte Ira, was für ein Schwachkopf du gewesen bist: daß du dir vorgestellt hattest, sie würden die Stahlkonstruktion zuerst rot anstreichen – nicht etwa, um ihr einen kräftigen Voranstrich zu geben, sondern um danach deutlicher erkennen zu können, wie weit sie mit dem grauen Überlack schon waren. Auf diesem Niveau bewegten sich deine knabenhaften Schlußfolgerungen. Du stelltest dir vor, daß im Schlund der riesigen, gemauerten Tunnelausfahrt, wo die Züge an der 103. Straße vom Untergrundbetrieb auf die Hochbahntrasse geleitet wurden, Piraten und Seeräuber hausten. Du konntest sie um ihre Beute streiten hören, hörtest Messer klirren, Säbel rasseln...

Petey Lamb, der Hausmeistersohn, vögelte Helen unter der Treppe. Hausfrauen machten sich morgens auf, um bei den Marktkarren in der Park Avenue einzukaufen. Sommermorgen, überflutet von Sonnenlicht, Staubpartikel in der Luft, gleißende Helligkeit auf schwarzen Wachstuchtaschen. Und eines Sonntagvormittags hast du Mom vom Wohnzimmerfenster aus nachgeschaut, vom Fenster des zur Straße gelegenen, sogenannten Vorderzimmers, um dich zu vergewissern, schandbar, ruchlos und durchtrieben; du hast ihre Schritte verfolgt, bis sie an Jakes breitem, braunem Wohnsilo vorbei und um die Ecke verschwunden war. Der schwergewichtige Mr. Clancy, Vorarbeiter bei der Straßenausbesserung, der am Ende seines Arbeitstages die knarrenden Stufen hinaufstieg: sie ächzten förmlich unter seinem Gewicht. Dann Flora

Baer, Daveys Schwester, die du zu unanständigen Spielchen in den Keller locken wolltest – und nicht konntest. Der Schaum, der oben auf der siedenden, dünnen Plörre schwamm – du tunktest einen Kanten Brot hinein und hast ihn mit Genuß gegessen: *Greasy Joan doth keel the pot, die Schmuddelhanne leert den Topf,* eine delikate Angelegenheit, wenn man bitterarm ist. Derweil umklammerte Floras krätzebehafteter Babybruder in dem ramponierten Hochstühlchen mit seiner kleinen Faust eine Küchenschabe, die er gerade gefangen hatte, und schickte sich an, diese in die Teetasse seines ihn hingebungsvoll liebenden Vaters, des nichtsnutzigen Falschspielers zu werfen; ganz elend vom Hungerleiden, schaute die magere Mutter zu.

Nein, du mußtest nicht die Meere durchqueren, auf einem Schiff mit hundert Segeln zu den Inseln der Südsee fahren und einen Idealisten mit der Faust niederschlagen – wie in *Der Seewolf* geschehen – oder weit weg am Klondike Gold schürfen oder auf einem Floß mit Huck Finn den Mississippi hinuntertreiben oder in billigen Wildwest-Heftchen mit Indianern kämpfen. Du brauchtest kein entkommener Häftling zu sein wie Jean Valjean oder der Graf von Monte Christo im herrlichen Frankreich, oder ein Korsar, der – das Entermesser zwischen den Zähnen – eine Strickleiter hinaufkletterte, oder ein Schatzsucher mit Holzbein oder ein verwegener Degenfechter wie D'Artagnan. Du brauchtest nicht schottische Moore noch wüste Eilande, du brauchtest nicht von Raubkatzen unsicher gemachtes Buschland in Afrika noch den Dschungel im fernen Indien. Du brauchtest nirgendwohin zu gehen, überhaupt nicht. Es war doch alles da, direkt vor deiner Nase, direkt hier in Harlem, auf Manhattan Island, *überall hier zwischen Harlem und dem Fähranleger nach Jersey City:* Hier gab es einfach alles – angefangen von den frechen irischen Bengels, die sich im Süßwarenladen des alten jüdischen Ehepaars fast wie zu Hause fühlten und aus dem Mundwinkel heraus nuschelten »Wir wolln zwei hiervon und drei davon und eins von dään da«, bis hin zu den etwas größeren Jungs, die zwei Schokoladenzigaretten zu einem Cent kauften. *Oim as dhroy as a loyme-kiln – Ich bin so aus-*

getrocknet wie ein Brennofen, sagte der Klempner, der den Abfluß reinigte, und reichte seinem Gehilfen den Bierkrug aus Zinn. *Will yez rush the growler, me b'y – Laß doch mal die Luft aus dem Krug, mein Jung.* So grellbunt der Inhalt der riesigen Glasamphoren in Biolows Drugstore-Schaufenster am hellichten Tage wirkte, so freundlich strahlte alles am Abend rubin- und smaragdfarben bei künstlicher Beleuchtung. Hier war Sprache ein Geisterbeschwörer, ja sogar der Stein der Weisen; Sprache war eine Form der Alchimie. Sprache war es, die Gemeinheit zur Kunst erheben konnte. Wie der Fremdkörper in der Muschel für die Entstehung einer Perle sorgte, wandelte Sprache den nagenden Ärger des Lebens, legte sich zwischen Wunde und Traum.

Was für eine Entdeckung! Er, Ira Stigman, war ein *mejvn* für Elend und Trübsal, für die Bemitleidenswerten und die Unterprivilegierten. Wohin er auch blickte, überall öffneten sich wahre Schatzkammern, ganze Sammellager mit unbeachtetem, unbezahlbarem Potential, das von nun an ihm gehörte. Das rief ihm wieder ins Bewußtsein, wo seine Gedanken gerade hängengeblieben waren, als er den – allerdings unterdrückten! – Impuls verspürte, diese einzigartige Welt, diesen Reichtum an Armut mit Larry zu teilen. Es war *seine* Welt, und wieder konnte er den feigen Besitzerstolz seiner Knauserigkeit spüren, die ihm einen Stich versetzte: *Er* hatte schließlich für all das gelitten, es sich in den Jahren seiner Prägung in Abschaum und Jammertal verdient: zum Beispiel durch Mr. Malloy, der aussah wie sein eigener Geist, wenn er vor dem schmiedeeisernen Kellergitter des Wohnblocks in der Sonne saß und an seiner kurzen, schwarz angelaufenen Tonpfeife nuckelte, über deren Mundstück er einen Gummisauger gestülpt hatte, um seinen zahnlosen Gaumen vor Verletzung zu schützen. Diese Vignette, diese Gemme gehörte ihm, Ira. Und dann Yonnie True! Der stand am Nacktbadestrand – zwischen Güterzuglinie und Hudson River – auf dem Sprungfelsen, dem flachen Felsen am Ufer des Hudson, auf den Ira sich in seiner Verzweiflung einst geflüchtet hatte, und hatte ein Bull Durham-Kondom über seinen Pimmel gezogen. Yonnie hatte sich, wie Weasel ehrfürchtig bemerkte, einen Tripper

112

eingefangen und sich gerade eben noch an Dickerchens Schenkeln gerieben – und wer war Dickerchen, wenn nicht Ira! Es war zwar unanständig, aber literarisch, und Ira hatte die Benutzungsgebühr für diese Szene reichlich bezahlt. Das Anstößige und das Tugendhafte standen einander gegenüber; nur Sprache konnte die Kluft überbrücken. Ach, wie soll ich es sagen?

Auf Larrys Anregung hin ließen sich Ira und er vom ersten Tag ihres Aufenthalts in Woodstock einen Bart wachsen. Ob mit der haarigen Gesichtsmaske ein zufälliges Erkanntwerden vereitelt oder der Kontrast zwischen ihrer grünschnäbeligen Jugend und Ediths Reife verwischt werden sollte, wußte Ira nicht so genau. Auch nicht, ob die seltsame Maskerade überhaupt etwas nützte. Sein eigener Bartwuchs war überraschend kräftig, lockig und schwarz. Wenn sie Zerstreuung suchten, mieden sie die Stadt – wiederum aus Sorge, erkannt zu werden. Statt dessen unternahmen sie lange Spaziergänge durch die ländliche Umgebung, erkundeten einsame Nebenstraßen und Feldwege. Edith, von Larry und Ira flankiert, bestritt den größten Teil der Unterhaltung, wenn sie so dahinwandelten, und belehrte ihre jungen Begleiter über das Leben im allgemeinen und ihr eigenes im besonderen. Wenn sie bei ihrer eigenen Vergangenheit verweilte, was sie häufig tat, nahm ihre Stimme einen gleichbleibend beiläufigen Ton an, spielte sie ihre Rolle in den vielen empörenden und tragischen Lebensumständen herunter, die sie erduldet hatte.

Nüchtern und bagatellisierend vermittelte sie den Eindruck – Ira konnte es nur spüren, nicht erklären – leidender Unschuld, den Eindruck ruhiger, aufopferungsvoller Seelenstärke. Während er lauschte, wie sie über Ereignisse aus ihrer Vergangenheit sprach, hatte er manchmal das Gefühl, als kehrte ihm die Erinnerung an einige Passagen aus den wenigen längst vergessenen und vergangenen Liebesgeschichten zurück, die er gelesen hatte: den Geschichten von wehmütigen Heldinnen, gefangen in den mörderischen Schlingen des Bösen oder unheilvollen Unglücks. Obgleich die meisten Einzelheiten verwischt, waren die Konturen erhalten geblieben und

noch erkennbar: *Edith war die Heldin ihres eigenen Dramas.*
Sie war nicht die Art Hauptfigur, die gegen die verschiedenen
Impulse in ihrem Inneren ankämpfte, seien sie gut oder böse,
die triumphierte oder sich ergab: keine Jane Eyre, kein Dr. Je-
kyll, kein Dorian Gray. Nein, nein. Sie war eine Heldin von
altem Schrot und Korn: freundlich, gütig, tapfer, selbstlos. Ira
erinnerte sich an eine Zeile in einem ihrer späteren Gedichte:
My generous gesture gone astray – *Meine hochherzige Geste
ist vergeblich gewesen.* Damit konnte sie schon recht gehabt
haben. Warum auch nicht? Ihre Gesten mochten schon immer
hochherzig und ebenso oft vergeblich gewesen sein. Doch ihr
Leben stellte sich ihm, als er sie kennenlernte, nicht so dar.
Nun, vielleicht war er in seiner Einstellung ihr gegenüber
auch voreingenommen.

Nachdenklich dachte Ira an das traurige, olivfarbene Gesicht, das
früher einmal zu Edith gehört hatte, an den stillen Vorwurf in ihren
vorstehenden braunen Augen. Er konnte sich geirrt haben, er
konnte sich auch jetzt irren. Wer wollte das entscheiden? *Meine
hochherzige Geste ist vergeblich gewesen...* Andererseits hatte
M., seit über fünfzig Jahren seine Frau, nie etwas Derartiges gesagt
oder etwas Derartiges unterstellt und war für ihn doch die beste
aller Frauen, das feinsinnigste Wesen, das er je kennengelernt
hatte. Aber sie war ein Mensch, fehlbar, vernünftig und vergnügt,
stand zu ihren Bedürfnissen und Wünschen, ihren Gelüsten und
kleinen Schwächen. Dessenungeachtet war sie einzigartig unter
den Frauen. Und Künstlerin obendrein, Musikerin, im Alter Komponistin mit wachsender Reputation: Mutter M., wie Ira sie immer
neckte. Je nun...

Edith sprach oft von ihrer unglücklichen Kindheit in Silver
City, Neumexiko, und erzählte auch jetzt davon, während
sie alle drei die Landstraße entlangspazierten. Die Geschichten
über ihren betrunkenen Vater, von der Weigerung ihrer Mutter, mit ihrem Dad, einem ehemaligen – gestrauchelten! –
Staatsdiener, Geschlechtsverkehr zu haben, und davon, daß
die Mutter immer Ediths ungeschickte jüngere Schwester Le-
nora bevorzugte, kannte Ira schon von früher. Larry hatte

diese Geheimnisse seinem besten Freund im vorangegange-
nen Winter und Frühling während ihrer gemeinsamen
Abende zu zweit anvertraut, und Ira hatte jedes Wort mit
dem allergrößten Interesse in sich aufgenommen. Und doch
täuschte er, als Edith die Geschichten ihrer persönlichen Qualen – wenn auch mit etwas anderem Schwerpunkt – jetzt wiederholte, Erstaunen und Verwunderung vor, außer sich vor
Glück, sie noch einmal von Edith persönlich zu hören, als
sei es das erste Mal.

Aber vieles, was Edith ihnen über Literatur und besonders
über Lyrik erzählte, war neu. Und sie fügte ihren beiden Lieb-
lingsthemen noch ein weiteres hinzu: ihre anthropologischen
Studien. Vor langer Zeit hatte sie sich in Neumexiko mit den
Navajo-Indianern angefreundet. Gemeinsam mit Schulkame-
raden und in Begleitung verschiedener Lehrkräfte war sie oft
zum Navajo-Reservat hinausgeritten und hatte draußen in
der Wüste kampiert. Sie bewunderte die angeborene, natürliche Würde der Indianer; sie respektierte deren Übereinstim-
mung mit der Natur, ihre Verehrung für die Natur. Und wie
mit allen Unterdrückten, hatte sie auch mit den Navajos großes Mitgefühl – wegen der schlechten Behandlung durch die
Weißen, die ihnen ihr Land wegnahmen, die herzlos und barbarisch ihre traditionelle Religion und Kultur schändeten und
ihnen statt dessen ein ruinöses Erbe von Seuchen, Laster und
Alkohol hinterließen. Da sie nun einmal so für die Navajos
empfand, war es nur natürlich, daß sie sich auch deren Dichtung zuwandte, ihre Sprache und Überlieferung kannte, ihre
Zeremonien und Stammesgesänge. Später dann, als Edith ihre
Dissertation in Angriff nahm, kombinierte sie die beiden Disziplinen und schrieb eine Arbeit über Navajo-Dichtung, über
deren religiöse Inhalte, über Rhythmen und Aufbau sowie deren Erscheinungsformen.

VII

Zwei- oder dreimal während ihres Aufenthalts im Steincottage, als die kühleren Abendhimmel auf einen baldigen

Herbstanfang hindeuteten, riskierten sie es, die lange, staubige, gleichwohl angenehme Strecke zu einem ausgezeichneten Restaurant hinaufzugehen, welches fast kreisrund auf dem Gipfel eines Berges lag. Der Speisesaal, schummrig und geräumig, war nur spärlich besucht, vielleicht, weil die Saison zu Ende ging; und das zerstreute ihre Furcht vor Entdeckung. Edith fühlte sich sicher, wenn sie dort speisten, so sicher, daß sie, statt eines Tisches in einer Nische oder an der Wand, wegen der herrlichen Aussicht einen Fenstertisch wählte. Jedes Fenster hatte sein eigenes Bergpanorama. Die vorderen Hänge waren dicht mit Koniferen bewachsen, engmaschig wie ein Teppich, die hinteren erschienen zunehmend weniger struppig, je weiter entfernt sie waren, bis hin zu den entferntesten Kammlinien der Berge im Hintergrund, die ihre Opazität verloren und fast transparent zu werden schienen. Für Ira war alles so neu, hingerissen starrte er hinaus – Bergketten wie Wellen, in Bewegung erstarrt, Wellen, die letztlich mit dem Himmel verschmolzen.

Larry gefiel Iras Verzückung. »Genieß es«, ließ er sich vernehmen, »darum sind wir schließlich hier.«

»Gee, das tue ich.«

»Du hast noch nie die Berge gesehen?« fragte Edith so einfühlsam, wie es untrennbar zu ihrem Wesen gehörte. »Wirklich nicht?«

»Vielleicht in den Karpaten, wo ich geboren bin. Aber daran erinnere ich mich nicht mehr. In Amerika«, sagte Ira und versuchte, witzig zu sein, »in Amerika kenne ich nur den Mt. Morris Park.«

»Wo ist denn das?«

»Ach, ich mache doch nur Spaß.«

»Ganz in der Nähe seiner Wohnung, in Harlem«, erläuterte Larry. »Dort gibt es einen kleinen Hügel mit einem hölzernen Glockenturm. Ein recht malerisches Plätzchen. Und ganz ohne Anspruch, verstehst du?«

»Tatsächlich? Ich hätte nicht gedacht, daß es in New York irgendwelche Berge gibt. Auch keine noch so kleinen Hügel.«

»Das ist der höchste, den ich kannte, als ich klein war«, sagte Ira und erinnerte sich ganz sachlich. »Du weißt doch, wie das bei Kindern ist. Der Gipfel wirkte auf mich früher kilometerhoch. Aber Baer Mountain habe ich auch schon gesehen.«

»Ich hatte mal vor, über den Glockenturm im Mt. Morris Park eine Kurzgeschichte zu schreiben«, sagte Larry. »Die Glocke war eine Alarmglocke und läutete meistens bei Feuer.«

»Und – hast du?«

»Nein. Aber nicht, weil ich das Interesse daran verloren hätte. Ich bemerkte vielmehr, daß ich ein falsches Bild von Ira hatte – und von seiner Gegend. Beides war nämlich ganz anders als ich dachte.«

»Und? Warum hast du dich nicht damit vertraut gemacht? Du hättest ihn doch schließlich fragen können.«

»Ich weiß. Aber – es ist seltsam.« Larry starrte durch das Fenster auf die ferne Bergwelt. »Das kann ich nicht beantworten.« Nachdenklich preßte er seine vollen Lippen aufeinander, lachte dann kurz auf. »Ich bemerkte, daß ich doch tatsächlich so gut wie nichts über Ira wußte. Oder fast nichts. All die Dinge, die er mir über – ach, denk doch nur an diese Baseballturniere, wo er Getränke verkaufte – er hat dir doch auch davon erzählt.«

»Ja.«

»Das ist mir alles so fremd.«

»Nun, genauso war es für mich«, warf Ira ein, »als wir zur Kleiderfabrik deines Bruders gegangen sind, in der 119. Straße. Für dich ist es ganz natürlich, daß du dort hineingehst. Ich aber bin total gehemmt.«

»Tatsächlich? Du hast nie etwas gesagt.«

»Nun.« Mißbilligend zog Ira die Schultern hoch. »Ich bin eben nicht daran gewöhnt.« Und fügte kurz darauf mit ungewohnter Schlagfertigkeit hinzu: »Genau wie du, nur umgekehrt.«

Forschend blickte Edith von einem zum anderen. »Larry ist so viel mehr von dieser Welt. Ich glaube, das ist der Hauptunterschied zwischen euch.« Und nach einigen Sekunden des Schweigens: »Möchtest du noch ein Brötchen?«

»Und ob. So schön kroß.« Ira grinste, sich entschuldigend: »Ich kann doch die Bratensoße nicht in den Orkus schütten. Meine Mutter sagt, das ist Sünde.«

»Ach, tatsächlich?« Edith lächelte.

»Ich werde jetzt bestellen«, sagte Larry und hob den Arm. »Hallo, Miss.« Und wieder zu Ira gewandt: »Das können wir unmöglich zulassen.«

»Was?«

»Eine Sünde.«

»Oh.«

Larry und Edith lachten.

»Ich überlege gerade, was ihr beiden wohl zu einer richtigen Bergtour im Westen sagen würdet«, sagte Edith. »In den Rokkies zum Beispiel.«

Mit Genugtuung registrierte Ira, daß nicht nur *ein* Brötchen in dem mit einer Serviette ausgelegten Körbchen ankam. »Weil die so hoch sind, oder warum?«

»Ja, genau. Die Ebene liegt etwa achtzehnhundert Meter hoch. Die Berge dagegen sind Dreitausender, manche höher.«

»Dreitausend Meter!«

»Und keineswegs einladend, diese Berge da draußen. Man nennt sie auch die *Hills out West*. In der Nähe von Silver City haben sich Menschen schon mal tagelang verlaufen. In der Gila-Wildnis, im Mogollon, wie es heißt. Es sind sogar welche gestorben, ehe man sie gefunden hat.«

»Nun ja – ich«, Ira hielt plötzlich inne, »ich wäre im Mt. Morris Park auch beinahe gestorben.«

Sie lachten.

»War das jetzt ernst gemeint?« fragte Edith. Es war typisch für sie, den Finger in die Wunde zu legen. »Bist du gefallen?«

»Nein, nein. Nur ausgerutscht.«

Nur ausgerutscht, dachte Ira. Seine Blicke schweiften vom bernsteinfarbenen Monitor seines Computers hinüber zum Ostfenster seines Arbeitszimmerchens, wo – in nicht sehr großer Entfernung – das Sandiasgebirge schemenhaft zu sehen war, dreitausend Meter an der höchsten Stelle, ganz genau die Art Berge, von der Edith damals, vor siebzig Jahren, in einem Speisesaal auf einem Berggipfel bei Woodstock gesprochen hatte. Vor siebzig Jahren. Jetzt lebte er im Staate Neumexiko, in ebenjenem Teil des Landes, in welchem *sie* geboren war und einst gelebt hatte und wo *sein* Leben mit großer Wahrscheinlichkeit enden würde, dort, wo ihres einst begonnen hatte. Elegisch, nicht wahr? Doch Elegien hatten keine Heimat. Am besten eine halbe Tablette Percocet geschluckt, wie man an einer Oase Wasser schlürft. Und dann wieder an die Arbeit, zurück in die Wüste...

Eine der prägnantesten Erinnerungen an das Essen im Gipfelrestaurant waren seine immer wiederkehrenden, peinlichen Gewissensbisse, die zu beichten er sich nicht verkneifen konnte: Er hatte kein Geld dabei, nicht einmal das Trinkgeld für die junge Frau mit der rüschenbesetzten Schürze, die sie bediente und wiederholt neue Brötchenportionen brachte. Als Larry und Edith ihm versicherten, das ginge schon in Ordnung, sie würden das übernehmen, wußte er nichts anderes zu stammeln als: »Das Trinkgeld ist mir immer besonders wichtig.«

»Ach, und warum?« fragte Edith. »Ich gebe, ehrlich gesagt, immer zehn Prozent von der Rechnung.«

Und Larry sagte: »Das machen doch alle. Was hat dich für Trinkgelder so sensibilisiert?«

»Hast du vergessen? Mein Vater ist Kellner.«

»Oh, ist das der Grund?« Edith lächelte ihn verständnisinnig an. »Ja, das muß deine Einstellung verändert haben.«

Larry explodierte vor Lachen. »Ich habe auch als Kellner gearbeitet, als singender Kellner. Von Copake habe ich euch doch erzählt. Es waren zwar nur ein paar Wochen, aber ich muß es endlich verinnerlichen. Immerhin bin ich jetzt vom Fach.«

»Stimmt. Das hatte ich ganz vergessen.«

»Mach dir keine Gedanken, Ira. Du bist unser Gast«, beruhigte Edith ihn.

»Danke.«

Und reiten gingen sie auch. Für Ira war es das erste Mal. Noch nie in seinem Leben hatte er auf einem Pferd gesessen. Wie höflich unbeteiligt der Gesichtsausdruck des Burschen im Reitstall, als er das kuriose Trio sah: eine zierliche, erwachsene Frau in Reithosen und Stiefeln, vollkommen sicher im Sattel und des Aufsitzens mächtig, in Begleitung zweier milchbärtiger junger Männer, wovon einer, selbstbewußt und gutaussehend, offenbar schon ein wenig Reiterfahrung hatte, der andere offenbar nicht.

Ira zockelte hinter Edith und Larry her, die schon im Schrittempo losgeritten waren – zweifellos ohne daran zu denken, wie unerfahren er war. Im Bewußtsein, was für eine lächerliche Figur er hoch zu Roß abgab, war Ira froh, aus dem Blickfeld des Stallburschen zu entschwinden. Und er fand eine ebenso lächerliche Entsprechung in der Erinnerung an das Kind, das er gewesen und das hinter Billy, Pops Lieblingspferd, auf dem Milchwagen mitfuhr; oder allein auf dem Kutschbock saß, während Pop mit einigen Halbliterflaschen Milch in seinem Drahtkorb einen kleinen Werkstattladen betrat. Amerika, Amerika: jeder Schritt hat seine Zeit, jeder Abschnitt seine Zeit. Hier war er nun, aufgestiegen von der Fahrt auf dem Milchwagen seines Vaters über das Kopfsteinpflaster in der Stadt, bis in den Sattel eines Reitpferdes in freier Natur. Wie ehern, wie edel in Schattierung, Form und Silhouette, wie selten karg und selbstgenügsam schwebte die rustikale Landschaft der krossen Frische des Herbstes entgegen, die unter den stampfenden Hufen des lebhaften Tieres, das er ritt, im Rascheln einiger weniger, bereits gefallener Blätter zu hören war. Die Landschaft überantwortete sich dem Herbst – hörbar und sichtbar. Denn über ihren Köpfen trugen die Zweige der Bäume ein Gewand, das jetzt gesprenkelt war, ein buntscheckiges Kleid aus Grün und Braun. Schon ganz dürr und kahl ergaben sich Baumkronen der Vorherrschaft des Himmels, begannen sie ihren Rückzug in einzelnen Blättern, die zu Boden fielen. Und die Zickzackzäune aus ungehobeltem, verwittertem, knubbeligem, grauem Lattenholz, gespalten und knorrig ineinandergeschichtet: Zickzackzäune, die sich am Boden schlängelten, trennten den staubigen Sandweg vom angrenzenden Stoppelfeld. Wie graziös Edith in kurzen Sätzen vorausgaloppierte, ihr Pferd umwandte und zurückritt, so bescheiden und ohne aufzutrumpfen, fast um Verzeihung bittend für ihre reiterliche Meisterschaft, diese zierliche Frau mit dem nüchternen Blick vor herbstlichem Azurblau in urwüchsiger Landschaft.

Die Katze –

Einige Male, sehr wenige Male wanderte Edith mit Ira zu den Wohngebieten am Rande des Städtchens, wo sie im dortigen Kaufhaus ein oder zwei Dinge zu besorgen hatte. Oder aber sie schlenderten gemeinsam einen Waldweg entlang, wo Ira respektvoll und pflichtschuldigst Abstand hielt, außer er spürte, daß er für einen Moment ihren Arm nehmen sollte, um ihr symbolisch über ein Hindernis zu helfen. Ein oder zweimal drückte sie leicht seine Hand, um ihm zu danken. Der Unterschied zwischen der Kühle ihrer Hand und der Hitze seiner eigenen irritierte ihn: als würde er durch sie preisgeben, was er dachte; aber was er dachte, war so fest versiegelt in ihm, seine Phantasien waren so fest eingemauert, nicht die leiseste Spur davon hätte man entdecken können. Dennoch, ungebührliche Assoziationen wuchsen immer wieder in seinem Kopf, Assoziationen, die dort nichts zu suchen hatten. Er war loyal, seinem Freunde treu ergeben. Als veritabler Pedant, der er war, wollte er sich so untadelig wie möglich an seine Auffassung von der Rolle halten, die nach dem vereinbarten Stillschweigen über die Romanze seines Freundes mit dessen Englischlehrerin von ihm erwartet wurde. Er war bestrebt, sich so zu verhalten, daß er seinem Ruf als guter Kumpel gerecht werden und seiner eigenen Integrität alle Ehre machen würde – seinem eigenen Verständnis von einem angemessenen Verhalten in einer derartigen Situation. Das mindeste, was er tun konnte, um Edith und Larry das Vertrauen zu lohnen, das sie in ihn setzten – und all die damit verbundenen Privilegien –, war doch, ein absolut loyales Verhalten an den Tag zu legen, jedweden Rechtschaffenheitskodex zu erfüllen, sich ehrenhaft zu benehmen.

Ja, ehrenhaft. Ehre war das Wort, das mit reinen Gedanken verbunden war, unabhängig vom Charakter und dem Aufflackern perverser Einflüsterungen. Er war fest entschlossen, Edith vor der Wucht seiner widerlichen Welt zu schützen, und wünschte doch zur gleichen Zeit, sie in seine Welt hineinzuziehen, eine sonderbar vielschichtige Welt, von komplexen und imaginären Zahlen beherrscht, in der gewöhnliche Regeln oft ungewöhnliche Ergebnisse zeitigten, in der er an

Edith mit ritterlicher Rechtschaffenheit denken durfte, in der beide nach Regeln wie im Märchen leben konnten. Während er sie vor seiner eigenen unvorstellbaren Verstrickung zu schützen wünschte, glaubte er sich danach zu sehnen, daß sie erkenne, wer er war, was in ihm steckte; daß er dazu bestimmt war, eines Tages ihr Einverständnis zu gewinnen, ihr leidenschaftliches Einverständnis, denn er spürte, daß sie *seine Art* mehr als alles andere anziehend fand, seine Art Tiefe, seine Art Weite, seine Art Phantasie, die abscheulich, verzweifelt, rücksichtslos, aber auch grenzenlos war. Hatte er denn all jene Dinge nicht getan? War er denn nicht so? Er hatte die Grenzen der Phantasie gesprengt; er konnte Horizonte durchbrechen und alle ausgefransten Liederlichkeiten der Welt aufsammeln. All das konnte er – und sich gleichzeitig die größte Mühe geben zu mimen, zu versuchen, so zu denken und zu fühlen, wie man es von ihm erwartete, wie er dachte, daß man es von ihm erwartete: vollauf zufrieden mit Grashüpfern und dem Joyceschen *Ulysses*, scheinbar phlegmatisch in Sachen Sex, scheinbar immun gegen Romantik, scheinbar teilnahmslos. Und er meinte, er schaffte es. Er war stolz darauf, es geschafft zu haben – oh, sich zu verstellen fiel ihm nicht schwer – *außer vielleicht*, sich vollends umzukrempeln, den Rest jener ihm so vertrauten, unstatthaften Regung zu vertreiben, die einen – wenn auch widerstrebenden – Wechsel von seinen abscheulichen Raubtierpraktiken in die keusche Welt von Edith und Larrys Liebesaffäre bewirken würde.

Er war sicher, daß es seine Abscheulichkeit war, die diese verachtenswerten, unmoralischen Anwandlungen hervorbrachte, wenn er mit Edith alleine war: daß er nur ihre Hand in seine Hand zu nehmen brauchte, daß sie selbst es wollte, wenn er ihre Hand in seine nahm, die Hitze seiner Hand auf ihre Kühle übertrug, ihr seine Begierde tief einbrannte, nicht durch ein Unterpfand, nicht durch eine zaghafte Berührung, sondern durch gewaltsam beherrschende Leidenschaft. Und daß sie bereit wäre, in ähnlicher Weise auf ihn zu reagieren. Wenn er nur die Initiative ergriffe, die Dinge weiter vorantriebe, würde sie bereit sein, seinen Verrat am Freund mit einem Verrat am Liebhaber zu belohnen. Was für ein Blödsinn! Er projizierte seine eigenen schändlichen Wunschvorstellungen auf sie. Mehr war das nicht, nichts weiter. Mach sie an, wie die Trottel aus deiner Straße in East Harlem Frauen anmachten. Mach sie an, als wäre sie – nein, nicht wie Stella, die hat er nicht erst lange angemacht: gleich beim ersten Mal war er zur Sache gekommen, hatte nicht eine Sekunde vergeudet. Nein, auch nicht, als wäre sie ein Flittchen von der 119. Straße – wie Helen, im Hausflur verfügbar, was Petey Lamb ihm zugeflüstert hatte. Jesus, er wußte überhaupt nicht, wie man eine kultivierte Frau umwirbt. Was würde er anrichten? Er würde sich zum Idioten machen oder – schlimmer noch – preisgeben, wer in Wahrheit hinter diesem kunstlosen, so zerstreut und unerfahren tuenden Träumer steckte, den er so ernsthaft bemüht war darzustellen. Nicht auszudenken. Wow! Was würde aus ihrer Meinung über ihn werden, aus seinem guten Ruf? Und wenn sie es dann Larry erzählte – *boyoboy!* Dessen Verachtung – nein, nein. Den inneren Impuls vergessen, den sie mit ihrer nicht definierbaren Spannung, dem bedeutungsvollen, sie plötzlich überkommenden Ernst ihres Gesichts, mit dieser Ausstrahlung von Einsamkeit in ihm weckte wie etwas, das sie beide zusammenschweißte. Nichts zu machen. Das Ganze war ein selbstgewebtes Hirngespinst. Glück, daß er Verstand genug besaß und ein letztes Fünkchen Selbstkontrolle, gottlob auch genug Schüchternheit, um die Dinge richtig zu interpretieren, sich selbst in Schach zu halten, um eine Entlarvung, das Fiasko, zu vermeiden. *Boy!* Glück auch, daß er nicht gerade jetzt einen Steifen bekam –

Ein Kinderspiel, wäre er ein anderer gewesen. Und er wußte, daß er recht hatte. Er wußte es. Selbstverständlich. Arme Frau. Ach, wenn er doch ein passabler *Bohrarbeiter* gewesen wäre! So ein Zuchtbulle aus der 119. Straße: *Der weiß es nich' besser, siehste?* Andererseits wäre er dann jetzt nicht hier in Woodstock und würde nicht die Rolle des gutgläubigen, verträumten Trottels spielen.

Ivan, du erinnerst dich doch an meinen Freund Ivan?
   – Redest du mit mir?

Ja, Ecclesias. Edith hatte ihn zum Dinner in ihr Apartment eingeladen, als wir noch Studenten auf dem CCNY waren – und eigenhändig für ihn gekocht. Ivan, der Muskelmann, einst großartiger Hürdenläufer und vielversprechender Physiker mit einem IQ von 168 im Binet-Simon-Test. Dieser Ivan erzählte mir – oh, viele Jahre später, als wir den zwölf Jahre alten Bourbon süffelten, den er mitgebracht hatte, also, da erzählte er mir, als wir vor dem Abendbrot draußen im Schatten meines Wohnwagens saßen, er hätte sich für den Abend bei Edith so gründlich rasiert und so ordentlich gekleidet, wie er nur irgend konnte. Er hätte einen Riesenwirbel veranstaltet, um so präsentabel wie möglich bei ihr zu erscheinen. Dann hätten sie also ihr Essen eingenommen, Edith und er, und sich unterhalten. Nach einer schicklichen Pause, zum Abschluß eines insgesamt angemessenen Besuchs, hätte er sich für das köstliche Mahl bedankt und sich verabschiedet. An dieser Stelle begann Ivan zu transpirieren. Selbst bei der Erinnerung an den Abend tupfte er sich noch die Stirn, immer wieder. Bedauern, nie war es so greifbar, nie hat Bedauern die Züge eines Mannes deutlicher verzerrt.

»Ich dachte, das war alles, wozu ich eingeladen war«, sagte Ivan zu mir. »Dinner in ihrer Wohnung. Das sind Dinge, die weiß man einfach nicht, wenn man jung ist.« Nie hat ein Mensch, der über seine Vergangenheit nachdachte, müder ausgesehen oder bedächtiger, bekümmerter den Kopf geschüttelt.

Ich gluckste, Ecclesias, grausam gluckste ich in mich hinein angesichts der Reue meines Freundes. »Und ich dachte, ich sei der einzige, der vor Reue nicht aus sich herausgeht«, sagte ich. »Eingekerkert sozusagen in Niedergeschlagenheit und Mürrischsein.«

Jedoch, Ecclesias, er fand meine Schadenfreude nicht lustig, noch teilte er sie auch nur im geringsten. Sein Gesicht war das eines intelligenten Mannes, der über das Unwiederbringliche nachdenkt – und das zum x-ten Mal! –, aber nicht, um eine verlorene Empfindung zurückzuholen, sondern um seinem Leben eine andere Richtung zu geben: »Zu dumm«, sagte er, »ich hätte diese verdammten Hemmungen viel früher überwinden können, diese Hemmungen, die mich fast umgebracht haben. Ich hätte weitermachen und einen Doktortitel von der Columbia University bekommen können – statt mir ein Magengeschwür einzuhandeln, das allem ein Ende setzte.«

»Und Ediths Studententrio zu einem Quartett anschwellen lassen«, zog ich ihn auf. »Zu dumm ist richtig. Wir hätten nämlich noch etwas anderes gemeinsam haben können, du und ich.« Gerade sah ich Edith vor mir, wie sie, nachdem ihr junger Gast gegangen war, vor dem Spiegel stand und graziös ihre gelinde Enttäuschung abschüttelte, während ihre kleinen Hände sich um ein Ohrläppchen schlossen und einen Ohrring entfernten...

Und Ira gackerte wieder... so bösartig wie damals... und dachte eine Weile nach. Nein, an der Sache war mehr dran als nur das. Tagträume hielten noch unschätzbare Reserven für ihn bereit. Was, wenn er zu ihr gesagt – was, wenn er ihr die Wahrheit gestanden hätte, wie er es schließlich, *wenn auch viele Monate später,* tat. Vielleicht auf einem dieser Spaziergänge – was, wenn *er* das Reden übernommen hätte, gefleht und sich ihr auf Gedeih und Verderb ausgeliefert hätte, herausgeplatzt wäre mit »Edith, meine Schwester, sie geht mir nicht aus dem Kopf, es überkommt mich immer wieder. Dies sind die Umstände, so ist es passiert. Dann ist da noch meine kleine Cousine Stella. Tante Mamie denkt, ich, ihr Neffe, der mittellose Collegeboy, besuche sie wegen des einen Dollars, den sie mir schenkt. Hör zu, Edith, ich weiß alles über Sex, verdorbenen Sex, entsetzlich verdorbenen Sex. Es macht mich ganz rasend...«

Und dann? Nein. Ganz unmöglich. Es war ihm unmöglich zu beichten. Gegen oder durch die Härte der Verkleidung zu beichten, die er trug, gegen oder durch die Maske, hinter der er lebte? Doch wie gnadenlos seine Besessenheit, die Zeit zu zerstören, die Vergangenheit niederzureißen, professionellen Abrißarbeitern ähnlich, die gelegentlich, sagte man, von der Erregung, ein altes Bauwerk dem Erdboden gleichzumachen, so in Verzückung gerieten, daß sie tatsächlich ihr Leben gefährdeten. Wie den Rausch der Tiefe, der den Sporttaucher überkommt, so gab es den Rausch der Zerstörung, der Hauszerstörung, der Vergangenheitszerstörung. Und sie hätte nicht widerstehen können, oder? Der Enthüllung seines wahren Ichs. Sie hätte aber doch Anstalten gemacht, ihn zu retten. Nein? Natürlich hätte sie. Ihr stärkster Instinkt war zu retten, zu versöhnen, die Not anderer zu lindern. Als Köder brauchte er ohnehin nur das, was er war. Nichts anderes. Jesus, eine vertrackte Situation, wenn es dazu gekommen wäre, nicht? Ein Liebespakt mit doppeltem Boden in jenem entrückten Steincottage in Woodstock. Gleichwohl, zu einer anderen Zeit, an einem anderen Ort, geschehen ist es dann doch –

Angenommen, er vernaschte sie in einem buschigen Tal, Ecclesias, wie er es einmal tatsächlich tat, in einem schattigen Hain am Wegesrand, und hätte den armen, liebenswürdigen Larry verraten. Hey, ob wohl die junge Generation, von der ich heute so weit entfernt bin wie sie es im Jahre 2070 von mir sein wird – ob wohl das Wort »verraten«, so wie ich es heute verwende, noch irgendeine Signifikanz, noch irgendeinen Gebrauchswert in *ihrem* Wortschatz haben wird?

– Ich bezweifle es.

Dito.

Nun, jedenfalls gab es dort eine Katze.

Die Katze tastete sich an den rauhen Mörtelvenen zwischen den Feldsteinen ein Stück die Mauer hinab, so wie Feliden immer den niedrigsten Vorsprung suchen, ehe sie sich fallen lassen, und sprang dann auf den Rasen. Zufällig nahmen die drei Bewohner des Steincottage zu diesem Zeitpunkt gerade in der köstlichen Abgeschiedenheit des eingefriedeten Gartens ihre Mittagsmahlzeit ein. Sie saßen auf den weißen, gußeisernen Gartenstühlen um den weiß ziselierten Tisch herum und genossen die gute Luft und den Himmel, während sie aßen: würzig gegrillte Sandwiches mit Cheddarkäse und Bacon, außerdem gemischten Salat und frisch gebrühten Kaffee, einen Lunch, den Larry zubereitet hatte, weil er Spaß daran hatte, sein kulinarisches Talent zu üben.

Iras Blicke folgten den Bewegungen des Tieres: Es war eine dreifarbig gefleckte Glückskatze. Sie hatten sie früher schon gesehen. Eine freundliche Schmusekatze. Sie hatten über sie gesprochen, und Ira hatte sogar etwas Neues über Katzen gelernt. Dreifarbig gefleckte Glückskatzen waren nämlich immer weiblich, hatte Edith ihn aufgeklärt, und Larry hatte hinzugefügt, mit neuen Züchtungen könne man reich werden. »Du gehst doch in die Biologie. Das ist deine Chance, Ira«, ulkte er. »Du züchtest ein dreifarbig geflecktes männliches Tier, und dein Glück ist gemacht. Dann kannst du eine konstante Linie Glückskatzen produzieren, eine erlesene Zucht. Die wird dann unter dem Namen ›Stigman Calico‹ berühmt.«

Und Ira, stets zu dummen Witzen aufgelegt, erinnerte sich an eine Redewendung aus Ibsens *Hedda Gabler* und antwortete mit: »Denk mal an, Hedda.«

Orange gescheckt, landete die Katze auf dem Gras; sie querte gemächlich und ruhig das Rasenstück zwischen Mauer und Tisch und näherte sich in ihrer pigmentierten Melange. Die Frage regte sich nun in Iras Hirn, ob er Edith von der Anwesenheit der Katze in Kenntnis setzen sollte. Hatte sie diese überhaupt schon bemerkt? War eine Erwähnung überflüssig? Oder sah er – wie es ihm nachträglich vorkam – absichtlich davon ab? Aus einer unterschwelligen Neugier heraus, wie Edith reagieren würde, wenn die Katze nahe war? Würde sie überrascht sein, und wenn ja, was würde sie tun? Jedoch, warum sollte er wissen wollen, wie Edith reagierte? Auf welche obskure Weise hatte das mit den krankhaften, hartnäckigen, schmutzigen Einflüsterungen zu tun, die sich auf den wenigen Spaziergängen mit ihr so zugespitzt hatten?

Er sah das Tier unter dem Tisch verschwinden. Eine Sekunde oder zwei vergingen, eine ruhige Pause, annähernd lange genug, um Iras leichte Unentschlossenheit zu lichten, zu zerstreuen. Und dann –

Der Schrei! Sie schrie hysterisch und durchdringend, in höchstem Schrecken, ihr ganzes Gesicht konzentrisch um den weit geöffneten, kreischenden Mund. Ira wußte, warum. Aber Larry nicht. Der arme Kerl. Er sprang auf die Füße, eilte an ihre Seite. Alle Farbe war aus seinem schönen Gesicht gewichen, während er Edith verängstigt und verwirrt mit ausgestreckten Händen zu schützen suchte – aber wovor? Vor keiner sichtbaren Gefahr, sondern als hätte sie einen Anfall.

Die aufgeschreckte Katze sprang unter dem Tisch hervor, schoß über das Gras, auf die Mauer zu –

»Es ist nur eine Katze«, sagte Ira und wußte nur zu gut, daß seine Warnung, seine Aufklärung, zu spät kam.

Sie hätte gedacht, es sei ein Stinktier, erklärte sie Sekunden später, nachdem sie die Fassung wiedererlangt hatte. Ein tollwütiges Stinktier, fügte sie wenig einleuchtend hinzu. »Bei uns im Westen hatten wir immer Todesangst vor tollwütigen Stinktieren.«

So überreizt war sie also, hysterisch und morbide überreizt, dachte Ira. Warum wohl? Wegen der Anspannung, unter der sie stand und die daher rührte, daß sie gewisse Konventionen mit Füßen trat, ihre Position an der Universität aufs Spiel setzte – wegen irgend so eines feministischen Grundprinzips, wegen ihres Rechts auf eine Affäre mit einem jüngeren Mann, gar einem Studienanfänger? Nein. Die Intensität dieses Schreis und die Verlassenheit, die daraus sprach, gingen weit darüber hinaus. Er war erschütternd, tat körperlich weh. Und wieder einmal krochen häßliche Gedanken in Iras Bewußtsein, spontan und wild und dabei so übermächtig, daß er sich über ihre zwingende Dominanz wunderte. Sie bemächtigten sich aller anderen Mutmaßungen und waren, obwohl völlig aus der Luft gegriffen und nur von seinen lasziven Träumen genährt, so beharrlich, als habe er es mit einem eindeutigen Fall, einem Problem wie im Lehrbuch zu tun, das keine andere Antwort zuließ als die eine: Edith bekam in der Beziehung nicht das, wofür sie das Risiko auf sich genommen hatte, hierherzukommen. Sie bekam nicht die Tröstung, nicht die Befreiung, die Erleichterung, die ihr Liebhaber ihr eigentlich hätte geben müssen: Linderung ihrer Ängste, Entspannung, eine Abnahme der nervlichen Belastung – vielleicht einfach nur die Beteuerung, daß dieses Zusammensein ein Zusammenbleiben bedeutete. Dieser Schrei! So herzzerreißend! Was sonst konnte er bedeuten? Zugegeben, er war ein Trottel, das räumte Ira ein, denn seine Gedanken drehten sich immer wieder um das eine, verweilten immer wieder bei demselben Punkt. Was sonst hätte dieser Schrei bedeuten können? Wenn mit *ihm* alles in Ordnung war, mit *seiner* intuitiven Wahrnehmung dessen, was mit *ihr* nicht stimmte, was zum Teufel stimmte dann mit Larry nicht? Jesus, gut gesagt –

Gut gesagt, allerdings. Ira nahm die Hände von der Tastatur und ließ sie locker in die Hosentaschen gleiten: Das war das Schlimmste am Dasein eines Schriftstellers, besonders am Dasein eines autobiographischen Schriftstellers. Man wußte ja, wie die Antwort wirklich lautete. Man wußte, was sie von ihrem Liebhaber erwartet hatte. Da war man ganz schön in der Zwickmühle. Sollte man die Erinnerung an den Burschen, den man einst geliebt hatte, schützen? An den Freund und Wohltäter in so vieler Hinsicht, diesen liebenswürdigen, reizenden, hochherzigen Kerl, der Larry doch war? Oder die Wahrheit enthüllen? Problem Nummer eins. Problem Nummer zwei: Sollte man das Geheimnis gleich hier und jetzt lüften und die Erzählung ihrer Spannung berauben? Seltsam. Er war in Gebiete vorgestoßen, in die sich, soweit er wußte, wenn überhaupt, nur wenige vor ihm gewagt hatten. Er begegnete seiner Vergangenheit auf einem bernsteinfarbenen Monitor.

Seltsam, Ecclesias, du weißt, daß ich recht hatte? Nur von meinem Gefühl geleitet.

– Du meinst: zum Teil.

Nun gut, zum Teil. Jake B. war es, ein Ingenieur, der inzwischen als Redakteur arbeitete, ein ziemlich hartgesottener Bursche und auch einer von Ediths zeitweiligen Liebhabern, den ich erst viele Jahre später im alten Chelsea Hotel kennenlernte, jenem Wahrzeichen einer feudalen Vergangenheit in der 23. Straße West. Jake streckte mir seine Hand entgegen, sein Gesicht glühte vor Freude bis in alle Altersfältchen: »Ah, Ira, immer noch derselbe Junge, aber jetzt ein Mann!« Er war es, dem Edith sich anvertraut und die Geschichte von den vorzeitigen Ejakulationen ihres jungen Liebhabers erzählt hatte, und er erzählte sie dann mir.

– Rein zufällig weiß ich schon alles darüber.

Ach, tatsächlich? Dafür bin ich dir sehr dankbar. Wie schaffst du es nur immer, an derart intimes Wissen zu gelangen?

Etwas stimmte mit Larry nicht. Mehr sickerte nicht durch. Ira hätte darauf wetten können. Während er noch mitten in seiner *Ulysses*-Lektüre steckte und diesen letzten Spaziergang mit ihr machte, ließ der Schleier des Unbefriedigtseins auf Ediths Gesicht die eng gedruckten Zeilen nachträglich erzittern, kräuselten sich Blooms Worte zu einer flachen Sinuskurve: »Eine Nation ist ein und dasselbe Volk an ein und demselben Ort.« Der Reiz ihrer traurigen Augen konnte ihm einen Steifen machen, ähnlich der raubgierigen Erektion, die Stella bei ihm zustande brachte oder vielleicht ähnlich seiner opportunistischen, unverhofften Erektion bei der Aussicht auf Abgeschiedenheit hier draußen, in der schützenden Umgebung eines Wäldchens anstelle abgeblätterter Küchenwände. Nein, bloß nicht. Was hat Bloom gesagt? »Eine Nation ist –« Geh bloß nicht mit ihr spazieren, befahl er sich. Hörst du, was ich gesagt habe, Stigman? Du bist ja völlig verrückt. Sieh zu, daß du mit dieser gottverdammten Lektüre fertig wirst – solange du noch Gelegenheit dazu hast...

Es kam das Ende ihres Aufenthalts im Cottage, es wurde Zeit zu packen, Abschied zu nehmen und abzureisen. Sie gingen so diskret wie sie gekommen waren. Edith fuhr mit dem Taxi zum Bahnhof und nahm einen früheren Zug. Larry und Ira fuhren später, nachdem sie zu Fuß zum Bahnhof gewandert waren. Sie waren übermütig und wie berauscht vor Erleichterung, daß die Anspannung, unter der sie in den letzten beiden Wochen gestanden hatten, nun vorüber war: Larry hatte unter dem Druck einer erzwungenen Reife, Ira unter dem Druck mustergültigen Benehmens gelitten; ihre Stimmung stieg mit jeder Meile, die sie an Bord des Zuges verbrachten. Am Endbahnhof auf der New Jersey-Seite des Hudson River brüllten sie inzwischen vor Lachen, als wären sie erst siebzehn und Schüler in Dr. Rickets Konversationsunterricht – und kicherten über alles und nichts.

Es dämmerte schon, als sie mit der Fähre nach Manhattan übersetzten, immer noch gebeutelt von Lachkrämpfen über alle möglichen albernen Sprüche. Wieder jung, beinahe kindisch waren sie, jugendliche Gefährten, frei von jeglicher Verantwortung. So saßen sie kurze Zeit später im schwach beleuchteten, mit abgestandener Tabaksluft verqualmten, weit ausladenden Mitteldeck des Schiffes, ein Objekt der Neugier für alle Mitreisenden. Dann verdrückten sie sich, überwältigt von neuerlichen Heiterkeitsanfällen, in den unteren Bereich der Fähre, wo die Fahrzeuge standen. Dort lungerten sie im tiefsten Schatten herum und krümmten sich vor Lachen, wenn der eine den zwei Wochen alten Bart des anderen erblickte – oder wenn ein verblüffter Autofahrer, der noch am Steuer saß, sie zufällig durch seine Windschutzscheibe sah.

Erst als sie vom Fähranleger zur düsteren Hochbahnstation Ninth Avenue gingen und das schwarze Band der Rolltreppe über ihnen wie ein Trauerflor in den Abend flatterte, ebbte ihr Lachkrampf, wie Larry es nannte, allmählich ab. Unter fröhlichen Verabschiedungen und den lustigen »A-bys-sin-ia«-Rufen aus High School-Tagen trennten sie sich: Larry ging zum Zug, der ihn in die nahe gelegene Bronx und in ein Trauerhaus bringen würde, wie er sich plötzlich erinnerte, und Ira ging Richtung Straßenbahn, die quer durch die Stadt nach East Harlem fuhr.

An der Ecke, wo Ira, nun wieder allein, auf die Straßenbahn wartete, nahm alles um ihn herum eine unwirkliche Nüchternheit an, Autos und Fußgänger rückten wieder in sein Bewußtsein. Er hatte zuviel gelacht, und nun bezahlte er dafür: Schmerzlich wurde ihm bewußt, wie viel ihm die vergangenen beiden Wochen bedeuteten. Jetzt, wo die Anspannung von ihnen genommen, waren sie in sich zusammengesackt, waren wieder die alten geworden. Bei Ira spielte das keine Rolle – oder doch? Er war nur Zeuge, nur Zuschauer gewesen – vorläufig. Aber etwas in ihm hatte sich verändert, da war er sicher. Was Larry betraf, so spielte es *durchaus* eine Rolle oder hätte eine Rolle spielen sollen, eine große sogar. War das denn nicht überhaupt der Sinn des Stelldicheins gewesen, das Edith für sie in Woodstock arrangiert hatte? Daß Larry ihrem geistigen Niveau entgegenwachsen, ihrer beider intime Beziehung enger knüpfen sollte? Oder so ähnlich? Lag er denn ganz schief mit seinen Vermutungen? Larry war aber nicht gewachsen, Larry hatte sich nicht entwickelt. Das schallende

Gelächter auf dem Heimweg, all das Kreischen und Kichern bei jedem Wort – es war, als hätte Larry gemeinsam mit seinem besten Kumpel einen Seitensprung gewagt, ein Abenteuer ohnegleichen mit ihm erlebt, statt in die seriöse Lebensplanung, die seriöse Intimität, die er, wie Edith hoffte, mit ihr teilen würde, hineinzuwachsen. Dann war sie also gescheitert, sie war gescheitert, Edith war gescheitert.

Wenn überhaupt, dann war es Ira, der sich wahrhaftig und *dauerhaft* verändert fühlte, angenähert an Ediths Niveau, an ein besseres Verständnis der Ernsthaftigkeit, die sie erfüllte. War es vielleicht so, daß ihre Persönlichkeit ihn irgendwie durchdrungen hatte, als er mit ihr auf schmalen Pfaden allein durch den Wald spazierte? Und daß – trotz seiner schändlichen Fehler, trotz seiner jüdischen Slum-Erziehung, trotz seiner intellektuellen Rückständigkeit und seiner blockierten Männlichkeit – ein geistiger Austausch zwischen ihnen wuchs? Während Larry zum Beispiel allein im Steincottage zurückblieb und ein Gedicht zu schreiben versuchte, aber frustriert das Blatt zerriß, nahm Iras Gespür für inneren Gleichklang mit Edith immer mehr zu, wurde sein Einfühlungsvermögen immer größer. Er konnte spüren, wie er in ihrer Gesellschaft an Verstand gewann, wie er ihr, psychologisch gesehen, ebenbürtig wurde. Was war es, das sein Selbstwertgefühl nährte? Womöglich die Entdeckung dieses Hauchs von Mißvergnügen auf ihrem Gesicht? War es die Beobachtung der beiden Verliebten, wenn sie zusammen waren? Oder war es die Schinderei mit dem Buch, mit dem *Ulysses*, die ihm das Gefühl gab, seine Auffassungsgabe sei gewachsen? Oder die Katze, diese Katze! Und Ediths markerschütternder Schrei? Jesus, wenn das nicht ein Wink des Schicksals war, *La Forza del Destino*, wie Caruso und Gigli auf der Schallplatte sangen, daß die Dinge sich entwickelten. Wendepunkt Woodstock, ja. Jesus, versuche, es herauszufinden.

Noch vor Eintreffen der Straßenbahn – präge sie dir gut ein, prüfe, ob du sie dir nicht merken konntest: die Art, wie Glück funktionierte, wie es dich dem verschwommenen, immateriellen Ziel einen Schritt näher brachte, das du anstrebtest, aber nie ernstlich zu erreichen glaubtest. So schnell, wie du ein

Fünfcentstück herauskramtest, um das Fahrgeld griffbereit zu haben, hattest du noch nie so viel darüber nachgedacht, was das für dich bedeuten konnte, hattest du noch nie das Prophetische daran bedacht, daß Larry des Nachts vor zwei Kerzen saß und sich mühte, ein Gedicht zu schreiben – so sichtbar, so hingebungsvoll in sich gekehrt und am Ende doch so unbefriedigt: »Ich glaube, ich kann die Stimmung nicht durchhalten.« Warum waren diese trostlose Stimme und das hübsche Gesicht von etwas wie Verzweiflung gezeichnet? Warum schob sich Larrys große weiße Hand, die das Papier zerknüllte, jetzt vor das Bild nächtlichen Gewimmels an der tosenden Ecke 125. Straße? Was bedeutete für dich der Klang der Worte, die von Niederlage sprachen und Verkehrslärm sowie Hochbahndonner übertönten? »Ich glaube, ich kann die Stimmung nicht durchhalten.«

Ira erklomm die Straßenbahn, warf einen Nickel in den Münzkasten, bemerkte kaum den anhaltenden Blick des Schaffners, der die Münze in die kleine Kasse kurbelte. Er ging ins Wageninnere und wählte sich einen der strohgeflochtenen Sitzplätze. Er seufzte tief und achtete nicht auf die erleuchteten, ermüdend gleichmäßigen, unterschiedlich eleganten Schaufenster, die auf der Fahrt nach Osten, Richtung Park Avenue, wie ein grellbunter Vorhang an ihm vorüberzogen, wie Projektionen schöner Szenen aus den letzten beiden Wochen. Mit seinem alten Koffer zwischen den Füßen, wappnete er sich innerlich für den Wiederbeginn all dessen, was ihm das Leben in East Harlem inzwischen war. Das Leben in East Harlem näherte sich seiner Wiederaufnahme – quer durch die Stadt, Block für Block.

Er hatte sich zur Seite gedreht, um seinen Kalender zu überfliegen, und bekam ein schlechtes Gewissen, weil er seine Erzählung unterbrach (was er früher oder später ohnehin hätte tun müssen, so viel war inzwischen passiert). Er konnte es kaum glauben, aber es waren schon über fünf Jahre vergangen, seit M. gestorben war. Er erinnerte sich an einen Tag im Februar, eine Woche nach seinem Geburtstag, nur wenige Jahre vor ihrem Tod, als es drei Tage hintereinander unterbrochen und ungewohnt heftig schneite, und

Schneemassen sich auf Dach und Vordach ihrer transportablen Hütte türmten, des Wohnanhängers, wie man gemeinhin sagte. Auf der anderen Seite des Platzes war das Vordach der armen, epilepsiekranken Diana unter der Last gefrorenen Schnees zusammengebrochen – was für ein trauriger Anblick: das farbige Aluminiumblech lehnte neben dem Eingang. Erst eingeschneit, dann Tauwetter, und dann der Frost. Am Tag davor hatte sich offenbar unter oder zwischen den Nähten der Blechabdeckung seines Wohnwagens Eis gebildet – mit dem Erfolg, daß zum ersten Mal, seit er diesen Stellplatz hier hatte, Wassertropfen von der Decke auf das Regal pladderten, wo der schwarze Transformator zwischen Stromanschluß und dem IBM Junior-PC stand. Es war notwendig, einen Eimer unter das Leck zu stellen, um das Wasser aufzufangen, was Ira gerade erledigt hatte, als die hinreißenden Rufe von Gänsen oder Kranichen von oben an sein Ohr drangen. So früh im Jahr, noch mitten im Winter, der Gesang der Wildvögel, die nach Süden flogen! Gänse oder Kraniche: *E come i gru van* (sein Italienisch war zu vernachlässigen) *cantando lor lai, facendo in aer di se lunga riga...* Ach, wie herrlich! *Cantando lor lai...* Er mußte einfach hinaus und sie anschauen. Er ging über die rückwärtige Veranda, aber es war nicht einfach, sie zu lokalisieren, so nahe der Sonne flogen sie. Und so hoch, kaum zu erkennen, eine Truppe – wie hätte er der Alliteration widerstehen können? – eine Truppe traumverlorener Troubadoure. Dem Erdenmenschen kamen sie fast orientierungslos vor, wie sie krächzend ihre Kreise drehten oder, entzückt vom hellen Sonnenlicht, wie trunken im Azurblau des Himmels heisere Rufe ausstießen, hinter den nackten Zweigen des Heuschreckenbaums. *E come i gru van cantando lor lai...* wie die Kraniche fliegend ihr Liebeslied singen. Vor sechs, sieben Jahrhunderten hatte Dante das geschrieben. Dann starb er und überließ sein Erbe geringeren Sterblichen zur Verwendung, zur Verschmelzung seiner Worte mit Anblick und Klangbild heimkehrender Wildvögel. *E come i gru van cantando lor lai...* wie die Kraniche fliegend ihr Liebeslied singen.

Ach, es gab noch so viel zu schreiben, so viel hatte sich während des Schneckentempos seiner Niederschrift angesammelt, so viel, was sich in der Echtzeit des Erzählers ereignet hatte. Die hochwertigen neuen Disketten, die er auf Vorrat gekauft hatte, ließen sich nicht formatieren. Was war der Grund? Waren die Disketten defekt, oder würde er den Rechner vom Netz nehmen und seine stets hilfsbereite Frau bitten müssen, ihn samt Rechner zum Händler zu fahren?

Finster blickte er zur Decke: schwacher Trost! Entwarnung. Das Tropfen hatte aufgehört.

VIII

Ira jagte Mom und Pop einen gehörigen Schrecken ein, als er in die Küche trat. An Sonntagabenden hatte Minnie gewöhnlich eine Verabredung, und es bestand immer die Chance, daß auch Pop nicht zu Hause war, einen »Extra«-Job hatte und auf einem abendlichen Bankett bediente, statt der üblichen Frühstücksjobs bei Kommunions- und Burschenschaftsfeiern.

Aber beide Eltern waren zu Hause, saßen an dem runden Tisch, der diesmal nicht mit dem üblichen grünen Wachstuch bedeckt war, sondern mit weißem Linnen. Ira konnte neben halbvollen Teetassen ein Blech mit Strudel auf dem Tisch erkennen. Und Strudel buk Mom nur zu festlichen Anlässen, zu hohen Feiertagen.

»Hier bin ich«, verkündete er auf jiddisch. »Was liegt an? Was ist los, heute?«

Erstaunt starrten sie ihn an. Die Tür, durch die er getreten war, die Tür zwischen ihnen und ihm ging nach innen auf, und er hatte nicht angeklopft. Fragend blickten sie ihn an, und es dauerte eine lange Sekunde oder sogar zwei, bis er seine Tasche abstellte und sie ihn erkannten. Dann aber rief Pop mit seltener Anerkennung in der Stimme, als habe die Überrumpelung ihn für einen Moment seiner gewohnten Flüche oder schweigenden Begrüßung beraubt: »Jetzt siehst du aus wie ein Mann! Kräftig. Wie ein Mann aussehen soll. *Asoj.* Sieh mal, Lea, etwa nicht? Ein Männergesicht, ein männlicher Wille.«

»*Yeah?* Danke, Pop. Ach du liebe Zeit, daran habe ich ja gar nicht gedacht. Auch schon in der Straßenbahn – kein Wunder, daß mich die Leute« – Ira strich sich über die weiche, gekräuselte Matte – »so angestarrt haben.«

»So ein schöner Bart.« Mom geriet ins Schwärmen. »Wer hätte geglaubt, daß so etwas in so kurzer Zeit wachsen kann – ooh! Ganz schwarz und dicht. *A ganzer jid.*« Sie erhob sich von ihrem Stuhl und wandte sich an Ira: »Er redet dummes Zeug. Hast du Hunger? Ich habe eine feine Suppe – Graupen und Pilze, ein Stück geschmortes Huhn ist auch noch übrig.«

»Sehr schön. Übrig wovon? Was ist denn heute für ein Tag?«

»Der letzte Tag vom Neujahrsfest. Das Ende von Rosch ha-Schanah. Hast du das nicht gewußt?«

»Nein. Wieso auch, da wo *ich* war? Rosch ha-Schanah? Sag bloß.«

»Du wirst noch ein kompletter *goj*«, sagte Pop milde.

»*Nu, a gitn jontef.* Ein frohes neues Jahr«, warf Mom beschwörend ein. »Möge es nur Glück bringen.«

»Dir auch«, erwiderte Ira knapp. »Boy, mein *masel* macht sich im Moment recht gut. Ich bin bereit für Graupensuppe mit Pilzen. Kein Wunder, daß ich polnische Pilze gerochen habe, als ich hereinkam.«

»Die hast du dort wohl nicht bekommen?«

»Das kannst du glauben.«

»Noch nicht mal einen Kuß habe ich bekommen, mein gutaussehender, bärtiger Sohn. Einen Kuß, bevor ich dich bediene.«

»Wieso sagst du, daß ich gut aussehe? Das kannst du gar nicht erkennen, unter dieser Pelle hier.« Ira küßte sie auf die glatte Wange und grinste. »Ich muß das so schnell wie möglich wieder loswerden.«

»So schön glänzend. Wie ein junger *choßid*, ein orthodoxer Schüler. Laß wenigstens Minnie dich noch so sehen«, bat Mom inständig.

»Na gut. Wo ist sie überhaupt?«

»Es stimmt. Wie dein Vater sagt, du hast das Aussehen eines Mannes, das Auftreten eines Mannes.«

»Ach, wir – wir haben uns nur einen Jux gemacht. Und uns den Bart wachsen lassen.«

»Und einen hübschen dazu. Der von deinem Freund auch?«

»Ich glaube schon. Meiner war vielleicht ein bißchen dicker.«

»Wie bei einem ausgewachsenen Mann. *Nu*, dann hast du dich also amüsiert?«

»Aber ja. Ich bin sogar auf einem Pferd geritten. Wir alle.« Sie lachten alle beide. »*A ferd noch!*«

»Ein Pferd!« äffte Pop sie nach. »Was für ein Pferd?«

»Ein ganz normales Reitpferd. Was denkst denn du? Mit einem Sattel und Steigbügeln – so nennt man das, wo man die Füße hineinsteckt.«

»Mit ihr? Mit der Professora?« fragte Mom ungläubig.

»Ja natürlich! Du solltest sie mal reiten sehen. Eine kleine Frau wie sie. Sie konnte das besser als wir.«

»*Asoj.* Eine Professora hoch zu Roß!«

»Eine Professora hoch zu Roß!« kam Pops Echo. »Was ist schon dabei. Sie kommt aus dem Westen, oder? Die siehst du in den Kinofilmen, die Leute aus dem Westen. Dort reiten Männer *und* Frauen.«

»Wenn ich nur so viele Filme gesehen hätte, wie mein selbstloser Gatte immer behauptet, mir gezeigt zu haben.« Und zu Ira: »Du hast gut gegessen?«

»Oh, ja. Und viel. Larry ist ein guter Koch. Er hat das oft gemacht.«

»Was hast du denn gegessen?«

»Oh, Eier und Speck zum Frühstück, Suppe und Sandwiches zum Lunch –«

»*Trejf.* Natürlich. Wenn das dein Großvater wüßte.«

»Tja.« Ira grinste. »Ich hab mich seinetwegen viel gesorgt. Manchmal gab es Schweinekotelett zum Abendbrot. Im Freien gegrillt. Mann, sind die gut.«

»Allerdings. Und wo gewohnt?«

»In einem wunderschönen Haus. Aus alten Steinen. Das müßtest du mal sehen. Weinstöcke ranken daran hoch, weißt du? So.« Ira gestikulierte in Spiralen. »Und draußen ein wunderschöner Hof. Zweimal ist ein Gärtner gekommen, während wir dort waren. Er hat den Rasen gemäht, die Sträucher beschnitten – mit einer langen Schere.«

»*Asoj?* Die Leute haben Geld. Warum sollte es nicht schön sein?«

»Du würdest sowieso nicht auf dem Lande leben«, sagte Pop.

»Dort, wo du hingehen würdest, bestimmt nicht«, konterte Mom. »Ein zweites galizianisches Veljisch wäre das. In einer Bruchbude leben. Ohne Wasser. Im Dunkeln kacken. Der Mischling auf der Straße die einzige Neuigkeit –«

»Jetzt geht's aber richtig los – der Mischling auf der Straße die einzige Neuigkeit...«

»Geh. Mit dir kann man nicht reden.«

»Schon gut, schon gut.« Ira bemühte sich zu schlichten. »Wir sind nicht in Galizien.«

»Das kannst du getrost laut sagen. Der Herr sei gelobt, daß wir es nicht sind.«

»Schon der zweite Abend, daß Minnie das *jontef* mit ihrer High School-Freundin feiert. Mit Bessie. Sie hat bei ihr gegessen, wir haben hier gegessen. Sie ist über Nacht fortgeblieben.«

»Ach ja?« Der zweite Abend von Rosch ha-Schanah. Samstagabend, gestern abend. Pop ist wahrscheinlich fast den ganzen Tag zu Haus gewesen. Ist höchstens ein paar Stunden in die *schul* gegangen. Mom wird heute wohl nicht eingekauft haben. Sowieso kein Markt, erst heute abend wieder, so gingen jüdische Feiertage immer zu Ende. Nun ja... »Ich werde ihn nicht vor morgen abrasieren. Sie kann ihn sich morgen früh ansehen.« Und wieder rieb er sich den Bart. »Ein schöner Busch, nicht wahr?«

»Ein was?«

»Ein Busch, Gebüsch«, sagte er auf jiddisch und gestikulierte dabei. »Kennst du das nicht? Was am Boden wächst.«

»Weißt du was? Komm doch mit, morgen früh«, drängte Mom eifrig. »Morgen vormittag muß ich einkaufen. Laß doch den Sejde und Mamie sehen, daß ich einen Sohn mit Bart habe.«

»Was? Morgen? Am hellichten Tag?«

»Aber du bist doch jetzt auch Straßenbahn damit gefahren.«

»Ja schon. Aber ich war mir dessen nicht bewußt.«

»Ängstlicher, Schüchterner«, tadelte Mom. »Wo ist da der Unterschied?«

»Warum bis morgen warten? Er kann doch jetzt gehen«, drängelte Pop. »Geh jetzt!« verordnete er seinem Sohn. »Es ist dunkel draußen, es ist Nacht. Wer soll dich sehen?«

»Die reine Wahrheit!« sekundierte Mom enthusiastisch. »Ich bitte dich, Ira. Geh und zeig dich dem Sejde. Wie der alte Mann sich freuen wird! Es ist Sonntagabend. Die ganze Familie wird dort sein. Meine Brüder –«

»Gewiß, die ganze Sippe«, fügte Pop hinzu.

»O nein – Ihr wollt, daß ich ganz bis zur 112. Straße marschiere?« zauderte Ira. »Bloß, um meinen Bart zu zeigen?«

»Ich flehe dich an«, bettelte Mom. »Sei ein gutes Kind. Dies eine Mal, um meinetwillen. Ist es denn so eine Härte für junge Beine wie deine, die sechs Blocks –«

»Acht Blocks. Nicht sechs Blocks. Und quer durch die Stadt bis zur Fifth Avenue. Ich habe höllischen Hunger.«

»Dann laß es acht Blocks sein. Wie lange wird es hin und zurück dauern, zu Fuß? Schnell *a gitn jontef* gewünscht, und schon bist du wieder weg. Ich werde das Essen für dich auf dem Tisch haben, den Moment, wo du wieder durch diese Türe trittst.«

»Laß den alten Mann einen Blick darauf werfen«, sekundierte Pop in seltener Harmonie. »Es wird dir nicht weh tun. Zwinge ihn, daß er es endlich einmal zugibt – ›Chaim hat mir zur Abwechslung ein Körnchen Trost geschickt.‹ Der alte Knacker. Und die anderen werden auch dort sein: meine halbblinde Schwägerin, meine gut betuchten Schwäger –«

»Ich flehe dich an!« bettelte Mom nochmals.

»Okay, okay«, willigte Ira ein. »Ein Glück, daß es dunkel ist. *A jid mit a bord* – und das in der 119. Straße.«

»Mein geliebter Sohn! Ich räume gleich deine Tasche aus – ich werde gleich alle deine Sachen waschen. Gleich sofort.«

»Schon gut, schon gut.« Ira erhob die Stimme. »Ich bin schon weg, ich bin schon weg. *Jeesus*. Mich jetzt von diesen Graupen und diesen Pilzen losreißen… Ich möchte nur, daß ihr auch wißt, daß ich es euch zuliebe tue.«

»Mein geliebtes Kind. Geh nur, geh.«

Und er ging. Er verließ die Küche, hüpfte die Stufen bis zur Eingangshalle hinunter, von der Eingangshalle auf den Treppenabsatz vor dem Haus und auf die Straße. Bereits auf dem Heimweg von der Straßenbahn Park Avenue war er an drei oder vier bekannten Gesichtern vorbeigekommen, als er um die Ecke kam und in die 119. Straße einbog. Aber die Leute hatten ihn nicht erkannt. Selbst die irische Mrs. Grady, der kleine Stoßzahn, wie Mom sie auf jiddisch nannte, weil sie nur noch einen Schneidezahn hatte, erkannte ihn nicht, obwohl sie ihn schon viele Male aus der Nähe gesehen hatte. Die bedauernswerte, dünne, knochige Frau, die jedesmal, wenn sie mit Mom sprach, angeregt errötete, erkannte ihn nicht, obwohl er im Schein von Biolows Schaufensterbeleuchtung direkt an ihr vorüberging.

Mit schnellen Schritten steuerte er Richtung Süden, bog an der Ecke Hundertneunzehnte in die Park Avenue ein und hetzte im Schlagschatten der Eisenbahntrasse durch die vertraute, versaute Gegend, die immer jüdischer wurde, je südlicher er kam. Bergauf zur Straßenbahn auf dem höchsten Punkt der 116. Straße, bergab in das sonntagabendliche Wiederaufleben des Marktes an der 115. Straße, wo er Straßenhändler und Käufer im Schein der Karbidlampen unter dem wuchtigen Baldachin der Eisenbahntrasse hinter sich ließ, trieb er seine Beine voran zur 112. Straße. Verrückt, jetzt herumzulaufen, sein Abendessen warten zu lassen, nur um dem Sejde seinen Bart zu zeigen. Aber einmal wenigstens waren Mom und Pop sich einig gewesen. Um sie also glücklich zu machen... sei's drum.

Dann um die Ecke und einen Block westlich zur Madison, schwächer werdend von der Eile, noch mürrischer mit sich hadernd, weil der Bitte seiner Eltern nachgekommen, trieb er seine Beine noch eine Straße weiter und überquerte die Fifth Avenue. Dann, nach weiteren zwölf Hausnummern, erreichte er den Mittelblock mit Mamies Eingang. Im Treppenhaus die Steinstufen hinauf und keuchend den sperrigen Klingelschlüssel gedreht. Zu seiner Überraschung öffnete sich die Tür, noch ehe er die Hand von der Klingel genommen hatte,

140

öffnete sich in das jiddische und jinglische Stimmengewirr seiner Verwandten, die »Wer?« und »Wer isses?« riefen.

Es waren fast alle da, die Nachkommen des Sejde sowie die Ehepartner der Verheirateten unter ihnen – und einige der Kinder, die in Harlem lebten, ferner Iras Cousinen ersten Grades, als da waren Yetti, vierjährige blonde Tochter seiner Tante Ella, die ausgelassene rothaarige Hanna, Mamies vorlaute Göre – und Stella, blauäugig, blond und drall, heimlich von ihm fixiert, herrisch angefunkelt, um zu kompensieren, daß sie im Moment völlig unerreichbar war für ihn, dem klar wurde, daß er sich einen weiteren Überfall aus dem Hinterhalt durch diesen *vorzeitigen* Besuch verdorben hatte, einen Besuch aus schmachtendem Hinterhalt. Nein, die Anspielung auf *vorzeitig* ließ zu wünschen übrig, sie hatte keinen Biß, selbst dann nicht, wenn man sie mit der Romanze in Verbindung brachte, in deren Mitte er sich noch wenige Stunden zuvor befunden hatte. Zum Teufel, was für ein Vabanquespiel. »Halli-Hallo«, rief er ohne Begeisterung und stieß die Tür auf.

In unterschiedlich zwangloser Haltung waren sie im Vorderzimmer am Ende des langen Korridors versammelt, saßen um den großen, viereckigen Eßtisch mit der fleckenübersäten, braungrauen Decke: ein Dutzend oder mehr Menschen aller Altersstufen und Verwandtschaftsgrade, umgeben von tapezierten Wänden, die vom hellen, unfreundlichen Licht mehrerer Deckenlampen beleuchtet wurden. Nur die Bobe weilte nicht mehr unter ihnen. Zehn Jahre und noch ein Jahr waren nun schon vergangen, seit einige von ihnen aus Europa hierhergekommen waren; unbeholfene, lärmende Grünschnäbel, so waren sie in die Küche des Hauses in der 115. Straße eingefallen, um mit Salzwasser zu gurgeln – oder Ähnliches, und hatten ihn, den wahnsinnig Enttäuschten, weggeschickt in den Central Park, wo er aus einem Bergbach trank. So ein Blödsinn. Aber wenn er einen Zauberstab schwenken könnte, wenn er machen könnte, daß sie allesamt verschwänden, wie er sich früher immer Mom und Pop von zu Hause fortgewünscht hatte, damit er sich an Minnie heranmachen konnte, dann könnte er Stella, die dort drüben bei den anderen war, doch noch so richtig in die Mangel nehmen, genau das, was er jetzt brauchte. Jesus, all die keusche Romantik, die sich in ihm aufgestaut hatte, würde ein Ventil finden müssen.

Sie gafften ihn an, noch verblüffter, noch erstaunter, als selbst Mom und Pop es gewesen waren. »Hallo *mischpoche*«, begrüßte er die Versammelten. Er kam sich vor wie Douglas Fairbanks, der einen Ansturm von soviel offenmäuliger Bewunderung sehr geschickt mit spitzer Zunge pariert hätte. »*Wus macht sich?*«

Onkel Saul, der ewig angespannte, argwöhnische Intrigant, blickte finster: »Wer bist denn du?«

»Na ich bin's. Erkennst du mich nicht? Meine Mom, deine Schwester, hat mich gebeten vorbeizuschauen.«

Von allen erkannte ihn ausgerechnet seine Tante Sadie als erste, Moms jüngste Schwester – übrigens so kurzsichtig, daß Pop sie, wenn milde gestimmt, *dumme Pute*, aber viel öfter, wenn seine Boshaftigkeit mit ihm durchging, *blinde Kuh* nannte. Sie war es, die plötzlich aufschrie: »*Oj*, es ist Ira! *Gewalt!* Es ist Leas Sohn!«

Erregung und Entrüstung im ganzen Raum. »Was sagt man dazu?« – und: »Was ist denn in dich gefahren?« kam von Moes Frau, der scharfzüngigen, ungnädigen, blond gebleichten Ida. Der von jeher taktlose Harry, Iras jüngster Onkel, fragte: »Was ist los, bist du so ein *koptsn*, daß du dir keinen Rasierapparat erlauben kannst?« Und: »Sieh nur, Vater!« rief Mamie, »dein ältester Enkelsohn, ein Jude mit einem Bart.« Und die sanftmütige Ella, deren Ehemann Meyer ein Fleischhauer und nicht dabei war, weil er in einem Café in der 116. Straße seiner Spielsucht frönte, sagte: »Ist der aber hübsch! Hüte dich vor dem Bösen Auge!«

»Leas Sohn?« Der graubärtige Sejde kniff immer noch die Augen zusammen, obgleich ihm die vom Katarakt getrübten Linsen schon entfernt worden waren. Er besaß jetzt eine Brille, trug sie aber nur beim Lesen. Als unverbesserlicher Hypochonder spähte er mit theatralischem Schielen zu Ira hinüber: »Ich kann nicht gut sehen. Wer ist das? Leas Sohn?«

Der stämmige, liebenswürdige Moe, jetzt immer Morris genannt, stand auf, kam näher, reichte Ira die Hand und lachte: »*Take, a jid mit a bord*«, wandte er sich an die ganze Gesellschaft. »Den habe ich früher in Galizien auf einer Hand getragen.«

»Wer könnte sich nicht an die halbe Portion erinnern«, meinte Ella. »Kleiner als du«, sagte sie dann zur kleinen Yetti. »Schau nur.«

»Ein *Rebe*«, gluckste Morris. Mit groben Fingern strich er Ira durch den Bart. »Sein *malamut* ist früher immer ins Haus gekommen, damals, als ich auch noch in der 9. Straße wohnte. Der hat immer zu Lea gesagt, Gott habe ihrem Sohn aufgetragen, Rabbi zu werden.«

»Ich mag keinen Bart bei jungen Männern«, sagte Ida schmollend und fühlte sich hinter ihrer plantinblonden Akkulturiertheit sicher. »Als ich noch solo war, bin ich nie mit Bärtigen gegangen.«

»So, so. Vielleicht wollten die auch nicht mit dir«, frotzelte der scharfzüngige Max. »Hat dich je ein Mann mit Bart gefragt?«

Ida ignorierte die Anspielung. »Die hätten gewußt, daß ich nicht wollte.«

»Das sagst ausgerechnet du?« entgegnete Max.

»Werd nicht frech. Mir wäre es gleich, was er ist. Ich bin jüdisch, aber deshalb mit einem Bärtigen gehen? Bei einem alten Mann, einem frommen Juden, meinetwegen. Aber bei einem jungen…«, wandte sie sich jetzt an Ira und verfiel ins Jiddische: »*S'passt nicht.*« Ihre Heftigkeit verwandelte den großen Grützbeutel an ihrem Kinn in einen entzündlichen Pfropfen.

»Es paßt nicht?« reagierte Ira kleinlaut. »Ich wollte mich nicht aufdrängen. Es war Moms Idee. *Sie* wollte, daß ich vorbeischaue.«

»Nimm ihn ab.«

»Ja, Ida, ja. Gleich als erstes morgen früh. Wenn Minnie ihn gesehen hat.« Gottverdammte Lusche, du Flittchen von der Delancey Street. Ira schaute weg.

»Warum soll er ihn denn abnehmen? Vielleicht möchte er ja Rabbi werden, wie Morris gesagt hat«, knurrte Hanna, die unermüdliche Quasselstrippe, zu Iras Verteidigung. »Wir werden einen *row* in der Familie haben. Einen echten *row*. Er kommt dann zum Familiengebet. Er wird all die *broches* für uns sprechen –«

»Vielleicht wird er unser Rabbi, wenn wir mal heiraten. Er müßte alles auf hebräisch können, was er aufzusagen hat.« Stellas Witz wurde immer schärfer. »Hörst du Mama? Wenn Ira Rabbi wäre, würde *er* die zwanzig Dollar bekommen, die man fürs Heiraten bezahlt.«

»Mit Kußhand würde ich sie ihm geben«, sagte Mamie mit Inbrunst. »*Oj*, sollte ich den Tag erleben.«

»Ich würde es gern tun, Mamie.«

»Was mich betrifft, so glaube ich dir. Allein der Gedanke daran schenkt mir eine große Portion Gesundheit.«

»Mama macht sich ewig Sorgen ums Heiraten.«

»Und was für einer willst du sein? Ein Reform-Rabbi? Ich mag Reform-Rabbis. Die sagen alles auf englisch«, quasselte Hanna immer so fort. »Du könntest dann auch im Radio sprechen, wie Rabbi Wise. Er ist ein kluger Kopf. Alle hören ihn gern.«

»Nun hör mal, du Hupfdohle, Kinder soll man sehen, nicht hören«, versuchte Ida, ihrer Nichte den Mund zu stopfen.

»Wer redet denn mit dir? *Ich* spreche mit ihm, nicht du. Ich habe ein Recht, mit ihm zu sprechen. Er ist *mein* Cousin. Und soll ich dir sagen, warum ich's noch nicht weiter gebracht habe? Weil Mama mich nicht in die Tanzschule läßt. Weil Mama Angst hat, daß ich dann so eine – na, du weißt schon was, werde.«

Fast alle lachten über Hannas Bemerkung, die sicher nicht böse gemeint war, doch Ida wurde wütend. Ihr Grützbeutel glühte. Zornig funkelte sie Hanna an. Ira mußte die Unverfrorenheit bewundern, mit der das junge Ding in so einem Ton mit Ida sprach.

»Wo hast du dir den dichten schwarzen Bart denn wachsen lassen?« fragte Harry sehr direkt. »*Asa bord.*«

»Am Kinn, wo sonst?« warf Hanna blitzschnell ein.

»Sehr witzig. Du bist ja so clever, wahrhaftig eine neunmalkluge Hupfdohle, ganz wie ich gesagt hab«, schnaubte Ida. »Allerdings – wo sonst.«

»Was? Meinst du denn, daß man sich sonstwo noch einen wachsen lassen kann?« fragte Saul ziemlich anzüglich. »Max, erklär es ihr.«

»Nein, *du* erklärst es ihr. Morris, hast du es ihr denn noch nicht gezeigt?«

»Nicht ein Stück.«

Gelächter mischte sich mit Hannas scharfem »Oh! Maulhalten, du und deine Sonstwos. Ich muß es auch gar nicht wissen. Wie lange hat es überhaupt gedauert, Ira?« Eisern verteidigte sie ihre Sittsamkeit.

»Ach, nur so zwei Wochen.«

»Hört ihr wohl? *Asoj!*«

Es war Zeit zu gehen. Er hatte sich lange genug zur Schau gestellt. Außerdem war er wegen des Sejde gekommen, zu dessen Unterhaltung, doch der alte Mann saß freudlos am Ende des Tisches hinten im Zimmer und verstand offenbar kein Wort von dem englischsprachigen Schlagabtausch. Noch hätte er ihn für gut befunden: er vegetierte in seinem beschnittenen, abgestumpften Ethos dahin.

»Ich hab noch nicht zu Abend gegessen«, sagte Ira, um seinen Abschied einzuleiten. »Ich hoffe, alle haben sich nun satt gesehen.« Dann vermischte er Englisch mit Jiddisch: »*Nu.* Sejde, ich gehe jetzt.« Er strich an Stella vorüber, dorthin, wo der Sejde saß – und wieder konnte er den Raubvogel in sich vor Lust die Schwingen spreizen spüren: Sindbads Vogel – Sündenbads Vögelei. Wer war Sindbad – passendes Wort – und wer der Vogel? Zum Glück hatte er einen Bart, der das Zucken in seinem Gesicht verdeckte. »'Bye, Stella«, sagte er mit barscher Stimme, und dann, neutral, »'Bye, Hanna, Tante Mamie, Ella, Sadie, Onkels und alle anderen, Morris, Max, Harry, Sadie. 'Bye, Sejde. Nicht extra aufstehen.« Er wußte, welche Art Handschlag zu erwarten war: der schlaffe, symbolische, jüdisch-orthodoxe Händedruck.

Dennoch stand der Sejde auf. Sogar ohne Brille war des alten Knaben Sehkraft noch nicht ganz erloschen. Die Festigkeit, nein, die Stetigkeit, mit der er seinen Enkelsohn musterte, ließ Ira sich plötzlich ganz elend fühlen, als einen Schatten seiner selbst, der unstet wie ein windverwehtes Stück

Zeitungspapier durch die Straßen schwebt. Jesus, dafür war er nicht hierhergekommen; auf Moms Geheiß war er gekommen, um zweiwöchigen Bartwuchs vorzuzeigen, gewachsen an einem anderen Ort, in einer anderen Welt, aus Gründen, die sie nicht erahnen würden. »Ja, Sejde, ich bin's wirklich, Leas Sohn«, versicherte Ira ihm auf jiddisch. »Dein ältester Enkelsohn, Ira Stigman.«

»Ich weiß, ich weiß«, sagte der Sejde auf einmal. »Ich will dich ganz nah anschauen, so gut diese schwachen Augen es vermögen.«

Die zwei starrten sich an. Wie grotesk sein eigener Bart, verglichen mit dem tausendjährig wirkenden grauen Bart seines Großvaters; es war wie der Unterschied zwischen einem flüchtigen Abenteuer und einem verpflichtenden Gelöbnis. *Boy*, alles entwickelte sich so vollkommen unerwartet – knüppelte böse Ahnungen heraus, wo er sich nichts weiter erwartet hatte als eine joviale Begrüßung, ein Zurschaustellen inmitten von Fröhlichkeit und – nach einem kurzen Besuch: Abmarsch.

»*Nu*, laß mich dich so in Erinnerung behalten.« Der alte Mann streckte seine kurzen, dicken Arme aus und umschloß Ira. »Ein Jude nach Gottes Willen. Gesegnet im Namen des Herrn. So schwach mein Licht auch ist, diese Augen haben meinen ältesten Enkelsohn als Juden gesehen.« Er zog Ira an sich und drückte ihn in kräftiger Umarmung gegen seinen massigen Leib. Sie küßten sich, von Bart zu Bart. »*Baruch ata Adonai elohejnu melech ha ojlam…*« Der Sejde stimmte das traditionelle Gebet an, welches die seltene Stunde ehrt, in der ein Jude die besondere Gnade empfindet, bis zu einem göttlichen Augenblick überlebt zu haben. Und er schloß: »*la s'man haseh.*«

Und jeder einzelne von ihnen, ganz persönlich von der Anrufung des Patriarchen ehrfürchtig berührt, all die versammelten Verwandten besiegelten das Gebet andächtig mit einem »*A-amehn.*«

»*Gej gesunthejt*«, sagte der Sejde und öffnete die Arme.

»Danke, Sejde.«

»*S'kimt dir take a schechijanu, Tate.*« Wessen Stimme war das, die Ira da hinter seinem Rücken hörte, als er sich zum Gehen

wandte? Es war Mamies, die Stimme der ewig fürsorglichen, der
– sofern es um den Sejde ging – ewig beschützenden Mamie,
ganz gleich, wie wenig dankbar dessen Reaktion. Es war die
fettleibige Mamie, die beflissentlich seine Wünsche erfüllte,
seine getreue Tochter. Sie folgte Ira den Flur hinunter bis
zur Tür. »Es ist ein Jammer, daß mein Jonas nicht hier ist
und mit den anderen deine *jidischkajt* sehen kann. Wie hätte
er sich gefreut. Den Beginn von Rosch ha-Schanah hat er hier
mit uns gefeiert.« Und als sie die Tür erreichten, sagte sie: »Die
Geschäftspartner hatten überlegt, die Cafeteria über die Feiertage zu schließen, aber die Gegend ist so gojisch, da hat Saul nein
gesagt. Darum sind die anderen am ersten Tag arbeiten gegangen. Saul an der Kasse, Harry hinterm Tresen. Max hat gekocht,
später dann Moe – so daß Joe am zweiten Tag die Kasse machen
mußte. Den ganzen Tag, mein armer Mann.«
　　»Ich war schon immer der Meinung, *ein* Feiertag wäre genug.«
　　»*Asoj is es schojn.*«
　　»*Yeah. G'bye*, Mamie.«
　　»Grüß Lea von mir.«
　　»Wird gemacht, danke.«
Und wieder hinaus auf die Straße und forsch ausgeschritten
zu den Karbidlampen der Marktstände unter der Überführung
in der Park Avenue: *Oh, fare thee well, for ill fare I – Oh,
möge es euch gut ergehen, denn schlecht ergeht es mir.* Hous-
mans Zeilen, kurz und knapp, stiegen in ihm auf. Warum
hatte sich alles so anders entwickelt als erwartet? Jesus, es
hatte ein Spaß sein sollen, den alten Knaben unterhalten sollen. Aber das hatte es nicht. Die *Jidls* an den Marktständen
würden den Unterschied zwischen ihm, wie er in diesem Augenblick war, und einem ehrlichen *jid* nicht erkennen können,
einem, der jeden Morgen seine Gebetsriemen an Stirn und
Arm anlegte, einem, der *dawened*: sich in seinem gestreiften
Gebetsmantel betend vor und zurück wiegte. Nie hätte er erwartet, daran erinnert zu werden: an das Kind zwischen den
Marktständen auf der East Side, den *chejder jingl*, belobigt ob
seiner Fertigkeit, für die hebräischen Zeichen in seinem Lesebuch die richtigen Laute zu erzeugen. Jesus, du bist die ganze

147

Zeit dir selbst begegnet, wahrhaftig die ganze Zeit. Was hatte Hanna gesagt – ein *row*? Ein rabbinischer Weiser würde er werden? Statt dessen war er frisch aus Woodstock zurückgekommen, von einem zweiwöchigen gojischen Ferienaufenthalt mit Edith und Larry, dessen Geliebte und Englischprofessorin sie war, die ältere, die nichtjüdische Frau aus Neumexiko. *Boyoboy.* Man würde es wohl niemandem verdenken, wenn einer ungläubig den Kopf darüber schüttelte.

»*Bulbes, bulbes, schejne bulbes!*« Der bärtige Straßenhändler streckte eine Hand in Iras Richtung und hielt ihm leutselig und lockend eine große Kartoffel hin. Der eine versucht, dir Kartoffeln anzudrehen, der andere Tomaten. Moe hatte damals schmunzeln müssen, als er gerade in Amerika angekommen war: er hatte sie für reife Pflaumen gehalten.

Ira begann den Rückweg mit dem Anstieg zur 116. Straße – du machst einen Besuch beim Sejde, entziehst dich so Moms Gequengele, am nächsten Morgen mit ihr zusammen den Bart des Söhnchens vorzuzeigen, denkst, du hast sie ausgetrickst und verlierst die Chance auf dein Spiel mit dem Zufall, auf dein Spielerglück mit Stella am Montagabend. Wie deutlich der Gegensatz zu all der Liebenswürdigkeit, den Artigkeiten, Zärtlichkeiten, deren Zeuge du gerade heute morgen noch gewesen bist, als Edith und Larry auseinandergingen. Dagegen deine Unverfrorenheit – wie gelähmt vor Lust auf Stella in der Sekunde, da du des Sejdes Kuß, seine Segnung, empfingst. Die reinste Folter. Nein? Das Fleisch will einfach keine Ruhe geben.

Am Marktgewühl und dem kalkigen Licht vorbei, stieg er bergan, hörte über sich einen Zug, das Rattern von der massiven Stahltrasse gedämpft. Er steuerte die nun wieder abschüssige Straße hinab, vorbei am flachen Toilettenhäuschen auf dem höchsten Punkt der 116. Straße, wo Trasse und Straße sich fast zu berühren schienen. Wie wunderbar von dort der Blick auf die Gleise der Straßenbahn, west-östliche Straßenbahngleise, die abends silbrig glänzten, wo sie an hundert Hauseingängen und Geschäften vorüberführten und an tausend Menschen, die am Samstag einen Einkaufsbummel machten. Hör nur das Summen, tief und stetig. Tenor nennt man das, richtig? Tenor der Großstadt.

Was war das für ein Stern, wunderte er sich und blieb stehen. Er sah ihn zwischen Mietshäusern und der riesigen Überführung, als er den Gehweg überquert hatte und wieder im Dunkeln war, und nannte ihn den *uptown star*, den Stern der Nordstadt. Er erschien im September, im Sternbild Bronx – Jesus Christus, es war doch etwas anderes, Jude zu sein: Entfremdet von anderen Juden, wie Edith das Wort auf einem dieser Spaziergänge verwendet hatte. Edith meinte, daß er es sei und Larry nicht. Entfremdet, nicht assimiliert, entfremdet.

Als er sich der Schaufensterbeleuchtung von Biolows Drugstore näherte und die rubinrote und die kobaltblaue Amphore ihren Schein über die Kreuzung schickten, da war er endlich fast zu Haus bei seinem Abendbrot, bei seiner Graupensuppe mit Pilzen und seinem geschmorten Hühnchen, denn der Abend war ein festlicher.

IX

Seit Ira aus Woodstock zurück war und Minnie erzählt – ihr vorgeschwindelt – hatte, daß er mit Edith intim gewesen sei, in Woodstock mit ihr geschlafen hätte, war Minnies Haltung ihrem Bruder gegenüber ganz verändert. Und obgleich er später beichtete, daß er gelogen hatte und sie nachsichtig darüber lachte, ihn *ligner* und einen Aufschneider nannte, hatte sich ihre Haltung ihm gegenüber deutlich gewandelt. Waren es die wenigen Verabredungen mit Rodney und die Tatsache, daß er ihr einen Antrag machen wollte? Oder hatte sein Bart den Wandel herbeigeführt?

Auf einmal sah Minnie in ihm den Mann, der er geworden, und nicht mehr den schurkischen Bruder. Liebevoll begrüßte sie ihn, den sie so lange nicht gesehen hatte.

»Sie hat ihren Bruder zwei Wochen nicht mehr gesehen«, interpretierte Mom Minnies warmherziges Auftreten.

»Das ist es nicht. Was redest du da?« hielt Pop dagegen. »Siehst du denn nicht? Es ist ihre *jidischkajt*, die in ihr aufbricht. *Nu*, Minnele?« wandte er sich schmunzelnd direkt an

149

seine Tochter. »Ob du ihn nun magst oder nicht, seine *jidisch-kajt* gefällt dir, ja?« Und wieder gluckste er in sich hinein.

Ihre Wandlung war erstaunlich. Sie ließ eine neue, echte Zuneigung zu ihm erkennen, wenn sie ihn berührte, wenn sie mit ihm sprach, freundschaftlich seine Hand tätschelte. Wenn alle zu Hause waren, war ihr Umgang mit ihm neckisch und verspielt, stets gekennzeichnet von einem leichten, lockeren Unterton in der Stimme oder auch einem seltsamen, kurzen Glucksen, das sich bis zu höhnischem Prusten steigerte, aber immer gutmeinend blieb.

»Ich weiß, Ira, es ist nur ein Sommer vergangen, aber ich bin jetzt eine richtige Frau, ich bin erwachsen. Ich bin nicht mehr das kleine Mädchen, mit dem du machen kannst, was du willst. Ich bin jetzt auf der High School. Manchmal glaube ich, für dich bin ich immer noch ein Objekt, deine kleine Schwester.«

Vorwurf und Anzüglichkeit mischten sich in ihrer Stimme. »Du denkst nur an das, was *du* willst. Und was ist mit mir? Hast du jemals an mich gedacht? Gerade jetzt, wo ich anfange, mich in Rod zu verlieben, meinen gojischen Freund, jemand, den ich nicht heiraten kann, und wo es keinen Sinn hat, weiterzumachen, da kommst du nach Haus und siehst plötzlich wie ein Mann aus, wie ein richtiger *mensch*. Was denkst du eigentlich, wie das auf mich wirkt?«

Er war ganz still.

»Und weißt du, mein entzückender Bruder, ich würde dir zu gern mal etwas sagen, aber ich will dich nicht beleidigen. Du bist auch nicht besser als all die anderen Farbs. Ihr Männer versteht nur, wie ihr euch Befriedigung verschafft, und überhaupt nichts von Liebe. Moe ist da anders.«

»Ich bin kein Farb. Ich bin ein Stigman«, gab Ira stolz zurück. Er schwieg und trank in der Küche noch eine Tasse Kaffee. »Was ist denn mit den Farbs?«

»Sadie Farb hat Mama alles über Harry erzählt: ›Rein und raus – so geht das bei meinem Ehemann‹, hat sie gesagt. Mama hat nur gelacht.«

»Ach ja?«

150

»Und mit Saul ist es ganz genauso. Kaum hat Ida das Mieder angezogen, das ihm so gefällt, dann ist es bei ihm auch gleich wieder nur rein und raus. Sie glaubt, bei Schicksen ist er vielleicht anders.«

»Mom hat mir das von Saul auch erzählt. Ich bin auch nicht gerade ein Kraftprotz.«

»Du und Kraftprotz!« spottete Minnie und machte eine abfällige Handbewegung in seine Richtung.

Ungläubigkeit und wohlwollende Versöhnlichkeit verbanden erstaunt hochgezogene Augenbrauen mit einem Schmollen. »Schon gut.« Minnie wandte sich zur Schlafzimmertür, ohne ihn zu provozieren. »Sag Mama, sie soll mich ein bißchen schlafen lassen. Ich bin heute morgen noch richtig müde.«

Er setzte sich auf den Küchenstuhl, über den er am Abend die meisten seiner Kleidungsstücke geworfen hatte. Er dachte nach und zog sich langsam an. Mom schien für die heutigen sonntäglichen Einkäufe länger zu brauchen – oder noch den Sejde und Mamie zu besuchen. Seine innere Unruhe nahm zu. Was wäre, wenn? Jesus, es würde Mom das Herz brechen. Ja, das würde es, wenn er erwischt würde oder wenn sie zusammen erwischt würden. Pop konnte ihn nicht mehr verprügeln. Er war jetzt größer als Pop. Aus dem Haus jagen könnte Pop ihn. Na ja, das wäre nicht besonders tragisch. Aber Mom das Herz brechen würde es. Wie zum Teufel wirst du dich entscheiden?

Er hätte am Sonntagmorgen mit Mom zusammen aus dem Haus gehen sollen. Ach, er wußte, daß das nicht möglich war. Und warum nicht? Mom würde Fragen stellen. Was für eine schlimme Angewohnheit – ja, es war eine! –, auf die er sich da eingelassen hatte, seit seinem zwölften Jahr. Und jetzt auf einmal war Minnie verknallt in ihn. Er mußte vorsichtig sein, sehr vorsichtig. Mußte versuchen nachzudenken. Jetzt hast du einen kühlen Kopf, hast dich im Griff. Drei Stunden weiter, und alles ist anders. Sei vernünftig, um Himmels willen, sei bloß vernünftig. Eine verdammt heikle Situation. Sie verläßt das eine Tabu, den Goi, und tabuisiert nun dich, den Judenbruder. Also, das hast *du* jetzt gesagt. Denk noch mal nach…

Laß dir was einfallen...

Einen Job vielleicht. Irgendeinen Job. Aber was für einen? Er hatte im Gruppenraum seines Jahrgangs – es war der 28er, der 1928 Examen machen würde – von einem Job in Loft's Candy Store reden hören. Teilzeitarbeit nach drei Uhr nachmittags, alle Tage und am Samstag, ja, davon hatte er gehört. »Ein echt *süßer* Job«, hatte irgend so ein Spaßvogel aus den höheren Semestern gewitzelt. Und sonntags sogar den ganzen Tag. Sie suchten Aushilfen als Ersatz für die regulären Angestellten, wenn die ihren freien Tag hatten. *Sonntags den ganzen Tag.* Er mußte einen Versuch wagen. Bei Loft's oder irgendeinem anderen ähnlichen Job. Jesus, jetzt, wo Minnie so war, und falls er es je noch einmal versuchen sollte... es würde auffliegen, wenn er jetzt nicht widerstehen konnte.

Als er die dritte Tasse von Moms Kaffee hinunterstürzte, begannen seine Hände leicht zu vibrieren, ganz leicht. Während Minnie sich zu ihrem Sonntagvormittagsschläfchen in das Elternbett zurückgezogen und hingelegt hatte, stellte er sich vor, was wohl passieren würde, falls Pop sie jemals erwischte. Unerwartet in seiner Kellnerkluft hereinkäme und ihn in Unterhosen sähe, barfuß. Wenn Pop Hand an ihn legen sollte, würde er durchdrehen. All die gottverdammten Schläge, die Pop, dieser Mistkerl, ihm schon verabreicht hatte! All die Traumbilder, die er als Kind immer nach einer Tracht Prügel gehabt hatte: wie er versuchte, ein Messer vom Tisch zu nehmen, um Pop damit zu erstechen, und das Messer am Tisch festklebte. *Jesus Christ,* er würde wahrhaftig durchdrehen, zurückschlagen, irgend etwas greifen, irgendein gottverdammtes Messer. Pop daliegen sehen in seinem Blut, auf dem abgewetzten Linoleum. Getötet vielleicht, wer weiß? Tot. Die Bullerei. Vor Gericht. Kittchen und Richter. Mom ohne Unterstützung. Elende Schande. Davon gebeugt, ein Leben lang, wie Atlas. Und Larry meinte, sich schlecht fühlen zu müssen wegen seiner verwitweten Mutter. Er war nicht Ira. *Er* hatte seine Mutter nicht zur Witwe gemacht, wie es Ira durchaus passieren konnte. Jesus, vielleicht wäre es auch das beste, dort, wo Minnie schlief, hineinzugehen und ihr – gleich jetzt – wumm! – einen Faustschlag zu versetzen, mitten ins Ge-

sicht. Was für ein Morgenständchen, was für ein Erwachen.
Sie vom Verknalltsein in ihn heilen. Sie für immer kurieren.
Allmählich überkam ihn die Angst, der tiefe, haarsträuben-
de Horror, den er seit den Tagen der Geometrie-Hausaufga-
ben nicht mehr verspürt hatte – da war er wieder, dieser Bruch
in ihm, und spaltete ihn in seinem Innersten: Mord. Morde.
Mordesie. Wenn sie am Sonntagvormittag im Schlafzimmer
schläft, dann ermordest du sie. Oh, Jesus. Er mußte einen
Ausweg finden.

Was dem Tod am nächsten kommt und der Lebende vom Tod wissen kann, ist die Erinnerung an alte, einst gelebte Zeiten. Er würde
bald neunzig sein, dachte Ira. In acht Monaten würde er neunzig
sein. Unglaublich, nicht wahr? Wie oft wirst du es noch aussprechen? – fragte er sich. Wie oft willst du die zu Stein erstarrte, alte
Tatsache denn noch ungläubig hinausschreien? Wir schreiben
jetzt das Jahr 1995, und 1925 ist lange her. Was erwartest du
von mir? Er hatte das Echo jiddischen Zungenschlags im Ohr, obgleich *die* sicher gesagt hätten: Was *verlangst* du von mir? Siebzig
Jahre ist das nun her, und du verlangst von mir, mich an all das zu
erinnern? Oder es zu beschönigen, es auszuschmücken mit Kin-
kerlitzchen und Firlefanz? Ach, für einen, der sein Leben verhunzt
– oder wenigstens dabei mitgeholfen hat, scheint es so verdammt
sinnlos, dieses Leben aufzuschreiben, und um wieviel sinnloser
erst als Nachdichtung in der Verkleidung eines Märchens. Aber
für den Augenblick muß es so genügen, muß es mich über diesen
Tiefpunkt hinweghieven. Wer sagte denn, daß er verpflichtet war
oder daß von ihm erwartet wurde, ein in sich geschlossenes Ro-
manwerk abzuliefern, wo er doch so durchgeknallt und querge-
streift war wie ein alter Säufer?
Als der alternde Dr. Newman, Psychiater am Augusta State Hospital in Maine, wo Ira vier Jahre lang als Pfleger gearbeitet hatte –
als dieser Dr. Newman also Eliots *Wüstes Land* ausgelesen hatte,
da war er überzeugt, daß T.S.E. damals, als er das Gedicht schrieb,
eine – wie der gute Doktor es formulierte – »psychotische Episode« durchgemacht, ein kurzes psychotisches Intermezzo erlitten hätte. Sagte Ira damals: »Vermutlich haben wir alle mehr
oder weniger an der gleichen geistigen Verirrung gelitten, sonst

hätte das Gedicht nicht so eindeutig zu uns und für uns gesprochen.«

Der gute Doktor blieb dabei. Er hätte seine Sinne noch ganz beisammen, antwortete der ältliche Mann, und ebendeshalb könne er Symptome einer Psychose erkennen, die der Poet beim Schreiben seines berühmten Gedichts gehabt haben mußte. (Natürlich wußte damals noch niemand von der wichtigen Rolle, die Ezra Pound bei der Entstehung des Gedichts gespielt hatte, oder zumindest bei der Festlegung von dessen endgültiger Form.) Dr. Newman, vor vielen Jahren in Lettland geboren, hatte seine Sinne noch ganz beisammen; seine Psyche hatte sich *sein ganzes Leben lang* immer weiter gefestigt und hinlänglich stabilisiert, und vielleicht fehlte ihm deshalb das Verständnis dafür, was aus den nachfolgenden Generationen hochsensibler Schriftsteller und Schriftstellerinnen geworden war: zunehmend zerrissen in ihrem Denken und zunehmend feindselig gegenüber der Gesellschaft, in deren Mitte sie lebten.

Vier Stunden später. Ein Herbstnachmittag des Jahres 1925, in der Küche, allein, seine Begierde so verschrumpelt wie sein Schwanz. Mein Gott, was für ein Leben. Waschwannen mit weißem Wachstuch abgedeckt, ein Spülstein mit Messinghahn, das Fenster zum Hof, der graue Wäschepfahl, zwischen Fenster und Wannen die Tür, die zur Toilette führte. Collegebücher auf dem Tisch. Das war das schlimmste von allem, das Durcheinander. Hundertmal hatte er sich schon gesagt, vielleicht wäre alles ganz anders gekommen, wenn sie auf der Lower East Side geblieben wären, wenn er doch angefangen hätte zu arbeiten. Nun also, einen Kompromiß finden. Versuchen, den Sonntag zu tilgen. Am Montagmorgen zur Personalabteilung von Loft's gehen, genau wie damals bei Park & Tilford. Bewerbung ausfüllen. Initiative zeigen.

Jedoch – Ira unterbrach sich auf der Tastatur –, du hattest die Gewalt nie exorziert, du hattest sie überlebt, unter die Erde geschaufelt, aber nicht sehr tief. Denk nur an den Nachmittag, als Jess gerade in die Adoleszenz eingetreten war und dir Widerworte gab: an der Grenze zur Unverschämtheit, aufsässig. Und du ihn dann geschlagen hast. Nicht geohrfeigt. Du wußtest ja kaum noch, wie man ohrfeigt, hattest es verlernt nach all den Jahren, jawohl, nach diesen vielen Jahren des Boxtrainings infolge der Prügel, die du bei den Docks einstecken mußtest, als du dort KP-Flugblätter verteiltest. Du wußtest kaum, wie man ohrfeigt; du wußtest nur, wie man jemandem einen Kinnhaken verpaßt, wie ein Boxer eben, den Daumen nach unten, die Knöchel voran, auch wenn deine Hand dabei halb geöffnet war. (Ach, wäre sie dir doch abgefallen! Abgefallen, ehe du einen deiner Söhne schlügest! Oh, dieses müßige jiddische Jammern und Flehen.) Das Kind war schwerfällig, schien ohne Selbsterhaltungstrieb. Hershel, der jüngere Bruder, warf sich augenblicklich zu Boden, war in dem Moment, als sein Vater ausholte, außer Reichweite, in Sicherheit. Jess hingegen schrie auf vor Schmerz, wirbelte herum – und stieß mit dem Kopf gegen das Geländer, fiel mit der Schläfe genau auf die Kante des Geländerpfostens und schlug die Hände vors Gesicht. Das reichte, nicht nur, um Iras Zorn zu kühlen, sondern auch, um ihn in Angst und Schrecken zu versetzen: »Verdammt noch mal, warum zum Teufel machst du das?« brüllte er seinen Sohn an. »Um Himmels willen, immer bringst du dir die unsinnigsten Verletzungen bei!« Er legte schützend die Hände um seines Sohnes Kopf, massierte seines Sohnes Schläfe.

Ob *das* nun etwas zu tun hatte mit dem, was folgte, darüber gab es keine Erkenntnisse; ob nämlich die nachfolgenden Symptome des Sohnes von dem Aufprall der Schläfe auf die Kante herrührten oder schlicht die Folge einer Veränderung waren, die in dem heranwachsenden jungen Mann vor sich ging (wobei Ira inbrünstig hoffte, daß es das letztere war). Sein Sohn entwickelte eine – wie der Arzt es nannte – *äquivalente Epilepsie*. Mit einem seltsam starren Ausdruck im Gesicht zog Jess sich Hemd und Unterhemd aus, weil er, wie er sagte, die Sachen nicht länger am Körper haben konnte; seine Haut brannte. Und die anderen Symptome? Ira suchte an der Decke nach einem Anhaltspunkt für sein Gedächtnis, sah aber nur den gelblichen Fleck von dem Leck, wo gefrierendes Schneewasser deutlich sichtbar in die Nähte zwischen den Metallplatten des Daches eingedrungen war. Er würde M. fragen müssen, was das für andere Symptome gewesen waren. Nicht die typischen kleinen Anfälle, die er wäh-

155

rend seiner vier Jahre als Pfleger in einem Klinikum zu erkennen gelernt hatte, die vorübergehenden Bewußtseinsstörungen, die kurzzeitigen Verwirrungszustände, sondern etwas anderes. M. ging mit Jess ins Portland General Hospital und ließ dort Untersuchungen machen, Enzephalogramme. Ohne schlüssigen Befund.

»Warum warten wir nicht einfach ab und schauen, ob es sich von selber gibt, wenn er älter wird«, sagte M. zu Dr. Thomas U., dessen Tochter Penny bei ihr Klavierunterricht nahm. »Meine mütterliche Intuition sagt mir, daß sich die Sache auswachsen wird«, fügte sie zaghaft hinzu.

Und Dr. U. antwortete: »Mütterliche Intuition ist manchmal verläßlicher als medizinische Ergebnisse. Wir sollten für den Augenblick nichts weiter unternehmen, sondern abwarten, was passiert.«

Nichts ist passiert. Jess schien zur Normalität zurückzukehren. Eines Tages aber, er wusch sich gerade die Hände am Spülbecken in der Küche, an diesem schwarzen, gußeisernen Spülbecken in unserem Farmhaus in Maine, an dem Spülbecken mit der großen, tadellos funktionierenden Wasserpumpe. Nach dem Händewaschen wollte er noch ein paar Schlückchen Wasser trinken, direkt aus der Leitung. Fahrig und unbeholfen, wie er eben war, hielt er sich am Pumpenschwengel fest, beugte sich vor und berührte dabei den massiven, altmodischen Herd Marke »Dual Atlantic«. Das war nun eine wirklich massive Eisenkonstruktion (es spielte damals keine Rolle, wieviel Erz verbaut wurde, da war man noch verschwenderisch!) mit einem vernickelten Gitter vor der Herdplatte mit dem eingelassenen Behälter für kochendheißes Wasser, ebenso vor dem Rost und dem Brenner für Kohle oder Holz, den Ira aber auf Kerosin umgestellt hatte. Obendrauf Gasflammen zum Kochen (daher das Adjektiv »dual«), die aus einer Propangasflasche gespeist wurden, die draußen, direkt neben der schwarzen Treppe stand. Yankee-Genialität. Der Herd verkörperte die Yankee-Genialität der zwanziger und dreißiger Jahre, gleich schwer von Nostalgie wie von Eisen (und trotz seines Volumens zu klein, um M. zufriedenzustellen). Der Herd tat dennoch in jeder Hinsicht seinen Dienst: im Winter heizte er nachts auf Sparflamme die Küche, während all der langen Jahre, in denen die Kinder heranwuchsen, fast zwanzig Jahre alles in allem, und genauso während der langen Jahre seiner seelischen Depression, in denen seine Frau in grenzenloser Ausdauer mit Schulunterricht und privaten Klavierstunden für das einzig verläßliche Bareinkommen der Familie sorgte. Mittlerweile verlor *er* nämlich so viel Geld an seiner Wasservogelzucht, daß *ihre* einbehaltenen Steuern komplett zurückerstattet wurden. Was für ein Geschäft!

»Gehen Sie davon aus, mit Ihrem Wassergeflügel einen Gewinn zu erwirtschaften?« Der Mensch vom Fiskus hatte Ira und seinen dämlichen Buchhalter, Quinner mit Namen, in sein Büro bestellt.

»Das hoffe ich, Sir.«

»Und wann, denken Sie, wird das sein?«

»Das kann ich noch nicht sagen.«

Während er mit der einen den eisernen Pumpenschwengel festhielt, fuchtelte der Junge mit der anderen Hand ziellos herum, berührte den Herd – gab einen wilden Schrei von sich und brach in Tränen aus: ohne Grund, ohne ersichtlichen Grund!

Ach, ich habe ihn verloren! Die Worte kamen aus tiefstem Herzen: Verloren! Verloren! Den Sohn, den er abgöttisch liebte. Vielleicht wegen des Kinnhakens, den er ihm geschlagen. Weil er völlig die Beherrschung verloren hatte – genau wie Pop. Oh, welche Qual! Eine Qual, stärker als Reue, die Qual des unwiderruflichen, unerträglichen Verlustes. »Was ist los?« fragte Ira, bis ins Mark erstarrt, schon wie in Trauer, ein sprechender Automat – während M. vollkommen konsterniert hinüberschaute und Hershels Blicke ungläubig zwischen Bruder und Eltern hin- und herwanderten. »Was ist passiert?« setzte Ira nach – ohne Hoffnung. Er wußte nur zu gut, was passiert war: das Kind war außer sich, es hatte den Verstand verloren.

»Ein Schlag!« wimmerte Jess. »Ich habe einen Schlag bekommen, als ich den Herd berührte.«

»Was du nicht sagst!« Ira wollte ihn aufheitern – mit all der Bitterkeit vergeblicher Liebesmüh. Er sammelte sich, um der grauenvollen Katastrophe ins Gesicht zu sehen: Sein Kind war verrückt geworden. Es war der *dementia praecox* anheimgefallen. »Du meinst, du hast einen Schlag bekommen, als du den Herd berührtest?«

»Ja, Dad, das habe ich, das habe ich. Ich habe mich mit der Hand abgestützt!«

Nun, was wäre so schlimm daran, wenn er versuchte, das gleiche zu tun, um zu sehen, ob er das gleiche verspürte? Das Kind klang so eindringlich, so stark, eigentlich ganz vernünftig. Doch einen vernünftigen Eindruck hatten auch einige der Schizophrenen im Augusta State Hospital gemacht, wo Ira vier Jahre gearbeitet hatte und wo viele Patienten gejammert und sich aufgeregt hatten über diabolischen Magnetismus, über bösartige elektrische Ströme. Was zum Teufel konnte er verlieren? Aufheitern, mehr kannst du nicht tun. Ira erhob sich vom Tisch in der Küche, ging zum Herd hinüber, legte seine Hand auf die vernickelte Herdumrandung. Nichts. Genau wie erwartet. »Hast du es auch so gemacht?«

»Nein. Ich hatte mich auch noch am Pumpenschwengel festgehalten. So.« Jess beugte sich vor, streckte seine Hand nach dem Herd aus, berührte ihn aber nicht.

»Also gut. Ich werde es jetzt genau so machen wie du.« Letzte Chance. Letzte Chance. Wie gerne einen elektrischen Schlag, einen gewischt bekommen, umgehauen werden und zu Boden gehen – alles, nur um zu beweisen: das Kind hat recht. Welche Freude wäre das, unwichtig der Aufprall, selbst Ohnmacht und Fall – und tatsächlich, so kam es dann! Kein sehr großer Schlag, doch ausreichend, ihn zurückzucken zu lassen. »Himmeldonnerwetter noch mal!« rief er aus, diesmal gebeutelt von purem Glück. »Du hast recht! Guck mal, M., da ist Strom drin. Elektrischer Strom. Ich habe es gerade gespürt.«

»Ach wirklich?« Auch sie zeigte große Erleichterung. »Ich weiß gar nicht, wieso.«

»Ich weiß es auch nicht. Irgenwo ist ein Kurzer drin. Kein Zweifel. Okay, Jess, nicht berühren, das verdammte Ding. Jedenfalls nicht beides gleichzeitig, Pumpenschwengel und Herd – ihr alle nicht. Mal sehen, ob ich den Fehler finden kann.«

Er fand ihn. Sie hatten den Lieferanten ihrer Butangasflaschen gebeten, im Flur eine neue Gasheizung zu installieren, und der Mechaniker hatte die Erde an die Wasserleitung unter der Küche angeschlossen. Ira rief den Inhaber der Firma an und nahm kein Blatt vor den Mund, als er seiner Entrüstung über diesen eklatanten Fall von Fahrlässigkeit oder schlicht Unfähigkeit Luft machte.

158

»Lausige Arbeit!« tobte er. »War das überhaupt ein richtiger Elektriker, der das installiert hat?«

»Doch, doch, wieso denn?« kam die Antwort am anderen Ende der Leitung.

Ira meinte, eine Unsicherheit herausgehört zu haben. »Nun, dem gehört die Lizenz entzogen, das kann ich Ihnen sagen. Mein Sohn hat einen ziemlichen Schlag bekommen. Er steckt gerade in einer schwierigen Entwicklungsphase, und als er diesen Schrei ausstieß, da dachte ich, nun ist er völlig durchgeknallt. Eins kann ich Ihnen sagen, das hat mich zehn Jahre meines Lebens gekostet. Und meiner Frau ging's nicht anders.«

»Das kann ich Ihnen nachfühlen«, bedauerte der Geschäftsmann. »Ich weiß, wie das ist. Ich sage Ihnen, was wir machen. Wir haben den Fehler gemacht. Wir bringen das wieder in Ordnung und entschädigen Sie dafür.«

»Ach ja? Und wie?«

»Die nächsten fünf Gaslieferungen gehen auf unsere Rechnung.«

»Meinetwegen.« Besänftigt. »Ich hatte nicht die Absicht, Sie deswegen zu erpressen.«

»Schon gut. Es ist nun mal ein Fehler, und wir haben ihn gemacht. Wenn fünf Gasflaschen die Sache aus der Welt schaffen – wir wären damit einverstanden.«

»Okay.« Ira benötigte eine Menge Flaschengas in seiner »Rupfanstalt«, wie er sein Geflügelschlachthaus euphemistisch nannte. Fünf große Butangasflaschen zum Stückpreis von zehn Dollar, das deckte fast den gesamten Jahresbedarf – und das gratis! »Ich weiß Ihre« – das Wort *Geste* war ihm denn doch zu hochtrabend – »ich weiß Ihren guten Willen zu schätzen«, sagte Ira.

»Dann bleiben wir im Geschäft.«

X

Ira tat, was er sich vorgenommen hatte, und immer, wenn er
etwas wirklich wollte, wenn sein Schicksal davon abhing,
schien es auch zu klappen. Er wurde eingestellt. Er wurde
dem Loft's Candy Store in der Bronx zugeteilt, 149. Straße
Ecke Jerome Avenue. Die Ecke war besonders belebt, Ein-
kaufsgegend der einfachen Leute, geschäftig, lärmig, sehr ver-
kehrsreich, mit Straßenbahnlinien, einer großen U-Bahn-
Station und einem Eisenbahnknotenpunkt mit großem Um-
steigebahnhof hoch über der Straße. Alles, was sich unterhalb
des Bahnsteigs befand, Schaufenster und Fensterschauer,
Menschenmassen und Fahrzeuge, wurde von der breiten
Trasse überdacht, tauchte ein in den ewigen Schatten einer
Station der U-Bahn-Linie, die in der Bronx zur Hochbahn
wurde. Mitten zwischen den bunt gemischten Ladenfronten
lag das Loft's, und dorthin war Ira eingeteilt.

Er arbeitete sechs Tage die Woche: an vier Werktagen von drei
Uhr nachmittags bis zehn Uhr abends, samstags eine volle Acht-
stundenschicht von drei bis elf Uhr abends, und sonntags von
halb zehn Uhr vormittags bis sechs Uhr am Abend, denn da
schloß der Laden früher. Mom mußte ihren Sonntag jetzt anders
einteilen, mußte ihm erst noch sein Frühstück machen, ein paar
Eier braten, ein Brötchen mit Schweizer Käse belegen zum Kaffee. Er hatte nicht vergessen, was ihn verfolgt, ihn in die Arbeit
getrieben hatte: nicht die sechzehn Dollar in der Woche, sondern
einzig und allein dieser gojische Freund, den Minnie gehabt
hatte. Sein verfluchter Angstzustand war es. Wenn der ihn
überfiel, sich seiner Psyche bemächtigte, spielte es keine Rolle,
daß er sich tausendmal sagte, er habe so verdammt viel Glück
gehabt – er konnte ihn nicht auflösen, nicht loswerden. Schuld,
Schuld, Schuld – als hätte er jemanden umgebracht: Minnie.
Schuld, Schuld und nochmals Schuld. Schluß damit! sagte
er sich, als er zur U-Bahn-Station 116. Straße unterwegs
war. Bald schon würde er ein breites Lächeln für die Kunden
aufsetzen müssen. Darum hatte er schließlich den Job: um
sich mit dem Einwickeln der 99-Cent-Spezialmischung abzulenken; um das diffuse Angstgefühl in Schach zu halten.

Von den sechzehn Dollar, die er pro Woche verdiente – plus einen Dollar oder zwei am Monatsende als Verkaufsprovision – behielt er fünf, gab Mom neun – und schenkte Minnie unter großen Verrenkungen an jedem Zahltag einen Dollar, was Mom strahlend und Pop mißgünstig billigten. Einige Male bat Minnie ihn heimlich um mehr, um einen weiteren Dollar, den er ihr auch gab, ohne recht zu wissen, warum. Warum war er immer noch so großzügig, wo er doch nichts mehr dafür bekam? Wie konnte er nur? Oder fast nichts. Vielleicht, um sein Gewissen zu beruhigen? Um Wiedergutmachung zu leisten? Oder weil er erleichtert war, daß sie wieder einmal einen Sinneswandel durchmachte, ein Abklingen der Gefühle, das die Rückkehr der kaltschnäuzigen Fassade ihres Wesens möglich machte, die Rückkehr der ungefährlichen, schnippischen Minnie. Ihr den Extra-Dollar zu geben war wie ein Sühneopfer an seine Angst.

Warum – Ira drehte sich zur Seite, um die Frage im Herzen zu bewegen – warum machte er sich unaufhörlich selbst so schlecht? Warum erniedrigte er sich so – den Juden, den seriösen Schriftsteller, den seriösen Literaturfreund, den Künstler? Warum bereinigte er die Geschichte nicht, befriedigte seine Kritiker, entfernte die amourösen Spielchen mit Minnie und Stella – ganz einfach, indem er Steuerung-Z auf der Tastatur seines Computers drückte? Allein die Beantwortung dieser Frage würde einen ganzen Band füllen. Und gehörte der Versuch, eine Antwort auf diese Frage zu finden, überhaupt hierher? Er hatte sich diese Frage nicht gestellt, als er die ersten Aufzeichnungen machte, auch nicht später, als er Mitte der achtziger Jahre anfing, das Manuskript in den Rechner, seinen IBM Junior-PC zu übertragen, sondern er stellte sich diese Frage jetzt, in der lebendigen Gegenwart, in dem Augenblick, der jetzt verging. Früher hatte er sich geschworen, niemals die Gegenwart in die Geschichte einzubeziehen, sondern innerhalb des zeitlichen Rahmens zu bleiben, den er sich für seine Erzählung gesteckt hatte. Es anders zu machen würde die Geschichte aus dem Gleichgewicht bringen, bis sie ihm entglitte. Die Verwicklungen würden endlos wuchern, zur Dornenhecke um Dornröschen werden. Niemals würde er imstande sein, zu seiner eigentlichen

Erzählung vorzudringen – zu seiner zweistimmigen Erzählung. Nun aber konnte er einer Abschweifung in die Jetztzeit, in die lebendige Gegenwart, nicht widerstehen.

Er würde nur kurz unterbrechen, nahm er sich vor, gerade lange genug, um bei ein paar Punkten zu verweilen, obgleich auch das schon gegen die Regeln verstieß, den Kanon verletzte. Er schuf sich Raum für den Präzedenzfall eines neuen Aufbruchs, für neuerliche Abweichungen – viel früher als ursprünglich geplant. Nun, die Frage hatte ihn lange genug verfolgt: Warum machte er das, sich so weit erniedrigen – und damit vielleicht alle Juden, die Vielzahl der Juden, die seinen früheren Roman in einen Schrein verwandelt hatten, noch dazu in einen Kinderschrein: Warum demütigte er sich so tief, wie er dies tat?

Die Antwort schien mit derselben Gemütsverfassung zusammenzuhängen, die schon seinen ersten Roman hervorgebracht hatte: mit Beklemmung und Furcht. Doch jetzt sehr viel weitgreifender, indem sein ganzes Volk, Israel, ja, besonders Israel in diese Gefühle einbezogen war. Wie das? Er fürchtete um Israels Überleben. Die Frage war ihm nicht in diesem Zusammenhang gekommen, und vielleicht war die Antwort, die er darauf fand, nur eine Rationalisierung. Damals, in den dreißiger Jahren, als er jenen ersten Roman schrieb, strebten die Nazis an die Macht und kamen auch an die Macht. Er hatte Grund, sich zu fürchten. Nun war es das Überleben Israels, um das er fürchtete, Israels Lebensfähigkeit, an der zu zweifeln er begonnen hatte. Was seine Anwürfe, seine Stigmatisierungen bedeuteten, war doch, daß er für sich selber Israels und der Juden Untergang schon inszenierte und ihn vor sich selbst rechtfertigte. Mit anderen Worten: In der Verwirrung, im Alarmzustand seiner Seele fürchtete er, die Basis für eine neue Endlösung zu legen. Siehe, was für ein Abschaum diese Juden sind. Warum sollten sie nicht vernichtet werden? Wie anders konnte er es ausdrücken? Nach altem Verständnis, im biblischen Sinne haben sie gelitten – weil sie gesündigt hatten, weil er gesündigt hatte. Grausames hatte er verschuldet.

Hierbei würde er später noch länger verweilen müssen. Jetzt im Moment konnte er nichts weiter tun, als seiner Verzweiflung darüber Ausdruck zu verleihen, daß Israel nicht überleben würde. Verzweiflung wie die des Jeremias. Nicht nur, daß die Medien

162

jede Gelegenheit nutzten, wie ein Schwarm Piranhas über Israel herzufallen – Juden und Nichtjuden standen einander in nichts nach. (Wem gehörte denn die *New York Times*? Wem gehörte die *Washington Post*?) Verdammte Piranhas! Jedoch, die Fakten – nein, die *Taten!* – wurden immer brutaler, die Taten wurden immer gefühlloser und unbarmherziger, bösartige Gewalten, die sich zu einer Flut vereinigen und die Juden hinwegschwemmen würden. Er konnte um die Schlußfolgerung nicht herumkommen, ihr nicht entkommen: Israel war dem Untergang geweiht.

Ira kaufte sich ein Döschen mit Kondomen, um sie bei Stella zu benutzen, die sich als verdammt guter Ersatz entpuppte. Bei Stella konnte man darauf zählen, daß sie jeden Montag dieselbe war, wenn er an seinem freien Abend nach dem Essen einen Besuch in Tante Mamies Wohnung machte. Sie war immer gleich: Blond, plump, bereitwillig grinsend, so wartete sie auf seine Ladung, wenn er mit ihrer Unterstützung heimlich eine böse Attacke schieben, eine List improvisieren konnte. Sie war stets bereit, seinem Opportunismus zu dienen. Alles, was er brauchte, war ein bißchen Glück. Bei Stella mußte man nicht lange um den heißen Brei herumreden, nicht auf der Bettkante sitzen oder dergleichen, buhlen mit der Uhr im Nacken, wie er es sonst mußte, schmachten wie ein streunender Kater auf dem Gartenzaun. Nichts davon. Kaum hatte er ihre Möse wie zufällig berührt, war er auch schon drin. Kaum ein Montag, den er versäumte.

Oh, es war verdammt lustig, und ach, Jago, welch ein Verrat. Einmal alle zwei Monate brachte er dem Sejde sein Lieblingskonfekt mit – eine Zweipfundschachtel kandierte Früchte von Loft's (mit einem kleinen Rabatt für Angestellte). Kandierte Früchte waren die einzigen Süßigkeiten, die der alte Mann als koscher genug ansah, um sie zu verzehren. Von Iras Seite eine perfekte Ehrenbezeigung, eine perfekte Huldigung, ein perfekter Vorwand! Und tatsächlich, das Geschenk belohnte ihn mit einer marginalen Erinnerung, die nicht verblaßte: die flinke Hand des Alten, wie er sich ein Stückchen kandierte Ananas nahm und die Schachtel mit erstaunlicher Behendigkeit sofort wieder in die Truhe zurücklegte. Dennoch, die Anwesenheit des Sejde bei Mamie stellte für Ira ein zusätzliches Risiko dar. Einer mehr, dessentwegen man Augen und Ohren offenhalten mußte. Andererseits das rasende Herzklopfen, das Aufschießen aller Sinne und Empfindungen bis hin zum Schmerz, das Stürmen eines Gipfels, die Schärfung des Bewußtseins, höher, immer höher, als spitzte sich seine lahme, phlegmatische Natur durch die Kräfte von Doppelzüngigkeit, Heimlichkeit, Konzentration und Verschlagenheit zu etwas Einzigartigem. Wenn er doch – der Wunsch flatterte durch Iras Denken, ohne daß er selbst daran glaubte – all diese Schläue und Vorsicht, diesen Scharfsinn, diese Weitsicht auch beim Kartenspiel, beim Pinokelspiel, beim Pokern hätte, dann wäre er ein Hai, dann wäre er unschlagbar. Dann würde er absahnen. Und auch als Geschäftsmann, falls er es je versuchen sollte. Dann wäre er reich. Wenn er genauso entschlossen auf seinen Vorteil bedacht wäre, sich im Geschäftsleben genauso hart und übel verhalten, andere über den Tisch ziehen würde, Teufel auch, dann wäre er Millionär! Oder jetzt zum Beispiel, wo er aufs College ging: Wenn er im Unterricht so aufmerksam wäre, den Vorlesungen so konzentriert folgen würde, brennend und mit gleichem Eifer, wie er über die Situation bei Mamie wachte, dann hätte er glatte A-Noten wie Aaron oder Ivan H. Dann wäre er ein A-Student, aal-glatt. *Maxima kummt Luder.* Ach zum Teufel, was soll's.

Trotz des Jobs bei Loft's, trotz Minnies Unzugänglichkeit, trotz des heimlichen Hasardspiels bei Tante Mamie war sein zweites Studienjahr langweilig. Warum das so war, konnte Ira rückblickend nie ganz ergründen. Vielleicht, weil dieser Herbst 1925 eine Zeit geistiger Trägheit war, der von ihm angestrebte Beruf und seine Verwirklichung eintrockneten und in ihm die Gewißheit wuchs, daß dies unwiderruflich war, weil man ihm den Lebenswillen geraubt hatte. Wie konnte man von ihm erwarten, Biologie als Berufsziel zu verfolgen, wenn sein Stundenplan am CCNY nichts anderes war als eine Übung in Geduld, ein ewiges Warten? Inzwischen erlahmten seine Interessen und drifteten in andere Felder ab, in andere Disziplinen, und schließlich in die düstere, nebulöse Kunst der Literatur. Nie, niemals würde er Zoologe werden, Biologielehrer oder etwas anderes in dieser Richtung. Er schien in eine korrumpierte Zukunft gelenkt, in eine tödliche Leere, und es gab nur ein Fünkchen Glanz, diese zu erhellen, nur den Hauch einer Hoffnung, einzig gestützt durch die Ausgabe des *Lavender*, in der jene »Semesterarbeit« abgedruckt war, die ihm ein D eingebracht hatte – und von Mom zur Erinnerung aufbewahrt wurde.

Obwohl er wieder ihr »dummer Bruder« geworden war, versuchte Minnie äußerst besorgt, ihn aufzuheitern, als sie seine deutliche Verzagtheit sah. Mom und Pop waren zwar anwesend, aber er brauchte Minnies Zärtlichkeit nicht mehr mit finsteren Blicken abzuwehren. Es war, als sei diese Zärtlichkeit immer dagewesen und hätte jetzt nur andere Formen angenommen. Es war seltsam. Das Schwesterliche schien sich durchzusetzen, schwesterliche Anteilnahme, Zuneigung. Wurde sie jetzt allmählich erwachsen? Etwas, wovon er dunkel ahnte, daß er dazu nicht fähig war, es ohnehin noch nicht war, obwohl zwei Jahre älter als sie. Trotz seiner übertrieben zur Schau gestellten Gleichgültigkeit, trotz seiner kränkenden Worte und trotz seines – sie am meisten verletzenden – gelangweilten Gähnens blieb sie beharrlich dabei, ihm Mut zuzusprechen: »Mach dir keine Sorgen. Laß dich nicht unterkriegen. Du wirst schon ein Buch schreiben, und ich tippe es dann, genau wie damals das Stück für den *Lavender*. Erinnerst du dich?«

Er erinnerte sich. »Wenn du meinst«, sagte er skeptisch.

Sie strich ihm über den Arm. Er blieb ungerührt. Es machte keinen Sinn, zu Hause Verdacht zu erregen, wenn eh nichts mehr passierte.

Eine einzige Flaute das zweite Studienjahr, durchsetzt und unterbrochen von Aufregungen, die ihn die Monotonie noch stärker spüren ließen, ihn noch ausgehöhlter, noch zermürbter zurückließen, als er ohnehin schon war. Sein Studium war, mit Ausnahme seiner Mitarbeit in der Aufsatzklasse, unter Niveau. In Differentialrechnung fiel er durch; in Physik war er so schwach, daß er den Kurs aufgeben mußte. In Ana-

lytischer Chemie schaffte er bestenfalls ein C. Sein Geome-
trielehrer konnte sein Mißfallen kaum verbergen, als er
Iras technische Zeichnung betrachtete. Iras Collegestudium
war ein einziger, hoffnungsloser Schlamassel.

Ira hatte das Gefühl, abbrechen zu sollen, das College an den
Nagel zu hängen und bei Loft's um einen Ganztagsjob hinterm Süßwarentresen nachzusuchen. Wenn Mom nicht so
sehr darauf fixiert gewesen wäre, daß er eine Berufsausbil-
dung bekam, dann hätte er es auch getan. Meine Güte, was
denn für eine Ausbildung! Außer in Aufsatzkunde II, dem
Kurs für schriftliche Darstellung bei Professor Kieley, war
sein Collegestudium eine einzige Katastrophe. Ein Limbotanz
in einer Tretmühle. Ohne Zukunft. Ohne Aussicht. Ohne
Präferenz für einen Beruf. Positionen als High School-Lehrer
waren bekanntermaßen immer schwieriger zu bekommen,
ganz besonders für Juden – Juden, die vom CCNY kamen:
Es war ein offenes Geheimnis, daß sie ausgesiebt wurden.
Und was sollte er lehren, wo er sich doch nicht mehr für Biologie interessierte? Englisch? Noch schlimmer. Darin hatte er
früher ein D gehabt, und auch wenn er jetzt A-Zensuren
schaffte – die Maßstäbe waren strenger geworden; am
schlimmsten aber war, daß er nicht die geringste Lust hatte,
Englisch zu unterrichten. Intuitiv spürte er bereits, daß er
auch dafür nicht geeignet war. So würde ihm wegen seiner
schwachen Leistungen nur das Lehren an der Grundschule
bleiben. Pop hatte recht. Ein *malamut*, mehr würde nicht
aus ihm werden: Grundschulkinder unterrichten wie Mr. Lennard, die verdammte Schwuchtel, wie Mr. Kilcoyne, der
Milchfarmer, Mr. *Sch*ullivan, der verkrüppelte Buchhalter
im öffentlichen Dienst, der einzige, der gespürt hatte, daß
mehr in ihm steckte als durchschnittliche Fähigkeiten. Nichts
mitnichten, wie man auf jiddisch sagte, nichts außer einem
Anflug von Hoffnung, daß aus ihm vielleicht einmal ein
Schriftsteller werden würde – eines Tages vielleicht. Nein,
er war verderbt.

Verderbt, verderbt. Dumm. Träge. Scheu. Verschlagen. Abstoßend. Pervertiert – und was sonst noch alles? Er hatte seine
Schwester gevögelt, und als das nicht mehr ging, seine kleine

Cousine. Er hatte seine Freude dran, doppelte Freude – vielleicht nicht so bösartig, nicht so gewaltsam wie diese speziellen Male mit Minnie, aber gut genug –, wie einst Joe, dieser Hurensohn, der ihn weit weg in den Fort Tryon Park gelockt hatte. Stella brauchte er nicht zu locken, und, Jesus, ah, das war gut so. Einmal in der Woche, einmal in der Woche, immer am Montagabend, machte er eine unmoralische Fahrt zu Tante Mamie. Richtig? Das erhebende Gefühl, der innere Höhenflug, Gewalt verübt, ein Verbrechen begangen zu haben – ach ja, die einzige Entspannung, die er hatte: die fette kleine Färse so ins Vorderzimmer zu manövrieren, daß er dreißig Sekunden riskanter Ungestörtheit mit ihr hatte, prekärer Ungestörtheit, während sich alle anderen womöglich nebenan in der Küche unterhielten – oh, was für ein Wagnis, wow! – Ihn ihr reinzustecken für ein halbminütiges wildes, stummes Rekeln. Es kümmerte ihn einen Scheißdreck, was die anderen gedacht hätten, wenn sie es gewußt hätten – aber wer wußte schon davon? Er lechzte, gierte nach dem Verbotenen, nach dem Tabu – Jesus, wie würde das Abscheuliche sein? Das wahrhaft Infame, ja – wie? Was war überhaupt abscheulich? Er konnte es sich nicht vorstellen.

Vorerst würde er sich damit begnügen müssen, am Montagabend im tiefen Schatten unter der Park Avenue-Trasse herumzutrampeln. Die Vorfreude belebte seine Schritte bis hinauf zur 116. Straße. Er beschleunigte sein Tempo, wenn er die 112. Straße erreichte, Mamies Straße, und spürte wenigstens vorübergehend eine gewisse Frische, das Hochgefühl, endlich die Schalheit des Lebens, die heimtückische Lethargie seiner Ziellosigkeit, die dumpfe Verzweiflung abzuschütteln, deren er sich kaum bewußt war, die Minnie aber bemerkte. Anstatt aber ihr Mitgefühl zu würdigen, erinnerte er sich nur an die Momente, wo er Lust gehabt hatte, sie auf den Haken zu nehmen. Jesus, es gab keinen Zweifel, er war verderbt...

Nun waren es ausgerechnet die Montagabende, an denen Larry, der jetzt auch auf das CCNY ging, Ira neuerdings bat, mit ihm zusammen Edith zu besuchen – nicht bat, sondern fast schon nötigte. Ablehnen war schwierig, obgleich Ira es anfänglich tat. »Warum besuchst du Edith nicht am Wochenende? Ich meine, du hast doch das ganze Wochenende Zeit«, hatte Ira vorgeschlagen.

»Ich weiß«, war Larrys lächelnde Antwort, »aber ich möchte gern, daß du kommst. Und Edith auch.«

»Edith auch? Bist du sicher?« Jesus, ausgerechnet! Seine einzige Gelegenheit, eine Nummer zu schieben – »Und wann? Abends?«

»Ja. Erst kommst du zum Essen zu mir, und dann gehen wir gemeinsam zu ihr in die Stadt. Was hältst du davon?«

Ira zögerte.

»Versuch's doch mal jetzt, an diesem Montag. Sie hat dich seit Woodstock nicht gesehen. Komm schon, zeig ihr, daß es dich noch gibt. Wir reden viel von dir, und immer sage ich ihr, daß du nach der Vorlesung arbeiten mußt, aber sie würde dich gern wiedersehen.«

»Ach ja?« Es war ihm, als raunten die Worte ihm etwas zu, eine winzige Andeutung einer künftigen Dimension, ein Versprechen. Nur bei ihr konnte er Zukunftspläne schmieden. Nur bei Edith zu Haus, sonst nirgendwo. »Also gut, Montag.«

»Schön!« Larry war aufrichtig froh. »Ganz ehrlich, ich freue mich, daß du mitkommst. Was ist schon dabei – ein paar Minuten gemütlich quatschen? Sogar meine Mutter hat schon nach dir gefragt. Meine Familie und die Schwiegerfamilie und alle anderen.«

»Na gut. Aber du weißt ja, wie so ein Job ist.«

Also ging Ira mit... sardonisch und seltsam verdrossen – über das totale Chaos im Kopf und mit dieser ganz merkwürdigen Boshaftigkeit, von der Larry nichts ahnen konnte, wie er auch nichts davon ahnte, daß Ira ihm eine Wohltat bei Tante Mamie opferte. Oh, es war alles so verworren, so gottverdammt verworren. Er begleitete Larry schließlich nicht uneigennützig, er spürte seine eigenen Hintergedanken: mit unterdrückter Geilheit ging er zu Edith, in ihre Wohnung, mit Verlangen. Irgendeine Art der Entschädigung würde es geben müssen. Irgendwie. Irgendwann. Oder war alles nur tumbe Phantasie? Zärtlicher Lohn für den Perversling. Ach nein.

Vom Gipfel reinsten Entzückens, wie es Ira anfänglich vorgekommen war, durch das erhabene, verträumte, abwechslungsreiche Tal von Woodstock, mündete Larrys Affäre mit Edith jetzt in ruhigeres, überschaubareres Fahrwasser. Mit der Ankunft des lange erwarteten, atemberaubenden, auf Hochglanz polierten Rhodes-Stipendiaten Richard Smithfield aus dem sagenhaften Oxford begannen Edith und Iola, getrennte Wege zu gehen. Kurz nach Ediths Rückkehr aus Woodstock (die beiden Frauen lebten noch in der gemeinsamen Wohnung am St. Mark's Place) tauchte Richard auf, munter gefolgt von John Vernon, und zwar genau in dem Augenblick, als Larry und Ira gerade dort waren. Richard zeigte sich leicht amüsiert über Ediths Jungliebhaber, der – trotz all seiner Weltgewandtheit – dem eleganten Oxford-Absolventen gegenüber klar im Nachteil war. Und Ira war vollkommen sprachlos. Verlegen und ehrfürchtig schweigend lauschte er der gewählten Sprache des anderen, betrachtete die anmutigen Bewegungen des herrlichen, wohlriechenden Gentleman, dessen absolute Perfektion Bilder europäischer Wohnkultur, stilvoll und exquisit, vor aller Augen erstehen ließ. Würde Ira je vergessen können, wie Richard das Aroma von Borschtsch beschrieb, der roten Suppe, die er in einem russischen Restaurant gegessen hatte? – daß sie so köstlich war, eine scharfe Sache, eine heiße Wucht. Eben Borschtsch! Und als Richard sich nach kurzem, halbgottähnlichem Besuch verabschiedete, da sagte er mit untadeliger Etikette: »Es betrübt mich, euch zu verlassen.«

Ja doch, einmal hatte Ira Erfolg gehabt, als er einen Brief in seiner Ablage suchte. Der Brief stammte von Richard, der Iola ein Jahr nach seiner Rückkehr aus Oxford geheiratet hatte und warmherzig Iras Bitte bejahte, ihn und Iola in Annapolis besuchen zu dürfen, wo sie nach Richards hervorragender Lehrtätigkeit am St. John's College nun im Ruhestand lebten. »Was war ich für ein Rhinozeros!« sagte Ira laut – und schüttelte den Kopf. Er hatte die Chance

gehabt, die beiden zu besuchen, und hatte es nicht getan. »Gottverdammter fauler Bastard.«

»Lieber Ira«, las er Richards mit schwarzer Tinte geschriebene,
immer noch klar lesbare Zeilen: »Ich hoffe, diese Nachricht erreicht dich nicht zu spät. Iola und ich würden dich sehr gerne wiedersehen. Wir können dich aber nicht unterbringen. Aus unter-
schiedlichen und doch ähnlichen Gründen sind wir bis etwa
drei Uhr nachmittags unsichtbar, würden dich aber gern abends
zum Essen ausführen und mit dir nach New York und in die
Zeit von vor vierzig Jahren zurückkreisen.«

Das war im Mai 1970, und Ira, der schändliche, faule Sack,
sagte in letzter Minute wieder ab, nachdem er ihnen erst geschrieben hatte, daß er kommen würde. Ira hörte immer noch Richards
Stimme am Telefon, der sein Bedauern über diesen Sinneswandel
zum Ausdruck brachte, spürte noch die Pause in der Unterhaltung
und das betrübte Schweigen, bevor er die Absage akzeptierte.
Reue verzehrte ihn jedesmal, wenn er an die verpaßte Gelegenheit
dachte. *Schlemihl, Schlimasl.* Beide hatten sie Krebs. Und beide
waren sie nach ein paar Jahren tot...

In ihrem unerschöpflichen Altruismus hatte Edith verkündet,
daß sie Iola und Richard die Wohnung am St. Mark's Place
überlassen und für sich eine andere suchen würde, die sie
auch fand. Das neue Apartment war weitaus weniger attraktiv, vermutlich auch weit billiger, und hatte überhaupt keinen
Charme, was selbst Ira bemerkte, dessen Geschmack in solchen Dingen sich allmählich entwickelte: ein einziger Raum
mit niedriger Decke, düster, vom Gehweg über zwei Stufen
abwärts zu erreichen, im Untergeschoß eines stilgerecht um-
gebauten ehemaligen Stadthauses, mitten im Gewühl der 8.
Straße, der kunterbunten Hauptverkehrsstraße mit ihren Geschäften, dem Verkehr, den Lokalen, den Schaufensterbumm-
lern, dem Gebimmel und Gebammel der Straßenbahn. Dort,
in jener düsteren, niedrigen Kellerwohnung geschah es dann,
daß Ira Larrys Unfähigkeit, sich lyrisch auszudrücken oder
neue Quellen literarischer Inspiration anzuzapfen, mit dem

Ort assoziierte, wo die Frustration seines Freundes chronisch wurde. Und das eingestandenermaßen. Dort war es auch, wo Larry sich über diesen Verlust grämte und seinen Zustand mehr als einmal beklagte. Als Ira letztes Mal dort war, konnte Larry kaum noch sprechen, seine Stimme war heiser und belegt, ja, schien zu brechen. Edith versuchte zu trösten, aufzuheitern. Alle Schriftsteller machten solche »Dürreperioden« durch, sagte sie und war bemüht, die Flamme am Leben zu halten. Dürreperioden würden gefolgt von neuer Fruchtbarkeit, versicherte sie ihm: Inspiration würde nach solchen Ruhezeiten um so lebhafter sprießen.

Wochen vergingen, doch Larrys dichterischer Impuls zeigte keinerlei Anzeichen einer Wiederbelebung. Es war, als sei eine Phase abgeschlossen. Irgend etwas, ein lyrisches, ein literarisches Aufbrausen war in der Strömung seiner frühen Jugend entstanden – und mit ihr davongeschwommen. Warum? Was war diese Sache, die man Imagination nennt? Dieses Drängen, das Kreativität heißt? Was trieb es voran; wo lagen die Motive? Was war dieses seltsame Bedürfnis, das sich in bestimmter Form Luft machen mußte und nur auf eine bestimmte Weise befriedigt werden konnte? Seltsam. War es denn das Bedürfnis, das ihn verließ – oder nur die Fähigkeit, es zu stillen? Oder beides? Ira überlegte und konnte keine Antwort finden. Es geschah eben, und wie Mom hinzugefügt hätte: *und schojn.*

Der Arts Club, in dem Larry so aktiv gewesen war, wurde auch aufgelöst. Larry war jetzt nicht mehr Studienanfänger auf der NYU, und die Frage, ob er als Schriftführer des Clubs hätte weitermachen können oder nicht, war müßig geworden. Er hatte keine Lust mehr dazu und hatte auch keine Lust mehr, Mitglied zu sein. Und wo Larry nun nicht mehr dabei war und kein anderer Student ihn als Schriftführer ersetzte, niemand die mit der Vorbereitung der Zusammenkünfte verbundene Verwaltungsarbeit übernehmen wollte, fanden auch Edith und John Vernon, sie hätten zuviel anderes zu tun und könnten die notwendige Zeit nicht erübrigen, den Club am Laufen zu halten. Sie waren der Meinung, der Club hätte seinen Zweck erfüllt. Der anfängliche Enthusiasmus, die Gärung der Erneuerung waren ebenfalls verblaßt oder einvernehmlich abgeklungen. Ira gewann den Eindruck, daß die beiden fördernden Club-Mitglieder aus dem Lehrkörper sich in ihren Positionen inzwischen sicherer fühlten und daher ohne weiteres darauf verzichten konnten, sich bei Professor Watt einzuschmeicheln, indem sie dem von ihnen gegründeten Künstlerclub auch zukünftig Kraft und Zeit widmeten. Edith war sich sogar ganz sicher, daß sie im folgenden Jahr zur Professorin befördert werden würde, und folglich wurde der Arts Club in aller Stille beerdigt.

Die Wochen vergingen und brachten das Herbstsemester 1925 seinem Ende näher. Nachdem er keine weiteren Schreibversuche mehr gemacht hatte, widmete sich Larry nun ausschließlich einer anderen Kunstform: der Bildhauerei. Was für eine seltsame Metamorphose, deren Zeuge Ira von nun an Montag abends wurde, wenn er seinen Freund in Ediths Kellerapartment begleitete. Larry hatte sich an einer privaten Kunstschule eingeschrieben und nahm Unterricht in Zeichnen und Modellieren. Nicht nur seine Kunstform hatte sich geändert, auch der ganze Rahmen seiner Liebesaffäre veränderte sich, wurde ein anderer in so vieler Hinsicht und in so kurzer Zeit. Wahrhaftig, der makellose Glanz, der die Liebenden einst zu umfangen schien, war verschwunden. Jene helle, luftige, ruhige Wohnung, in die Larry seinen Freund das erste Mal mitgenommen hatte, das Apartment mit den unwirklich weiß strahlenden Wänden, mit Bäumen vor den Fenstern in einem Garten voller üppiger Vegetation, war einem tristen, beengten, niedrigen Raum gewichen, in den Straßenlärm eindrang und vor dessen einzigem, verdrecktem Fenster ununterbrochen die Schuhe und Strümpfe der Fußgänger vorüberzogen. Verändert, vergangen, schwer zu beschreiben: der Reiz des Neuen war weg, die Inspiration, die Verheißung jenes erstmaligen Gefühls einer neuen Freiheit, jener latente Zauber, die unwirklichen Horizonte – all das hatte sich verflüchtigt wie ein Trugbild. »Romantisch« war das Wort, das beschrieb, wie es früher war – oh, jetzt verstand er, verstand plötzlich die Bedeutung des Wortes, von *seiner* Warte aus: es beschrieb das Gefühl einer wundersamen Entfaltung im

Neuen, Mysteriösen und Grenzenlosen. Er verstand es jetzt, weil er sich klarmachte, daß er sich in einem Bann befunden hatte, der jetzt gebrochen war. Grauer Ton verdrängte nun all die überhöhten Gefühle, die faszinierenden Obertöne, jene Anspielungen auf Bücher und *belles lettres*. Unmengen von grauem Ton vertrieben die Diskussion neuer Ideen, die Gespräche über den *New Criticism* und das Aufkommen des Humanismus, die zwar häufig – eher öfter denn umgekehrt – für Iras intellektuellen Zugang nicht handfest genug oder zu fragmentarisch waren, doch um so kostbarer war für ihn, was immer er davon aufnehmen konnte, aufnehmen und behalten. Ach wie kostbar, im Geiste zu verweilen und weiterzudenken, die Möglichkeiten der Schlußfolgerung weiterzuspinnen und ihre Anwendung mental auszutesten. Das allein war mächtig genug, ihn zu fesseln, wie einst – lang, lang war es her – die Macht der Geometrie das einzige war, das wenigstens ab und zu die Gedanken an Sex aus seinem Kopf verbannen konnte.

Doch nun alles anders, verändert. Vorbei. Dem Reden über Skulpturen, über Bildhauer und Techniken gewichen. Zum Teufel, wen interessierte das? Der Wechsel von Larrys künstlerischem Medium schien unterschwelligen Symbolcharakter zu haben, plastischen – nun, sozusagen sichtbaren. Grauer Ton in einem kleinen, grauen Apartment hatte das ehrgeizige Wort abgelöst, die Idee des Schreibens, den expansiven mündlichen Austausch. Fand die Art Transformation, die Ira in Ediths tristem Apartment geschehen sah, denn nur in seinem Kopfe statt? Oder bedeutete sie eine Veränderung der Persönlichkeit seines Freundes? Ach, was für eine dumme Frage! Und doch erkannte er jetzt, wie sich das Prosaische, der Alltag, aus dem Romantischen herauskristallisierte wie Silberchlorid aus einer Lösung. Tatsachen schwemmten Illusionen fort – man hatte das gelesen, immer wieder gelesen, aber man mußte den Prozeß selbst durchmachen und durchdenken und auch dann noch darüber rätseln, wie die Veränderung vonstatten ging, welchen Effekt sie hatte und was sie bedeutete. Etwas Mysteriöses, Trauriges auch, der endgültige Abguß in eine feste Form, das endlose Härten des ehemals Veränderlichen, Irisierenden, auf ewig in eine triste Aura verbannt. Jesus, nie

173

würde er von seinen Verwirrungen frei werden; er konnte nicht denken. Fühlen, ja. Wie zum Teufel machte man sich bereit für die Veränderung, die einen in das Festgeformte, Prosaische einsperrte? Mein Gott, und er hatte einmal gedacht, daß aus Veränderung etwas Neues entstehen, etwas Neues Früchte tragen würde.

Von Larry hereingeschleppt, lag nun plötzlich ein Klumpen Ton auf einem Tischchen, des weiteren Modellierwerkzeug, lange hölzerne Greifzirkel und andere Gegenstände des Bildhauerhandwerks, sogar ein großes Leintuch. Edith sollte Larrys Modell sein. Eine Gesichtsstudie, ein Porträt oder eine Büste aus Ton, sein erstes ernsthaftes Projekt. Während Larry das Bildnis seiner Herzensdame formte, war Ira *mehr oder weniger* sich selbst überlassen. Es *hatte den Anschein*, als stünde ihm frei, den Abend so zu verbringen, wie er wollte. Doch nach und nach begann sich in Iras vagem Denken die Erkenntnis durchzusetzen, daß Larry jemanden brauchte, ja, sich nach jemandem verzehrte, der ihn bewunderte und lobte, daß er Ira als Publikum benötigte und ihn deshalb zu Edith mitnahm. Eine gewisse Zeit spielte Ira die Rolle, die von ihm erwartet wurde: Er beobachtete Larry und lobte ihn, und eine Zeitlang war es sogar amüsant, ihm bei der Arbeit zuzusehen. Wie alles, was er tat, machte Larry auch dieses bravourös. Er ließ nichts aus, was zu seiner Rolle als Bildhauer gehörte. Er trug einen Kittel. Er trug eine Baskenmütze. Er brach in Begeisterung aus, wenn er die Konturen von Ediths Gesicht mit seinen langen, weißen Fingern nachzog. Erwähnenswert und wahrhaft beeindruckend war die Leichtigkeit, mit der er Ediths Züge in Ton nachbildete, sie mit immer größer werdender Ähnlichkeit abbildete. Es war klar, daß er Talent hatte, genau wie es klar gewesen war, daß er Talent als Lyriker besaß.

Mit einem beigefarbenen Aktendeckel auf dem Schoß saß Edith Modell und überarbeitete unterdessen ihre Vorlesungstexte für den nächsten Tag; manchmal unterhielt sie sich auch beim Posieren mit Larry und Ira. Zwei oder drei Stunden des Abends gingen dahin, während Larry an der Büste arbeitete. Wenn er fertig und die Sitzung beendet war, wurden alle Spuren seiner Kunst verhüllt: das Tuch sorgfältig über das Werk geworfen und die unfertige Skulptur wieder in einer Ecke verstaut, um beim nächsten Mal, am darauffolgenden Montag, aufs neue hervorgeholt und enthüllt zu werden.

Wie langweilig muß das für sie gewesen sein...

Die gespreizten Finger gegeneinandergedrückt, saß Ira da und setzte spärliche Erinnerungsfetzen zusammen.

Verstehst du, Ecclesias: langweilig. Diese reife, zunehmend intellektualisierte (und zweifellos unbefriedigte) Frau sitzt klaglos da, während ihr jugendlicher Liebhaber vor Begeisterung jubelt, wenn seine formenden Finger eine neue Kurve an ihr entdecken... im Schein der Flurbeleuchtung und der Tischlampen in dem kleinen Raum. Sie hätte nackt posieren sollen: der nicht ganz anständige, riskante Gedanke kreuzte ein altes Hirn. Das wäre lustiger gewesen, hätte den Anlaß attraktiver gemacht, gewagter, lohnender, enthüllender –

– Nun mal halblang.

Unterhaltsamer auf jeden Fall, obwohl, wer weiß, für Larry sicher nicht. Er war ein aufrichtiger, treuer, konventioneller Liebhaber; und sie, wie Ira beizeiten lernen sollte, höchst experimentierfreudig und unkonventionell, wie auch dezent und verschwiegen: die einerseits heimlich den *Ulysses* ins Land schmuggelte und andererseits ganz ungeniert ihren Blick auf seinen Hosenladen heftete. Unterhaltsamer ja – für alle außer Larry.

So kam es, daß Ira als Larrys lustloses Faktotum manchen Abend dort herumsaß und sich wünschte, statt dessen in Tante Mamies Wohnung zu sein, sich dann aber erinnerte, warum er dort nicht war: Er wollte den richtigen Augenblick abpassen, erwartete ihn in Ediths Apartment, besonders anfangs, wenn er das Lampenlicht, wie in Trance, als bloße Pünktchen sah. Er wartete auf den richtigen Augenblick, unterdrückte das Feuer in sich, wartete auf den richtigen Augenblick. So daß selbst Larrys bildnerische Phase der Trübsal eines langweiligen Studienjahrs noch lustlosen Zugewinn bescherte.

175

Dennoch, Ecclesias, bleibt anzumerken, daß Edith einen nicht besonders augenfälligen, aber durchaus wahrnehmbaren Charakterzug hatte: und zwar einen unterdrückten – kann man das sagen? –, einen gepflegten Narzißmus. Oder wie soll man es nennen? Heimlich prüfte sie ihr Gesicht im Spiegel, spürte jede neue Linie auf, jedes Fältchen. (Auch andere hatten diese Eigenschaft an ihr bemerkt.) Die Furchen in ihrem Gesicht verdankte sie nicht nur ihren zahlreichen flüchtigen Romanzen, sondern auch ihrer Passion, junge Männer in die Liebe einzuführen, Freunde von mir und Fremde. Hätte ich das gewußt –

– Du hast es gewußt.

Ja, ja. Aber ich meine, früher gewußt. Womöglich, wie ich bereits durchblicken ließ, schon in Woodstock.

– Du bereust es immer noch?

Ja, das Ungeschehene. Nicht, um das Versäumte nachzuholen, sondern weil ich's damals nicht getan habe. Die verpaßten Gelegenheiten belasten die Seele stärker als die wahrgenommenen. Sie wäre ganz scharf darauf gewesen, uns beide zu vögeln, um es vulgär zu sagen – uns beide zu erkennen, biblisch ausgedrückt. Ich weiß es. Und das um so mehr, als sie in der Tat unbefriedigt war, von Larry als Liebhaber nicht ausgefüllt, was ich damals schon vermutete und später bestätigt fand. Doch mehr noch neigte sie dazu, den Körper, ihren Körper, als Zähler, nicht als Zahlmeister, sondern als Männerzähler zu behandeln, als existentielles Unterpfand, das sie ihrer Neugier oder Taktik dienstbar machte. Zum Beispiel haben sie und eine andere Frau sich (aus reinem Altruismus) darangemacht, einen berühmten homosexuellen Dichter – na ja, zum Teufel auch, sei's drum: den berühmten homosexuellen Dichter Hart Crane in die Praxis ordinärer Unzucht einzuführen. Der Mann hat hinterher gekotzt –

– Schandmaul.

Nein. Nur zur Veranschaulichung. In ein paar Jahren werden wir alle zu Staub geworden sein, Ecclesias. Ich darf wohl behaupten, daß ich fast der einzige Überlebende bin.

XI

Bei Loft's, wo Ira nach erstaunlich kurzer Zeit sogar der Pe-
kan-Nußschnitten überdrüssig wurde, ganz abgesehen von
noch so exotisch gefüllten Pralinen, wurde der festangestellte
Kassierer zum stellvertretenden Geschäftsführer befördert
und in eine andere Niederlassung versetzt. Daraus resultierte,
daß auf Anordnung von Mr. Ryce, dem hiesigen Geschäftsführer, Ira die Aufgaben des Kassierers übertragen wurden.
Jemand anderer wurde eingestellt, um Iras Aufgaben zu übernehmen, ein junger Südstaatler, der erst vor kurzem nach
New York gezogen war. Er war sympathisch und hatte eine
gewinnende Art, war überaus charmant in seiner lockeren
Freundlichkeit, mit seinem breiten Akzent. Ira und er arbeiteten gut zusammen, man konnte gut mit ihm auskommen. Er
war Reservemitglied der Kriegsmarine und mußte jeden
Monat ein Wochenende zum Dienst antreten. Er lag Ira
mit allerlei netten Histörchen in den Ohren: wozu er und
seine Kameraden zum Beispiel die Barkasse mißbraucht
hätten, die sie – und nicht selten auch ihre Freundinnen
und anderen Besuch – zum Übungsschiff und wieder zurück
brachte. Wie abwechslungsreich und interessant mußten
seine Erlebnisse an Bord des Kriegsschiffes gewesen sein,
ebenso seine Eindrücke und vielfältigen Erinnerungen aus
Alabama, von denen er Ira während vieler Nachmittage
und Abende erzählte. Daß er die Marinebarkasse häufig
und humorig »Fick-Fähre« nannte, muß dem zum Vulgären,
nein, zur Perversion neigenden Ira allerdings ausgesprochen
denkwürdig erschienen sein. Wie er ihn beneidete!

Und recht hättest du gehabt, dachte Ira, recht, recht, recht: wie
bemitleidenswert zusammengeschnurrt der Umfang seiner Libido
schon war, wie abgestorben sein Jagdinstinkt, sein frivoler Sports-
geist.

In derselben Schicht, also nachmittags und abends, arbeitete
auch ein Brite namens Jeffrey als Limonaden- und Eisverkäufer. Er hatte einen seltsam organgefarbenen Teint und eine

Vorliebe für die pointenlosesten schmutzigen Witze, die Ira je gehört hatte. Besonders einer ging Ira nicht mehr aus dem Sinn – der über den Versuch eines englischen Seemanns, einen fernöstlichen Schiffskameraden zu bespringen. »Hey, ich Chinamann«, protestierte dieser. Worauf der nautische Sodomit erwiderte: »Ich besteig dich sowieso, auch wenn bei dir schon einer hinten drinsitzt.« Und dann mußte Jeffrey unserem Südstaatler Bob hinter dem Süßwarentresen erst einmal erklären, was eine Rikscha ist. Kein Ekel würgte ihn mehr als dieser.

Jeffrey kannte in der Nähe des Ladens eine sogenannte Flüsterkneipe, in die er Bob und Ira Samstag abends nach Feierabend mitnahm. Dort zechten sie dann und tranken »gedoptes« Bier und ließen sich vom orangegesichtigen Jeffrey noch mehr Witze erzählen. Am merkwürdigsten aber war, daß Ira nach Jahren – inzwischen zum Schriftsteller avanciert und in Begleitung von Edith – ebenjenen Witzbold als Barkeeper in einem Restaurant wiedertraf. Franklin D. Roosevelt war inzwischen Präsident geworden, die Prohibition war abgeschafft, und dort stand Jeffrey hinter dem Tresen und schüttelte einen Cocktail. »Hi«, sagte Ira. »Wie geht's? Du und ich, wir haben mal zusammen gearbeitet – bei Loft's. Weißt du noch? Du warst damals Eisverkäufer.«

Ira mußte wohl genau das Falsche gesagt haben, das alles Lügen strafte, was Jeffrey seinem Arbeitgeber erzählt hatte. Er starrte Ira so ausdruckslos an, wie es nur einer Orange möglich war, und schüttelte den Kopf. Leicht verstimmt und peinlich berührt war Ira bemüht, weitere Unannehmlichkeiten zu vermeiden, kehrte zu seinem Tisch zurück und setzte sich wieder neben Edith. »Der Typ da drüben war Eisverkäufer in derselben Loft's-Filiale, in der ich gearbeitet habe«, sagte Ira. »Und jetzt kennt er mich nicht mehr.«

Edith lachte: »Vielleicht hast du dich seit damals sehr verändert.«

Der Typ behielt Ira im Auge – ein wenig argwöhnisch, aber unverwandt. Warum zum Teufel fragte Ira ihn nicht: »Hey, erinnerst du dich nicht an die Geschichte von dem Chinamann und der Rikscha?« Zu heikel. Andererseits – was zum Teufel hätte ihm das auch gebracht? Er sollte sich lieber nicht mit einer Mandarine im Outfit eines Barkeepers anlegen.

Eines Abends, als es Zeit war für die Abrechnung und Ira seine Belege abliefern sollte, da fehlten ihm zehn Dollar. Er verglich die letzten Belege mit den Zahlen im Kassenbuch, verglich und addierte und verglich alles noch einmal – mit wachsender Besorgnis, denn die zehn Dollar blieben verschwunden. Genau zehn Dollar! Nicht neun Dollar fünfzig oder zehneinviertel Dollar oder eine andere krumme Zahl, sondern ganz genau zehn Dollar – abgesehen vielleicht von ein oder zwei lumpigen Pennys, aber insgesamt ein eben nicht geringer Betrag. Eine so große Differenz verschuldet zu haben, wollte ihm nicht in den Kopf – und auch alle anderen, ob Bob oder Mr. Buckley, der stellvertretende Geschäftsführer für den Abenddienst, verstanden es nicht. Weder Mr. Ryce noch die Tageskassiererin Mrs. Deane, die von Ira abends abgelöst wurde, konnten sich die Diskrepanz erklären. Niemand konnte das. Hätte Ira – so überlegten er und andere – einem Kunden beim Wechseln versehentlich eine Zehndollarnote statt eines Eindollarscheins herausgegeben, dann würden ihm nur neun Dollar fehlen. Oder aber, falls Ira beim Herausgeben eine andere Unachtsamkeit begangen hätte, so würde ihm ein anderer, nachvollziehbarer Betrag fehlen. Aber keinesfalls *glatte* zehn Dollar. Das Rätsel war nicht zu lösen, und Iras Wochenlohn von insgesamt sechzehn Dollar wurde ihm um zehn Dollar gekürzt.

Schmale Lohntüte in jener Woche: Erinnerte ihn an die Zeit, wo Biolow zwei Wochenlöhne von ihm einbehalten hatte, als Ersatz für die fünf Dollar, die er auf seinem Botengang zum Drogeriegroßhandel in der Third Avenue verloren hatte. Schwer, die Rechtmäßigkeit der Strafe zu kritisieren, aber ebenso schwer, es nicht zu tun; schwer, angesicht der Übervorteilung nicht wütend zu werden – besonders, wenn man sich seiner absoluten Ehrlichkeit und pflichtschuldigen Achtsamkeit bei der Arbeit sicher war.

Eine Woche später wurde das Rätsel gelöst: Während sie sich darauf konzentrierte, dem Kunden an ihrem Kassenschalter sein Wechselgeld richtig herauszugeben, beobachtete die flinke, wachsame Mrs. Deane aus dem Augenwinkel heraus, wie sich eine kleine Kinderhand unter den eichelförmigen Enden der senkrechten Messingstangen hindurchschob, die den Kassenraum abgrenzten. Die kleine Hand griff in die offene Lade und stibitzte eine Zehndollarnote aus ihrem Fach. Es war üblich, die größeren Banknoten im linken Fach aufzubewahren, das zur Türseite hin gelegen war. Mit einem Ruck riß die kleine Hand den Geldschein unter dem Gitter durch, und ehe Mrs. Dean noch reagieren konnte, war der kleine Schlingel schon auf und davon. Er flüchtete durch die Ladentür und verschwand im Gedränge der 149. Straße.

»Ein Dieb! Ein Dieb!« rief Mrs. Deane. »Ein Dieb! Da drüben, Mr. Ryce!«

Sofort nahm Mr. Ryce die Verfolgung auf, erspähte einen Moment lang sein Opfer, verlor das Kind aber wieder aus den Augen, als es in der wogenden Menge untertauchte und im dunklen Schatten verschwand. Jetzt war klar, warum Iras Defizit genau zehn Dollar betragen hatte. Gemeinsam unterzeichneten Mrs. Deane und Ira eine von ihm formulierte und von Minnie gnädig abgetippte Petition an den Direktor der Firma Loft's, in der sie für den Verlust der zehn Dollar um Verzeihung baten: das Geld sei nicht durch Nachlässigkeit des Personals abhanden gekommen, sondern sei gestohlen worden, was Mr. Ryce auch persönlich bestätigte. *Nu, nu,* wie man auf jiddisch sagte, das nützte soviel wie das Schröpfen eines Kadavers. In ihrer nächsten Lohntüte erlebte denn auch Mrs. Dean eine Kürzung ihrer Bezüge um zehn Dollar.

Sie kochte vor Wut über diese Ungerechtigkeit. Sie war eine zierliche Frau mit scharfen, blitzschnellen schwarzen Augen hinter Brillengläsern. Aufgebracht schien sie sich zu verwandeln: sie war der Inbegriff wütiger Rechtschaffenheit. Aber nichts konnte den Direktor von Loft's umstimmen. Er zeigte durchaus Verständnis, doch aus der Sicht der Firma hatten Ira und Mrs. Deane es an Wachsamkeit fehlen lassen. Ihre Sorglosigkeit war schuld am Verlust des Geldes, und darum mußten sie den Schaden ersetzen. Zur Vorbeugung gegen weitere Diebstähle wurden rechts und links neben dem Kassenraum

Eisengitter angebracht, um die Lücke zwischen den eichelförmigen Enden der Messingstangen und der Holzleiste zu verschließen.

Nach einigen Tagen oder auch einer Woche der Entrüstung über die ungerechte Behandlung durch die große Firma löste Mrs. Deane die Angelegenheit auf ihre Weise: Sie war bemüht, den eingebüßten Teil ihres Lohns dadurch wieder beizubringen, daß sie ständig aus ihrem Kassenraum heraushuschte, um Kunden zu bedienen. Die Angestellten bekamen nämlich den zehnten Teil eines Prozents vom Umsatz, den sie machten. Ob sie es schaffte, im Laufe der Zeit ihre zehn Dollar wieder einzufahren, wußte Ira nicht. Aber ein wenig Nachdenken brachte ihn auf die Spur eines weiteren und schnelleren Systems der Wiedergutmachung. Und das System oder Schema, das ging so:

Es gab ein Wochenendangebot von Loft's, das bestand aus drei verschiedenen Candy-Sorten zu neunundneunzig Cent und war sehr begehrt. An diesem Sonderangebot – wie an allen Artikeln – war ein kleiner Laufzettel befestigt. Der Verkäufer hinter dem Ladentisch trug darauf den Kaufpreis ein und händigte dem Kunden den Zettel zusammen mit der gekauften Ware aus. Der Kunde ging zur Kasse und legte dort – in diesem Falle bei Ira – den kleinen Zettel vor und zahlte den Betrag, der darauf stand. Alles, was Ira nun zu tun hatte, war, den kleinen Zettel – wie geistesabwesend – einzubehalten und statt ihn dem Kunden als Quittung wieder auszuhändigen, an Bob zurückzureichen. Dieser würde ihn dann dem nächsten Kunden unterjubeln, der ein Sonderangebot wählte, und den neuen Verkauf natürlich nicht verbuchen. Der Kunde würde dann einen Dollar – meistens einen Schein – zusammen mit ebenjenem Zettel zu Ira hineinreichen, einen Penny herausbekommen und seiner Wege gehen – ohne, daß Ira den Verkauf eingetippt hätte. Der Zettel würde dann wieder zu Bob wandern und eine neue Runde in dem schändlichen Spiel einläuten. Würde Bob ein Rädchen in diesem System sein wollen? Diskret fragte Ira bei ihm an: wollte er? Und ob er wollte, gern sogar. Durch die pauschale Ablehnung von Iras Eingabe hatte die Firma auch seinen Gerechtigkeitssinn verletzt, und schließlich würden sie sich den Gewinn teilen. »Diese Geizhälse zocken dir zehn Lappen ab. Die holen wir uns zurück.«

Und das taten sie. Wenn auch nicht im Handumdrehen, so doch in kürzester Zeit. An zwei aufeinanderfolgenden Samstagen, nach der Arbeit, auf dem Weg zu ihrer Flüsterkneipe, teilten sie das Geld verstohlen unter sich auf, beide Male etwas mehr als fünf Dollar für jeden. Ira war zufrieden, er hatte sein Geld zurück. Der Gerechtigkeit war Genüge getan.

Bob allerdings sah das anders. Sein Gerechtigkeitssinn war größer als Iras. Weil sie sich so problemlos entschädigt – oder, Spaß beiseite, die Firma um über zwanzig Dollar erleichtert hatten, war er auf den Geschmack gekommen und wollte mehr. Dienstags hatte er frei, einen Tag nach Ira, und wollte mit einer Zuckerpuppe von Kosmetikerin groß angeben, die mit Blondhaar, schwarzem Rock und weißer Bluse aussah wie ein Millionärstöchterchen. Dafür konnte er ein paar Extrascheinchen gut gebrauchen.

Auch Ira war beeindruckt, wie elegant die Strategie funktioniert hatte – ohne die geringste Schwierigkeit! Wie mühelos sie die doppelte Summe von dem abgesahnt hatten, was die Firma, wie Ira meinte, ihm schuldete! Er willigte ein, die Masche am nächsten Samstag doch noch einmal zu wiederholen. Aber nicht mehr in so großem Stil. Detektive seien im Einsatz, warnte er. Sie wußten es beide: Mr. Ryce, ihr Chef, hatte ihnen ein Protokoll über ihren Umgang mit den Kunden vorgelegt: ob sie die heimliche Testperson, als guter Kunde getarnt, höflich und dienstbeflissen mit »Was kann ich für Sie tun, Sir« (oder »Madam«) begrüßt und ihm – oder ihr – nach dem Einkauf mit gebotener Hochachtung gedankt hätten. Und – das war der wahre Grund – ob einer von ihnen oder beide sich bei der Abwicklung von Verkaufsgesprächen irgendwelche Unregelmäßigkeiten hätten zuschulden kommen lassen, besonders was den Umgang mit Kassenbelegen und Bargeld anlangte. Das war die Hauptsache. Außerdem, so gab Ira seinem Kumpel zu bedenken, hätte die Firma schließlich eine Buchhaltung, und wenn selbst der Geschäftsführer schon keine Erklärung dafür fand, warum der Samstagsumsatz kontinuierlich zurückging – ja, auch zehn Dollar fielen auf, hielt Ira dem zweifelnden Bob vehement entgegen –, würde man mit Sicherheit jemanden vorbeischicken, um die beiden überwachen zu lassen.

Iras Klugheit – oder Feigheit – obsiegte, begrenzte ihre Betrügereien auf ein paar Dollar pro Person und Wochenende. Und selbst dabei fühlte Ira sich noch unwohl. »Laß uns ganz damit aufhören«, drängte er. »Verdammt. Für die paar Kröten. Was denkst du, was die dir ins Zeugnis schreiben, wenn da so ein Kerl hinter den Ladentisch marschiert und uns festnimmt! Du willst doch eines Tages Unteroffizier bei der Kriegsmarine werden, hast du mir erzählt.«

»Ach Quatsch, du w-willst mir doch nicht w-weismachen, so eine d-dicke i-italienische Mammi watschelt mit drei oder vier Bälgern hier rein, kommt plötzlich hinter den Ladentisch und p-packt uns bei der Schulter. Ein bißchen mehr Grips hätte ich dir z-z-zugetraut, Iry«, schmeichelte Bob. »Das ist 'ne sichere Sache, und du weißt es.«

»Ja schon, aber jemand anders könnte uns beobachten. Die dicke Lady soll uns vielleicht nur ablenken.«

»Ach, vergiß es. Ich sag dir was: Wir geh'n am Samstagabend nicht in die Kneipe, sondern zu m-m-meinem M-mädchen. Ich sag ihr, sie soll eine v-von ihren Freundinnen für dich m-mitbringen.«

»Ach ja? . . . . Besten Dank auch.«

»Und? Machst du mit?«

»Nein, ich kann alle haben, die ich will.«

»Die ist aber ein besonders scharfer Feger, ha-hab schon selbst mit ihr gevögelt.«

»Nein, ich hör doch lieber auf –« An Bobs beflissener Direktheit merkte Ira, daß sein Rückzieher geizig wirkte. Er sortierte gerade den Stapel weiß gewachster Tüten auf dem Marmortresen. »Ich hab meinen Lohn zurück – und sogar noch etwas mehr. Ich mach einfach nicht mehr mit, das ist alles. Ich gebe jetzt jeden Verkauf an. Keine Laufzettel mehr zurück.«

»Wie du willst.« Bob war sichtlich beleidigt.

»Wenn so was zur Gewohnheit wird, forderst du es heraus«, bemerkte Ira düster.

»Und woher weißt du das?«

»Ich weiß es eben.«

Es dauerte keine zwei Wochen, und die Angestellten erzählten sich aufgeregt das Schauermärchen von einer anderen Abendschicht, die bei demselben Vergehen ertappt worden war, dessen sie sich schuldig gemacht hatten. Nur hatten die anderen Ira und Bob um einiges übertroffen: Sie hatten etliche Laufzettel mit verschiedenen Preisen in Reserve und wurden geschnappt, als sie einen über zwei Dollar fünfzig für eine Zweipfundschachtel feinster Pralinen mit Nüssen und dicker Fondantfüllung einbehielten. Beide wurden gefeuert, mußten aber zuvor noch ein Schuldeingeständnis unterzeichnen, um eine Anzeige wegen Diebstahls zu umgehen.

»Da haben wir ja noch mal Glück gehabt«, sagte Ira zu Bob. »Siehst du wohl?«

»Eine Zw-weipfundschachtel – und dann noch verzierte Pralinen – die ha-haben wohl gedacht, sie v-verkaufen das auf eigene Rechnung. Z-zwei-fünfzig abgezockt.« Bob spitzte anerkennend die Lippen. »Ich mein's nich' so, Iry. Diesmal has' du rech' gehabt. Ganz schön schlau von dir.« Er wandte sich einer ungepflegten, drallen Frau zu, die soeben den Laden betreten hatte. Sie wirkte, gelinde gesagt, ein wenig fehl am Platze: den zerknautschten Hut, der aussah wie ein blühender Geranientopf, hatte sie tief ins Gesicht gezogen.

»Sie wünschen bitte –? *Yes, ma'am*, womit kann ich dienen?« Bobs Anrede war Etikette pur. »Was kann ich für Sie tun?«

Sie wirkte zwar wie eine Landstreicherin, konnte aber ebensogut eine getarnte Detektivin sein, wie Bob sie beschrieben hatte: eine, die urplötzlich neben ihnen auftauchte und, der Arm des Gesetzes, ihnen die Hand auf die Schulter legte.

Ira ging wieder in den Kassenraum und setzte sich auf seinen Platz. Untätig schaute er zu, wie Bob die Bonbonschaufel in den bräunlichen Hügel aus Milchschokoladekugeln und danach in den Erdnußberg steckte. Nein, wahrscheinlich nicht. Die Lady war vermutlich sauber, war das, was sie zu sein

schien: eine *Mamma*, vielleicht eine Witwe auf dem Heimweg
von der Arbeit als Verkäuferin oder in der Fabrik, die ein paar
»Bong-bongs«, wie Larry und er immer gespöttelt hatten, für
sich und ihre Kinder kaufen wollte. Ach nein, Ira war gar nicht
»schlau« – obwohl es ihm schmeichelte, daß Bob ihn dafür
hielt. Bob schob die Schaufel jetzt unter die sukkadegespren-
kelten, weißlichen Brocken Türkischer Honig in Cellophan.
Nein, er war nicht schlau. Er lernte aus seinen Fehlern, anscheinend der einzige Weg für ihn, überhaupt etwas zu lernen. Einen Moment lang hing eine kleine Wolke über der weißen Tischplatte des Getränketresens vor dem Kassenraum.
Wohin seine Blicke auch schweiften, von der großen zwei-
flügeligen Ladentür bis hin zur Getränkebar, wo der hennage-
färbte Jeffrey bediente – die Wolke blieb. Und darin eingehüllt
schwebte über seinem Kopf ein silberverzierter Füllfederhalter. Der Alptraum aus der Stuyvesant High School hatte ihn
immerhin etwas gelehrt. Ira hatte diesmal gerade rechtzeitig
Schluß gemacht. Was war er doch für ein verdammter Idiot
gewesen, für zehn Dollar überhaupt das Risiko einzugehen.
Oh, natürlich war es ein Haufen Geld, aber verglichen mit
dem, was hätte passieren können – was war er doch für ein
Idiot. Denn Ira hatte genau dasselbe schon einmal gemacht:
Als Busschaffner hatte er Fünfcentmünzen mitgehen lassen,
wäre fast gestorben, als der Kontrolleur, der im Auto hinter
dem Bus herfuhr, ihm etwas zurief. Wenn jetzt die Alte hinter
den Ladentisch treten und ihn festnehmen würde, dann hätte
ihn das wahrhaftig umgebracht. Schlau? Ira war nicht schlau –
höchstens in einem ganz anderen Sinne, wenn »schlau« bedeutete: gebranntes Kind.

Dennoch beeinträchtigte die neugewonnene Erkenntnis seine
Besuche in der 112. Straße nicht. Er nutzte immer noch jeden
erdenklichen Vorwand, um Stella aufzusuchen, die immer
größer und draller wurde – mit sechzehn. Sie war seine »feste«, und in jenem Herbst und Winter versäumte er nur
höchst ungern einen Montag bei ihr. Larry konnte nicht verstehen, warum er es Montag abends immer ablehnte, nach

dem Unterricht mit zu ihm zu gehen. Immer wieder lud er ihn ein in die neue Wohnung in der West 110. Straße, wohin er mit seiner Mutter inzwischen umgezogen war. Irma, seine Schwester, war schon verheiratet, der Onkel ständig auf Reisen, und so lebten Mutter und Sohn jetzt allein.

Dennoch, eisern lehnte Ira die Einladungen ab. »Nein, ich hab zuviel zu tun«, war die stets gleiche Ausrede. »Kann leider nicht, aber danke trotzdem. Ich kann nicht. Jesus, immer muß ich dich enttäuschen.« *Boy*, die einzige Chance auf eine scharfe Nummer in der Woche sollte er eintauschen gegen ein paar Lammkotelettes oder gedünsteten Lachs mit grünen Erbsen? Und auch noch Larrys enthusiastischen Ausführungen über seine allerneueste künstlerische Ausdrucksform lauschen müssen: die Bühne und seine Neigung zum Theaterspielen.

Problematisch war, daß die Besuche bei Tante Mamie so regelmäßig waren, jeden Montagabend, ganz regelmäßig. Oh, im Manövrieren war er groß, und ein unschuldiges Gesicht machen konnte er auch. In all diesen Disziplinen war er ein Wunder: Anpirschen, Abwarten, Aufgeilen, Aufsteigen – oh, gut gesagt, das Hochkommen war besonders wichtig! Was zum Teufel redete er? Die Regelmäßigkeit war es, davon redete er; die würde ihn noch zu Fall bringen. Die Regelmäßigkeit im Fall Stella, genau wie damals bei den Füllfederhaltern, die er in der Schule klaute, und die Regelmäßigkeit war es auch, vor der er Bob gewarnt hatte. Alle Montage, einer nach dem anderen. Dann hör doch auf damit. Er konnte nicht. Konnte nicht. Solange er wußte, daß die Möglichkeit bestand. Jesus, wenn sie ihre Tage hatte, kitzelte er sie mit den Fingern, und sie machte es ihm mit der Hand. Das war schon in Ordnung, solange er es nicht selbst machen mußte, solange jemand bei ihm war und mit ihm kam.

Es wäre besser, er würde Bobs Angebot annehmen, ihm eine Ische zu besorgen. Besser vielleicht, aber er konnte nicht. Das war das Schlimmste. Er wußte, er würde dann keinen hochkriegen. Hatte Angst vor erwachsenen jungen Frauen, die genau Bescheid wußten. Das hatte er nun davon, daß er es mit kleinen Mädchen getrieben hatte. Stella war vierzehn, als er zum ersten Mal mit ihr vögelte, Minnie war elf, als er sie nahm.

Verderbt... schon vor langer Zeit... und deshalb war eine Verbalisierung die einzige Option, die ihm offenstand, das einzige Gleis aus sich heraus. Ein Förderband. Darauf, wie Klumpen von Erz aus düsterer Mine (und Miene): Worte, Worte, die ihn mit Joyceschen Mitteln von Joyce befreiten. Nun, vielleicht doch nicht nur Worte: etwas gänzlich Neues durfte es auch sein, etwas Sondierendes, Visionäres, ja, eine Donquichotterie: zum Beispiel was Pop machte, als er siebenundachtzig war. Er kaufte die alte Turner-Farm an der Church Hill Road in Maine, oberhalb der ehemaligen Stigmanschen Behausung. Eine alte, heruntergewirtschaftete Farm ganz oben auf dem Berg sowie ein Pferd und einen alten Einspänner für Transporte in die Stadt (das *Kennebec Journal* brachte einen Bericht über den alten Kauz und seinen Heubrenner), und dann starb er anderthalb Jahre später im Bellevue Hospital, der bemitleidenswerte, verdammte alte Trottel...

Eine überwältigende Vorahnung des eigenen Todes bemächtigte sich jetzt seiner. Und er erinnerte sich an den Morgen, als M. ihn weise angelächelt hatte. »Wenn du dich heute nicht richtig fühlst, kann ich nicht ganz falschliegen.« Sie hatte noch etwas hinzugefügt, an das er sich jetzt nicht mehr erinnerte – darüber, daß keiner von ihnen ohne den anderen leben könne, und er hatte ihr bezüglich des Nicht-leben-Könnens beigepflichtet, nur allzu inniglich beigepflichtet. *L'chaim,* sagten die Juden, wenn sie festlich anstießen: *auf das Leben.* Abgesehen davon, ob es im Hebräischen so richtig wäre, hätte der Trinkspruch seinetwegen auch *l'met* lauten können. Auf den Tod. Das hätte ihm auch gut gefallen: Auf den Tod. Auch gut.

XII

Während Larry modellierte, dem Ton mit immer feineren Details Leben einhauchte, und Edith nachdenklich im Licht der Flurlampe posierte, wich Ira allmählich von seiner Gewohnheit ab, still und halbwegs geduldig dabeizusitzen, im Schein der zweiten Flurlampe, die für eine Verbesserung der dürftigen, winterlichen Beleuchtung in dem Kellergeschoß sorgte. Eine Unterhaltung mit Edith führte meistens zu einer Störung ihrer inneren Ruhe als Modell, weshalb Ira es vorzog, sich in ihre ständig wachsende Sammlung moderner Dichtung zu vertiefen, in die sprichwörtlich schmalen Bändchen der modernen Dichter: Aiken, Pound, Frost, Adams, Sandburg, Millay, Stevens, Wylie, Winters, Teasdale, MacLeish, Cummings, Taggard, Sitwell, Williams, Tate, Ransom, Robinson.

Edith zögerte nie, einen Gedichtband, den sie für literarisch wertvoll hielt, auch zu erwerben. Ira scheiterte an den meisten, er verstand sie nicht. Aber es gab Ausnahmen: Den langen, erzählenden Gedichten von Robinson Jeffers konnte er recht gut folgen. Immer wenn etwas erzählt wurde, konnte er folgen, und einige Jeffers-Geschichten behandelten Dinge, die Ira in allen Details und in all ihrer Anstößigkeit nur allzu gut selbst kennengelernt hatte, und gerade das Thema Inzest interessierte ihn brennend. Auch Sandburg, Vachel Lindsay und noch ein paar andere, wie zum Beispiel Housman, fand er leicht verständlich. Als Edith sah, daß er in ihrer Sammlung stöberte, meinte sie, die Gedichte träfen den Zeitgeist nicht mehr. »Passé«, kommentierte Larry: »Genau wie ich.«

Edith versuchte, ihren jungen Freund zu trösten. »Aber nein. Du hast dich nur noch nicht gefunden – wie solltest du schon passé sein?«

»Es ist so ein Gefühl in mir.«

»Mein Guter, diese Dinge haben ihre eigene Gesetzmäßigkeit. Dichter finden immer ihre Stimme, und manchmal sogar ziemlich plötzlich.«

Rein zufällig stieß Ira dann beim Stöbern auf T. S. Eliot. Dieser hatte es inzwischen zu großem Ansehen gebracht, jedenfalls in den Augen führender Kritiker und natürlich bei der literarischen Elite am CCNY. Und wieder spürte Ira, was er schon bei Joyce gespürt hatte, wenngleich Larry, ebenfalls wie bei Joyce, sich nicht mit Eliot anfreunden konnte. Ira spürte, daß es sich hier wieder um eine Art Pflichtlektüre handelte, daß es seine Pflicht war, Eliot zu lesen, wenn er überhaupt eine Vorstellung von dem Zeitalter bekommen wollte, in dem er lebte, von der geistigen Haltung seiner Zeitgenossen und den geistigen Strömungen seiner Zeit. Nein, nicht nur lesen – Ira erfaßte ja nicht, was er las, so daß Lesen in seinem

Fall nicht genügte. Er mußte um Verständnis ringen, es sich erarbeiten, sich anstrengen, als würde er ein vor ihm liegendes Problem mit immer stärkerem geistigem Druck durchdringen, um so durch den bloßen, unbeirrten Druck konzentrierten Nachdenkens etwas zu kompensieren, nämlich seinen Mangel an diesem besonderen Gespür für den tieferen Sinn, der in einem Gedicht pulsierte, seinen Mangel an einer Sensibilität, die Edith hatte und Larry auch, wenn er wollte – aber der wollte anscheinend nicht mehr. Ira glaubte, wenigstens in diesem einen Fall versuchen zu müssen, den vielgerühmten Dichter T. S. Eliot zu begreifen, wenigstens in diesem einen Fall zu kompensieren, daß er innerlich nicht mitgehen, delikate und subtile Andeutungen nur begrenzt aufnehmen konnte. Womöglich war sein Kampf gegen den inneren Feind, sein andauerndes Gefühl von Sündhaftigkeit, zu einer Barriere für die geistigen Ergüsse anderer, moderner Denker geworden, für die geistigen Erzeugnisse der meisten Dichter in Ediths Bücherregal. So jedenfalls schien es. Doch Ira war entschlossen, das Rätsel T. S. Eliot bis zur geistigen Durchdringung auszuquetschen.

Doch leider meinte Ira bald, die Aufgabe zu gut bewältigt zu haben. Im Zustand geistigen Nihilismus, in den seine Selbstschmähungen ihn hineinmanövriert hatten, war Ira – sich selbst verhaßt und unerträglich – so empfänglich für den Inhalt, für das, was T. S. Eliot meinte und mit niederschmetternder Torheit, Verfremdung, quälender Gesetzlosigkeit und Verzweiflung tränkte, daß er ihn nun so direkt in sich aufnahm, wie er den Inhalt des *Ulysses* – als zu umfangreich, abstrus und ironieträchtig – nie aufgenommen hatte. Ira saugte die Emotion der Eliotschen Gedichte, besonders der beiden großen Zyklen, in sich auf, noch ehe er deren Bedeutung verstand. Er absorbierte die Emotion, *bis viel davon ein Teil von ihm wurde.*

Ira war sich der häufigen Judenspötterei in etlichen der Eliotschen Gedichte nur allzu bewußt: über Rachel, geborene Rabinovitsch, die nach den Trauben greift, über die Juden, die in *Gerontion* im Fenster sitzen, »hervorgegangen aus irgendeinem Café«, über Bleistein, Sir Ferdinand Klein, Sir Alfred

Mond, den allgegenwärtigen Juden in der Menge, und die *echt deutsche* Litauerin in *Das wüste Land*. Er bemerkte durchaus des Dichters antijüdische Voreingenommenheit, doch nahm er diese Gedanken hin, teilte sie, machte sie sich sogar zu eigen – seit er die East Side verlassen hatte und sich seiner selbst bewußt geworden war: nicht als Mitglied eines homogenen Volkes, sondern als jüdisches Individuum, von seinem Milieu getrennt, vernichtet und erniedrigt, welches das ganze Leidensspektrum von Feindseligkeit bis hin zur Gewalt durchlitten hatte. Mit Verwandten, die allesamt dem schnöden Mammon nachjagten, mit einem Privatleben wie dem seinen – und allem, womit er es noch häßlicher machte – und bei der Art seiner Beziehungen zur entfernteren Verwandtschaft, entwickelte Ira schließlich eine Aversion gegen Juden, fühlte sich von Juden angewidert. Eliots geschickte Anwürfe und verächtliche Zerrbilder schienen nur gerecht. Gewandt und unterhaltsam und ach, so treffend, paßten die geringschätzigen Zuschreibungen aber nicht auf ihn, aus dem einfachen Grunde, weil sie ihm *gefielen*. Er teilte Eliots Abneigung, liebte seinen Esprit, lobte seine Raffinesse. Das nahm ihn von Eliots Sarkasmus aus, wie auch alle anderen Juden, deren Kunstverstand fein genug war, die überragende Gewandtheit der Eliotschen Verleumdungen zu genießen. Oder auf die Eliots Spott nicht mehr zutraf, Leute wie Larry, die weltoffenen, klugen Juden, die Assimilierten, die Entwurzelten: Juden wie er. Diese Juden waren ausgenommen, weil sie die Elite darstellten – mehr oder weniger.

Sechzig Jahre später fühlte er sich nicht mehr so elitär und immun gegen weitaus gewöhnlichere Formen von Antisemitismus. Und überhaupt neigte er leicht zur Depression. Er erinnerte sich an ein Gefühl des Grauens, das ihn überkam, als M. ihm eines Morgens, während sie ihn im Bett aufrichtete, erzählte, Rundfunkmeldungen zufolge hätte ein bekannter Judenhasser namens La-Rouche die Wahl gewonnen – gegen die Kandidaten der großen Parteien. Die Nachricht ließ ihn während des ganzen Frühstücks nicht mehr los: ein hitleristischer Hurensohn hatte ein offizielles Amt in den Vereinigten Staaten gewonnen, ein selbsterklärter

Nazi, unter dessen Führung seine Partei sich in vier oder fünf Bundesstaaten etablieren konnte. Die Nachricht ließ ihn nicht mehr los: Ein Anfall von Erinnerungen und Ängsten: Sturmkommandos, Lager, Verbrennungsöfen… Filmszenen mit nackten Frauen, die vor den »Duschanlagen« Schlange standen, Kinder, die ihre Koffer in Güterwaggons hievten, und, was ihm am stärksten wieder hochkam, die Tage vor dem Zweiten Weltkrieg, als Judenhetze nicht nur auf der Straße, in den Slums, o nein, auch in besseren Kreisen hoch im Kurs stand, Taktik geworden war, wie Dalton Miltz ihm erzählt hatte, Ediths Koliebhaber Dalton, der Ira zum Mittagessen in ein chinesisches Restaurant einlud: Der 38er Abschlußjahrgang der Cornell University, ebenjener Universität, für die Ira einst ein Stipendium gewonnen und ausgeschlagen hatte, sei ausgelassen singend im Gänsemarsch über den Campus stolziert und hätte das Lied der sieben Zwerge aus Walt Disneys Schneewittchenfilm parodiert:

Jo-hoo, jo-hoo, wir sind die C-I-O
Den gottverdammten Ju-hu-den
bezahln wir unsre Schu-hul-den
Jo-hoo, jo-hoo, jo-ho, jo-ho, jo-ho…

Auch in den städtischen Parks hatten sich Provokateure auf die Lauer gelegt – die hatten so plausibel gelogen, so kaltschnäuzig debattiert und Gefolgsleute bei sich gehabt, Nazi-Lockvögel, um die Massen zu mobilisieren. Aber auch die Angst, die Hilflosigkeit und die Hoffnungslosigkeit, die ihn beherrschten. Und den Pater Coughlin, der mit seinem Adlatus, Iras katholischem Jugendfreund Farley, im Rundfunk zu einem Pogrom aufrief. Vielleicht war es das, ja, vielleicht war es das, was seine Depression auslöste. Er konnte es nicht sagen. Wohin sollten die Juden jetzt gehen? Es erschienen ihm Bilder von Juden, die sich fliehend drängten, in Flugzeuge zwängten, in Autos. Wohin denn nur? Und er sah sich und M. und Hershel, seinen orthodoxen Sohn, und Hershels Frau, die Tochter eines Rabbiners war, und ihre drei Kinder. Nur weg. Und was war mit Jess, seinem halbjüdischen Sohn, und dessen Sohn Oliver, seinem vierteljüdischen Enkelsohn – wohin sollten sie gehen? Würden sie fliehen müssen? »Wer Jude ist, bestimmen wir«, sagte Hitler. Als Ira fertig gefrühstückt hatte, ins Arbeitszimmer gegangen war und den Computer einschaltete, war ihm der bloße Gedanke, jetzt an seiner Erzählung weiterzuschreiben, unerträglich geworden.

Also ging er mit M. einkaufen. Er stoppte sie, als sie mit dem Auto gerade rückwärts aus der Auffahrt fuhr und begleitete sie zu einem neuen Wal-Mart-Supercenter auf der westlichen Seite des Rio Grande. Dort suchte er nach einem Unkrautkratzer, wie er ihn wenige Tage zuvor bei seinem Nachbarn gesehen hatte, nach einer Kette aus kleinen Kügelchen, um die Züge an seinem Ventilator und der Deckenleuchte zu verlängern, die er nicht mehr erreichen konnte; und kaufte zwei Tuben Wunderkleber zum Preis von einer, ja, ein Wunderkleber-Angebot. Was sonst noch? Einen altmodischen Apfelentkerner, wonach M. schon eine ganze Weile gefahndet hatte. Ein Apfel, konstatierte er boshaft, kostete heute mehr als sein Entkerner. Er unterhielt sich vor einem herabgesetzten Gasgrillgerät für 125 Dollar mit einem bulligen alten Westerntypen mit grauen Haaren unter dem Cowboyhut, der sagte, er sei Karosserieschlosser im Ruhestand. Als Gott der Herr ihm zugerufen hätte, er solle das Rauchen aufgeben, wie Er selbst schon das Trinken aufgeben mußte, da hätte er es versucht. Er rauchte über zwei Schachteln am Tag, und sein Husten brachte ihn um, aber er konnte es nicht lassen. Er rauchte schon so lange, daß er sich nicht erinnerte, wann er damit angefangen hatte, konnte aber zurückdenken bis zu der Zeit, wo er drei Jahre alt war. Sein Stiefvater hatte ihm die Zigaretten gegeben. »Und womit verdienen *Sie* Ihr Geld?«, fragte er.

»Ich bin auch im Ruhestand. Präzisionsgeräte.« Ira verfiel wieder in die alten Ausflüchte. »Habe vor Jahren als Werkzeugmacher gearbeitet.«

»Und ich dachte, Sie sind so was wie 'n alter Proffesser«, sagte der neue Bekannte.

»Nun, ganz zufällig war ich auch mal Mathelehrer. Tutor.« Eine feine Wahrnehmungsgabe konnte man dem Mann nicht absprechen.

»Seh'n Se wohl, das hab ich mir gedacht.« In seiner Einschätzung bestätigt, nickte der Fremde zufrieden.

Lächelnd gingen sie auseinander.

Inzwischen holte M. bei Walgreen das Valium für ihn ab, das er telefonisch bestellt hatte, nicht ohne betont zu haben: kein Markenprodukt (der Preisunterschied betrug etwa zwölf Dollar); dann kaufte sie Lebensmittel ein, weil sie ihre Vorräte aufstocken mußte, um den zusätzlichen Bedürfnissen von Sohn und Enkelsohn gerecht zu werden, die von morgen an ihre Gäste sein würden; und dann holte sie ihn im Supermarkt ab. »Oh, ich hab dich auf Anhieb gefunden.«

»Ach ja?«

»Ich hasse diesen Laden«, sagte sie. »Nicht, daß sie keine gute Ware hätten. Aber es ist alles so unübersichtlich.«

»Was du hassest, spielt gar keine Rolle. Schau nur die Menschenmengen. Das Durcheinander zieht das Fußvolk an. Die Leute würden sich in einem aufgeräumten Laden mit viel Platz unwohl fühlen.«

»Und ich fühle mich unwohl zwischen Kisten und Kasten.« Sie schritt zur Kasse voran. »Selbst die Angestellten sind besser angezogen als ich. Vermutlich ist das derselbe Effekt, nur umgekehrt.«

»Stimmt genau. Der Typ, der das Center hier leitet, weiß, was er tut.« Und nach einem Augenblick: »Persönlich ist es mir Wurscht, wie es hier aussieht.« An der Kasse angekommen, wo nur eine Frau mit nur einem Wagen vor ihm stand, sagte er: »Mit ein paar Sonderangeboten locken sie die Leute an. Und davor muß man sich hüten. Die Circline-Leuchtstofflampen kosten hier doppelt soviel wie bei Allwoods. Ist man erst einmal drin, gerät man in einen Kaufrausch.«

Sie hatten den Supermarkt verlassen, waren wieder im Auto, und M. fuhr nach Haus.

»Ich denke gerade darüber nach, was mein Enkelsohn mir eigentlich bedeutet, so selten, wie ich ihn sehe.« Ira stierte niedergeschlagen in das schokoladenbraune Wasser des Rio Grande. »Was ich ihm wohl bedeute? Jeder von uns könnte abtreten, und für den anderen wäre es kaum ein Unterschied.«

»O doch. Wäre es.« M. hatte sich auf die orangefarbenen Plastiktonnen konzentriert, die an der Ecke die Straßenbaustelle markierten. »Ich bin sicher, der Besitzer des El Vado Motels wird froh sein, wenn die Absperrung vor seinem Haus erst wieder verschwunden ist.«

Vater und Sohn sollten nämlich im El Vado nächtigen, wo M. Zimmer bestellt hatte. Das El Vado, weit billiger als das AAA Monterey, kostete wenig, sei aber sehr nett, wie der neue ostindische Inhaber ihr am Telefon versichert hatte. Und sie war angenehm überrascht von der Sauberkeit und der attraktiven Innenausstattung, als sie hinging, um eine Anzahlung auf das Zimmer zu leisten.

»Warum kommt Oliver denn zu Besuch?« fragte sie, nachdem sie die Linkskurve zur weitverzweigten Auffahrt in die New York Avenue sicher gemeistert hatte.

»Aus Gewohnheit. Das macht man eben. Wahrscheinlich, um seine Großmutter zu sehen.«

»Nicht seinen Großvater?«

»Nein. Du liebst ihn. Das Beste, was *ich* je mit ihm erreichen kann ist, daß wir einander verstehen, aber ich glaube nicht, daß noch sehr viel Zeit bleibt.«

Und als sie dann zu Hause ankamen und anfingen, die Einkäufe aus den Plastiktaschen und Papiertüten auszupacken und alles auf dem Küchentisch auszubreiten, da sah er, was für ein Medikament sie gekauft hatte, seine arme Frau: Sie hatte echtes Valium besorgt, Marken-Valium. »Verdammt noch mal!« explodierte Ira. »Ich habe denen extra gesagt, ich wollte ein No-name-Produkt. Meine Güte, nun auch das noch! Ist dir denn nichts am Preis aufgefallen?«

»Es tut mir leid«, sagte M. »Ich habe einfach mit meiner Visa-Karte bezahlt. Es ist mir nicht in den Sinn gekommen, nach dem Preis zu fragen.«

»Jetzt reicht's aber«, wetterte er. »Man kann sich auf nichts mehr verlassen.«

Er ging zum Telefon und rief die Apotheke an. »Hier spricht Ira Stigman. Habe ich gestern einfaches Valium bei Ihnen bestellt, oder nicht?«

»Einen Moment, Sir, ich muß mal nachsehen«, sagte die weibliche Stimme am anderen Ende der Leitung. Nach kurzer Rücksprache mit einer dritten Person, dem Apotheker vermutlich, sagte sie: »Ja, Sir, das ist richtig.«

»Und? Was ist? – Ich habe nun doch die Marke bekommen.«

»Das ist ein Versehen«, sagte die Stimme.

»Ach so?«

»Sie haben zwar No-name bestellt, aber als wir dann Dr. Bennoah anriefen, um die Verordnung zu bestätigen, sagte er nur: Valium. Wir haben dann nochmals bei ihm angerufen, um zu fragen, ob Sie das einfache haben dürften. Und er sagte, No-name, okay. Nun stand beides auf Ihrer Bestellung, und wir haben nicht daran gedacht, daß Sie das einfache haben wollten –«

Die einzig angemessene Antwort, die ihm in den Sinn kam, war Brooklynesisch: Wer's glaubt, wird selig. Es bedurfte eines Willensaktes, sich auf ein bloßes »Aha –« zu beschränken.

»Bitte bringen Sie es vorbei, und wir tauschen es um«, sagte die Stimme.

»Danke.« Er legte das schnurlose Telefon auf den Schreibmaschinentisch vor den Bildschirm, stand auf, ging in die Küche zurück und wiederholte für M. den Inhalt des Gesprächs.

»Ich habe das Gefühl, ich sollte jetzt gleich zum Umtauschen fahren«, sagte sie. »Will es hinter mich bringen. Es belastet mich sonst nur.«

»Ich habe Angst, dich gehenzulassen. Ich habe Angst davor, einen Fehler zu verschlimmbessern. Sei bloß vorsichtig.«

Unruhig wartete er, bis sie zurückkam, etwa eine halbe Stunde später. »Wieder da-haa«, rief sie fröhlich von der rückwärtigen Tür.

»Gott sei Dank.« Er wartete, bis sie in die Küche kam. »Großer Preisunterschied, kann man doch sagen, oder?«

»Über zwölf Dollar. Jetzt ist mir auch klar, warum sie auf der Rückseite des Rezepts notiert hatten, wieviel du sparst. Beim No-name-Produkt, natürlich.«

»Haben sie es der Visa-Karte gutgeschrieben?«

»Nein, sie haben es mir bar ausbezahlt.«

»Tatsächlich? Das ist neu.«

»Jedenfalls haben sie's gemacht. Oh, ich bin ganz ausgetrocknet. Das ist die Aufregung. Ich muß etwas trinken: einen Kräutertee.«

»Und ich sollte vielleicht eine halbe Percocet einnehmen und aus dieser verfluchten Depression auftauchen.«

»Stimmung nett – mit Percocet.« Mit langem Arm reichte sie hinüber zu dem Bord in dem Schränkchen über der Spüle: Ihr langer Arm steckte in einem blauen Strickärmel mit weißen und roten Streifen, der zu einem ebenso gestreiften Strickhemd gehörte. Elfenbeingraues Haar mit einem grauen Haarreif und einem schmalen gelben Kamm am Hinterkopf. Und im Gesicht, unter ihrer edlen Stirn, verdeckte eine dunkle, dickrandige Brille die Falten unter ihren Augen. Bei ihr forderte das Alter seinen Tribut – sie hatte Falten, keine Fältchen.

Während sie den angelaufenen Kupferkessel auf die Gasflamme setzte – wie immer zu groß aufgedreht, weshalb der Kessel auch so verkohlt aussah –, nahm er eine Percocet-Tablette aus dem kleinen Röhrchen, das auf der Holzschale bei seinen anderen Medikamenten lag, und zerbrach sie entlang der Teilungsrille. »Nur zwei Dinge in dieser Welt befriedigen wirklich: die Liebe und das Gefühl, etwas Bleibendes zu schaffen.« In der Tasse auf dem Tisch befand sich noch ein wenig kalter Kaffee, genug, um die halbe Tablette damit hinunterzuspülen. »Ich gehe wieder an den Computer.«

Wo die Zeit nur blieb? dachte er, als er, der dunklen Schlurfspur ins Arbeitszimmer folgend, diagonal das Büffelfell überquerte: Auch du wirst fragen... heute in einem Jahr... heute in zehn Jahren... genau wie andere immerfort fragen: Wo ist die Zeit geblieben? Wo ist nur die Zeit geblieben? Nicht mit hundert Sekretärinnen, tausend Schreibgehilfen konnte man mit der Zeit Schritt halten, Akt für Akt, jeder Akt in seinem Takt, schnell gleitend, *glissando*. Wenn jemand fragt – er setzte sich vor den nachtblau leuchtenden Monitor: Sag einfach: die Zeit läuft, wir laufen mit...

XIII

Wie proteisch ihm Eliots *Prufrock* doch beim ersten Lesen vorkam – und beim zweiten und dritten auch. Wie vollkommen unbegreiflich. Es war wie Schwimmenlernen: nichts zum Festhalten, kein Boden unter den Füßen. Wovon zum Teufel redete der Mann überhaupt? Es waren nicht die einzelnen Teile, die Ira verwirrten. Es war das Ganze. Es war der Inhalt des Ganzen, der ihn marterte, den er nicht erfassen konnte. Ihm war, als müsse er es auswendig lernen, das Gedicht seinem Hirn anvertrauen, oder sein Hirn dem Gedicht, es allzeit

196

bei sich tragen, ohne Buch, darüber nachdenken, bis der Inhalt ein Teil von ihm wurde: dann würde er es verstehen – so wie er sich verstand.

Und ebendas geschah, oder etwas Ähnliches: plötzlich wurde die Bedeutung in ihrer Gesamtheit sichtbar: fast wie ein Mondaufgang, wie der Vollmond zum Herbstanfang, über den man ungläubig staunen mochte, wohl wissend, daß es ihn gab. Das war es also, wovon Eliot redete? Wie sich das Leben in der modernen Welt auf seinen Geist auswirkte; wie das Leben in der modernen Welt seine Stimmungslage formte, eine Stimmung, geprägt von Nutzlosigkeit und Ängstlichkeit, von Frustration und Leere, von Einsamkeit und Mißverständnissen und mangelndem Selbstvertrauen. Darauf liefen alle Teile des Gedichts hinaus. Nun konnte Ira sich darin wiedererkennen. Er hatte es zu einem Teil von sich gemacht. Das Gedicht war er selbst. Das einzige, was fehlte und was Ira meinte, noch beisteuern zu können, waren seine Selbstschmähungen und seine krankhafte, ganz spezielle Verdorbenheit. Genau. Die bewahrte ihn davor, den gleichen unerträglichen Ennui zu empfinden, den Eliot empfand, aber ansonsten, wußte Ira, war er ähnlich. Eliot sagte dem Leser, das Leben sei eine wertlose, witzlose, gähnende Leere, zugekleistert mit – wie nennt man das? – Formalitäten. Wieso hatte er so lange gebraucht, das zu erkennen? Der Dichter sagte es nicht laut und frei heraus, wie ein alter Trottel namens Longfellow es gesagt hätte: Das Leben ist hart, das Leben ist ernst. Er hat nicht gesagt, das Leben ist eitel, nichts als ein Haufen überholter gesellschaftlicher Umgangsformen. Er mußte das nicht sagen. Denn du warst ja derjenige, der es sagte. Also... sagte der Dichter nur, was Ira fühlte. Und was Ira jetzt fühlte, war ein Gedicht. Er konnte es aufsagen. Obgleich er, der Dichter, für die Begüterten sprach, die Oberschicht und die Nichtjuden, und selbst von den *koptsn* und den *schleppers* stammte und selbst ein Jude war, fühlte Ira dennoch dasselbe; komisch, Larry nicht. Da die lange Schinderei, das lange Vorantasten durch den Joyceschen *Ulysses* ihm schon die Erkenntnis beschert hatte, der Stoff, aus dem Dichtung ist, liege in der Überfülle des Sün-

digen und Banalen um ihn herum, ging Ira aus dem *Prufrock*
erfüllt hervor, weit erfüllter übrigens als nach der Lektüre von
Das wüste Land: immun gegen Ideologie und blinden Gehorsam, weitaus mehr zu Entfremdung neigend als je zuvor,
ja, diese suchend. Alles verkam ihm zu bloßen Manipulations-
werkzeugen – Inventar für einen Schriftsteller, falls er je einer
werden würde: Haken, um seine Ironie daran festzumachen:
Religion, *jidischkajt*, Sorgen und Nöte von Immigranten, aus-
beutende Betriebe, Gewerkschaften und dieser »Sotzialis-
mus«, Unmoral und Judenhetze, Armut und Verfolgung,
die eigenen Ungeheuerlichkeiten, die eigene Härte und Feigheit: alles war konvertibel, in universelle literarische Wäh-
rung ummünzbar.

Wie seltsam, auf so verschiedene Art und Weise seltsam! So
viele schicksalhafte Kräfte am Werk: Das Versiegen von Larrys literarischer Regung und seiner Interessen ging einher mit
dem Versiegen seines persönlichen Charmes, als sei dieser
eingetrocknet, seines sozialen Charmes, als hätte er seine innere Grazie verloren, und an deren Stelle, an Stelle seiner Frische, der Originalität seiner Beobachtung, dieser lyrischen
Blüte, hatte sich, wie in der Genetik, eine Teilung vollzogen.
Das reine Merkmal wurde rezessiv, das ordinäre dominant.
Der poetische Imagist wurde zum Spinner konstruierter Witze, der theatralische Erzähler schwelgte in ermüdenden Ver-
schnörkelungen. Anfangs, und mit der Zeit immer öfter, er-
haschten Iras Augen Ediths Blicke, welche die seinen suchten,
als wolle sie ihm ihre stille Duldung signalisieren, ihre auf
Wohlwollen gegründete Beurteilung, während sie gleichzeitig
verkniffen über eine von Larrys langatmigen Anekdoten lächelte. Eine Woche, ehe Ira den Job bei Loft's bekam, hatte
sie angedeutet – wie kostbar war ihm die Erinnerung an diese
eine Minute Vertraulichkeit! –, daß er sie jederzeit auch allein
besuchen dürfe. Wie er sich darüber freute! Ein wenig Zeit
mußte erst verstreichen, ehe er ihre Einladung wahrnehmen
konnte, wahrzunehmen wagte. Und als er es dann tat, hatte
seine anfängliche Schüchternheit nachgelassen, als der Besuch
zu Ende ging. Ira verabschiedete sich als einer, der warm und
inständig gebeten wurde, doch wiederzukommen; er ging fro-

hen Herzens trotz seines Verrats und fühlte sich wie ein Mittelding zwischen einem Novizen und einem alten Hasen. Und war zur Diskretion verpflichtet.

Edith und Ira sprachen viel über Larry – bei jenem ersten Mal und auch danach. Von Anfang an verweilte sie bei ihrer Enttäuschung darüber, in welche Richtung er sich entwickelte. Er war schlicht oberflächlich, bemerkte sie jetzt: Seine Begabung war äußerlich – nicht tief und seriös wie Iras, die erblühen würde, da war sie sich sicher, zu der eines echten Künstlers, eines Literaten. Larry würde als Künstler nicht wachsen, dessen war sie sich ebenfalls sicher, weil er vor Disziplin zurückschreckte und Vitalität vermissen ließ, Kraft und Stärke, um mit Strapazen und Unannehmlichkeiten fertig zu werden – wozu Ira in der Lage war, wie sie beobachtet hatte: zuerst in Woodstock bei der Lektüre des *Ulysses,* dann bei seinem Bemühen um T. S. Eliot und den schüchternen Kommentaren, die er zu *Prufrock* und *Das wüste Land* abgab. Sie fand seine Bemerkungen sehr anregend. Larrys Hinwendung zur Bildhauerei war nichts als ein weiterer Beweis für sein Versagen. Eine Flucht. Anstatt das Schwierige, Anspruchsvolle anzupacken und sich ruhig und beharrlich alles abzuverlangen, was möglich war, verlegte er sich auf das sofort Erfolgversprechende. Das war sein Problem: er strebte nach sofortiger Belohnung und Anerkennung. Seine Familie war die Wurzel allen Übels: Man hatte so viel Aufhebens von seiner Klugheit gemacht, daß er dasselbe unverzügliche Lob, dieselbe Bewunderung für alles erwartete, was er machte, und wenn er beides nicht sofort bekam, wandte er sich anderen Dingen zu. Edith hatte gehofft, er könnte den bourgeoisen Einfluß seiner Verwandten, deren Vorstellungen von Erfolg überwinden, doch sie hatte sich geirrt. Obwohl er von der NYU auf das CCNY gewechselt und die Zahnarztausbildung abgebrochen hatte, war er nicht in der Lage gewesen, seine bürgerlichen Bande zu kappen und aus den bürgerlichen Qualitätsnormen auszubrechen. Er war einfach zu abhängig von seinen Verwandten, ihnen zu sehr verbunden, dem Gefühl zu sehr verfallen, sich in ihrer Bewunderung zu sonnen. Über kurz oder lang würde er werden wie der Rest seiner Familie: konventionell. Er würde sich ihren bürgerlichen Wertvorstellungen unterwerfen: »Du hast doch sicher bemerkt, wie seicht er geworden ist.« Ernst schüttelte Edith den Kopf.

Seicht. Was hatte es zu bedeuteten, überlegte er jetzt, daß er selbst vor langer Zeit als Schriftsteller erloschen war? Seine kreativen Quellen waren eingetrocknet, anscheinend versandet, genau wie Larrys; der hauptsächliche Unterschied zwischen ihnen beiden lag darin, daß die Erschöpfung bei ihm einige Jahre später einsetzte als bei Larry. Traf Ediths scharfe Kritik an Larry nun auch auf Ira zu? War er zu seicht? Und noch einmal, was bedeutete das? Es gab übrigens Dutzende seichter Schriftsteller aus jener Epoche, aus seiner Zeit, die alle anfänglich sehr vielversprechend schienen, achtbare Werke schufen, einen Roman, eine Trilogie – und dann: Schweigen oder Redundanz, Hollywood oder Elfenbeinturm – oder allzu früher Tod, als ob sie es so gewollt hätten. Lachse, die sich zum Laichen stromaufwärts kämpften – Ira blickte nach innen, als wolle er die Metapher prüfen. Vielleicht ging das Bild tiefer, als ihm bewußt war. Der Lachs erkämpfte sich den Weg zu seinen Ursprüngen im heimatlichen Süßwasserstrom, um dort zu laichen und zu verenden. Doch das war nur eine Analogie; es sagte nichts über die konkreten Kräfte, die dabei am Werke waren, psychologische und gesellschaftliche. Man könnte sie durchaus mit bestimmten Mineralien vergleichen, meinte Ira: Bleisulfide, die unter ultraviolettem Licht fluoreszierten. Sie waren damals auf ihrem Zenith angelangt, hell und strahlend, und als sie ihn überschritten hatten, erloschen sie. Doch wie gesagt, reine Analogie. Was war das für ein Zenith? Wie viele Schriftsteller und Poeten, die ihre frühen Ansätze Lügen straften, hatte Edith in gleicher Weise abgetan wie Larry: als seicht. Was war es denn, was da versagte? Es schien, als hätte eine ganze Generation von Literaten, als hätten Iras Zeitgenossen sich totgelaufen. Warum war es ihnen verwehrt, weitere Bücher zu füllen, und welche Art Füllung war wünschenswert, aber nicht vorhanden? Ein Schriftsteller nach dem anderen – Ira hatte sie alle durch Edith kennengelernt – fiel ihm ein. Ein jeder gab eine andere Erklärung oder ließ eine erfinden – als Begründung für individuelles Versagen angesichts vielversprechender Anfänge. Hier ging einer zu frei mit dem Alkohol um, dort erlitt einer eine psychisch bedingte Hemmung, hier waren es Eheprobleme, dort finanzielle Schwierigkeiten – bis Ira die Vermutung beschlich, daß all diese Erklärungen oder Ausflüchte soundso viele Symptome ein und derselben Krankheit waren, die sie alle befiel. Eine höchst sonderbare Krankheit, fast schon eine Seuche. Ira betrachtete Larry heute als einen der ersten Fälle, eines der ersten Beispiele dafür, wie die Seuche sie in Mitleidenschaft zog, anfälligere Talente wie ihn zuerst, weniger anfällige später, aber irgendwann alle. Anfangserfolge waren buchstäblich eine Garantie dafür, daß man der Seuche früher oder später erliegen würde. Aber warum? Weil die Triebkraft dieser Geißel in ihr selbst begründet lag: Erfolg trug dazu bei, den Künstler von seiner Quelle zu vertreiben. Genau so weit, wie er seine Quelle ausbeutete, wurde er von ihr getrennt. Auch gab es keine andere, auch nur halb so lebensfähige Quelle, die an Stelle der verlassenen annektiert werden konnte. Und warum nicht? Machte der Übergang aus einer provinziellen Welt in eine kosmopolitische Welt die provinzielle unwirksam? Unwirksam, ja, im organischen Sinne. Hier hatten wir es mit gegenseitiger Aufhebung zu tun, und darin mochte die Antwort liegen. Beide Welten waren nicht organisch miteinander verbunden, denn sonst hätte die eine die andere mit einschließen können. Die Literaten von Greenwich Village begeisterten sich bei einem Cocktail an Literatur und waren dabei so unfruchtbar wie ihre Aufzeichnungen – jedenfalls für Ira. Er kannte diese Leute nicht, ihren Ursprung, ihre Erinnerungen nicht, ihre Beweggründe, ihre Denkmuster nicht. Sie gehörten nicht zu der Welt, aus der Ira geflohen war, aber seine Kenntnisse mitbrachte, wie er nicht zu der Welt gehörte, aus der jene geflohen waren, aber ihre Kenntnisse mitbrachten – und weder jene noch er konnten wieder zurück.

So war das. Und Eliot wußte es schon vor dir. Ira rieb seine trockenen Fingerkuppen gegeneinander. Das Redigieren seiner Prosa von vor fünf Jahren verschaffte ihm ein seltsam unwirkliches Gefühl, verhängte eine Art surrealistische Dualität über ihn, beinahe gefährlich, da er nicht mehr auseinanderhalten konnte, wer der Schreiber war, wer beurteilte, wer entschied; wessen Gemütsbewegung und Sinn für Schicklichkeit authentisch war, am besten mit der Wirklichkeit korrespondierte. Gefährlich, weil er nahe dar-

201

an war, den Überblick zu verlieren. Oder war es so, daß Schreiben unter Streß das Übertragen, das Neuschreiben surrealistisch erscheinen ließ? Am Morgen war er wieder depressiv gewesen (neue Schmerzen, neue Symptome: eventuell Osteoporose, als Folge der Langzeittherapie mit Cortison). Er war lebensmüde, unleidlich zu M., und sie hatte angefangen zu weinen. »Möchtest du, daß ich das Komponieren aufgebe?« hatte sie gefragt.

Vielleicht hatte ja der zweitägige Besuch von Clive, dem Bruder von M., und dessen Frau Mary zu seiner Brummigkeit beigetragen – unbewußt womöglich, wer weiß. Clive war wohlhabend, hatte ein Haus für den Winter in Florida und ein Sommerhaus in Michigan. Er war Versicherungsmakler im Ruhestand, hochgewachsen, von Natur aus imposant und durch und durch amerikanisch. Bald achtzig Jahre alt und ein bißchen rot im Gesicht, mußte er auf seinen Blutdruck achten, hoffte, auf dem Tennisplatz zu sterben und nannte seine sanfte Frau »Mrs. P.« Sie war die Mutter seiner acht Kinder und eine Gesellschaftshyäne, obgleich häuslich außerordentlich begabt. Clive hatte ein sehr herzliches Verhältnis zu Ira, redete mit ihm, als gehörte dieser zur Familie. Clive war seiner Schwester herzlich zugetan, erinnerte sich alter Zeiten, als sie ein Fahrrad zu motorisieren versuchten und dabei Schiffbruch erlitten und sich mit der veralteten Photo-Box, die ihre Bilder noch auf Glasplatten ablichtete, in die Sanddünen verdrückten. »Und wer mußte wieder das schwarze Abdecktuch tragen?« fragte M. spitz, wie eben eine Schwester fragt. Und darin lag die Boshaftigkeit, daraus war das Garn gesponnen.

Vom Zeitpunkt ihrer Hochzeit mit Ira bis ... ja, bis wann eigentlich? Bis 1975, also über fünfunddreißig Jahre lang, hatte Clive kein Wort mehr mit M. gesprochen. Und in was für einer Notsituation war sie inzwischen gewesen, damals, im Jahre 1950, als sie gelähmt dalag mit undiagnostizierbarem Guillain-Barré-Syndrom – sie, die ihren Bruder Clive immer zur Bestrahlung gefahren hatte, als dieser einen Darmkrebs entwickelte, der wundersamerweise ausheilte. Je nun, was soll's – Ira hatte sich auf dem Familiensitz in Cape Cod ungebührlich aufgeführt, der Jude Ira, nachdem der große Vater, Geschäftsführer von Kiwanis International – und übrigens ordinierter Baptistenpastor –, in seiner monumentalen Taktlosigkeit von sich gegeben hatte, Kiwanis International, diese berühmte, gemeinnützige, staatliche Hilfsorganisation, dulde keinen Itzig in ihren Reihen. Ira war gebeten worden, das Haus zu verlassen. Und als sein Schwiegervater dann ein Jahr später einen Schlaganfall erlitt und ans Sterben kam, da untersagte er seiner Frau, noch das geringste mit M. zu tun zu haben, und schloß diese von allem Erbe aus (ihren Geschwistern gebührt Dank, daß sie die väterliche Verfügung ignorierten). Zum Teufel damit. Und was hatte Pop getan, der alte Hurenbock? Der hatte Ira und dessen zwei Söhnen einen Dollar pro Kopf hinterlassen – von zirka vierzig Riesen. Zur Hölle damit. Was hatte William Blake doch gleich gesagt? Etwas wie: gar nicht drum kümmern und die Gebeine der Toten unterpflügen. Es gab Wichtigeres zu bedenken.

Ja. Welche Stimme hatte nun gesprochen, welche Stimme hatte recht? Die aus einem früheren Entwurf, die so überzeugend argumentierte, so unwiderlegbar, daß er sich von seinem Ego losgelöst fühlte? Oder seine spätere Stimme, die eine fast diametral entgegengesetzte Meinung vertrat: daß es nämlich nicht die Trennung von der Quelle oder das Abhacken von »Wurzeln« war, was den Verfall der Begabungen verursachte, das Verblassen der brillanten Gaben all derer, die ihr Dasein als Schriftsteller einst so glückhaft begonnen hatten. Er hatte argumentiert, der Grund für ihr Versagen habe, wie auch bei ihm, in der Unfähigkeit gelegen, sich auf die Zukunft einzustellen. Marcia Meede hatte in einem ihrer Gedichte einen ähnlichen Gedanken formuliert, eine Art altmodischer Mahnung in Versen, die Edith (als sie noch mit ihr befreundet war) in ihre erste Anthologie aufgenommen hatte: »Wir haben keine Vergangenheit als Brennstoff«, sagten die jungen Männer zu Beginn der ersten Strophe. Und in der zweiten sagten die alten Männer: »Dann müßt ihr eben eure Zukunft verheizen!« Ein genialer Einfall, durchaus ein wenig forciert und, wie einige von Longfellows Wendungen, recht albern, wenn überinterpretiert. Wer wußte, was da zu verheizen war – und wo? Wer wußte, wo diese Zukunft lag? Es war reine Glückssache, eine Sache der Konditionierung, der Ausrichtung auf jene Zukunft, die in der Gegenwart Gestalt annahm. Im übrigen mochte er Marcias Metapher von der Zukunft, die man »verheizte«, nicht. Er fand sie geschmacklos, wenig nuanciert. Sie ging außerdem von einer falschen Voraussetzung aus. Genau wie er mit seiner eigenen

These, daß er und andere, ebenso Talentierte oder viel Begabtere als er, versagt hätten, weil sie unfähig waren, sich auf die Zukunft einzustellen. Zum Teufel auch, alles, was er sich damit bewies, war letztlich, daß er kein Intellektueller war, auch kein verkappter, und unfähig zur Abstraktion. Kein Philosoph. Unzählige Male hatte er die Bedeutung des Wortes »Ontologie« nachgeschlagen und sie gleich am nächsten Tag wieder vergessen. Er lernte rein mechanisch, durch häufiges Üben. Er lernte mit den Muskeln, wie er zu sagen pflegte. Plebejisch: Schließlich konnte jedermann sehen, daß Larry an seinen Verwandten hing, sich nicht von ihnen losgesagt hatte, von seinen sogenannten Ursprüngen, seinen Quellen. Aber waren sie das wirklich? Waren sie das? Und wenn – lag in ihnen der Grund für seine »Seichtheit«? Wer waren sie, diese Amerikaner der ersten und womöglich zweiten Generation? Edith hatte nur zum Teil recht, teils recht, teils unrecht. Larry hatte die Fähigkeit – zu Gefühlen; er besaß Rezeptivität, die Gabe der Distinktion, eine imaginative Veranlagung – aber keine profunde Quelle, daraus zu schöpfen. Und damit war er, Ira, wieder bei seiner ursprünglichen These, die sagte: dasselbe traf auch auf ihn zu: seine Quellen waren der Maßstab für seine Tiefe. Obgleich tiefer als Larrys, waren auch sie versiegt.

Das war noch nicht alles, was er zum Thema zu sagen hatte. Es war aber alles, was er sagen sollte. Literarische Persönlichkeiten tauchten an der Peripherie seines Denkens auf: Joyce und Shaw, Synge, Sean O'Casey und Yeats – kurioserweise lauter Iren. Na gut, und Faulkner. Aber er verschloß sich ihnen. Hier war nicht der Ort, das Thema länger zu strapazieren, auch nicht in dieser windigen Weise. Seltsam genug, wie die Widersprüche in einem selbst dazu führten, daß man sich hohl vorkam, als hätte man seine gesamte Substanz verloren. Er hatte lange gebraucht, bis er sich mit sich selbst konfrontieren konnte, auch war er nicht mehr sicher, ob er heute recht hatte und damals unrecht, aber wenigstens hatte er die beiden gegensätzlichen Thesen für sich akzeptiert. Er hatte versucht, nichts zu ignorieren, auszulassen oder zu verfälschen. Er hatte versucht, ehrlich zu sein. Aber die Antwort, die er suchte, entzog sich ihm immer noch. Dennoch, das Akzeptieren seiner eigenen Widersprüchlichkeit versöhnte ihn mit sich selbst.

Er seufzte. Zeit zu speichern: sein elektronischer Timer piepte, das Warnsignal, daß eine Stunde um war. Doch dann der grauenvolle Gedanke. Falls die Wahrheit in der zweiten These lag – konnte es denn sein, daß es gar keine Zukunft gab und so viele brillante Köpfe deshalb so plötzlich verblaßten? Blödsinn. *I am Merlin and I am dying.* Unwillkürlich kam ihm das Tennyson-Zitat in den Sinn: *Ich bin Merlin und muß sterben...*

XIV

Gewöhnlich legten sich Edith und Larry aufs Sofa, wenn dieser seine Skulptur weggestellt oder gar beendet hatte, alles in seiner Macht Stehende getan hatte, Ediths Ebenbild in Ton zu reproduzieren. Sie lagen auf dem Sofa und knutschten, wie man es gemeinhin nannte: Umarmen, Streicheln, Schnäbeln wie die Turteltäubchen, Kichern. So liebten sie sich, während ein dritter, nämlich Ira, anwesend war. Warum er unbedingt dabeisein sollte, war ihm rätselhaft – anfänglich. Vielleicht weil Larry seine bildhauerischen Fähigkeiten zur Schau stellen wollte? (Später schien Iras Anwesenheit dort ganz natürlich, und noch später, Jahre später, schien Ediths Tripolarität – wenn nicht noch mehr! – alle ihre Beziehungen zu charakterisieren.) Ira wußte nur, daß er beiden willkommen war, von Edith akzeptiert, von Larry eingeladen. Seine Anwesenheit störte die beiden nicht, sagte er sich, weil ihr Liebesspiel so harmlos, so unschuldig, so unverdorben war. Kein Wunder – reflektierte er später –, daß er alle möglichen bizarren Vorstellungen davon bekam, wie anständige Menschen Liebe machten, Menschen, die nicht auf ewig verkorkst, nicht finster und voller Selbstverachtung waren, wie er es wegen der verachtenswerten Dinge war, die er mit seiner kleinen Cousine trieb. Unseligerweise lag aber in seinen bizarren Vorstellungen auch ein Körnchen Wahrheit: Anständige Menschen wurden durch frühe sexuelle Erfahrungen nicht zum seelischen Krüppel wie er; das Gegenteil war der Fall: frühe sexuelle Erfahrungen konnten – wie bei Larry – zu einer der schönsten Blüten der Erinnerung werden. All das entdeckte Ira später.

Damals, als das Jahr 1925 seinem winterlichen Ende entgegenstürmte, drehte Ira seinen Sessel wohl noch diskret zur Seite, so daß er – wenn auch nicht vollständig – den Liebenden den Rücken zukehrte. Um nicht rüde zu erscheinen oder gar den Eindruck zu erwecken, er mißbillige die Sache, schloß die Art, wie er saß, gelegentliche Blicke auf enge Umarmungen der beiden auf dem Sofa lang ausgestreckten Figuren nicht ganz aus, noch erotische Spekulationen – während er zwischendurch über Passagen aus *Das wüste Land* nachdachte.

Warum? Warum? Warum wollte Larry ihn dort haben – und Edith auch? War Ira – oder erschien Ira – in ihren Augen so harmlos, so geschlechtslos, so indifferent, daß ihr Liebesspiel ihn nicht stören würde? Zugegeben, er simulierte gut, simulierte Unbekümmertheit, Naivität. Oh, er hatte reichlich Erfahrung im Vertuschen: man denke nur daran, wie er unter den Augen von Mom und Pop damit durchgekommen war; und bei Tante Mamie, direkt vor ihrer Nase und dem Bart des alten Sejde, der ja bei seiner Tochter Mamie wohnte. Vielleicht vermittelte Ira den Eindruck, die Entfaltung normaler Libido lasse ihn völlig kalt, weil er immer so phlegmatisch wirkte, so abwesend und zerstreut. Darum war er wohl auch nach Woodstock eingeladen worden, darum war er also jetzt auch hier. Sie irrten sich, aber sie hatten auch recht. Etwas in ihm, eine gewisse Normalität vielleicht, war ausgemerzt, war zerstört worden. War es bei ihr ähnlich? Stimmte mit Edith auch etwas nicht? Und würde er immer noch so denken, wenn, ja, wenn Larry es ihr doch hintenrum und schamlos nach Kräften besorgen würde? Ja, das war es überhaupt: Warum zum Teufel tat er es nicht? Warum diese Trockenübung, dieses Simulieren, dieses saftlose Knuddeln? Vielleicht machten sie es ja sonst immer richtig, und Larry erwähnte es nur nicht. Jesus, es war schon komisch. Hier, im Kellerapartment in der 8. Straße hatte Ira dasselbe Gefühl wie in dem hübschen Steinhaus in Woodstock, dachte dasselbe über Larry und darüber, warum Edith so verkrampft war: Larry befriedigte sie nicht. Richtig? Wenn das also stimmte, dann machte es auch keinen Unterschied, ob Ira dabei war oder nicht. Okay, warum aber um alles in der Welt befriedigte er sie nicht? Warum nicht? Was soll man dazu sagen… *While I was fishing in the dull canal on a winter evening round behind the gas-house… Als ich an einem Winterabend gleich hinterm Gaswerk im trüben Kanal angelte…*

War das nicht schön? Es gab einem das Gefühl von Einsamkeit und Leere inmitten einer großen Stadt, eine Vorstellung von Verlorensein, Freudlossein, Verlassensein. Wer war dieser König, über dessen Tod der Dichter sann? Und der junge Mann, der im trägen Wasser des Kanals angelte und über des Königs, seines Vaters, Tod sinnierte – wer zum Teufel war das? Iras Blick ruhte auf den Zeilen der aufgeschlagenen Seite: *And on the king my father's death before him –*

Edith, die an der Außenkante des Sofas lag, setzte sich zuerst auf. »Manchmal sieht Ira aus wie ein archaischer hebräischer Prophet.«

»Ich?« Ira scharrte seinen Sessel herum. Jetzt, da die verliebte Séance vorüber war, konnte er sie ansehen. »Ich? Ich bin der Rabe, der niemals fliegt.«

»Ich dachte gerade, du hättest deine Berufung verfehlt«, sagte sie noch im Sitzen.

»Aber nur knapp«, erwiderte Ira mit gebotener Zurückhaltung.

Und Larry, der hinter Edith noch auf seiner Seite des Sofas lag, die Zipfel seines Oberhemds aus der Hose gezogen, total zerwühlt, sagte: »Was für eine Berufung? Er ist doch der geborene Wanzenkundler.«

»Aber nein, Rabbiner«, entgegnete Edith. »Er hätte einen wundervollen Rabbiner abgegeben.«

»Wie lautet denn der Spruch für den heutigen Tag, Rabbi Stigman?« schnatterte Larry.

»Höchst ungern, höchst ungern.«

»Komm schon, laß hören.«

»Eine Stelle aus *Walden*: ›Welcher Dämon hat von mir Besitz ergriffen, daß ich mich so gut benehme‹.«

»Hat Thoreau das geschrieben?« Larry rollte sich genüßlich auf den Rücken. »Ich erinnere mich gar nicht.«

»O doch. *What demon possessed me to behave so well.*«

»Und so fühlst du dich jetzt?« Edith blickte ihn aus großen braunen Augen prüfend an. »Du benimmst dich allerdings sehr gut, loyal in jeder Hinsicht. Und das schon so lange. Bedauerst du es vielleicht?«

»Jaaa.« Die Lüge ragte drohend vor ihm auf, riesig wie ein Flaschengeist.

»Armer Kerl.«

»Was wärest du denn lieber geworden, wenn du dich nicht so gut benehmen würdest?« fragte Larry. »Ein Don Juan? Ein Gauner? Postkutschen überfallen?« Larry grinste. »Ein Straßenräuber wie in dem Gedicht von Alfred Noyes? *The highwayman came riding, riding…* Und wie geht's weiter, bitte? Ach, das war übrigens zum Schreien komisch, damals, im Kurs von Mr. Donovan, als wir alle auf Salmanowitz hörten. Wir mußten alle etwas auswendig aufsagen…«

»Ach ja?« Ira genoß es, sich das vorzustellen.

»… und bei jeder dritten Zeile hieß es dann – 'Salmanowitz: Wie geht es weiter, bitte?'«

»Habt ihr denn Freies Sprechen im Unterricht? Ach ja, du hattest es erwähnt. Das finde ich schon merkwürdig«, sagte Edith.

»Ich weiß«, sagte Larry. »Aber neunzig Prozent am CCNY sind Juden. Da ist das Pflichtfach. Vier Jahre lang.«

»Es ist das einzige mir bekannte College, wo das so gehandhabt wird.«

»Du kannst dir denken, warum.«

»Ich denke schon. Es stört mich sonst nicht, nur bei einem. Hambergs Akzent war brutal. Aber kein Mensch hat sich darum gekümmert. Was die Leute wirklich ärgerte, waren seine schlechten Manieren und natürlich seine politischen Ansichten. Hab ich es nicht erzählt? Sie haben ihn geteert und gefedert.«

»Unglaublich«, murmelte Larry.

»Wie kriegt man Teer und Federn wieder ab?« fragte Ira und meinte es durchaus ernst.

»Irgendeine Reinigungsflüssigkeit vermutlich. Naphthalin. Ich weiß es wirklich nicht. Habe Shmuel nie gefragt, was er gemacht hat«, antwortete Edith.

208

»Ira, denkst du, daß du auch geteert und gefedert wirst?«
Larry setzte sich auf.

»Ich? Nein. Schlimmer.«

»Wo du uns von deinem Dämon erzählt hast – daß du dich
so gut benimmst.«

»Was wärest du denn lieber geworden?« fragte Edith.

»›Ein Paar scharfer Krallen‹, sagt Eliot. Ich bin stumpf. Ich
weiß nicht. Meine Mutter hat mir erzählt, daß ich Hausmeister werden wollte, als ich noch klein war, weil wir dann mietfrei hätten wohnen können. Ein anderes Mal schenkte mir der
Rabbi einen Penny, weil ich so gut hebräisch sprechen konnte.
Dummes Geschwätz, meiner Meinung nach. Der ist sogar mal
zu uns nach Haus gekommen, um meiner Mutter zu sagen,
ich könnte eines Tages ein guter Rabbi werden. Da hat meine
Mutter ihm dann ein Glas kaltes Selters angeboten, aus einer
dieser Siphonflaschen, die wir im Eiskasten hatten.«

»Und wo war das?« fragte Edith.

»Noch auf der East Side. *Boy*, ich hab den armen Lieferanten immer bedauert, den mit dem Schnurrbart. Ächzend und
stöhnend mußte er die vier Treppen hoch mit einer Holzkiste,
halb voll Siphons.«

»Ihr zwei seid so verschieden«, sagte Edith. »Euer Hintergrund ist so total verschieden. Die Leute denken immer, alle
Juden sind gleich, aber das ist lächerlich. Allein wenn ich an
euch beide und an Shmuel Hamberg denke, wie er die ersten
Jahre dauernd vom Zionismus schwadronierte und mit seinem
Sozialismus rumdruckste. Dann ist da noch mein Kollege Boris, der schon fast zu glatt ist. Tatsächlich finde ich ihn ein
wenig abstoßend, er ist ganz besonders schmierig.«

Sie war aufgestanden, und Larry folgte ihrem Beispiel: »Ge-
gensätze ziehen sich eben an, wie bei Ira und mir.« Er öffnete
seinen Gürtel und den obersten Hosenknopf und stopfte sein
Oberhemd hinter das Bündchen. Spindeldürr und knabenhaft
seine Taille. »Da haben wir viel Stoff, worüber wir *schmusn*
können.« Er hatte den entliehenen Ausdruck so oft benutzt,
daß Edith ihn verstand.

»Ich erzähle Ira von den wundervollen Stränden in Bermuda, von den Booten mit gläsernem Boden und den Schwarzen,

die immerfort singen: *Aeroplanes up in the air droppin'
bombs on Leicester Square,* und er erzählt mir vom Leben
in der Avenue D und von den Schleppdampfern auf dem
East River. Und, wie eben, von dem Mann mit den Siphonflaschen. Ich erzähle ihm vom Textilgeschäft meines Vaters
in Yorkville und von den Menschen, die dort ein- und ausgegangen sind; und er erzählt mir vom Milchkarren *seines* Vaters. So bleiben wir für einander interessant. Von meinem
Bruder Irving weiß ich alles über die Fabrikation von Damen-
kitteln, und Ira weiß alles über das Ausrufen von Getränken
im Sportstadion. Ich weiß, wie man Hauskleider verkauft, Ira
kann Süßigkeiten bei Loft's verkaufen. Aber Ira ist doch der
bessere Schnorrer von uns beiden.« Sagte Larry und faßte sich
ans Auge.

»Was meinst du?« fragte Edith.

»Hey, Moment mal«, ging Ira dazwischen.

»Da geht er hin, der Prophet«, sagte Larry. »Wie schreibt
man das eigentlich – mit *ph* oder mit *f*?«

»Nun hör schon auf.«

»Ich weiß überhaupt nicht, wovon ihr redet«, sagte Edith.

»Ein Geheimnis.«

»Laß mich Edith nur die eine Geschichte von der Rolle mit
den Quarters erzählen, okay?«

»Nein. Du bist mir ein schöner Busenfreund«, schimpfte
Ira.

»Wovon *redet* ihr denn hier?«

Larry lächelte angesichts Iras Verlegenheit. »Es hat mit dem
großen Baseballstadion zu tun, den Polo Grounds, wie es
heißt. Ich hatte schon erwähnt, daß ich dort einen Tag gearbeitet habe. Es war fürchterlich.«

»Ach so.«

»Die Frau des Inhabers – oder seine Tochter...«

»Schwiegertochter«, korrigierte Ira.

»Also gut, darf ich?« Larry drängelte, wollte die Erlaubnis.

Ira blieb stumm: schweigendes Einverständnis und Neugier
auf Ediths Reaktion... elementare Neugier, wie damals bei
der Katze.

»Wie war doch gleich ihr Name?«

»Mrs. Stevens«, räumte Ira ein, »aber was tut das hier zur Sache?«

»Ach ja. Sie hat Ira nämlich irrtümlich eine Rolle Vierteldollarmünzen ausgehändigt, also einen Gegenwert von zehn Dollar, als er Kleingeld brauchte und zwei Dollar in Fünfcentstücke eintauschen wollte.«

»Waaas?«

Larry brach in vergnügtes Lachen aus: »Oh, Darling, das ist aber noch nicht alles! Das ist noch längst nicht alles!«

»Sag bloß, du hast es nicht zurückgegeben, Ira!«

»Verräter, du mieser Verräter. Warte, bis ich mit dir abrechne.«

»Du hast das doch nicht wirklich behalten, Ira?« Edith war zutiefst schockiert. »Ich glaube es nicht.«

»Die Rolle fühlte sich so schön stramm an«, setzte Ira an – hielt inne und spürte, wie ihm bei Larrys schallendem Gelächter und Ediths exaltiertem Prusten das Blut in die Wangen schoß. »Nun«, fuhr er fort, »das macht die unterschiedliche Erziehung.« Sein Gesicht verfinsterte sich, er machte eine Handbewegung. »Die Armut hat vielleicht – ich weiß nicht – andere Regeln als der Überfluß.«

»Nicht im Traum wäre mir eingefallen, etwas zu nehmen, was nicht mir gehört.«

»Nun, man legt sich da was zurecht, denkt, es trifft ja keinen Armen«, versuchte Ira, sich zu rechtfertigen. »Wenn man einer Firma oder einer Gesellschaft etwas wegnimmt, ist es nicht so schlimm wie privat.«

»Ich glaube nicht, daß da ein Unterschied besteht.«

»Nicht? Na ja.«

»Würdest du es denn wiedertun?«

»Soll ich ehrlich sein?« Er hielt ihrem Blick aus großen Augen stand: »Hey, das ist eine komische Frage, die jemand wie ich sich selbst stellen sollte.«

»Tut mir leid, daß ich das aufgebracht habe«, bat Larry um Verzeihung. »Ich habe nicht geahnt, daß wir in eine Debatte über Moral eintreten würden.«

»Ich habe dich gewarnt«, hielt Ira ihm vor. »Wie sind wir überhaupt darauf gekommen?«

»Ich dachte, Edith sollte mal erfahren, worüber wir beide uns unterhalten. Dein Dämon hat dich also nicht immer besessen.«

»Ich glaube, das weiß sie inzwischen.« Ira spürte, wie Ediths große braune Augen ihn immer noch prüften, ganz unverblümt prüften, als wolle sie mit ihren Blicken das Äußere der Identität, die er sich zugelegt hatte, durchdringen. Sekunden vergingen, ehe er diesen Blicken begegnen konnte. Dann tat er es, und zum ersten Mal, seit sie sich kannten, bemerkte er selbst mit bebenden Lippen die ausdauernde Härte, mit der seine Blicke die ihren trafen. »Also, ich sag euch mal was«, fuhr Ira fort, »diese Lady mit dem organgefarbenen Haar bedient sich einer langen, silbernen Zigarettenspitze. Mit ihrem dicken Busen sitzt sie hinter der Kasse und läßt sich gnädig herab, dir deine Dollars in eine Rolle Kleingeld umzutauschen. Du denkst überhaupt nicht an die 119. Straße, an die Kaltwasserwohnung, in der du lebst, oder«, er zögerte einen Moment, »oder daran, was dir das angetan hat, immer noch antut. Es überkommt dich, eine dynamische Kraft, könnte man sagen. Nun macht das die Tat nicht ehrlicher, schon klar, es rechtfertigt die Unehrlichkeit nicht. Es entschuldigt sie vielleicht.« Ira kämpfte gegen den Grimm, der in ihm aufstieg. »Ich habe dafür bezahlt, immer wieder, für diese lausige Rolle Vierteldollars.«

»Es tut mir leid, es tut mir ja so leid, Ira, mein Lieber.«

»Was für einen Sturm ich jetzt ausgelöst habe«, warf Larry ein. »Niemals wieder, das schwöre ich bei einem ganzen Stapel Bibeln. Wir wollen es vergessen!«

»Möchtest du immer noch wissen, ob ich es noch einmal wiedertun würde?« wandte sich Ira an Edith.

»Aber nein, Ira, ich bitte dich.«

»Weißt du, es ist schon komisch. Jetzt, wo du mich gefragt hast, würde ich es vielleicht nicht mehr tun. Womöglich nie mehr. Zwei Welten auf Kollisionskurs.« Er fühlte, wie der Hauch eines leisen Lächelns die Düsterkeit in seinem Gesicht aufhellte. »Tut mir leid, Edith. Aber ich fange gerade erst an, deine Welt kennenzulernen.«

»O nein, ich bin diejenige, die um Verzeihung bitten muß«, sagte Edith mitfühlend und zerknirscht. »Ich bin immer noch überrascht, welche Wertvorstellungen andere Leute haben. Ich denke immer, alle haben die gleichen wie ich. Inzwischen sollte ich gelernt haben, daß dem nicht so ist. Besonders nicht in New York. Eigentlich weiß ich es ja, aber ich bin immer wieder überrascht. Die Unpersönlichkeit der großen Stadt, des kosmopolitischen New York, die enorme Höhe der Wolkenkratzer – welch ein Gegensatz zu den Pinien und Goldkiefern in Neumexiko. Statt der Wüste und der vielen verschiedenen Kakteen gibt es hier den Lärm und die vielen verschiedenen Menschen auf der Straße. Vermutlich wächst hier eine Weltanschauung, die sich von meiner Westküstenmentalität total unterscheidet. Ich bin gerade dabei, meine überholte Westernromantik zu überwinden. Wir hinken wahrscheinlich zwanzig Jahre hinter euch Ostküstlern her.«

Werte. Wertvorstellungen. Ira atmete tief durch und studierte das schwarzgraue Muster des Navajo-Teppichs auf dem Fußboden. Er schien an der Schwelle zu der Vermutung, daß er mit dieser Definition nicht ganz konform gehen konnte – wie gewöhnlich. Er sah Werte als eine Anhäufung kleinster Teilchen Lebenserfahrung oder kleinster Teilchen Lebensbedingung, ihre aus Silver City, aus dem Südwesten, sonnendurchtränkt, offen, gebirgig und sauber, aus einem Land, das er noch nicht kannte – seine aus Ghetto und Slum, eine Anhäufung winziger Partikel von Muschelschalen und Treibsand, zu einem Scheuerbrei vermischt. Wo hatte er das gesehen? Einen Brei, aggressiv und grob, den ihm sein unentrinnbares East Side-Judentum bereitet hatte.

»Wohin geht ihr von hier aus noch – heute abend?« fragte Edith.

»Zu uns, hoffe ich.« Larry drehte Ira das Gesicht zu. »Echt ungarisches Gulasch. Ich habe heute morgen gehört, wie Mama sagte, sie hätte es lange nicht gekocht.« Er rückte seine Krawatte zurecht. »Na, was meinst du?«

»Wozu?«

»Abendessen bei mir zu Haus.«

»Ich glaube nicht, ich hab noch zu arbeiten.«

»Das muß ich auch. Du hast deine Aktenmappe dabei. Nach dem Essen haben wir praktisch die ganze Wohnung für uns.«

»Ich weiß.«

»Also einverstanden?«

»Nein.«

»Warum nicht? Bist du etwa böse, weil ich das mit der Rolle Quarters aufgebracht habe? Hoffentlich nicht. Ich habe dich schon um Verzeihung gebeten.«

»Nein, das ist es nicht.«

»Was dann?«

Ira brach in plötzliches, unnatürliches Lachen aus. »Ich mag kein ungarisches Gulasch.«

»Also, jetzt stell dich nicht so an. Ich weiß, du magst es. Und niemand kocht es besser als meine Mutter.«

»Nun, die Wahrheit ist, ich muß meinen Großvater besuchen. Meine Mutter liegt mir deswegen schon wochenlang in den Ohren.«

»Du hast noch einen Großvater?« fragte Edith.

»Ja, mütterlicherseits. Väterlicherseits sind beide Großeltern tot. Eine Laune der Natur. Mom war die Erstgeborene ihrer Eltern und Pop bei sich der Jüngste. Und ich bin der erstgeborene Enkelsohn. Heute ist mein einziger freier Abend«, wandte er sich Larry zu. »Aber danke trotzdem.«

»Na ja... der Dumme bist wieder mal du.« Larry kam schmollend näher und sagte zu Edith: »Dr. Pickens hat ihn früher nämlich mal aus der Klasse geschmissen, weil er schwatzte. Wir hatten alle beide schuld, aber Ira war der Dumme. Ich kann mir Pickens gut vorstellen, wie er in seinen Bühnentagen mit dem Tournee-Theater durch die Lande fuhr und draußen im Westen vor einem Publikum aus lauter Vollidioten spielte. Das muß so um 1890 gewesen sein, denke ich. Weißt du, Edith, wir mußten Gesten lernen.« Larry streckte langsam und graziös seinen langen Arm aus: »Die linke Hand vor die Körpermitte, mit der Innenfläche nach oben, so —«

»Genau so?« Edith lächelte anerkennend und sagte zu Ira: »Und dabei hat er dich dann Dummkopf genannt?«

»Oh, wahrscheinlich hatte ich es verdient.«

»Freies Sprechen VII«, fügte Larry hinzu. »In dem Kurs haben Ira und ich uns kennengelernt.«

»Wißt ihr…« Ira blickte auf, die Erinnerung war ihm peinlich. »Das Komische ist ja, daß Larrys Wort für Dummkopf wie *galut* ausgesprochen wird, was auf hebräisch ›im Exil‹ bedeutet.«

»Der Dummkopf im Exil!« Larry beugte sich von oben über den Sessel, in dem Ira saß: »O mein Gott, nicht schon wieder!« Er blickte hinunter auf das Buch in Iras Händen, neigte den Kopf noch tiefer, um sich zu vergewissern. »Hebräisch im Exil! Edith, soll ich dir sagen, was dieser Rabe, der niemals fliegt, schon wieder liest?« Larry wehklagte in gespielter Verzweiflung. »*Das wüste Land.*«

»Warum auch nicht?«

»Das ist eine Obsession. Eine *idée fixe.*«

»Also eine *idée fixe* nennst du das. Nächstes Mal verstecke ich es hinter einem Schundroman.«

»Versteck es hinter Sandburg, hinter Amy Lowell, Cummings meinetwegen. Oder Aiken – das ist doch ein wunderbarer Dichter.«

»Ich glaube, ich muß dir ein eigenes Exemplar besorgen«, sagte Edith zu Ira und zupfte niedlich die Fransen ihres braunen Kleides zurecht, machte sich gerade, um sich im großen Wandspiegel zu betrachten. »Möchtest du eins haben?«

»O, nein, ich kann's praktisch schon auswendig. Das wäre wüste Geldverschwendung – für *Das wüste Land,* ha, ha.«

»Warum liest du denn immer dasselbe?« fragte Larry.

»Ich lese nicht immer dasselbe. Manchmal lese ich auch *J. Alfred Prufrocks Liebesgesang.*«

»Aber warum bloß?«

»Etwas, das ich wissen muß.«

»Etwas, das du wissen mußt?«

»Ja doch, ja.«

»Aber warum?«

»Ich weiß nicht.«

»Oh, fabelhaft.«

»Ich glaube, ich weiß, was er meint«, sagte Edith.

»Wirklich?«

»Ich glaube, Ira liest Eliot immer wieder, weil er herausfinden will, was er vom Leben erwartet –«

»Wer – *er*?« fragte Larry dazwischen. »Eliot?«

»Nein: Ira. Habe ich nicht recht?«

»Ziemlich«, gab Ira zu.

»Willst du damit sagen«, wandte Larry sich direkt an Edith, während er auf Ira deutete, »er weiß nicht, was er vom Leben erwartet?«

»Das ist schon möglich.«

»Das ist mir neu. Du weißt nicht, was du vom Leben erwartest?« verlangte Larry von Ira zu wissen.

»Nein, weiß ich nicht. Es stimmt.«

»In seinem Alter wußte ich das auch noch nicht«, ergriff Edith Partei für Ira. »Aber ich hatte gar keine Zeit, darüber nachzudenken. Ich war viel zu sehr damit beschäftigt, gute Noten zu bekommen, auf der Bestenliste meiner Uni zu stehen, Ehrentitel zu erwerben, Mitglied bei Phi Beta Kappa zu werden und viele Dinge zu tun, die nicht annähernd so wichtig sind, wie ich damals dachte. Und natürlich mein eigenes Geld zu verdienen – mit Klavierspielen in Filmtheatern und auf Polterabenden. Ich glaube, was Ira macht, ist weitaus wichtiger.«

»Wieso? Was macht er denn? Er liest *Das wüste Land*. Er liest *Prufrock*. Und?« wandte sich Larry Ira zu: »Was bringt dir das, frage ich dich.«

»Also gut, ich sag's dir«, setzte Ira an, langsam, schleppend. Als er nicht weiterwußte, sprang Larry ein: »Ist es nicht so, daß du nur bei den Literaten im Gruppenraum unseres Jahrgangs mitreden können möchtest?«

»Vielleicht. Kann sein. Ich weiß nicht.« Ira fand eine kleine Mulde in seiner Ohrmuschel, in der er sich kratzen konnte. »Du stellst eine Frage mit vielen möglichen Antworten. Ich könnte dich nun verarschen oder dir einen Bären aufbinden, daß dir die Haare auf dem Kopf – wie hat Shakespeare gleich gesagt: *vor Schrecken steht das Kraushaar spitz* –«

»Nur weiter so, wir sind hier schließlich alle erwachsen.«

»Daß dir die Haare zu Berge stehen«, grinste Ira ausweichend.

»Du hast es mir schon mal angedeutet«, setzte Larry nach. »Sogar mehrfach.«

»Es ist etwas, das ich zu ergründen suche. Das ich bis zum Ende nicht erfahren werde.«

Larry schüttelte den Kopf.

»Eliot ist ein bitter enttäuschter Romantiker«, griff Edith rettend ein. »Völlig ohne Illusionen über alles in der modernen Welt. Er verachtet den Fortschritt. Er glaubt nicht daran, glaubt nicht an unsere modernen Errungenschaften. Jedenfalls sagt er das. Für ihn sind all unsere herkömmlichen Werte bedeutungslos oder verbraucht. Nicht mal mehr mittelmäßig. Die westlichen Werte. Sie sind unfruchtbar. Er vergleicht sie mit dem Reichtum der Renaissance, mit der Grazie der Elisabethaner. Er stellt beide nebeneinander, um zu zeigen, wie billig und abgedroschen die unsrigen sind.«

»Na gut. Aber wie oft muß man ihn lesen, um eine seiner Ansichten zu verstehen? Ein- oder zweimal sollte doch genügen. Ira hingegen liest ihn wie ein – wie nennt man doch gleich das Buch, aus dem die Geistlichen lesen?«

»Brevier«, sagte Ira und rutschte verlegen auf seinem Sessel herum.

»Genau. Brevier. Danke. Aber warum macht er das? Weil Eliot Mode geworden ist, total *en vogue*?«

»Nein. Weil mehr an ihm dran ist als nur das.«

»Um die Wahrheit zu sagen, Edith«, schweifte Larry ab, »ich bedaure alle, die heute Talent haben. Ich meine, alle Dichter, und besonders, wenn sie unter Eliots Einfluß geraten. Dann ist es nämlich aus und vorbei mit ihrer eigenen – man könnte fast sagen: jungfräulichen Art der Wahrnehmung. So denke ich jedenfalls. Ich spüre, daß Eliot mich, obwohl ich nicht mit ihm konform gehe, in subtiler Weise unterminiert.«

»Tatsächlich?« Edith betrachtete ihren Liebhaber mit großen, feierlichen Augen. »Darling, ich glaube, kein Schriftsteller kann es sich leisten, jenen Teil seines Wesens zu vernachlässigen, den ein Dichter wie Eliot anspricht – das eigene Leben zu ignorieren und dabei zu hoffen, sich als Schriftsteller zu entwickeln. Wie oft sage ich zu meinen Studenten: Schönheit gilt heute auf eine Weise als Wahrheit, wie Keats es sich

nie vorgestellt hätte. Es hätte ihn möglicherweise sogar angewidert, wie Dichter heutzutage Schönheit interpretieren.«

»Das würde ich ihm nicht verübeln«, sagte Larry.

Edith neigte den Kopf und lächelte, um Larry zu trösten, aber
auch, um ihm zu zeigen, daß sie auf das, was er sagte, vorbereitet
war: Sie hatte resigniert. Eine kurze Pause entstand.

»Nein, wirklich. Ich bin ganz schön sauer auf ihn«, sagte
Larry dann. »Es reicht mir schon, seine Wirkung zu spüren,
die Unterminierung meiner romantischen Ader. Ich glaube
nämlich nicht, daß am Sinn für Romantik und daran, Romantiker zu sein, etwas auszusetzen ist. Ich meine, Eliot zerstört
genügend jugendfrische, extrovertierte Gefühle wie Edna
Millay sie zeigt, ohne daß er dafür büßen, dem Mehrheits-
geschmack folgen müßte. Und ich« – mit verhaltener Verzweiflung drehte er sich um. Dabei fiel sein Blick, als er durchs
Fenster auf die Straße sah, auf einen Fußgänger, der draußen
vorüberging, während das Licht, das durch dieses Fenster ins
Zimmer fiel, sein ebenmäßiges Gesicht erhellte. »In dieser
Sache sind wir anscheinend sehr gegensätzlicher Meinung,
Eliot und ich.« Larry legte seine großen Handflächen gegeneinander. »Und das ist der Hauptgrund, weshalb ich es nicht
ertrage, ihn immer wieder zu lesen. Ich wiederhole mich:
Er macht etwas Seltsames mit meiner Psyche, mit meiner
Identität, oder wie immer man das nennen will.« Larry war
unbehaglich zumute, er verzog das Gesicht und blickte Ira
vorwurfsvoll an. »Deswegen frage ich mich auch, warum
Ira ihn immer wieder liest. Er meint es sicher nicht böse,
aber ich empfinde es – na ja, als eine Art Provokation.« Er
lachte über sich.

»Ich finde es wirklich schade«, Edith schüttelte bedauernd
den Kopf, »daß ausgerechnet Eliot zwischen euch steht. Wirklich schade. Und überflüssig. Und fast schon komisch.«

»Ganz meine Meinung.«

»Darüber streite ich nicht. Ich bin kein Dichter«, versuchte
Ira, sich zu rechtfertigen.

»Was um alles in dieser nutzlosen, ja, billigen, moribunden
Welt von heute schreibt er denn so Wichtiges, daß es dir so
viel bedeutet?«

»Genau das ist es. Ich finde mich darin wieder.«

Edith saß auf der Sofakante, die feingliedrigen Hände im Schoß übereinandergelegt. Nachdenklich schaute sie mit großen braunen Augen von einem zum anderen.

»Nun, Schönheit ist aus der Mode gekommen«, sagte Larry, »darauf läuft es wohl hinaus. Ich glaube allerdings, daß es sie Mr. Eliot zum Trotz immer noch gibt. Mit einem Wort: Er hat die Schönheit unterminiert.« Larry biß sich auf die Lippen, um nicht noch heftiger zu werden.

»Und ich habe kein Gefühl dafür. Irgendwie ist es nicht meine Welt, das ist alles. Du hast Schönheit mit der Muttermilch aufgesogen, Schönheit als etwas Verehrungswürdiges. Ich nicht. Und wenn du Eliot ablehnst«, Ira beugte sich im Sessel vor, »dann bedeutet das, du bist noch nicht entwöhnt.«

Edith mußte lachen.

»Was soll das heißen?« fragte Larry.

»Oh, ich weiß nicht. Nur so ein Spruch, vielleicht. Nicht in die lausige moderne Welt entwöhnt.«

»Ich glaube nicht, daß Ira die Schönheit leugnet«, vermittelte Edith. »Ich glaube, was er zu sagen versucht und wonach er bei Eliot sucht, und übrigens auch bei Joyce, ist folgendes: Er möchte einen Weg finden, wie er aus seiner Großstadtkindheit mit ihren vielen unschönen Aspekten etwas Schönes machen kann.«

»Stimmt das?« wandte sich Larry an Ira.

»Wer weiß —«

»Galizier!« Larrys Attribut für Ira war nicht nur lustig gemeint. »Er meint: wer weiß, vielleicht.«

»Obgleich es nicht unbedingt nach Joyce oder Eliot klingt«, bemerkte Edith trocken, »sucht Ira vermutlich einen Weg, die Häßlichkeit des modernen Stadtlebens daran zu hindern, ihn ganz und gar zu erdrücken. Und uns auch, nebenbei bemerkt.«

»Indem er was tut?«

»Indem er sie fast zu seinem Schutzschild erhebt.«

»Und *ich* kann das nicht, weil ich so viel Zeit in Bermuda verbracht habe, wo das Leben immer so friedvoll und schön gewesen ist. Ist es das?«

»Nicht nur das, junger Mann. Du bist zu behütet aufgewachsen.«

»Und doch hast du gemeint, es wäre nicht ratsam für mich
auszubrechen. Oder es zu versuchen. Mir endlich die Hörner
abzustoßen.«

»Ich denke immer noch, daß mein Rat richtig war, Darling.
Es wäre der Gipfel der Torheit, wenn du nicht weiterstudieren
und deinen Abschluß machen würdest.«

»Es spielt verdammt keine Rolle, ob ich ihn mache oder
nicht. Hast du nicht ein gutes Zitat parat, Ira? Gewöhnlich
hast du doch gute Sprüche auf Lager.«

»Diesmal nicht.«

»Also gut. Dann sag mir wenigstens eins: wann immer du
hierher kommst, vertiefst du dich in Eliot, und in Joyce hast du
dich auch hineingekniet, stimmt's? Damals in Woodstock,
richtig? Und du hast damals zugegeben, nicht die Hälfte
von dem verstanden zu haben, was du gelesen hast. Dasselbe
trifft sicher auch auf *Das wüste Land* zu. Dafür braucht man
eine humanistische Bildung, einen literarischen Hintergrund,
nicht nur englische Literatur, auch ausländische, Latein und
Griechisch, um alle möglichen versteckten Anspielungen zu
erkennen. Frazers mythologisches Lexikon zum Beispiel.
Von all dem hast du nicht mehr Ahnung als ich. Aber wieso
helfen diese Dichter dir? Das würde ich gerne wissen. Wenn
du das Zeug noch nicht einmal verstehst.«

»Was du sagst, ist wahr. Ich verstehe es nicht.« Ira warf sich
im Sessel zurück. »Es ist eine Geisteshaltung, die ich daraus
mitnehme. Ich weiß nicht, was diese Geisteshaltung ist. Eine
Definition könnte ich dir nicht geben. Doch wie ich schon
sagte: Ich finde mich darin wieder, ich kann eine geistige Verwandtschaft erkennen. Und die brauche ich, wenn ich selbst
etwas schreiben will. Vielleicht kann ich es ja nicht. Aber
du weißt, Larry, zwischen uns gibt es große Unterschiede,
das brauche ich dir nicht zu sagen. Ich bin ein Schlemihl –
doch, das bin ich«, wischte er Larrys protestierende Geste
beiseite. »*Gee*, was du alles kannst. Du hast ein Händchen
für fast alles: Du schreibst hübsche Gedichte, dann Satire,
Schauspielerei, Verkaufen und das Modellieren in Ton, was

du hier gerade machst. Und ich habe verdammt noch mal – entschuldige, Edith! – gar nichts, ich meine außer der Richtung, in die meine *Impressionen eines Klempners* im *Lavender* deuten. Wenn ich mich darin auch noch täusche, dann, *gee*, ich weiß nicht. Dann ende ich als –« Er machte eine komische, unsicher abwägende Handbewegung. »Ach, freg lieber nich'.«

»Und du glaubst, Joyce und Eliot werden dir helfen, deine zukünftigen literarischen Ambitionen zu realisieren?«

Ira zuckte mit den Schultern. »Ich könnte mir vorstellen, daß ich mehr als diese beiden brauche. Bis jetzt fällt mir nur eines auf: Beide setzen eine heroische oder – ja, vielleicht adlige Vergangenheit, galante Stücke und Passagen in Kontrast zu einer häßlichen Gegenwart. Ist das so richtig, Edith?«

»Ich habe den Eindruck, du erklärst das besser als ich.«

»Ach ja? Ich glaube aber nicht, daß das Leben früher so war, wie diese beiden es darstellen. Nicht für normale Menschen. Für den Adel vielleicht.«

»Und das hast du dir auch vorgenommen? Die beiden Welten einander gegenüberzustellen?«

»Ich glaube nicht. Nicht explizit, weißt du. Rein zufällig komme ich nämlich aus einer verdammt langen, oh, pardon, sehr viel längeren historischen Vergangenheit als jeder dieser beiden *gojim*. Wollte sagen: Nichtjuden, Edith. Doch bei allen beiden ist Leben heute Verneinung. Und ich fordere Bejahung. Ein weiterer Punkt ist, daß Larry unfaire Vergleiche anstellt. Du weißt ja, was er macht. Wir haben darüber gesprochen. Er stellt die Inkonsequenz und Unlauterkeit modernen Lebens der großen literarischen Kunst der Vergangenheit gegenüber. Er verknüpft Passagen eigener Beobachtungen des geschmacklosen aktuellen Tagesgeschehens mit Zitaten aus den Klassikern. Nun, wenn man die heutige verlotterte Niedertracht mit Elisabethanischer Kunst und Minne vergleicht, ist es kinderleicht zu sagen, was besser ist. Wie verhält es sich aber, wenn man Ähnliches mit Ähnlichem vergleicht? Den ganz normalen Jedermann, der von der Straße kommt und bei Loft's die Süßigkeiten im Angebot kauft, mit dem

Schäfer, der sich im Morgengrauen auf die Nägel haucht – oder dem jungen Analphabeten, der das Bauholz in die Halle schleppt.«

»Um so mehr Grund für mich zu fragen, warum du so vernarrt in diese Dichter bist«, hakte Larry nach.

»Ich sagte es schon. Wenn ich nicht weiß, wer ich bin und wie ich mit mir umgehen soll – *sie* können es mir am ehesten sagen.«

Niedergeschlagen blätterte er in dem kleinen Stoß Photokopien ihrer Briefe, die er noch besaß. Vor vielen, vielen Jahren, als die große Depression auf ihrem Höhepunkt war, hatte er Edith einen Stahlschrank für Akten mit fünf Schubfächern gekauft – gebraucht, für fünfundzwanzig Dollar, plus zwei Dollar extra für die Anlieferung vom Laden des jüdischen Büromöbelhändlers in der Third Avenue bis zu ihrer Wohnung 64 Morton Street.

Und in diesen geräumigen Aktenschrank hatte er alle seine Briefe an sie und, getrennt davon, alle ihre Briefe an ihn einsortiert. Von dem zehn Jahre währenden Briefwechsel war jetzt nicht mehr viel übrig: Von seinen Briefen fand sich kein einziger mehr, von Ediths Briefen an ihn nur dieser kleine Stapel hier.

Schon der Anblick der Briefe rief ihm Edith ins Gedächtnis zurück, die arme Edith, die am Ende Alkoholikerin war, eine chronische Säuferin, die zweifellos alles ausgeplaudert hatte. Mitleidiges Verständnis warf die Frage auf: Was war mit ihrer Selbstachtung geschehen? Was war mit Edith? So lieblich, so gut, so selbstlos und zart. *Oh, Christ,* er war genau der richtige Protégé für sie gewesen. Hatte Edith auch eine inzestuöse Beziehung zu ihrem Vater gehabt? Einer ihrer Freunde, Daniel, hatte ihn danach gefragt. Meine Fresse. Wenn das nicht die krankhafte Phantasie eines Homosexuellen war.

Daniel hatte damals vorgehabt, eine Biographie über Edith zu schreiben. Doch anscheinend zerschlug sich das Projekt, als er von Larry erfuhr. Edith hatte Daniel kein Wort von ihrem Freshman-Lover erzählt oder über die anderen jungen Männer, die sie in die Liebe eingeführt hatte, und war eher skeptisch gegenüber Iras Versicherung, Daniels ursprüngliche Informationsquelle sei unzuverlässig gewesen, bis Ira ihm Larrys Rolle enthüllte: »Nun, was denkst du denn, wie ich Edith kennengelernt habe? Ich war damals auf dem CCNY. Larry war mein Kumpel von der High School und ging zur NYU.« Vielleicht hatte Daniel danach eingesehen, daß Edith sichergehen wollte, so gesehen zu werden, wie sie nach Iras Meinung immer hatte gesehen werden wollen: als Heldin ihrer eigenen Tragödie.

Egal, hier waren sie nun, die Photokopien ihrer Briefe, die Andenken an Edith, die einst so lebendige Frau, an die sachliche, nüchterne, bekümmerte, verletzliche, unglückliche, intelligente, freimütige, mäßig promiskuitive Frau, die er kaum je verstanden hatte und nicht beschreiben konnte. Die Stimme, die aus dem getippten Brief zu ihm sprach, war unverkennbar:

Zweimal in zwei Wochen war ich jetzt in Silver City. Die Tage sind so, wie ich es dir schon früher beschrieben habe: Auspakken, einrichten und Papa rauf- und runtertragen, ihm seine Zigaretten und die Brille anreichen und sich mit ihm unterhalten, unterhalten, unterhalten. Wenn er im Bett ist, dann kommt Inez dran, seine Haushälterin. Sie kann nicht lesen und möchte auch bis zum Schlafengehen unterhalten sein. Ich werde jetzt allmählich ruhiger, war anfangs schrecklich nervös; habe wenig Appetit, aber Schlaf hilft, und darum achte ich darauf, daß ich soviel wie möglich davon bekomme.

Ich wiederhole mich, aber es steht hier draußen offenbar nicht zum Besten. Und in Gallup sind sie allem Anschein nach noch schlechter dran. Ich mußte erkennen, daß ich in einer Hinsicht nicht normal bin. Alles, was die Menschen meines Alters hier tun, ist in alten Erinnerungen schwelgen. Wie genau man hier noch die Vergangenheit kennt! Ich habe die Vergangenheit immer aus meinem Kopf verdrängt; ich beschäftige mich nicht damit, sondern vergesse sie lieber, weil ich mich über sie ärgere. Wenn ich hier draußen, und nur hier draußen, mit allen zusammen bin, wie es nun ein- oder zweimal der Fall war, denke ich immer, entweder sind die hier verrückt – oder ich bin es. Obendrein verspüre ich den Drang, sie zu schockieren, was absolut kindisch ist, aber es zeigt, daß ich sie immer noch mehr hasse, als gut ist. Ich habe alles, was ich hier mitgemacht

223

habe, hinter mir gelassen, eins nach dem anderen, bin allem entwachsen. Du bist der einzige, dem ich nie entwachsen werde, der mir entwächst und den ich dafür anbete und den ich manchmal in den Hosenboden treten könnte – weil Du mir weh tun kannst wie kein anderer und meistens recht hast, obwohl Deine Jugend Dich unreif macht und Du oft nicht wissen kannst, wie Menschen leben und sind. Du solltest dir recht bald mehr Eigenleben schaffen, oder Du wirst es bald bitter nötig haben, und ich bin mit allem, was immer Dich amüsiert und Deine Phantasie beflügelt, einverstanden. Meine Briefe, die Du so ordentlich abheftest, werden Dir schon eine Menge Anregungen geben, mit denen Deine Phantasie arbeiten kann. Ich habe vergessen, wie viele Menschen sich mir mit Küßchen hier und Schätzchen da an den Hals geworfen haben, und es ist mir auch gleichgültig, aber mir ist nicht gleichgültig, daß die meisten mich immer noch mögen und auch ohne meinen Glamour akzeptieren. In meiner Familie gibt es eine wahnsinnige Veranlagung zur Gefühlsduselei, von der ich mich immer freigekämpft habe, aber zweifelsohne zuzeiten befallen bin.

Ganz viel Liebe, Darling, und Küsse auf Deine schönen schwarzen Augen, und mach ruhig mal ab und zu einen drauf – mit einer Lady oder einem Lämmchen oder einem Kerl oder einem bösen Wolf. Laß dich nur nicht beißen oder sonstwie kränken.

Ja ... da war sie also, eine Spur von ihr. Ein Echo. Er starrte auf die blassen Buchstaben, bis sie vor seinen Augen verschwammen; und wurde melancholisch, weil er über eine Vergangenheit nachgrübelte, die er sich so tapfer mühte, neu zu erschaffen, über eine Vergangenheit, die er fühlen, aber nicht von den Toten erwecken konnte.

Ira drehte den Türknauf, entriegelte vorsichtig das Schloß und stieß sachte die Tür auf, als er sich zum Gehen rüstete. »Ach, immer diese eisigen Abschiede«, murmelte er.

Edith lachte leichthin. »Was hast du gesagt?«

»Ich sagte, immer diese eisigen Abschiede. Draußen im Flur fängt es schon an.«

»Das hatte ich auch verstanden«, lächelte sie. »Gute Nacht, mein Lieber.« Sie streckte Larry ihr Gesicht entgegen, als dieser ebenfalls seinen Mantel anzog.

»Gute Nacht, Edith.« Larry küßte sie auf die Lippen. »In ein paar Tagen rufe ich dich an.«

»Gute Nacht, Ira.« Liebevoll lächelnd reichte sie ihm die Hand.

»Gute Nacht, Edith. Danke für all das geröstete Rosinenbrot mit Zimt.«

Sie ging bis an die Haustür mit, fuhr zusammen, als diese geöffnet wurde, hielt den Atem an und wich zurück: »Oh, wie kalt! Gute Nacht.«

»Gute Nacht, Edith. Du solltest lieber schnell wieder hineingehen«, rief Larry ihr zu.

Sie zogen die Tür hinter sich ins Schloß, mischten sich unter die winterlich glühenden, eilenden, schubsenden Gestalten in der 8. Straße: gingen Richtung Sixth Avenue, der dortigen Hochbahn entgegen, umgeben vom frostigen Knirschen, dem frostigen Ruckeln der Straßenbahn, von flüchtigen Stimmen und dem Gebimmel der großen Glocke an der Ecke, die ein gut gepolsterter Santa Claus von der Heilsarmee schwang, der sich auch um die Glut in dem gußeisernen Kübel kümmerte, der an einem Dreibein baumelte.

»*Oh, boy*, ziemlich heftig hier draußen.« Ira legte einen Zahn zu, um mit Larry Schritt zu halten, der schneller ging als er.

Im trüben Dunkel kämpften sie sich voran, bis die erleuchteten Milchglasscheiben des U-Bahn-Kiosks Christopher Street in Sicht kamen.

»Ich wünschte, du würdest es dir noch mal überlegen und doch mit mir nach Hause kommen und ein bißchen von dem köstlichen Gulasch essen«, insistierte Larry.

Ira zögerte einen Augenblick. »Ach, wie gerne doch. Aber mein armer alter Großvater. Ich habe den alten Knaben so lange nicht mehr besucht. Mom hat mir deswegen schon zugesetzt. Du weißt doch, wie das ist. Aber ich wette, ich verpasse etwas Gutes.«

»Allerdings, davon kannst du ausgehen. Ich habe es schon gesagt, meine Mutter macht das beste Gulasch westlich von Ungarn.«

»So ein Pech.« Ira schüttelte bedauernd den Kopf. Es würde noch früh am Abend sein, wenn er an der Station 110. Straße ausstieg, früh genug für einen zwanglosen Besuch bei Tante Mamie. Stella würde mit Sicherheit inzwischen auch zu Hause sein. »Ich meine es ernst, Mann.«

Larry zog einen seiner pelzgefütterten Handschuhe aus und fingerte eine Münze aus seiner Tasche. »Aber nächsten Montag, okay?«

»*Toit*-sicher, wie Pop sagen würde.«

J'ai fait la magique étude que nul n'élude. War das ungefähr der Wortlaut von Rimbauds Zeile? Er verstand sie jetzt. Und was verstand er? Die grundlegende Einsicht, daß er ganz unwillkürlich einige Seiten vorher in seine Erinnerung zurückgefallen und ihr erlegen war. Edith hatte damals, als er ihr seine traurige Geschichte enthüllte, zuerst die mit Stella und dann, als würde sie aus ihm herausgezogen, die mit Minnie, gesagt: »Ich dachte, du warst noch unerweckt. Ich dachte, du warst auf deine Mutter fixiert und interessiertest dich noch nicht für Sex.« Sie hatte richtig gedacht, in die richtige Richtung, aber nicht weit genug. Wie konnte sie auch? Es hatte selbst ihn ein ganzes Leben gekostet, bis er die Wahrheit über sich auf eine simple Erkenntnis zurückführen konnte, die ihm ins Gesicht starrte, eine einzige Erkenntnis mit vielen Facetten, die solche Fragen beantwortete wie: Warum war er eingeladen worden, Larry und Edith zu ihrem Stelldichein in Woodstock zu begleiten? Seine erste Vermutung war gewesen, sie hätten ihn zur Tarnung mitgenommen (falls sie von Leuten, die Edith kannten, entdeckt worden wären, hätten diese sonst zu lächerlich unrichtigen Schlußfolgerungen über ihre Neigungen gelangen können). Jedoch die ehrliche Antwort, so fühlte er jetzt, ging tiefer.

Er war zuerst nach Woodstock und später, mit Ediths Einverständnis und offensichtlicher Billigung, eingeladen worden, den Bildhauern-cum-Liebe-Sitzungen beizuwohnen, weil er war, wie er war. Wäre er, Ira, anders gewesen, als er war, jemand mit einer ausgeprägten Männlichkeit oder einer altersgemäß entwickelten Libido, so hätte Larry das ganz gewiß erkannt und mit Sicherheit eine Konkurrenzsituation vermieden. War Larry zu arglos auf dem Gebiet? Selbstverständlich war er das. Als gäbe es ein Rezept für die Lösung einer Anzahl scheinbar recht unterschiedlicher Probleme. Ira konnte sich wenden, wohin er wollte, ein und dieselbe Erkenntnis starrte ihm aus zwanzig Richtungen ins Gesicht. Auch die eine – wie hatte Edith doch in ihrem Brief an ihn gesagt, aus dem er oben schon zitiert: »... obwohl Deine Jugend Dich unreif macht und Du oft nicht wissen kannst, wie Menschen leben und sind. Du solltest Dir recht bald mehr Eigenleben schaffen, oder Du wirst es bald bitter nötig haben...«

Ira legte den Brief in die Mappe zurück.

Ironisch wie der Teufel! Rein zufällig überschnitten sich zwei Wellen: »Deine Jugend macht dich unreif...« und »Du solltest dir recht bald mehr Eigenleben schaffen«. Zwei Wellen, die aus derselben Quelle entsprangen, zwei Wellen, zu verschiedenen Zeiten in Gang gesetzt. Denn als er später tatsächlich mehr Eigenleben suchte, wie sie vorgeschlagen hatte, danach strebte, das, was sie Unreife (nur Unreife!) nannte, abzuschütteln, da war der Teufel los: Edith wurde zur Furie. Aber wohin sollte das alles führen? Was war der eigentliche Grund hinter diesem konsolidierenden Faktum, das ihm ins Gesicht starrte, die verschiedenen Symptome seines Verhaltens zu einem Gesamtkunstwerk synthetisierte, zu einer Joyceschen Epiphanie? Nichts anderes als sein fortwährender, viel zu lang anhaltender *Infantilismus*. Der war es, der ihn zum ungefährlichen Verbündeten der Liebkosungen seines Freundes machte, so wie diese aussahen; der war es, der als Grund für Iras Handlungen an Minnie und der kleinen Cousine Stella herhalten mußte. Warum zum Teufel hatte er das nicht schon früher gesehen – und Ecclesias gescholten, weil er es nicht enthüllte? Warum nicht, um alles in der Welt? Sein Infantilismus. Ungefährlich wie ein Kind – ganz offensichtlich –, so ungefährlich wie ein »unerweckter« Knabe. Sein kindisches Wesen lullte jeden ein, machte alle vertrauensselig: die eigene Familie, die scharfsinnige Tante Mamie, den Vorschub leistenden Freund Larry, die scharfsichtige Edith. Nur die hellsichtige, gnadenlos direkte

Vivian, in die er sich verlieben sollte, durchschaute ihn sofort: »Du küßt wie ein Baby.«

Du könntest dich in deinem Drehsessel herumschwingen, mein Freund, und nach dem Warum fragen. Deinen Mentor Ecclesias nach dem Warum fragen. Oh, das war nicht nötig, dachte Ira: der wußte, warum – wußte warum, ohne zu fragen. Er war in seinem Infantilismus so tief verankert wie ein Grenzstein in der Erde, so tief wie ein Telegrafenmast. Ein paar Gene mochten Vorschub leistend gewirkt haben, einige von Pops Genen. Es hatte aber keinen Sinn, das jetzt zu vertiefen, beherrschte er sich. Genug, daß er schließlich und endlich den Schlüssel für sein Verhalten gefunden hatte, eine Vorstellung von der treibenden Kraft hinter dem Verhalten, das er verabscheute – und letztlich bekämpfen mußte.

Zweiter Teil

I

Die Freude, die Ira empfunden hatte, als Larry von der NYU zu ihm aufs CCNY überwechselte, die Freude, seinen besten Freund nun auf demselben College, in derselben Klasse, im selben Gruppenraum zu wissen, war schon wieder verflogen, als im Frühjahr 1926 das neue Semester begann. Die Verhältnisse hatten sich geändert, und Larry war nicht länger der unumstrittene, fast schon gesalbte Wegbereiter, der er auf dem Gebiet der Kunst, der Literatur und der Poesie einst schien, und Ira nicht länger sein schüchtern verlegenes Anhängsel. Und das nicht nur, weil Ira inzwischen einen Aufsatz in der College-Zeitschrift *The Lavender* veröffentlicht und Larry mit dem Schreiben aufgehört hatte, sondern auch, weil Ira inzwischen viel von Edith gelernt hatte – und das sogar in Larrys Beisein, der Iras Anwesenheit ausdrücklich wünschte. Ira hatte durch kleinste Hinweise, Andeutungen, Nuancen nur, ihr Urteil kennengelernt, das zweifellos ihre veränderten Gefühle zu Larry widerspiegelte. Kaum wahrnehmbare Veränderungen ihres Gesichtsausdrucks ließen alle Arten subtiler Informationen über echte Gefühle hinter täuschender Fassade durchschimmern. Ob Edith es nun wußte oder nicht, oder Larry sogar auch: Die Anwesenheit bei diesen Sitzungen steigerte Iras geistige Wachheit, seine Wahrnehmungsfähigkeit; sie steigerte ganz explizit auch sein Selbstwertgefühl. Und ganz plötzlich, als rühre sie von seiner früheren Unterordnung unter Larry her, keimte Rivalität, später dann Dominanz. Edith wußte es. Larry wußte es auch. Dessen Kreativität schien unbarmherzig auf dem Rückzug. Er gab die Bildhauerei auf, verließ die Schule für Design. Die Tonbüste von Edith, der Sockel und das Modellierwerkzeug verschwanden. Seine enthusiastischen Lobeshymnen auf Brancusi und Maillol verlagerten sich auf das Theater, auf die Bühne. Schauspielerei sei nichts, worauf man herabsehen sollte, erklärte er. Manch bekannter Dramatiker habe schon als Schauspieler begonnen, und er beabsichtige ebenfalls, so anzufangen. Er war sicher, mit einem Talent für die Bühne geboren zu sein. Dramaturgie konnte möglicherweise auch noch folgen. Ein Semester

Schauspielschule, mehr würde er nicht brauchen. Er hatte vor, sich in diesem Frühjahr am Provincetown Playhouse für eine Nebenrolle zu bewerben, und wenn jetzt keine zur Verfügung stand, dann für den nächsten Herbst, wenn das Theater mit einer neuen Inszenierung in die neue Spielzeit ginge.

Glücklicherweise arbeitete Izzy, ein ehemaliger Klassenkamerad und Mitglied ihrer kleinen College-Clique, als Türsteher am Provincetown Playhouse, dem berühmten kleinen Theater in Greenwich Village. Eugene O'Neill feierte dort sein Debüt als Dramatiker, und seitdem die Theaterleitung es sich zur Regel gemacht hatte, Stücke von neuen und oft noch unbekannten Dramatikern vorzustellen, konnte man dort avantgardistische Stücke erwarten und erleben. Weil Izzys Schwester, die ihrem Bruder den Job als Türsteher besorgt hatte, selbst als Kassiererin, Buchhalterin und Geschäftsführerin für das Theater arbeitete, würde es Iz ein leichtes sein, Larry über neue Entwicklungen auf dem laufenden zu halten. Izzy machte Larry mit Tom Wright bekannt, dem neuen Regisseur, und wollte ihm außerdem Bescheid geben, wenn es an die Besetzung der Rollen ging. Berauscht von der Hoffnung auf einen Neuanfang und den günstigen Vorzeichen, da Erwartungen und Aussichten genau ineinanderpaßten, bewegte Larry sich bereits wie ein routinierter Schauspieler auf dem Proszenium.

Edith und Ira begrüßten Larrys neue künstlerische Mission. Sie sangen ihm Lobeshymnen, wobei *seine* mit Sicherheit weit weniger freundlich, weit weniger edelmütig waren als *ihre*. Bei ihm schwang Schadenfreude mit. Er kannte Edith inzwischen – wenn auch nur intuitiv – sehr viel besser, suchte ihren Ansprüchen, ihren Wertvorstellungen zu genügen und konnte sich denken, daß sie Larry und seine neue Lieblingsbeschäftigung mit dem vielversprechenden jungen Lyriker verglich, der auf so romantische Weise erst kurze eineinhalb Jahre zuvor in ihr Leben getreten war. Also hatte Larry jetzt sein wahres Niveau gefunden – das eines Ausführenden, mehr nicht; Ira wußte, sie würde sich fragen, wie sie so geirrt haben konnte. Mutmaßungen, unfreundliche Mutmaßungen waren alles, was Ira zu bieten hatte – am Anfang. Die Phantasie, sofern man ihr freien Lauf ließ, wurde zu einer Art »Thermo-element«, einem Gradmesser für die Unterschiede zwischen *ihren* leisesten Signalen in Sprache, Stimme und Mimik und der Erfüllung *seiner* Wünsche. Und doch, je mehr Ira objektiv zu reflektieren versuchte, was da geschah, desto unausweichlicher traf ein, was er vorhergesehen hatte, damals schon, als *er* im Sommer unplanmäßig den *Ulysses* geschenkt bekommen hatte. Die Gegenwart knüpfte an die Vergangenheit an, jedoch in einer Spirale. Er war wieder mit Larry auf dem Heimweg von der DeWitt Clinton durch die 59. Straße, ging wieder dem kargen Schatten unter der westlichen Hochbahntrasse entgegen, aus dem das Schaufenster des United Cigar Store mit seiner Leuchtschrift blinkte. Wie anders doch rückschauend die Zeile aus *The Pirates of Penzance* wirkte, die Larry so häufig sang, weil er in dem Stück eine kleine Rolle gehabt hatte: »A par-a-dox, a par-a-dox, a most ingenious par-a-dox –« So sehr Ira dies früher geliebt und bewundert hatte, so sehr entsprach sein heutiges Urteil der Trivialität der phonetischen Parodie, die Larry davon machte: *a pair o' socks, a pair o' socks, a most ingenious pair o' socks.*

Im Zuge seiner neuen künstlerischen Aktivitäten bewarb sich Larry für den Sommer 1926 um den Posten des stellvertretenden Unterhaltungs-Chefs im renommierten jüdischen Feriendorf Lemansky's in den Catskill-Bergen. Er wurde vom Aufsichtsrat zu einem Vorstellungsgespräch eingeladen. Als er von dort zurückkam, glaubte er, einen sehr guten Eindruck hinterlassen zu haben. Er hatte Kostproben seines Könnens abgegeben, Parodien improvisiert, Sketche angedeutet und ganze Teile daraus vorgeführt. Schon kurze Zeit später verkündete er überglücklich, daß der Aufsichtsrat sein Engagement als Stellvertreter des Unterhaltungschefs für die gesamte Sommersaison bestätigt habe. Sein Sommer, so drückte Larry sich aus, sei gerettet. Und nicht nur *dieser* Sommer, sondern auch der nächste, und seine Aussichten auf eine Bühnenkarriere seien damit erheblich gestiegen. Denn neben den regulären Aufgaben als Abend-Conférencier würde er auch bei der Konzipierung, beim Verfassen und Inszenieren aller möglichen Laienaufführungen ein Wörtchen mitzureden haben. Zugegeben, alles auf dem Niveau des »Borschtsch-Gürtels«, der jüdischen Ferienanlagen in den Catskill-Bergen, aber dennoch eine große Chance, professionelle Theatererfahrung zu sammeln, von der Entwicklung szenischer Effekte bis hin zum Bühnenbild und zu den Kostümen und natürlich dem Spiel. Noch einmal betonte Larry, als wende er sich gegen Iras unausgesprochene Vorbehalte, daß selbst die Position eines Entertainers im »Borschtsch-Gürtel« wertvolle Grundlagen für eine Bühnenlaufbahn bot. Und nannte wieder einige Beispiele.

Doch dann geschah etwas, kurz und düster, ein Omen, so flüchtig, daß man es erst nach vielen Jahren als eine Art Auftakt zu einem unausweichlichen Schicksal erkannte. In der Examenswoche, nach deren Ende Larry, ohne seine Noten abzuwarten, packen und in die Berge fahren wollte, erlitt er einen unerklärlichen, kurzen Ohnmachtsanfall. Er war gerade aus der Tür des hoch aufragenden Apartmenthauses West 110. Straße getreten, »als ich ganz plötzlich wie besoffen war«, erzählte er. Der Anfall von Bewußtlosigkeit konnte nur wenige Sekunden gedauert haben, denn er wußte noch, daß er sich allein vom Gehweg aufrappeln wollte, als einige Vorübergehende ihm schon die Hände entgegenstreckten, um ihm aufzuhelfen. Außer einer Schulterprellung, einer Schwellung und leichten Schrammen an einem Ohr hatte er keine nennenswerten Blessuren davongetragen. Der Hausarzt der Familie versicherte ihm später, der Grund sei vermutlich eine leichte Blutarmut gewesen, nichts Ernstes. Wahrscheinlich würde es nie wieder vorkommen.

»Er sagte, ein wenig Borschtsch würde mir guttun«, lachte Larry, als er Ira nachmittags, zwischen zwei Prüfungen, im Gruppenraum ihres Jahrgangs traf. »Ich kam gerade von meiner Prüfung in Militärkunde. Stell dir vor, wenn ich dort mit einem verbundenen Ohr aufgetreten wäre. Dann hätte ich bestimmt ein 'A-plus' bekommen. Das hätte wie eine Kriegsverletzung ausgesehen.«

»Mann, die vielen Pflaster! Und die dicke Beule! Was willst du den Leuten in den Bergen sagen?«

»Ach, ich habe ja noch ein, zwei Tage. Dann nehme ich die Dinger ab. Jetzt schützen sie noch vor Infektion.« Mit seinem langen weißen Zeigefinger tippte er auf den einen Verband. »Die würden es sowieso für einen Gag halten: ein Komiker mit einem Blumenkohlohr.«

Ohne weiteren Zwischenfall verließ er die Stadt.

Dann kam der Dienstag nach der Examenswoche. Da Larry schon in seinem Lemansky's und also nicht mehr in der Stadt war, nutzte Ira die Gelegenheit und rief Edith an. Sie würde sich glücklich schätzen, sagte sie, wenn er sie besuchte, vorausgesetzt, er störte sich nicht an der Unordnung bei ihr. Sie sei am Kofferpacken, um die dreitägige Bahnfahrt nach Neumexiko anzutreten.

Sie wickelte gerade ein Paar ihrer winzigen Schühchen in Seidenpapier, als Ira das Apartment betrat. Ein paar Kleider lagen noch auf dem Bett. »So unordentlich sieht es aber gar nicht aus«, bemerkte er nach der Begrüßung.

»Gestern war die Putzfrau hier, darum wirkt es halbwegs sauber«, sagte sie. »Ich habe die Wohnung für den ganzen Sommer untervermietet. Kann man das glauben? Ich hatte im College einen Zettel ans Schwarze Brett geheftet, aber nicht erwartet, daß sich jemand melden würde. Es ist so laut und eng hier drin. Und über den Staub, den man im Sommer hier erwarten muß, habe ich die Leute aufgeklärt. Das hat sie nicht im geringsten gestört. Sie bekamen leuchtende Augen bei der Aussicht, im Herzen von Greenwich Village zu wohnen. Und so nahe an der Universität. Ich wünschte, du hättest die beiden wackeren Lehrersleute sehen können, an die ich vermietet habe. Sie kommen aus Waukegan, Illinois, und wollen hier notwendige Punkte für ihr Examen sammeln.«

Sie forderte Ira auf, sich zu setzen. Nein, Hilfe benötige sie nicht. Das könne sie im Schlaf, so oft hätte sie das schon gemacht – und bitte, er möge ihr vergeben, wenn sie nicht unterbreche; sie hoffe, es mache ihm nichts aus. »Ich hasse diese rituellen Reisen in den Westen«, sagte sie. »Die lange, langweilige Bahnfahrt. Ganz sicher bekomme ich wieder Verstopfung. Aber zwei Jahre war ich nun schon nicht mehr dort.

Letzten Sommer war ich in Europa. Und wenn ich jetzt nicht erscheine, bricht es Papa das Herz. Mutter würde es wohl überleben – und meine Schwester auch, solange ich den beiden regelmäßig ihren Scheck schicke. Aber Papa klingt in seinen Briefen neuerdings so alt und niedergeschlagen, es bricht mir das Herz. Ich hänge mehr an ihm, als ich dachte. Ausgerechnet diejenige seiner Töchter«, sie stopfte die Schuhe in eine Ecke des Koffers, »von deren Ideen er nicht eine einzige akzeptiert. Dennoch hat eine unausgesprochene Zuneigung zwischen uns überlebt, trotz unserer Differenzen.«

»So geht es mir mit meiner Mutter. Nicht, daß sie mich nicht akzeptierte – sie versteht mich einfach nicht.«

»Ich weiß. Dein Gesicht leuchtet, wenn du von ihr sprichst.«

»Ach ja? Wahrscheinlich liebt man für immer, was man einmal geliebt hat«, spekulierte Ira.

Sie lächelte. »Wohl kaum.«

»Nein?«

»Ich glaube, du hast noch nicht so viel durchgemacht wie ich. Das, was ich erlebt habe, hat Narben hinterlassen, tiefe Narben, und vielleicht sind es genau diese Narben, die mir geholfen haben, die Liebe zu überwinden. Es sieht jedenfalls so aus, als sei mir das sehr gut gelungen.« Sie faltete die Schulterpolster eines ihrer Kleider nach innen und drückte es an sich, während sie Ira ansah. »Vielleicht hast du sogar recht.« Sie studierte ihr Bild im Wandspiegel. »Vielleicht meine ich gar nicht die wahre Liebe. Trotzdem glaube ich nicht, daß alles, was ich erlebt habe – mit Ausnahmen natürlich – nur flüchtige Begegnungen gewesen sind.«

»Begegnungen?« Das Wort machte Ira nachdenklich, und Denken – oder der Versuch zu denken – überlagerte das Sprechen. Begegnungen? Das Wort bereitete ihm Sorge. Es war jene Art subtiler Unterscheidung, mit der Larry umgehen konnte, die dieser sofort verstand, korrekt und angemessen, Larry und seine Familie, ja, der und seine Mittelstandsfamilie. Ira konnte es nicht. Oder lag es daran, daß er den wahren Sinn solcher Worte für sich zerstört hatte? Ira glaubte, er wüßte, was sie meinte, aber er mußte es sich übersetzen – nein, das stimmte so nicht. Er mußte das Wort widerhallen lassen, nicht übersetzen: in sich widerhallen lassen, bis es von einer Art Pragmatik erfüllt war. War das nicht verrückt? Er kannte das Wort, aber jetzt war es für ihn ein Fremdling – oder wie ver-rückt. Welches war das Wort, welches die Parallaxe? Begegnungen. Dasselbe Wort, benutzt in einer anderen Welt, eines der vielen, die Ira würde neu lernen müssen. Und wer würde ihn dann verstehen? Wie konnte er erklären, was er meinte?

»Ach du meine Güte, ich habe ja das Seidenpapier ganz vergessen. Die Leinenkleider knittern immer so.« Sie legte ein Kleid auf ihr Bett, wo im Dämmerlicht des Apartments das helle Leinen gräulich aussah. Sie breitete einen Bogen Seidenpapier über die oberste Schicht in ihrem Koffer und nahm das Kleid dann wieder in die Hand. »Ich hätte mich nicht rühmen sollen, von wegen – ich kann das im Schlaf.«

»Das war doch nur so dahingesagt –« lieferte Ira ihr gleich eine Ausrede und wartete, bis sie das Kleid oben auf dem Koffer glattgestrichen hatte. »Du hast das von Larry gehört?«

»Doch, ja. Er war am Freitagabend hier.«

»Ach, tatsächlich?« Ira bemühte sich, es so zu sagen, als sei es nicht von Belang. War es vielleicht auch nicht, nach allem, was er wußte. Nicht mehr als jener Schrei, den sie in Woodstock von sich gegeben hatte. Nichts, womit Ira zu tun hatte, blieb jemals unkompliziert. »Hat er den Verband schon abgenommen?«

»Nein, der arme Kerl. Sein Ohr war noch ziemlich schlimm. Ich glaube, es ist sehr, sehr ernst – ich weiß, die Leute denken, ich bin überbesorgt. Das tun sie immer. Ich bin aber schon oft bestätigt worden: verliert einfach das Bewußtsein, ohne Grund.«

»Der Arzt meinte aber nicht, daß es etwas Ernstes war.«

»Bei den meisten Ärzten bin ich sehr skeptisch.« Als sie das letzte Kleid eingepackt hatte, setzte sie sich aufs Sofa. »Wirklich sehr skeptisch. Larrys Vater starb an einem Herzinfarkt. Ich nehme mal an, der Arzt hat das gewußt. Die Gefahr ist immer gegeben. Außerordentliche Belastung kann dazu führen, und schließlich ist es während der Examenswoche passiert. Ich finde das ziemlich beängstigend. Ich glaube, es ist ein klares Zeichen, daß er später einmal Probleme bekommen wird. Der arme Kerl.«

»Ja. Aber er hat sich gar keine Sorgen gemacht – um die Prüfungen, meine ich. Seine Kurse waren nicht schwierig, weißt du, eben Kunstkurse. Ich sage ja nicht, daß er überhaupt nichts dafür tun mußte, aber –« Ira zuckte mit der Schulter. »Larry schafft immer ein B – fast ohne zu lernen. Er schüttelt alles aus dem Ärmel.«

»Und wie ist es mit dem Ferienjob? Könnte es sein, daß er übertriebene Angst hatte, ob er diesmal durchhalten wird? Er hatte immerhin vorher schon seine Schreibversuche abgebrochen, das Gedichteschreiben, was ihm anfänglich am meisten zu liegen schien. Dann der Versuch mit der Bildhauerei. Hat nicht lange angehalten. Wieder einmal wollte er sich nicht bemühen. Ich kann ihm nicht vorwerfen, daß er Verschiedenes ausprobiert, aber er muß lernen, daß nichts ohne harte Arbeit, ohne Selbstdisziplin gemeistert wird. Man kann Leistung nicht durch persönlichen Charme ersetzen.«

»Ich weiß, ich weiß. Aber ich dachte, er freute sich darauf: Schauspieler sein. Die Bühne und so. Die Unterhaltungsbranche.«

»So kam es mir auch vor.« Ihr Busen hob sich in einem unwillkürlichen Atemzug. »Ich fürchte mich fast, über die möglichen Hintergründe nachzudenken. Auf jeden Fall bringen sie viel mehr Klarheit in die Sache.«

Wie gewöhnlich sorgte Iras Intuition für eine vage Ahnung von dem, was sie meinte, eine in ihren Rückschlüssen grausame Ahnung, wie er es für sich auslegte und innerlich glühend bekräftigte.

»Das letzte, was die Ärzte in Betracht ziehen, sind die psychischen Faktoren. Immer suchen sie nur nach physischen. Vermutlich müssen sie das. Mehr können die meisten nämlich nicht behandeln. Aber ich glaube nicht, daß ich mich dem unbedingt anschließen muß.« Ihr Kleid war mit breiten, bronzefarbenen Rechtecken bedruckt, verstreut auf einem heller braunen Hintergrund. Ihre Hände lagen mit gegeneinandergepreßten Handflächen in ihrem Schoß und waren so winzig, daß sie wie ein spitzer Keil in eines der Rechtecke paßten. »Ich kann nur eines tun: meine Betroffenheit nicht zeigen. Meine übermäßige Betroffenheit. Und sehr vorsichtig sein.«

»Du meinst, *du* mußt vorsichtig sein?« Diese Worte schienen ihm am unverfänglichsten.

»Ja, so leid es mir tut. Er könnte an einer angeborenen Schwäche leiden: sein Herz. Aber das ändert auch nicht viel, jedenfalls, wenn es um meine Mitverantwortung geht. Obwohl man mir eigentlich nichts vorwerfen kann, könnte es doch sein, daß Larrys Familie es versuchen wird. Und tatsächlich könnte ich mehr Verantwortung tragen, als mir lieb ist.«

»Du meinst, Verantwortung für Larrys Sturz?«

»Ja.«

»Ich sehe nicht, wieso.«

»Ich bin froh, daß du so denkst.«

»Aber ich bitte dich, Edith, ich glaube, du übertreibst. Es war eine Durchblutungsstörung. Und?«

»Ich tröste mich damit, daß das alles ist – oder war. Und sage mir immer wieder, daß meine Sorge krankhaft ist. Andererseits war er ja wirklich noch sehr jung, als die Sache mit uns begann. Ich habe ihm alle möglichen Flöhe ins Ohr gesetzt. Und wie ich schon sagte, die Auswirkungen entziehen sich jeder ärztlichen Diagnose. Ich kann mir nicht nachträglich wünschen, dieser hübsche Junge hätte in der Englischklasse eines anderen gesessen, und beobachten, was passiert wäre. Ob er dann auch von Zahnheilkunde auf Englische Literatur umgestiegen wäre – in der Annahme, er hätte ein irgendwie geartetes Talent als Schriftsteller, als Dichter. Zu alledem habe ich ihn unglückseligerweise auch noch ermutigt. In dieser Hinsicht trage ich schon Verantwortung. Ich bin vollkommen untröstlich, kann gar nicht sagen, wie sehr.« Ihre winzigen Finger verschränkten und öffneten sich, während sie sprach.

»Jaa, aber es gibt auch noch andere Menschen, die so etwas durchmachen. Treffen großartige Entscheidungen, die sich dann als falsch erweisen. Man könnte sogar sagen, ich selbst auch. Die sterben dann auch nicht gleich an Herzversagen. Die kriegen noch nicht einmal Durchblutungsstörungen.«

Sie lachte. »Gott sei Dank, daß du gekommen bist.« Ihre nervösen Finger fanden Ruhe. »Glaubst du übrigens, daß bei seiner neuen Theaterbegeisterung etwas herauskommt?«

»Ich weiß nicht«, hielt er sich bedeckt. »Larry hat immer gern – nun, eine Rolle gespielt.«

»Und ich war so dumm und habe diesen Zug an ihm nicht gleich entdeckt. Ich habe den armen Kerl noch ermutigt, Ziele zu verfolgen, die er nie, nie erreichen kann. Und dann tauchte auch noch Vernon auf und hatte homosexuelle Absichten und hat mein Urteil noch mehr vernebelt.«

»Ja.«

»Larry ist von Natur aus ein Dilettant. Vielleicht muß er das sein, um sich zu retten. Du denkst sicher, ich bin von dem Thema besessen. Aber Kunst braucht nun mal eine robuste Konstitution. Du siehst doch, wie stämmig Léonie Adams gebaut ist. Kunst stellt Anforderungen an den Körper. Larrys Versuche, ein Dichter zu sein oder etwas Lohnendes zu schreiben, haben zu nichts geführt. Ich glaube, er wollte mir unbedingt beweisen, daß er meine Erwartungen erfüllen konnte, weil er mich liebte. Aber er konnte es nicht. Er kann es nicht. So hat ausgerechnet die Liebe den armen Kerl frustriert. Das, was er sich am meisten wünschte, war doch, sinnvollen künstlerischen Ausdruck zu finden. Und dazu war er nicht in der Lage. Ich glaube, der Schmerz darüber ist bei ihm viel tiefer gegangen, als er sich hat anmerken lassen. Und jetzt haben wir den Beweis dafür.« Sie unterbrach sich, betrachtete Ira mit großen, ernsten, dunklen Augen, mit stetigem Blick aus olivfarbenem Gesicht. »Den Beweis dafür, was mit ihm geschehen ist.«

»O je, gerade mal der eine Sturz? Wir drehen uns im Kreis.« Ira versuchte, einen unwirschen Eindruck zu vermeiden.

»Ja. Aber ich weiß ganz genau, es ist erst der Anfang.«

»Wie willst du das wissen? Der Arzt hat das nicht gesagt.«

»Du weißt, was ich von Ärzten halte.«

»Aber warum solltest du dann schuld sein?«

»Das habe ich doch schon gesagt. Weil ich ihn darin bestärkt habe, Dinge zu tun, zu denen er nicht fähig ist. Ich glaube, ich habe ihn in seiner Selbstüberschätzung noch bestärkt.« Sie stockte, befeuchtete ihre Lippen. »Natürlich wußte ich nicht, wie ernst es werden könnte – wie ernst die Konsequenzen sein würden. Doch wenn ich so zurückschaue, dann weiß ich genau, wann sein Herz wirklich vor Kummer gebrochen ist. Erinnerst du dich an die letzten paar Tage – oder Nächte – in Woodstock, als er nächtelang bei Kerzenschein auf saß und versuchte, sich in die richtige Stimmung für ein Gedicht zu versetzen – und es nicht schaffte?«

»Ich erinnere mich. Er sagte einmal, das Gedicht, das er schreiben wollte, würde zu nichts führen.« Selbst jetzt, während Ira sprach, dröhnte unartikuliert im Hintergund eine Wahrnehmung: was für eine Schwarzseherin sie doch war.

Die Dunkelheit des Raumes betonte ihren ernsten Gesichtsausdruck. »Jetzt ist es zu spät, um noch etwas zu ändern«, sagte sie. »Ich muß die Sache beenden, ohne daß er noch mehr Schaden nimmt. Ich würde mir das nie verzeihen. Ich weiß, ich strapaziere deine Loyalität zu ihm, aber ich bin sicher, du erkennst, warum. Ich habe Todesangst, daß ihm etwas zustößt.«

»Ihm wird schon nichts passieren.«

»Und du sagst auch nichts? Bitte.«

»O nein. Ich verstehe genau, was du meinst. Aber ich glaube nicht, daß du auch nur annähernd so viel Schuld – ich meine, so viel Verantwortung trägst, wie du, oh«, Ira versuchte ein abschätziges Stirnrunzeln, »– wie du sagst. Heiliger Bimbam, wofür du dir die Schuld gibst, ist reine Spekulation.«

»Ich hoffe, du hast recht.« Sie machte eine Pause. »O je.« Sie schien ihrer Angst im Fenster zum Gehweg zu begegnen. »Du bist so süß, daß du mich erträgst.«

»Macht nichts. Ich wollte sagen: gern geschehen. Ich weiß ja auch nicht, ob ich recht habe.« Er zuckte mit den Schultern. »Naja, eigentlich weiß das niemand so recht. Oder weißt du es? Sein Vater hatte letztes Jahr einen Herzinfarkt. Und jetzt, ein Jahr später, ist Larry auf dem Gehweg gestürzt. Selbst wenn du mit dem, was du sagst, recht hast, sehe ich nicht, wieso du dir die Schuld geben willst.«

»Das hätte ich auch nicht, wenn nicht John Vernon aufgetaucht wäre. Ich hätte mich wahrlich ein wenig reifer verhalten können. Ich war viel zu besorgt, unnötigerweise.« Während sie sprach, führte sie eine winzige Hand zu ihrem Hinterkopf und fingerte geistesabwesend eine Haarnadel aus ihrem Knoten von geflochtenem, glänzend dunklem Haar. »Es hat keinen Sinn, John die Schuld zuzuschieben. Ich war ganz einfach blöd.« Mit dem gebogenen Ende der Haarnadel bearbeitete sie das Innere ihres Ohrs. »Das ist jetzt eh schon Schnee von gestern.«

Fasziniert sah Ira zu. Als sie den Juckreiz erfolgreich bekämpft hatte, nahm sie die Haarnadel mit dem runden Ende zwischen die Lippen –

»Nein so was!« rief Ira und preßte die Knie zusammen.

Überrascht sah sie ihn an.

»Wie kann man nur so was machen!«

»Du meinst, was ich eben...?« Sie hielt die Haarnadel in die Luft.

»Jaa. Noch nie habe ich gesehen, daß jemand so etwas macht.«

»Tut mir leid. Ich hätte das nicht tun sollen.« Sie senkte beschämt den Kopf.

»Schmeckt das denn nicht schlecht?«

»Nein, nein. Eine dumme Angewohnheit.« Sie steckte die Haarnadel in den Knoten zurück. »Ich will versuchen, es mir abzugewöhnen.«

»Ist gut, ist gut.«

»Nichts ist gut.« Sie befühlte ihren Hinterkopf. »Stört es dich?«

»O, nein, nein. Nur daß ich –« Er zuckte zusammen.

Sie lächelte. »Ich wünschte, Larry hätte mehr von deiner Direktheit.«

Peinlich berührt schwieg Ira still. Für ihn hatte der Vorfall eine bezeichnende metaphysische Qualität, eine Permanenz, die sich von der Flüchtigkeit und dem Durcheinander ihrer Reisevorbereitungen abhob, von den schattenhaften Wänden, dunkel angehaucht vom Straßenstaub, dem offenen Koffer, neben dem sie auf der zerwühlten schwarzen Tagesdecke saß. Die Realität schien von einer anderen Ordnung, schien komprimiert, die Neuheit seines Alleinseins mit Edith hier in ihrem Apartment, unterhalb des Gehsteigs der 8. Straße. Ediths Gedanken kreisten anscheinend schon wieder um die Probleme ihrer Situation.

»Noch ehe Larry den Job in der Ferienanlage bekam, dort, wo er jetzt ist, habe ich mir schon gedacht, daß er auf so etwas hinauswill. Und als er den Job dann hatte, war ich mir ganz sicher, daß unsere Beziehung von allein einschlafen würde. Er entwickelte sich so anders als ich erwartet hatte. Wir bewegten uns in so verschiedene Richtungen. Du mußt das doch bemerkt haben.«

»Doch, ja. Ich denke schon.«

»Nun bin ich mir gar nicht mehr sicher, wie alles enden wird. Besonders seit seiner unerklärlichen Ohnmacht und dem damit verbundenen Hinweis auf Herzprobleme. Ich kann nicht mehr offen zu ihm sein, verstehst du, wenigstens nicht mehr so offen wie früher. Und natürlich gibt es für uns kein Zurück, wir können nichts ungeschehen machen. Alles, was *ich* tun kann, ist hoffen und beten, daß eine hingebungsvolle junge Frau in diesem Feriendorf ihn so vergöttert, daß er mich vergißt. Mich und alles, wofür ich stehe. Die Hoffnung ist zwar relativ gering, aber sie ist alles, was ich habe, um weiterzuleben. Seine Schwäche für Anbetung um jeden Preis.«

»Ich weiß. Er hat es mir einmal erzählt.«

»Ach, hat er das?« Fragend sah Edith ihn an.

»Ja, daß er sich wünschte, eine Frau fiele vor ihm auf die Knie und betete ihn an. Ich fand das witzig.«

»Das hat er gesagt? Dann verstehst du ja, was ich meine. Ich bin darüber hinweg. Ich kann mir gar nicht vorstellen, daß ich früher so ein Heimchen war. Aber ich war es wohl... Ich vermute mal, daß du nicht nachvollziehen kannst, was es für eine Frau um die Dreißig bedeutet, wenn sie jemand so Hübsches wie Larry kennenlernt. Wenn so ein ausgesprochener Adonis in ihr Leben tritt – so weltgewandt, so kosmopolitisch – und sich dann auch noch in sie verliebt.«

»Ich bin auch zuerst auf ihn geflogen – in gewisser Weise. Er war einfach wunderbar.«

»Ja... und ich will euch eure Gefühle füreinander nicht kaputtmachen. Eure Beziehung ist sehr schön.«

Eine Art Rhythmus ging Ira durch den Kopf, wie von einem Gedicht, dessen Worte er vergessen hatte. Sie saßen ruhig da und blickten einander sekundenlang an und sprachen kein Wort. Wie konnte Ira ihr begreiflich machen, daß sein Freund ihm zwar leid tat, daß es aber richtig war? Sag ihr doch: *Es ist überhaupt nicht deine Schuld. Es ist seine.* Larry sträubt sich gegen einen Willen, der so unerbittlich ist, daß er ihn noch nicht einmal bemühen muß; gegen einen Willen, der ihn zwingt. Woher wußte Ira, daß er ihn nicht Schritt für Schritt unterdrückt, ja bezwungen hatte? Als wäre er eine elementare, unsensible Kraft und Larry jemand, der menschlich war und mild und gut. Sag ihr, er sei wie jener hungrige Kämpfer, von dem du gelesen hast; den kann man nicht besiegen. Jack Londons hungrigen Kämpfer auch nicht. Statt dessen sagte er: »Möchtest du, daß ich dir morgen mit den Taschen helfe? Ich bin erst ab halb vier bei Loft's.«

»Nein. Süß von dir, das anzubieten, aber ich werde nach einem Taxi telefonieren. An der Grand Central Station nehme ich mir dann einen Gepäckträger. Das ist dort kein Problem, die sind dort immer sehr gefällig. Hast du im Sommer übrigens bei Loft's dieselbe Arbeitszeit wie jetzt?« Sie schlug die Beine übereinander, so hübsch unter der diskret langen Saumlinie des bronzefarben bedruckten Rocks. »Allein durch deine Anwesenheit hast du mir sehr viel Trost gespendet.«

Ira versuchte wegzuschauen, Ablenkung zu finden bei den Fußgängern draußen vor dem Fenster. »Also, die Arbeitszeit bei Loft's? Ja, dieselbe. Aber ich muß den ganzen Sommer Französisch lernen. Ich mache einen Sprachkurs, jeden Tag zwei Stunden. Ich habe noch nicht genügend Punkte und durch meine schlechten Noten fast einen ganzen Punkt verloren. Ich muß mich jetzt ranhalten, wenn ich das noch aufholen will.«

Verwundert schüttelte sie den Kopf. »Du bist eine so merkwürdige Mischung. Man sollte meinen, du hättest keine Probleme, gute Noten zu bekommen. Im Aufsatz hattest du doch dies Semester ein A. Und das, obwohl Schreiben ursprünglich nicht dein Hauptinteresse war.«

»Das war nur Glück. Mr. Kieleys Kurs behandelte die schriftliche Darstellung. Du hast mir selbst gesagt, daß ich gut darin bin. Allerdings bin ich sehr langsam.« Abwärts gleitende Blicke blieben an schlanken Waden und Knöcheln hängen. »Zäh wie Sirup. Und das College… Ich träume, statt aufzupassen. Ich bin nicht bei der Sache.«

Frauen betrachteten die Dinge anders als Männer, wenigstens tat Edith das. Sie schien einfühlsam, aber war sie es wirklich? »Ich bin noch zu einem frühen Abendessen verabredet, mit einem Kollegen, Boris, du hast ihn kennengelernt. Und danach gehe ich früh zu Bett. Vermutlich für die nächsten zwei bis drei Tage meine letzte ruhige Nacht.«

»Zwei bis drei Tage«, wiederholte Ira und schüttelte mitleidig den Kopf. »Das ist vielleicht 'ne Tour. Und dann den ganzen Weg wieder zurück?«

»Ja.« Ein bitterer Zug legte sich um ihre Lippen. »Ich werde immer noch gefragt, ob Neumexiko in Amerika liegt.«

»Ähem!« räusperte er sich schmunzelnd und stand auf.

»Bitte, denk nicht, daß du schon gehen sollst.«

»Nein, aber ich muß –« Einen Moment kämpfte er mit sich: erst vor kurzem hatte er den Vorwand schon einmal bemüht. »Ich muß gehen und den Besuch machen.« Indem er nur die halbe Wahrheit wiederholte, vermied er es, die Unwahrheit zu sagen.

»Oh, ich verstehe.« Sie erhob sich ebenfalls. Frauliche Figur und doch mädchenhaft. Bronzefarbener Rock mit darüber getragenem schlichtem, erikafarbenem Pullover, passend zu ihrem olivfarbenen Teint. Und nach einem Blick in den Spiegel sagte sie: »Wie *geht* es denn deinem Großvater?«

»Meinem Großvater? Wie immer. Er klagt und klagt. Seine Augen, seine Beine, seine Rippen.«

Iras Schnodderigkeit konnte ihrer Güte nichts anhaben. Mitfühlend schüttelte sie den Kopf. »Er wohnt bei deiner Tante, nicht wahr?«

»Ja, bei meiner Tante Mamie. Sie wird langsam so fett, daß sie die Beine nicht mehr übereinanderschlagen kann.«

»Ist das wahr?«

»Ja doch.« Wie anders seine Welt in ihren Augen scheinen mußte. »Und neuerdings beschwert er sich immer, daß die Mädchen das neue Radio zu laut aufdrehen.«

»Oh. Ich glaube, irgendwelche Mädchen hast du noch nie erwähnt.«

»Meine beiden kleinen Cousinen?« Junge, Junge, Volltreffer. Nach diesem Schnitzer fühlte er eine gewaltige Last auf seinem Hirn: ein jüdischer Packesel mit einem Schädel voller häßlicher Dinge, die er nicht offenbaren konnte. Eine komische Vorstellung, daß er damit etwas anfangen könnte. Doch es mußte etwas Schönes sein, wenn es den *gojim* gefallen sollte – ja. Die trugen Schönheit in ihrem Hinterkopf spazieren – »Was? Wie bitte?« Er hatte ihre Frage wohl gehört, die sie gestellt hatte, benötigte aber etwas mehr Vorbereitung für die Antwort.

»Wie alt sind die beiden denn?« So anhaltend der neugierige Blick aus ihren großen braunen Augen.

»Oh, sechzehn und zwölf. So in dem Dreh. Die eine ist blond und will Maniküre werden. Die andere ist ein Rotschopf und will Tänzerin werden.« Ira lachte in sich hinein. »Sie besuchen beide den Wirtschaftszweig.«

»Dann sind sie sogar noch jünger als deine Schwester.«

»O ja. Minnie ist ungefähr zwei Jahre älter, achtzehn. Sie ist nächstes Jahr mit der High School fertig, im Winter.«

»Es tut mir wirklich sehr leid, Ira, daß ich jetzt diese Reise machen muß. Ich glaube, es wird Zeit, daß wir uns besser kennenlernen.«

»Jaa?«

»Ach, noch etwas. Gut, daß es mir einfällt.«

Er wartete, rätselte, schaute zu, wie sie in ihrem Nähkästchen wühlte. »Hier, das müßte gehen. Ich habe Larrys Größe damals ganz gut geschätzt, aber deine Hand ist doch viel kleiner.« Sie näherte sich mit einem gelben Maßband. »Wirklich, man sollte einen Satz Meßringe besitzen, wie ein Juwelier, aber – auf welchem Finger trägst du am liebsten einen Ring?«

»Ohh.« Fast automatisch kam Iras Reaktion. »Auf diesem«, sagte er und streckte den Mittelfinger vor.

»Ich versuche, so genau zu messen, wie ich kann.« Sie schlang das Maßband um seinen Finger, zog es stramm, las die Teilstriche ab, löste es und las noch einmal ab. »Du kannst ihn dir später immer noch passend machen lassen.«

Er versuchte, sich darauf zu konzentrieren, was sie tat – um die beginnende Erektion im Keim zu ersticken, die erste überhaupt in ihrer Gegenwart. »Du willst mir einen Ring mitbringen?« Besorgt runzelte er die Stirn. »Ich meine, einen Indianerring?« Jesus, er war kurz davor, Schande über sich zu bringen. Verdammt peinliche Art, Dankbarkeit zu zeigen. »Gee. Das ist aber nett. Ich meine – danke.«

Und er konnte das, was bei ihm anschwoll, kaum noch verbergen, wackelte mit den Hüften, um in der Hose mehr Raum zu schaffen. Das Maßband um seinen Finger hatte das bewirkt. Doch was für eine vornehme Art sie hatte, über seinen Zustand hinwegzusehen: gelassen und neutral blickten ihre braunen Augen, während ihre zierlichen Finger mit dem gelben Maßband spielten. »Larrys Ring war sehr klobig – passend zu seiner großen Hand. Ich muß etwas finden, was zu dir paßt.«

»Danke. Wir beide werden am City College die einzigen mit Navajo-Ringen sein.« Ira schlich zur Tür. So konnte er sich überlisten: in Bewegung bleiben. »Ich notiere mir nur schnell die Postfachnummer, die du mir gegeben hast. Ansonsten nur 'Silver City, New Mexico'? Keine Straße? Das ist alles?«

»Ja, das ist alles. Und bitte schreib oft. Du hast ja keine Ahnung, wie sehr ich deine Briefe genieße.« Sie folgte Ira zur Tür.

»Ach ja? Das freut mich.« Er spürte das Anstoß erregende Glied in sich zusammensinken. »Ich hoffe, du hast eine gute Reise.«

»Oh, ganz bestimmt nicht. Diese Reisen sind nie gut.« Ausgesprochen amerikanisch, wie sie mit fröhlichem Auftreten unerfreuliche Aussichten überspielte. »Ich werde mich zu Tode langweilen. Das ist mal garantiert. Die Verstopfung auch.« Ihr Ausdruck wechselte, war jetzt von echter Zuneigung geprägt. Sie streckte die Arme aus und nahm Iras Wangen zwischen ihre Hände. Sie zog seinen Kopf zu sich herab und drückte ihre zarten Lippen auf die seinen: zart waren sie und doch fest. Ira konnte ihre kühle Form spüren. »Du bist mir sehr lieb geworden, Ira.«

»Danke.« Es war merkwürdig für ihn, er selbst zu sein, nicht mehr und nicht weniger, nur ganz ehrlich er selbst. »Ich habe so viel von dir gelernt, daß ich es gar nicht in Worte fassen kann.«

»Hoffentlich ein bißchen mehr als die Dummheiten, die ich gemacht habe.«

»Aber nein. Ich denke gar nicht, daß du dumm gewesen bist. Jaja, ich weiß: du bist zu selbstlos. Und machst dir zu viele Sorgen. Gibst dir zu oft selbst die Schuld. So etwas Ähnliches mache ich auch. Aber ich bin nicht selbstlos.«

»Für mich warst du es jetzt. Die ganze Zeit.«

»Ach ja, einfach nur zuhören.«

Sie lachte. »Bitte paß gut auf dich auf, junger Mann.«

»Ich versuch's.«

»*Goodbye.* Und schreib oft.«

»Versprochen. Und deine Briefe bedeuten mir auch sehr viel.« Er nahm ihre kleine ausgestreckte Hand in seine. »*Goodbye*, Edith.«

»*Goodbye.*«

II

Ira besuchte einen Französischkurs, jeden Tag zwei Stunden, am frühen *après-midi, oui, oui.* Der Kurs im zweiten Halbjahr seines zweiten Jahres Französischunterricht (länger lernte Ira die Sprache nicht) wurde abgehalten von Professor Girain, gebürtig aus der Gascogne (der Heimat D'Artagnans) und ein äußerst strenger, ergötzlicher Mensch. Er strotzte vor schroffem, gallischem Witz. Gallischer Witz, so nannten sie es – und es gab tatsächlich etwas wie gallischen Witz, sinnierte Ira: kein anderes Volk kannte so impulsive Kehrtwendungen und Retourkutschen (höchstens noch die Iren). »Ich frage einen Mann an der Ecke, wo ist bitte die *Leo Nard Street*. Ist die englische Sprache verrückt, oder was? Man schreibt *Leo Nard* und spricht *Lennard*.«

Ira fand derartigen Gefallen an des Professors Scherzen und Frotzeleien, genoß sie so sehr und war dafür so empfänglich, daß er vor allen anderen in der Klasse die Pointe begriff und vor allen anderen darüber lachte. Und bald schon suchte Professor Girain häufig Blickkontakt zu dem aufmerksamsten seiner Schüler, als hätte er in Ira einen Connaisseur dieser bestimmten Art von Humor gefunden, die hier vermittelt wurde. Es gab noch etwas, das die beiden verband: Iras französische Aussprache. Aus dem ganzen Kurs bekamen nämlich nur zwei Studenten die höchste Zahl von zehn möglichen Punkten für die Aussprache; der eine war Ira, der andere war Calvin Schick aus einem höheren Jahrgang, und der hatte die letzten sechs Monate mit einem Stipendium in Frankreich verbracht.

Ira hörte auf zu tippen. Die verdammten Erinnerungen an das College, die verdammten Erinnerungen, die das College seinem Gedächtnis eingebrannt hatte, Erinnerungen, die mit seiner Verrücktheit zusammenhingen, mit seiner Unbesonnenheit, seinem fiebrigen Sex, wie der Rezensent der *New Masses* es – ungewollt euphemistisch – ausdrückte: Selbst jetzt blockierte die verdammte Vergangenheit noch ihre Nacherzählung. Es war derselbe Calvin Schick, mit dem Ira heftig aneinandergeraten war, als er im Sekretariat hartnäckig darauf bestand, so lange dort stehenzubleiben, bis man ihm seine Zeugniskopie ausgehändigt hätte und der dort beschäftigte Mitarbeiter versuchte, ihn mit körperlicher Gewalt hinauszuwerfen. Dem hatte Ira sich widersetzt, wobei die Glasscheibe in der Bürotür zu Bruch ging und sein Handgelenk leichte Schnittwunden davontrug. Die Sekretärinnen, vom Anblick seiner blutüberströmten Hand erschreckt, gaben schnell nach. Ira erhielt das Objekt seiner Begierde, sein Zeugnis, dessentwegen er die lange Fahrt zum College unternommen hatte, und schützte es beim Verlassen des Gebäudes vor dem Blut, das von seinem Handgelenk troff. O Himmel, die Erinnerungen, die jetzt wieder auf ihn einströmten. Es war Calvin Schicks Bruder, ein Klassenkamerad von Ira und ein Goi, mit dem er sich bis dahin gut verstanden hatte, der ihm bittere Vorwürfe machte, als er an Jom Kippur im schwach besuchten Gruppenraum ihres Jahrgangs auftauchte: »Heute ist euer heiligster Tag. Warum ehrst du den Feiertag nicht wie die anderen?«

»Weil ich keine Lust dazu habe.« Es fehlte nicht viel, und die beiden hätten sich geprügelt. Ira sollte sich zu einem viel späteren Zeitpunkt noch einmal einen solchen Auftritt leisten – unter anderen Umständen zwar, aber doch mit derselben Reaktion eines Nichtjuden. Will sagen, es dämmerte Ira, daß die Mißachtung seiner Religion den Glauben der anderen untergrub, ihn unterminierte, ihn trivialisierte – kurzum ein Affront gegen Andersgläubige war. Eigentlich hätte man sich vorstellen können, daß der Goi gesagt hätte: Aha, hier ist ein Jude, der schert sich einen Dreck um den Judaismus. Aber nein, es hieß vielmehr: Hier ist ein Jude, der schert sich einen Dreck um Religion.

Zurück zu seinem Französischkurs. Es war einer der wenigen Kurse, die Ira gefielen und nicht nur rückblickend ein Stück Freude darstellten, sondern auch ein Stück Geschmacksbildung, eine Verbesserung des Unterscheidungsvermögens, etwas, das er eigentlich durch seinen Collegebesuch zu erlernen hoffte, im großen und ganzen aber nicht lernte. Rührte die angenehme Erinnerung daher, daß eine Anatole France-Adaptation im Unterricht gelesen wurde? Ira war durchaus dieser Meinung. Sie lasen *Le Livre de Mon Ami*, und er hatte immer noch die Stelle im Kopf, die sie als Teil ihrer Prüfung auswendig aufsagen mußten: *Sois bénie pour m'avoir révélé, quand je naissais à peine à la pensée, les tourments délicieux que la beauté donne aux âmes avides de la comprendre.* »Gepriesen seist du, daß du mir, kaum, daß ich zu denken anfing, die köstlichen Qualen enthüllet hast, welche die Schönheit den Seelen verleiht, die begierig sind, sie zu verstehen.« Wie liebte er es, die Aussprache des barschen alten Gascogners zu imitieren, die Art, wie sein Lehrer das »Rrr« hinten in der Kehle gurgelte. Und Professor Girain schien seinem faulen, launischen Schüler auch nicht wenig Wohlwollen entgegenzubringen. Einmal, als Ira es wagte, mit seinem alten Lehrer allein zu sprechen, da sagte Professor Girain, ganz ohne Vorwurf, fast flehentlich zu ihm: »Warum sind Sie nicht ernsthaft bei der Sache? Sie haben das Zeug zu exzellenten Leistungen. Sie haben ein bemerkenswertes Feingefühl für Französisch und französische Literatur – *hein?*« Und wurde dafür mit

Iras rätselhaftem – und vermutlich unausstehlichem – Grinsen gestraft.

Bring sie hinter dich, bring sie hinter dich – Ira fingerte nach einer alten, juckenden Aknestelle unter seinem Hemdkragen. Bring sie hinter dich, diese verdammt blöden Jahre, all die dazwischenliegenden, wertlosen Jahre. *Wertlos? Die* Untertreibung der Woche! Es waren saumäßige Jahre, bis er M. kennenlernte.

Oh, man mußte alles nochmals überprüfen und absegnen, Ecclesias, und diese flüchtigen, trügerischen Intermezzi einfügen: wie er Ediths Liebhaber wurde, wie er anfing, seinen Roman zu schreiben. Die Jahre sind wie Hunde, Ecclesias, Hunde, die den Rehbock jagen, nimmermüde, die Beute zu umzingeln.

– *E l'animo mio ch'ancor fuggiva* – bis zu jenem sublimen, ultimativen, transformativen Moment der Klarheit, wenn nichts mehr zu sagen bleibt, nichts mehr zu tun ist als zu perzipieren, zu kontemplieren. Ein unsägliches Gefühl der Erhabenheit...

Nicht daß die Jahre, nachdem er M. kennengelernt hatte, so viel besser waren, oder er so viel klüger oder weiser geworden wäre – er war es nicht. Aber nun gab es M., an die er sich halten konnte; er hatte M., ihn zu leiten. Sie war seine Beatrice, die ihn auf seiner Reise zur Erlösung führen, ihn festigen – was sollte er sagen? –, seinen Wahnsinn mit ihrer Güte und Weisheit lindern sollte. Jesus, das hatte er sich heute morgen gesagt, als sein Hirn sich weich anfühlte wie ein Hefeteig und er den Monitor anstarrte, den er nicht erreichen konnte –

Er war wieder ins Bett gegangen, erschöpft und am ganzen Körper steif und wünschte, er wäre tot: *apothanein thelo.* Ehe er in Schlaf verfiel, hatte er sich noch etwas eingeschärft: daran denken, als nächstes einen preisgünstigen Koffer in der richtigen Größe zu besorgen, damit beginnen, all seine – lausigen, sagte er und nahm es wieder zurück –, all seine geistlosen Aufzeichnungen einzupacken, sie zu verstauen; sich auf sein Ableben vorbereiten, auf das *pejgern.* Gab es irgend jemanden, der mehr geschriebenen Mist hinterließ, mehr dokumentarisches Geschwätz als dieser verhinderte Chronist? Nein. Triff deine Vorbereitungen, schaffe Ordnung, damit du unter Hinterlassung eines möglichst kleinen Saustalls abtreten kannst.

Ira betrachtete die verworrene, unentwirrbare Gedankenkette, die in der dunklen Ecke zwischen Monitor und Rechner zu lauern schien: Die einst so überaus wichtige fleischliche Komponente seiner Ehe mit M. hatte sich nun zu intimer Routine sublimiert, in ein gegenseitiges Geben und Nehmen, den intimen Austausch im Rahmen einer intellektuellen Partnerschaft. Doch genau wie M. früher auf der körperlichen Ebene seine hundertprozentige Treue erwartet und erhalten hatte, erwartete sie nun monogame *geistige* Treue. Sie wollte alle seine Gedanken; sie verwahrte sich dagegen, daß andere Anteil daran hatten.

– Ja, und was verübst du hier mit mir, lieber Freund?

Mit dir, Ecclesias? Nein. Dir Reflexionen anzuvertrauen über das, was war – dir, meinem Fenster zur einzig mir verbleibenden Zukunft, nein, das ist kein Seitensprung – das ist mein Überleben; und eine Strafe.

Aber er schmeichelte sich. Seine Hypothese würde einer rigorosen Überprüfung keinesfalls standhalten. Also dann, mach voran. Wie viele Male – fürchtete er – würde er sich das noch sagen bis zum Ende seines Vermächtnisses, falls er denn je dort ankäme. Ganz gleich: Wenn es half, daß er sich die Sporen gab, um zum Ende zu kommen, dann würde er es tun, so häufig wie nötig. Mach voran... so schleunig wie möglich.

Aber vorher hatte er noch seinen Job bei Loft's geschmissen, hatte gekündigt – oder war gekündigt worden. Im Juli. Wenn es dazwischen eine Grauzone gab, dann wurde sein Job innerhalb dieser Grauzone beendet.

Mr. Buckley, der Chef der Abendschicht, hatte Dienst. An einem Sommerabend. Warmes, hell erleuchtetes, süßlich aromatisiertes Ladeninneres mit großflügeligen, sich schleppend drehenden Ventilatoren unter der Decke. Und Kunden, die Eis und Limonade kauften und sich an die runden Marmortische setzten.

Mehrere Leute kamen herein. Sie hatten es auf die Erfrischungen abgesehen und besetzten die runden Tische. Bob schlurfte zu Ira hinüber, drehte den Gästen den Rücken zu und sagte:»*Boy*, guck dir bloß die Niggerkunden an, die viere, fünfe, die grad reinkomm'. Sag bloß, die setzen sich an einen Tisch.«

»Buckley schaut zu uns herüber. Du weißt, was das bedeutet.«

»Oh, verdammt! Du meinst, ich muß jetzt bei den Niggern Kellner spielen?«

»Wer denn sonst!«

Bob wandte sich wieder dem Eingang zu, wo Kinder mit ihren Eltern an Malzgetränken und Milchshakes nippten und junge Pärchen, aus dem Kino kommend, sich einen Eisbecher teilten. Als Bob sich umwandte, drehte er seinen Körper so ungeschickt, daß er fast in die Kasse fiel und Ira dabei in Mr. Buckleys Blickrichtung schubste. In dessen Augen war jetzt Ira der Angestellte, der nichts zu tun hatte und beschäftigt werden mußte.

Mr. Buckley forderte Ira auf, die neuen Kunden zu bedienen. Ira lehnte ab. Aufsässig, ohne Frage, entgegnete er, daß es nicht seine Aufgabe sei, an Tischen zu bedienen; er sei Kassierer und Bonbonverkäufer, mehr nicht. Er beabsichtige, hinter dem Tresen zu bleiben; er weigere sich, Kellner zu sein. Mr. Buckley war beleidigt, vermutlich eher durch Iras Benehmen als durch dessen Weigerung. Er schnauzte, Ira könne seine Sachen packen, wenn er nicht tue, was man ihm sage. Da zog Ira die weiße Loft's-Jacke aus, nahm die Kappe ab und ging. Trotzig, gefangen in seiner selbstverschuldeten, klapsmühlenreifen Verfassung, wie schon unzählige Male zuvor. Er ging nach Haus – und blieb zu Haus.

Schon länger hatte er kündigen wollen, unbewußt, und nie die Gelegenheit dazu gefunden. Als er in der Woche drauf noch einmal vorbeischaute, um den Lohn für seine letzten Arbeitstage abzuholen, da stellte Mr. Ryce ihn mit deutlichen Worten zur Rede, warum er tagelang nicht zur Arbeit erschienen und so lange ausgeblieben sei, daß statt seiner ein neuer Mitarbeiter eingestellt werden mußte. Was denn los sei mit ihm? Die einstige Meinungsverschiedenheit mit Mr. Buckley sei nicht von Bedeutung.

»Ein Studierter wie Sie, mit Ihrer Erfahrung im Laden, Mann, nach dem Examen hätte die Firma Sie doch gleich übernommen – ach, auch vorher schon, zur Entlastung, als zusätzlichen Geschäftsführer.« Mr. Ryce kochte. »Ein junger Kerl wie Sie hätte höher aufsteigen können als ich! Sie hätten in die Riege der Generaldirektoren gepaßt.«

Ira ließ den Kopf hängen, versuchte, törichter auszusehen, als er war. »Ich – ich dachte, ich wäre gefeuert.«

Mr. Ryce überreichte ihm seine Lohntüte mit der abschließenden Geste eines Mannes, der es mit einem hoffnungslosen Fall zu tun hat.

Kurz bevor Edith nach Neumexiko abreiste, schmiß Minnie ihren Job in dem Billigladen, wo alle Artikel nur zwischen fünf und zehn Cent kosteten. Sie hatte einen neuen Job in B. Altman's Department Store gefunden und arbeitete dort im Untergeschoß bei den Sonderangeboten. Sie verkaufte herabgesetzte Waren aller Art – Möbel, Kleidung, Haushaltswaren. Ein paar Wochen vergingen. Gegen Ende Juli erzählte sie Ira im Vertrauen, sie habe einen »netten Typen aus Panama kennengelernt, der mit mir ausgehen möchte«.

»Ach ja?« Kühl, gleichgültig und matt hörte er ihr zu, mit einer gewissen Gelassenheit. Merkwürdig, obwohl seine Reaktion verständlicherweise mehrdeutig war. Ihm wurde bewußt, daß er gütig sein konnte, ja sogar hilfreich: »Na ja, mach dir nichts draus, daß er Spanier ist. Ist er denn ein netter Kerl?«

»Oh, er ist ganz wunderbar. Und er sieht sehr gut aus. Er ist Abteilungsleiter, zuständig für all die verschiedenen Grünpflanzen und Topfblumen, für die Pflege sämtlicher Zimmerpflanzen in den Schaufenstern und der Rankgewächse, die von den Decken hängen. Kletterpflanzen. Er kennt sie alle mit Namen, das hat er alles in Panama gelernt.« Sie stockte, folgte amüsiert ihren Reminiszenzen. »Und er trägt eine weiße Nelke im Knopfloch, genau wie man es in manchen Filmen sieht.«

»Ach ja? Und wie hast du ihn kennengelernt?«

»Oh, du kennst doch Altman's? Im Fahrstuhl, ehe der Laden öffnet. Da siehst du Leute, hörst, was sie reden. Da habe ich mitgehört, wie er von den hinreißenden Blumen und Pflanzen im dritten Obergeschoß sprach. Ich bin dann in meiner Mittagspause einfach nach oben gegangen. Er dachte, ich sei eine Kundin, und wir unterhielten uns erst einmal nur so. Dann fragte er mich, ob ich mich nach Geschäftsschluß mit ihm treffen möchte. Er hat mich eingeladen. Zu Schrafft's.«

»Zu Schrafft's. Hey, das ist erste Klasse. Und wie alt ist er?«

»Sechsundzwanzig, vielleicht achtundzwanzig.«

»Und es stört dich nicht, daß er kein Jude ist? Letztes Jahr hast du noch gesagt, nie wieder würdest du mit einem *goj* gehen – oder so ähnlich.«

»Es stört mich nicht. Ich war dumm, damals. Diesmal werde ich nicht so blöd sein. Der Sejde kann das *Kaddisch* für mich sprechen. Aber«, betonte sie, »bis dahin bleibt's beim Reden. Er gibt mir dieses besondere Gefühl, du weißt schon.«

»Ach ja?« Ira schaute sie prüfend an: Hübsch, trotz der dikken Brillengläser, die sie nun tragen mußte, die Lippen leicht geöffnet, die Augen voller Schalk, die frischen, rosigen Wangen glühend vor zärtlichen Gefühlen, so offenbarte sie den Zustand, den er wiedererkannte, aber selbst nie kennen würde.

»Na prima«, sagte er. »Viel Glück.« Und sprang plötzlich auf.

Einige Tage später hörte er, wie Mom die Wohnung verließ. Er lag in seinem schmalen Bett, ganz still, und starrte auf die gegenüberliegende grauverputzte Hauswand, die er durch sein Luftschachtfenster sehen konnte. Es war erst wenige Wochen nach der Sommersonnenwende, überlegte er, und doch drang das Sonnenlicht um die Mittagszeit nicht mehr bis zu ihnen herab – aber es war jetzt noch nicht Mittag. Wer war das doch gewesen? Eratosthenes hatte ein Experiment zur Bestimmung des Erdumfangs durchgeführt und war dazu in einen tiefen Brunnen geklettert. Der konnte kaum tiefer gewesen sein als dieser Luftschacht, gemessen vom Dach bis zum Erdboden. Oder auch nur bis zum ersten Stock.

Minnie war letzte Nacht lange aus gewesen, ein sicheres Zeichen, daß sie wieder eine Verabredung gehabt hatte. Sie hatte, nachdem sie die Küche betreten und das Deckenlicht eingeschaltet hatte, sofort die Tür zu den Schlafzimmern zugezogen, aber er war wach geworden. Er hatte nichts gesagt, als sie auf dem Weg zur ihrem Klappbett, das im Schlafzimmer der Eltern stand, an ihm vorbeikam. Es gab keinen Zweifel, mit wem sie ausgewesen war: mit Arturo, den sie Artie nannte, dem gutaussehenden Latino, dem Leiter der Abteilung für Topfpflanzen und Hängegewächse. Ira kam sich merkwürdig vor. Er fühlte sich beinahe geschlechtslos, wie er in jämmerlichem Schweigen so dalag und zu ergründen suchte, was er empfand, denn es war nun wirklich endgültig vorbei. O Himmel, laß es vorbei sein und vorbei bleiben. Er würde eben Stella ab und zu mal einen reinschmuggeln, wie er es sonst auch schon oft getan hatte. Brauchte ihn nur halb hochzukriegen und war schon drin, hatte ihn kaum reingesteckt, als es auch schon wieder vorbei war und sie von seinen Knien abstieg – ehe jemand etwas merkte. Eine beschissene Art zu vögeln, dreißig Sekunden, halbherzig, in höchster Eile.

Kopf oder Zahl. Sie schlief noch, schlief sich aus. Nun, dann, steh auf, steh auf und zieh dich an – wenn du denn jetzt die Zerreißprobe wolltest. Zeig's ihr. Zum Teufel, er wußte es nicht. Würde die Latinoromanze von Dauer sein? Würde es eine Verlobung geben, wohin andere Romanzen sich zwangsläufig entwickelten? Würde sie einen Antrag von ihm akzeptieren? Vielleicht. Sollte er dem alten Sejde beistehen, wenn der sich die Haare raufte beim *dawenen* über ihrer *Kaddisch*-Kerze? Ohnehin würde sie mit *ihm* nichts mehr anfangen.

Dann beachte sie doch gar nicht. Steig aus dem Bett. Ja, so. Jesus, mach schon. Gut so. Mach, daß du in deine Klamotten kommst. Okay.

Er stand auf, ging leise in die Küche, barfuß. Er benahm sich jetzt so anders, jetzt, da er es begriffen hatte: endlich einmal nicht opportunistisch, nicht halbherzig – oder wie sollte er es nennen? Ohne Zweifelsscheißerei. Er fühlte sich fast wie ein

256

Mondsüchtiger, der am hellichten Tage schlafwandelt, am Sonntagvormittag in der Küche steht und aus dem Eckfenster auf den Wäschepfahl im Hof hinausblickt und mit Minnie ganz allein ist – ob das wohl die Gefühle siamesischer Zwillinge sind, wenn sie versuchen, sich auseinanderzureißen?

Er wollte gerade die Tür zwischen Küche und Schlafzimmer ins Schloß ziehen, da hörte er ein Bett knarren, das Knarren eines bestimmten Bettes, dann ein paar barfüßige Schritte und das Knarren eines anderen Bettes. Sie wechselte von ihrer Liege ins Ehebett. So leise er konnte, ließ er die Zunge ins Schloß schnappen.

»Mama?«

»Nein«, sagte er mürrisch. »Ich bin's.«

»Dann ist sie schon lange weg?«

»Nein. Ein paar Minuten.«

»Und – was machst du?«

Unsichtbare Spitze des Drehkreisels beim Hanukka-Fest: kam sie auf *schin* zu liegen, so hieß es: alles oder nichts. Welches denn nun? Er hatte es vergessen. *Gimmel* – nimm alles, oder was? Seit der East Side hatte er es nicht mehr gespielt. »Ich wollte mich gerade anziehen.«

»Ich würde dich gern einen Moment sprechen.«

»Wozu?«

»Setz dich. Ich möchte dir von meiner Verabredung erzählen. Es war wunderbar, einfach wunderbar.«

»Ach ja?« Ira setzte sich auf die Bettkante. Oh, Jesus, würde es denn niemals aufhören. »Erzähl schnell, okay?«

»Du hast doch Zeit. Wir haben nichts vor. Er hat ein Hotelzimmer für uns genommen, weißt du. Nur für ein paar Stunden. Oh, die Zeit dort war so wunderbar. So leicht –« Verzückt faltete sie die Hände über dem weißen Brustbesatz ihres Nachthemds. »Ich bin ja schon öfter ausgegangen, aber so wie gestern war es noch nie. Man hat ein großes Bett, ein wunderschönes Zimmer, ganz für sich allein. Ach, und ga-a-nz vi-i-el Zeit.«

»Fabelhaft. Und warum erzählst du mir das?«

»Er hat so eine weiche, goldene Haut. Und ist ein wunderbarer Liebhaber. Man denkt, man könnte –« Sie nahm die

Hände von ihrem Busen und breitete die Arme aus. »Du ahnst ja nicht, wie lange man es halten kann. Ich sage dir noch etwas, was du wissen solltest. Er ist verheiratet!« Sie hob den Kopf aus dem Kissen. »Er ist verheiratet und hat sogar zwei Kinder.«

»Na, dann Mahlzeit.«

»Er hat es mir gesagt.«

»Du weißt das und läßt dich trotzdem von ihm vögeln?«

»Halt den Mund, du dreckige Ratte. Dreckig. Dreckig. Mehr bist du nicht.«

»Schon gut, ist ja gut.«

»Du stinkst.«

»Ach ja?«

»Du solltest dir mal zeigen lassen, wie man richtig Liebe macht. Oh.«

Er ging auf sie los, sprühte Haß. »So wie du und dein Latinostecher? Warum nicht.« Er war kurz davor, sie noch mehr zu beleidigen, aber die Boshaftigkeit seiner Häme betäubte ihn, nein, berauschte ihn – er konnte die beiden Gefühle nicht auseinanderhalten, wußte nur, daß er von Erinnerungen überwältigt wurde und verwandelt von der Faszination des Horrors am Abgrund, an den er ungehindert gelangt war, von der Faszination der Grenzen, die er bis an den Rand der Sünde überschritten hatte – und daß er sich Minuten zuvor in die törichte Hoffnung verstiegen hatte, er könnte irgendwie damit beginnen, die Vergangenheit wiederaufleben zu lassen. Er hörte sie nur schwach, wie hinter einer Galerie von Spiegeln mit seinem Zerrbild, der dunklen, vielfachen Reflexion seiner Angst, ein Nichts zu werden.

»Sei still, du Ratte. Gegen ihn bist du ein *menschele*, weißt du das? Was er hat, wirst du dein ganzes Leben nicht haben. Er hat Charme. Und einen Körper. Er ist schön.«

Sie tat ihm weh, wie Mom Pop weh tat, wenn sie ihn verhöhnte. »Was hab ich damit zu tun, du verdammte Fotze!« schimpfte er zurück. »Ausgerechnet ein spanischer *goj*! Und noch dazu verheiratet.« Er hörte sich in Boshaftigkeit zerfließen, sah Reste sommerlicher Abfälle im Rinnstein

258

vor sich, den vergitterten Gully an der Ecke. Na wenn schon. Er könnte sie umbringen.

»Besser als ein Bruder, besser als ein Bruder«, motzte sie zurück. »Besser als du. Und denk bloß nicht, du kannst mir Angst machen, weil du's Mom erzählen willst. Ich bin alt genug, in der Oberstufe auf der Richmond. Ich hab es ihr schon selbst erzählt, daß ich mit einem aus Panama geh.«

»Ach ja? Und was hat sie zu ihrer kleinen *rusjinke* gesagt? Hast du denn auch erzählt, daß er verheiratet ist und Kinder hat?«

»Nein, habe ich nicht. Ich hab nur gesagt, er ist aus Panama. Sie hat – weißt du, was Mom geantwortet hat?« Minnie ignorierte seine heftige Ironie. »Sie sagte, ›Nu, tu was du willst. *Bist schojn a grojß mojd*. Du bist kein Kind mehr. *Nur breng mir nischt kein bankert*.‹ Du kennst Mom: schlepp mir kein uneheliches Kind an.«

»Ich hoffe, das tust du doch.«

»Zum Teufel mit dir. Ich könnte Mom erzählen, was ich von dir gelernt habe.«

»Zum Teufel selber. Ich sag ihr dann, es war ihre Schuld.«

»Ihre Schuld?« Minnie war verblüfft, wütend und irritiert. »Wieso war es *ihre* Schuld?«

»Ach, schon gut.« Er grinste leichtfertig und hochnäsig. »Ich bleib erst mal auf der Reservebank, okay? Bis zum Ende des Sommers.«

»Jaa, das glaube ich dir sofort«, parierte sie sein Grinsen mit Verachtung. »Du spielst doch sowieso nicht mehr mit. Punkt. Nie mehr. Immer die Nase in einem Buch, in deinen Büchern. Geh, such dir ein Mädchen, wie andere auch. Nein, selbst dazu bist du zu faul – du *fojlenser*.« Ihre Stimme wurde schmaler, fast ein Kreischen, wie immer, wenn sie aufgebracht war.

»Wen kennst du sonst noch, der es mit seiner Schwester getrieben hat? Du bist mein Bruder, und ich war wie deine Ehefrau, wie eine Hure für dich. Jaa, weil ich dich lieb hatte. Das ist ja das Problem. Ich liebte dich, und ich haßte dich. Warum? Weil du mich so gemacht hast, wie du bist. Ich muß gar nicht erst mit anderen Jungen gehen. Die reiben sich einen Steifen an mir, wenn wir tanzen. Ich weiß genau, was sie wollen. Aber ich muß so tun, als wüßte ich es nicht. Die wollen mich dann umarmen und küssen. Wer will das schon? Ich habe alles verpaßt, was ein Mädchen erleben sollte, was andere immer noch erleben. Die ganze innere Erregung. Es selbst herausfinden und so. Und alles wegen dir. Wegen dir habe ich die ganze Sache nicht mitgekriegt. So ist das nämlich!«

O-weh-o-weh. Nur wenig mehr konnte er gewinnen, wenn er die Sache breitwalzte. Es war sein Drang zur Exploration, der ihn vorantrieb, in der Gegenwart wie schon in der Vergangenheit. Es war das Wort »Exploration«, das ihn jetzt bewegte, das ihm noch im Kopf herumging mit einem Rest der ursprünglichen Gefühlsaufwallung, die er hatte, als er das Wort niederschrieb. Er würde eine Exploration in Sachen Verderbtheit sein, seiner eigenen Verderbtheit, der Seele eines jüdisch-amerikanischen Schriftstellers der ersten Generation des zwanzigsten Jahrhunderts, den Menschen seiner Art durch unglückliche Verknüpfung von Umständen entfremdet – und, vielleicht, zum Teil aus gutem Grund. Aber es würde die Exploration einer Abscheulichkeit sein, organisch mit der Sensibilität eines Mannes verbunden, der sich als Künstler bezeichnete. Wenigstens würde *Einheit,* innere Wahrhaftigkeit erreicht sein, so widerstrebend er auch dorthin getrieben worden war. Was wäre, wenn der Heilige Augustinus aus seinen *Bekenntnissen* den Schmerz herausgestrichen hätte, die Seelenqualen – es wäre ja denkbar gewesen – beim Verzicht auf die beiden Frauen, seine Geliebten, bei der Unterdrückung seiner sinnlichen Neigungen, selbst der harmlosesten. Konnte man die Gewissensbisse des alten Heiligen je wieder vergessen, der sich am hinreißenden Anblick eines schnellen Hundes weidet, der einen Hasen jagt? Er hätte uns einen verstümmelten Heiligen Augustinus präsentiert, und welcher Hahn hätte dann danach gekräht? Er schenkte uns aber den ganzen Mann, etwas, das Joyce nicht getan. Joyce verschrieb sich den *drei Einheiten,* aber scheute die *Einheit,* die innere Wahrhaftigkeit. Etwas, das er, Ira, nun anstrebte, während er mit dem Alter kämpfte und sich der Ewigkeit näherte.

III

Am 1. September 1926 kehrte Edith aus dem Südwesten zurück. Wie »wild« begann sie mit der Suche nach einem anderen Apartment, nach einer »etwas freundlicheren« Wohnung. Sie wurde fündig in der Morton Street, auf der Südseite der Morton Street, in einem restaurierten Stadthaus, wie es sie zwischen Seventh Avenue und Hudson Street häufiger gab. Sie fand es anfangs merkwürdig, daß solche restaurierten Stadthäuser sich mit drei oder vier der typischen fünfstöckigen, fahrstuhllosen Mietskasernen in ein und dieselbe Straße teilten. Es waren zweifellos Relikte aus der Vergangenheit, aus einer Zeit, ehe das Village sich bis ins italienische Einwandererviertel ausgedehnt hatte, womöglich sogar noch aus der Zeit, bevor die Gegend überhaupt italienisch war. Einen Tag nach dem Labor Day-Wochenende kehrte Larry von seinem Job im Feriendorf nach Hause zurück. Er sah gesund aus, sonnengebräunt. Er hatte zugenommen. Blühend und zuversichtlich in allem, was er tat, strafte er Ediths schwarzseherische Prognose Lügen, die Zukunft halte Schlimmes für ihn bereit.

Wie sie vor ihrer Abreise versprochen hatte, brachte sie aus Neumexiko einen Navajo-Ring für Ira mit, den sie ihm überreichte, als Larry daneben stand und vor Gesundheit und Freude, daß Edith seinen Freund dermaßen schätzte, nur so strotzte. Der Ring war völlig anders als Larrys, der, wie sie erzählt hatte, ziemlich klobig war: ein großer Türkisstein in massiver Silberfassung. Iras war weitaus empfindlicher, feiner ausgearbeitet, mit neun Türkisperlen, eingefaßt von einem passenden Silberband, seitlich verziert mit zarten Prägungen. Sie schätzte das Alter des Ringes auf wenigstens fünfzig Jahre, aus einer Zeit, als die Indianer im Südwesten noch Silberdollars einschmolzen, um Schmuck daraus zu machen.

Es war nun annähernd siebzig Jahre her, daß sie ihm den Ring geschenkt hatte – erlaubte Ira sich den Luxus, den luxuriösen Kummer des Nachsinnens: über Zeit und Endlichkeit... und saß einen Moment wie gebannt vor dem reizvollen Wortspiel auf dem bernsteinfarbenen Monitor: Silberdolor... Er seufzte und fuhr fort.

Der Ring war für seinen Mittelfinger etwas zu weit, aber jeder Juwelier könne ihn passend machen, meinte Edith. Außer sich vor Freude über das Novum und die Ehre, streckte Ira ihr die Hand hin.

»Schön! Wunderschön!« rief Larry. »In der Ferienanlage wollten alle wissen, woher ich meinen habe. Ich wette, so wird es dir jetzt auch ergehen. Alle in unserem Gruppenraum werden dich fragen, woher du ihn hast. Wir beide sind bestimmt die einzigen am CCNY, die Navajoringe tragen.«

»Genau das hatte ich zu –« Gerade noch rechtzeitig verschluckte Ira Ediths Namen. »Das habe ich mir auch gesagt. Edith, ich weiß gar nicht, was ich sagen soll. Eine wunderschöne Überraschung!«

Sie schenkte leidenschaftlich gern; ihre Freude wurde in ihren liebevollen braunen Augen, in ihrem olivfarbenen Lächeln sichtbar. »Er war nicht sehr teuer. Ich habe ihn genommen, weil er so ungewöhnlich ist. Er scheint mir genau richtig für dich.«

»O ja. Danke.« Ira blickte hinunter auf den Ring, der lose an seinem Finger baumelte. Was für eine seltsame Kluft schien sich in ihm aufzutun, so weit, so namenlos. Immer auf der Suche nach einem dummen Witz, stellte er sich vor, daß die barmherzige Feierlichkeit ihrer Welt seine Welt in erbärmliche Trümmer legte. »Vielleicht kann ich dir beim Umzug helfen. Oder wir beide.«

»Ja, genau«, pflichtete Larry bei. »Wir holen Ivan dazu. Er ist vom Camp zurück. Er hat einen Führerschein, und Matt hat ein Auto. Matt und Miriam sind ganz verrückt nach Ivan.«

»Ach ja?«

»Nein, nein, kommt gar nicht in Frage. Ihr seid alle beide ganz entzückend. Aber ich überlasse mein Chaos lieber anderen, die wissen, wie so was geht –«

»Ich war früher schon mal Klempnergehilfe«, sagte Ira. »Wenn ich dir vielleicht ein paar Kosten sparen kann?«

Sie lachte, endlich einmal richtig fröhlich.

»Und denk dran: Ich war Matrose auf einem Dampfschiff Seiner Majestät, der *Pinafore,* und – bin gut durchtrainiert«, stimmte Larry ein. »Verlaß dich nur auf mich. Ich könnte den ganzen Krempel besser wuppen als der Bootsmann.«

Glückseligkeit war ein kurzes Atemholen, und es herrschte Wohlbefinden. Spanten der Euphorie – Ira hatte die Conrad-Erzählung im Kopf – hielten wundersamerweise und klammheimlich dem unerbittlichen Druck der Zukunft stand.

Offiziell waren Ira und Larry im zweiten Studienjahr. Offiziell. Denn tatsächlich mangelte es beiden an ausreichend guten Noten, um als solche anerkannt und eingestuft zu werden, als Junior-Studenten mit gutem akademischem Status: Ira aus den üblichen Gründen – Versäumnisse, eine zu geringe Anzahl Kurse, schlechte Leistungen, schlechte Zensuren; Larry wegen der Punkte, die er bei seinem Wechsel von der NYU aufs CCNY »eingebüßt« hatte, wo anders gerechnet wurden. Beide mußten sich darauf einstellen, im nächsten Jahr Kurse in den Sommerferien zu belegen. Die drei Punkte, die Ira in seinem französischen Sommerkurs erzielt hatte, machten seinen bedauerlichen Rückstand nicht wett und versprachen nur wenig Hoffnung, den erbärmlichen Abwärtstrend umzukehren. College-Gepflogenheiten waren ihnen jetzt durchaus geläufig und zur vertrauten Tretmühle geworden. Fast nur mechanisches Büffeln, eine Plackerei, mit der sie sich abgefunden hatten, eine Plackerei, die sie haßten und lieblos ausübten. Im Mittelmaß schwimmend, drohte Iras Laufbahn völlig zu kentern, als er sich der langweiligsten aller Plagen widmete, der Pädagogik, einem Wahlfach. Er zwang sich, seine Texte zum Thema zu lesen: gereizt, verdrossen, das Studium verfluchend, das er für sich gewählt und eher als schlimmes Schicksal denn als zukünftigen Beruf ansah.

Manchmal gab es kleine Abwechselungen im Collegeleben: Mit Aaron Hessman zu Fuß nach Hause gehen, einem Kommilitonen, der ein paar Straßen weiter südlich wohnte – im jüdischen Teil von Harlem. Insgesamt war er gar nicht so übel, dieser Aaron, auch nicht ganz humorlos, aber durch übertriebene akademische Sollerfüllung schon sehr vertrocknet und letztlich behaftet mit einem nervösen Schulterzucken.

Er war kurz davor, bei Phi Beta Kappa aufgenommen zu werden, und hatte gute Aussichten auf eine Tutorenstelle in Latein: *Eheu fugaces, Postume, Postume, labuntur anni.* Ein As im Brustschwimmen war er auch und hatte Ivan imitiert, das Physikgenie, den Muskelmann, der im Wasser eine Bleiente war und beim Schwimmen um sich schlug, als wolle er den Pool leerknüppeln und ihn zu Fuß durchschreiten.

Eheu fugaces, Postume, Postume, labuntur anni. Ach je, wie flugs die Jahre doch verflossen. Wie konnte nur ein so mächtiger Schwimmer wie du, Aaron, ein Jahr nach Erreichen der heißbegehrten Mitgliedschaft, ein Jahr nach dem *summa cum laude* und den Anfängen als Lateinlehrer, einfach so vor Rockaway Beach ertrinken? Es schien schier unmöglich – außer, du hättest es dir vorgenommen..., hättest der erste aus unserem Jahrgang sein wollen, der geht.
   – Und wahrlich, du wirst der letzte sein.
   Auf daß ich mit Aaron hätte tauschen können.
   – Auf deine Erzählung, mein Freund.

Begeisterte Klassenkameraden saßen um den riesigen, zerkratzten Eichentisch im Gruppenraum des '28er Abschlußjahrgangs und unterbrachen, was immer sie gerade machten, wenn Larry einen der Sketche zum besten gab, in denen er letzten Sommer in Kopake, in den Catskill-Bergen, mitgewirkt hatte. Mit Charme und seiner sympathischen Ausstrahlung, mit seiner Weltläufigkeit und Gewandtheit als Entertainer war Larry schon zu einer prominenten Persönlichkeit innerhalb der Klasse geworden. Viele fühlten sich zu ihm hingezogen, wie es vor langer Zeit auch bei Iras Jugendfreund Farley gewesen war. Es gab Verehrer, die sich bei ihm einschmeicheln wollten, doch genau wie bei Farley waren nur wenige Auserwählte zum inneren Zirkel zugelassen, und Ira stand von allen dem Mittelpunkt am nächsten. Auf der zerkratzten Tischplatte bewegte sich Larry, der traurige kleine Jude in seiner khakifarbenen Weltkriegsuniform, und schwenkte seinen stereotypen jüdischen Gesichtsausdruck zum Takt seines Gesangs:

»Vot is life, dot's the quvestion vot I ponder.
Vot is life, over here or over yonder?
It's a game of chence, of circumstence –
Oj, gewalt! I burned a hole in my only pair of...«

Larry brach ab und sang nach einer kleinen Pause nicht das
erwartete Wort »pants«, sondern »*trousers*«.

Alle im Gruppenraum applaudierten, und Ira grinste,
amüsiert und leicht zynisch wie immer. Sicherlich, Larry
war komisch: Mit dieser frischen Ladung Gags, Anekdoten
und lustiger Reime, die er aus Copake und jetzt von Lemansky's mitgebracht hatte, gab es keinen Zweifel mehr,
daß er unterhalten konnte. Und zweifelsohne war sein Material auch amüsant. Doch die Art – was war es? – die Art,
wie Larry es anpries, der Wert, den er darauf legte, der persönliche Wert und die Art, wie er sich damit identifizierte –
das alles war neu, neu und anders. Er sprach von seinen Nummern nicht mehr mit deutlicher Ironie, mit einem sarkasti-
schen Unterton als Gegengewicht zur Belobigung, sondern
wie von seinem Handwerkszeug, von Wertgegenständen,
die auf den Unterhaltungsmarkt geworfen werden sollten.
Eine paradoxe Veränderung hatte in Larry stattgefunden,
als ob die kürzliche Hinwendung zur trivialen Komik seiner
Persönlichkeit zur Zierde gereiche, eine Aufwertung derselben darstelle, nichts sei, was er nur en passant erwähnen
mochte, ohne sich dabei – ohnehin absurd – selbst zu loben,
sondern so, als sei anekdotisches, komisches Talent preisge-
krönter Bestandteil seines Wesens, sein Geschenk an die
Menschheit. Ira tat sich in dieser Zeit äußerst schwer bei
dem Versuch herauszuknobeln, was denn der Unterschied
zwischen dem früheren Larry und dem Larry von heute –
und der Unterschied zwischen Larry und ihm – war, wenn
es um derartige Dinge im allgemeinen und Humor im besonderen ging. Gewann der Darsteller in Larry jetzt die Ober-
hand? War das der Unterschied? Der Darsteller füllte ein
Vakuum aus, das der abgestorbene dichterische Impuls hinterlassen hatte, der in dem College-Freshman vor wenigen
Jahren noch am Keimen war. Das war etwas Merkwürdiges,

265

etwas, worüber Ira nachdenken mußte, ein Abstieg, ein Sensibilitätsverfall, der gleichermaßen eine freie Willensentscheidung wie eine Reaktion auf seelischen Druck zu sein schien. Es war wie eine optische Täuschung: Trivialität kennzeichnete den einen Aspekt, Pathos den anderen.

Ira verspürte einen stechenden Schmerz angesichts des unübersehbaren Wucherns des Gewöhnlichen in Larry. Wie die Konstellation einer Persönlichkeit sich doch ändern konnte, verändern konnte – Ira hatte gelesen, sogar Himmelskonstellationen würden nach vielen Millennien verändert sein – und die Gesamtheit aller Veranlagungen kaum noch als die ursprüngliche wiederzuerkennen war. Durch intuitive Steuerung seiner Gefühle hatte Ira in einer früheren Lebensphase Larrys Wesensart ausgenutzt. Nun war er entschlossen, diese mit Hilfe einer anderen Methode auch in Zukunft für sich zu nutzen. Als eingefleischtes, hellwaches Raubtier, das – unentrinnbar schicksalhaft – nichts anderes sein konnte, war es Ira nur möglich zu leben, wenn er seinen Freund ausbeutete, seinen Wohltäter, der dem niederträchtigen, slumgeschädigten Kumpel gegenüber so großmütig gewesen war, dem in vielfacher Hinsicht Geschädigten, weit vielfacher als Larry sich hätte träumen lassen, Larry, der Ira immerhin ein wenig gutes Benehmen beigebracht hatte, etwas Manierlichkeit: seit seinem ersten Abendessen bei Larry zu Haus mit Lammkotelettes und Rahmspinat. Für Ira war das ein immer wiederkehrendes, ambivalentes Thema: seine Einstellung zum Blühen und Verblühen seines Freundes. Denn obwohl Edith Larrys Veränderung, das Versanden seiner dichterischen Tätigkeit als »Seichtigkeit« bezeichnet hatte, befriedigte ihr Diktum Ira nicht. Während er davon profitierte, daß sie Larry verächtlich machte und dabei selbst auf seinen Vorteil hoffte, machte etwas ihn nervös: das Unverschuldete daran – oder, falls berechtigt, die Frage, wie weit sie gehen durfte. Wenn das Seichtheit war, was war dann Tiefe? Wie tief mußte »Tiefe« sein, um sich zu beweisen? Oder brannte ein Mensch einfach aus, wie auch Farley irgendwann »ausgebrannt« war, der Schuljunge, der schneller lief als der beste Sprinter seiner

Zeit, schneller als der Goldmedaillengewinner Abrams im olympischen Wettkampf.

– Darüber hast du dich schon lang und breit ausgelassen, mein Freund.

Das stimmt, das stimmt. Vermutlich ist es bei mir zur Obsession geworden, Ecclesias, weil ich denselben Weg gegangen bin wie Larry, und wenn ich ihn auch »weiter« gegangen bin als er, so bin ich mir nicht mehr ganz sicher, wer von uns beiden mehr gelitten hat, als der Weg im unwegsamen Morast endete... Ich habe überlebt. Sein Herz ist langsam abgestorben. Und noch etwas ist mir erst viel zu spät aufgegangen, etwas, das ich in diesem Moment vielleicht nur anreißen und mir für eine ausführlichere Behandlung zu einem späteren Zeitpunkt vorbehalten sollte: Denk nur an das zentrale Stilmittel in meinem ersten Roman: Warum habe ich als dramatischen Höhepunkt den beinahe tödlichen Kontakt meiner Hauptfigur mit der Stromschiene »gewählt«? Der Stromschiene, die um ein Haar das Kind hingeopfert, buchstäblich seine Zukunft ausgebrannt hätte? Und ich war so blind, nicht zu sehen, daß meine scheinbar frei erfundene Geschichte *de me narratur.*

IV

In seinem Junior-Jahr auf dem College gelang es Ira endlich, den Anfängerkurs in Biologie in seinen Studienplan einzubauen – den Kurs, den er am Nachmittag seines ersten Tages im College so dringend hatte belegen wollen und der jetzt, nach zwei Jahren, zu einer fernen Reminiszenz an ein berufliches Wunschziel verkommen war. Nichts erinnerte mehr an das trockene, raschelnde Herbstlaub unter seinen Füßen, als er damals euphorisch die Convent Avenue hinaufgeschlendert kam, dem blauen Himmel über der Stadt entgegen, ehe er den sachlich-nüchternen, schmucklosen Hörsaal betrat, wo er sich anmelden sollte und die einzelnen Kurse mit Kreide an die Wandtafel geschrieben waren und eine große Anzahl studentischer Mitbewerber auf ihren Plätzen saßen und fleißig Formulare ausfüllten oder ungeduldig in langen Schlangen warteten. Nein, von alledem war jetzt, bei der Einschreibeprozedur im Junior-Jahr, nichts mehr zu spüren. Jetzt hatte er alle Zeit der Welt, ganz entspannt seinen Studienplan aufzustellen, und brauchte keine Angst zu haben, daß sein Kurs an der Tafel ausgestrichen würde, ehe er an der Reihe war.

Doch was zum Teufel nützte das noch? Binnen zweier Jahre war er ein Nichts geworden. Und wurde täglich weniger. Gemeinsam mit Kommilitonen, die er kaum kannte, verließ er den Hörsaal, ging durch die trüben Flure, an dem grauweißen gotischen Mauerwerk vorbei, die Stufen hinab in den von gestutzten Ginkgobäumen eingerahmten Hof…

Und Biologie – das Fach ließ ihn, als der Unterricht endlich begann, so kalt – um nicht zu sagen naßkalt – wie der eingelegte Frosch, den er sich mit einem Kommilitonen teilte und dessen Körperteile er genau so ungeschickt und lustlos präparierte wie er einem Lurch die Eingeweide entnahm, einer Testarbeit kaum die Note C abrang und einem C für den ganzen Kurs entgegenschlitterte. Oh, er verstand, welche Bedeutung Mendel hatte, der methodische Mönch mit der Schürze und der kleinen Brille, er verstand, was bei grünen Erbsen dominant oder rezessiv war und was passierte, wenn man beides miteinander kreuzte. Na und? Aber dieser ganze Genetikkram, warum zum Teufel sollte er seine grauen Zellen mit all diesen kreuzworträtselhaften Tabellen belasten?

Minnie erging es nicht viel besser als Ira. Eines Nachmittags kam sie durch die Tür getobt und stürzte mit einem Aufschrei, mit unartikuliertem Geheule in seine Arme. Es war ein einziges Lamentieren, laut und lauter, entstellend. Aus zusammengekniffenen Augen rannen ihr glitzernde Tränen in Strömen über Wangen und Kinn – den Mund weit aufgerissen, die Zunge rot zusammengerollt, die Schleimhaut flammend, so flennte sie.

»Hör auf. Was um alles ist denn los mit dir!« Ira machte so schnell er konnte die Tür hinter ihr zu, um ihre Panik, ihre Hysterie auf die Küche zu beschränken. »Was ist passiert? Um Himmels willen – rede!«

»Oh, mein lieber Bruder! Ira, Lieber! Ira-ha-haa!« Ihr Schluchzen überschlug sich, glich einem ausgedehnten Wimmern, verebbte dann in einem Stöhnen: »A-a-a-ach!«

»Ja verdammt, ich hab's gehört!« Ungnädig brüllte er sie an. »Was denn – a-a-a-ach? Was zum Teufel ist passiert?«

»Oh, oh, oh, was ist passiert!« jammerte sie, und mit derselben Hand, die ihre Aktenmappe getragen und auf einen Stuhl gestellt hatte, ergriff sie die seine. »Ach, Ira-Darling, mein lieber Bruder!«

»Also, was ist jetzt, zum Donnerwetter!« Er entriß ihr seine Hand.

»Die wollen mich nicht, die haben mich am Lehrerinnen-College nicht angenommen«, schluchzte sie.

»Wo angenommen? Was meinst du?«

»Am Hunter College. Am Lehrerinnenseminar. Wofür ich extra einen Vorbereitungskurs mitgemacht habe, den Lateinkurs.«

»Aber warum denn nicht? Was zum Teufel ist denn schiefgegangen? Wenn du dein gottverdammtes Geflenne unterlassen würdest, könnte ich verstehen, wovon du redest. Warum wollen die dich nicht?«

»Mein ›S‹«, weinte sie. »Moment, ich muß mein Taschentuch suchen – ich – ich – ich bin durchgefallen.«

»Wobei durchgefallen?« fragte er und ahnte schon etwas.

»Beim Test, bei der Aufnahmeprüfung für das zweijährige Grundstudium. Beim Sprechtest. Ich bin durchgefallen.« Es schien, als sei ihr Geist gegeißelt, nicht ihr Körper. »Aah-ah-ah!«

»Würdest du jetzt mal damit aufhören und reden!« schrie er sie an.

»Ach, Ira.«

»Ja! Ja! Ja! Dummes Zeug! Wieso bist du durchgefallen? Was für ein ›S‹?«

»Ich habe ein laterales ›S‹«, klagte sie.

»Du hast ein laterales ›S‹. Zum Kuckuck!«

»Das hat sie gesagt. Die Dame, die uns getestet hat. Von der Schulbehörde. Ich spreche nicht richtig. Alle haben etwas zu lesen bekommen. Ungefähr einhundert waren wir... oder so.

269

Ach, Ira.« Verloren wirkte sie, ohne einen Willen. Sie schubste die Aktenmappe auf den Boden, setzte sich aber nicht auf den Stuhl, sondern blieb stehen. »Du weißt, wie sehr ich mir gewünscht habe, an der Public School zu unterrichten«, fuhr sie stockend fort, die Finger in den Kragen ihres grauen Kleides gesteckt, den Kopf gesenkt und auf die Hand gestützt. »Wenn ich meinen Abschluß als Lehrerin machen könnte, könnten wir aus dieser Bruchbude ausziehen. Dann könnten wir Telefon haben. Nette Freunde. Jüdische junge Leute könnten uns dann zu Haus besuchen.«

»Nun mal langsam, ganz langsam.«

»Dir macht das nichts aus, du bist ein Mann. Dir macht das nichts aus.«

»Es macht mir was aus. Aber was zum Teufel soll denn das ganze Geschrei?«

»Ach Ira, ich kann mir nicht helfen. O Mann, ich habe mir solche Mühe gegeben. Jedes Wort habe ich gelesen. Und alle Bedeutungen gewußt, als sie mich fragte. Und hab doch nicht bestanden. Nicht bestanden. Die wollen mich nicht.« Sie versank in morbidem Schweigen. Als sie weiterredete, waren ihre Schluchzer verebbt. Sie keuchte eher, als daß sie sprach, die Worte dürr vor Bitterkeit: »Ein laterales ›S‹. Ein laterales ›S‹. Ein Kind sollte merken, daß ich ein laterales ›S‹ spreche? Wer hätte mich denn darauf hingewiesen, daß ich ein laterales ›S‹ habe? Niemand. Keiner meiner Englischlehrer. So haben sie uns fertiggemacht. So sind sie uns losgeworden. Ich glaube, sie haben das nur mit Juden gemacht.«

»Ach ja?«

»Ich könnte schwören. Es waren nur die jüdischen Mädchen, die beim Sprechtest durchgefallen sind.« Sie grübelte. »Ich bin froh, daß *du* hier warst, als ich nach Hause kam, und nicht Mama.«

»Da bin ich auch froh. Dein Geschrei. Du hättest sie zu Tode erschreckt.«

»Oh, mein liebes Bruderherz. Oh.«

»Ach, komm. Was soll's. Unterrichten ist nicht alles auf der Welt.«

»Dann sag – warum willst *du* denn Lehrer werden?«

»Weil ich ein *malamut* bin, wie Pop sagt. Aber was zum Teufel hat das damit zu tun? Ich hasse Geschäftemacherei und will nichts damit zu tun haben, im Gegensatz zu dir. Du hast ja schon –« Er gestikulierte. »Erfahrung. Du hast schon in großen Läden gearbeitet, in einem Geschäft. Du warst schon mal im Büro – und du magst Menschen. Du kommst auch mit Menschen zurecht. Du magst dich gern unterhalten.«

»Aber ich wollte doch in den Schuldienst.«

»Hör mal, erzähl mir nicht, was du wolltest. Du hast noch das nächste halbe Jahr Zeit: dann belegst du eben Wirtschaftskurse. Habe ich mich damals nicht auch aufgerafft? All diese Kurse über Wirtschaft, als ich auf die High School kam, auf die Junior High, weißt du noch? Die habe ich auch nicht gemocht.« Er versuchte, so schnell zu sprechen, wie er konnte, so energisch wie möglich, versuchte alles, um das zusammengebrochene Häuflein Elend, das da vor ihm saß, zu erlösen. »Und wenn ich's dir sage. Es tut mir wirklich leid. Ohne Flachs. Aber Jesus, wenn Mom nach Haus kommt und dich so sieht. Du tust ja, als ginge die Welt unter. Sofort dröhnen ihr wieder die Ohren. Du wühlst ihre Nerven auf. *Oj, gewalt! Oj, a broch is mir! Mejn orem kind!*« Er wiegte sich, Moms Empörung nachäffend, vor und zurück.

»Diese verdammte Behördentante. Abkratzen soll sie! Ich weiß genau, daß es nur die jüdischen Mädchen waren.«

»Dann hätten wir wieder dasselbe verdammte Problem. Was wirst du tun? Wenigstens könntest du es ihr anders sagen – ruhiger. ›Sie haben mich nicht genommen. Ich habe den Test nicht bestanden und werde dafür im nächsten Semester alle Wirtschaftskurse belegen.‹ Mach einen auf natürlich. Du hast nicht bestanden, *so what* –«

»Mein lieber Bruder. Ach, du bist ja so schlau. Oh, wie froh ich bin, daß du hier warst. Jetzt fühle ich mich schon viel besser. Ich konnte kaum nach Hause gehen. Konnte kaum laufen. Ich war so verzweifelt, daß ich nicht wußte, wo ich war. Ich schwöre, ich hätte von der Schule genauso Richtung Stadt laufen können. Ich hätte sterben können. Ich wollte sterben. Weißt du, woran ich schon gedacht habe? An die U-Bahn-Gleise.«

271

»Nun hör mir mal gut zu. Du hast nichts gestohlen. Du fliegst nicht von der Schule.« Herbe Erinnerung legte sich auf seine herbe Stimme, die hart klang, ohne Mitgefühl.

»Mein armer Bruder.«

»Ist doch wahr.«

»Ich komme mir aber so vor.«

»Wie kommst du dir vor?«

»Wie du. Als du von der Stuyvesant geflogen bist.« Sie hob den Kopf und nickte mehrmals tief bedrückt. »Als du dann nach Hause kamst und Papa gleich selbst den Stock überreichtest, damit er dich schlagen sollte. Ich tauge nichts. Zu gar nichts, basta.«

»Ach Quatsch. Das kann man nicht vergleichen. Ich bin damals nicht durchgefallen, sondern habe Füllfederhalter geklaut. Und bin erwischt worden. Darum hat man mich rausgeschmissen. Du hast nichts Böses getan.«

»Doch, doch, habe ich. Ich habe dir erlaubt, mich zu vögeln. Wie viele Male wohl? Wievielmal sind wir ins Elternschlafzimmer gegangen? An wie vielen Sonntagvormittagen?«

»Was zum Teufel hat *das* damit zu tun?«

»Eine Menge. Alles. Das alles hat damit zu tun. Darum tauge ich nichts.«

»Minnie, um Gottes willen, nun hör mir endlich mal zu.« Mit ausgestreckten Händen unterstrich er die Inbrunst seines Flehens. »Komm zu dir, ja? Versuch's. Du bist viel, viel zu aufgeregt. Ich meine, es ist schon ein Schock, was du erlebt hast. Aber komm. Sei vernünftig, Minnie. Du kommst darüber hinweg.« Er rang die Hände. »Sieh mal, auch andere Mädchen haben den Test nicht bestanden.«

Ihre Hysterie blendete seine Außenwelt aus, die Welt von Larry und Edith. Im unnatürlichen Licht der muffigen Küche blickte Ira von der Tür wieder auf seine Schwester. Mit wirrem Haar und den bronzefarbenen Locken, die ihr ins tränennasse, verzerrte Gesicht fielen, glich sie eher einer Bacchantin als einer Schwester. Der evidente Wahnsinn seines eigenen Horrors stand in so lebhaftem Kontrast zu Larrys Schilderungen seiner Romanze an Bord eines Schiffes, zur

272

Süße seiner salzluftigen Liebe: fest und friedvoll und weit entfernt von dieser Manie.

Schließlich ging sie dann zum Spülstein, um sich zu waschen. Sie erfrischte ihr Gesicht, brachte den rosigen Schimmer auf ihre Wangen zurück, kämmte ihr rötlich wippendes Haar, machte sich hübsch. Glücklicherweise hatten sie noch eine weitere halbe Stunde Zeit, denn Mom und Pop waren immer noch nicht zurück. Inzwischen hatte sie sich vollständig erholt, sah präsentabel aus und vertiefte sich in ein Lehrbuch wie er.

»Sehe ich ordentlich aus, Ira?« fragte sie. Ihre Stimme klang demütig.

»Häh?« Er hob die Augen von der Genetiktabelle, die er zu entschlüsseln versuchte, von den kleinen Kästchen und Zeichen, die ihm sekundenlang wie ein Schirm den Blick verstellten, während er Minnie taxierte: seine Schwester, eigentlich wie immer: ernsthafter, entschlossener Gesichtsausdruck. Rotgelockte Wuschelhaare, weite Nasenlöcher, Haselaugen. »Du siehst jetzt gut aus. Schon ein Unterschied zu vorher.«

»Weißt du was?« Glättend strich sie über den Brustteil ihres Kleides. »Du sagst doch nichts, oder?«

»Nichts? Worüber denn? Was meinst du?«

»Daß ich im Mündlichen durchgefallen bin. Mit meinem idiotischen ›S‹.«

»In Ordnung, wenn du es so willst. Aber warum?«

»Ich sag's ihnen morgen. Sie kommen heute ausnahmsweise mal glücklich nach Haus, von einer Vaudeville-Vorstellung. Wozu die Eile? Morgen sag ich's Mom bestimmt. Ich will nicht lügen. Aber ich will auch nicht sagen, daß ich durchgefallen bin. Ich sage einfach, wenn ich Lehrerin bin und dann doch heirate, ist es genau dasselbe, als wenn ich ins Büro gehe und heirate. Morgen kann ich das besser sagen. Du weißt, was ich meine? Es wird so besser sein.« Sie brach ab, um sich ihren eigenen Gedanken einzuprägen. »Ich bekomme ein bißchen Hunger. Du auch? Was Mom wohl vorbereitet hat. Ich kann gar nichts zum Aufwärmen sehen. Da muß noch eine große Dose Lachs sein, den kann man mit gehackten Zwiebeln essen. Aber vielleicht kauft sie auch unterwegs etwas ein.«

Das Bild, die Episode, der ganze Ablauf kam Tage, nachdem alles wieder hätte versunken sein sollen, zu einem Höhepunkt, wurde ihm am nächsten und übernächsten Tag erst richtig bewußt, ging ihm nicht mehr aus dem Kopf, wurde ihm zunehmend widerlich. Nicht, daß ihm irgendeine Missetat, ein spezifisches Vergehen im Nacken saß und er sich verkroch – aus Angst vor eingebildeter Verdammnis und Schlimmerem, das den Ruchlosen noch erwarten mochte, wie in der Vergangenheit erlebt. Weit schmerzlicher war für ihn die Erkenntnis, daß er *sie* für immer verdorben hatte und daß ihr jüngstes Versagen untrennbar mit seiner Person verbunden war. So manches Mal, wenn er sich außer Gefahr fühlte, saß er wohl grinsend da und sprach die jiddischen Kraftausdrücke vor sich hin, die seine Eltern ihm entgegengeschleudert hätten: *Paskudnijack! Mieße chaje! A mieße-meschuke uf dir. Sollst verfojlt weren!* Oh, von diesen Ausdrücken gab es Dutzende, ein phantastisches Übermaß. Und Pop? Was konnte der schon ausrichten – nun, da Ira ihn um Haupteslänge überragte? Und Stellas Vater, der ziemlich klein geratene Jonas, sogar noch kleiner als Pop, einst Damenschneider von Beruf, dann einer der Partner in der Cafeteria – Jesus, manchmal mußte Ira vor Vergnügen glucksen, wenn er sich ganz sicher fühlte. Und der Sejde, nun, der spuckte jiddische Flüche. Nein, Ira verspürte nicht die geringsten Gewissensbisse wegen *der bewußten Tat*, wegen seiner Schuld, der Bürde seiner Niedertracht, der Folgen des Tabubruchs und der Schande. Er wünschte fast, daß es so einfach wäre. Als hätte er noch die guten alten Zeiten zu fassen, da er wenigstens noch wußte, wie er sich fühlen würde und was er zu erwarten hätte. Sein Gefühl jetzt war allgemeiner Natur, ganz und gar anders. Es war nicht mehr der grauenvolle Drang zur Gewalttätigkeit, der sein ganzes Sein auf den Kopf stellte, diese fürchterliche, diese permanente geistige Verstörtheit in den Tagen der Geometrie, als sie ihre Periode nicht bekam, und alle weiteren Male, wenn sie überfällig war. Denk nicht an die Vergangenheit, das ist alles. Schau lieber bei Tante Mamie vorbei. Das war für ihn aber nicht dasselbe, auch wenn das Cousinchen noch ein Kind war, Kind oder kein Kind, und eigentlich gar kein Kind mehr: sechzehn Jahre alt. Außerdem mußte er eine Strecke von acht, neun Blocks zu Fuß gehen, ein Risiko eingehen, eine Rolle spielen, warten, herumhängen, ein dummes Gesicht machen – und hatte unter Umständen eine Niete gezogen. Wenigstens war es aber außer Haus. Und wenn er gewann? Solange er sicher war, daß er sie nicht schwängerte – *boy!* Aber auch, wenn er gewann, gab es ein Problem: Gewinnen, gewinnen, und plötzlich: Schluß mit lustig.

Er erinnerte sich an eine kurze Ansprache, in der er vor fast zehn Jahren seiner tiefen Verlegenheit darüber Ausdruck verlieh, daß er so hoch geehrt wurde. Der Ruhm, die Huldigungen, die er für seinen ersten Roman erhielt, kamen ihm immer noch unwirklich vor – und die Tatsache, daß diese hohen Auszeichnungen ausgerechnet ihm galten. Er meinte, es sei etwas Groteskes an der ganzen Sache, und das meinte er ehrlich: ein Glücksfall. Er zitierte dann aus einer John Synge-Biographie, die er einige Jahre zuvor gelesen hatte, daß Talent allein nicht ausreiche, daß der Schriftsteller, der Künstler, um Größe zu erreichen, seiner Zeit in irgendeiner Weise etwas Universelles und Permanentes abzapfen müßte. Und er ließ diesem Zitat ein weiteres folgen, ein Zitat der verstorbenen Georgia O'Keeffe, zu dem er leichten Zugang hatte, da es doch in einem der Gedichte seines Rheumatologen David B. vorkam: »Ich hätte viel besser malen können, und niemand hätte es gemerkt, doch weil ich mich am Puls der Zeit befand, sahen die Menschen Dinge in meinem Werk, die sie gekannt...« Sie sagte dasselbe wie John Synge, den Ira abgöttisch verehrte.

Also ein Glücksfall, wiederholte er ständig, betonte es immer wieder: Er kannte Schriftsteller, die waren viel besser ausgestattet als er, weit intelligenter, brillante Knaben, witzig, spritzig, originell. Doch war es, als hätten sie versucht, sich den Kraftlinien ihrer Zeit anzupassen, und trotzdem versagt, und nur wenige im Publikum würden ihre Namen kennen, wenn er diese jetzt nennte. Und das Merkwürdige war seiner Meinung nach, daß es dem einzelnen nicht gegeben war, sich durch einen Willensakt den Kraftlinien seiner Zeit anzupassen: man konnte es nicht *wollen* oder *nicht* wollen. Die Gene oder die Umstände, je nachdem, machten die Vorgabe, machten aus dem einzelnen einen geeigneten Kandidaten für den Kanon, einen Erwählten sozusagen, oder eben nicht. Es lag nicht in seiner Macht. Wenn *er* nun also der Erwählte war, so gebührte ihm nur wenig Ehre. Vielleicht nur die, daß er bestrebt war, das hervorragendste, wenn nicht sogar einzige Talent, das er besaß, zu entwickeln... was die anderen natürlich auch taten... jene viel Begabteren als er, die es dennoch nicht schafften, universell Anklang zu finden. Es war eben doch alles ein calvinistischer Glücksfall.

V

»Wieder da-haa«, rief seine liebe Frau, als sie von einem Konzert in Roswell nach Hause kam. Sie hatte dort Auszüge aus ihrer neuesten Komposition gespielt, einem Klavierwerk. »Ich habe ein schlechtes Gewissen, daß ich dich so lange allein gelassen habe, aber ich hatte einen aufregenden Tag.« Sie fuhr fort, ihm von dem Abend zu erzählen, den der Komponistinnenverband Neumexiko veranstaltet hatte, von dem wunderschönen großen Baldwinflügel, auf dem sie Ausschnitte aus dem Stück gespielt hatte, an dem sie gerade arbeitete, und davon, wie gut beides, ihre Kompositionen und ihr Klavierspiel, vom Publikum aufgenommen worden war. »Obwohl doch ein paar falsche Töne darunter waren«, lächelte sie. »Meine Augen sind einfach nicht mehr gut genug, um öffentlich aufzutreten – und ist das nicht die längste Strecke Niemandsland zwischen Vaughn und Roswell? Ich bin froh, daß ich nicht selbst fahren mußte. Meine Gedanken wären bestimmt abgeschweift. Die Farmen müssen ja ziemlich weit im Hinterland liegen.« Und dann bemerkte sie, daß er die tiefgekühlte Mahlzeit gar nicht gegessen hatte, die sie so fürsorglich für ihn bereitgestellt hatte.

»Zu viel Mühe«, sagte er kurz angebunden. »Ich hatte ein Sandwich mit Erdnußbutter und Gelee.«

276

Und ohne weiter zu fragen, ohne weiteren Kommentar wußte sie, daß er deprimiert war...

Die Dinge hatten sich am Morgen überschlagen, ehe sie nach Roswell fuhr: Mißgeschicke, normalerweise klein und unbedeutend, aber nicht bei dem Zustand, in dem er sich befunden hatte – und immer noch befand. Er hatte laut überlegt, als sie den letzten Schluck Kaffee zusammen tranken, wie kurzfristig sie John Keleher und seine Frau Marie zum Abendessen einladen könnten. John war ein junger Künstler und Ira sehr ergeben, ein wahrhaftiger Sohnersatz. M. hatte der Idee von ganzem Herzen beigepflichtet.

»Wir könnten vier von diesen Tiefkühlmahlzeiten besorgen, die von Le Menu, das macht weniger Arbeit«, hatte Ira vorgeschlagen. Und erklärt: »Ich möchte nämlich, daß er mir eine beleuchtete Inschrift macht, ein paar griechische Worte.«

»*Enteuthen exelaunei*«, zitierte sie fröhlich aus der *Anabasis* und erkundigte sich: »Darf ich fragen, welche Worte das sind?«

Er speiste sie ab: »Ach, nur ein paar Worte. Die zufällig für mich eine Bedeutung haben. Ich würde sie gern einrahmen.« Es hätte wohl auch nicht viel genützt, wenn er sie ihr *gesagt* hätte. Sie stammten aus dem Epigraph, das Eliot seinem Gedicht *Das wüste Land* vorangestellt und seinerseits aus dem *Satyricon* des Petronius entliehen hatte. Ira hatte es geschafft, sie mit winzigen Resten seines Griechisch und mit Hilfe eines Lexikons aus dem Original zu übersetzen: Es handelte sich um die Antwort der Sibylle von Cumae an die Knaben, die sie fragten, was sie wolle: »*Sibylla ti theleis?*« Sibylle, was willst du? »*Apothanein thelo*«, war ihre Antwort. *Sterben will ich*. Die griechischen Worte wollte er gern gerahmt haben und in seinem Arbeitszimmer an die Wand hängen.

Alles war zusammengekommen, an jenem Sonntagmorgen, Dinge, die normalerweise klein und unwichtig waren, wie schon gesagt, außer er war in dieser bestimmten geistigen Verfassung. Verdammt noch mal, wie erstarrt. Sollte man es für möglich halten, daß die Umstellung auf Sommerzeit an ebenjenem Sonntagmorgen, an welchem M. nach Roswell fuhr, ihm derart zusetzen würde, wie es dann der Fall war? Er haßte die verdammte Zeitumstellung: sie brachte ihm seinen ganzen Rhythmus durcheinander: Schlafen, Essen und die anderen zum täglichen Ritual gehörenden Funktionen des Lebens.

»Warum akzeptierst du es nicht einfach?« hatte M. ihm geraten. »Warum mußt du immer an die alte Uhrzeit denken und dir ständig sagen, daß es jetzt eine Stunde früher ist. Es wäre alles viel leichter für dich, wenn du das nicht tätest. So machst du dir alles nur noch schwerer.«

»Das mache ich immer«, hatte er geantwortet. »*Apothanein thelo.*«

»Du hast wirklich furchtbar ausgesehen, als ich aus Roswell heimkam«, sagte M. einen oder zwei Tage später zu ihm. »Du siehst jetzt wieder besser aus, aber als ich hereinkam, war es fürchterlich. Worüber warst du so deprimiert?«

»Einfach nur deprimiert«, antwortete er ausweichend. »Vielleicht frustriert. Du weißt, meine gottverdammte Neurose fordert immer mal wieder ihren Tribut.«

Danach aber waren sie sich für kurze Zeit gram. Sie schalt ihn dafür, daß er ihr vor anderen Leuten Vorwürfe gemacht hatte, vor ihren Dinnergästen, etwas, das er sonst fast nie tat und selbst beklagte, wenn andere es taten – etwas, das sie grundsätzlich nicht tat, woran sie ihn jetzt erinnerte, und was auch stimmte. Was hatte er nur wieder verbrochen? Er schämte sich und schämte sich um seiner selbst willen (und überlegte gründlich, warum, fand hinterhältige, gruftige Gründe, die sein ungewöhnliches Benehmen entschuldigen sollten). Was hatte sie bloß zu folgendem Satz veranlaßt: »Du weißt, was ich von Ehemännern halte, die vor anderen auf ihren Frauen herumhacken. Du verletzt meine Gefühle. Nie mache ich so etwas mit dir. Ich werde für meine Rechte kämpfen.« Er würde sie fragen müssen, was genau er gesagt oder getan hatte . . .

Was genau . . . Er setzte sich vor die Tastatur. Szenario: Action! Langsamer Kameraschwenk auf den dicken, blonden John Opa, Tubist im Sinfonieorchester von Albuquerque, und dessen jüdische Frau Leslie Heil, Fagottistin und derzeitige PR-Managerin des Orchesters (und, sehr wichtig, bewandert am Computer; sie hatte angeboten, Ira ein Programm zu überspielen, das die Speicherkapazität seines PC*jr.* erhöhen sollte). Diese beiden sitzen also abends mit Ira am Stigmanschen Eßtisch beim Vanilleeis (einer Familienpackung von Baskin-Robbins) zur Feier einer besser bezahlten Stellung, die John von der Florida University angeboten worden war. Während M. am Gasherd entkoffeinierten Kaffee aufbrüht, macht Ira folgende Bemerkung: »Meine Frau dreht oft die Gasflamme zu groß auf, und statt eines Schmor*bratens* haben wir dann einen Schmor*topf.*« Lächelnd, weil die Gäste sich amüsieren, fügt er scherzend hinzu: »So etwas war schon der Grund für so manch eine Scheidung.«

Lappalien. Unbedeutende Modulationen des Alltäglichen, reflektierte Ira übelgelaunt: Wie man ihnen mehr Bedeutung einräumen konnte als der katastrophalen Explosion des Atomreaktors in der Nähe von Kiew, der gerade in diesem Moment die Atmosphäre mit tödlicher Radioaktivität schwängerte und vielleicht ganze Völker in ihrer Existenz bedrohte, konnte er nicht nachvollziehen. Doch die meisten Menschen taten es, ja doch, und jeder wußte, daß sie es taten und warum: Die Sorge um den persönlichen kleinen Scheiß war ihnen wichtiger als diese allgemeine, unpersönliche Bedrohung. Platitüden. Genauso dachte er über Politik, politische Krisen, soziale Kontroversen, reformerische Auseinandersetzungen: für ihn war das meiste reine Schaumschlägerei, oberflächlich und kurzlebig.

Und doch war auch er einst ein fanatischer Eiferer, ein Zelot gewesen, rief er sich in Erinnerung: der energiegeladene Missionar revolutionären Wandels, der die messianisch neue, friedvolle, gerechte Weltenordnung proklamierte, das sozialistische Utopia um die nächste Ecke, alles nach der Lehre von Karl Marx, dessen treue Schüler die Mitglieder der Kommunistischen Partei Amerikas waren. Ira hatte einst ein mystisches Geheimnis, das die Leere füllen sollte, die das allumfassende, ererbte Mysterium hinterlassen hatte, das er beim Verlassen der East Side zusammen mit dieser verlor. Doch als was hatte sich das neue mystische Geheimnis entpuppt! Was war das für ein Mysterium! Es war eine grauenvolle persönliche Katastrophe, obgleich er immer noch halbwegs überzeugt war, daß die Prinzipien, auf denen es beruhte, solide waren und zwangsläufig irgendwann triumphieren mußten. Was die Katastrophe nur um so schlimmer machte. Es war überhaupt alles ein einziges Mysterium.

Nur eine einzige soziale und politische Kraft hatte ihn in den letzten zehn Jahren tangiert, die harte Schale seiner Selbstbezogenheit geknackt, seine »Explorationen« unterbrochen. Diese Kraft war *Israel!* Einzig Israel hatte die fast schon zwanghafte Beschäftigung mit der eigenen Psyche von ihm genommen, die Hülse seiner Selbstmonopolisierung aufgebrochen und neue Vorlieben auf den Weg gebracht, als habe seine Parteinahme wie ein Beschleuniger gewirkt. Aber auch damals, als die Sorge um Israels Wohlergehen und jüngste Berichte über Drohungen und Ausschreitungen gegen Israel seine übliche Introspektion unterbrachen, geschah das – wenn auch heftig – nur vorübergehend, ganz wie das Rote Meer sich nur teilte, um sich wieder zu schließen, nachdem die Israeliten hindurchgeschritten waren.

Auch hier war es wie bei der Teilung des Roten Meers. Die Fluten kehrten zurück (doch leider, ohne den Feind zu verschlingen), sie kehrten zurück und wälzten sich noch einmal durch ihr gewohntes Bett, und noch einmal ist er von Abgrund zu Abgrund gegangen. Oh, der menschliche Geist! Wie konnte man nur einen Bruchteil seines Esprits enthüllen, Bewunderung so ausdrücken, daß es seiner Kapazität, seiner Vielseitigkeit, seiner Empfänglichkeit entsprach, seinen Epiphanien, wie Joyce es nannte: Dieser Unmut, den M. nach der Frotzelei ihres Mannes an den Tag legte, ging bei ihm tiefer als jede andere grundsätzliche Kritik an seinem Verhalten – so berechtigt ihr Protest auch war. Das ließ sich nicht leugnen. Aber es gab eine noch tiefere Berechtigung dafür. Die Musik, die sie jetzt schrieb, die Musik, die sie in den letzten paar Jahren zu schreiben begonnen hatte, war Musik, von der sie sagte, sie hätte sie schon vor Jahren schreiben sollen. Mit ruhiger, ausgeglichener Stimme sagte sie: »Diese Musik hätte ich schon vor Jahren schreiben sollen.« Er war nicht dieser Meinung, aber er sagte nichts; er war der Meinung, daß sie hatte leben, Erfahrung sammeln müssen, um durch die zahllosen Härten, durch die sie gegangen war, zu reifen: Unterrichten in einer primitiven Einraumschule in Maine, an bitterkalten Tagen morgens in der Klasse den Ofen anheizen, ihre beiden eigenen Kinder versorgen, nahe der Schule in einem baufälligen Farmhaus wohnen, wo sie keinen Spülstein hatte, sondern auch im Winter das Wasser mit Eimern aus dem Brunnen holen mußte, Wasser, das selbst in der Küche im Eimer gefror – und dies alles, während er nicht zu Hause war, sondern als Pfleger im Augusta State Hospital arbeitete. Sie mußte erst durch ihr Zusammenleben mit ihm verändert werden, sich zu größerer Reife entwickeln, wie auch er sich durch sein Zusammenleben mit ihr zu größerer Reife verändert und entwickelt hatte. Durch sein Leben, sein Streben und sein Leiden, durch Vergessen und Neulernen, durch die Bewältigung von Schicksalsschlägen: nur so und nur im allerletzten Moment und unter großem Zaudern hatte er das Selbstvertrauen aufgebaut, das er brauchte, um die wechselhaften Anforderungen seriösen Schreibens durchzuhalten, sich an neuen, unerprobten und fragwürdigen Formen zu messen.

Als er sie in Yaddo kennenlernte, hatte sie sich als Musikerin schon einen Namen gemacht. Sein geistiger und künstlerischer Zusammenbruch, seine mentalen Turbulenzen und wahnsinnsähnlichen Anfälle waren in ihrem Leben, in ihrer Karriere ohne Pendant. Wenn sie also glaubte, die Musik, die sie jetzt komponierte, schon vor Jahren hätte komponieren sollen – was hatte sie daran gehindert? Es lag auf der Hand, was sie gehindert hatte. Er war es gewesen. Seine Neurosen, seine Schwächen, seine Charakterfehler und seine mangelnde Menschenkenntnis. Und natürlich seine Mittellosigkeit. Denn das Hindernis, das über allen anderen stand, das, was sie wirklich daran gehindert hatte, ihre Begabung umzusetzen, war seine Unfähigkeit, so viel Geld zu verdienen, wie man es von einem Manne seines Standes, seiner Bildung, seiner Möglichkeiten erwartete und in der Regel auch erwarten konnte, noch dazu in einem respektablen sozialen Beruf. Allerdings – er war Jude, ein Faktor, den man nicht außer acht lassen durfte. Dennoch waren es eher seine unpraktische Veranlagung, seine krankhaften Impulse, seine Gefühlsschwankungen und sein schwaches Selbstbewußtsein denn sein Judentum, was ihn daran hinderte, seine Möglichkeiten auszuschöpfen; und deshalb hatten seine geistigen und mentalen Mängel, den gemeinsamen Lebensstandard und ihren Erfolg als Komponistin verwirkt. Deshalb auch hatte sie statt zu komponieren die Familie ernährt – als Lehrerin in einer Zwergschule, als Schulleiterin, als Klavierlehrerin. Deshalb war sie diejenige gewesen, die ein regelmäßiges Einkommen hatte – und er der Hilfsarbeiter, der vier Jahre als

Krankenpfleger tätig war und vier und mehr Jahre Geflügel züchtete und »richtete«, Mathematik unterrichtete – ewig frustriert, ewig in Verlegenheit, ewig ihrer Beständigkeit bedürftig. Er war es, der sie von ihrem rechtmäßigen Beruf ferngehalten hatte, von ihrer Kunst. Und jetzt kam ihr Ressentiment zum Vorschein... wie bei diesem Stückchen Fußweg, das er beschritt, wenn er mit der täglichen Menge Abfall zum Müllcontainer ging: über dem aufbrechenden Untergrund hatte der Asphalt Risse bekommen.

Oh, du bist ja verrückt, sagte er sich, verrückt wie meistens. Aber nein. Zur Abwechslung könnte er auch einmal recht haben: Warum sollte sie *nicht* verstimmt sein, oder sogar noch stärker verstimmt, seit ihre nachlassende Sehkraft sie ihrer früher so überragenden Fähigkeit, vom Blatt zu spielen, beraubte? Nun die Gefahr zu erblinden, als sie endlich wieder Zeit zum Notenschreiben hatte. Sie traute sich nicht mehr, öffentlich aufzutreten und selbst die Noten ihrer Stücke zu lesen und vorzutragen, die wegen ihrer Modernität und neuartigen Notation besondere Anforderungen an die Sehkraft stellten. Auf einem Auge trübte und entfärbte der graue Star die Noten auf dem Blatt; weitaus ominösere Symptome jedoch gab es auf dem anderen Auge, dem mit der implantierten Linse: Hämorrhagien rund um die Makula führten zu Sehstörungen. Eine Laserbehandlung hatte nicht geholfen, oder nur teilweise: dunkle Flecken behinderten immer noch die Sicht. Erstaunt blickte er sie am Abend an, als sie sich gegenseitig nach dem Essen ein oder zwei Absätze aus dem hebräischen Lesebuch vorlasen, eine Geschichte über die schwere Prüfung des Schriftstellers Schalom, der Anfang der zwanziger Jahre nach Palästina ausgewandert war. Sie verlas sich ständig. Nicht, daß das Hebräische zu irgendeiner Tageszeit leicht zu lesen wäre, dieser verdammte Druck, wo alle *gimmels* aussahen wie *nuns*, die *beths* aussahen wie *kavs*, die *dalets* wie *resches* und die *chets* wie *hehs* und das *vav* wie *sajim*, nein, leicht war das nicht, aber sie verwechselte sogar die stärker unterschiedenen Zeichen, die *tets* und die *mems*, die *mems* und die *samechs*. Er betrachtete sie mit Erstaunen – und mit Kummer und Besorgnis –, als sie sogar das Naheliegende falsch las, als sie das implantierte Auge mit einer Hand abdeckte, um die Flecken auszublenden, die dort das Blickfeld störten, während sie mit dem anderen Auge auf die Schrift starrte, dem Auge mit der vom Katarakt getrübten Linse. Wie alt sie aussah, faltig und alt unter dem schonungslos weißen Licht der neuen kreisrunden Leuchtstoffröhren, die seit kurzem die großen, mit Glühbirnen bestückten Milchglaskugeln ersetzten, die weicheres Licht gegeben hatten.

Liebe M., liebe geduldige, unerschütterliche, objektive M., die ihre Möglichkeiten abwägte, die ihre Prioritäten setzte und tapfer an ihnen festhielt – all die vielen, vielen Jahre an *ihm* festhielt; gab es auch nur einen Grund, warum sie nicht hätte verstimmt sein sollen?

Jedoch, wer weiß, vielleicht deutete jene Bemerkung von ihr lediglich darauf hin, daß sie ein Stadium erreicht hatte, wo sie ihn nicht mehr so sehr brauchte wie früher. Weit hergeholt? Möglicherweise. Tatsache blieb, sie *war* gereift, und zwar als Mensch und als Künstlerin; inzwischen war sie tief in ihre Musik, ins Komponieren versunken. Und hatte unbestreitbar Erfolg sowohl mit ihrer Babij-Jar-Threnodie wie auch mit der Rhapsodie für Cello solo. Sie war als Mensch so bescheiden, wie er es nie wieder erlebt hatte, frei von Affektiertheit, frei von Selbstherrlichkeit, und als sie sagte, ihre Kompositionen seien *das* Ereignis des Abends, den anderen haushoch überlegen gewesen, da wußte er, daß er ihre Worte für bare Münze nehmen konnte, denn als Komponistin würde sie noch von sich reden machen. Seine Hinfälligkeit und die Notwendigkeit, sich um ihn kümmern zu müssen, nahmen nicht nur ihre persönliche, sondern auch ihre kreative Zeit und Energie stark in Anspruch. Als Schriftsteller war er selbst ein kreativer Mensch – oder hielt sich doch dafür. Er wußte, wie er empfunden hätte, wenn er auf seine Arbeit hätte verzichten und sich um jemand anderen hätte kümmern müssen. Er hätte es gehaßt; und warum sollte *sie* das nicht? Besonders angesichts der begrenzten Zahl von Jahren, die sie damals nur noch zur Verfügung hatte. Es war nur natürlich. Dem, was sie in der Vergangenheit an der Ausübung ihrer Kunst gehindert hatte, als er noch verhältnismäßig jung und kräftig gewesen war, fügte er nun, alt und gebrechlich, immer neue Hindernisse hinzu. Ebenfalls in der Vergangenheit hatte er ihr nie den geringsten Anlaß gegeben, an seiner absoluten Treue zu zweifeln, sich wegen eventueller, noch so geringfügiger Verfehlungen seinerseits Gedanken zu machen. Und plötzlich, als alternder Mann, im Zustand klaglos hingenommener Impotenz, schien er alle möglichen, kaum wahrnehmbaren, unbeabsichtigten Signale auszusenden, auf die sie mit der ihr eigenen Sensibilität reagierte und als Signale einer veränderten Einstellung, einer verminderten Zuneigung deutete. So mußte sie nun die Last seiner chronischen Leiden tragen, durch nagendes Mißtrauen erschwert.

Was meinte er zum Beispiel mit – oder besser: was steckte hinter seiner Frage, ob er John bewegen konnte, ihm eine beleuchtete Ausführung der Worte *Apothanein thelo* anzufertigen, der Antwort der cumaeischen Sibylle? Hinter seiner Frage steckte, daß seine Bindung an M. nicht, wie er einst glaubte, so stark war wie seine Sehnsucht zu sterben. Mit rheumatischer Arthritis zu leben war ein Martyrium, ganz sicher, aber es war ein Martyrium, das er gewillt war zu erdulden, weil M. ihn brauchte, weil er derjenige war, der über sie wachte, der verhinderte, daß sie durch Mißgeschicke zu Schaden kam, gegen die sie noch nie gefeit war, ja, um sie etwa davor zu bewahren, Kochtopf und Teekessel zu verschmoren. Seine früher konstante Zuneigung mußte doch ganz schön abgenommen haben: sein Wunsch zu sterben deutete darauf hin. Und ohne daß er es je mit einem Wort erwähnen mußte, wußte sie es, auch damals schon – und mit der Klugheit, die sie während all ihrer gemeinsamen Ehejahre auszeichnete, hatte sie sich ironischerweise schon auf sein vorgezeichnetes Ableben, auf eine Art vorzeitige Witwenschaft, auf bestimmte Eventualitäten eingestellt.

»Bitte sing doch nicht«, bat M. ihn später am Abend, als er am Spülstein stand und das Geschirr vom Abendbrot abwusch. »Ich wäre dir sehr verbunden, wenn du nicht singen würdest, solange ich am Schreibtisch sitze und Noten schreibe.«

»Oh, ja, natürlich«, antwortete er. »Ich verstehe.«

Es war aber interessant, wie oft er beim Abwaschen den Impuls verspürte, einige Töne von dieser oder jener Melodie zu summen. Die Angewohnheiten saßen tief, der Kopf war leer und versuchte, die Langeweile mit ein paar Tönen eines in Erinnerung gebliebenen Liedchens zu lindern. Doch was steckte dahinter, daß sie ihn gebeten hatte, nicht zu singen, während sie Noten schrieb – was bedeutete es über die direkte Bitte hinaus? Daß er im Wege war? Daß er entbehrlich war, seit sie anfing, musikalisch und künstlerisch Erfolg zu haben? Dies und hundert andere Dinge legte er falsch aus, weil – ja, zweifellos, weil der Pesthauch seiner verdammten Vergangenheit ihm den klaren Blick für alles andere vernebelte.

Aber er hatte M., seine M., von der ihn nichts zu trennen vermochte, außer, wie er dachte, zu gegebener Zeit: sein Tod. Sie war seine M., die Babij Jar vertont hatte – seine sanftmütige, mitfühlende M., die vertraut war mit der jüdischen Misere und die Ereignisse von Babij Jar in Musik umgesetzt hatte. Mit ihrem gesunden Menschenverstand, umsichtig, nachsichtig und barmherzig, wie sie war, kannte sie auch seine Misere, sogar besser als er selbst, kannte seine Macken und Manien. Er mußte an ihr festhalten, dem einzigen gesunden Geist, der ihm immer zu Gebote stand, dem einzig gesunden Geist, auf den er immer zählen konnte.

»Noch mehr Geschirr?« Er schaute sich um. »Kaffeekanne schon fertig?«

»Ja, die habe ich heute morgen schon gespült.« Sie hatte ebenfalls einen drehbaren Sessel an ihrem Schreibtisch und drehte sich herum, saß dort ganz dünn und grau, wobei ihr dunkles Brillengestell die Falten unter den Augen verdeckte und einen auffälligen Kontrast zu ihrem eisgrauen Haar und der markanten, runzligen Stirn bildete. »Ich stelle das Geschirr dann später weg, es kann so lange abtropfen.«

Er neigte den Kopf, um den Abstand – und den Schmerz – zu verringern, den seine arthritischen Schultern überwinden mußten, wenn er das um den Hals geschlungene Schürzenband abnahm. »Morgen ist Muttertag.«

»Was schenkst du mir?« neckte M.

»Nun, ich habe versucht, dir eine Ketchup-Flasche aus Plastik zu kaufen. Eine, die richtig gut spritzt.«

»Nur der Schraubdeckel ging wieder zu schwer.«

»Genau. Darum habe ich sie dann auch bei den Backwaren liegengelassen.«

»Das macht nichts. Hauptsache, du liebst mich.«

»Das tue ich.«

Aber wie sehr er sie liebte, wußte er nicht, sprach er laut vor sich hin und lauschte einen Moment den Pianoklängen aus dem

285

Wohnzimmer. Und setzte sein Selbstgespräch fort, aber stumm. Er hatte es am Anfang nicht gewußt, hatte nicht damit gerechnet, daß seine Schlußfolgerungen das genaue Gegenteil seiner anfänglichen Unterstellungen sein würden.

»O-jeh.« – Wegen der Korrekturen und Einfügungen, die er gemacht hatte, war sein RAM jetzt zu 91 Prozent voll. (Und da hing wieder so eine Geschichte dran: Warum, wenn er sich schon in Unkosten gestürzt und den IBM-Techniker zum Aufrüsten hatte kommen lassen – warum hatte sein Rechner dann nicht mehr RAM hinzugewonnen? Er würde sich darum kümmern müssen.) Wenn die Fingerspitzen der einen Hand die der anderen berührten und die Finger ein spitzes Häuserdach bildeten – bei welchem Winkel verloren sie wohl den Kontakt miteinander, die Daumen, die kleinen Finger, die Zeigefinger, wenn die Neigung der Giebelseiten sich der Horizontalen näherte? Was für ein Problem! Als ob er keine größeren hätte.

98 Prozent voll.

Was nun, Ecclesias?

VI

Wie sie es früher schon oft getan hatten, wenn sie eine Freistunde und dazu noch schönes Wetter hatten, schlenderten Ira und einige seiner Collegefreunde den Gehweg vor dem Hauptgebäude entlang. Auf der anderen Seite der Straße befand sich das Jasper Oval, der College-Sportplatz. Dort übten bei schönem Wetter die Freshmen und die Sophomores, *frosh* und *sophs*, angetan mit Uniformen aus dem Ersten Weltkrieg, im Militärkundeunterricht das Marschieren; sie marschierten auf dem Sandplatz auf und ab, von jungen Offizieren kommandiert: in Reih und Glied, rechts oder links herum, über die rechte oder die linke Flanke oder aus dem Hintergrund. An ihren Springfield-Gewehren mußten die Kadetten die Handhabung der Waffen üben: Fällt das Gewehr, präsentiert das Gewehr, Gewehr an Schulter – ganz wie Ira es genau ein Jahr zuvor auch getan hatte, im Frühjahr seines Sophomore-Jahrs, und wie Larry es immer noch tat. Das grau-weiß gemauerte gotische Hauptgebäude des College lag auf der einen Seite der Straße, der Sandplatz mit den marschierenden Kadetten auf der anderen, und über beides legte sich das verschwenderische Sonnenlicht des anbrechenden Frühlings. In ihrem Zug dicht aufgerückt und angeführt von ihrem Obersten, der auch den Chorgesang leitete, konnte man sie oft das Infanterielied singen hören:

»*Oh, the Infantry, Infantry, with the dirt behind their ears,*
The Infantry, the Infantry, that never, never fears.
The Cavalry, Artillery, the Corps of Engineers,
Will never catch up with the Infantry in a hundred
thousand years.«

Das machte Spaß. Dem blonden Feldwebel allerdings schien es Schmerzen zu bereiten; wenn er Haltung annahm, stand er so stramm, daß man den Eindruck hatte, seine Haut würde sonst vor lauter Unbehagen Falten schlagen. Die jüngeren Offiziere standen ebenfalls viel zu artig da, als ob auch sie sich einem kleineren Martyrium unterzögen.

»Der Idiot denkt wohl, er könnte auf diese Weise einen Korpsgeist schaffen«, bemerkte Larry sarkastisch. »Ehrlich, ist er nicht der größte Witz auf dem ganzen Campus?«

Darüber waren sich alle einig.

Die ersten Campus-Rebellionen, pazifistische Rebellionen gegen obligatorische Trainingskorps für Reserveoffiziere an den Colleges und Universitäten, hatten schon ein Jahr zuvor, im Frühjahr 1926, begonnen und nahmen innerhalb von drei Jahren, bis zur Unterzeichnung des Briand-Kellogg-Pakts und all der Flottenabrüstungsverträge, weiter zu. Es war sogar die Rede davon, daß der Völkerbund den Krieg ächten würde. Auf einmal legten die Offiziere, die über Grundlagen militärischer Wehrhaftigkeit referierten, ein äußerst defensives Verhalten an den Tag: »Wir sind nicht hier, um dem Krieg Vorschub zu leisten«, argumentierte Leutnant Jacobs des öfteren. »Wir sind hier, um Ihnen beizubringen, wie Sie den Feind daran hindern können, Sie im Falle eines Krieges abzuschlachten. Wenn Sie nicht wissen, wie Sie Ihre Soldaten gegen feindliches Maschinengewehrfeuer aus tieferem Gelände oder bei Feuer von oben postieren müssen, dann müssen Sie dran glauben. Und um das zu verhindern, darum sind wir hier.«

Während der hochgewachsene, rotblonde Major, der sogar in Zivil soldatisch wirkte, im größten, vollbesetzten Hörsaal des CCNY vor ruhigen, wenn auch feindlich gesinnten Studenten die Militärerziehung verteidigte, stürmte plötzlich der gewaltige Professor Morris Raphael Cohen wie ein jüdischer Donnerschlag in den Saal. Da brach der Major seine Rede ab und lächelte respektvoll: »Natürlich bin ich Professor Cohen in der Debatte nicht gewachsen.«

»Dann sollten Sie auch nicht reden!« schnauzte der Professor unter tumultartigen Beifallsbekundungen der versammelten Studenten und übernahm die Leitung der Veranstaltung. Ira verspürte einen Stich, weil ihm die Sache peinlich war, und spürte sogleich und auch noch später, wie eine Welle der Sympathie für den Major ihn überkam. Er befand sich plötzlich in der Situation, daß er die beißende Replik des berühmten Professors innerlich ablehnte (wie auch jegliche ethnische Verbindung zu ihm). Was für eine Arroganz, was für eine intellektuelle Intoleranz. Seltsam und paradox zugleich, daß unwillkürlich empfundene Bedenken, bloßes Mitdenken und Mitfühlen die Entwicklung der Dinge, die da kommen sollten, besser veranschaulichen konnten als ein hochgepriesener Intellekt.

Ebenfalls in jenem Frühjahr gab Edith – ein denkwürdiger Augenblick für Ira – eine abendliche Cocktailparty, zu der Larry und er eingeladen waren. Der wichtigste Gast war Marcia Meede, ebenjene vor Esprit sprühende Person, die Larry vor gut einem Jahr, als sie zu einer Dichterlesung im Arts Club erschienen war, zusammen mit ihrer geheimnisvollen Freundin so stolz zu ihrem Tisch geleitet hatte. Von kratzbürstiger Brillanz war die Dame, unübertroffen ihre Schlagfertigkeit, ihr Spott. Glücklicherweise – oder unglücklicherweise – war sie stupsnäsig und reizlos, gewährte der Phantasie keinen Anlaß, sich mit ihr zu beschäftigen, obgleich die Höflichkeit es häufig gebot. Was für lange, trostlose Reverenzbezeugungen mußte er doch von sich geben für die Ehre, dabeizusein. Vor kurzem erst war Marcia nach Amerika zurückgekehrt, nachdem sie ihre Studien der Sitten und Gebräuche von Eingeborenen auf einer Südseeinsel beendet hatte. Es war eine spektakuläre, mutige Pioniertat für eine junge Frau gewesen, eine Unternehmung, so Edith später zu Ira, zu der Dr. Boas, der berühmte Leiter des Fachbereichs Anthropologie an der Columbia University, wo Marcia sich auf ihre Doktorprüfung vorbereitete, sie nur äußerst ungern aufbrechen ließ und seine Zustimmung erst nach vielem Hin und Her gegeben hatte. Seine Sorge war unbegründet gewesen, kicherte Ira in sich hinein, nachdem Edith ihn aufgeklärt hatte: Marcia hatte dort nämlich unter dem Schutz eines amerikanischen Marinestützpunkts gelebt, wohin sie sich nächtens immer zurückzog. Wer hätte es auch wagen sollen, über derart gesporne Brillanz herzufallen, wie Marcia sie besaß? Die wirkte bei ihr wie ein Stachelhalsband an einem Mastiff. Sie konnte mit dem raschem Einsatz ihrer scharfen Zunge, gepaart mit ihrem an Langweiligkeit nicht zu überbietenden Äußeren, alles und jeden erschlagen, auch jede beginnende Erektion. Jesus, er hatte so vulgäre Gedanken, aber er konnte es nicht ändern. Wie konnte ihr Ehemann sie nur ertragen? Auf der Party war er an ihrer Seite: Lewlyn Craddock, hochgewachsen und von einnehmendem Wesen, in grünlichem Tweed, ein erfrischend herzlicher, angenehmer Mann, dessen trockener, nasaler Tonfall häufig von einem leisen Lachen unterbrochen wurde. Er war soeben zum außerplanmäßigen Professor des Soziologischen Seminars am CCNY ernannt worden, und Edith lachte leicht verlegen, als sie zwei CCNY-Studenten aus den unteren Semestern mit einem CCNY-Professor bekannt machte. Er lachte gleichfalls sympathisch und nett, als er ihnen die Hand schüttelte und keinerlei Anzeichen von Überheblichkeit erkennen ließ, sondern sich nach ihren Berufswünschen und Lieblingsfächern erkundigte und danach, ob sie der Meinung seien, das College erfülle ihre Bedürfnisse. Dann hörte er zurückhaltend und ernsthaft ihren Antworten zu. Obgleich Ira zuerst völlig verunsichert war, weil er sich mit einem CCNY-Professor wie von gleich zu gleich unterhielt, mit einem, der nicht so distanziert war wie die anderen, fühlte er sich doch bald in seiner Gegenwart wohl, sprach frei und offen und hörte sich aufmerksam an, was der Professor zu sagen hatte. Während des Aufenthalts seiner Frau in Samoa war er mit einem Stipendium seines Theologischen Seminars in England gewesen. In glühenden Farben erzählte er von seinen Wanderungen durch die englische Landschaft als Erholung von den Recherchen über europäische Methoden der Geburtenkontrolle, dem Sinn und Zweck des Stipendiums.

»Sind Sie – äh, sind Sie immer noch ein –« Ira gestikulierte. »Sind Sie Geistlicher?« Gottlob war ihm das richtige Wort noch eingefallen.

»Ich bin anglikanischer Pfarrer.«

»Pfarrer!« Es war nicht leicht, aufkommende Bestürzung zu unterdrücken. »Aber – ähm, entschuldigen Sie, aber wie paßt das zusammen?«

»Meinen Sie Tracht und Kragen?« fragte Lewlyn und gluckste amüsiert.

»Tracht? Oh, das geistliche Gewand! Nein. Ich meine –« Ira deutete mit dem Daumen hinter sich, dorthin, wo Marica stand. »Ich meine – Sie sind doch ihr Mann. Sie sind doch verheiratet.«

»In der anglikanischen Kirche ist den Geistlichen die Ehe erlaubt«, sagte Lewlyn. Kein amüsiertes Lachen begleitete diesmal seine Antwort, sondern er schien in sich gekehrt. »Wir gleichen der katholischen Kirche in fast allem, außer im Gehorsam gegenüber dem Papst. Und wir legen kein Keuschheitsgelübde ab. Beantwortet das Ihre Frage?«

»Durchaus, danke. Ich weiß nicht viel über die christliche Religion. Nur was ich so gelesen habe, und das ist nicht viel. Wenn also jemand das Wort Pfarrer erwähnt, dann denke ich immer an die katholische Kirche. Dort, wo ich wohne, leben fast nur Iren.«

»Und wo ist das?«

»In East Harlem. 119. Straße.«

»Hundertneunzehnte!« rief Lewlyn. »Da wohnen wir auch.«

»Sie auch? Und wo da?«

»In einem Apartmenthaus bei der Columbia University.«

»Oh, das ist doch woanders. Gee. Das ist schon ein Unterschied.«

Lewlyn lachte: »Ja, vermutlich.«

Mit ihren Drinks in der Hand, einer Mischung aus Grapefruitsaft und illegal gebranntem Gin, den die italienische Hausmeisterin besorgt hatte, waren die beiden in einer Ecke des Zimmers gelandet. Auf dem Sofa mit dem Jutebezug saß Marcia und unterhielt sich mit einer Gruppe sie anhimmelnder Universitätskollegen von Edith, darunter auch Boris und John Vernon sowie zwei oder drei weitere Dozenten aus dem Englischen Seminar, die Ira aber nur flüchtig kannte, sowie Dichter und Freunde, wie auch Léonie, die damals im Arts Club gelesen hatte – an dem Abend, als Marcia auch gekommen war. Ira konnte hören, wie sie sagte, Scribner hätte ihr einen hübschen Vorschuß auf ihre Doktorarbeit gezahlt, die er als Buch herausbringen wollte. Und dort, in der anderen Ecke des Zimmers, stand Edith, lächelte ihr mildes, liebenswürdiges Lächeln und redete mit Larry, während ihre Augen Lewlyn suchten; dann blieb sie an Iras durchdringendem Blick hängen und beantwortete diesen mit amüsiert hilfesuchendem Gesichtsausdruck, als teile sie etwas mit ihm.

»Ansonsten sind die Gepflogenheiten der Kirchen annähernd gleich«, fuhr Lewlyn fort. »Und natürlich auch der rituelle Charakter. Im Augenblick bin ich aber nicht aktiv.«

»Ach.« Ira fühlte, daß dies nicht sein Element war. »Weil Sie unterrichten werden?«

»Nein, ich fürchte, aus anderen Gründen.« Und wieder blieb sein Lachen aus. »Um die Wahrheit zu sagen, ich bin mir meiner Mission nicht mehr sicher.«

»Ach.« Die Distanz zwischen ihren Welten führte bei Ira zu einem leichten Schwindelgefühl, was Lewlyn jedoch nicht zu bemerken schien, als habe Ira den gleichen Werdegang wie er oder sei vertraut damit.

»Ich meine, die zwanziger Jahre tragen eine Mitschuld daran«, fuhr Lewlyn in seiner trockenen, uneitlen Art fort, diesmal allerdings unter Einstreuung leiser Glucker. »Kein anderes Jahrzehnt hat eine vergleichbare Umwälzung geltenden

Gedankenguts erlebt wie dieses. Auf allen Gebieten. In der Anthropologie, den Sozialwissenschaften, der Psychologie und den Naturwissenschaften. Auch in den Künsten. Allenthalben finden Neuerungen statt. Kein anderes Jahrzehnt in der jüngeren Geschichte hat so viele davon gesehen. Wir können von Glück reden, daß wir gerade in dieser Zeit leben, nicht wahr?«

»Häh? Oh, ja.« Ira war froh, daß Larry sich gerade zu ihnen durchschlängelte. Dies war ihm zu hoch, mit derartigen Generalisierungen konnte er nichts anfangen, zuviel wurde von ihm erwartet, zuviel Wissen und Denkvermögen, um sich gegen einen geübten Geist zu behaupten, der es gewohnt war zu verallgemeinern.

»Edith hat mir gerade erzählt, daß Sie im Sommer Ihre Lehrtätigkeit aufnehmen, Professor Craddock«, sagte Larry.

»Lewlyn bitte«, korrigierte ihn der Professor. »Ja, in der Tat. Und nicht einen Tag zu früh, wenn ich mich nicht aufs Betteln verlegen will.«

Larry stimmte in sein Lachen ein. »Bieten Sie auch einen Anfängerkurs an? Ich meine, in Soziologie?«

»Ja, in der Tat. Ein neuer Dozent kann sich kaum vor Soziologie I drücken.«

»Das ist schön. Es macht Ihnen doch nichts aus, wenn ich im Sommer Ihren Kurs besuche?«

»Durchaus nicht. Es freut mich, wenn Sie dabei sind. Ich hoffe nur, daß es sich für Sie auch lohnt.«

»Ich muß nämlich ein paar Punkte aufholen.« Larry fing sich im letzten Moment und lächelte, um Verzeihung bittend. »Nein, so habe ich das nicht gemeint. Ich wollte sagen, es lohnt sich mit Sicherheit. Benutzen Sie Standardlektüre für den Kurs? Die könnte ich mir doch jetzt schon besorgen.«

»Nein, ich habe vor, Texte mit richtungweisenden Ideen zu vervielfältigen. Der Kurs wird sehr komprimiert sein. Darum meine ich, daß ich ihn so offen wie möglich halten sollte. Ein Standardtext genügt da nicht. Und außerdem verändern sich die Konzeptionen so schnell, daß Standardtexte immer sehr schnell veralten. Vielleicht hilft es Ihnen, wenn Sie schon einmal den Titel *Social Institutions* von Abernathy zur Hand nehmen, sofern Sie Zeit haben. Die Statistiken sind leicht verständlich, und es ist auch nicht umfangreicher oder schwieriger zu lesen als einige andere Bücher zum Thema. Aber ein wenig veraltet. Angeblich soll bald eine überarbeitete Neuausgabe herauskommen, habe ich jedenfalls gehört. Vielleicht möchten Sie lieber so lange warten.«

»Ich für mein Teil muß auch einen Haufen Punkte wettmachen«, warf Ira ein – und bemerkte dann, daß Edith ihn eindringlich ansah. Wollte sie vielleicht mit ihm reden? Sie machte eine Armbewegung, und da wurde ihm klar, daß sie schon die ganze Zeit etwas in ihrer freien Hand gehalten hatte, das aussah wie ein Stück Stoff. Er kämpfte sich zu ihr durch.

»Ich glaube nicht, daß du schon einmal so etwas gesehen hast, Ira. Oder?« Sie zeigte ihm das kaffeebraune, etwa fußbreite Stück Stoff, auf das ein dunkelgrünes Blumenmuster aufgedruckt war.

»Das sieht wie Baumrinde aus«, sagte er. »Was ist es denn?«

Sie blickte ihn aufmerksam an. »Genau das. Es ist aus Rindenbast, ich glaube, Marcia sagte, vom Maulbeerbaum. Es heißt Tapa.«

»Tapa?« Ira kratzte sich am Ohr.

»Marcia hat es aus Samoa mitgebracht.«

»Aha. Und was macht man damit?«

»Man hängt es sich an die Wand.« Und immer noch lächelnd: »Oder an die Tür.« Dann, mit veränderter Stimme: »Glaubst du, daß du mich diese Woche einmal allein besuchen könntest?«

»Allein?« Er wußte, sie brauchte ihn nicht, um das Ding da an die Wand zu nageln.

Sie drehte sich leicht zur Wohnungstür. »Kann ich mich darauf verlassen, daß du Larry nichts sagst?«

»Sicher.«

»Irgendwann abends.«

»Ich komme dann direkt nach dem Abendbrot, wenn du willst. Und wann?«

»Montag, wenn du frei bist. Oder Dienstag.«

»Ich kann am Montag.«

»Dann erwarte ich dich also.« Und noch einmal hielt sie ihm das Tapa zur Begutachtung vor die Nase.

Die Sache trug alle Züge einer Kriminalgeschichte, nur war es keine. Ira war beglückt, daß Edith mit ihm allein sprechen wollte, aber das hatte sie vorher auch schon ein- oder zweimal getan. Es war wohl etwas Persönliches, es war wohl wieder wegen Larry. Er wußte ja, wie sie über Larry dachte, und hatte schon in seinem Hirn nach fertigen Vorschlägen gegraben, die er zur Lösung ihres Problems anbieten konnte: wie sie die Affäre beenden könnte, ohne Larry weh zu tun. Besonders seit Larry ohnmächtig geworden und hingefallen war, hatte ihr davor gegraut, ihn verletzen zu müssen. Ira hatte nicht die geringste Ahnung. Noch nicht einmal eine verrückte Idee. Wie beendete man eine Liebesaffäre, schmerzlos oder anders, wenn man selbst noch nie eine gehabt hatte? Hey, Moment mal: Mach ihr doch den Vorschlag, sie sollte Larry erzählen, sie hätte etwas – hätte eine intime Beziehung mit *ihm* gehabt. Was für ein Gedanke! Hör bloß auf, du falscher Hund.

Doch es stellte sich heraus, daß alles ganz anders war als das, worauf er sich eingestellt hatte, als er Ediths Apartment betrat. Es gab eine vollkommen andere, eine neue Entwicklung, eine enttäuschende obendrein, die ihn nicht schlecht kränkte, die ihn, den Einfaltspinsel, für immer ausschloß, ihm zum x-ten Mal bestätigte, daß er ein solcher war:

Sie hatte eine Affäre mit Lewlyn.

»Ohh.« Und als er sich wieder erholt hatte, fragte Ira: »Ich dachte – ist er denn nicht mit Marcia verheiratet?«

»Doch. Ich weiß, du wirst mich nicht verraten.« Feierliche Blicke aus Ediths großen, braunen Augen ruhten auf ihm.

Er fühlte sich fast verprellt, frustriert, wartete schweigend, daß sie es ihm erklären möge. Marcia und Lewlyn waren nicht mehr glücklich miteinander, und Lewlyn hatte sich im Village eine eigene Wohnung genommen.

»Aber nein.«

»Marcia ist in ihrer Ehe so nervös und unzufrieden geworden.«

»Das wußte ich nicht.«

»Sie glaubt, ihre Ehe sei so eine typische Studentenehe, auf studentischem Niveau, und daß es ihr viel bessergingе, daß sie viel mehr schaffen könne, wenn sie einen Ehemann hätte, der auf demselben Gebiet tätig wäre wie sie: einen Anthropologen.«

»Und wie geht so was?« Ira spürte, wie ihn eine gewisse Verbissenheit überkam, vielleicht, weil er nun alle Hoffnung verlor. »Wie kann man – also, ich war noch nie verliebt. Wie geht das, sich jemand Neues aussuchen, einfach so?«

Edith lachte. »Du bist unbezahlbar.«

»Ach ja?« Und jetzt wieder schüchtern.

Edith erzählte ihm, was geschehen war. Anstatt auf der Rückreise von Samoa ein Schiff direkt nach Marseille zu nehmen, wo Lewlyn sie aus England kommend abholen wollte, hatte Marcia wegen eines Matrosenstreiks ein Schiff nach Australien genommen, auf dem sie einen jungen, hochintelligenten Anthropologen kennenlernte, der in einem anderen Teil Polynesiens gleichfalls die Sitten und Gebräuche der Eingeborenen studiert hatte. Und da hätten sie sich halt verliebt.

»Ach so. Das ist etwas anderes.«

Er sei von adeliger Abstammung und hätte das Recht auf einen Titel, fuhr Edith fort.

Plötzlich erinnerte sich Ira daran, daß Edith die hübschesten Waden, die kleinsten Füße und eine so gute Figur und sogar *ihn* gern hatte. So ein Mist. Die gute Figur und die Art, wie diese sich von der Taille an abwärts auf der groben Tagesdecke aus Sackleinen auf dem Bett abzeichnete, auf dem sie gewöhnlich saß – wie eine Vase, aus der zwei Beine herausragten. Er war doch der natürliche Prätendent, oder nicht? Jetzt, wo Larry so gut wie erledigt war? Der natürliche, rechtmäßige Erbe. Statt dessen verknallt sie sich in einen anderen: einen Usurpator. Netter Kerl, der Lewlyn, sicher. Wenn Edith nur nicht so einen großen Appetit gehabt hätte, einen derartigen Gusto auf anderer Leute Unglück, anderer Leute Kalamitäten. Dann war jetzt also Lewlyns Unglück dran. Doch wäre sie anders, wäre sie nicht Edith, und er, Ira, wäre dann nicht hier. Zum Teufel, es hatte keinen Sinn, ein griesgrämiges Gesicht zu machen. Mach gute Miene zum bösen Spiel. Auch wenn es dir nicht gefällt, zum Teufel auch.

»Wieso ist Lewlyn eigentlich Pfarrer geworden?« Ira griff die Frage aus der Luft.

»Ich bezweifle, daß er es noch lange bleiben wird.« Edith lächelte.

»Ach ja, ich glaube, er hat erwähnt, daß er nicht mehr tätig ist. Aber warum?«

Es folgten Erklärungen, denen Ira unwillig zuhörte, aufgewühlt von der Erinnerung an Lewlyns frustrierten Unterton. Vor allem hatte Lewlyn den Glauben daran verloren, als Pfarrer etwas bewirken zu können – er sah keine Effektivität mehr im Gebet, in der Messe und allen Sakramenten. Schönheit, ja, die sah er – und oft, aber keine Effektivität und von daher auch keine wirkliche Bedeutung. Das Seelenheil war für ihn eine Illusion. Und die Religion als solche ebenfalls: eine Krücke. Er redete so weiter und so fort, daß die Leute doch eigentlich wissen müßten, was für ein Haufen Hokuspokus die Religion sei, was Ira schon begriffen hatte, als er vierzehn war.

»Er hat sich einer gründlichen Gewissensprüfung unterzogen«, sagte Edith munter. »Es war schon so eine Art Krise für ihn.«

»Aha, verstehe. Ist er denn darüber hinweg?«

Edith starrte ihn an. »Noch nicht ganz. Eine Zeitlang überlegte er, noch eine Weile in der Kirche zu bleiben, wenn du weißt, was ich meine. So zu tun, als ob er gläubig sei, weil er auf diese Weise anderen Trost spenden kann, seiner Gemeinde, seinen Schäfchen.« Sie legte den Kopf schräg und lächelte verständnisinnig. »Schließlich hat er sich dann doch dagegen entschieden. Andernfalls wäre er nicht ehrlich zu sich selbst gewesen. Und wenn Marcia die Scheidungsklage einreicht, was sie zweifellos tun wird, dann wird er sowieso keine andere Wahl haben, als vom Priesteramt zurückzutreten.«

»Und warum?«

»Er wird keinen Widerspruch einlegen.« Im weiteren sagte sie dann etwas darüber, daß die Kirche eine derartige sexuelle Freizügigkeit bei ihren Geistlichen nicht toleriert.

»Wo wohnt er denn jetzt?« fragte Ira.

»Im Village.«

»Ach, hier unten?«

»Ja. In der Barrow Street.«

So war das also. Mehr brauchte er nicht zu wissen. Nun, das war zu erwarten gewesen. Lewlyn war ein erwachsener, reifer, gestandener Mann, vorzeigbar und finanziell unabhängig, ein Mann mit einem Doktortitel, ein Mann mit einem Lehrauftrag am CCNY. Junge, Junge, seine Phantasie war mit ihm durchgegangen. Er war vielleicht eine komische Nudel, eine *loksch* doch, ein *lumene gojlem*.

»Sie weiß nicht, was sie will«, sagte Edith dann. »Er hat schon versucht, sie zu beraten –«

»*Er* hat versucht, *sie* zu beraten?«

»Ja. Zu trösten. Sie zu beruhigen. Sie dreht ziemlich schnell durch, wenn sie mal keine Post von Robert bekommt.«

»Ach, und das ist der Typ, wegen dem sie ihn verläßt – der Typ, den sie auf dem Schiff kennengelernt hat? Robert?« Es würden Jahre vergehen, bis er verstand, bis er diese Welt wirklich verstand. Vielleicht würde er sie nie verstehen. Pfarrer, die heirateten und ihre Frauen trösteten, wenn diese sie loswerden wollten –

»Er ist immer noch ziemlich verliebt in sie.«

»Dieser Robert?«

»Nein, Lewlyn. Er spricht immer noch von Marcias wunderschönem Körper, ihren weißen Brüsten.«

»Zu dir? Das erzählt er dir?«

»Und anderen, gemeinsamen Freunden von früher. Auch anderen Frauen. Léonie hat es mir erzählt. Und auch, daß er Marcia noch sehr zugetan ist. In gewisser Weise ist es ja rührend, wie er versucht, ihr zu helfen, das zu tun, was am besten für sie ist. Die richtige Entscheidung zu treffen.«

»Rührend. So nennt man das?« Ira steckte beide Hände in die Hosentaschen und hörte den Korbsessel, auf dem er saß, laut knistern, als er sich zurücklehnte.

»Du bist ein so seltsamer junger Mann«, sagte sie. »So ungehobelt und so sensibel. So reif in mancher Hinsicht und so introvertiert. Du bist der einzige, mit dem ich bis jetzt darüber gesprochen habe. Natürlich weiß Léonie Bescheid – und ein oder zwei Freundinnen von Marcia.« Tiefsinnig blickte sie auf ihr Abbild im Spiegel an der gegenüberliegenden Wand.

»Ich weiß nicht, wie reif ich wirklich bin«, sagte Ira. »Vielleicht habe ich ja schon einiges durchgemacht. Aber, um ehrlich zu sein, das meiste hier verstehe ich nicht. So hätten die Leute, die ich kenne, nicht gehandelt.«

»Was hätten die denn gemacht? Er ist aus der gemeinsamen Wohnung ausgezogen.«

»Ja, aber das ist doch nicht alles. Gee, aus der Wohnung ausziehen.« Ira schüttelte den Kopf. »*Boy*.« Er legte eine Hand an seine Wange. »Ich denke, das gehört sich wohl.«

»Jedenfalls, wenn man einigermaßen zivilisiert ist.«

»Ach ja?«

»Die beiden gehen immer noch sehr freundschaftlich miteinander um – versteht sich. Vor Antritt ihrer beiden Projekte hatte Marcia Lewlyn versprochen, ihn nie zu verlassen, außer für jemanden, den sie mehr liebt als ihn.«

»Und er?«

»Bei ihm hätte das keine Rolle gespielt. Er hätte sich an seinen Treueschwur gehalten, ganz gleich, was passiert.«

»Du meinst, weil er Pfarrer war?«

»Sehr wahrscheinlich. Ich glaube aber, daß es auch seiner Natur entspricht.«

»Du meinst, er ist einfach so. Ist sie denn in derselben Kirche wie er?«

»O ja. Marcias Familie war schon immer anglikanisch. Sie war es auch, die ihn davon überzeugt hat, von der Lutherischen zur anglikanischen Kirche überzutreten.«

»Sie hat *ihn* überzeugt? Warum?«

»Das anglikanische Ritual ist so viel schöner, hat so viel mehr sinnlichen Reiz als das schlichtere lutherische, ja, als das protestantische Ritual überhaupt.«

»Und darauf kommt es an. Jetzt kapier ich das.« Plötzlich warf er den Kopf herum. »Also nee!«

»Was ist?«

»Ich dachte gerade an die Synagoge. Nicht, daß ich sehr oft hingegangen wäre. Besonders in letzter Zeit nicht mehr. Aber wenn du von wenig reizvoll sprichst...«

»Ich war in einer neu geweihten in Silver City. Sehr ansprechend. Die hatte sogar eine neue Orgel.«

»Ach ja? Und die, wo Larrys Leute an hohen Feiertagen hingehen, die soll, wie ich höre, sehr schön dekoriert sein. Aber die einzigen, die ich jemals von innen gesehen habe, waren kleine, stickige Löcher, so typische Dreiraum-Wohnungen im Erdgeschoß. Aber egal, sie will sich also scheiden lassen. Und er nicht.«

»Er wird keinen Widerspruch einlegen.«

»Weil er Geistlicher ist, oder warum? *Boy*, mir gehen siebenundzwanzig verschiedene Gedanken gleichzeitig durch den Kopf. Sie hat ihn überzeugt, die Lutherische Kirche zu verlassen und sich der anglikanischen anzuschließen. Überzeug du mal einen Juden, die Synagoge für eine christliche Kirche aufzugeben – ganz gleich, wie schön sie ist. *Wow*. Wie bin ich bloß auf dieses Thema gekommen?«

»Ich fürchte, ich habe dich irritiert.«

»Nein. Oder doch, kann sein. Ich halte jetzt wohl lieber den Mund.«

Schweigend starrten sie einander an, während Edith mit einem gelben Bleistift herumspielte. Schweigend, inmitten all der Utensilien ihres Gewerbes – oder Berufs – oder wie immer man das Durcheinander von Lehrmitteln in ihrer Wohnung nennen wollte: die schwere Underwood-Schreibmaschine mit der schwarzen Abdeckhaube auf dem Fußboden neben dem Schreibtisch, die braune Aktentasche gleich dahinter, gelblich-braune Mappen, offen oder geschlossen, wahllos auf dem Tisch verstreut, Kohlepapier, Briefe, Zeitungen und Zeitschriften wie *The Nation* und *The New Republic*, leicht zu erkennen die *New York Times Book Review*. Eine Schublade am Schreibtisch herausgezogen... Und ruhig war es in der Wohnung auch, Lärm von draußen fast nicht zu hören.

»Du bist mir sehr lieb geworden, Ira.« Ihre kleine Hand hielt den Bleistift fest, mal an dem einen, mal an dem anderen Ende. »Ich weiß, daß ich dir hundertprozentig vertrauen kann.«

»Danke. Du ahnst ja nicht, was ich durch Larry und dich gelernt habe. Hier habe ich wirklich etwas gelernt. Das CCNY ist ein kompletter Reinfall. Das habe ich dir aber schon gesagt.« Er machte eine Pause, während er sich an der Stirn kratzte. »Darf ich dich was fragen?«

»Was ist denn, Kindchen?«

»Weiß Lewlyn von Larry?«

»Ja, natürlich.«

Wieder Schweigen, feierlich.

»Wir sind uns beide einig, daß es eine Freundschaft ist. Wir sind nicht durch irgendwelche Schwüre gebunden, wenn du so willst. Es ist eine Beziehung, in der wir beide frei sind. Es ist Freundschaft.« Sie unterbrach sich, beugte sich vor, warmherzig. »Wir sind beide reif genug, um zu wissen, daß wir Sex nicht ausklammern können, den letzten Schritt zu einer intimen Beziehung zwischen Mann und Frau.«

»Aha.« Ira kramte in seiner Jackentasche nach seiner Pfeife.

»Das habe ich in meiner Beziehung zu Larry vermißt, und gerade deshalb muß ich ihn beschützen. Seine Liebe war von Anfang an romantisch und wird es immer bleiben.«

»Ich glaube, ich verstehe. Ich glaube, ja.« Er faßte prüfend in das Innere des Pfeifenkopfs, rieb seinen Zeigefinger vom schwarzen Ruß sauber. Er wünschte, er hätte etwas Kluges, Angemessenes zu sagen, hätte eine überzeugende Vorhersage der Zukunft abgeben können, doch die Zukunft bot auch nicht mehr Weite als das Innere des Pfeifenkopfs. Er war dicht, dicht im Kopf, weiter nichts.

»Wenn zwei Menschen beabsichtigen, Kinder zu haben, dann liegen die Dinge sicher anders«, sagte Edith. »Die Vorstellung, ohne Trauschein Kinder zu haben, ist schwierig.« Sie lächelte. »Aber natürlich geht das auch.«

»Oh.« Warum hatte er das nicht gesagt? »Ach so, das geht?«

»Ja.« Und dann, richtig fröhlich: »Vielleicht sollte ich dir sagen, daß Lewlyn mich nächstes Wochenende mit zu sich nach Hause nimmt, seine Eltern besuchen.«

300

»Und die wohnen wo?« fragte Ira.

»In einer Kleinstadt in Pennsylvania. Sein Vater ist dort Landarzt.«

»Oh, das finde ich schön.« Endlich begriff er, daß sie über mehr redete als nur über einen Besuch: die Zufriedenheit auf ihrem Gesicht, der Ausdruck von Vorfreude, das war's. Jesus, die sagten einem nicht, was sie meinten. Sie setzten voraus, daß man sie verstand. Und jetzt verstand er. Er war fast stolz auf sich, trotz des absurden Endes einer Illusion.

»Lewlyn wird immer ganz poetisch, wenn er von seinem Vater spricht. Wie sie im Winter zusammen zu den Patienten geritten sind, wenn er Hausbesuche machte. Sein Vater ist offenbar ein sehr ungewöhnlicher Mensch, kennt sämtliche Baumarten der Gegend, kann Tierfährten lesen im Schnee. Lewlyn sagt, er hatte eine schöne Kindheit, und ich kann ihm das wohl glauben.« Plötzlich seufzte sie, was Iras Aufmerksamkeit fesselte. »Er spürt, ganz anders als ich, daß sein Leben bestätigt hat, was seine Erziehung hoffen ließ. Ich würde mir sehr wünschen, die gleiche Stabilität zu besitzen, die gleiche innere Sicherheit, daß das, was in mir angelegt war, Früchte trug, als ich heranwuchs.«

»Sein Leben hat seine Erziehung bestätigt«, wiederholte Ira, um die Worte noch einmal zu hören. Nun, ein ganz so schlimmer Trottel konntest du nicht sein. Sie war so nett zu dir, so lieb. »Gee, hoffentlich geht alles gut«, sagte er.

»Du bist sehr süß, daß du das sagst.«

»Nein, bin ich nicht«, sagte Ira und meinte es ganz ernst. »Was wirst du Larry sagen – ich meine, was willst du ihm sagen, falls Lewlyn und du – also, falls ihr eine dauerhafte Beziehung eingeht? Vielleicht sogar heiratet?«

»Das ist auch ein Grund, weshalb ich mit dir reden wollte. Was soll ich deiner Meinung nach sagen – falls es dazu kommt? Oder wie soll ich es ihm sagen, daß es ihn so wenig wie möglich verletzt? Du kennst Larry, wahrscheinlich sogar besser als ich. Was würde ihn am wenigsten verletzen?«

»Sag's ihm einfach.« Ira zuckte mit den Schultern. Und als sie lachte, breitete er die Hände aus, die Handflächen leicht nach oben geöffnet. »Erklär es ihm. Genauso wie du es mir eben erklärt hast. Wenn es noch so zwischen euch wäre wie damals, als du aus Europa zurückgekommen bist, das wäre etwas anderes. Ich weiß nicht. Das ist im Moment schwer zu beurteilen, weil sich alles so verändert hat. Ich weiß es selber nicht. Es ist nur so ein Gefühl.«

»Dann denkst du also, ich könnte es ihm sagen? Ich könnte ihm von der neuen Beziehung zu Lewlyn erzählen? Du glaubst, er würde einsehen, daß es nicht anders ging?«

»Also, ich weiß nicht, wie weit du gehen willst, solange du dir nicht ganz sicher bist – verstehst du? Wenn du dir aber sicher bist, warum nicht? Es ist dein Leben. Was willst du sonst machen? Ich weiß es jetzt, und wenn du es ihm sagst, wird er es mir erzählen. Ich kann dann – nun.« Wieder zuckte er mit den Schultern. »Ich könnte ihm dann sagen ›Also, wenn du sie liebst, wenn du willst, daß sie glücklich ist, dann ist Lewlyn ihre beste Chance.‹ Du verstehst, was ich meine?«

Augenblicklich stand sie vom Sofa auf, machte ein fröhliches Gesicht, ging drei schnelle Schritte auf ihn zu, beugte sich vor und küßte ihn. »Das werde ich dir nie vergessen.« Einen Augenblick verweilte sie bei ihm, ihr Körper im braunen Kleid ganz nah, dann kehrte sie zum Sofa zurück und setzte sich – und schüttelte den Kopf: »So jemanden wie dich habe ich noch nie kennengelernt. Und werde ich vermutlich auch nie wieder.«

Sprachlos saß Ira da. Der Höhepunkt seines Besuchs war gekommen. Seine Gedanken waren zu sehr hin- und hergerissen zwischen Dankbarkeit für das Zeichen ihrer Gunst und der Gewißheit, daß das Ende seiner Nützlichkeit erreicht war. Er ging mit sich zu Rate, heftete seine Blicke auf seinen grauen Filzhut, der den anderen Korbsessel mit Beschlag belegte, direkt unter seinem Paisley-Schal, der von der Taille des kleinen Flügels herunterhing, den sie sich kürzlich gekauft hatte.

»Ich weiß, du mußt noch eine Menge für dein Studium tun«, sagte sie.

»Jaja. Für meinen Pädagogik-Kurs.« Er grinste verächtlich. Er hatte also richtig vermutet. Es war Zeit zu gehen.

»O nein, bitte nicht, Ira. Kannst du noch eine Minute bleiben?«

»Oh.« Es wurde Zeit, nach einer Stelle an seinem Körper zu suchen, wo er sich kratzen konnte. »Du willst, daß ich noch bleibe?«

»Ja. Es dauert nicht lange. Es macht dir doch nichts aus?« Sie lächelte ihr wundervolles, gewinnendes Lächeln.

»Nein, ich bin gespannt. Ehrlich.«

»Ich wollte mit dir noch über etwas anderes sprechen – über Cecilia.« Sie wandte ihm das Gesicht zu, erwartete seinen erstaunten Blick. »So heißt die Frau, die Lewlyn in England kennengelernt hat. Sie ist dort Sekretärin bei einer gemeinnützigen Gesellschaft, und er hat sich oft mit ihr getroffen.«

Ihre Stimme hatte einen so beiläufigen Tonfall angenommen, daß er nicht anders konnte, als die Bedeutsamkeit zu erspüren, die hinter ihrer Beherrschtheit schwang. Was war da los? Wie immer hinkte seine Vermutung hinterher: Gab es da etwa noch jemanden? Noch eine Frau. Noch eine Sorge. »Ach ja?«

»Sie schreiben sich viel. Er hat offenbar eine ziemlich große Zuneigung zu ihr entwickelt.«

»Und sie ist in England?« Die Verlegenheitsfrage half ihm, sich zu sammeln.

»Ja. Und eine alte Jungfer dazu. Ich denke, sie ist eine von diesen vielen unverheirateten britischen Frauen, die nach dem Krieg allein geblieben sind. Wahrscheinlich viktorianisch in ihrer ganzen Einstellung. Ich weiß es nicht. Ich kann nur danach urteilen, was Lewlyn mir erzählt hat, wie es war, als sie zusammen waren, bei ihren Wanderungen durch die englische Landschaft. Ich bin sicher, daß es so schön war, wie er sagt. Und wie es in ein, zwei Briefen von ihr steht.«

»Die hat er dir gezeigt?«

»Ja. Alle zehn Tage bekommt er einen. Vielleicht auch öfter. Sie schreibt gut. Er findet ihre Sehnsucht sehr reizvoll.«

»Aha.« Sehnsucht. Etwas ließ ihm das Wasser im Mund zusammenlaufen – war es das Wort oder die schneidende Kälte, mit der Edith es aussprach? Sehnsucht. Ein Wispern von Kummer. Vielleicht mehr. Sieh die Dinge, wie sie sind – von zwei Seiten, wie Janus: eine für dich, eine für mich. Du Armleuchter, er nimmt sie schließlich mit nach Pennsylvania. Ira befeuchtete sich die Lippen.

»Ihr Vater liegt im Sterben, was sie natürlich noch anziehender macht, denn sie hängt wirklich sehr an ihm«, sagte Edith. »Ganz ohne Frage. Ich hätte allerdings gedacht, Lewlyn würde sich weit mehr Gedanken über den großen Altersunterschied machen. Daran führt kein Weg vorbei: eine Frau, zehn Jahre älter als er. Ich bin sicher, das muß etwas damit zu tun haben. Ich überlege gerade, ob sie schon aus dem gebärfähigen Alter heraus ist.«

»Wieviel älter, sagst du?«

»Mindestens zehn Jahre.«

»Zehn Jahre. Oh.« Ganz ohne Frage hatte Edith nichts zu befürchten.

»Man kann Männer einfach nicht einschätzen, und ihr Bedürfnis nach Bemutterung auch nicht«, durchkreuzte Edith die Beruhigung, die er ihr unausgesprochen geben wollte. Mit erhobenem Kopf, die kleinen Hände wie Schalen ineinandergelegt, fügte sie hinzu: »Und die ist, traurig genug, für manche Männer sehr wichtig.«

»Ach ja?« Er konnte fühlen, wie unwohl ihm in seiner Haut war.

»Lewlyn ist im Moment besonders verwundbar: er hat den Glauben und seine Frau verloren – sie hat ihn verlassen. Vermutlich wird er auch bald sein Amt verlieren. Ich wüßte nicht, was er anderes tun kann.«

»Als was?«

»Als vom Priesteramt zurückzutreten.«

»Ach ja? Aber – was ist – was meinst du mit ›verwundbar‹?«

»Cecilia. Cecilia bedeutet Schutz für ihn. Tröstung. Männer sind manchmal wie kleine Kinder.«

Alles, was er aufnehmen konnte, war eine winzig kleine Andeutung von dem, was sie meinte. Wenn er es sich doch nur zurechtdenken könnte. Auf einmal redete sie nämlich über *ihn*, über seine Motive, seine Eigenschaften, und nicht mehr nur über sich und Lewlyn und Marcia. Sie malte ein Bild von *ihm*, wie er ganz sicher war – und sein wollte. Sie meinte, es sei unwürdig, so zu sein, und dennoch konnte er sich von dem, was er sich wünschte, nicht losreißen. Ach, zum Kuckuck. »Wohin fährt er mit dir? Nach Pennsylvania?« fragte Ira nach.

»Und ich hoffe, seine Eltern mögen mich. Er selbst ist so unschlüssig.«

»Ach ja? Und Marcia weiß auch darüber Bescheid?«

»Über Lewlyns Affäre mit mir? Aber ja, natürlich. Er steht mehr unter ihrem Einfluß, als ihm bewußt ist, und ich traue ihr nicht.« Edith wirkte sehr animiert, schien das Bild, das ihr aus dem Spiegel entgegengeblickt hatte, zu vergessen. »Ich traue ihr einfach nicht. Ich weiß, daß sie Cecilia lieber mag als mich. Das schließe ich daraus, was Lewlyn mir aus ihren Gesprächen wiedererzählt – oh, jetzt geht mir ein Licht auf. Sobald sie erfahren hatte, daß Lewlyn sich mit mir traf, fing sie an, mich zu hassen. Es liegt auf der Hand, warum, aber zu wissen, daß sie nun alles in ihrer Macht Stehende tut, damit er seine Meinung über mich ändert, das macht mich nicht gerade glücklich. Und sie könnte sehr wohl das Zünglein an der Waage sein. Jemanden wie Marcia gegen sich zu haben – nun, du kennst sie ja. Du weißt, wie dominant sie ist. Man muß schon ein ungewöhnlich starker Mensch sein, um sich gegen sie zu behaupten.« Edith hörte auf zu reden, sah Ira an und lachte, fand inmitten ihres Kummers noch Gedanken für ihn. »Überanstrenge ich dich? Du siehst plötzlich so viel älter aus.«

»Nein, ich habe nur nachgedacht.« Er fand eine Ausflucht. »Es ist alles so symmetrisch.«

»Was ist es?«

»Er war in England, sie war in Polynesien, und sie haben beide jemand Neues gefunden.«

»Und wie sie sich gegenseitig beraten. Meinst du das?«

»So ähnlich.« Tatsächlich meinte er das nicht, jedoch war er nicht sicher, ob das, was er meinte, ehrlich gemeint war oder von seinem eigenen Wunsch herrührte. »Ich meine – hoffentlich irre ich mich, aber es ist für Lewlyn nicht besonders schwer, Marcia in bezug auf Robert den Rücken zu stärken, wenn er selbst jemand anderen liebt.«

Edith machte sich gerade, saß absolut still, äußerst ernst. »Leider ist es so. Ich fürchte, daß ich das immer noch nicht wahrhaben will.«

»Aber nein – ich meinte doch nur«, schwächte Ira ab. »Vielleicht ist er ja wirklich so. Wenn er doch Pfarrer ist und ihr helfen will?«

»O nein. Das mußte unbedingt einmal gesagt werden.«

»Aber er nimmt dich mit nach Pennsylvania.«

»Ja.« Die Aussicht darauf freute sie nicht mehr, sie schien ganz weit weg und tief in Gedanken, schüttelte dann den Kopf. »Eine zehn Jahre ältere Frau.« Sie beobachtete Ira, wie er aufstand und seinen Hut vom Korbsessel nahm.

»Ich wollte dich nicht –«, zögerte er.

»O nein, nein.« Sie erhob sich. »Ich weiß nicht, woher du deine Reife nimmst.« Sie wirkte sehr hart, ihrem sonst so weichen Wesen gar nicht ähnlich. »Ich muß immerfort an die Geschichte denken, die Lewlyn mir von den Mohnblumen unter der Wäscheleine erzählt hat. Die wuchsen unter der Wäscheleine, auf der seine Mutter die Weltkriegsuniform seines Bruders aufgehängt hatte, als dieser von seinem Kampfeinsatz in Frankreich zurückgekehrt war. Mohnblumen – warte mal einen Moment, Ira.«

Er ahnte schon, was jetzt kommen würde, längst, ehe sie nach ihrer Geldbörse auf der Kommode griff – genau wie er immer ahnte, was Tante Mamie vorhatte, wenn sie ihn zu warten bat.

»Du darfst mir das nicht abschlagen, verstehst du? Es soll kein Almosen sein. Auch kein Geschenk – nur ein sehr kleiner Ausgleich dafür, daß ich so tief in deiner Schuld stehe. Ein kleines Zeichen des Dankes, weil du so viel Geduld mit mir hast. Ich wünschte, es wäre mehr.« Sie reichte ihm einen Greenback: die Ziffer 5 in der Ecke stach ihm deutlich, fast triumphierend in die Augen.

»Edith, das ist ja ein Fünf-Dollar-Schein.« Ira zuckte zurück.

»Ich möchte, daß du ihn nimmst. Es ist wenig genug.«

»Gee, es ist zuviel.« Widerstand war zwecklos, aber die Höflichkeit gebot, daß er sich ein wenig zierte. »Das sollst du doch nicht.«

»Selbstverständlich soll ich das. Du bist mir so lieb, Ira. Ich hasse den Gedanken, dich ohne Geld gehenzulassen.«

»Ich weiß, aber −« Protestieren war zwecklos. Starrköpfig hielt sie an ihrer Absicht fest. Er nahm den Geldschein aus ihrer Hand entgegen, und diese kleine Hand schwebte nun zwischen ihnen. Er nahm ihre Hand und küßte sie. Zeit und Zwischenraum, so schien es, hätten sie näher zusammengebracht als sein Tun. Dann wischte er sich mit dem Handrücken über die plötzlich feuchte Stelle zwischen Kinn und Unterlippe. »Danke Edith.«

»Sehr gern geschehen, mein Junge.«

»Gee, Edith. Ich hoffe, du amüsierst dich in Pennsylvania.«

»Dank dir, Ira. Das hoffe ich auch. Gute Nacht.«

»Gute Nacht.«

− Nun, Stigman, da hast du dich nun Schritt für Schritt in das Netz verwickeln lassen, das nur so aussieht, als hättest du es selbst gesponnen.

Aye, aye, Vater Ecclesias. Und was mache ich hier? Das Leben der Kunst anpassen, wie ich früher schon sagte? Die Realität der Erzählung anpassen? Es ist total verrückt, wie Selbsttäuschung und Phantasie die Handlung ködern.

VII

Lo, it is summer − almighty summer! Wie Ira diese Invokation von De Quincey liebte − und De Quincey überhaupt. *Siehe, es ist Sommer − allmächtiger Sommer!* Doch statt der weit geöffneten, ewigen Tore des Lebens und des Sommers, die De Quincey so eloquent besang, standen die Abschlußprüfungen kurz bevor, und zwar in zwei Pädagogik-Kursen (pfui Teufel), in Betriebswirtschaft (dito), in einem öden Anfängerkurs für Psychologie, in dem der Professor nur ein einziges Mal, als die Ergebnisse eines Tests über das Fachvokabular vorlagen, bemerkte, daß es Ira gab. Außerdem die Prüfung über die Essays von Addison und Steele in einem enttäuschenden Englischkurs bei Professor Kieley, der Iras beschreibende Aufsätze früher so sehr bewundert hatte, damals in Aufsatzkunde II, als Ira noch ein Freshman war. Jetzt würde Ira während der Sommerferien mindestens zwei Zusatzkurse belegen müssen (und zwar abends, wenn er nebenbei noch jobben wollte), um die Punkte wieder reinzuholen, die er während der vergangenen drei Jahre eingebüßt hatte. Er war mit seinem Punktekonto im Minus, witzelte er säuerlich zu seinen Kameraden. Und was De Quincey betraf, so war zwar immer noch nicht richtig Sommer, aber jetzt, Mitte Mai, fühlte es sich schon fast so an. Richtiger Sommer, das waren für Ira nicht die Ozeane, ruhig und grünend wie eine Savanne, wie De Quincey es ausdrückte, sondern schwitziger Abendunterricht, seine stickige, vor Hitze kochende Schlafkammer in der Mietskaserne und irgend so ein ein Ferienjob, um genügend Geld für Kleidung und Schuhe im letzten Collegejahr zu verdienen.

Ach, wie hatten die fünf Dollar sich gut angefühlt, solange sie reichten, die fünf Dollar, die Edith ihm geschenkt hatte. »Ein Fünfer in meiner Tasche, ein Fünfer in meiner Hand«, summte er leise nach der Melodie von *A-hunting we will go*. Und: »Ich hab 'nen Fünfer in der Tasche. Fünf Dollar in meinem Sack.« Dank Ediths Gunstbeweisen und Stellas Fügsamkeit verspürte er nicht mehr den Drang, Minnie mit einem, notfalls zwei Dollar zu locken. Sie war endgültig mit ihm fertig – knallhart. Sie würde sowieso bald arbeiten gehen und bereitete sich gerade auf ihren High School-Abschluß vor.

Ein paar Freunde von Izzy, die schon im letzten Studienjahr waren und daher nicht zu Iras direkter Clique gehörten, hatten diesen zum Ausgleich dafür, daß er ihnen freien Eintritt ins Provincetown Playhouse verschaffte, zusammen mit einem Freund seiner Wahl als Platzanweiser in die Carnegie Hall eingeschmuggelt. Zum ersten Mal hörte Ira nun die New

Yorker Philharmoniker, sah Furtwängler sich ans Herz greifen, hörte Beethovens Fünfte – und wartete im obersten Rang hinter der letzten Reihe, bis er weiche Knie bekam oder klar war, daß der leere Platz frei bleiben würde, den er im Visier hatte. Der Sonntag hatte eine normale Routine gefunden, auch ohne die Willfährigkeit seiner Schwester. Bis zum Nachmittag quälte er sich gewöhnlich durch seine Hausaufgaben und marschierte dann zu Tante Mamie in der Hundertzwölften. Mit oder ohne Stella-Glück konnte er damit rechnen, mit einem Dollar wieder aufzubrechen – sich also leicht den einen Nickel Fahrgeld für die U-Bahn zum Konzertsaal des CCNY leisten zu können, wo er Professor Baldwin von der Musikhochschule den Pilgerchor aus *Tannhäuser* oder andere Stükke von Wagner auf der College-Orgel donnern hörte. Er liebte die hohen Glöckchentöne aus *Tannhäuser*, besonders, wenn er Stella-Glück gehabt hatte. Sie paßten dann zu seiner Gefühlslage, vertrieben schließlich jenes letzte kleine Wölkchen, jene letzte kleine Sorge, ob er wohl rechtzeitig rausgezogen hätte.

Ira seinerseits tat anderen auch manchmal einen Gefallen, so etwas wie eine *mizwa*, nur daß er es nicht umsonst machte und meistens dafür belohnt wurde: Zum Beispiel brachte er Leo Dugonicz Geometrie bei. Leo, der Ungar, hatte in dem kleinen dreistöckigen Haus neben Iras Mietskaserne gewohnt, auf der gleichen Ebene wie er, im ersten Stock. Die beiden konnten sich miteinander unterhalten, wenn sie ihre langen Hälse weit aus dem Fenster zum Hof reckten, und wurden gute Freunde. Leo allerdings war mit dem Gros der Klasse nach der mittleren Reife von der P.S. 24 abgegangen und hatte gleich angefangen zu arbeiten. Er hatte einen Job als Laborant in einem Materialprüflabor gefunden und war seitdem dort tätig. Auf seine Einladung hin hatte Ira ihn dort schon besucht und zugesehen, wie Leo Eisenstangen einer gewaltigen Kraft aussetzte und mit angehört, wie diese dann mit furchterregendem Knall zerbarsten. Unterdessen hatte Leos Mutter – verwitwet, seit ihr Mann, der für die Pennsylvania Railroad arbeitete, zwischen zwei Güterzügen zermalmt worden war – einem jüdischen Zahnarzt in der 111. Straße den Haushalt geführt, einem morosen, wortkargen Junggesellen. Leo machte sich pausenlos lustig über ihn, besonders über seinen Gang und seine schlotternden Hosen und nannte ihn einen Admiral der Schweizerischen Marine. Später heiratete Leos Mutter einen italienischen Koch aus einem großen Hotel und nahm ihren Sohn mit in die neue Wohnung in der 111. Straße, Ecke Lexington Avenue. Weil Leo sich bei Ira meldete, und weil Ira Leos koboldhaftes Wesen liebte, blieben die beiden in Kontakt. Leo demonstrierte zu Iras Vergnügen, aber auch zu dessen Schrecken, wie Nitroglyzerin explodierte, wenn man es in Stanniol einwickelte und mit dem Hammer darauf schlug. Und er nahm Ira mit auf eine wilde Fahrt in einem Gebraucht-wagen, den er sich gekauft hatte und erst noch zu bedienen lernte und schon zu Schrott fuhr, während er noch übte.

Leo war klein und stämmig, dicklippig und stupsnäsig, gut-mütig und liebenswert. Er war jetzt in seinen Zwanzigern und hatte sich für die Prüfung zum Städtischen Dampfheizungs-inspektor qualifiziert, eine Pfründe von einem Beamtenjob mit nicht geringen Anforderungen. Er hatte sich qualifiziert und war willens, die Prüfung abzulegen, wobei ihm seine Jah-re als Laborant an Stelle eines offiziellen Studiums angerech-net wurden. Er meinte, den schriftlichen Teil leicht bestehen zu können – bis auf ein Fach: Geometrie. Davon hatte er nicht die leiseste Ahnung. Zwar hatte er schon selbst versucht, sich einiges beizubringen, aber er geriet ins Schwimmen, sobald es um Beweise für die einfachsten Lehrsätze ging. Ob Ira ihm dabei helfen könnte? Natürlich konnte er. Geometrie war seine heißgeliebte starke Seite, seine Rettung.

So kam es, daß Ira an ein, zwei Abenden in der Woche zu Leo nach Hause ging und sich bemühte, ihm die Grundlagen der Geometrie zu vermitteln. Es war eine Wohltat, mit Leo zusammenzusein, auf jener plebejischen Ebene, die er, Ira, nie hätte verlassen sollen, jener uneleganten, unkultivierten, ungebildeten Ebene, zu der er nie wieder zurückkehren konnte. Es war eine Wohltat, jemandem wenigstens in *einem* überlegen zu sein, jemanden zu haben, der wegen etwas anderem als Worten zu einem aufblickte, wegen etwas Vor-zeigbarem, etwas Handfestem, das einen von dem ewigen

Gereiztsein befreite, von der Selbstverdammung, die sein Geist angenommen hatte.

Leo war in Geometrie die größte Niete, die Ira je gekannt oder für möglich gehalten hatte. Er schaute angestrengt zu, wenn Ira die Probe auf einen Lehrsatz machte oder diesen bei der Lösung eines Problems zur Anwendung brachte, schickte ihm beseelte Blicke aus blaugrünen Augen, die Lippen leicht geöffnet vor dankbarer, kleinlauter Bewunderung. Jedoch enthüllte die einfachste Rückfrage, daß er nicht ein Jota von dem, was Ira so inbrünstig zu vermitteln suchte, begriffen hatte. War seine Unkenntnis erst einmal entdeckt, dann lachte Leo verschämt. Wie konnte man ihm da böse sein? Ira begann also mit demselben Problem noch einmal von vorn, ließ keine Unsicherheiten zu, nahm nichts als gegeben hin, sondern sprach mit erhobener Stimme und verlangte zu jedem einzelnen Schritt eine Aussage. Am Ende war dann vielleicht doch etwas hängengeblieben, hatte ein wenig euklidische Erleuchtung in Leos Kopf Eingang gefunden. Q.e.d.

Weil Ira kein Geld annehmen wollte, lud Leo seinen Privatlehrer hinterher immer in die nächstgelegene Seafood-Bar ein, wo der Boden mit Sägemehl abgestreut war – unterhalb der El, in der Third Avenue, nahe der 95. Straße – und verwöhnte ihn in den Monaten mit »r« mit Austern und danach Venusmuscheln mit ganz viel Ketchup und Meerrettich und einer Schüssel voll kleiner, runder Austernkräcker. Mitten im Sägemehl an einem Marmortisch zu sitzen, den pickeligen, griechischen Jungen zu beobachten, den Sohn des Besitzers, wie er ein Stück von der Austernschale abschlug und sie dann aufhebelte: Dies alles gab Ira das mit Nostalgie gemischte Gefühl, im verlorenen Paradies der Ungebildeten zu sein.

Es kam ihm vor wie eine Ewigkeit, daß er in die 119. Straße gezogen war und – so erinnerte er sich jetzt – diese Delikatesse in einem Schaufenster an der Hundertfünfundzwanzigsten schon einmal gesehen und mit Abscheu betrachtet hatte, dieses groteske, wie Felsgestein anmutende Nahrungsmittel, das nur für *gojim* gestattet war. Jetzt machte er selbst Bekanntschaft mit Austern, und wie bei früheren Verstößen gegen eine koschere Ernährung auch, schmeckte es ihm gut. Wie er sich doch verändert hatte in all der Zeit zwischen 1914 und 1927: dreizehn Jahre. Und wie auch Harlem sich inzwischen verändert hatte, kaum wahrnehmbar, bis man es plötzlich doch bemerkte. Die Hundertfünfundzwanzigste, früher eine feine nichtjüdische Straße, war jetzt in weiten Teilen verkommen. Wo waren die Geschäfte, die kleinen Läden, die einst so reizvoll schienen, wo weißgekleidete Ladies mit Sonnenschirmen in der Hand früher einkaufen gingen? Wo waren die Ladies aus den Vorstädten oder von den Landsitzen in Connecticut, die mit der Eisenbahn nach New York hineinfuhren und an der Station 125. Straße und Park Avenue ausstiegen? Wo waren die selbstsicher auftretenden, frisch rasierten Gentlemen, die nach einem Taxi winkten und oft einen schwarzen Gepäckträger bei sich hatten, der ihre Koffer trug – manchmal auch Musterkoffer, so riesig sahen sie aus. Sie waren verschwunden, wie auch Park & Tilford und die gediegenen braunen Sandsteinhäuser, die einst die Straßen um den Mt. Morris Park in der Nähe der öffentlichen Bücherhalle gesäumt hatten. Fast unmerklich, fast unbarmherzig vollzog sich der Wandel: Gasgespeiste Straßenlaternen wurden durch hohe elektrische ersetzt, die Mode wechselte: Lange Hosen ersetzten Kniehosen, Socken die schwarzen langen Strümpfe – und jetzt wurden knielange Hosen nur noch von Männern getragen und hießen neuerdings Knickerbocker. Die Iren verließen das Viertel, sehr viele jedenfalls, und die Juden zogen ein und hatten im Haus gegenüber sogar einen koscheren Schlachterladen mit einer breiten grünen Jalousie im Schaufenster, direkt über dem Stangeneiskeller des Italieners, den es dort noch gab.

Außer ein paar wenigen in den großen Kaltwasser-Wohnungen der 119. Straße, hatten sich die Iren, wie in eine letzte Bastion, in die wenigen dreistöckigen roten Backsteinhäuser in der Nähe der Lexington Avenue zurückgezogen. Und auf der anderen Seite der Lexington hatte ein Käsegroßhandel aufgemacht: die Firma Kraft. An der nächsten Ecke hinter der Lexington war der kleine Stall in Flammen aufgegangen, wo Pop während der kurzen Episode seiner Selbständigkeit als

Milchmann seine alte Mähre untergestelt hatte (es war Brandstiftung, ging das Gerücht, und man sah fast nie wieder Pferde dort). Wo der Stall gestanden hatte, war jetzt eine Leichenhalle.

Und nun kamen die Farbigen, zogen vom nördlichen Harlem nach Süden. Die Farbigen, die Neger, wie man sagte, wenn man höflich von ihnen sprach, wanderten langsam aus dem Gebiet nördlich von Harlem nach Süden, und zwar zur gleichen Zeit, wie die Puertoricaner sich im südlichen Teil von Harlem niederließen. Etliche puertoricanische Familien hatten jetzt Mamies Häuser in der 112. Straße westlich der Fifth Avenue mit Beschlag belegt. Die beiden direkt aneinandergebauten sechsstöckigen Apartmenthäuser ohne Fahrstuhl gehörten nicht wirklich Mamie – oder Mamie und Saul. Sie waren an die Banken zurückgefallen. (Eine der gescheiterten Gaunereien von Saul, der sich dabei sehr schlau vorgekommen war.) Statt Mitbesitzerin, war Mamie jetzt nur noch Verwalterin und kassierte die Mieten. Dafür wohnte sie mit ihrer Familie mietfrei.

Nicht nur aus Mamies Häusern, sondern aus allen Teilen der West 112. Straße und überall in Harlem zogen die jüdischen Mieter aus: die meisten von ihnen in die Bronx – und Puertoricaner traten an ihre Stelle, spanische Bauerntrampel, wie Mamie scharfzüngig spottete. Ira war gerade mit Stella fertig, hatte sie im Vorderzimmer, im Stehen und in größter Eile gevögelt, als er zu seiner Bestürzung – da schau her! – im Haus gegenüber zwei junge Puertoricaner entdeckte, die sich aus einem Fenster im dritten Stock lehnten und sich einen Heidenspaß daraus machten, so zu tun, als hätten sie die beiden durch Operngläser beobachtet: sie starrten durch ihre zum Kreis gerundeten Daumen und Zeigefinger, die sie sich wie Ferngläser vor die Augen hielten. Sie deuteten hinüber und lachten. Jesus, wie erniedrigend! Aber andererseits auch: Was für ein Glück! Man stelle sich vor, es wären Juden gewesen. Hi-hi-hi und *oj gewalt*. Zweifellos hätten sie es dann weitererzählt, anderen Juden, die Mamie hätten kennen und es ihr sagen können! Das lange gehütete Geheimnis wäre geplatzt. Gegenseitige Beschuldigungen wären noch die geringste Strafe gewesen. Seine Schande hätte sich wie ein Lauffeuer in der ganzen Familie herumgesprochen: die abscheulichen Taten von Leas Sohn, dem Collegeboy. Und was dann? Wer konnte das wissen? Mit Sicherheit wäre ihm Mamies Tür für alle Zeit versperrt gewesen. Mamies Tür und ihr Dollarschein. *Asa Paskudnijack! Asa parschiwe schmutz!* Und das war er auch, ein Drecksack. Das war er wirklich. Nun, was für ein Glück, daß es dazu nicht kommen mußte. Ost war Ost und West blieb West, und die »Portorickies« von gegenüber sprachen kaum ein Wort mit der jüdischen Verwalterin aus der ersten Etage des Hauses, in dem ihre Tochter vergewohltätigt wurde. Uff. So schnell wie damals war er nie vom Fenster weg.

Und in der Tat, der ganze Kosmos veränderte sich: Milchstraßensysteme und Spiralgalaxien ließen einem den Atem stocken, wenn man darüber nachdachte. Er wurde nie müde, sich die kleine Zeile über den riesigen Fixstern Canopus zu wiederholen, die alles andere als große Dichtung war; sie stammte aus der Untermeyer-Anthologie, die Larry ihm einmal geliehen hatte – »Ich meditiere über interstellare Räume und rauche dabei eine milde Zigarre...« Er erinnerte sich nicht einmal mehr an den Dichter, der das geschrieben hatte. Und ein Ereignis jagte das andere: Coolidge war Präsident, und der Aufschwung sollte ewig dauern. Der Völkerbund war auf dem Höhepunkt seiner kurzlebigen Macht, Stalin hatte sich die UdSSR unterworfen, und Mussolini regierte Italien. Mussoli-i-i-ni, wie die Italiener es aussprachen. Es gab Sozialismus und Anfänge von Faschismus, wobei jeder wußte, daß Sozialismus besser war, weil Faschisten ihren Dissidenten Rizinusöl verabreichten. In Rußland wurden Verbrecher und Saboteure erschossen, und das war nur gerecht. Und überall erregte der Sacco-Vanzetti-Fall die Gemüter zu leidenschaftlichem Pro und Contra, wirklich überall, und die Namen der beiden Anarchisten zierten die Schlagzeilen aller Zeitungen der Stadt: von der Gazette *Daily News* bis zur *New York Times*, in der Hearst-Presse, in der *Sun* und im *Globe* sowie in der *World*, dem *Herald* und der *Tribune*. Und in den liberalen Zeitschriften, die Ira so oft auf Ediths Schreibtisch liegen sah: *The New Republic* und *The Nation*. Aber alle, die nicht gegen Italien voreingenommen waren, alle, die soviel Italienisch konnten, daß sie einen Italiener einen I-taliener und nicht einen Ei-taliener nannten, wußten, die beiden waren unschuldig und nur deshalb zum Tod auf dem Elektrischen Stuhl verurteilt, weil sie *wops* oder *dagos* oder Anarchisten waren. »*Oriman Talianer*«, sagte Mom voll Mitleid. Und Mom, die immer dem Ruf ihres Herzens folgte, irrte selten. Diese beiden armen Italiener, besonders Vanzetti mit seinem lang herabhängenden Schnurrbart! Selbstverständlich waren sie unschuldig, aber warum, warum nur war damals der Rektor der vornehmsten Universität des ganzen Landes, Rektor Lowell von der Harvard University, trotzdem mit dem voreingenommenen Richter einer Meinung und schloß sich dem Schuldspruch über die beiden unschuldigen Männer an? Emotionen kochten hoch, wie die Zeitungen schrieben, als der Tag der Hinrichtung nahte. Es herrschte fieberhafte Erregung. Ira selbst war so beeindruckt, fühlte sich persönlich so betroffen, so empört angesichts der offenkundigen, grauenhaften Ungerechtigkeit, diese beiden Männer hinzurichten, einfach nur, weil sie Ausländer waren und gegen dicke, fette Kapitalgesellschaften ankämpften (und das, obwohl im Ausland geboren; das war er schließlich auch) und als Anarchisten galten; deswegen hatten sie noch lange keinen kümmerlichen Bartwuchs und warfen auch keine Bomben mit scharfen Zündern, wie die Hearst-Presse sie karikierte. Ira war so bewegt von dem Fall, daß er ihn zum Thema seiner Abschlußrede im Kurs Öffentliches Reden VI machte. Die Zensur würde die Hälfte seiner Gesamtnote in diesem Kurs ausmachen. Er ging zur New York Public Library Ecke Zweiundvierzigste und Fifth und las soviel über die *cause célèbre*, wie er nur konnte – und war anschließend überzeugter denn je, daß die beiden Männer den Raubmord an dem Chef der Schuhfabrik in South Braintree nicht begangen hatten.

Mr. O'Tealy, dem jungen, gutaussehenden – und irischen – Lehrer schien Iras Themenwahl nicht zu behagen. Je mehr Herzblut Ira in seine Rede legte, desto stärker biß Mr. O'Tealy die Zähne zusammen, desto deutlicher konnte Ira seine Feindseligkeit spüren. Wie konnte der Lehrer nur so sein? Zum ersten Mal hatte Ira sich mit einem politischen Thema auseinandergesetzt, zum ersten Mal aus Überzeugung gesprochen, die Wahrheit über Diskriminierung und Unterdrückung gesagt, und am Ende runzelte Mr. O'Tealy die Stirn. *Irischer hint*, würde Mom gesagt haben. Und für seine ganze Mühe und Arbeit bekam Ira nur ein C.

Der alte Mann am Computer seufzte. Manchmal bedauerte er den jungen Mann: nicht, weil dieser einst er selbst gewesen. Nein, dieser junge Mann hätte auch die Jugend irgendeines anderen verkörpern können, aber eines naiven, verwundbaren, eines so gänzlich ohne normale Urteilsfähigkeit, ohne Weitblick, unfähig, sich Konsequenzen auszumalen, bis sie ihm drohten. Dieser junge Mann hätte die Jugend eines Kindes verkörpern können, so war es: Er war ein Kind, lange noch, auch, als er sich schon längst wenigstens die Gerissenheit seiner Studienkollegen hätte angeeignet haben sollen. Und ein Kind würde er noch sein – lange, lange, nachdem seine Kindheit schon zu Ende war.

Mr. O'Tealy hatte jedem Studenten aufgetragen, einen Text eigener Wahl auswendig vorzutragen, ein eindrucksvolles Gedicht, ausgewählte Prosa, einen Auszug aus einem Theaterstück, etwas, womit starke Emotionen verbunden waren. Mr. O'Tealy hatte selbst vorgeführt, was er erwartete, indem er die Worte deklamierte, die Shylock auf die Frage zur Antwort gibt, wozu ein Pfund Menschenfleisch tauge: »Fische damit zu ködern.« Sein gesamtes Auftreten veränderte sich, und als er endete, wogte seine Brust, seine Nasenflügel bebten.

So ungestüm war Mr. O'Tealy geworden, daß es Ira peinlich war. Doch statt ihm nachzueifern und etwas auszuwählen, das wenigstens halb so leidenschaftlich war, wählte Ira drei kurze Gedichte, die ihm gefielen: Einen Abschnitt aus *Das wüste Land* von T. S. Eliot mit dem Titel *Tod durchs Wasser*, ferner das Gedicht *Cargoes* von John Masefield und *Lady of the West Country* von Walter de la Mare. Mr. O'Tealy drückte mit Stimme und Gestik seine Unzufriedenheit aus – matt vor Resignation.

A nar, dachte der alte Mann am Computer, *a nar und schojn.* Und nichts kapiert. Es sollte fünfzig Jahre dauern, bis er ein wenig Scharfsinn erworben hätte, ein klein wenig *chochdesme.* Dennoch, obwohl sein Gemüt immer noch das eines Kind war, fingen die Jungen auf der Straße damals an, ihn mit Mister anzureden. Zum Beispiel, als ein Gummiball sich selbständig machte und in seine Richtung rollte: »Hey, Mister, können Sie mal den Ball anhalten? Hey Mister, bitte! Lassen Sie den Ball nicht in den Gully rollen.« Aus dem Dickerchen, der »dicken fetten Wasserratte« von einst, war ein Mister geworden. Äußerlich hatte er sich verändert. Und die Jugendzeit und die frühen Jahre seiner Kindheit auf der East Side waren so fern wie *dort, wo die fernen Bermudas treiben,* wie es bei Marvell hieß.

Mom litt jetzt ernstlich an Symptomen, die von der Familie damals lediglich für einen chronischen Schnupfen gehalten wurden. Sie hörte Geräusche im Kopf, manchmal laut, manchmal leise, manchmal so laut, daß sie Minnie oder Ira bat, einmal an ihrem Ohr zu lauschen, um den Ton mitzuhören, wie Onkel Louis es früher bei ihr gemacht hatte. Aber sie hörten nichts. Heute ein lautes Dröhnen, morgen ein weiches Zwitschern, die Lautstärke der Töne, die sie hörte, davon war sie überzeugt, hing vom Wetter ab. »Das Wetter ändert sich«, sagte sie wohl. »Der *Ingenieur* in meinem Kopf hat gerde angefangen, wie ein Wahnsinniger Bahn zu fahren.«

»Was hat man dir in der neuen Klinik gesagt, Ma?« fragte Minnie, nachdem Mom von ihrer Schwester Mamie in die New Yorker Poliklinik begleitet worden war.

»Chronischer Schnupfen, chronischer Schnupfen und nochmals chronischer Schnupfen. Gerade in diesem Spital kriegen sie den Mund nicht auf. Jedes Wort ist ihnen zu teuer. Für Ärzte – ich will nicht sagen, für alle – ist ein Armer eben ein Paria.« Mom hängte das Geschirrtuch über dem Spülstein auf, schneuzte sich mit den Fingern und spülte diese dann unter fließend Wasser ab. »Eine jüdische Frau, die auch wartete, daß sie an die Reihe kam, sagte mir, wenn ich nach Kholjerada gehen könnte, dort ist ein Sanatorium hoch oben auf einem Berg, dann würde ich nur noch ein dünnes Pfeifen hören.

Wer weiß, ob's stimmt. Und wer kommt schon nach Kholjerada?«

»Colorado, Mom«, korrigierte Minnie sanft.

»Kholjerada.« Pop senkte seine jiddische Zeitung, nahm
sich Zeit für eine Grimasse.

»Ja, ich dachte es heißt Choljerada. *Choljeria* bedeutet Seuche, und ich dachte, man hätte es Choljerada genannt, weil so
viele Schwindsüchtige dort sind.«

»Nein, der Name kommt von ›color‹ wie koloriert, Ma. Das
kommt von ›Farbe‹ – guck hier«, sagte Minnie und zupfte an
ihrem blauen Kleid. »Mit *choljeria* hat das nichts zu tun.«

»Das habe ich aber immer gedacht.«

»Weil du nun mal diesen Kopf hast. Du bist jetzt zwanzig
Jahre hier und sprichst immer noch wie ein Greenhorn«, bemerkte Pop hinter seiner Zeitung.

»Mein kluger Ehemann. Und wie hast du gelernt? Bei der
Arbeit. Und wie hätte ich gelernt? Bei der Arbeit. Gerade wie
meine Schwestern Mamie, Sadie und Ella. Bei der Arbeit.«

»Wer hat dich gehindert?« fragte Pop nach. »Ich nicht. Du
hattest vollkommene Freiheit, den Lohn nach Haus zu bringen, den du wolltest.«

Mom setzte sich. »Geh und schaufel dein Grab«, sagte sie
gelassen. »Verheiratet und zwei Kinderen, und dann zur Arbeit.«

»Mrs. Shapiro geht zur Arbeit«, erinnerte Pop. »Und die hat
einen Mann und *drei* Kinder.«

»Die Arbeit, die sie macht, die hätte ich auch nur machen
können: Fußböden schrubben, Fenster putzen, Staub wischen,
mich hinstellen und Hemden bügeln. Seehr viiel Englisch
hätte ich dabei gelernt. Die Mistress von dem Haus, wo sie
arbeitet, kann ja selber keins.«

Pawlow: Hunde und Speicheldrüsen, Klingeln und Synapsen: Ira hob den Blick von seinem Psychologiebuch, in dem er
zu büffeln versuchte. »Hast du je daran gedacht, es zu versuchen, Mom? Ich meine, einfache Hausarbeit?« Was für ein
Komplex, ja, größer als jeder Ödipuskomplex, durch seine
Frage zum Vorschein kam. Ein Komplex aus widersprüchli-
chen Fasern, die gleichzeitig innerhalb und außerhalb des Be-

wußtseins wirkten: brennende Wünsche, Schuld und Verlangen, Phantasmen und Reue. Warum war *er* bloß damals
nicht wie die meisten aus seiner früheren Klasse 8 B arbeiten
gegangen? Wieviel leichter wäre das Leben für Mom gewesen,
wieviel besser auch für ihn. Doch wenn nicht er, sondern *sie*
arbeiten gegangen wäre, dann wäre die Wohnung den ganzen
Tag über leer gewesen, so leer, wie der Tag lang war.

»Und außerdem bin ich immer ganz durcheinander, wenn
ich aus der U-Bahn auf die Straße komme. Ich weiß nicht, wo
ich bin, wo geht's nach *uptown*, wo nach *downtown*.«
(»Optom, domtom«, so sprach sie es aus.) »Die ganze Gegend
dreht sich dann in meinem Kopf. Und wenn ich dann jemand
frage – mit *maiinem Engalisch* – und die Person ist ein *goj*,
dann lacht er, sie, oder sogar das Kind, mir einfach ins Gesicht.«

»Kein Wunder, wenn du keinen Kopf hast –«

»Ich hätte in der U-Bahn mitfahren können, beim ersten
Mal«, warf Minnie ein. »Du hättest dir unterwegs bestimmte
Punkte merken können. Weißt du, wie man das macht? Hier
ein Tapetengeschäft, dort eine Schneiderstube.«

»Ich bekomme so die Panik – dann. *Nu, verfallen.* Chaim«,
wandte sie sich an die Zeitungsschranke, »du wirst mir einen
großen Gefallen tun, wenn du mir die beiden letzten Dollars
von meinem Haushaltsgeld jetzt gibst. Du schuldest mir –«

»So, ich schulde dir.« Pop faltete die Zeitung zusammen.
»Ich werde deswegen nicht aus der Stadt flüchten.« Auf
dem Tisch strich er die jiddische Zeitung glatt.

»Flüchte doch in dein Grab.«

»Geld! Geld! Geld! Immer reitet sie auf dem Geld herum!«

»Pop, bitte!« griff Minnie ein.

»Jesus Christus, laßt uns jetzt nicht *damit* anfangen!« sagte
Ira mit Nachdruck.

»Erspare mir dein Jesus Christus«, wies Pop ihn zurecht.
»Immer heißt es Jesus Christus. Hier leben aber Juden.«

»Was du nicht sagst.«

»Misch dich nicht ein«, drängte Mom. »Lern! Streng dich
an!«

»Jaja, ich versuch's.«

»Andere Ehefrauen«, fuhr Pop fort und strich immer noch die Zeitung glatt, »andere Ehefrauen, wenn sie schon nicht selbst verdienen, würden denken: Wie kann ich meinem Mann helfen? Wie kann ich ihm helfen, Erfolg zu haben: als Geschäftsmann, als Eigentümer oder als Boß? Mamie hat um ihren kleinen Jonas so viel Wirbel gemacht, daß der Sejde schließlich den Brüdern befahl: Ihr müßt ihn als Partner aufnehmen. Und jetzt ist er Partner in der Cafeteria in Jamaica, drüben in Queens. Von einem kleinen Damenschneider zum *macher*, nun ist er ein Boß, ein Boß – *soll mit im gibn a tremoss*«, reimte Pop seine Boshaftigkeit auf jiddisch. »Aber die da, meine teure Ehefrau, sie denkt nur immer, wieviel Profit sie mir aus den Rippen schneiden kann –«

»Oh, Jesus«, murmelte Ira und versuchte, sich zu konzentrieren.

»Profit!« mokierte sich Mom. »*Oj gewalt!* Hörst du das?« beschwor sie alle zusammen und jeden einzeln. »Zwölf lumpige Dollars in der Woche, um den Haushalt zu schmeißen, das nennt er Profit –«

»Wovon du immerhin genug für einen Persianermantel abzweigen kannst. Meine feine Lady im Persianermantel.«

»Damit die Nachbarn nicht merken, wie gestraft ich bin –«

»Bitte!« rief Minnie. »Ich würde auch gern studieren. Ich mach jetzt meinen Abschluß und muß mich auf die Eignungsprüfung vorbereiten!«

»Sie ist gestraft, hört ihr?« Pop schüttelte fassungslos den Kopf.

»Warum sonst putze ich mich wohl heraus, warum quäle ich mich in ein Korsett, bevor ich auf die Straße gehe? Ach, die glückliche Mrs. Stigman, sollen die Nachbarn sagen. Seht, wie stattlich und wohlhabend sie ist. Was für ein Glück muß sie haben mit ihrem Ehemann. Wie gut er sie versorgt, und wie freigebig muß er sein –«

»*Gej mir in der erd.*«

»*Gej mir in kewjer.*«

Ach, wäre er ein einsamer Wolf! Dann könnte er die Schnauze zum Himmel recken und laut heulen.

VIII

108 East 119th Street
New York City, N.Y.
17. Juli 1927

Lieber Ivan,
gestern hat es den ganzen Tag geregnet, und alle sagten, es würde danach sicher abkühlen, und weil alle das sagten, vermute ich, daß es inzwischen kühler geworden ist, auch wenn ich immer noch schwitze, während ich Dir schreibe. Und wo ich gerade vom Schwitzen rede, komme ich darauf, daß ich dort, wo ich arbeite, inzwischen als der Champion im Schwitzen gelte. Aber du weißt ja noch gar nicht, wo ich arbeite. Darum komm näher und hör zu, wie Mel Klee immer sagte, dieser Vaudeville-Komödiant mit dem schwarz geschminkten Gesicht, der im Fox Theater in der 14. Straße aufgetreten ist, als ich noch ein Junge war und dort jobbte.

Der Ire, der mit seiner keifenden Frau bei uns unten im Erdgeschoß wohnt, ein gewisser Reb Mahoney – er ist stellvertretender Arbeitszeitkontrolleur bei der IRT (früher war er ein hohes Tier, und ich kann Dir nicht sagen, ob ihn der Suff oder der Teufel ruiniert hat, oder ob seine Gesundheit einfach nicht mehr mitspielte – jedenfalls sieht er wie ein wandelnder Leichnam aus) – dieser Reb Mahoney, dem seine Frau steckte, was wiederum Mom ihr gesteckt hatte, daß nämlich ihr Sohn Ira sich weder totarbeite noch mit seinem Geld auskomme – dieser Reb Mahoney machte also den Vorschlag, daß ich mich für einen Job bei der Interboro Rapid Transit Company bewerbe. Das habe ich natürlich nur zu gern getan. Und natürlich nahm ich an, sie würden mich zum Stellvertreter des stellvertretenden Arbeitszeitkontrolleurs machen. Kraft der Empfehlung von Mr. Mahoney an den dicken – und jüdischen! – Personaldirektor wurde ich tatsächlich engagiert, obwohl sich der Arzt, der mich untersuchte, ein wenig empörte: »Sie haben keinen einzigen Kratzer am Leib«, hat er gesagt. »Wo haben *Sie* bloß vorher gearbeitet?«

Deshalb habe ich die vergangenen paar Wochen im IRT-Reparatur-Depot verbracht, neun Stunden täglich, außer samstags – da nur bis mittags – für achtundzwanzig Dollar fünfzig die Woche. Und statt als Stellvertreter des Stellvertreters, wie ich mir albernerweise eingebildet hatte, wurde ich als Handlanger für den Installateur eingestellt. Das bedeutet, daß ich, wie alle anderen dort auch, ständig in direkter Nachbarschaft dieses »alten roten Bastards«, wie sie die Stromschiene nennen, herumhüpfe. Ich habe gelernt – wahrlich nicht aus eigener Erfahrung, auch nicht vom Leichenwagen, sondern vom Hörensagen, daß ein sehr kurzer Kontakt mit den 550 Volt einen normalerweise nicht umbringt, vorausgesetzt, man ist mit einer einigermaßen stabilen Konstitution gesegnet. Was so eine Berührung mit einem macht, kann ich Dir sagen: Sie spielt ein Schlagzeugsolo auf Deinen Zähnen oder bewirkt vielmehr, daß Deine Zähne Schlagzeug spielen. Und da ich keine besondere Schwäche für diese Art Musik habe, bin ich sehr vorsichtig und halte Abstand.

Und noch etwas: Ich arbeite direkt an der Grube unter den U-Bahnwagen. Am ersten Tag habe ich mir mit meinem Ärmel immer die Stirn gewischt, und mein Ärmel war natürlich schmutzig von Schmiere. *Freg nischt.* Als ich von unten wieder hochkam, ist die halbe Belegschaft, vom Oberaufseher bis zum untersten Putzmann, in großes Gelächter ausgebrochen. Ich war zuerst beleidigt, daß man mir so einen Streich spielte, aber als ich dann im Waschraum in den Spiegel sah, habe ich verstanden und vergeben. Zwei schwarzverschmierte Hörner auf meiner Stirn, und gegen den Rest meines Gesichts wirkten die merkwürdigen, unheimlichen Schatten auf Dr. Caligaris Visage regelrecht hohl. Die Arbeit ist verdammt hart, aber wenn ich dann die Lohntüte bekomme, finde ich es in Ordnung.

Am CCNY, wo ich nach dem Ende meines Jobs weiterstudieren werde, habe ich folgende Kurse belegt: Politische Wissenschaften, Geologie und Freies Sprechen. Der letztgenannte Kurs wird auch von Larry besucht, der außerdem Soziologie bei Lewlyn studiert, den wir, wie ich Dir schon

322

erzählte, bei Edith Welles kennengelernt haben. Politische Wissenschaften studiere ich bei einem gewissen Mr. Benno. Der Typ ist zum Schreien. Er lispelt so fürchterlich, wie Du es noch nie gehört hast. Als er uns etwas über die Ungültigkeit der *ex post facto*-Gesetze erzählte (»Schie können mir nüscht vormachen, Euer Ehren, ich habe nämlich auch ecksch-poscht-facto-Recht am Schitty College schtudiert!«), da mußte ich mich ducken, um meinen Lachkrampf zu verbergen.

Larry sehe ich zweimal pro Woche in der Vorlesung, und manchmal auch schon vorher. Iz habe ich lange nicht gesehen, aber wie ich höre, verkauft er Programmhefte für die Konzerte im Lewisohn-Stadion, solange das Provincetown Playhouse Sommerpause hat. Er hat Dir wahrscheinlich schon selbst geschrieben – und Larry vermutlich auch.

Sicher hast Du Deinen Führerschein noch rechtzeitig vor dem Job im Jugendlager bekommen. Du klingst sehr beschäftigt mit all dem – die Vorräte von der Bahn abholen und mit den Kindern Ausflüge machen. Ach, was machen übrigens Deine Reitkünste? Laß Dir mal einen guten Rat geben: Sag niemals »Heute etwas Eis gefällig, Lady?«, oder dein Untersatz bricht so plötzlich ab, daß du in hohem Bogen runterfliegst.

Bitte schreib bald und erzähl mir alles über die weiblichen Anwälte, besonders die attraktiven. Paß auf Dich auf.

Ira.

Noch nie im Leben hatte Ira in einem so großen Betrieb gearbeitet, und hier lernte er auch die transzendente Kraft der Stromschiene kennen. Das Betriebsgelände selbst war riesig, der viereckige Gebäudekomplex nahm einen ganzen Straßenabschnitt ein. Und drinnen Hunderte von Arbeitern, in Bautrupps eingeteilt, und alle Arten Maschinen und Werkzeug, die alle ein und demselben Zweck dienten: der Instandhaltung und Reparatur der IRT U-Bahn-Züge. Jeden Morgen sollten acht Reihen mit je zehn Waggons gewartet werden, und zwar von außen, von innen und von unten!

Als Ira an seinem ersten Tag in die riesige »Scheune« geführt wurde, rutschte ihm vor Angst fast das Herz in die Hose, so viel Bewegung und Lärm stürzten auf ihn ein. Horden stämmiger Männer wuchteten, zu beiden Enden eines Waggons gewaltige Balken auf hohe, massiv gebaute Holzschragen – während gigantische Stahlhaken, die an einer großen Winde baumelten, auf waagerechter Schiene *hoch über den Köpfen der Arbeiter* hin- und herfuhren und das jeweilige Waggonende zum Aufbocken anhoben. Die Arbeit war, gelinde gesagt, gefährlich, was der muskulöse italienische Hilfsarbeiter mit seinem polsterdicken Gesichtsverband hinlänglich bewies: einer der fahrbaren Haken hatte ihn getroffen. Erschreckend die Unruhe und der Lärm: das Zischen der Druckluftbremsen, das Knallen der Regelwiderstände, das Wummern der Hämmer, das Surren der Bohrer. Acetylen-Schweißbrenner blendeten und qualmten, Kerosin verpestete die Luft, übertroffen nur vom beißenden Ozongestank. Hinter all dem offenen Lärm lauerte still und unsichtbar die größte Gefahr von allen: die Hochspannung.

Der Vorarbeiter Mr. Kelly, ein vierschrötiger, tabakkauender Kerl, beeindruckend in seinem sauberen, gestreiften Hemd, teilte Ira zur Unterstützung von Vito ein, einem Spezialisten für Bremshebel, der Ira in die Arbeit einführen sollte. Dieser hatte in direkter Nachbarschaft von 550 Volt nicht wenig Angst um sein Leben. »Der Saft ist weg«, teilte Vito mit. »Aber niemals hier anfassen, hier, hier und hier. Auch nicht aus Versehen.« Die Nähe, die scheinbare Allgegenwärtigkeit von 550 Volt, der unsichere Halt, die schmale Kante an der Grubenwand direkt unterhalb des normalen Ganges neben den Zügen, aber vor allem das Fehlen jeglicher Muskulatur, um mit Bremshebeln hantieren zu können (die übrigens kaum Ähnlichkeit mit Hebeln hatten, sondern eher wie ovale Stahlschenkel aussahen; man mußte sie mit ausgestreckten Armen hochhalten, während sie mit Nieten in den passenden Gegenstücken fixiert und mit Bolzen festgemacht wurden), waren der Grund dafür, daß Ira der Aufgabe nicht gewachsen war. Noch ehe der Vormittag zu Ende ging, wurde er zu einer echten Drecksarbeit versetzt: Er wurde einem winzig kleinen

Italiener namens Quinto zugeteilt, der für die Pflege und Wartung von Bremszylindern zuständig war.

Der neue Job war allerdings noch riskanter als der alte, weil die Kolben schwerer waren als die Bremshebel und nur zu zweit entfernt werden konnten, was wiederum eine gewisse Kooperation zwischen den Arbeitern voraussetzte. Quintos Kooperation sah so aus: Er selbst blieb, wenn die Kolben entfernt wurden, auf dem Gang zwischen den Zügen stehen und postierte Ira auf dem schmalen Vorsprung in der Grube. Einmal rutschte Ira natürlich auf der schlüpfrigen Kante aus und fiel hinein, sehr zu Quintos Amüsement, blieb aber unverletzt. Trotz allem fühlte Ira sich hier wohler. Quinto zeigte ihm, wie man die Verkleidung der Bremszylinder löste, und Ira war inzwischen zäh genug, den schweren Maulschlüssel mit Erfolg auf die sechseckigen Muttern zu stecken – jedoch einmal rutschte ihm der Schraubenschlüssel ab und küßte ihn unsanft aufs Maul. Während Ira an der Grubenwand balancierte, nahmen sie gemeinsam den schweren Kolben heraus und untersuchten die große lederne Dichtung. Wenn diese noch in gutem Zustand war, gab Ira, nicht Quinto, große Batzen frischer brauner Schmiere innen auf die blankgeputzte Zylinderwand. Dann kam der Kolben wieder an seinen Platz, und Ira, nicht Quinto, zog die Bolzen ein. Ira fiel auf, als seine Muskeln sich allmählich entwickelten, daß Schultern und Arme viel mehr Kraft zum Schrauben hatten, als seine relativ kleinen Hände vermuten ließen. Es war ein geistloser Job, oder fast.

»Was zum Teufel macht ein Weißer auf dem Itakerjob?« fragte Burgess, der kräftig gebaute, junge Familienvater mit der bräunlichen Haut. »Warum bittest du Kelly nicht um eine bessere Arbeit?«

»Ich bin zufrieden«, versicherte Ira. »Mir macht das nichts aus.«

Der Sommer seines einundzwanzigsten Lebensjahrs, der Sommer 1927, nach annähernd siebzig Sommern noch eine lebendige Erinnerung, immer noch im Gedächtnis festgeschrieben: der Arbeiter, der den Chef vertrat und kurz vor Schluß von Gang zu Gang die Halle abschritt und wie ein Marktschreier alle und jeden warnte: »Saaaft auf der Leitung! Der Saft ist da!« Jetzt, wo alle Züge wieder auf den Schienen waren, bereit, aus der Halle zu fahren, herrschte ungewohnte Stille, und das Sonnenlicht, das schräg auf das schmutzige Glasdach fiel, zeigte an, daß der Abend kam. Weil Rauchen verboten war, kauerten diejenigen, die nach einer Zigarette schmachteten, in der dunklen Grube unter den herabgelassenen Waggons – wie in einem Tunnel. Zigaretten glühten, die Raucher qualmten hastig ein paar verstohlene, berauschende Züge. Zigarettenrauch mischte sich mit dem Geruch ungewaschener Körper, dem unverwechselbaren Gestank ungewaschener Füße. Als Mitglied einer Gruppe, die dasselbe Risiko teilte, hatte er sich zu den anderen gehockt. Und wieder spürte Ira den Ruf eines nostalgischen Sehnens: nach einer Brüderlichkeit, die er vermißte, nach einer verlorenen Gemeinschaft.

Von weit hinten im Tunnel näherte sich der lange, hagere Aufseher, die Kerosinflamme hob und senkte sich, wenn er unter Radachsen hindurchtauchte, verschwand ganz, wenn er seine Fackel in Hohlräume steckte, um die neu getane Arbeit und die Inspektionsmarken zu kontrollieren, und manchmal wurde er dann aufgehalten von einem, der im Schatten hockte und sich an der gelben Flamme eine Kippe anzünden wollte: Tabakduft, Kerosingestank, muffiger Körpergeruch.

Ira konnte kaum weiterschreiben. Ach, der reuige Wunsch kehrte immer und immer wieder zurück: Wenn du doch nur damals darüber geschrieben hättest, während du noch damit zu tun hattest, oder kurz danach, ohne dich daran zu stören, daß die Prosa ungeschliffen war. Die Frische der Erzählung, die Frische der Wahrnehmung, der Empfindung, des Erlebens hätten den fehlenden Glanz mehr als wettgemacht. Warum hat damals nicht jemand gesagt – hey, setz dich hin und beschreib es? Warum gab es niemanden, der das Thema für einen Kurs vorgeschlagen hätte? Warum gab es keinen Kurs? Warum nicht? Nun mach nicht andere für deinen Mangel an Initiative verantwortlich, für deine Faulheit. Anstatt lustlos diese tödlichen Pädagogik-Kurse im CCNY zu besuchen – wie wäre es denn gewesen, wenn du dich an der NYU für eine von Ediths Vorlesungen hättest einschreiben lassen, vielleicht wäre dann, mit Ediths Hilfe…

Achtzig Waggons waren jeden Tag gleichzeitig in der Halle, acht Reihen zu je zehn. Quinto, der Vorarbeiter, bekam, obwohl Analphabet, die Arbeitsbögen ausgehändigt. Das Pensum für den Tag bestand aus acht Waggons, bei denen die Bremszylinder gewartet werden mußten. Vor Arbeitsbeginn ging Ira mit der Liste in der Hand von Gang zu Gang voran und zeigte Quinto die Waggons, die auf der Liste standen. Acht Waggons aus achtzig; sie waren einzelne Punkte, in einem riesigen, rechtwinkligen, von zwei Koordinaten bestimmten Quadranten verstreut. Acht Punkte aus achtzig: da war ihm Quintos Fähigkeit, sie später im Kopf zu haben, schon beinahe unheimlich. Ira neigte eher zu Fehlern bei der Lokalisierung als er. Sie kamen ganz gut miteinander aus, als Ira gelernt hatte, wie man die meisten Arbeiten machte. Sie spielten sich gelegentlich nach der Arbeit derbe Streiche, besonders natürlich Samstag mittags, beim großen Reinemachen, in der Euphorie des bevorstehenden freien Wochenendes: Quinto fing an, seinen Arbeitskameraden mit kerosingetränktem Dichtungsflachs zu bewerfen: »*Managia chi ti battiavo*«, so klangen die Worte, mit denen er ihn taufte. Ira machte es ihm nach, allerdings ohne Unterstützung der Geistlichkeit, weshalb Quinto das Kerosin direkt in die Augen bekam. Fast hätten sie sich geprügelt.

Sie faulenzten auch viel zusammen, übrigens wie die meisten anderen Gruppen. Diese Praxis gehörte zu den Dingen, die Ira anfänglich nicht verstand, und auch später wußte er nicht genau, warum manches so und nicht anders gehandhabt wurde. Die Betriebsgesellschaft wollte sie – und die anderen Arbeiter im Depot – lieber faulenzen lassen, als die Arbeitsstunden auf die reine Arbeitszeit zu reduzieren, die man brauchte, um die gestellten Aufgaben zu erledigen.

Ach zum Teufel – er hob den Blick vom Monitor: jetzt war ihm klar, warum (was zeigte, daß er praktischer wurde, endlich, mit fast neunzig).

Die Belegschaft länger als nötig im Betrieb zu behalten, reduzierte die Menge der stündlich zu leistenden Arbeit – und das war doch ein guter Grund.

So faulenzten sie denn relativ viel, besonders nach der halbstündigen Mittagspause, wenn sie mit vollem Magen und lethargisch von der Sommerhitze unfähig schienen, gegen ihre Müdigkeit anzukämpfen, und sich einem reglosen Schlaf hingaben – auf den strohgeflochtenen Sitzen eines aufgebockten U-Bahn-Wagens, in sicherem Abstand zu Vorarbeiter und Direktor. Zu anderen Zeiten, wenn sie ihr Pensum fast oder ganz erledigt hatten, lungerten sie in den angehobenen Zügen herum, gemeinsam mit anderen, deren Arbeit fast getan war und die auch Zeit totschlugen. Dort oben konnte man auch rauchen, heimlich ein paar Züge paffen oder über alles und jedes unter der Sonne quatschen. Gewöhnlich redete man über Sport: Rennpferde und ihre Chancen, Jockeys und wer Favorit war, Baseball und die Plazierung der örtlichen Mannschaften sowie über die Spieler, denn Babe Ruth war mit der Anzahl seiner »Home Runs« rekordverdächtig. Oder über Frauen: wie eng gebaut der neu angekommene Schwung deutscher Kindermädchen war. Und über Löhne und Arbeitsbedingungen. Hier wurde Ira hellwach.

Eine Gewerkschaft wurde gebraucht. Anstelle der internen Betriebsgewerkschaft, an deren Versammlungen niemand außer den Bossen und ihren Spitzeln teilnahm. Anstelle einer betriebsinternen Gewerkschaft, die eine Fälschung war wie eine Dreidollarnote, brauchten die Arbeiter der Untergrundbahn eine eigene, ehrliche Gewerkschaft, eine, die ihnen einen Achtstundentag und höhere Löhne, eine Altersversorgung, freie Tage im Krankheitsfall und bezahlten Urlaub erstreiten würde – das lag einfach auf der Hand. Ira predigte mit Inbrunst: Alles, was sie zu tun hätten, wäre, sich zu organisieren.

»Mußn wer ham, 'ne Gewerkschaft.« Padget, dessen Aufgabe es war, die Reklametafeln unter der Decke in den Zugabteilen auszuwechseln, blickte von seinem grünen Wettschein für das Pferderennen auf. »Mußn wer sofort 'ne Gewerkschaft ham«, bekräftigte er.

Darauf Burgess, der junge Familienvater, jener dunkelhaarige, ernste Elektriker, der gerade von den Flundern erzählte, die er gefangen hatte: »Na klar brauchen wir eine Gewerkschaft«, sagte er zu Ira und schloß dann keinesfalls provozierend oder feindselig, sondern eher beherzt eine praktische Frage an: »Und wer soll das machen? Du etwa?« Dann etwas weicher, als er die Wirkung seiner Worte auf Ira sah: »Eine gute Idee. Niemand ist dagegen. Aber wie solln wir das machn? Wir müssn erst mal wissn, wie das geht: Wie?«

Ihre Arbeit war ihr Lebensunterhalt – Ira hatte das sonderbare Gefühl, die Nebelwand vor seinem unreifen Gedanken wurde durch diese Erkenntnis aufgerissen, wie Schleppdampfer auf dem East River das dunkle Wasser mit dem Bug durchschnitten und weiße Gischt aufschäumte. Der Job war den Arbeitern die Miete, das Essen auf dem Tisch für sie und ihre Familien, Kleidung und Schuhe, hin und wieder eine Schachtel Zigaretten und gelegentlich ein Ausflug. Sie konnten sich nicht auf gute Worte, auf Absichtserklärungen einlassen; sie hatten Verantwortung, drückende Verpflichtungen: Frau und Kinder hingen von ihnen ab. Wie widerlich er war. Er drängte sie voran, immer weiter, aus der Sicherheit seines Sommerjobs heraus. Warum sollten sie das, was sie hatten, für nichts als Worte aufs Spiel setzen? Kein Wunder. Sie wollten erst einmal wissen, wie das, was ihr Los verbessern sollte, überhaupt funktionierte. Genau wie bei ihrem Werkzeug: ganz konkret und deutlich erkennbar. Später konnte er seine Einsichten wieder wegfließen sehen, aber etwas blieb: der Hauch einer praktischen Veranlagung, wenngleich bar jeglicher Notwendigkeit, jeglichen Zwanges.

Als wolle man ihn für seine flammenden Reden über die Vorzüge einer gewerkschaftlichen Organisierung strafen, wurde Ira zusammen mit einem Halbdutzend anderer entbehrlicher Arbeiter abkommandiert, um sich der Streikbrecher anzunehmen, als tatsächlich ein kurzer Streik ausgebrochen war: Die Wagenführer der U-Bahn-Züge streikten gegen die Betriebsgesellschaft, namentlich gegen die für die City zuständigen IRT-Vorstandsmitglieder. »Schmarotzer« waren für den Fall, daß der Streik sich hinzöge und die streikenden Zugführer ersetzt werden müßten, angeheuert und auf dem Bahnsteig eines toten Gleises in einem Rangierbahnhof zusammengetrieben worden – tief unten in der Bronx. So wurde Ira, der große Fürsprecher der Gewerkschaften, vor die Wahl gestellt, entweder gefeuert zu werden oder sich der neuen Aufgabe zu stellen, und machte widerstandslos mit. Es war gar nicht so schwer, entdeckte er, einen Kompromiß mit seinen Prinzipien zu schließen, und genoß die Ironie des Abenteuers.

Alles war Abenteuer. Er meldete sich nicht mehr beim Reparatur-Depot zum Dienst, sondern fuhr die ganze Strecke bis zur Endstation der Bronx-Linie, stieg aus und ging über Gleise und abgedeckte Stromschienen zu einem toten Nebengleis. Unter der Aufsicht eines italienischen Kochs bereiteten Ira und seine »Mit-Versorger« alles vor, was für Rindereintopf, dicke Suppen und die anderen Hauptgerichte benötigt wurde, die den Vorstellungen des Kochs von einem Essen für Streikbrecher entsprachen. Auf den Eisenstufen, die zum Bahnsteig führten, saßen zusammengepfercht die Küchenhelfer und putzten und pellten das Gemüse. Ein Engländer aus dem Wartungsteam der »El«-Bahnhöfe, wahrscheinlich hierher abkommandiert, *weil* er Engländer war, hatte als Steward auf Transatlantik-Liniendampfern gearbeitet, ehe er sich in Amerika niederließ. Nie zuvor hatte Ira geschälte Kartoffeln gesehen, wie dieser Engländer sie fabrizierte: Sie hatten so viele Facetten wie ein geschliffener Edelstein. Er versuchte, es ihm gleichzutun, und verschwendete Kartoffeln wie verrückt, doch nicht ein einziges Mal gelang ihm etwas Ähnliches wie dessen erlesene Polyeder.

Nachdem die Küchenmannschaft das Essen vorbereitet und gekocht hatte, wurde serviert. Einmal, als Ira hinüberlangte, um einem der »Verräter« einen Teller Eintopf anzureichen, kippte der Teller in seiner anderen Hand ganz leicht, und etwas Fleischsaft tropfte auf das Hemd eines der Streikbrecher. Der sprang auf und fauchte wütend. Zitternd vor Angst schrie Ira auf: »Tschuldigung, Mister. Sie sehen doch, daß ich kein Kellner bin!« Derart beschwichtigt, setzte sich der Mann wieder hin.

Die Küchenecke und der Bereich, wo gegessen wurde, nahmen den ganzen Raum ein, wo sonst der Fahrkartenschalter und das Drehkreuz waren. Der Bahnsteig war der Schlafsaal. Je zwei Reihen Feldbetten waren dort aufgeschlagen, und die Streikbrecher schliefen unter freiem Himmel. Sie waren ein abgerissener Haufen. Besonders morgens, wenn Ira zur Arbeit kam und ihnen Eier und Speck zum Frühstück servierte, saßen sie, verschlafen und angeschlagen, ziemlich erledigt auf ihren Liegen, saßen da und gähnten in ihren blauen Arbeitshemden und Latzhosen. Woher sie kamen und wohin sie später wieder gingen? In eine andere vom Streik zerrissene Gegend? Ira konnte sie beinahe bemitleiden, gemeinerweise, obgleich er wußte, daß sich das nicht gehörte und er auch keine größeren Skrupel hatte als sie, aber sie sahen so bärbeißig aus und waren so in sich gekehrt – wie unheilbar Kranke aussehen mochten, dachte er. Manchmal glaubte er, das Blinken einer subkutanen Injektionsnadel zu sehen. Nachmittags würfelten sie.

»Die Streiker werden euch nicht verprügelen?« fragte Mom besorgt, als Ira ihr erzählte, was seine neuen Pflichten waren. »Ich habe große Angst.«

»Mach dir keine Sorgen«, beruhigte er sie. »Sie werden mich nicht verprügeln.«

»Du mischst dich ein bei einem Streik«, sagte Pop. »Du weißt nicht, was sie tun. Sie schlagen dir den Kopf auf.«

»Vielleicht gehst du lieber nicht zur Arbeit«, ängstigte sich Mom.

»Und mich feuern lassen?« gab Ira zurück. »Kein Mensch schlägt mir den Kopf auf. Nichts wird passieren. Was bin ich denn? Ein Streikbrecher? Ich werde nicht die Züge fahren. *Sie* sind die Verräter.«

»*Oj wej*«, stöhnte Mom. »Mir wird ganz schlecht davon. Der erste, auf dem sie rumhacken, wird der Jude sein.«

»Sie werden nicht auf mir rumhacken. Ich fahre die Züge nicht.« Verbissen blieb Ira dabei. »Angenommen, ein Streikbrecher kommt in ein Restaurant, wo du Kellner bist, werden die Streikenden dann den Kellner zusammenschlagen?«

»Recht hat er«, fiel Minnie ein. »Ira hat recht. Er ist nur Kellner.«

»Allerdings.« Mom war hartnäckig und nicht zu überzeugen. »Wollte, ich hätte die Zänkische von unten nie gekannt, diese Mrs. Mahoney. Böses ist mir zugestoßen, daß ich mit ihr klatschen mußte.«

»Mach dir keine Sorgen«, rüffelte Ira. »Alles, was ich um Himmels willen tue, ist herumhängen und Kartoffeln schälen. Das ist belanglos. Und ich kriege dafür achtundzwanzig fünfzig die Woche.«

»Wir werden sehen«, sagte Pop in dunkler Vorahnung. »Wir werden sehen.«

Aber auch Minnie flehte: »Sei bitte vorsichtig, Ira.« Sie näherte sich ihm, klopfte ihm zärtlich auf die Schulter. »Bitte nimm dich in acht«, sagte sie und zurzelte leise und sorgenvoll mit der Zunge. »Vielleicht solltest du doch nicht zur Arbeit gehen. Sag einfach, du bist krank. Du hast die Grippe. Du kannst auch zu Doktor Weiner gehen. Er gibt dir dann einen Brief.«

So plötzlich, wie der Streik begonnen hatte, war er auch wieder zu Ende. Mrs. Quackenbush (was für ein Name!), die Finanzchefin, einigte sich, wie alle Zeitungen verkündeten, mit den Zugführern. Diese gingen wieder an die Arbeit. Der Betrieb der Untergrundbahnen kehrte zur Normalität zurück, meldeten die Zeitungen. Alle Züge fuhren wieder pünktlich. Am Mittwoch, noch vor Feierabend, sagte man Ira und den anderen Bescheid, sie sollten sich wieder an ihrem normalen Arbeitsplatz einfinden. Ira verschwendete kaum einen Gedanken an das Schicksal der bereitgehaltenen Streikbrecher: Die standen immer noch herum, saßen auf ihren Liegen oder schritten den Bahnsteig ab, warteten auf ihren Lohn. Einige grölten so etwas wie: die Schweinehunde würden ihnen noch nicht einmal ihr Abendbrot geben – und einige zogen los, den italienischen Koch zu suchen, ihn um ein Almosen oder ein Sandwich zu bitten, aber der war verschwunden. Sie hätten große Lust, den gottverdammten Bahnhof kurz und klein zu schlagen, sagten sie, die Feldbetten auf das Gleis zu schmeißen – aber man hatte ihnen ihr Geld noch nicht gegeben. Und irgendwo liefen da auch ein paar Polizisten herum.

Für Ira bedeutete das: zurück ins U-Bahndepot. Kein Mensch schien ihn dort vermißt zu haben. Mr. Kelly leckte sich die Lippen, als er Ira einen schnellen Blick zuwarf. Quinto sagte: »Hey, was' los mit dir? Krank gewesn?« Vielleicht tat der nur so, als wüßte er von nichts.

Ira versuchte erfolglos eine unbekümmerte Antwort: »Nein, die wollten, daß ich woanders arbeite.«

Nur Burgess musterte ihn ruhigen Blickes – ohne ein Wort, leicht spöttisch, die braunen Augen ins Leere gerichtet, als prägte er sich gerade einen Gedanken ein oder erinnerte sich an die praktische Umsetzung eines Prinzips: die Zwänge der Realität anzuerkennen. Wer wußte schon, was es war? Niemand sagte etwas.

Und auch zu Hause kehrte alles zur Normalität zurück – zu Moms großer Erleichterung, zu Pops unverbindlichem »*Nu, so ist ein Nichts aus einem Nichts entstanden*«, leidenschaftlich unterbrochen von Moms »*Gott sei Dank*« und Minnies brüskem »*Du hast mir einen richtigen Schreck eingejagt*«.

Weil Quinto nicht lesen konnte und sein Englisch sehr dürftig war, übernahm Ira für ihn die Gänge zum Ersatzteillager, das von einem rothaarigen, schielenden Iren (die Iren waren ja bekanntlich im Kommen) verwaltet wurde, und holte eine Lederdichtung, neue Bolzen oder andere Teile, die statt der abgenutzten in die Bremszylinder eingebaut wurden. Manchmal führten ihn seine Botengänge in weit entfernte Bereiche des Depots, in entlegene, fast geheimnisvolle Ecken, die man einmal aufsuchte und dann nie wieder und die der Phantasie ebenso wilde wie hehre Bilder aufdrückten. Er bestaunte mit Kinderaugen, mit ungläubigem Blick die großen körnigen

Schleifsteine, wie sie den Spurkranz eines rostigen Bahnrads zentrisch schliffen und dabei Funken wie ein Kometenschweif in die dunkle Halle sprühten, hochfliegend und ozongeschwängert. Er schaute sich dort um, wann immer er Gelegenheit dazu hatte: wie, einer Morgenröte gleich, die schweren, weißglühenden Werkstücke die Schmiede erleuchteten, wenn sie aus ihrem hochrot brennenden Koksbett geholt wurden. Und die beiden muskulösen Iren hämmerten mit bloßen Armen das weiße Werkstück auf dem schwarzen Amboß, hämmerten rhythmisch wie ein Uhrwerk, das die Stunden schlägt, und sprachen miteinander wie in Trance. Sagte der eine: »Bereust du die Zeit, die wir in Cork waren?« Darauf der andere: »Es war ein Tag wie jeder andere.«

Bei achtzig Waggons täglich, acht langen Reihen im Depot, fiel von den Wartungs- und Reparaturarbeiten bergeweise Schmiere in großen Klecksen überallhin – und hauptsächlich auf die Gänge: eine Gefahr für die Männer, die dort gehen mußten. Um der Sicherheit willen streuten Straßenkehrer Wolken von Löschkalk aus, um »die Schmiere zu binden«, sagten sie: um die Restschmiere auszutrocknen, die nach dem Aufwischen noch auf dem Boden haftete, um die Schmiere zu binden. Um die erstickende Trockenheit zu binden, die von den Wolken gelöschten Kalks ausging, kauten die Männer Kautabak. Bald hatte auch Ira begriffen, wie diese vulgäre Angewohnheit funktionierte. Immer schnell beeindruckt und gierig nach jedem neuen Gefühlserlebnis, kaufte er sich sein eigenes Päckchen und spuckte den Tabaksaft bald mit den Besten um die Wette und war stolz auf seine Fähigkeiten. Die Arbeit ließ ihn den Priem in der Wange vergessen, bis es Zeit wurde, sich einer Portion zu entledigen: *Chew Star Navy. Spit ham gravy.* Es war ganz einfach. Wenn er wieder im College war, würde er es ihnen schon zeigen. Zufällig hatte er zwischen den oberen Schneidezähnen eine breite Lücke, durch die er die braune Soße spucken konnte – im hohen Bogen und ziemlich weit. Überdies ließ beim Kauen der Drang, heimlich zu rauchen, nach. Quinto, der weder kaute noch rauchte, zeigte sich beeindruckt. *Chew Star Navy. Spit ham gravy.*

IX

Des Nachts träumte Ira wirre verbale, literarische Träume. Häufig ging er mit Persönlichkeiten aus Literatur und Geschichte durch das Bahndepot und erläuterte ihnen die Arbeit, die dort verrichtet wurde: einmal mit Mark Twain, der seinen weißen Anzug trug, einmal mit dem nervösen, unsicheren General Sherman. Ein andermal in Gesellschaft von George Gordon, genannt Lord Byron. Ira nahm den Dichter mit auf eine Führung durch die große Halle. Die Arbeit ruhte, die Waggons waren wieder auf den Gleisen, die Halle war dunkel und ruhig. Byron sah genau so aus wie in den *Outlines of English Literature* von Moody und Lovett – jung und hübsch, mit wuscheligem Haar über der edlen Stirn, den Hemdkragen offen. Sie unterhielten sich, während sie die Reihen dumpf hintereinander brütender Waggons abschritten. Plötzlich verdüsterte sich die Atmosphäre und wurde unheimlich – die Züge verlängerten sich in bedrohlicher Perspektive. Ira führte Byron herum und sagte: »Sehen Sie nur, Lord Byron: Die schmierigen Gänge, die schmierigen Gänge, wo Sappho sang ihr glühend Weh.« Byron lachte. Seine griechischen Inseln waren plötzlich zu *Aisles of Grease* geworden. Jubilierend ging die Sonne auf und tauchte die ganze Halle in ein helles Licht. Ira erwachte. »Du bist unbezahlbar«, sagte Edith, als er ihr eines Abends im Frühherbst seinen Traum erzählte.

Von Edith erfuhr er, daß Marcia nun endgültig beschlossen hatte, die Scheidungsklage gegen Lewlyn anzustrengen. Die Verhandlungen begannen zügig, und Lewlyn verzichtete darauf, Einspruch einzulegen. Obgleich für Ira alles viel zu komplex war, viel zu verworren und ungewohnt, und er von allem nur die verschwommensten Vorstellungen hatte, konnte er sich denken, daß Lewlyn heftig litt: an der endgültigen Trennung von seiner Frau, an der Verurteilung durch den Bischof (weil er der Scheidung nicht widersprechen wollte); er litt an seiner Abkehr von den heiligen Regeln und am Zusammenbruch seiner religiösen Ansichten und Hoffnungen – und ganz besonders an der negativen Lebenseinstellung, die ihn unlängst überkommen hatte. Alles Lebenswerte war aus seinem Leben gewichen, alles, bis auf sinnliche Sensationen. Wie hatte Edith es ausgedrückt? Die Liebe war zum reinen Drüsenbetrieb geworden. Er war zutiefst desillusioniert und pessimistisch. Wie hätte sie da nicht helfen und einen so niedergeschlagenen Mann trösten sollen? Und genau das hat sie dann getan, und natürlich kam es in der Folge zu Intimitäten. Sie weigere sich, dem Körper übermäßige Bedeutung beizumessen, hatte Edith erklärt, und sie einigten sich darauf, daß körperliche Intimität ein Akt der Freundschaft zwischen Mann und Frau sei – ohne bindende Verpflichtung. Darum waren Lewlyns Gefühle nun stärker denn je hin- und hergerissen zwischen Edith als möglicher fester Lebenspartnerin und der Frau, die er in England kennengelernt hatte: Cecilia. Die Frage, welche von beiden gewinnen würde, beherrschte Iras Gedanken – simpel ausgedrückt, denn er wußte nicht, wie er es anders formulieren sollte; und außerdem war er sich sicher, daß Edith es – auf den einfachsten Nenner gebracht – letztlich selbst auch so ausgedrückt hätte. Wie hätte man es anders ausdrücken sollen? Das war die entscheidende Frage, Ira konnte es fühlen. Hinter all ihren altruistischen, objektiven Beschreibungen des Dreiecks spürte er, daß Edith innerhalb der Grenzen kultivierten Benehmens, innerhalb der Spielregeln von Anstand und Fairneß unbedingt gewinnen wollte. Sie wollte, daß Lewlyn sie heiratete. Nun, Ira merkte, er hatte das alles schon einmal mitgemacht, hatte all die sich wiederholenden, unterdrückten Hoffnungen schon einmal gehört... und konnte doch so wenig praktische Ratschläge bieten, kaum mehr als Anteilnahme, Anteilnahme und Aufmerksamkeit, bis das Thema so abgedroschen war, daß es ihn nicht mehr interessierte. War seine Reaktion auch noch so unzulänglich, Edith schien danach zu lechzen, klammerte sich daran, begehrte mehr. In äußerst liebevollen, eindringlichen Worten flehte sie ihn an, so bald wie möglich anzurufen, sie zu besuchen. Zweimal drängte sie ihm einen Fünfdollarschein auf. Sie setzte jetzt größtes Vertrauen in seine Diskretion.

Ira fand es ermutigend, daß Edith den Körper nicht allzu wichtig nahm, daß sie – abgesehen von der physiologisch notwendigen Gesundheitsvorsorge, also dem Genuß von reichlich frischem, gekochtem Gemüse und anderer leicht verdaulicher Kost – der Meinung war, der Körper brauche keine besondere Beachtung. Das ganze Theater um den Körper, um die Bewahrung seiner Reinheit, seiner Keuschheit, war Blödsinn, war nichts weiter als ein lächerliches Überbleibsel aus dem muffigen Viktorianischen Zeitalter. Kein moderner Mensch wollte oder konnte sich mit derart alberner Prüderie abfinden. Eine emanzipierte Frau schon gar nicht, und erst recht nicht, seit Freud die schwerwiegenden emotionalen Störungen aufgezeigt hatte, die durch Triebverdrängung hervorgerufen wurden. Für Ira war das alles nicht handfest genug, das meiste, nicht alles, berührte ihn nur nebelhaft und trieb vorbei. Zwei Gedanken waberten dennoch in seinem Kopf – die Lösung des oft aufgeworfenen Problems (sein Geist schweifte ab, verlor den Faden, brütete über irrelevantem Zeug). Antwort auf die oft gestellte Frage: Was geschieht, wenn ein unwiderstehlicher Drang und ein widerstehlicher Körper aufeinandertreffen? Sie durchdringen sich gegenseitig – zwei Gedanken vereinigten sich fast untrennbar und solipsistisch, in üblicher Verschwommenheit. War er das Musterbeispiel eines verklemmten Menschen? Selbst wenn er Stella vögelte, wann immer er Gelegenheit dazu hatte, obwohl sie seine kleine Cousine war? Allerdings, so klein nun auch nicht mehr. Er war jetzt einundzwanzig: weniger vier – macht siebzehn. War das ein Zeichen von Verklemmung? Edith konnte er natürlich nicht fragen, das war das Schlimmste. Er konnte höchstens darum herumreden, wie gewöhnlich, ihr die Wohnung im ersten Stock beschreiben – mit der billigen, elektrischen Onyxlampe im vorderen Zimmer, die Jonas von der Harlem Savings Bank geschenkt bekommen hatte, als er dort ein Sparkonto eröffnete, und die so schwer war, wie Hanna bissig bemerkte, daß man sich damit einen Bruch heben konnte. Oder den neuen Stromberg-Carlson-Überlagerungsempfänger, aus dem Black Bottom oder Charleston dröhnte, alles, um den Akt zu übertönen. Jungejunge, da mußte man schon feine Ohren haben, um trotzdem noch das kleinste Geräusch aus dem Nebenzimmer wahrzunehmen

– nein, nein, es grenzte an Tollkühnheit zu glauben, er könnte es ihr erzählen. Doch, war *das* Verklemmung? Er fühlte sich wie nach einem Raub, nein, wie ein Raubvogel, siegreich und wild flog der Fischadler auf, die zappelnde Beute in den Klauen. Da war es wieder, dieses Gefühl: Wenn er auf den wenigen Spaziergängen mit Edith doch nur den Nerv gehabt hätte, ihr wenigstens Andeutungen zu machen, aber er hatte es nicht getan, und vielleicht war das der Grund, weshalb seine Gedanken immer wieder dahin zurückkehrten. Waren das Zeichen von Verklemmung? Natürlich war er verklemmt. Jedenfalls verglichen mit Leo, der ihn sogar mit der Kaffeeausschenkerin, einer geschiedenen Freundin seiner Mutter, verkuppeln wollte, einer handfesten, drallen *jente* mit Brillengläsern und dicken Titten und einer Furche, dem Pärchentunnel von Coney Island vergleichbar. Natürlich war er verklemmt. Aber Leo mit seiner breiten Nase und seinen dicken Lippen, Leo war es nicht. Der machte immerfort Witze über das Thema, gab vor, jeden Tag eins von diesen Hausflurnüttchen zu vernaschen: Au weia! Geh nach Hause, Kleiner, hier hast du deine 25 Cent zurück! Natürlich war er verklemmt. Warum machte er wohl erst Jagd auf Minnie, und nun, in der Wohnung seiner Tante, auf Stella? Warum suchte er sich nicht eine Frau zum Bumsen – wie ein richtiger Mann?

Naja... lassen wir das. Wenn Edith schon nicht bereit war, dem Körper übermäßige Beachtung zu schenken, wie sie sagte, warum achtete sie dann so sorgsam auf ihren Rock, auf die Art, wie sie saß, so kerzengerade, den Saum über die Knie gezogen, immer schicklich, ihm nie Gelegenheit gebend, darunter zu schauen. Warum? Er wußte es nicht genau, aber sie war so erzogen, hatte Schamgefühl im Blut, wie man sagte, doch das brachte ihn auch nicht weiter. Die meiste Zeit jedenfalls scheute er sich, in ihrer Gegenwart einen Steifen zuzulassen. Was würde sie von ihm denken? Obwohl, ein- oder zweimal – war er verrückt? – hätte er schwören können, daß stetige, unverbindliche Blicke aus ihren großen Augen auf seinem Hosenladen ruhten, als wolle sie ihn taxieren, als sei die Taxierung der Wölbung neben seinem Schritt das Natürlichste von der Welt. Er hätte einen Dollar darauf wetten mögen; aber vielleicht war sie auch nur in Gedanken. Jesus, was er in diesen Tagen alles vor Larry geheimhielt, Dinge wie diese, Dinge, die er entdeckt hatte: Mutmaßungen und Geheimnisse. Es kam ihm so vor, als sei es gestern gewesen, daß Larry auf dem schönen grünen Teppich im Wohnraum des elterlichen, sparsam möblierten Apartments an der Grammophonkurbel stand und mit einer glänzenden Träne im Auge sagte: Ich bin verliebt! So verliebt in Edith, meine Englischdozentin! Und die Welt ins Wanken geriet. Doch inzwischen war er, Ira, Larry um Meilen voraus, was Geheimnisse und Enthüllungen, vielleicht sogar Chancen betraf, falls er denn jemals Glück haben sollte. Jesus, verdammt noch mal, er hatte den geschmacklosesten, entfesseltsten Humor, das war das Schlimmste. Wie zum Teufel konnte er sich davon freimachen, sich nach Lust und Laune umschauen, ohne Fesseln? Er konnte – in seiner Vorstellung – Larry die unflätigsten Fragen stellen: Hey, Larry, hast du jemals versucht, Edith von hinten zu nehmen? Bei meiner Cousine Stella muß ich es fast immer so machen. Sie ist nämlich sehr klein, weißt du? Mit Minnie habe ich das nicht gemacht – hatte es nicht nötig. An Wochentagen quer auf dem Bett und sonntags längs im Bett, wenn du verstehst: ganz normal. Wer ist Minnie, könnte Larry dann fragen. Das weißt du nicht? Meine Schwester. Na? Wie machst du's denn nun mit Edith? Bitte ihn um einen guten Rat. Böser Ratgeber! Ha! *Verbanne noch dich von der Seligkeit*, sagt Hamlet. Also, was wirst du tun? Und warum bloß ist sie damals in Woodstock vor Angst fast in Ohnmacht gefallen, als die Katze ihr Bein streifte? Komm schon. Gestehe! Ich tausche Zoten mit dir: rückhaltlos. Nicht: Was hast du alles schon gemacht – sondern: Was hast du alles noch nicht gemacht! Ha, ha, ha.

Du Bastard. *Le poête est semblable au prince des nuées.* Iz konnte Baudelaire zitieren, *Les Fleurs du Mal.* Die Blumen des Bösen. *Der Prinz der Verrückten* – Ira konnte Stigman zitieren...

Wenn Marcia sich nur heraushalten würde, konnte sich ihre Affäre mit Lewlyn zu etwas Dauerhaftem, einem Zusammenleben entwickeln, hörte Ira nun von Edith zum neunten Mal: einem Zusammenleben. Sie und Lewlyn hätten so viel gemeinsam, die Liebe zur Natur, die Liebe zur Schönheit, die Liebe zur Poesie. Er war ja so empfänglich für die Lieblichkeit von Blume und Blatt und ländlicher Straße in freier Natur. Und seit er im Village wohnte, sahen sie sich auch viel öfter, dinierten zusammen, frühstückten gemeinsam an den Werktagen. Und er war so sanft, so besonders sanft und rücksichtsvoll; auch wenn er beim Sex alle Tricks kannte und sie alle Spielarten durchdeklinierten, seine Hände blieben stets sehr sanft. Sie waren stark, doch sanft. Und er war so ausgeglichen, bei all dem schrecklichen Leid, das Marcia ihm zufügte und der Krise, die er mit der Neuordnung seines Lebens durchmachte. Wenn Marcia sich nur zurückhalten, wenn sie nur nicht stören würde, dann konnte ihre Freundschaft zu einer festen Beziehung reifen.

»Wie stört sie denn?« fragte Ira trotz einer vagen Ahnung, daß er die Frage schon einmal in anderer Form gestellt hatte und daß er die Antwort von Ediths Verhalten und Tonfall ableiten konnte.

»Sie versucht, ihn zu beeinflussen. Sie ist so raffiniert. Und natürlich ist er immer noch verliebt genug, immer noch so verzaubert, daß er auf sie hört.«

»Beeinflußt ihn – gegen dich?« fragte Ira das ungefährlich Nächstliegende.

»Gegen mich, gar kein Zweifel.«

»Und warum?«

»Sein Wohlergehen liegt ihr immer noch am Herzen.«

»Und das sagt sie auch?«

»Aber ja. Auf diese Weise gibt sie zu verstehen, daß sie nicht die Kontrolle über ihn verlieren möchte. Sie wird sein Leben managen, solange es ihr paßt, solange es ihr gefällt.«

Sie managt. *Man-ages*. Ira sah das Wort in zwei Teile zerfallen. »Aber warum denn, wenn sie doch einen anderen hat, diesen Robert. Einen anderen Mann, der sie beschäftigt hält. Sie liebt ihn doch, oder?« Er schürte ihre Erbauung mit freimütiger Unkompliziertheit. »Sie will ihn doch loswerden. Ich meine, Lewlyn.«

»O ja, zu gegebener Zeit wird sie ihn schon loswerden, und zwar, wie du sagst: ganz wie es ihr gefällt, oder aber sie findet noch andere, wichtigere Dinge, andere Ambitionen, die sie erst noch befriedigen muß. Immer ist sie auf *Macht* fixiert – daran ist ihr am meisten gelegen: Macht über Menschen. Ganz gleich, über wen. Und dasselbe wird auch Robert erleben. Ich beneide ihn nicht.« Ganz eindeutig war Edith unglücklich – mit dem Rücken zur Wand saß sie stocksteif auf dem jutebezogenen Sofa. »Sie wird Lewlyn und mich trennen, und wenn es das letzte ist, was sie tut.«

Mitten im Erzählfluß brach er ab, unfähig, die Erinnerung an sein eigenes Verhalten zu unterdrücken, elf Jahre später, als er aus Yaddo zurückkehrte und Edith mitteilte, daß er sie wegen M. verlassen würde. Er hatte Edith nur benutzt, niederträchtig benutzt, um seinen Sexualtrieb zu befriedigen – und vor einem Spiegel, um seine Befriedigung noch zu steigern – und sie, die arme Frau, mehr als willig, hatte ihn noch dazu gedrängt. Arme Frau, genau. Arme *Frauen!* So viele waren es, die alles für ihn tun wollten: zuerst Mom, dann Minnie, dann Edith, und sogar M. Sie alle hätten alles getan, um zu versuchen, diesen Kerl zu halten, koste es was es wolle, diesen Kerl, der es nicht wert war, gehalten zu werden. Daran war nichts Absonderliches. Nichts, womit er sich brüsten sollte, kein Grund zum Prahlen. Edith hatte ihn bemuttert, war Mätresse und Mutter in einem. Aber sie hatte sich erniedrigt, um ihn zu halten, wie Mom, deren Ohrgeräusche das Echo der Attacken waren, die sie nicht vergessen konnte, sich vor Pop und auch vor ihm erniedrigt hatte.

Es ist wahr, Ecclesias, am Grabe endet alle Aussöhnung, und darum muß ich mit dieser Erzählung weiterkommen.

»Warum bist du für Marcia ein Problem?« fragte Ira. »Ich meine – was hat sie an dir auszusetzen?«

»Oh.« Edith zog einen Moment die Knie hoch – nur einen Moment. »Sie hat an mir auszusetzen, daß Lewlyn und ich uns lieben. Das ist etwas, worauf sie nicht vorbereitet war – das konnte sie nicht absegnen. Es ging sie zwar nichts an, aber sie machte es bald zu ihrer Angelegenheit. Sie hatte wohl nicht erwartet, daß er so bald jemanden finden würde, und wahrscheinlich ist sie ziemlich eifersüchtig. Sie dachte wohl, er würde zusammenbrechen und sterben, als sie ihn verließ, aber den Gefallen hat er ihr nicht getan. Ihr Ego ist – nun, sagen wir mal, ziemlich angekratzt. Es ist zum Glück recht stark, wenn ich überhaupt etwas davon verstehe. Lewlyn hat sich nicht so gegrämt, wie sie erwartet hat, das ist mal sicher – aber ich wünschte, er würde sich noch viel weniger grämen. Ich hätte dann viel mehr Mut. Die Wahrheit ist doch, daß er jemand anderen gefunden hat, der kompatibel ist, und ich glaube einfach, daß das ein harter Brocken für sie ist. Und sie denkt in diesen Dingen, gelinde gesagt, sehr religiös, geradezu prüde –«

»Huch? Marcia?«

»Marcia ist praktizierende Episkopalin. Sie glaubt an Gott, an die Sakramente und den ganzen Quatsch.«

»Ach ja?« Ira wurde hellwach. »Nachdem ihr Mann es aufgegeben hat? Du meinst, jetzt ist sie religiös geworden? Ich glaube, da hat er wohl einen Fehler gemacht.« Er grinste mißbilligend: »Mir kommt da gerade ein Gedanke: Lewlyn war wohl, solange er noch Pfarrer war –« Ira fuchtelte herum, suchte in seinem Gesicht nach einer Stelle, wo er sich kratzen konnte, »irgendwie übermenschlich. Gottes Sprachrohr, weißt du? Er hatte den direkten Draht, wie der Kapitän von der Brücke zum Maschinenraum –« Ira kicherte. »So hat sie wohl etwas wie Ehrfurcht empfunden. Oder?«

Edith lachte mit ihm. »Du könntest recht haben. In Sachen Sex hält sie sich strikt an ihre religiöse Doktrin. Sie läßt sich vom Dogma der Kirche leiten. Nie im Leben würde sie Sex ohne Ehe gutheißen – und Sex vor der Ehe schon gar nicht.«

»Ach ja? Auch nicht die Ehe auf Probe, über die man heute so viel spricht?«

»O, nein, um Himmels willen nein.«

»Und so was nennt sich Anthropologin?«

Edith strahlte vor Vergnügen.

»Dann lebst du also in Sünde?«

»Darauf läuft es wohl hinaus. Nur, daß ich die Verführerin bin, denke ich, und darum der schuldigere Teil.«

Ira wußte, das hier war alles andere als komisch; doch er setzte ein Lächeln auf und nahm seinem Überschwang die Leichtfertigkeit mit einem nüchtern hingehauchten »Gee«.

Und nicht ganz unerwartet bemerkte sie noch: »Es könnte alles so lustig sein, wenn es nicht so traurig wäre –«

»Ich weiß.«

»Sie hatten beide überhaupt noch nie Sex gehabt, als sie heirateten – tatsächlich ist sie sogar frigide gewesen, hat Lewlyn mir erzählt. Es hat mehrere Tage – oder Nächte – gedauert, bis sie sich entspannt hat. ›Dein Körper ist ehrlicher als du, Marcia‹, hat Lewlyn zu ihr gesagt.«

»Ehrlicher als sie –« Ira versuchte, das auszuloten. Was zum Teufel sollte das heißen? Besorg dir einen Brustbohrer und ein Bohreisen. Donnerwetter, der Punkt ging an Lewlyn, obgleich –

»Du wirst das natürlich nie erwähnen. Es ist sehr privat. Ich vertraue dir. Ich würde es keinem anderen erzählen.«

»Na klar! Aber ich sag dir nur eins, Edith, in vieler Hinsicht bin ich ziemlich blöd –«

»Das bist du nicht.«

»Doch, doch. Aber das bißchen gesunder Menschenverstand, das ich habe, sagt mir folgendes: Wenn sie schon einen Mann gefunden hatte, der sie liebt, und sie beide – wie hattest du es ausgedrückt? – kompatibel waren, Jesus, sie hätte bei ihm bleiben sollen –«

»Es ist schade, aber –«

»Nein, nein«, unterbrach Ira, »für dich wäre es nicht so gut gewesen –«

»Das ist schwer zu beurteilen. Ich meinte eigentlich, daß dies nicht Marcias Weg ist. Sie ist entschlossen, die führende Frau Amerikas zu werden – auf dem Gebiet der Anthropologie. Die kommt bei ihr zuerst. Darauf hat sie ihr Leben ausgerichtet. Nicht auf Ehemann und Familie, sondern auf Karriere. Sie ist bereit, alles dafür zu opfern. Und darum paßt Robert –« Edith hob ihr Kinn, um zu betonen: »Er soll der perfekte Hintergrund sein, vor dem sie ihre Karriere aufbauen will. Wenn er das nicht sein kann, wird sie dasselbe mit ihm machen wie mit Lewlyn.«

»Aber wie —« Ira fing sich wieder. »Wie hat er es nur so lange mit ihr ausgehalten? Lewlyn, meine ich.«

»Er hat sie ausgelacht.«

»Was hat er?«

»Er hat sie ausgelacht, wenn sie wieder so extreme Sachen sagte. Natürlich hat sie auch manchmal selbst erkannt, wie falsch sie lag. Aber du kannst sicher sein: nicht oft.«

»Nein, vermutlich nicht«, gab Ira zu. »Nicht jemand, der so brillant ist wie sie.«

Beide waren nachdenklich geworden. Würde er es wagen? Nein, er wagte nicht, es ihr zu sagen, obwohl sie es vielleicht gern gehört hätte, wenn er es denn richtig gesagt, es höflich formuliert hätte, wenn er Salon-Artigkeiten aufböte wie Richard Smithfield, was er ohnehin nicht konnte, oder nur dürftig, durch Nachahmung, was ebenfalls ein Wunder war, wenn man das Niveau der 119. Straße bedachte – damals, als er acht Jahre alt war, und der Sohn vom Barbier das irische Katholenkind mit den Worten »Na, einmal Lutschen gefällig?« anmachte – und Ira kaum glauben konnte, was er da hörte, und doch wußte, was gemeint war... Nein, nicht einmal mit einem Holzprügel würde ich *die* vögeln. Alles, was ihm zu Marcia einfiel, war: Arsch mit Brille. Nun, er war verderbt. Und wie geht's weiter? Ausgerechnet so ein netter Kerl wie Lewlyn hatte sie in die Finger bekommen. Jesus Christus, da würde er sich schon lieber Larrys tumbes ungarisches Hausmädchen nehmen, schlimmer ging's nimmer. Was für eine häßliche Schweineschnute: oink! Leg ein Handtuch drüber, sagte Leo, der Schelm. Dann sehen sie alle gleich aus... Jaja, schon möglich.

Über vierzig Jahre später hatte sich Iras Bild von Marcia nicht geändert, sondern verfestigte sich noch, als er sie beobachtete, während er in ihrem geräumigen Apartment am Central Park West auf sie wartete. Er brachte dort ungefähr eine Stunde zu, und da er vorher ein fettes Omelette und zwei Drinks zu sich genommen hatte und im Wohzimmer allein war, nickte er ein, während Marcia in einem der anderen Zimmer beschäftigt war. Mit zunehmendem Alter war die Dame noch stattlicher geworden, umsorgt von ihrer Lebensgefährtin – Hofdame, Sekretärin und Kammerdienerin zugleich, die ihr gerade ihren verknacksten Knöchel bandagierte, was ihr ein wenig peinlich war. Dann nahmen die beiden – mit Ira im Schlepptau – an der Trauerfeier für Louise Bogan teil, der Dichterin, die von jeher gertenschlank gewesen und plötzlich verstorben war, und die, wie immer gertenschlank, in einem pfirsichfarbenen Gewand steckte, als Ira ihre königliche Sinnlichkeit zuletzt in Ediths Apartment mit scheuem Blick betrachtet hatte. Einst gertenschlank, nun tot. Sie war es, die über Dalton, Ediths späteren Liebhaber in einem zweiten oder sogar dritten Liebesdreieck, gesagt hatte, er würde wie ein Kaninchen ficken. Worüber diese Frauen sich so unterhielten! Hör auf zu kritteln: Worüber hast *du* denn geredet? Oh, Himmel, hier schlummerte haufenweise Stoff, über den ein umsichtiger Mann, der seine Sinne beisammen hatte, schreiben konnte, gesellschaftlich mindestens so wertvoll und erhellend wie das Material, auf das Ira zurückgreifen konnte – oder vielmehr beschränkt war.

Er erinnerte sich an zwei Taxifahrten, und auf einer hatte der jüdische Fahrer die große Seherin erkannt und mit all der Ehrerbietung behandelt, die Juden sich für Wissenschaftler und intellektuell Begabte vorbehielten (finanziell begabt tat aber auch nicht weh!). Sicher, ein oder zwei gewichtige Themen waren auf der Fahrt diskutiert worden, man hatte sie kurz angerissen und dann vertieft. Und für die Trauerfeier mußten zusätzliche Stühle aufgestellt werden, erinnerte er sich, da sie eine berühmte Dichterin gewesen war und viele bedeutende Persönlichkeiten mit angemessen ernstem Gesicht und Grabesmiene erschienen waren, darunter auch William Sowieso, Chefredakteur des *New Yorker,* ein Gentleman mit klar geschnittenen Zügen, der den ganzen Zirkus leitete.

Am bezeichnendsten war die nicht zu übersehende Tatsache, daß Marcia, während Léonie Adams Gedichte von Louise Bogan las, ihr Beefsteak Tartar und zwei Martinis ausschlief, während kleine Stäubchen um ihre Lippen – oder waren es Krümel vom Tartar? – wie ein Federflaum im Luftstrom ihres Atems vibrierten. Da saß nun also Marcia und machte ein Nickerchen, während Léonie Adams Gedichte von der toten Bogan las. »Du Scheusal!« wurde Ira am nächsten Tag von Léonie beschimpft, als er sie zum Zug nach Connecticut brachte und ihr davon erzählte, wie Marcia ihre Bogan-Lesung verschlafen hätte. (Verdammt, die Bogan hat sich schließlich auch nicht mehr gemuckst.) Ferner beklagte Léonie, daß die früher so attraktive Heiserkeit aus ihrer Stimme verschwunden sei, seit sie das Rauchen aufgegeben habe. Denk mal an! Der Gottesdienst lieferte noch andere erinnernswerte Eindrücke, und es war nicht deren unbedeutendster, als der berühmte Dichter W. H. Auden, der hinten in der Kapelle auf dem Fenster saß, Marcia auf die Schulter klopfte und »Hallo« sagte. Woraufhin sie sehr erfreut aussah. Und du hast stur wie ein gottverdammter Holzklotz danebengesessen und zu Auden aufgeblickt, Auden angefunkelt, dich weder erhoben noch darum gebeten, vorgestellt zu werden. Und warum nicht? Weil dieser Bastard in irgendeiner längst wieder eingestellten, unbeweint kurzlebigen Zeitschrift etwas veröffentlicht oder zur Veröffentlichung freigegeben hatte, das von abstoßender Erotik – oder Homosexualität – nur so strotzte: klug gesetzte Verse über Fellatio. Eine Abhandlung über Schamgeruch und gottlose phallische Ansichten. Deshalb hast du ihn nur angefunkelt und keine Anstalten gemacht, dich zu erheben, dich ihm vorzustellen, ihm die Hand zu geben.

– Vergißt du jetzt praktischerweise deine eigenen inzestuösen Exzesse, diese Akte fleischlicher Gier, die du als solche auch beschrieben hast? Hast du denn nicht ebenfalls Wechselwirkungen mit der kultivierten Welt befürchtet?

Geschenkt, Ecclesias, denn bei mir waren es keine geifernden amourösen Hymnen.

»Bis dahin waren wir recht gute Freundinnen.« Edith zog eine Haarnadel aus dem festen Knoten an ihrem Hinterkopf, stocherte genüßlich mit dem runden Ende in ihrem Ohr herum und leckte – welch unglaubliche Angewohnheit! – das Ohrenschmalz ab. Dann steckte sie die Nadel wieder an ihren Platz. »Aber jetzt weiß ich, daß sie mich ablehnt. Sehr sogar. Ihre Feindschaft kommt in jedem Wort zum Ausdruck, das Lewlyn mir von ihr wiedererzählt.«

»Ach ja?«

»Besonders hasse ich an ihr« – die Furche, die der Stoff von Ediths braunem Kleid zwischen ihren Schenkeln bildete, wurde schmaler, und sie warf ihren Kopf mit ungewöhnlicher Heftigkeit zurück – »das ständige Rumhacken auf meinem Negativismus. Mein Negativismus! Wenn ich glücklich wäre, wäre ich auch nicht negativer eingestellt als sie. Sie tut so, als sei ich zu einer anderen als destruktiven Lebenseinstellung unfähig. Das zeigt doch, wie verkümmert, richtig verkümmert ihr Mitgefühl ist – ganz gleich, was sie von sich gibt. Oder vorgibt. Oder behauptet. Sie hat einfach keine Ahnung, worum es mir geht. Ich wüßte gern, ob sie überhaupt weiß, worum es geht. Sie tut so, als sei ich in Niederlagen verliebt. Zufällig bin ich der Meinung, die Menschheit ist endgültig verloren. Und damit stehe ich keineswegs allein. Das heißt aber nicht, daß ich keine Menschen mag, daß ich kein Mitgefühl habe, daß ich die einfachen Dinge des Lebens nicht genießen kann oder das Glück meide. Es macht mich rasend, wenn ich so etwas höre.«

»Ja.« Etwas drang zu ihm durch, durchdrang seine lauwarm dahinplätschernde Trägheit, seine Lüsternheit: etwas von Ediths Misere, ihren Sehnsüchten und auch von liebenswerten Zügen an ihr: ein schwacher Schimmer. Sie war mehr als Stella, eine Frau, die Vielschichtigkeit in Person, mit Verstand und vor allen Dingen mit Gefühl und Leidensfähigkeit. Unermeßliche Matrix der Synapsen: Hirn und Herz suchten dringend und bekümmert, in die Zukunft zu sehen. Die Erkenntnis war ernüchternd: Er sah nicht, ob sie ihm fünf Dollar zustecken würde, wie sie es oft tat, ehe er seinen Job hatte – nicht, ob die fleischliche Gelegenheit jemals kommen würde. Sondern er sah Edith, die gequälte Frau, mit Zwängen leben, die nichts mit ihm zu tun hatten, die aus ihr selbst kamen. Wie selten er das spürte; wie oft andere, sensible Menschen es zu spüren schienen – und er es hätte spüren müssen.

»Ich dachte gerade, ich kann gar nichts für dich tun«, gab er zerknirscht von sich.

»Ich erwarte nicht mehr, als du schon tust. Du bist mir sehr lieb, Ira, allein schon deshalb, weil du Geduld mit mir hast.«

»Ich weiß, das hast du mir schon einmal gesagt. Aber es ist komisch.« Er wandte den Kopf und hielt plötzlich den Atem an. »Mir kommt da gerade eine Idee. Weißt du, was man tun kann? Dazwischengehen!« Das Wort ließ ihn zusammenzukken, seine Beine streckten sich wie elektrisiert. Und er sagte: »Das ist es, was ich meine. Du bist gut zu mir gewesen –« Wie Unrat, Fäulnis, so fühlte er sich; das Wort ließ ihn plötzlich verstummen, er verlor den Faden, seine Idee, versuchte, sie wiederzubeleben, indem er sich die Schläfe rieb: »So gut zu mir. Ich meine, was kann ich tun? Gibt es etwas, das ich tun kann? Gee, ich spüre, wenn ich –« Er wog das Schicksal in seiner halbgeöffneten Hand. »Wenn ich etwas tun könnte, wäre alles gleich ganz anders. Aber was könnte das sein? Gleich kriege ich noch eine richtige Aura wie Fürst Myškin oder so jemand.«

Die winzigen Hände im Schoß, hörte sie zu, so aufnahmebereit, so feierlich, als überlegte sie. »Ich glaube kaum, daß irgend jemand etwas tun kann, etwas ändern kann. Ich bin doch nicht fatalistisch, oder? Mich kann ich nicht ändern, und Marcia auch nicht. Marcia schon gar nicht, eher kann man eine Dampfwalze vom Kurs abbringen. Cecilia ist weit weg, in England – nicht, daß ich hoffte, *sie* ändern zu können. Der Schlüssel ist Lewlyn, seine Einstellung, sein Charakter, seine Entscheidung – ganz eindeutig sein Charakter. Er geht durch eine sehr kritische Phase, und am Ende wird alles davon abhängen, was er für sich als das Beste ansieht.«

»Und doch sprichst du immer von Marcias Einfluß auf ihn.«

»Der kann vielleicht ausschlaggebend sein. Sie ist eine sehr starke Persönlichkeit.«

»Dennoch, Lewlyn ist hier, bei dir. Ein anderer hätte seiner Frau etwas vorgeschwindelt – oder es ihr ganz verschwiegen.«

»Wir, Marcia, Lewlyn und ich, haben gemeinsame Freunde. Allen hat er schon davon erzählt, wie schlecht Marcia ihn behandelt. Sie wissen es alle, aber natürlich sind es in erster Linie ihre Freunde. Sie machen sich einen Riesenspaß und füllen ihn ab mit Tee und Mitgefühl, hat Léonie gesagt.«

»Nur du…«

»Ja, leider.«

»Junge, Junge, ich weiß nicht recht.« Ira wappnete sich gegen die Hand, mit der Skepsis nach ihm griff. »Jeder hat irgend jemanden, auf den er sich verlassen kann, nur du nicht.«

»Sagt einem nicht der gesunde Menschenverstand, daß eine junge, gleichaltrige Frau besser für ihn wäre als diese zehn Jahre ältere drüben in England?«

»Ja, sicher.« Er zuckte mit den Schultern.

Und die winzigen Hände blieben ruhig und verschränkt in ihrem Schoß liegen, eine Art Ermattung schien sich in ihrer Haltung auszudrücken, etwas wie Resignation. Nein, mehr noch: ungenaue Beobachtung genügte schon, um festzustellen: Sie schien auf Niederlagen abonniert, was für ein verrückter Gedanke! Etwas in ihr sträubte sich – sie konnte nicht gewinnen, auch nicht, wenn sie wollte. Sie lebte davon. Kein Wunder, daß Marcia sie des Negativismus zieh. O nein, o nein, konnte er es in sich rufen hören: O nein, sie wird verlieren. Sie muß verlieren. Nun ja, in Gottes Namen. Seine Hand fiel ihm von den Lippen auf die Schenkel. Will verdammt sein. Was käme wohl zuerst? Daß er sich an den wohlgeformten Körper dort heranmachte? Oder betrübt war über ihre Niederlage? Es stand geschrieben, so eindeutig, wie er jetzt dort saß. Jaa. Alles, was er brauchte, war Fürst Myškins Aura. So wie das Ganze sich aufbaute. Ira rutschte im Korbsessel hin und her. Siehe, wie er in den Strudel hineingezogen wurde, als sei es ihm vorherbestimmt. Siehe. Siehe. Und hättest du es denn ändern können? Nie mehr hierherkommen. Verschwinden. Larry konnte dich ruhig einladen, aber leider keine Zeit; zu beschäftigt, mein Freund. Oder irgend etwas verdammt anderes. Würde das etwas ändern? Wer weiß. Er forderte das Schicksal heraus. Geh ihr aus den Augen, laß das College sausen, geh hinüber zu den Dampfschiffen am Hudson River. Mach's wie Mannie Levine aus der 118. Straße, damals, als Ira ihn begleitete: Wanzen auf der Matratze, unter der Wolldecke, in der Koje, aber er hatte einen Job, als Smutje. Such du dir 'nen Job als Abschmierer, irgendwas. Verschwinden. Einmal im Leben etwas richtig machen, mit Stella aufhören, Minnie vergessen – würde das Ediths Leben verändern? Würde sie dann sich selbst zum

Trotz gewinnen? Er machte sie zur Verliererin, half mit, daß sie sich anschickte zu verlieren, damit er gewinnen konnte. Jesus Christus, hatte man je so einen feigen Hund gesehen?

Oder auch umgekehrt – wenn er etwas sagen würde, statt immer nur stocksteif herumzusitzen und dumpf zu grübeln? Geh doch hin zu ihr und sag: Hey Edith, wie wär's, woll'n wir mal zusammen in die Kiste? Hey Edith, soll ich dich mal ein bißchen flachlegen? Hey Edith, wie wär's mal mit 'ner anständigen Nummer? Würde das etwas ändern? Es würde den Bann brechen. Welchen Bann? Den Bann des Strudels, den Vortex-Bann. Würde alles befreien – *sie* aus dem Netz befreien, an dem er webte. Ich also bin ein Schwanz, und alles, was ich will, ist eine Möse. Das ist es, was ich schon die ganze Zeit gewollt habe. Nein! Verdammt, sie würde nicht gleich tot umfallen; auslachen würde sie ihn wahrscheinlich. Und was, wenn sie sagte: komm. Du feiger Hund. Kannst du die Folgen absehen? Ja, ja, ja, statt dieser Nähe, die sie langsam, aber sicher aneinander band, statt des mentalen Netzes, das zu spinnen er ihr half. Quatsch. Er geifert und schluckt, er geifert und schluckt. Mit einem einzigen Unterschied zum Tabakkauen im Bahndepot: ach, was soll's. Man kaut den Tabak und *spuckt* den Saft...

»Ich habe vergessen, was ich eigentlich sagen wollte«, brach es endlich aus ihm heraus, er zuckte heftig mit den Schultern: »Ich komm nicht mehr drauf.«

»Das überrascht mich nicht«, sagte sie. »Aber Marcia denkt, sie kann ihn beeinflussen, und tut es wohl auch. Machst du immer noch dieselbe Arbeit im Bahndepot?«

»Ja. Als Abschmierer. Guck mal hier.« Ira rollte einen Ärmel hoch. »Ich wasche und wasche und wasche mich. Aber eine Stelle ist da, die übersehe ich immer wieder: direkt unter dem Ellenbogen. Siehst du den schwarzen Schmierfleck hier? Der entgeht mir immer wieder. Er versteckt sich.«

X

Ira ließ seinen IRT-Mitarbeiterpaß aufblitzen, als er an dem
Mann im Kassenhäuschen des U-Bahnhofs vorüberrauschte,
um nach der Arbeit schnell einen Zug zu erwischen. Oh, er
mußte sich beeilen, denn ihm blieb kaum Zeit zwischen seinem Sprung in die Zinkwanne mit lauwarmem Leitungswas-
ser in der Badestube, wo er sich mit Seife und Bimsstein ab-
schrubbte (und das Schwarze zwischen den Fingern und unter
den Nägeln, das er sowieso nicht abkriegte, einfach dranließ);
ihm blieb kaum Zeit zwischen dem Herunterschlingen des
Abendbrots unter Moms Protestgeschrei und Minnies Flehen,
doch langsamer zu essen, wobei Pop vor selten gezeigtem Vergnügen gluckste, denn zur Abwechslung verdiente sein Sohn
mal richtig Geld – und seinem Aufbruch. Im Schatten der New
York Central-Überführung, dem eisernen Schutzschirm gegen die schräg stehende Sonne, marschierte er bis zur 125.
Straße, um dort – von neuem schwitzend – die Straßenbahn
zu erklimmen, die zwischen Third und Amsterdam verkehrte.
Mit Gebimmel und Gebammel war er dann auf dem richtigen
Weg zu seinem Abendkurs im CCNY. Er war jetzt einundzwanzig und nicht kleinzukriegen, zäh und unverwüstlich.
Wenn etwas unsterblich war, dann war es das Alter von einundzwanzig, noch viel unsterblicher als De Quinceys Sommer: einundzwanzig. An den Ufern des Gitchee Goomee hörte
ich einen weisen Mann einundzwanzig sagen. Und beim letzten Mal, als der Sejde und Tante Mamie nicht zu Hause waren,
hatte er Stella fast stützen müssen, so fertig war sie hinterher;
während er kam, war er immer noch größer geworden, hatte
Angst, in ihr steckenzubleiben wie ein Hund, sein Schwanz
war angeschwollen wie eine Flasche.

Dann also aussteigen an der Hundertsiebenunddreißigsten
und – Beeilung. Es gab Zeiten, da überholte er Larry auf dem
Weg zum Campus, und ein- oder zweimal war dieser sogar in
Begleitung seines Soziologieprofessors Lewlyn. Oh, welche
Ironie. Man mußte einen Sinn für Ironie haben, um sie bis
ins letzte auszukosten, diese Obertöne hinter den Obertönen,
sich endlos fortpflanzend: feiner und feiner, sich verflüchti-

gend. Sie machten dich grinsen: *Aus Busch und Sandbank,
Farn und Klippe, der Elfen Hörner zart geblasen.* Der Elfen
Hörner! Was hatte Quinto gleich gesagt, während er ihm Zeigefinger und kleinen Finger vor die Nase hielt und ihm symbolisch Hörner aufsetzte? *Cornuta.* Ha, ha, ha! Der eifrige
Larry tat sein Bestes, um den Soziologielehrer mit den neuesten Verkäuferwitzen zu unterhalten, ihm ein trockenes, anerkennendes Lachen zu entlocken, ohne zu merken, daß jener
ihm Hörner aufsetzte. Nein, der konnte Larry eigentlich keine
Hörner aufsetzen; denn dieser war ja nicht mit Edith verheiratet: also ging jener einfach nur mit Larrys Angebeteter ins
Bett, schlief einfach nur mit dessen Geliebter. Das war Ironie,
oder? Sitzt Larry also im Hörsaal und saugt sich Soziologie
aus dem Kerl, der seinen Rüssel in dieselbe Frau versenkt
wie er. Nur daß es bei Lewlyn wirklich der Rüssel war und
Larry nur Löffelchenliegen machte auf der Couch. Warum
zum Teufel war das alles, womit er sich zufriedengab, so unschuldig, daß es nicht einmal störte, wenn Ira dabei war? Rätsel über Rätsel.

Ach ja, die Loyalitäten waren schon längst nicht mehr dieselben, nicht wahr? Jetzt hieß es abwarten, abwarten, lange
warten und gespannt sein. Anders konnte er es nicht beschreiben. Warten worauf? Gespannt sein worauf? Ob ihm der Weg
eines Tages freigemacht würde: von Larry, von Lewlyn. Ira
durfte nicht schadenfroh sein, lieber nicht; Larry war sein
Freund, aber es war eine Tatsache, er war nur noch dabei,
weil er geduldet wurde, wie sie es nannten. Edith wollte
ihm nicht weh tun, sagte sie, sie haßte den Gedanken, daß
er sich etwas antun könnte. Falls sie unnötig deutlich würde,
könnte sich das auch auf sein Herz auswirken. Der andere war
das Problem, bei dem lag der Haken, die Zufallsentscheidung.
Negativ, wie Marcia resümierte: Ediths Lebenseinstellung war
negativ. Sie und Lewlyn würden sich gegenseitig zerstören,
wenn er jetzt sein Leben durch eine Eheschließung mit ihrem
verbinden sollte. Warum würden sie einander zerstören?
Kannst du das mal durchdenken? Fragte Ira sich. Bei Magneten stoßen sich gleiche Pole gegenseitig ab, jedoch, die beiden
waren keine Magneten. Er seinerseits hatte keine Angst, daß

Edith ihn zerstören könnte, sagte Ira sich, denn er war noch viel negativer als sie, verdammt viel negativer. Was war schon Ediths Negativismus im Vergleich zu seinem, hörte er sich ein Zitat wiederholen, das er nicht unterbringen konnte. Biblisch vielleicht. Seine Welt war umgedreht worden, ver-rückt durch Kummer und Leid, jedoch nicht durch Selbstmitleid, ganz und gar verdreht, bis hin zum Morden: Minnie hatte er morden wollen, seine eigene Schwester. Die Planung einer solchen Tat – was konnte einen negativer machen als das? Lots Weib hatte sich umgedreht und auf das brennende Sodom und Gomorrha zurückgeblickt: Sie war in eine Salzsäule ver-wandelt worden (wer's glaubt). Die Wahrheit war, daß Horror sie versteinerte.

Und so hatte sein Vorsatz zu morden ihn versteinert, auf ewig unglücklich gemacht, obgleich eine Hausaufgabe in Geo-metrie ihn davor bewahrte zu töten, um ein Haar. »Weh, weh, Unglücklicher« – Iokastes Worte kamen ihm in den Sinn –, »dies allein noch hab ich dir zu sagen, andres nimmermehr fortan.« Das war die Bedeutung von Negativismus: unglück-lich sein. Lewlyn konnte die Tiefe von Ediths Negativismus nicht ertragen. Der Kerl war normal, der Kerl war vernünftig, optimistisch veranlagt; das war es: seine Lebenseinstellung war positiv. Er glaubte an die Zukunft des Menschen. Und darum auch würde ihn eine dauerhafte Verbindung mit Edith, eine Ehe mit ihr, zerstören. Sie war für ihn zu traurig, sie war zu tragisch in ihrer Lebenseinstellung, damit war alles gesagt, Marcia hin oder her. Er hätte wetten mögen, daß Lewlyn nur solchen Rat annahm, den er hören wollte, und Marcia war der Rat, den er hören wollte. Selbst wenn Ira zustimmend genickt hatte, als Edith über Marcia sagte, sie würde Lewlyn gegen sie aufhetzen, so war das nichts weiter als geschickte Taktik ge-wesen. Sein Instinkt sagte ihm, daß Lewlyn mehr und mehr dazu neigte, das zu tun, was Marcia ihm riet. Darum also... schließ dich ihrer Interpretation an. Wozu nein sagen? Und übrigens konnte er sich nie ganz sicher sein. Sie war älter, klü-ger, hundertmal bewanderter in der kultivierten Welt, als er es war oder je sein würde. Wer um alles in der Welt war er, um dagegen anzureden? Dagegen zu reden und dafür zu sein. Nein, laß es sich entwickeln.

Eingeweiht in alles, war es nicht seltsam? Als Abschmierer vom Dienst über einer der Gruben unter einem der U-Bahn-Waggons war er so vertieft in das, was da in Greenwich Village vor sich ging, so nachdenklich über Edith und Lewlyn und diese brillante, ach so brillante Anthropologin, die gegen die arme Edith intrigierte: war er so sehr im Banne von Spekulationen über die Zukunft, daß er sich manchmal wie ein Verbindungsglied fühlte, wie ein sonderbares menschliches Spannschloß, das die feinsten Menschen an die gröbsten kettete, den Dichter und Professor an die Arbeiter im Reparatur-Depot, wo niemand im Traum darauf gekommen wäre, daß er, als er damit begann, die Bolzen an einem der Bremsgehäuse zu lockern, ganz allein unten, neben dem »alten roten Bastard« arbeitete, weil Quinto gerade mal verschwunden war, um Wasser zu lassen, wo niemand im Traum daran dachte, daß..., als... Wumm! Jesus! Jemand war im Fahrerhäuschen, um die Bremsen zu prüfen. Die Bremsbacke schnellte Zentimeter an seiner Wange vorbei. Doch er war kampferprobt, er war einundzwanzig. Was machte schon eine Bremsbacke, wenn sie seine Backe nicht mal traf? Gar nichts. Außer daß er »Hey, um Himmels willen, was machst *du* denn da oben?« hinaufrief und zurückgerufen bekam: »Hey, um Himmels willen, was machst *du* denn da unten? Warum hast du nichts gesagt?«

So gingen Ira und Larry mit Lewlyn in der Mitte an einem sonnigen Spätnachmittag in Richtung Campus, sprachen über dieses und jenes, über Iras U-Bahn-Job und Larrys Verkäuferjob. Lewlyn erzählte, daß sein Vater früher von jedem seiner Söhne erwartet hatte, im Sommer so viel Weizen anzubauen, daß man davon seine Ausbildung an der University of Pennsylvania bezahlen konnte. Ach wie anders, wie gesund und heilsam im besten Sinne. Abwärts ging's, am Lewisohn-Stadion vorbei zum rechteckigen Campus im ruhigen Schatten. Dort trennten sie sich: Larry ging zu Lewlyn in den Soziologiekurs, Ira entweder zu Politologie oder zu Geologie – und einmal in der Woche gab es noch eine andere Variante: Larry und Ira gingen gemeinsam zu Freies Sprechen VII. Larry hatte lebhaft applaudiert, mit seinen großen Händen laut geklatscht, als Ira seine Verteidigungsrede für Sacco und Vanzetti beendet hatte. Es war ein Neuaufguß desselben Plädoyers, das er schon in Freies Sprechen VI vorgetragen hatte, doch der tolerante alte (und politisch einfühlsamere) Dr. Dranon wußte davon nichts. Ira tat alles, um in diesem Sommer gut abzuschneiden.

Warum nur hatte er damals statt Geologie nicht eins von diesen Schrottfächern als Schnellkursus gewählt – Betriebswirtschaft zum Beispiel! Geologie war nämlich das Fach, das ihm wirklich Freude machte, es war der einzige Kurs, an dem er wirklich gerne teilnahm. Warum hatte er sich das nicht aufgespart, um es ein ganzes Semester lang zu studieren? Diese samstagnachmittäglichen Studienausflüge! Manchmal mußte er direkt vor Ort zur Gruppe stoßen, so wenig Zeit blieb ihm zwischen Arbeitsende und Exkursionsbeginn. Aber egal: Hauptsache, die Gletschermühlen im Bronx Park besichtigen, die Strudellöcher, die das Eiswasser im Laufe von Jahrtausenden in den Fels gebohrt hatte. Längst vergangene Äonen hatten es Ira angetan. Ekstatisch arbeitete sein Hirn und dachte nach über metamorphes Gestein, ganz einfaches metamorphes Felsgestein. Ach, was für überwältigende Zeitalter waren darüber hinweggegangen und hatten parallele Schleifmarken auf dem zutage tretenden Glimmerschiefer im Central Park hinterlassen. Wer hätte sich je vorgestellt, daß diese Narben von Gletschern stammten? Er wußte nie, wo genau die Verwerfungslinie war, die Manhattan von den Palisades trennte, aber was machte das. Er bestieg die Sedimentfelsen der Palisades, Schiefertone und Tonschiefer, die sich so sehr vom Glimmerschiefer und dem Gneis drüben in Manhattan unterschieden. Und wußte nur, daß allein die Tatsache, daß er überhaupt die Palisades erklomm, ihn schon berauschte. »Sag mal, hast du das gewußt?« fragte er Minnie. »Mt. Morris Park ist ein Monadnock. Ein Härtling, den das Gletscherwasser aus dem Untergrund herausgeformt hat.« Diese Erkenntnis allein begnadigte schon fast den »Suppenschüsselhut«, jenen erwachsenen Mann, der ihn vor dreizehn Jahren, auch an einem Sommertag, auch auf einem Berg, einem Schwesterberg zum Monadnock, belästigt hatte. Begnadigte ihn, aber nur fast... Der Anstieg unter der Bahntrasse zwischen 116. Straße und Park Avenue: ebenfalls ein Monadnock, der Berg, den er als Kind so viele Male auf dem Weg zur Bobe hinaufgekeucht war, um ein paar Münzen abzustauben – und zu Tante Mamie, um sich eine Nummer mit Stella zu stehlen. Das also war auch ein Monadnock, der Berg mit dem neuen Toilettenhäuschen obendrauf und Reihen von Marktständen an seinem Fuße.

»Mein kluger Sohn«, sagte Mom. »*Alles weis er.* Ach, wie glücklich könnte ich sein, wenn mein Kopf nicht so dröhnen würde.«

Er stellte fest, daß er in diesem Sommer sehr viel mehr nachdachte als je zuvor, daß er tiefere Erklärungen suchte als diejenigen, die er schon für einleuchtend gehalten hatte. Dessen bewußt wurde er sich, als er nach Feierabend unter den auf die Gleise herabgelassenen Waggons heimlich mit den anderen eine rauchte. Es hätte nichts geändert, wenn er wie die anderen aus seiner Abschlußklasse an der P. S. 24 im Alter von vierzehn Jahren arbeiten gegangen wäre. Er gehörte nicht mehr dazu – und hatte damals auch schon nicht mehr dazugehört, mit vierzehn. Warum nicht? Wegen Minnie und seiner Schuld durch den Inzest? Nein, über seine Schuld hatte er nicht viel nachgedacht, kaum etwas gewußt: Für ihn war es Genuß. Schon ehe er unten in der Grube den glimmenden Faden verlor, noch ehe Feierabend gepfiffen wurde, hatte er sich von den anderen entfernt, irgendwo, irgendwie – aber wann? Was hatte all sein »Rezitieren« zu bedeuten gehabt, damals, auf der East Side noch? In der Public School hatte er in der Aula Gedichte aufgesagt, und Mom war gekommen und hatte sich das angehört: über den Ostwind und seine Farbe und den Westwind und die Blumen, die er brachte. Selbst damals schon, so weit in der Vergangenheit, hatte die Trennung begonnen – schnell noch ein-, zweimal ziehen, dann würde er aus der Grube herauskrabbeln müssen – die Hinwendung vom Jiddischen zum Gojischen, nein, zum wunderwunderschönen Englisch. »Ist Kelly hier irgendwo?«

»Nein, der ist im Büro.«

Ach, vor langer Zeit schon hatte er sich von den anderen losgesagt, noch ehe er vierzehn war. Vor Harlem. Mitten im Herzen der East Side. Ehe er acht Jahre alt war. Als er lesen lernte. Jaa, jaa, jaa: 1912 auf dem Kalender. Schwer, sich zu erinnern –

Whie-ie-ie!

»Geschafft. Feierabend. Ein neuer Tag, ein neuer Dollar.«

Sie behielten ihre Kippen, zwickten nur die Tabakglut ab, traten sie aus und kletterten zum Gang hinauf.

Ein irgendwie großer Rhythmus ging ihm durch den Kopf, als er sich den anderen anschloß und mit ihnen zum Waschraum ging. Eine Deklamation ohne Worte. Ein neuer Tag, ein neues Doloroso. Stopf damit dein literarisches Kalumet – nein. »Mir fällt das Große nicht mehr ein – was war es bloß?« konnte er sich sagen hören. Versuchte er, sich an ein Zitat zu erinnern? Von wem? Shakespeare? Othello? »Mir fällt das Große nicht mehr ein – verdammter Mist.«

»Kelly«, sagte Quinto neben seinem Ellenbogen. »Kelly is das Große Arschloch.«

»Ach ja?«

Das Licht der Augustsonne flackerte über das fleckige Glasdach, sickerte durch die schmutzigen Scheiben und verteilte sich in der ganzen Halle über Bahn und Kran und Gang und Werkbank. Hier und da, wo aus den Fenstern eine Ecke herausgebrochen oder ein Stückchen Rahmen verwittert war, blitzten blendende Sonnenstrahlen hindurch, stachen in die Augen wie das Glitzern von Diamantsplittern. Hell, wie hell, ach ewig hell. Man meinte, sie berühren zu können.

Die Halle war heiß. De Quincey, die Halle war heiß. Der August schien immer der letzte Angriff des Sommers zu sein, und das mit Macht. Schwitzend und stöhnend kämpften alle gegen die Schwere der hitzebedingten Apathie. Ein abgeschlafftes »Fix und fadisch« wurde getauscht gegen ein niedergeschlagenes »Es ist weniger die Hitze als die Erniedrigung«.

Und: »Ich schwitze keine Perlen, sondern Tropfen, so groß wie Mottenkugeln.«

In jener Woche kam Ira in Versuchung zu kündigen, und bei der Hitze bedauerte er, daß er es nicht getan hatte. Eine Woche noch – oder zwei, wenn er es denn durchhielte, noch zwei Wochen mit je achtundzwanzig Dollar fünfzig, und dann einen grauen Filzhut und einen grauen Oxfordanzug aus dem Secondhandladen und sein »Der ist ja wie neu, ich sollte immer so leben«, einen Chesterfield-Mantel mit schwarzem Satinkragen und, ja tatsächlich, brandneue, handgearbeitete, schwere Schnürstiefel: alles gekauft für das letzte Jahr auf dem College, sein Senior-Jahr. Er war gerüstet: und würde sogar noch während der ersten paar Wochen des Semesters ein paar Dollar in der Tasche haben. Im September würde er Mr. Kelly seine Kündigung unterbreiten, eine Woche, ehe der Collegebetrieb im Herbst des Jahres 1927 wieder losginge – und sich vorher noch eine Woche Ferien gönnen. Und was tun? Turkey Trot tanzen, dessen Melodie sie immer auf den Lippen hatten. Alles klar? In Gedanken ging er mit sich zu Rate: Jetzt, da Stella sich in dieser Handelsschule am Union Square angemeldet hatte, konnte er nachmittags, wenn er im College frei hatte, dort warten, bis ihre Schule aus war. Und dann? Ja, was dann? Das war das Problem. Kein Ort, wohin er sie mitnehmen konnte. Höchstens in den Park, den *Centrum Pock*, wie Tante Mamie ihn nannte. Sie müßten aber den ganzen Weg am See vorbei zu Fuß zurücklegen, auf ursprünglichem Glimmerschiefer den Berg hinauf, und ein enges oder buschiges Tal suchen, was zum Teufel das immer war. Das würde viel zu lange dauern, und jemand konnte sie sehen, ihnen zufällig begegnen. Das war das Schlimmste: daß jemand sie sehen könnte. Man würde sofort wissen, daß er das kleine Blondchen nicht zu platonischen Studien der Natur in den schattigen Hain entführte... Alles klar? Was für einen schurkischen Einfall er soeben hatte! Aber dazu brauchte er Nerven. Und auch ein bißchen Geld. Nun, das hatte er ja. Er konnte sie doch ins Fox Theater einladen, das Kino in der 14. Straße, wo er mal gearbeitet hatte, als er vierzehn war. Vierzehn, vierzehn, du erinnerst dich? Im ersten Rang – da konnte man rauchen. Im dritten Rang – da war der Vorführraum. Und im zweiten Rang, da war es stumpf und staubig, noch frei und leer, leer wie ein – was hatte Andy Marvell über das Grab gesagt? *Niemand, denk' ich, küßt sich dort.* Es waren dort auch zwei Toiletten, aber welche sollte er nehmen? Damen oder Herren? Er machte eine galante Verbeugung mit seinem Filzhut in der Hand – wie Sir Walter Raleigh: *Ladies first.* Oh, guck mal, was für ein Bösewicht! Nein, das durfte er nicht, der wilde Indianer auf der Leinwand, das durfte er doch nicht. Aber niemand konnte sagen, er hätte keine Indianerehre gehabt – während *er* eine ziemliche Dampfmaschine in der Hose hatte. *Aber diese zweihändige Maschine an der Tür steht bereit, um einmal zuzuschlagen, und dann nimmermehr.* Ich wette, es war die Axt des Henkers...

Für den folgenden Sonntag lud Edith ihn zu einer Cocktailparty in ihrem Apartment ein. Einzigartige Ehre: diesmal allein, ohne Larry. »Ich weiß, daß ich mich auf deine Diskretion verlassen kann«, hieß es in der Nachricht, die er in dem alten Messingbriefkasten fand. Es war schon die zweite derartige Solo-Einladung dieses Sommers. Beim ersten Mal hatte er sich stolz gefühlt, aufgebläht wie der Frosch im Märchen, als sie sich auf der Couch neben ihn und nicht neben Lewlyn setzte. Man konnte förmlich riechen, wie feinfühlig sie war: »Du darfst nicht so schüchtern sein, mein Lieber.« Und er hatte genickt, sprachlos vor Verlegenheit. All diese Schriftsteller und Poeten und College-Kollegen, die dort herumschwirrten; wer wäre da nicht vor Ehrfurcht verstummt. Larry nicht, der war es nie, und das war so verdammt komisch an der Sache: ausgerechnet er war nicht eingeladen, und die Party wurde vor ihm geheimgehalten. »Larry paßt einfach nicht in solche Gesellschaften«, vertraute Edith Ira an und vergaß dabei, daß sie ihm ebendas schon letztes Mal anvertraut hatte, aber es war trotzdem schön zu hören. Verräter. Ja, er ertappte sich dabei, ein dünnes Scheibchen seines Hirns zu untersuchen, als liege es auf dem Objektträger eines Mikroskops. *Traditore*, sangen sie in *Aida* – so jedenfalls klang das Wort bei Larry zu Hause auf der Schallplatte: *traditore*. Da war sie wieder, diese Ironie des Schicksals. Das Grammophon an der Kurbel aufziehen – und dann, so hatte Larry gesagt, würden die beiden zusammen eingemauert.

»Die Leute interessieren sich nicht für seine langatmigen Anekdoten. Die Leute interessieren sich für Ideen.«

»Genau.«

»Manchmal ist er ja ganz amüsant. Wenn er nur nicht immer im Mittelpunkt stehen wollte.«

»Ja, das stimmt.«

»Lewlyn hat genau das gleiche beobachtet. Er sagte, daß ihm deine kurzen Beschreibungen der Leute in der Reparaturhalle viel besser gefallen als Larrys Geschichten. Bis zur Pointe braucht er immer ewig.«

»Ach ja?«

Das erste Mal war sehr komisch gewesen, komisch und merkwürdig – und peinlich. Nach zwei großen Drinks (Grapefruitsaft mit irgendeinem selbstgebrannten Fusel) wußte er nicht mehr, was er redete, besonders, als alle plötzlich über den Sacco-Vanzetti-Fall sprachen. Dennoch, Edith begleitete ihn bis zum Hausflur, als er ging, drückte ihm die Hand und sagte, er sei wundervoll. Was sollte *er* bloß so Wundervolles gesagt haben?

Es sprach eine statuenhafte Dame: statuesk – so hatte Edith sie genannt, nicht Dame, nur statuesk, in einem pfirsichfarbenen Gewand, auch eine Poetin: Louise? Louise wer? *Boy*, für die mußte man schon eins achtzig sein, oder fast, und einen sieben Zentimeter längeren Schwanz haben – wie Guido in dem aufgebockten, stickigen Waggon, der acht Vierteldollarmünzen auf seinem Ständer aneinanderreihen konnte. »Animaahlisch!« sagte Russo. Auf italienisch. Nicht tierisch. »Animaahlisch!« Und? Was hatte die in dem Pfirsichkleid gesagt, nachdem Edith sie mit ihm bekannt gemacht hatte? »Und was machen Sie, wenn ich fragen darf?«

»Ich? Ich arbeite in einer Rep'ra-tuurhalle.« Er bekam die Worte kaum heraus, verschluckte Silben, sprach unhörbar leise vor Verlegenheit.

»Einem Kuhstalle!«

»Nein, einer Reparatuurhalle – U-Bahn-Züge!«

»Oh, wie entzückend!« Und dann lachte sie plötzlich – nicht über ihn, sondern über diese Vorstellung. Lachen machte sie auch schön. *Boy*, was für eine Göttin. »Sie hüten Züge in einer Halle. Welch selten menschlicher Zug in unserem technisierten Leben. Es wird dadurch fast lebenswert.«

Dann wurde er, unfreiwilliger Mittelpunkt, von fünf oder sechs Leuten umringt. Was machen Sie? Ach, was Sie nicht sagen! Kommen Sie, erzählen Sie! Erzählen Sie uns doch, was Sie tun. Sie setzten sich auf die Couch, die Frauen und die Männer. Und Edith, ihr olivfarbener Teint vor Freude noch strahlender als sonst, machte den anderen Platz und überließ ihn sich selbst. Da hatte dann alles angefangen – mit Sacco und Vanzetti. »Die Arbeiter müssen doch über den Fall verbittert sein«, sagte eine Frau.

»Die sprechen kaum darüber. Höchstens die Italiener.«

»Ach, nicht? Worüber sprechen die denn?«

Ira hatte seinen ersten Drink intus und kicherte. »Ach, wer im Pferderennen gewinnt. Wie die Wetten stehen. Über Babe Ruth, Baseball. Mein Gott, worüber die eben so reden.«

»Das Allerschlimmste, was man machen kann, ist, so einen Fall zu romantisieren«, sagte die Poetin im Pfirsichrock. »Ein Gerichtsverfahren ist das letzte, worüber ein Dichter schreiben sollte. Reine Sentimentalität. Das kennen wir schon. Was haben die irischen Nationalisten mit Yeats und den Stücken von Synge gemacht? Sie haben kein gutes Haar daran gelassen, sie haben sie in Grund und Boden verdammt. Ich bitte Sie!«

»Da liegen Sie aber völlig falsch!« erklärte der kleine dicke Mann. »Tatsächlich bin ich froh, daß Sie die irischen Nationalisten erwähnen. Wer hat denn die Worte geschrieben ›Eine schreckliche Schönheit ward geboren‹? Und aus welchem Anlaß!? Der Anlaß war doch wohl der Osteraufstand. Und war das ein Gerichtsverfahren?«

Inzwischen hatte Ira seinen zweiten Drink hinuntergespült. Auch wenn er sie immer noch glühend verehrte, begann er, sich neben der kleinen damenhaften Dichterin Léonie, die er schon mehrere Male getroffen hatte, wohler zu fühlen. Sie hatte damals im Arts Club eigene Werke gelesen, damals, als Marcia und ihre rätselhafte Freundin auch dabeigewesen waren. Und was sie für wunderschöne Gedichte schrieb, lyrische Gedichte, wie Edith sagte. Ira hatte sie gelesen, während Larry mit Edith auf der Couch rumknutschte. Und Larry war auch der erste, der eifrig zustimmte, daß Léonies Gedichte wunderschön seien. Was für harmonische Sprachgebilde, obwohl sie selbst nicht so harmonisch gebaut war: Oberkörper und Gesicht wie eine Puppe aus Meißner Porzellan – über einem vielfach stämmigeren Unterbau. Sie war die Frau, die immer den Mund öffnete, um etwas zu sagen, und es dann nicht sagte: Ihre Lippen formten tonlose Worte. Was für eine wunderbare Art, sich zu unterhalten; man kam nie in die Verlegenheit zu streiten. »Was denken Sie denn darüber, Ira?« sagte sie weich, so daß fast niemand es hörte. Und das war der Moment, wo er loslegte.

»Man kann einen Schriftsteller nicht auseinanderbrechen«, sagte er fast mürrisch – kümmerte sich nicht darum, wer zuhörte. Er war ihm auch egal, ob es Sinn machte, was er sagte, als hätte er einen Bauchredner in sich, dem er das Reden überließ. Zur Hölle mit ihnen, sie wußten nicht, was er wußte; ihr Dasein war nicht so durch den Wolf gedreht worden wie seins. »Man kann ihn nicht in das eine oder das andere zerlegen. Er kann nicht so schreiben wie Ärzte ihre Verordnungen. Bei ihm kommt alles aus einem Guß – seine ganze Übelkeit gehört dazu. So denke ich darüber, wenn ich unter den Waggons stehe und Schmierfett in die Bremszylinder klatsche. Wenn ich etwas schreiben wollte, wie sollte ich es teilen? Das kann ich nicht.« Ebensowenig konnte er seine Gebärden kontrollieren. »Man ist verpflichtet, über alles zu schreiben, wenn man ein Dichter ist, ein Poet – ach, ist mir doch egal, was einer ist. In unserer ›Einführung in die englische Literatur‹ waren einige Sonette von Milton abgedruckt: Der konnte so wunderschön schreiben und im Traum die Hand nach seiner toten Frau ausstrecken« – die

Worte blieben Ira im Halse stecken – »und schreiben ›Rache, o Herr, eine Heilige habt Ihr gemordet‹. Der hat sich auch nicht selbst geteilt. Das ist es, was ich meine.«

»Ich bin völlig Ihrer Meinung«, sagte der glattgesichtige, aufmerksame John Vernon. »Aber wie viele Dichter können so absolut holistisch sein?«

»Häh?«Er wurde ernstgenommen. Was zum Teufel war holistisch?

»Nicht einmal Milton war in sich geschlossen«, sagte John. »Die einzigen beiden, die mir dazu einfallen, sind Shakespeare und Rabelais.«

»Plautus vielleicht auch noch«, sagte Berry Berg.

Ira wußte, das war zu hoch für ihn. Und schlimmer noch, andere Gäste waren stehengeblieben, um zuzuhören. Er war vom Schnaps leicht angeheitert und hätte lieber die Klappe halten sollen. »Jeder kann so kompliziert sein, wie er will!« brach er los.

»Ach, tatsächlich?« fragte die wolkige Juno in Pfirsich. »Können Sie das noch ein wenig erläutern?«

»Ja, durchaus!« Er konnte sich nicht bremsen. Es sprudelte aus ihm heraus. »Wenn Sie etwas in sich hätten, das *Sie* zusammenhält, dann könnten *Sie* auch alles zusammenhalten, was Sie schreiben.« Ira, wie er leibte und lebte, in all seiner verdammten Verdrehtheit, und nur wenig, an das er sich halten konnte: holistisch? Er würde es nachschlagen müssen. Mystisch, mystisch, und er glaubte nicht ein einziges gottverdammtes Wort. Jesus Christus, er blamierte sich wohl fürchterlich. »Sie müssen glauben und doch nicht glauben. Man muß alles nutzen, Punkte sammeln, verstehen Sie? Hat Melville etwa selbst die Predigt des Seemannspfarrers geglaubt? Ich glaube kaum. Man benutzt alles, was man hat, glaube ich, wie ein Kind seine Bausteine. Irgendwelche Bausteine. Auf jede Art, die einem in den Kram paßt.«

»Sprechen Sie weiter«, drängte die Poetin in Pfirsich.

Statt dessen grinste er still und beschwichtigend, plötzlich verschämt ob seiner Verwegenheit.

Edith bot ihm Kaffee an, doch er lehnte ab. Er sagte, er müsse gehen. Und dann folgte sie ihm bis in den Hausflur, drückte ihm die Hand, sah fast so aus, als wolle sie ihm einen Kuß geben.

Aber er meinte, er hätte nun genug. Er stieg in die U-Bahn nach Norden – und tat was? Er fing zu dösen an, und das nächste, was er wußte, war, daß der Schaffner ihn schüttelte: Schlips und Jackett hatte er schon ausgezogen und knöpfte sich gerade den obersten Hemdkragen auf.

»Hey, Meister! Aufwachen.« Der blau uniformierte Schaffner schüttelte ihn noch einmal, während alle anderen im Waggon ihn anstarrten.

»Oh, Jesus, ich dachte, ich wäre schon zu Haus.«

»Nun, das bist du nicht. Du bist in einem U-Bahn-Wagen.« Immer noch aufmerksam, nahm der Schaffner die Hand von Iras Schulter. »Bist du jetzt auch richtig wach?«

»Ja-ja-jaah.« Gekränkt stand Ira auf, hielt sich an den Halteschlaufen fest, bis er zu der Nische neben der Abteiltür kam. In der Ecke festen Halt suchend, steckte er den Schlips in die Tasche und zog das Jackett wieder an. Er drückte sich dort herum, bis der Zug die Station 96. Straße erreichte, wo er in die Linie nach Harlem umsteigen konnte. Lieber nicht setzen, sondern auf dem Bahnsteig stehenbleiben, ebenso in der Bahn nach Harlem, auf der ganzen Fahrt zur 116. Straße. Und dann ausnüchtern auf dem Fußmarsch von der Lenox zur Park Avenue. Vollkommen erledigt, schritt er den Bahnsteig auf und ab und wartete auf seine Bahn. Wie jemand, der aus einer Welt in eine andere übertritt. War das, woher er kam, die Welt, die ihm in einem goldenen Augenblick der Schönheit verheißen ward, als er an der Straßenecke in West Harlem gestanden hatte? Oh, Jesus, vielleicht sollte er doch versuchen, sich zu übergeben, wenn er oben auf der Straße war.

Die hellen Dornen, die durch die Ritzen im Glasdach stachen, waren Lanzen geworden, rauchige Lanzen, wie der Lichtstrahl eines Filmprojektors, nur schmaler und ganz ausgefüllt mit schwebendem, pudrigem Kalkstaub. Zeit für eine Siesta. Es waren nur noch zwei Bremstrommeln zu machen, und sie hatten fast den ganzen Nachmittag zur Verfügung. Quinto blickte prüfend in die Runde, gab Ira ein Zeichen und kletterte die Leiter zu einem der aufgebockten Waggons hinauf. Ira folgte ihm.

»Hey, Augenblick mal, Jungs. Du auch, Ira!« rief da der kleine Eakind, Schichtführer der Elektriker, breit wie eine Tonne, nie ohne seinen blauen Wettzettel in der Brusttasche. Er kümmerte sich anscheinend nicht um Quinto, aber Quinto kam schon von selbst wieder herunter. »Hey, Vito.« Eakind beugte sich unter den Waggon. »Komm mal rauf, ja? Padget, bist du da?« rief er zum nächsten Waggon hinüber. »Okay. Komm Padget, kannst du mal eben helfen?«

»Das sollte reichen«, sagte Burgess.

Vito kletterte auf den Gang und steckte den Bolzen, mit dem er arbeitete, in die Tasche. Padget, einen Stapel Pappe unter dem Arm, zeigte sich kurz zwischen zwei Waggons und kletterte Sekunden später in die Grube. Ein Blick, und er erkannte das Problem. »Verdammter Mist! Das hält wieder den ganzen Betrieb auf!«

Vito wußte, wo das Problem lag, und Quinto kam hinzu und nickte heftig, als er sah, was los war. Selbst Ira hatte eine Vermutung. Es war wohl das Starkstromkabel, das die ganzen Ampere von der Stromschiene abnahm und direkt zu den Motoren leitete. Dick isoliert und dann sehr gleitfähig gemacht, mußte es in ein langes Stahlrohr eingezogen werden, um vor Beschädigungen unter dem Zug geschützt zu sein. Ein langer Draht, umwickelt, damit man ihn besser anfassen konnte, ragte aus dem Stahlrohr heraus. Man nannte ihn den »Schwanz«, und er war mit dem Kabel verbunden. Meistens konnten Eakind und Burgess das Kabel allein durchziehen, aber manchmal, vielleicht wegen eines leichten Knicks im Rohr, zeigte sich das Kabel störrisch, und um es durchzuziehen, bedurfte es größerer Muskelkraft, als die beiden Männer hatten. Außerdem war es in der Halle heiß.

»Also los, anfassen«, sagte Eakind, »nun legt euch mal ins Zeug.«

Alle taten wie befohlen, zerrten mannhaft am Kabelschwanz. Am anderen Ende gab Eakind dem Kabel Führung, und das dicke schwarze Kabel glitt ein paar Zentimeter in den schützenden Stahlmantel hinein. »Los, etwas mehr Schmackes, wenn ich bitten darf«, befahl Eakind. »Gut so, gut so. Er kommt, er kommt.«

»Das ist ja wie Weihnachten.« Padget spuckte einen Tabakkrümel von seiner Zungenspitze, schnaufte wegen der Hitze. »Jesus, man sollte meinen, die hätten inzwischen sowas wie 'ne Winde dafür, irgend so ein geniales Teil – einen kleinen Motor, eine halbe Pferdestärke.«

»Das hab ich denen schon vor fünfzehn Jahren gesagt«, sagte Eakind. »Damals war noch der alte Haverly der Obermacker. Der meinte aber, das würde die Wicklung auseinanderreißen.«

»Blödsinn. Die wollen nur kein Geld ausgeben, solange sie 'n Haufen Vollidioten haben, die das machen – starker Rücken, schwacher Wille. Hab ich recht, Ira? Das geht nur, wenn man zusammenhält.«

»Daß es so eng ist, kommt nicht oft vor«, sagte Burgess.

»*Fica stretta*, eh, Vito?« setzte Quinto noch einen drauf.

»Was zum Teufel meint er denn?« fragte Padget. »Ihr Itaker brabbelt immer so viel unverständliches Zeug.«

»Los, weiter«, sagte Eakind.

»*Fica stretta, gatzo duro*«, erklärte Vito.

»Häh? Was' das?«

Alle packten am Schwanz mit an.

»*Acqua fresca, vino puro* –« vollendete Quinto seinen Reim.

»Zieh! Um Himmels willen, zieh!«

»Oh, mein Kreuz! Hey, Red. Was zum Teufel wollt *ihr* denn hier?«

Nanu: Vor einem Moment noch nirgends zu sehen, waren einige Unbekannte aufgetaucht. Sie standen plötzlich am Ende der schmierigen Werkhalle, Männer in Arbeitskleidung, Männer, die man nur flüchtig kannte, wie man viele Kollegen in einem so großen Betrieb eben nur an ihrem Gang erkannte, eher daran, was sie machten, denn von Angesicht; daran, wie sie die Straße entlangkamen, kräftig die Arme schwingend, Papiertüte oder Lunch Box in der Hand; wie sie die Betriebs-

halle betraten in einem endlosen Pendelverkehr zu Arbeits-
beginn und Arbeitsende, wie sie gegen Feierabend bei der
Stechuhr palaverten, als würden sie ihr rauh und lautstark
huldigen, um von der Arbeit schnell nach Hause zu entkommen. Die meisten kannte man überhaupt nicht, abgesehen von
Red, dem schielenden Herrscher des Ersatzteillagers und des
Werkzeugs. Den kannte jeder: Red. Der flammendrote Red
mit seinem gemütlichen Job und ungefähr so irisch wie das
Schwein von Mrs. Maloney. Red hatte eine Gazette in der
Hand, die *Daily News* vom 23. August, und schien der An-
führer zu sein, der Sprecher der Männer, die sich um ihn ge-
schart hatten. »Hey, wie spricht man den Naam' hier aus?« Er
hielt die Zeitung hoch und streckte Ira die erste Seite entgegen.

»Vanzetti«, antwortete Ira zuvorkommend. »*Die da* werden
es dir bestätigen. Vito – stimmt doch, oder? Van-zet-ti.«

Vito sagte nichts, schaute nur – leicht obskur. Quinto
konnte nicht lesen, machte aber den Eindruck, als witterte
er eine gewisse Feindseligkeit. Was zum Teufel? Padget grinste, und der stämmige Eakind gab sich abwartend, während er
sich mit seinem dicken, eingerissenen Daumennagel über das
Kinn fuhr. Nur Burgess starrte Ira an – mit einem direkten,
fast abwehrenden Blick aus dunklen Augen. Was zum Teufel?

»Den nicht«, sagte Red. »Wie sagt man den anner' Naam'?«

»Den anderen?« Ira traute seinen Ohren nicht. »Jeder kann
den aussprechen. Oder meinst du das Wort 'hin-ge-rich-tet'
am Ende der Zeile?«

»Naain, das kenn' wer. Meine Kumpels hier nenn' den ersten Naam' immer ›Saycoh‹.«

»Ganz genaauu.« Red bekam Unterstützung von ein oder
zwei Leuten aus seiner Gruppe.

»Wir wolln wissen wie man das auf amerikanisch sagt. Du
gehst doch aufs College, oder nich'?«

Da wußte Ira, woher der Wind wehte. Man wollte ihm eins
auswischen. Aber wie? Er hatte das Gefühl, die anderen würden ihn umzingeln. Was zum Teufel konnte sich hinter dem
Wort »Sacco« verbergen? Er starrte auf die Schlagzeile in riesigen Blockbuchstaben: SACCO & VANZETTI HINGERICHTET. Die

schwarze Schreckensmeldung schien ihm förmlich ins Gesicht zu springen, war kaum zurückzudrängen. Vito fing an, finster zu schauen, Padget wieherte, Eakind tat so, als wolle er seinen blauen Wettschein aus der Tasche ziehen, kratzte sich aber statt dessen nur an der Brust, und Burgess machte ein hilfloses Gesicht.

»Könnt ihr das nicht selbst rauskriegen?« Ira wollte kneifen.

»Ich hab' doch schon gesagt, jeder spricht es anders aus. Nich' wahr, Feeny, oder?«

»Genaauu.«

Ira wußte, er saß in der Falle. Doch wie da herauskommen, was immer sie im Schilde führten? Den Sonnenstrahl hinauf-kraxeln und gleich wieder abwärts rutschen, direkt auf den weißgepuderten Zementsockel: Jakobsleiter. »Das ist doch ganz einfach«, sagte er und rückte etwas näher an Burgess heran.

»Ach ja, und wie?«

»Tsak-koo,« sagte er überdeutlich.

Und da brach die Lawine los. Reds Gefolgsmänner zogen plötzlich sechs fest zu Schlagstöcken zusammengerollte Zei-tungen hinter ihrem Rücken hervor, und schallendes Geläch-ter dröhnte los, als die Prügel niedergingen. »Zickzack-Zak-koo!« droschen sie auf Ira ein und gaben ihm ordentlich eins auf die Rübe. »Zacko-Zackoo!«

Den Arm über dem Kopf, um die Brille zu schützen, zog sich Ira mit verkrampftem Grinsen hinter Burgess zurück, war au-ßer Reichweite, aber erst, nachdem er schon ein Dutzend oder mehr harte Schläge abbekommen hatte. »Oh, das also steckt dahinter!« keuchte er.

»Genaauu.« Sie strahlten vor Schadenfreude: »Alles klar?«

»*Managia*«, murmelte Vito aus dem Mundwinkel heraus.

»Laßt uns gehen«, sagte Eakind; und zu den Radaubrüdern: »Na ihr? Wollt ihr uns vielleicht noch bei dem Kabel helfen?«

»Wier nich'. Das sieht zu sehr nach Arbeit aus.«

»Okay. Kelly wird jeden Moment hier sein und fragen, was das alles soll. Also Abmarsch.«

»Scheiß auf Kelly«, polterte Red. »Wir haben keine Angst vor dem.« Dennoch entschwanden sie in die Richtung, aus der sie gekommen waren. »Zackoo!« Sie schlugen sich mit den Zeitungsrollen auf die Handflächen, als sie den Gang entlangmarschierten. »Zacko-Zackoo!« Am Ende der Waggonreihen verschwanden sie um die Ecke.

»Tatsache ist doch« – murmelte Ira die ersten Worte durchaus hörbar vor sich hin, wie er es so häufig tat, wenn er irritiert oder in der Klemme war, daß die anvisierte Darstellung der zweiten Party, die er allein bei Edith besuchte, eine Antiklimax wäre. Alles Wichtige war schon gesagt: Die Geschichte lag offen vor ihm wie ein einseitig belegtes Sandwich und bedurfte nicht der trockenen zweiten Scheibe obendrauf. Er hatte sein Fett abgekriegt, damals im U-Bahn-Depot, einen Denkzettel, und damit war diese Sache erledigt und kontrastierte mit der kultivierten Cocktailparty bei Edith, bei der er vorher schon gewesen war. Die beiden Episoden ergänzten sich gegenseitig, hoffte er: befanden sich in einem dynamischen Gleichgewicht oder sollten es sein. Übrigens waren viele Leute von der ersten Party beim zweiten Mal auch wieder dabei – wie zum Beispiel der kleine untersetzte Rechtsanwalt. Lewlyn war wieder da sowie die junge, zarte, sommersprossige Philosophie-Doktorandin Amelia, die in der Wohnung neben Edith wohnte und ganz ruhig für sich allein dasaß und Ira einen verstohlenen Blick zuwarf, den er erwiderte. War sie, was man spröde nannte? Oder scheu? Oder blaß vom Studium? Oder… Was studierte sie? Philosophie: Platon, Aristoteles. Wie konnte sie nur soviel gewitzter sein als er? Damals, dieser Anfängerkurs in Philosophie, den er als Freshman besucht hatte, einer der wenigen, wo noch ein Platz frei war, als alle anderen Kurse an der Wandtafel schon ausgestrichen waren – was für ein Fiasko war Philosophie I doch gewesen. Er konnte einen Kategorischen Imperativ nicht von einem Gummibärchen unterscheiden. Hey, geh doch hin zu ihr und erzähl ihr das. *I Kant* – ooh, *mamma mia!* Tja, aber sie ist leicht zu haben. Das kannst du doch sehen, dein Hirn signalisiert es dir, aber: *you Kant.* Bei Ira mußte alles immer klammheimlich geschehen – erst mit Minnie, dann mit Stella – wie bei einem Unfall mit Fahrerflucht. Versaut, dieses offene, freie, natürliche Wesen – ach, wo zum Teufel war der Unterschied? Schau nur, die Juno-Louise, statt im Pfirsichrock in einem rosa Kleid, das ihr am Körper klebte von der Wade bis zum Tutu. *A vous tous-tous avez à vous?* Vulgär-Französisch. Das bedeutete »Wo tututs dir denn aweh?« – auf jiddisch.

Eine Antiklimax, sagte Ira sich. Die beiden Anarchisten waren mausetot, und die Geschichte schien die Zeit mit postmortalen Einzelfallanalysen zu markieren.

Ira fiel der kleine untersetzte Mann auf, Dalton, Rechtsanwalt von Beruf, wie er erfuhr, der gerade ein Glas von dem schwarzgebrannten Gin hinunterstürzte. »Ich finde den Tenor, die Botschaft, wenn man so will, unakzeptabel«, warf dieser lautstark ein, als es um Edna Millays Gedichte ging. »Total negativ und ziemlich verzweifelt. Der Tod der beiden Märtyrer hat den Kampf um freiheitliche Bürgerrechte noch nicht beendet. Es ist noch nicht vorbei.«

Und Louise, hochgewachsen, göttinnengleich und selbstsicher, antwortete: »Das ist vollkommen irrelevant. Es ist einfach ein schlechtes Gedicht.«

Was dem untersetzten Mann eine echauffierte Replik entlockte: »Eines haben Sie mir soeben klargemacht: Das Gedicht ist schlecht, weil es auf ihre Emotionen begrenzt ist.«

»Und wessen Emotionen wären Ihnen lieber gewesen?«

»Der Fall geht uns alle an. Er ist keine Privatsache«, fuhr Dalton fort. »Die Sache hat epische Ausmaße. Alle haben so hart an dem Fall gearbeitet und den beiden Männern so viele Opfer gebracht – manchmal sogar unter großem, persönlichem Risiko. Männer und Frauen aus allen Schichten von den Arbeitern der Bekleidungsindustrie bis hin zum Geschichtsprofessor.« Er wurde richtig leidenschaftlich. »Gelegentlich mögen wir wohl entmutigt sein, doch niemals demoralisiert. *Sie* ist es aber, Millay ist demoralisiert. Ich kann Ihnen versichern, das Samenkorn wurde nicht unter einer Wolke gepflanzt, wie sie es ausdrückt. Und auch nicht in sauren Boden gesetzt, wie sie es sagt. Und wir haben nicht unser Erbe verwirkt.«

Postmortale Einzelfallanalysen. Ira war deprimiert. Er wußte nicht recht, warum. Es war nicht nur die Hinrichtung von Sacco und Vanzetti: die machte ihn eher wütend als deprimiert. Vielleicht waren es seine eigenen Gedanken, seine immerwährende Selbstfesselung in dem, was er war. Bei der letzten Party hatte der Alkohol ihn vorübergehend befreit, aber selbst dann – man sieht ja, was dabei herauskam: er hatte in der U-Bahn angefangen, sich auszuziehen. Man stelle sich einmal vor, er hätte sich vor allen Leuten die Hose aufgeknöpft, ehe der Schaffner ihn wach rüttelte...

Nun ja, diesmal würde er nicht zulassen, daß der Fusel ihn überwältigte. Er hielt sich lange an einem Drink fest, nippte hin und wieder ein wenig und versuchte, sein Glas überhaupt zu vergessen, setzte es auf dem Fußboden ab, wenn seine Fingerspitzen eiskalt wurden. Ja, die Historie machte den Eindruck, als sei sie in Stücke zerbrochen, als wäre sie explodiert, und ein Zeitlupen-Schrapnell flöge herum in häßlichen, nicht identifizierbaren Überresten. Und doch hörte nichts wirklich auf – Tunney wollte immer noch immer wieder gegen Dempsey antreten, Chaplin wurde immer noch immer wieder geschieden. Die Zeitungen waren heute genau so voll davon wie damals, als er mit Schlagstöcken aus Zeitungen ordentlich eins auf die Rübe bekam: mein Kopf ist blutig, aber ungebeugt. Blödsinn. Vielleicht war bei ihm jetzt die Luft raus, weil er Mr. Kelly Bescheid gegeben hatte, daß er nächste Woche aufhören wollte. Das kam wohl noch hinzu. Er hatte es Burgess auch gesagt.

»Tut mir leid, daß du gehst«, sagte Burgess. »Wünschte, sie wären alle so wie du.«

Wer war das: »sie alle«? Geflissentlich überhörte Ira die Stichelei: die Juden natürlich, wer sonst. Da war für ihn alles aus. Bist ein netter Typ, Burgess. Du hattest dir gewünscht, wonach *er* sich sehnte – und hast es dann doch nicht umgesetzt. Du wußtest, es konnte nicht sein, und *du* wußtest, was du warst. Und Ira hatte sich so auf den Abend bei Edith gefreut. Er hatte sich von dem strenggläubigen deutsch-jüdischen Barbier in der Park Avenue einen Haarschnitt verpassen lassen, hatte sich gemütlich zu Hause gewaschen und geschrubbt, wobei keine geologische Exkursion den Nachmittag blockierte, denn alle seine Sommerkurse waren schon zu Ende. Er ging dann so langsam er konnte zur Kreuzung Lexington

Avenue und 116. Straße, dann weiter zum West Side Shuttle – ganz gemütlich, um nur nicht wieder ins Schwitzen zu geraten.

Ha. Angekommen. Vorgestellt worden. Hinein ins Zimmer kamen und gingen die Frauen, redeten von Bartolomeo... Die Gäste jetzt wie in Dämmerung getaucht. Wie angenehm der Wohnraum ohne grelles elektrisches Licht. Die Gäste wateten durch sepiafarbenes Zwielicht, mit dem Glas in der Hand, zweidimensionale Silhouetten bewegten sich wie Schatten, standen oder saßen lustlos um eine Urne herum, so konnte man sagen: eine Urne mit den Knochen der beiden Märtyrer, falls eure Phantasie so verrückt war wie seine. Wetten, daß er das schöne Halblicht noch in Erinnerung haben würde, lange nachdem er Sacco und Vanzetti schon vergessen hätte? Dieses schöne Halblicht: das Chiaroscuro des Nachmittags, und alle Figuren darin zweidimensional. Heitere Gedanken über Dinge, die nicht heiter waren, trieben in der Dämmerung umher, wenn man Sex mal einen Moment außer acht ließ – wie hatte *er* es genannt? Das Es? Dornen der Sonne durch die Ritzen des Glasdachs im U-Bahn-Depot, und der alte rote Bastard auf seinen Pfoten neben dir wie ein schlafender Hund. Sie kreuzigten sie nicht, sie richteten sie mit einem elektrischen Stromschlag hin, das hatte er gemeint; wenn er doch nur ein Dichter wäre... Kam Juno in alterndem Rosa daher – hier war eine Dichterin aus Fleisch und Blut und gertenschlank mit wunderschönen langen Beinen. Gefolgt von dem großen, netten Professor Berg, der sich gerade von John Vernon trennte. *Boy*, versuch doch, John Vernon, den Schwuli, der kein schlechter Kerl war, mit Larry zu verbandeln, den Edith vor nicht allzu langer Zeit noch zu retten versucht hatte: Larry, der *nicht* anwesend war, mit ihm, der anwesend *war*, und *boy*, stell dir das mal vor... Und jetzt auch noch Lewlyn, der zwischen Edith und der anderen Frau in England hin- und herschwankte – wie konnte er nur so etwas träumen? Das durfte er natürlich nicht, und dennoch tat er es; er sah seine eigene Zukunft mit der von Lewlyn schwanken. *Boyoboy* –

»O doch, es ist sehr wohl möglich – selbst bei den Verboten, die man als Puritaner beachten muß, vorausgesetzt, der Anreiz ist da.« Professor Berg erhob sein Glas.

»Albern zu sein?«

»Phantasievoll zu sein.«

Louise lachte ungläubig. »Sie und phantasievoll?!«

»Ja. Ich kann Sie mir gut vorstellen mit dunkelrot leuchtenden Nippelchen.«

Ira fühlte, wie seine Zehen sich zusammenkrampften.

»Berry, Sie müssen die halbe Nacht damit verbracht haben, sich das auszudenken.« Im ruhigen Sepia schaute Louise sich um, erfaßte die anderen Silhouetten. »Habt ihr das gehört? Berry wird anzüglich. Pfui, wie obszön.«

»Ich fand es eigentlich recht gelungen: Wie du mir, so ich dir. Ha-ha-ha!«

»O nein! Wie tief sind wir gesunken.«

»Ich glaube definitiv nicht, daß Longfellow ein moderner Dichter ist.«

»Das habe ich auch nicht behauptet.« Louise entfernte sich auf der Suche nach einem Aschenbecher, obgleich direkt neben Ira einer stand. »Ich habe doch nur wiederholt, was Tom Wolfe so spöttisch von sich gab. Unter Aussparung seiner zotigen Schimpfworte, allerdings. Warum hackt ihr so auf mir herum?«

»Weil er viel bedeutender ist als Sie. Und obendrein ein Mann. Ganz zufällig bin ich nämlich heterosexuell.«

»Das ist ja schön und gut, aber bei Ihnen beiden stimmt die Chemie nicht.«

Sie entfernten sich außer Hörweite, als Lewlyn den Raum durchquerte und sich neben Ira setzte. »Sie sind bis jetzt sehr still gewesen.«

»Ich habe zugehört.« Ira grinste schwach. »Um ehrlich zu sein: ich habe Angst – nach den Erfahrungen vom letzten Mal.«

»Aber wieso denn? Edith erzählte mir, wie eloquent Sie gewesen sind.«

»Ja, aber ich war danach auch fix und fertig. In der U-Bahn hab ich angefangen, mich auszuziehen.«

Lewlyn warf den Kopf zurück und lachte in das weiche Dämmerlicht des Raumes hinein. »Was Sie nicht sagen –«

»Ich hab erst damit aufgehört, als der Schaffner mich wach gerüttelt hat.«

»Und nicht, weil Sie Ihren Pyjama vergessen hatten?«

Sollte er nun antworten »Ich trage keinen Pyjama«? Ira ging mit sich zu Rate. Nein. Und sagte laut: »Nein.«

Lewlyns Lachen verebbte, er wurde ernst: »Ich wollte Sie mal fragen, was die Männer in Ihrem Betrieb zu den Hinrichtungen sagen.«

»Das haben sie mir nicht erzählt. Gee. Die eine Abteilung hat nichts gesagt. Die haben mich nur –« Er unterbrach sich, als er Edith kommen sah.

Lewlyn erhob sich – und verspätet, es fast vergessend, stand auch Ira auf.

»Oh, bitte nicht«, sagte Edith.

»Ich nehme den Klavierhocker«, sagte Lewlyn.

»Ich kann eh nur eine Minute bleiben«, sagte Edith. Sie sah, obgleich Lewlyn anwesend war, nicht so strahlend aus wie beim letzten Mal, sondern ernst, trotz des Funkelns ihrer goldenen Rubinohrringe. »Ist Berry nicht zum Schreien? Der arme Berry. Versucht mit allen Mitteln, seinen sittenstrengen neuengländischen Hintergrund aufzubrechen.«

»Wie war das mit Tom Wolfe? Was hat der gesagt?« fragte Lewlyn.

»Oh, der hat Berry neulich im Seminar angeschnauzt, über alle Tische hinweg, und ich würde mich nicht wundern, wenn Dr. Watt alle Ausdrücke mit den berühmten vier Buchstaben bis in sein Büro gehört hätte: ›Sie halten Longfellow immer noch für einen modernen Dichter.‹ Louise *mußte* ja Wind davon kriegen. Habe ich euch unterbrochen?«

»O, nein. Wir sprachen gerade über die Männer in Iras Betrieb. Ich wollte gerne wissen, wie sie auf die Hinrichtungen reagiert haben.«

»Ich hatte gerade angefangen zu erzählen, daß ich auf den Kopf geschlagen worden bin«, sagte Ira.

»Nicht möglich! Warum denn das?« fragte Edith.

Undurchdringliche Dämmerung schien die drei vor den anderen zu verhüllen. Was für ein unergründlicher Augenblick, als ob etwas Schicksalhaftes – aber Edith wartete auf eine Erklärung: »Sie brüllten ›Zackozackoo!‹ und verprügelten mich mit zusammengerollten Zeitungen, als ich ihnen sagte, wie man den Namen ›Sacco‹ spricht.«

»Ach du meine Güte!« sagte Edith.

Lewlyns Schweigen war es, das Ira offenbarte, wie es sich anfühlen mußte, Geistlicher zu sein – oder gewesen zu sein. Denn Lewlyn blieb unerschütterlich und ruhig, gefaßt und beherrscht. »Das überrascht mich nicht. Grausamkeit ist eine Form von Ignoranz und sucht immer nach einem Opfer. Diese Leute wissen es nicht besser, sie werden von den Mächtigen verleitet, von Leuten, die mit der Autorität eines Amtes sprechen. Ein Wunder, daß es überhaupt Leute gibt, die es besser wissen.«

Ira fühlte sich, als sei er sanft gescholten worden. Er spürte es, nicht sehr deutlich, aber als würde hier auf seine niederen Triebe angespielt. Nie könnte er so empfinden wie Lewlyn, der seine Demütigung – oder Entrüstung, je nachdem – mit Nächstenliebe verbrämte. Das also machte den Geistlichen aus?

»Ira, brauchst du vielleicht wieder einen Schluck Kaffee?« fragte Edith.

»Ja, aber heute abend habe ich kaum etwas getrunken. Danke.«

»Ich hasse es, Licht zu machen, aber gleich werde ich es doch wohl müssen. Lewlyn und ich würden dich gern etwas fragen.«

»Mich?«

»Lewlyn nimmt am nächsten Sonntag ein Schiff nach England. Glaubst du, daß du uns vielleicht zum Anleger begleiten könntest?«

»Sonntag? Sicher. Um welche Uhrzeit fährt denn das Schiff?«

»Spät, sehr spät«, sagte Lewlyn. »Nach Mitternacht.«

»Ach, das macht nichts. Ich hab sowieso schon gekündigt. Wenn ich will, kann ich Montag den ganzen Tag ausschlafen.«

»Das kann ich leider nicht.« Das Lächeln auf Ediths olivfarbenem Gesicht mischte sich mit der einbrechenden Dunkelheit. »Ich muß am nächsten Morgen unterrichten.«

»Richtig. Die zweite Hälfte des Sommersemesters.« In Ira wuchs das Gefühl, nicht ganz folgen zu können, irgendwie ratlos zu sein. »Wozu fährst du dann überhaupt mit?«

»Um mich von Lewlyn zu verabschieden. Der Punkt ist, er möchte nicht, daß ich ohne Begleitung zurück nach Hause fahre.«

»Oh, oh. Du möchtest auf jeden Fall mit zum Schiff.«

»Ja. Unbedingt.«

»Würden Sie das machen, Ira?« fragte Lewlyn. »Es wird ziemlich spät werden, bis sie wieder nach New York reinkommt. Und du bist dir ganz sicher, Edith, daß du es wirklich willst? Trotz deines Unterrichts am nächsten Morgen?«

»Der fängt nicht vor zehn Uhr an. Das ist doch alles längst entschieden, Lewlyn. Ich will auf jeden Fall.«

Ira meinte, in Ediths Tonfall eine leichte Veränderung zu entdecken, leicht, aber erregend, etwas, das ihn völlig kirre machte. Das Nachdenken darüber würde er erst mal verschieben müssen. »Ich gehe mit«, sagte er. »Wenn ihr das so wollt, sicher doch.«

»Ich würde es sehr begrüßen«, sagte Lewlyn.

»Ira, du bist ein Engel, daß ich dir so zur Last fallen darf.« Edith stand auf. »Ich werde es dir aufschreiben, damit du es nicht vergißt. Oder willst du mich noch mal daran erinnern? Oder vielleicht beides? Ich glaube, ich mache jetzt Licht an.«

»Denken Sie dran«, sagte Lewlyn, als Edith hinausging, »es ist Sonntag in einer Woche, nicht gleich morgen.«

»Ja, das habe ich mir gedacht. Gee, dann haben wir schon September – und Sie können es vorher noch hin und zurück nach England schaffen?« Ira gestikulierte. »Ich meine, ehe das College wieder anfängt?«

»Ich habe mit einem Kollegen aus meinem Seminar verabredet, daß er meine Klasse für ein paar Tage übernimmt – oh, was für ein Unterschied!« Lewlyn lachte trocken, als das Licht anging. »Interessant. Wir haben gar nicht gemerkt, wie dunkel es geworden ist – erst jetzt, wo das Licht angeht.«

»Ja.« Ira kam es so vor, als taumelten sie alle aus gnädigem Dämmerlicht in eine schonungslose, funktionale Wirklichkeit, die in diesen Mauern gefangen war: fließende Dämmerung, aus der nun konkrete Dinge und Menschen ausflockten: die sommersprossige, so schwammige Amelia und der große John Vernon und der kleine Boris und der große Berry und die große Louise und Edith mit einer riesigen Kaffeemaschine aus Aluminium – und einem aufgesetzten Lächeln.

Lewlyn schien noch bleiben zu wollen – ganz bewußt. »Wie waren denn diesen Sommer Ihre Noten?«

»Bis jetzt hatte ich nur C's. Aber morgen muß ich zu Hause noch einen Aufsatz für Politik schreiben. C's sind für mich schon ganz gut.«

»Und außerdem hatten Sie ja noch Ihre schwere Arbeit im Job zu machen«, schmeichelte Lewlyn.

»Nicht allzu schwer.« Ira ließ den Kopf hängen. »Schmutzig, das ja.«

Lewlyn erhob sich vom Klavierhocker. »Ich werde mal sehen, ob ich der Lady etwas helfen kann«, sagte er, und dann, zu Ira gebeugt, diskret: »Sie wird Ihnen ganz bestimmt noch mitteilen, wann und wo wir uns treffen. Wir müssen die Bahn durch den Hudson-Tunnel nehmen.«

»Ach ja? Stimmt überhaupt. Unter dem Hudson durch. Nach Hoboken.«

»Vom Bahnhof ist es dann nur noch ein kurzer Weg. Praktisch nur über die Straße, dann ist man schon an der Pier. Glücklicherweise.«

»Ach ja? Bin noch nie dort gewesen.« Ira machte sich Lewlyns momentan ruhige Phase zunutze. »Darf ich Sie etwas fragen, Lewlyn? Erinnern Sie sich vielleicht, wie Larry abgeschnitten hat? Ich habe ihn die ganze Woche noch nicht gesehen.«

Sympathisch, stark und hochgewachsen, in rötlich angehauchtem Tweed lachte Lewlyn in seiner jungenhaften Art kurz und exaltiert, bereitete Ira auf etwas Heiteres vor: »Ich bin ganz sicher, er hat sich amüsiert. Ich habe ihm nämlich ein A-minus gegeben.« Und lachte noch einmal. »Entschuldigen Sie, Ira, Sie finden das wohl nicht komisch?«

Heiße Luft. Ira fühlte, daß er eine Feder war, die in einem riesigen Zimmer, dessen Größe er nicht kannte, herumgetrieben wurde, ohne Kontrolle darüber, wo er anstoßen oder vorbeischrammen würde. Dennoch wußte er, daß die Strömungen von ihm selbst verursacht waren: Lewlyn nahm einen Dampfer nach England, und Ira begleitete Edith von der Pier nach Haus. Er konnte den Gedanken nicht länger verdrängen. Lewlyns Wahl, das wußte Ira, war getroffen worden ohne das Bedürfnis, sich auf Marcias Urteil oder Ratschlag zu berufen. Und Edith? Erkannte sie das an? Oder konnte sie sogar einsehen, daß Lewlyn diese Entscheidung treffen mußte? Alles, was für Edith in diesem enormen Windkanal existierte, waren die Strömungen, die Zephire und Orkanstürme der Tragödie, die sie als unvermeidlich ansah.

So weit, so gut. Nun lag es bei Ira. Keine Telekinese mehr, keine Telepathie mehr, kein maliziöses unterbewußtes Konspirieren mehr. Er mußte sein »Es« jetzt zum Handeln bewegen, mußte es dazu bringen, die Dinge umzusetzen, die er durch seine heimtückischen Wünsche möglich gemacht hatte. Wenn er nur die Reichweite, die Kräfte seines eigenen Atems kennte, der Larry von Edith wegblasen würde und Lewlyn gleich dazu, der ihm eine weite Schneise öffnen würde, einen breiten Korridor – hin zu etwas wie Erlösung, zu etwas, das ihn führen könnte aus seiner Fesselung.

Nun gib nicht mir die Schuld. Und gäbe ich meinen Leib und ließe ihn für die Armen brennen, wie Paulus sagt, und die Asche stiege aus dem Schornstein von Auschwitz, sie trüge immer noch die Handschrift des Grauens – hab ich recht, alter Maulwurf? Ecclesias, nie wirst du den Anker einholen können, der mit seinen Widerhaken im protozoischen, salzigen Schlamm des Meeresgrundes festsitzt, ganz gleich, wie stark die Ankerwinde. Alter Seebär, hab ich recht?

– Du hast recht. Aber du bist verrückt. Verrückt geworden über der Verwirklichung dessen, was die Wirklichkeit in dir aufgewühlt hat...

DRITTER TEIL

I

Zwei Tage nach der Party bei Edith, als der letzte Sommer seiner Studentenzeit allmählich zu Ende ging, starrte Ira auf die cremefarbene Wand in der Wohnung seiner Tante Mamie, wo schon die Vorbereitungen für die zehn Bußtage begonnen hatten. Es war die Jahreszeit, in der ein vager Dunst in der Luft das Ende des Sommers ahnen ließ; die orange-grauen Farbtöne der Dämmerung tauchten jetzt immer früher am westlichen Himmel auf, und kühlere Luft, vorläufig nur abends, sorgte dafür, daß die Pullover ganz oben in Moms Kleiderschrank wieder aus ihren Fächern geholt wurden. Im Bewußtsein, daß es sein letztes Collegejahr war, das jetzt begann, hatte ein Anfall von Traurigkeit seine Partystimmung gedämpft – vielleicht die Erkenntnis, daß die Tage seines Studentenlebens nun endgültig gezählt waren. Ira wußte, daß er heute einem Beruf, einer vernünftigen, ausgewogenen Geisteshaltung nicht näher war als am Tag, da er den Hörsaal des CCNY zum ersten Mal betreten und die Wandtafel angestarrt hatte bei dem Versuch, einen Studienplan für sich zu erstellen.

Ira nahm die letzte der vollgetippten Seiten aus der Maschine, stand auf und machte in der kleinen stickigen Schlafkammer, die Mamie für sich als Hausverwaltungsbüro eingerichtet hatte, das Licht aus. Sollte er die getippten Seiten nun, wo er fertig war, rollen oder falten, überlegte er – beschloß, sie zu falten und in der Innentasche seines Jacketts mit nach Haus zu nehmen. Er zerknüllte die Notizen, an denen er sich den ganzen Nachmittag entlanggeschrieben hatte, die vollgekritzelten Seiten losen Schmierpapiers, und warf sie in den Papierkorb. Es war vollbracht. Die Hausarbeit seines zweiten Sommersemesters behandelte die neuen Einwanderungsquoten und ihre Auswirkungen auf die Beschäftigungszahlen der Vereinigten Staaten.

Das Sonnenlicht dieses Nachmittags im Altweibersommer, das noch hell geleuchtet hatte, als er sich an Mamies altertümliche, verdreckte »Underwood« setzte, war längst hinter dem einzigen Fenster des Schlafkammerbüros zu aschiger Dämmerung verblaßt. Eine Ewigkeit, so schien es, hatte er auf der Schreibmaschine herumgehackt, hatte seine Fehler ausradiert und geflucht und wieder radiert. Als er sich dem Ende näherte, stellte sich etwas von dem Fingersatz wieder ein, den er dieses Jahr in Mr. Hoffmans Schreibmaschinenkurs lernen sollte, aber sehr vernachlässigt hatte. Inzwischen hatte sich sein Tippen sehr verbessert. Er erinnerte sich, wie Mr. Hoffman ihm eins auf den Kopf gegeben hatte, weil er zu faul war, beim Radieren ein Stück Papier unterzuhalten, um die vom Radiergummi abgeriebenen Krümel aufzufangen, damit diese nicht in die Maschine fielen. Ach, was soll's. Er hatte den Kurs hinter sich und seine Arbeit fertig abgetippt. Eine ausgebildete Schreibkraft hätte es vielleicht in einer Stunde geschafft, jedoch, wer konnte sich das leisten. Wie hätte er seine Semesterarbeit auch nur im entferntesten der Dienste einer professionellen Stenotypistin für wert erachten sollen. Ira hatte sogar überlegt, Minnie zu bitten, doch nachdem sie so wankelmütig geworden war, immer so schnell wütend auf ihn wurde, dachte er, wozu sie belästigen. Auch bei Larry hatte er anfragen wollen, ob es denkbar sei, die Dienste seiner Schwester, einer Privatsekretärin, in Anspruch zu nehmen. Sie war zuverlässiger als Minnie und hatte auch Larrys Kurzgeschichte *The Graveyard* abgetippt. Doch dann hatte ihn der Gedanke, seine Ungeschliffenheiten und womöglich seine embryonalen politischen Ansichten preiszugeben, davon abgehalten, diesem ersten Impuls zu folgen: Er hatte sich vorher nicht klargemacht, bis zu welchem Grade der simple Akt, selbstverfaßte Worte zu Papier zu bringen, die eigene Persönlichkeit auf den Prüfstand stellte. Nein, er würde das lieber selbst erledigen, in der Abgeschiedenheit des Alleinseins mit sich selbst.

So hatte er denn den ganzen langen Sonntagnachmittag bis in den frühen Abend hinein, von dem Moment an, da er nervös vor der dunklen, metallbeschlagenen Wohnungstür im ersten Stock des Apartmenthauses in der 112. Straße haltgemacht und den schwergängigen Klingelschlüssel aus Messing gedreht hatte, viele Stunden lang in dem Büro geschuftet. Als Ira die Wohnung betrat, war auch Mom gerade dort. Sie machte ihrem Vater, dem Sejde, einen Besuch und war überrascht, ihren Sohn zu sehen, der nach Worten der Begrüßung den Zweck seines Erscheinens erläuterte.

»Sonst ist er immer so hilflos«, sagte Mom in ihrer liebevoll herablassenden Art zu den anderen. »Nur das hier zieht er ohne Einschränkung durch. Das ist – irgendwie neu.«

»Ich versuche eben, gute Noten zu bekommen, darum«, erklärte Ira nachdrücklich. »Und ich habe nur noch heute. Morgen muß ich abgeben. Ist es gestattet, daß ich deine Schreibmaschine benutze, Mamie?«

»Mit Gesundheit«, lautete ihr kurzer Segen für das Unterfangen. »Papier liegt bei den Quittungsblöcken und den Klempnerrechnungen, gleich neben dem Stapel für die Speisekarten, die Stella mir immer für die Cafeteria tippt. Du darfst gern davon nehmen, wenn es dir nützt.«

»Und ob es mir nützt. Danke, Tante. *Nu*, Sejde, *wus macht sich?*«

»Man schlägt sich so durch«, antwortete der alte Mann – recht unglücklich, was vorauszusehen war, »wie es einem so geht – ohne Zähne, mit wertlosen Knochen und, was am schlimmsten ist, ohne Augenlicht. Solche Wolken habe ich vor den Augen. Als ob ich mich in ewigem Nebel bewege. Und dann sagt mir der Arzt, ich müßte in ein gojisches Krankenhaus, um meinen Zustand zu heilen.«

»*Tate*«, beruhigte Mamie ihn schnell. »Dort gibt es auch einen Rabbi, der darauf achtet, daß deine Mahlzeiten koscher sind. Das garantiere ich dir.«

»Ein Rabbi zwischen lauter Nonnen«, sagte der alte Mann verzweifelt. »*Nu*, wie der Allmächtige es will, Er sei gelobt, so möge es geschehen.« Und zu Ira: »Das Alter ist eine Gnade, mein Sohn. Willst du wissen, für wen? Für den Erdboden.«

»Es tut mir leid, Sejde.«

»Geh schon, geh und schreib«, drängte Mom.

Noch mehr Anstoß brauchte Ira nicht. Er verließ das vordere, das Wohnzimmer, ging den langen Flur entlang, in das erste Zimmer gleich neben der Wohnungstür, Mamies Büro. Er setzte sich in einen Sessel, legte seinen mit Bleistift geschriebenen Entwurf auf den mürbe gewordenen grünen Filzbelag des alten Rollpults und fing mit der Übertragung der

Handschrift in die Maschine an. Die Zeit verging, eine Stunde oder zwei. Mom verabschiedete sich – kam zuerst noch in das kleine Büro, um Ira auf Wiedersehen zu sagen, nicht ohne ihm mitzuteilen, daß Mamie morgens einen Topf voll Pirogen zubereitet hätte, so viel, daß es genug und aber genug für alle war. »Und sei nicht schüchtern«, fügte sie hinzu. »Sie reicht sie dir liebend gern mit Sauerrahm.«

»Aah.« Das Wasser lief ihm im Mund zusammen. »Danke, daß du's mir gesagt hast, Mom.«

»Mein stattlicher Sohn«, sagte sie im Hinausgehen.

»'Bye, Mom«, sagte er und hämmerte lustlos auf die Tasten. Mamies Töchter kamen nach Haus: die gelenkige Hanna mit dem feuerroten Haar, von beiden die jüngere, in einem fort vorwitzig herumtänzelnd und schnatternd, permanent in Bewegung; und Stella, im Vergleich zu Hanna eine kleine Tonne, obwohl nur mit Babyspeck gesegnet; sie wirkte ziemlich phlegmatisch, was sie eigentlich nicht war, denn sie galt als gute Tänzerin. Ihr Auftreten und die unglückselige Wirkung, die sie nach außen hin hatte, wurden von der Mutter schlicht für bare Münze genommen, was wiederum negative Rückwirkungen auf die Tochter hatte. Es minderte drastisch deren Selbstachtung, und Ira genoß derzeit schamlos den unsäglichen Profit, den er aus dieser geschwächten Selbstachtung zog, die leicht zu habende Befriedigung, die ihr gedemütigtes Selbstwertgefühl ihm gewährte. Wenn das keine Ironie war. *Oh, boy!*

Um den schnellen, vorschnellen Sticheleien ihrer jüngeren Schwester, Hannas schlagfertigen, abwertenden Seitenhieben zu entgehen, verbrachte Stella viel Zeit mit Lesen. Sie las exzessiv, wahllos und ohne Geschmack, jeden neuen populären Roman, der in der öffentlichen Leihbibliothek auftauchte, jede neue Liebesgeschichte, die sie in die Finger bekam. (Tatsächlich hatte er in seiner Geilheit einst in der Bibliothek nach ihr gesucht, um sie nach Hause abzuschleppen.) Komisch, daß sie nie Geschmack entwickelte. Aber musikalisch war sie – mußte nur ein paar Sekunden eine bekannte Tanzkapelle im Radio hören und wußte schon, welche es war. Irgendwie verkehrt, irgendwie verunglimpft, irgendwie verkümmert. *Und seine*

Beute! Blonde, runde, *saftige* Stella, seine Beute, seine definitive, summarische Fickadresse. Hier gab es kein Zögern, keine Edith, kein subtiles Geplänkel, keine leeren Blicke, die auf seinem Hosenladen ruhten, keine Freundschaft. Eine Minute, während sie neben ihrer plappernden, flatterhaften Schwester stand, brannte er, brannte. Aber verdammt, keine Chance. Und seine Semestcrarbeit *mußte* er heute fertig kriegen. Vielleicht sollte er sich einen runterholen, ins Bad gehen und es hinter sich bringen. Nein. Brenne, Bastard, brenne. Weitertippen, bis du fertig bist. Glücklicherweise blieb Stella draußen, nur Hanna kam in die Kammer gehüpft, um neugierig herumzuschnüffeln, womit ihr Cousin beschäftigt war. »Was ist denn das: Quoten?« wunderte sie sich lautstark. »Warum schreibst du nicht eine andere Geschichte?«

»*Bye-bye,* Quasselstrippe. Ja, darüber muß ich fürs College schreiben. Quoten, Einwanderer, Arbeiter, Grünschnäbel. Ich arbeite an meiner Semesterarbeit.« Mit einer überheblichen Handbewegung entließ er sie.

»Akademisch, akademisch«, hüpfte Hanna hinaus und schnippte mit den Fingern, während ihre Schwester ihr ausdrucksloses Lachen lachte. »Ja, wir sind Akademiker, nichts für kleine Kinder. Alles klar?« Ein Liedchen auf den Lippen, gingen die Schwestern den Gang hinunter und überließen ihn sich selbst, vergaßen ihn und sein Tippen.

Dreimal hatte er ganze Seiten oder Teile davon völlig neu tippen müssen, zweimal, weil seine Einfügungen und Streichungen so zahlreich waren, daß sein Ausixen wie Kraut und Rüben aussah, und einmal, weil er durch seine Abweichung von der Vorlage am Ende keinen plausiblen Anschluß an den Text mehr fand. Die Abschweifung mußte er also zurücknehmen und einen neuen, originalgetreuen Anlauf machen. Endlich hatte er es geschafft. Vor der Vorlesung würde er noch einmal draufschauen, das abgetippte Manuskript ein letztes Mal überprüfen, ehe er es abgab. Er stand auf und verspürte einen leichten Krampf in der Bauchregion, ließ einen Wind abgehen, klopfte den Inhalt seiner Pfeife in den angeschlagenen Suppenteller, den Mamie ihm als Aschenbecher gegeben hatte. Dann knipste er die Deckenleuchte aus und ging über den langen Flur in die Küche. Die Küche lag vor dem von Wandlampen erleuchteten Vorderzimmer. Alle anderen Zimmer, die Schlafräume, gingen direkt vom Flur ab – bis auf zwei: Um ins Schlafzimmer von Mamie und Ehemann Jonas zu gelangen, mußte man durch die Küche, und Stellas Zimmer war nur durch das Vorderzimmer zu erreichen. Er fühlte sich erschöpft und leer. Er konnte sich nicht vorstellen, genügend Interesse an einer Runde Sex mit Stella aufzubringen, selbst wenn ihm die Gelegenheit dazu auf einem Silbertablett präsentiert würde. Das stärkste Gefühl, das er an sich wahrnahm, war Ausgelaugtsein; sogar seine Atmung, das Heben und Senken des Brustkorbs schien ihm schwerzufallen. Alles, was er wollte, war Mamie danken, dem Sejde Lebewohl sagen und ab nach Haus. Er hatte noch nicht einmal Hunger, obwohl er genau wußte, daß er zu Hause tüchtig reinhauen würde, egal, was Mom ihm vorsetzte, wenn er den Heimweg über acht Straßen erst einmal hinter sich hätte. Merkwürdig: Er hatte sich über einen zufälligen Tippfehler amüsiert: In der Eile hatte er »stud« getippt, wo eigentlich »study« hätte stehen sollen. »Stud«, zum Beispiel Ständer oder Pfosten bei der Installation von Wasserleitungen in Holzhäusern, verlor seine weitergehende, assoziative Bedeutung von Deckhengst, Virilität und Sex durch das simple, korrigierende Anhängen eines einzigen Buchstabens: des »y«. Ähnlich war es ihm ergangen. Wo war der Sejde?

Dessen kleiner, nackter, freudloser Schlafraum, das nächste Zimmer neben dem Büro, war leer. Wo war der Sejde?

Ein paar Schritte den Flur hinunter, und Ira konnte vermuten: der Sejde hielt sich hinter dem drahtverstärkten Milchglasfenster der Badestube auf, beleuchtet, wenn besetzt. Vor sich, am anderen Ende des Flurs, im Vorderzimmer, sah Ira jetzt Hanna und Stella die neuesten Tanzschritte einstudieren – zu leiser Musik aus dem Überlagerungsempfänger in der neuen, jüngst erworbenen Musiktruhe der Familie. Er hörte, wie in dem dunklen Schlafzimmer hinter der hell erleuchteten Küche ein Fenster geschlossen wurde. Mamie trat heraus, klein, korpulent, fast so breit wie die Tür.

»Hallo, mein Junge«, sagte sie herzlich. »*Nu*, hast du Erfolg gehabt?«

»Ja. Danke, Tante. Ich denke schon.«

»Und das Maschinchen? Hat es dich gut bedient?«

»Besser als ich es bedient habe. So viele Fehler.«

»Es war das erste Mal, seit ich sie gebraucht an der Tür gekauft hab – von so'm *schiker*, der von Haus zu Haus geht – und nur der Herr im Himmel weiß, wo der sie aufgegabelt hat. Das erste Mal, daß ein Collitch Bhoy sie benutzt hat für seine Collitch-Arbeit. Wer hätte gedacht, daß sie mal so zu Ehren kommt. Bis jetzt sind nur Speisekarten darauf geschrieben worden. Gojische Speisen: Schweinekotelett, Schinken, alle so was. Hin und wieder etwas Jüdisches, aber *treif*, weißt du, sogar bei jüdischem Essen: *schof*, Kartoffel-*latkes*, Borschtsch.«

»Ach ja?«

»Und wenn nötig, manchmal eine Räumungsklage, wenn du verstehst. Stella füllt mir die Formulare mit der Maschine aus, wenn ich den Portorickies eine Räumungsklage schicken muß. *Aj*«, stöhnte sie, »selten, selten. Ich mag nicht den Kummer der armen Leute noch vermehren. Aber als Dank für dein Mitgefühl spielen sie dir dann oft noch einen bösen Streich: mitten in der Nacht stehlen sie sich davon, mit all ihrem Hab und Gut. Das spart uns dann die Gerichtsverhandlung.« Sie hielt einen Lappen unter den messingfarbenen Heißwasserhahn, machte ihn naß, drückte ihn aus und wischte die Emaillefront der Spüle ab.

»Hast du diese Portorickies schon mal näher kennengelernt? Wer hat schon mal von ihnen gehört? Ein seltsames Volk.« Sie wandte ihr Gesicht Ira zu. »Setz dich mal.«

»Mamie, ich wollte mich nur schnell verabschieden, das ist alles. Es ist schon nach acht. Und danke für die Schreibmaschine.«

»Und der Sejde? Willst du ihm nicht auf Wiedersehen sagen?«

»Das hatte ich vor.«

»Setz dich, setz dich. Jede Minute, die du mit ihm sprichst, ist eine *mizwa*.«

Ira setzte sich, widerstrebend. »Aber er ist im Bad.«

»Eine Minute, nur eine Minute.« Sie warf den feuchten Lappen auf die wachstuchbedeckte Platte über den Waschwannen und wischte, indem sie ihr fleischiges, nüchternes, slawisches Gesicht unter dem hohen mausgrauen Dutt darüberbeugte, die grün-weiß gemusterte Fläche ab. »Was kann man schon für einen Mann tun, der nicht mehr leben will? Ihm tun die Schultern weh. Er kann nichts mehr sehen. Die Hüften schmerzen. Und seine Füße. *Nu* - meine allerdings auch. Und ich renne zweimal am Tag für ihn – jeden Tag, außer am *Schabbes,* und hole ihm frische, knusprige Eierplätzchen, jeden Morgen frische Brötchen und ein Achtel süße Butter. Nichts gefällt. Nichts erntet Dank. Weder meine Suppe, meine Kalbskoteletts noch mein Frikassee oder mein Strudel. Weder Milchiges noch *parwe,* noch Fleischiges. Was soll man da machen?« Sie legte den grauen Lappen zusammen und ließ ihn auf der Abdeckplatte liegen. Dann setzte sie sich nieder, schwerfällig. »Haach!« stöhnte sie dabei laut und vernehmlich. Ich kann dir sagen, sein Leben ist ihm zu früh sauer geworden. Er war knapp dreißig, und Lea, deine Mutter, die war schon ein großes Kind, Genya, die nächste, wieder ein Mädchen, ich war noch klein und Ella gerade geboren – vier Töchter! Er hat eine verzweifelte Zukunft vorausgesehen. Irgendwie mußte er ein Vermögen verdienen. Allein schon die Mitgift für so viele Töchter, *oj,* woher nehmen, wenn nicht stehlen? Zufällig wußte er, daß sie in den Wäldern des Grafen Tatewsky Bäume fällen wollten, für Bauholz, ganz in der Nähe seiner Wohnung, in den Bergen, in den Karpaten. Dein Onkel Morris hat dort auch eine Zeitlang gearbeitet.«

»Ich weiß.« Entzückt fügte Ira hinzu: »Er hat mir selbst erzählt, er hätte einmal den Bleistift verloren, den er zur Markierung der Sägeabschnitte brauchte. Da hat er sich den Finger aufgeschlitzt und so die Stämme markiert.«

»*Take,* typisch Mojsche.« Mamie faltete ihre dicken Hände über ihrem Wabbelbauch. »›*Nu*‹, hat sich der Sejde gedacht, ›der Graf wird Hütten brauchen für die Holzfäller. Und womit schließt man die Ritzen bei einer Hütte? Mit Mörtel, mit Mörtel aus Kalk.‹ Sein kleines Geschäft würde das Nötige liefern.

Mit seinem ganzen Geld und einigem geborgten bestellte er drei riesige Wagenladungen Kalk – drei gleich! Und *gojim* mußten sie ankarren. Und hätte der Allmächtige nicht eine Sintflut vom Himmel geschickt, daß die Räder im Sumpf stekkenblieben – eine Sintflut, sage ich dir, Stunden um Stunden. Und der Kalk, *freg nischt*, wertlos wie ein Fluch. Danach suchte der Sejde Zuflucht im Talmud. Kümmerte sich kaum noch um den kleinen Laden. Minka hier, Minka da, so rief er dauernd nach der Bobe, möge sie in Frieden ruhen bis in alle Ewigkeit. ›Minkele komm, der *goj* will Kerosin. Die Schickse braucht ein' halben Zuckerhut.‹ So ging das immerfort. Weißt du eigentlich, daß die Bobe ihn einst herzlich liebte? Doch ganz allmählich hat seine Selbstsucht ihre ganze Hingabe abgewürgt.«

»Ach ja?«

Mit dem Handballen drückte Mamie ihre Stupsnase noch weiter nach oben. »Es ist tatsächlich so. Er kommt sicher gleich aus dem Bad.«

»Wer ist da? Wer redet da? Das ist doch nicht der Sejde.« Hannas Stimme übertönte die des Rundfunkansagers. »Wir hören da immer jemanden sprechen.« Einen Augenblick später erschien ihr geschmeidiges, rotschopfiges Figürchen in der Küchentür. »Oh, du bist es. Unser College-Cousin. Bist du fertig?«

Stella war nicht weit hinter ihr. »Natürlich ist er fertig. Das sieht man doch. Jetzt muß er mit Mama tanzen.«

»Immer so ernst. Mit den Gedanken woanders. Bei etwas Wichtigem, bei etwas Hochintellektuellem«, sagte Hanna mit gewohnter Unverschämtheit. »Jetzt hast du getippt und getippt und getippt. Jetzt kannst du auch mal tanzen. Warum tanzt du nicht?«

»Ich tanze eben nicht.«

»Willst du nicht, oder kannst du nicht?«

»Beides.«

»Ach komm, wir bringen es dir bei.«

»Ich sagte: beides.«

»Oh.«

»Soll ich dir sagen, warum?« Stella glitt neben ihrer Schwester durch die Tür. »Er will nicht, weil er nicht weiß, wie es geht.« Sie näherte sich Ira, schob kokett eine Schulter vor. »Und er weiß nicht, wie es geht, weil er keine Lust hat. Er ist zu intellektuell, unser College-Mann.«

»Wenigstens Walzer«, wollte Hanna ihn locken. »Das ist so ein leichter Schritt. Komm schon, wir brauchen einen Partner.«

»Das stimmt, einen männlichen Tanzpartner.« Stella lehnte sich an ihn. »Wir brauchen immer einen männlichen Partner, weil der Sejde nicht erlaubt, daß wir einen mit nach Hause bringen. Für den Sejde dürfen Männer nur mit Männern tanzen. Und Frauen dürfen nur den Tschardasch tanzen, auf Hochzeiten, wenn viele Leute dabei sind.« Sie kicherte, lehnte sich noch schamloser an ihn, stützte sich mit Moschusschwere auf seine Schulter. »Wenn er dich mit uns tanzen sieht, kann er nichts sagen. Wir sind immerhin Verwandte ersten Grades.« Strahlend richtete sie sich wieder auf. »Es bleibt in der Familie.«

»Nein!« Ira schreckte zurück.

»Wie kannst du nur so selbstsüchtig sein?« schimpfte Hanna. »Die eigenen Cousinen. Es wäre so toll. Du müßtest uns nur im Arm halten, das ist alles.« Ein wenig taktlos mokierte sie sich über ihn: »Ach, hörst du nicht? Hör doch mal zu, ist die Musik nicht traumhaft! Komm schon. Ehe der Sejde wieder erscheint, nur einmal um den Wohnzimmertisch schweben.«

»Das ist nicht fair«, sagte Stella und gab ihm einen kleinen Schubs; sie fühlte sich stark hinter der offensichtlichen Harmlosigkeit ihrer seduktiven Quengelei. »Männer dürfen immer auffordern, wenn sie wollen. Wir Mädchen müssen warten. Wenn wir die Jungs wären, und du wärst unsere Cousine, dann müßtest du jetzt warten. Dann würdest du mal sehen, wie das ist.« Zur Unterstützung des Gesagten gab sie Ira wieder einen Schubs.

Mamie amüsierte sich königlich, und ihre Pfunde wackelten beim Gekasper ihrer Töchter. »Laßt ihn leben, ihr nichtsnutzigen Rangen. Er hat eben mehr im Kopf als tanzen. Zum Tanzen ist er nicht hergekommen.«

»Nein, er ist gekommen, um seine Semesterarbeit zu tippen, seine College-Arbeit«, spottete Hanna schroff. »Über Quoten. Kein geringerer als ein College-Mann.«

»Ich gehe jetzt wohl besser.« Ira wandte sich ab.

»Aufhören, ihr Mädchen«, tadelte Mamie. »Er wartet auf den Sejde. Warum der wohl nicht wiederkommt? Geht, geht zurück zum Radio. Und macht es mal leiser. Ich wünsche keinen Streit. Der Sejde geht bestimmt bald ins Bett.«

»Oh, immer der«, tönten die Schwestern in aufgebrachtem Unisono. »Immer geht es nur nach ihm.«

Dann Stella allein: »Wenn du denkst, er ist schon lange im Bad, dann solltest du mal am Freitag hier sein, *erew schabbes*. Bis der gebadet, sich die Nägel geschnitten und jeden einzelnen abgeschnittenen Fußnagel wieder aufgesammelt hat! Gott verbietet, daß die Ratten sie fressen, er könnte sonst *plotzn* –«

»Tu mir einen Gefallen, Tochter – alle beide. Raus mit euch.«

Schmollend entfernten sich die beiden in Richtung Vorderzimmer.

»Und macht das Radio leiser«, rief Mamie hinter ihnen her. »Auch wenn es jetzt nicht mehr auf Batterie läuft, es zieht Strom, es kostet. Hört ihr wohl?«

»Ja-haah«, kam es breit und widerwillig.

Mamie seufzte – und gähnte. »Den alten Mann versorgen, auf meine Töchter aufpassen, sie in wahrer Jüdischkeit erziehen, den *glatt* koscheren Haushalt führen. Und *zwei* Mietshäuser mit Wohnungen am Hals.« Bei *zwei* hielt Mamie ein »V« aus dicken Fingern in die Luft. »Dann mein Bruder Saul mit seiner ewig schlechten Laune. Dank Gott ist er nicht mehr mein Geschäftspartner. Er dachte wohl, ich hätte sonst nichts zu tun, als die Miete zu kassieren. Wenn der mich noch mal Hurentöchterchen nennt, dann spucke ich ihm ins Gesicht. Für die Bank bin ich jetzt die Managerin der Häuser. Was kann ich noch mehr tun, als ich schon tue? Nichts. Aber die Miete hab ich umsonst.« Ihre schweren Arme ruhten auf dem Tisch. »Die Nachbarschaft wird mehr und mehr Portorickie: Man muß sie nur zu nehmen wissen, und ich kann das. Ich behandle sie wie Menschen. Was sonst sind sie denn?

Ich habe keine Angst, hier mit Portorickies zu leben. Andere Juden fürchten sich. Sie ziehen weg. Alle warnen mich, auch Jonas, mein Ehemann: Geh nicht durch den Hof von einem Haus ins andere, sagt er, wenn du die Miete kassieren willst. In *Der Tag* hat er gelesen, daß sie eine Vermieterin überfallen und ihr das ganze Geld entrissen haben. *Nu*, die weißen *gojim*, diese Iren, die machen so was doch auch. Ich habe keine Angst.«

»Nein?«

»Ich fürchte nur eins. Ich fürchte den Allmächtigen.«

»Ach ja?«

»Nur Ihn.«

Ihr schlichtes Bekenntnis war anrührend, zeugte von einem Glauben, der Ira längst abhanden gekommen war, der aber Reste einer Resonanzfähigkeit in ihm hinterlassen hatte. Das neue Radio produzierte weiche Klänge, eine bekannte Instrumentalnummer – Charleston, Black Bottom, Jazz, wer wußte es? Stella war weit weg, im Vorderzimmer. Sie war jetzt neutralisiert, während er einfach nur in der Küche herumhing, nichts weiter. Er grinste in sich hinein – und über Mamie, seine fettleibige Tante, die zu dick war, um die Beine übereinanderzuschlagen, eine Drangtonne, des Glaubens voll. Das gab ein seltsames Bild, ein Muster, gewebt zwischen ambivalenter Kette und sardonischem Schuß. Und der Sejde, die Gestalt im Badezimmer, die er fast schon vergessen hatte, das Bad, das vom Flur abging und dessen Tür sich jetzt öffnete, endlich –

»Da kommt er«, verkündete Mamie.

»Wird er hier hereinkommen?«

»Nein, er geht direkt in sein Zimmer. Er müßte schon in Unterwäsche sein.«

»Dann ist es schon spät«, äußerte Ira seine Bedenken. »Oder nicht?«

»Geh und schenk ihm ein paar Minuten«, bettelte Mamie. »Sein Leben ist so bitter. Er ist fast blind. Und das bißchen Sehkraft, das ihm noch geblieben ist, wird er bald unterm Messer aufs Spiel setzen.«

»Also gut.« Ira erhob sich, runzelte entschlossen die Stirn.

»Es ist wahrlich eine *mizwa*, was du da vollbringst«, drängte Mamie. »Sein ältester Enkelsohn, und noch dazu gebildet, ihn zu trösten in seiner Einsamkeit, in seinen letzten Jahren.«

»Ich weiß gar nicht, ob ich das kann.«

»Du kannst, du kannst. Schau hinterher noch mal bei mir rein und verabschiede dich.«

»Bin gleich wieder da.« Die Abschiede von Mamie zahlten sich für gewöhnlich aus, obwohl er einstweilen ganz gut bei Kasse war – dank Edith und seinem soeben beendeten Sommerjob bei der IRT. Ira betrat die Schwelle. Zur einen Seite, in Richtung Wohnungstür, sah er das grelle Licht aus des Sejdes Schlafzimmer auf den schmalen Korridor fallen; zur anderen Seite sah er durch die Tür zum Vorderzimmer: Stella, die am großen Eßtisch eine Zeitschrift las, die blond war und drall, dumpfes Opfer seines plötzlichen Anfalls von Brunst. Das hatte er noch nie erlebt, einen zweiten Wind, irgendwie erotisch bedingt; so lange hatte er noch nie warten müssen, hatte noch nie die Zeit, die er hier verbrachte, als Warten angesehen, bis er sie jetzt... Aber es ging sowieso nicht. Sie tauschten Blicke unter den Klängen von Saxophon und Kesselpauke. Bemerkenswert, ja fast unglaublich, daß sie sich in so jungem Alter so vollkommen unbeteiligt verhalten konnte und es doch gar nicht war; daß sie so vollkommen gleichgültig erscheinen konnte und es doch gar nicht war. Himmel, bis jetzt war alles gutgegangen, er war ruhig geblieben. Er sollte unbedingt versuchen, so zu bleiben. Sein Wochenende war schon erschöpft – im Gegensatz zu seinem *weichen Ende*. Er schleppte sich zum Zimmer seines Großvaters.

In Hausschuhen, ausgebeulten, zerknitterten Hosen und einem langärmeligen Unterhemd, das schwarze Gebetskäppchen auf dem ergrauten Haar, den Rücken zur Tür gewandt, schüttelte der Sejde die uralten Kissen auf, Familienstücke, in denen schon seine Vorfahren geruht hatten.

»Ich bin gekommen, dir gute Nacht zu sagen, Sejde.« Iras Gesicht spiegelte zerknirschte Ehrerbietung. »Ich habe ja noch kaum ein Wort mit dir gesprochen.«

»Wer ist das?« Ein gedrungener Mann von Ende Sechzig mit dickem Wanst, der Haltung und den schlaffen Flanken

eines Greises: der Sejde wandte sein graubärtiges Gesicht –
und blinzelte. Zugegeben, er hatte auf beiden Augen grauen
Star, aber als eingefleischter Hypochonder, der er war, ließ er
keine Gelegenheit aus, seine Leiden übertrieben darzustellen.
»Oh, Leas Sohn. Bist du noch da?«

»Ja, ich habe noch mit Mamie geredet.«

»Deine Mutter war heute nachmittag hier.«

»Ich weiß. Sie hat sich von mir verabschiedet, als sie ging.«

»*Nu*, komm rein und setz dich.«

»Ich kann nur eine Minute bleiben. Es wird langsam spät.
Ich halte dich nur auf.«

»Dann kann ich um so besser schlafen. Was macht dein Studium?«

»Wie immer, Sejde. Nicht so richtig gut.« Ira wiegte humorvoll den Kopf hin und her, wollte das Gesagte dadurch
verharmlosen.

»Dann mußt du dich noch mehr anstrengen, sosehr du nur
kannst«, riet der alte Mann. »Du schuldest deiner Mutter wenigstens diese kleine Freude für all die Opfer, die sie dir gebracht hat – und immer noch bringen muß, ja?«

»Ich denke schon«, antwortete Ira.

»Was?«

»Du hast recht, Sejde. Nur das erste Jahr war schwer, bis ich
mich ans College gewöhnt hatte. Jetzt, wo ich sozusagen fast
ein Senior bin, wie man auf englisch sagt –«

»Welche Seligkeit wird auf meine arme Lea scheinen, wenn
sie dich am Ende deines Studiums sieht. Wieviel hast du denn
noch vor dir?«

»Noch ein Jahr. Ich hoffe, nicht länger. Ich habe extra die
Summer School besucht, um ein paar Punkte wettzumachen.
Sonst reicht meine Punktezahl nicht, um nächsten Sommer
das Examen zu machen.«

»Ich hoffe für dich.« Der Sejde spürte den Mangel an Enthusiasmus in der Stimme seines Enkelsohns. »Es wird Zeit,
daß du auch mal an sie denkst, ja? Wie viele Jahre müssen
noch vergehen, bevor du anfängst, Geld zu verdienen, ihre
Armut zu erleichtern? Wie viele Jahre sind schon vergangen?
Meine heimgesuchte Lea, mit ihrem chronischen Katarrh und

ihren vielen Sorgen und diesem geisteskranken Ehemann.«
Der Sejde wiegte sich ein wenig vor und zurück, als würde
er *dawenen*. »Kummer ist ihr Los. Möge der Allmächtige Mitleid mit ihr haben – und mit mir auch, ja? Muß ich meine
Tochter so leiden sehen? Mit mir auch, mit mir auch. Glaube
mir, bei meinen Sorgen, meinen Qualen, die Schultern und
die Hüftgelenke, alles kaputt – und mein Augenlicht, es
schwindet, das brauche ich dir nicht zu sagen. Und bald ans
Bett gefesselt: sie sagen mir, zu beiden Seiten meines Bartes
wird ein Sandsack liegen. *Oj, wej, oj, wej.* Jeder Tag bringt ein
neues Fieber, eine neue Wunde, und niemand, es zu erdulden
außer mir selbst.« Er deutete in Richtung Vorderzimmer.
»Tanzen und Springen, *das* können sie – zu der häßlichen
Musik. Es nennt sich Musik. Wenn sie es laut machen, überkommt mich ein Schauder, als hätte man ein paar Wilde los-
gelassen. Und das sind meine Enkeltöchter.«
    »Tut mir leid, Sejde. Ich mag solche Musik auch nicht. Sie
nennt sich Jazz. Was soll man da machen? Es ist heute so.«
    »Was soll man machen? Weiß ich es?« tadelte der Sejde.
»Sie möge zerstört werden, wie sie mich zerstört. Was so
was jüdischen Kindern, besonders jüdischen Mädchen antut.«
Er nickte vielsagend. »Wenn so das Heute ist, sage mir, wozu
brauchen wir ein Morgen?«
    Sie schwiegen beide, Ira auf dem Stuhl mit der senkrechten
Lehne, der einzigen zusätzlichen Sitzgelegenheit in dem kleinen Raum, der Sejde in seinem hohen Lehnstuhl neben dem
rechteckigen schwarzen Tisch. Die hohe Kopfstütze aus Pfer-
deleder war mit Messingnägeln beschlagen und umrahmte
sein unzufriedenes, humorloses Gesicht – oder das, was zwischen Käppchen und Bart davon zu sehen war: braune Augen
mit bedrücktem Ausdruck, Lippen und Mundwinkel zwischen
vom Rauchen gelblichem Bart und Schnurrbart, nach unten
gebogen und freudlos. Er seufzte häufig, sein breiter Wanst
sprengte fast die Perlmuttknöpfe von seinem schmuddeligen
Unterhemd. Er bemitleidete sich derart provozierend, daß Ira
dauernd zwischen Erbarmen und Wut hin- und hergerissen
war. Die Etikette gebot ungefähr fünf Minuten widerstrebenden, stereotypen Bedauerns, dann konnte er sich absetzen. Es

hatte keinen Zweck, mehr Zeit zu opfern, als nötig war, um seine Ehrerbietung glaubwürdig erscheinen zu lassen.

»Möchtest du eine Zigarette rauchen?« Der Sejde griff nach der quadratischen blauen Schachtel Melachrinos, hielt sie aber eher hoch und dicht neben seinen Körper, als daß er sie hinüberreichte, und öffnete sie nicht.

»Nein danke, Sejde.« Ira zog seine Pfeife aus der Tasche. Es wäre eine Sünde, den Großvater seiner sorgsam gehorteten und gut eingeteilten Zigaretten zu berauben.

Der Sejde fand einen noch rauchbaren Stummel im Aschenbecher, riß ein Streichholz an und entzündete das angekokelte Ende. Er tastete suchend nach seiner Zigarettenspitze aus Papier und Federkiel und schob das verfärbte Ende der Kippe in die angesengelte Spitze. »Es gibt nichts Gutes, es gibt nichts Gutes mehr, das ist alles.«

»Nicht?«

»Ich sage dir, wir leben in verpfuschten Zeiten. Verpfuscht und verderbt. Reif für die Beerdigung, nichts weiter.«

»Aber als Jude solltest du nicht so über das Leben denken.« Ira versuchte, mit der schwachen Lanze seiner eigenen kümmerlichen Weisheit dagegen anzukämpfen. »Das stimmt doch, oder? Ein Jude ist dazu bestimmt, an das Leben zu glauben.«

»An den Allmächtigen soll er glauben, der ihm das Leben gab. Und das tue ich, gelobt sei Sein heiliger Name. Doch wenn die Mühle sich nicht dreht, sind die Müller unzufrieden. Ich spreche ja nicht nur von *meinem* Leben.«

»Nicht?«

»Nein. Obwohl ich bete, es möge dem Herrscher des Universums gefallen, mich zu sich zu rufen. Ich meine das Leben der Juden überall in der Welt. Unermeßlich die Bedrohung, die über ihnen schwebt, der Kummer, der noch auf sie wartet. Außer hier in Amerika, wo wir geduldet sind – gerade eben, aber geduldet. In geringem Umfang. Hat nicht mein Sohn Mojsche mir erzählt, wie es war, als er in Amerika ankam und um Arbeit nachsuchte in der Firma, die diese Batterien für Automobile herstellt? ›Du bist stark, und du gefällst mir. Ich bin sicher, du würdest einen guten Arbeiter abgeben‹, sagte der Besitzer damals zu ihm. ›Du siehst auch nicht wie ein Jude aus. Aber ich kann dich nicht einstellen. Das gäbe einen Aufstand im Betrieb.‹ Hat Mojsche mir erzählt. Und jetzt? Sein Offizier hat ihn nach dem Großen Krieg gedrängt zu bleiben. ›Sie haben gelernt, wie man ein Kommando führt, und Ihre Männer vertrauen Ihnen.‹ *Nuu.*« Der Sejde paffte ein paar sparsame Züge. »Warum werden wir heute geduldet? Warum ist Mojsche beim Militär befördert worden und hat solche Streifen bekommen, die er jetzt an seinen Hemdsärmeln trägt? Weil wahre Frömmigkeit nicht gelebt wird, weil die orthodoxen Regeln nicht gelebt werden – nur einer von tausend ist strenggläubig. Meine eigenen Söhne – eben – die, die mich unterstützen, die für mein Zimmer und mein Essen in einem koscher geführten Haushalt aufkommen – welcher von ihnen legte denn morgens Gebetsriemen an, welcher ließe die Arbeit am *Schabbes* ruhn? Keiner. Ich muß leben und ihr Einkommen verleben. Macht, was ihr für richtig haltet, sage ich. Was sonst kann ich sagen? Ein frommes Leben kann sich jeder wählen. Oder er läßt es bleiben. So leben sie denn unbelästigt hier in dem Goldenen Land, auf Kosten ihrer Frömmigkeit. Sie verschachern ein heiliges Leben für ihr leibliches Wohl. *Nu.* Ich kann den Tag schon sehen, an dem die Juden verfolgt werden, eher früher als später. Merke, was ich sage. Bald wird man ihnen nicht mehr erlauben, überhaupt noch ihren Lebensunterhalt zu verdienen. Ich habe das auch früher schon gesehen: offene Judenverketzerung wächst von Tag zu Tag. Und in Rußland, ja? Die sollten etwa keine Juden hassen? Es spielt keine Rolle, ob fromm oder nicht, Juden werden dort verabscheut.«

»Das glaube ich nicht, Sejde, nach dem, was ich gelesen habe. Juden werden in Rußland gleich behandelt.«

»Da mach dir mal nichts vor. Warum ist Trotzkij auf dem Sprung, Rußland zu verlassen? Vor wem muß er fliehen? Er flieht vor dem russischen *goj*, vor dem *schlob*. Was ist Stalin, wenn nicht ein russischer Holzklotz. Das sieht man schon an seinem Gesicht. Und der *schlob* ist ein Pogromist. Das war er schon seit Jahrhunderten, ein Pogromist unter den Romanows, unter den Zaren. Also wird er für Gott weiß wie lange ein *schlob* unter den Bolschewiki sein. Warum haben sie einen Juden von seinem hohen Posten in Rußland entfernt, einem Posten, den er sich vorher mit Lenin teilte? Hör gut zu. Wäre er ein *goj*, es wäre alles ganz anders.«

»Meinst du?«

»Ich weiß es. Und ich weiß, du glaubst mir nicht. Der Jude wird in der ganzen Welt bestialisch gehaßt.«

»Nun, was kann man da machen?«

»Machen? Zu Gott beten. Möge Er uns Hilfe senden. Wie die Juden in Rußland gebetet haben, als der Zar sie tyrannisierte. Sie beteten, der nächste Zar möge barmherziger sein. Und war er es? Er war es nicht. Wir beten, ein neuer Tag möge Erleichterung bringen.« Seine Zigarettenspitze fing an zu qualmen, weil die brennende Tabaksglut ihr so nahe kam.

»Sejde, dein Zigarettenhalter.«

Er entfernte die Kippe, zerstieß das glühende Ende mit seinem Haustürschlüssel. »Ich werde nichts aus dem Talmud lesen, da du nicht an die *jidischkajt* glaubst.«

»Doch Sejde, ich glaube. Jedenfalls einiges.«

»Als wir nach Amerika kamen, hatte ich den Eindruck, daß du in wahrhaftigem Judentum aufwächst. Ein Kind, dachte ich, gesegnet vom Allmächtigen, mein erstgeborenes Enkelkind wird mit mir zur Synagoge gehen am *Schabbes*, am Abend, wenn der *Schabbes* beginnt, und ebenso zur *Hawdala.*«

»Am Abend, wenn der *Schabbes* beginnt, oh, sicher.« Ira parierte amüsiert die Rüge des Sejde: »Gewöhnlich gab es in der Synagoge immer eine kleine Speisung am Ende des *Schabbes:* schwarze Oliven und Wein, Brandy und frisches Roggenbrot.«

»*Nuu?*« Der alte Mann ließ sich nicht ablenken, schob sein Käppchen auf dem angegrauten Kruselhaar zurück. »Das ist immer noch so.«

»Ich will ja nicht deine Gefühle verletzen, Sejde, aber wenn ich heute nicht der Jude bin, der ich hätte werden können, dann liegt das daran, daß wir von der East Side weggezogen sind, als du nach Amerika kamst. Du weißt, warum: Meine Mutter wollte in deiner und der Bobe Nähe sein.«

»*Asoj?*« Die Stimme des Sejde bekam einen scharfen Unterton. »Also, weil *wir* nach Amerika gekommen sind, bist *du* kein richtiger Jude geworden? – Und dein Vater? Hatte der etwa nicht die verrückte Idee, ein selbständiger Milchmann zu sein?«

»Ich meinte ja nicht, daß unser Umzug der einzige Grund war«, beeilte sich Ira zu beschwichtigen.

»Dein Vater wollte bei den *gojim* leben, weil er dachte, er wäre dann näher an der Eisenbahn, wo die Milch in die Innenstadt verladen wird. Gerade weil du unter den *gojim* lebtest, hättest du mehr ein Jude sein müssen als zuvor. Mich gab's doch auch noch in diesem Harlem. Wir hätten gemeinsam den ganzen Talmud auslegen können.«

»Es hat aber nicht funktioniert. Wir waren hier in Harlem, ja. Aber hier waren auch die Iren – und die anderen *gojim*: die Italiener. Sie belagerten die Straßen – und ich? Wo hätte ich wohl hingehen sollen?«

Der Sejde wurde ganz aufgeregt. »Ist das meine Schuld? Daß meine arme Tochter so einen Idioten zum Ehemann hat? Ich sollte das nicht sagen. Er ist immerhin dein Vater –«

»Ach, ich weiß.«

»Er hätte doch auch im jüdischen Teil von Harlem wohnen können, wie der Rest der Familie. Aber nein, statt dessen verkriecht er sich in die 119. Straße, will einen Dollar oder zwei an der Miete sparen. Will unbedingt für zwölf Dollar im Monat zwischen den *gojim* leben. Hier bei uns in der 112. Straße, da gibt es noch Juden: auch in der 114. und in der 115. und 116. Straße. Als Milchmann ist er gescheitert. Dank Mojsche wird er dann Hilfskellner. Lernt aber, richtig zu kellnern. Und dann dreht er durch. Anstatt dem Besitzer des Restaurants den Respekt zu erweisen, der einem Inhaber gebührt – nein, er ist eben Chaim: Kaum sieht ihn einer schief an, schon gerät er in Rage. Mamie wohnte damals nur eine Straße weiter als wir, in der Hundertfünfzehnten, und wir waren gerade aus Galizien gekommen. Und Jonas, ihr Ehemann, entwickelte sich vom Kappennäher zum Damenschneider, stetig, ruhig und anständig. Die beiden lebten unter Juden. Sollte ich es wagen, mich in eurer Straße blicken zu lassen? Ein Jude mit einem Bart? Dein Vater hat sich verkrochen – in die 119. Straße. Bei Esau wollte er leben, und meine arme Tochter hat er mitgeschleppt. Weh mir!«

»Aber vorher haben wir doch auch hier gewohnt. Als du nach Amerika kamst, Sejde, da wohnten wir in der 114. Straße, östlich der Park Avenue. Eine jüdische Gegend. Aber Mom konnte es nicht ertragen, nach hinten raus zu leben, ohne Fenster zur Straße. Es war die Enge, fast genauso wie in Veljisch. Also war es nicht allein seine Schuld – obwohl ich weiß, daß er ein Meschuggener ist«, räumte Ira ein.

»Ich kann dazu nichts sagen«, meinte der Sejde. Nachdenklichkeit betonte den Schmerz um Augen und Mundwinkel. *S'is mir git.* Laß Gott entscheiden, wie schlecht es mir ergehen soll.«

Unglücklich und untröstlich, schwiegen sie wieder; es war eine Stille, überzogen wie ein Dragee von süßlich widerlicher Tanzmusik, die durch den langen Wohnungsflur zog. Wenn er jetzt ginge: hätte er ausreichend seinen Respekt gezollt? Seltsam, wie man die angemessene Dauer eines erzwungenen Anstandsbesuchs abschätzen mußte. Oder war aller Anstand erzwungen? Noch eine Minute, das sollte reichen. Dann aufstehen und sich verabschieden. Seine Blicke schweiften durch den Raum, den kahlen, freudlosen Schlafraum. Nicht schmutzig; die hellbeigen Wände sahen aus wie kürzlich frisch gestrichen – Mamie hatte das vermutlich während des Sommers gemacht, zum bevorstehenden jüdischen Neujahrsfest. Nicht schmutzig, nein, aber freudlos. Der einzige Schmuck war ein Kalender von der Harlem Savings & Loan Bank, der an einem Nagel an der Schranktür hing. Ein Kalender am Wandschrank und die Mesusa am Türpfosten. Was brauchte der fromme orthodoxe Jude mehr? Es war, als sei die Ausstattung allein dem Geistigen überlassen – oder auf das Geistige beschränkt: Hier wohnte Gerechtigkeit, Rechtschaffenheit, göttliche Erhabenheit – und alles ohne ein einziges Sinnbild zum Anfassen. Jetzt war es nicht mehr so deutlich, aber er hatte es schon seit langem gespürt, seit er acht Jahre alt war und am *chejder* teilgenommen hatte auf der verlorenen, unwiederbringlichen – und abgelehnten – East Side. Das Dekor nur unsichtbar? Nein, so stimmte es nicht ganz: An einem Haken neben der Wandschranktür hing die leuchtend saphirblaue Sammettasche mit den Gebetsriemen und dem Gebetsschal des Sejde. Ellas Werk, ohne Zweifel. Moms viertälteste Schwester, die sanfte, gewissenhafte Ella mit den »gesegneten Händen«, hatte mit goldenem Faden die beiden sich aufbäumenden Löwen zu beiden Seiten der Gesetzestafeln auf die Tasche gestickt. Die Löwen von Juda, sie glänzten im Schatten des Schranks, als leuchtete der goldene Faden des Musters aus eigener Kraft.

»Was soll man noch sagen? Ich lebe im Belagerungszustand. Ich bin von allen Seiten eingeschlossen«, sagte der Sejde schließlich. »Ich habe nur noch den Allmächtigen, an den ich mich wenden kann. Er sei gelobt.«

»Das tut mir leid, Sejde.« Und wieder hatte er sein Bedauern auf englisch ausgedrückt, und wieder korrigierte er sich. Alles, was er jetzt noch zu tun hatte, war, seinem Großvater für die bevorstehende Operation am grauen Star einen guten Verlauf zu wünschen: »*Soll gejn mit masel*, Sejde«, sagte Ira im Aufstehen – er hatte seine Pflicht getan.

»Weißt du, wem ich ähnlich bin?« fragte der Sejde. »Ich denke oft, daß ich wie dieser christliche Bischof bin, wie dieser Augustinus.«

»Wie wer?«

»Dieser Heilige unter den Christen: Augustinus.«

»Oh, der Heilige Augustinus.«

»Ach, so wird er genannt?«

»Jaa. Der Heilige Augustinus.« Die Tatsache, daß sein Großvater *Christlicher* gesagt hatte statt *goj* zeugte von Hochachtung. »Weißt du denn etwas über den Heiligen Augustinus?« Ira verweilte noch.

»*Nuu, wus den?* Lese ich etwa nicht? Solange ich noch sehen konnte. Weiß ich etwa nichts?«

»Was weißt du denn?« Es war schon später Sonntagabend, fast halb zehn auf der goldenen Armbanduhr des Sejde auf dem Tisch. So schnell wie möglich Schluß machen, sagte Ira sich. »Sag doch.« Er begann, sein Jackett anzuziehen.

»Seine Stadt wurde von den Barbaren erobert, den Goten, den Wandalen, den Teutonim«, hebräisierte der Sejde die Endung.

»Den Teutonim.« Ira kratzte sich, war irritiert. Was zitierte Eliot doch in seinen Anmerkungen zu *Das wüste Land*? »Dann kam ich nach Karthago... und schändliche Liebeshändel drangen an mein Ohr –« Und er sagte: »Ich glaube, er soll schwarz gewesen sein, ein Afrikaner.«

»Schwarz oder weiß. Was immer er war. Als Wochen vergingen und die Barbaren immer noch außerhalb der Stadtmauer lauerten, da betete er zum Allmächtigen, die Belagerung zu beenden. Oder mit ihm ein Ende zu machen.«

»Wer?«

»Augstinus.«

Ira stand auf. »Ich muß mich jetzt von Mamie verabschieden, Sejde. Es wird langsam spät.«

»Nun, dann geh in guter Gesundheit.«

»Danke.«

»Und grüße deine Mutter von mir.«

»Das werde ich. Hoffentlich kannst du nach der Operation besser sehen, Sejde.«

Der Sejde nickte – mit deutlich erkennbarer Skepsis.

Ira blickte ein letztes Mal auf die Ruhe ausstrahlende blaue Tasche mit den Gebetsriemen. Meine Güte, diese goldenen, sich aufbäumenden Löwen, sie ragten wirklich hoch auf hinter den Gesetzestafeln und leuchteten weithin. Ira drehte sich noch einmal um. »Und ich hoffe, daß sich deine Belagerung ein wenig lockert, Sejde«, sagte er und versuchte, seinen Abschied humorvoll zu gestalten.

Schließlich lachte der alte Mann: »Was sagst du da?«

»Ich sagte, ich hoffe, es wird alles ein bißchen leichter für dich, Sejde.«

»*Oj, wej, wej.* Du bist mir doch ein Kindskopf. Kann die Belagerung jemals gelockert werden? Wie denn? Niemals. Wünsch mir lieber, was dem Augustinus geschehen ist: daß der Allmächtige mir dasselbe angedeihen läßt wie ihm.«

»Was ist das denn?«

Der Sejde lachte – kurz, aber zum ersten Mal. »Das weißt du nicht?«

»Nein.« Ira fühlte sich unangenehm berührt, weil der Sejde über ihn lachte – und obendrein bei einem nichtjüdischen Thema. »Was ist denn geschehen?«

»Geschehen ist, daß Augustinus die Plünderung der Stadt durch die Teutonim, die Wandalen, nicht mehr erlebt hat. Das ist geschehen. Die Verwüstung, die sie angerichtet haben, hat er nicht mehr gesehen. Du kannst dir vorstellen, wozu wilde Barbaren im Stande sind: die Grausamkeiten, das Abschlachten, die Vergewaltigungen, die Greueltaten. Nichts von alledem hat er noch miterlebt. Was für eine Gnade. Wollte der Herr mich in gleicher Weise begünstigen.«

Stirnrunzelnd versuchte Ira, Verdruß von Verwirrung zu unterscheiden. »Ach, das hast du gemeint?«

»Was denn sonst?«

»Gute Nacht, Sejde.«

II

Kryptisch... Das Lachen des Großvaters hallte in Iras Kopf nach, als er an der nun dunklen Badezimmertür vorbei auf die hell erleuchtete Küche und das Vorderzimmer zuging. Haben sie oder haben sie nicht die Belagerung aufgehoben? Rätselhaft. Wo der Alte wohl das Stück Geschichte aufgegabelt hatte? Vermutlich in *Der Tag*. Oder wollte der Alte vielleicht selber sterben? Wahrscheinlich lag die Antwort hier.

Apothanein thelo. Ach, Ecclesias, wie ich das heute verstehe.

Seine Gedanken kehrten zum *Wüsten Land* zurück. Komisch, grinste er, ein Hexenkessel schändlicher Liebeshändel umlärmte ihn: zu spät jedoch, um sich heute noch an Stella heranzumachen. Um Himmelswillen, beschwor er sich: spute dich. Sag Mamie *ad-Jew* und auf geht's, ob sie dich nun mit einem Dollar belohnt oder nicht. Stella war nicht mehr zu sehen und das Radio so leise gestellt, daß man die Tanz-musik kaum noch hören konnte, als Ira die Küche betrat.

»Gute Nacht, Mamie. Ich muß jetzt gehen.«

»Komm rein. Eine Minute tut nicht weh.«

»O, nein. Ich bin jetzt lange genug hier gewesen.«

»Komm rein. Setz dich.«

»Ich habe schon gesessen.«

»Komm rein und setz dich hin.«

Ira betrat die Küche, ließ sich auf einen Stuhl fallen.

»*Nuu*, hat er sich beklagt?« fragte Mamie.

»Der Sejde? Naja, immerhin ist er ein alter Mann.«

»Er ist gar nicht soo alt. Die Bobe geliebten Andenkens hat immer gesagt, daß alle Körperteile von Ben Zion, ihrem Ehe-mann, frühzeitig versagt hätten, außer einem.«

»Ach, das hat sie gesagt?« Ira konnte sich ein Grinsen nicht verkneifen.

»Nach dem Unglück mit dem Kalk wurde er plötzlich ganz apathisch. ›Ich bin es leid, die Steine wachsen zu sehen in Vel-jisch‹, sagte er wohl. Aber Appetit, den hatte er – das Beste wurde immer für ihn reserviert. Und wenn es ans Strafen ging, konnte er nicht wenig Schläge austeilen. Manchmal kommt es mir so vor, als hätte Lea einen Mann geheiratet, der genau so ist wie ihr Vater.«

Ira schüttelte den Kopf.

»›Steine, nur Steine wachsen in Veljisch‹ hat er immer wie-der gesagt. ›Nur Steine gedeihen hier‹.«

»Ach ja?« Ein Dörfchen, das er in seiner frühesten Kindheit, ehe er drei Jahre alt war, noch gesehen haben könnte, überlegte Ira: all die Eindrücke, die seine Kinderaugen aufgenommen, vom Arm seiner drallen jungen Mutter aus, dem sicheren Hort. Das Galitzianerdorf, in dem seine Mutter ein junges Mädchen war, mit der mangelhaften gesellschaft-lichen Integration, der Stagnation, über die sie ihm so viele Andeutungen gemacht hatte, muß ihre junge Seele in uner-trägliche Melancholie gestürzt haben. Kein Wunder, daß sie gegen das Leben im Hinterzimmer einer Mietskaserne Ein-spruch erhob.

»Hat der Sejde wegen seiner Verstimmung jemals einen Arzt aufgesucht?« fragte Ira nüchtern. »Auf englisch gibt es nämlich einen Namen dafür. Ist er je zu einem Arzt gegangen?«

»Zu einem Arzt?« sagte Mamie verächtlich. »In Veljisch kam der Arzt, wenn's ans Sterben ging. Und dann gab's eine Apfelsine zu essen.«

»Neurasthenie«, erinnerte Ira sich auf einmal. »So heißt das.«

»Keine Phantasienamen, bitte.« Stellas Stimme eilte ihr voraus. Anscheinend hatte sie gelauscht und trat nun aus dem Vorderzimmer in die Küche. »Neu-Rasthenie oder Alt-Rasthenie. Glaub mir, wegen ihm brauchst du nicht aufs College und so eine Phantasiesprache zu lernen. Ich kann dir das alles auch in ganz einfachem Englisch sagen.« In einem fleischfarbenen Kleid lehnte sie im Türrahmen, wie immer von kühler, täuschender Unbekümmertheit.

»Ach ja?«

»Genau. Soll ich es dir mal vormachen?«

Jesus Christus. Er mußte die Augen schließen. Den Arsch hochkriegen und ab nach Haus. Du hast keine Chance. Worauf wartete er noch? Seine Schuhe zerkratzten das Linoleum, als er abrupt die Beine bewegte. Du darfst dich nicht verraten. Die kleine *knisch*, diese kleine Fotze wußte ganz genau, daß er anfing zu glühen, sie sonnte sich in seiner Hitze in diskreter Entfernung von – ja, von seinem Dolch. In wilder Hast wirbelte die Libido Assoziationen in ihm herum: *Ass*-Soziationen mit genau dem richtigen Präfix. Sein Verhalten mußte jetzt mehr als gleichgültig sein; er mußte überkompensieren. Grimmiges Auftreten war das einzige, was jetzt funktionieren würde. »Neurasthenie ist kein Phantasiewort«, sagte er streng. »Es ist das Wort für Sejdes Zustand.«

»Der alte Knacker?« höhnte Stella. »Er liebt das Elend, das ist alles.«

»Tochter, Liebe, weißt du was? Du entwickelst dich zur Antisemitin«, rügte Mamie nicht besonders überzeugend.

405

»Natürlich liebt er sein Elend«, wiederholte Stella. »Hör zu, Ira. Wenn man krank ist und allen Leuten davon erzählt, heißt das nicht, daß man sein Elend liebt?«

»Nun, ich weiß nicht...«

»Meine Tochter«, sagte Mamie. »Möge kein Unrecht dich je treffen und mögest du eintausend Segenswünsche genießen, aber Mitgefühl für einen anderen Menschen hast du noch nie gehabt.«

So leicht war Stella nicht kleinzukriegen. »Sieh mal, Ira, dein Onkel Gabe, der Bruder deines Vaters, der in St. Louis lebt, der hat uns hier besucht. Hat er den Sejde vorher schon einmal gesehen? Noch nie. In Galizien vielleicht. Aber nur vielleicht. Und was hat der Sejde ihm als erstes erzählt? Wie schlecht seine Enkeltöchter wären mit ihrem Radio und ihrem Gehüpfe und Rumgespringe, wie mies er sich ihretwegen fühlt, wo sie doch jüdische Mädchen sind, und wie beschissen sein Leben ist. Wenn man zu Leuten, die man gar nicht kennt, gleich so etwas sagt, dann heißt das, daß man es liebt.«

»Geh mir, du hast kein Herz«, rüffelte Mamie. »Geh zu deiner Kino-Zeitschrift und lies weiter.« Sie seufzte – wie ein großes Häufchen Elend, diese freundliche, fettleibige Frau. »Kommt neulich ein alter Jude an die Tür, ein alter Jude mit Bart und *puschke*, und sammelt Geld für die Schüler der Jeschiwa oder die Armen in *Erez Isroel*. Und was gibt sie? *Einen Penny*.«

»Ja, einen Penny, das ist genug. Aber *sie* hat ihm gleich zehn Cent gegeben. Und warum? Weil er einen Bart trug.«

»Du hast Glück, daß dein Großvater schon in seinem Zimmer und im Bett ist«, sagte Mamie. »Geh wieder ins Vorderzimmer, Stella, und laß uns allein. Du mußt auch bald schlafen.«

»Das ist richtig«, sagte Ira und erhob sich – sobald Stella die Küche verließ.

»Bleib sitzen! Bleib sitzen!« Mamies Heftigkeit bremste ihn. »Ich komme ja kaum dazu, mit dir zu reden. Jedesmal werden wir unterbrochen. Noch eine Minute. Sei ein guter Junge.«

»Eine Minute.« Ira ließ sich wieder auf den Stuhl fallen.

»Ich habe so gute *werenekes,* sie schmecken himmlisch«, beschwatzte sie ihn. »Du mußt ein paar essen, ehe du gehst. Sag mir, ob das nicht die besten *werenekes* sind – die besten *pirogen,* die du je versucht hast.«

»Oh, darum willst du, daß ich bleibe.«

»Nun, ist das etwa kein Grund?«

»Das dachte ich auch gerade. Rein zufällig habe ich nämlich Hunger.«

»Und das wiederum habe *ich* mir gerade gedacht«, sagte Mamie und klopfte sich triumphierend auf ihren dicken Busen.

»Gott, warum mußt du mich so in Versuchung führen, Mamie. Ich gehe jetzt nach Hause. Mom wird mir was zum Abendbrot machen.«

»*Nein. Nein.* Ich habe einen ganzen Topf voll *werenekes,* mehr als zweimal genug für Jonas und mich, wenn er nach Hause kommt. Dem alten Herrn haben sie nicht geschmeckt. Die Kinder verzichten, weil sie dick machen. Warum sollen sie im Abfall landen?« Für eine so schwere Frau bewegte sich Mamie recht flink. Im Nu war sie am Herd, hatte den Holzlöffel in der Hand, rührte den weißen Emailletopf um, der auf der Isolierplatte stand, die sie immer zum Aufwärmen auf kleiner Gasflamme benutzte. »Nur ein paar. Das schadet nicht, glaube mir.« Sie begann, die *pirogen* aus dem Topf auf den Teller zu füllen. »Du wirst trotzdem noch ein wenig Appetit haben, wenn du nach Hause kommst.«

»Den werde ich nicht brauchen, Tante.«

»Du wirst sehen. Der Appetit kommt beim Essen.«

»Genug, Mamie! Gee, Essen ist meine Schwäche. Und außerdem bist du ein Pasta-Masta«, sagte er zerknirscht.

»Was bin ich?« Sie brachte einen Teller voll sanft dampfender kleiner Teigtaschen an den Tisch und versorgte ihren Neffen mit einer Gabel. »Was soll das sein, ein Pasta-Masta? Warte, du bekommst noch Brot.«

»O nein. Nicht auch noch Brot.«

»Und ein bißchen Sauerrahm. Heute morgen habe ich guten, schweren Sauerrahm in der Park Avenue gekauft.«

»O nein, nein – na gut«, kapitulierte er. »Danke, Tante! Meine Güte, das ist aber reichlich viel Sauerrahm.« Was für eine wundersame Verwandlung sich ereignete, wenn schlichte Kartoffelmasse, mit angebratenen Zwiebeln gemischt und in Teigtaschen gefüllt, in Sauerrahm schwamm.

»Du bist wohl ziemlich hungrig. Du schluckst sie ja im Ganzen.«

»Das kannst du laut sagen. Jüdische Austern. Wann kommt Jonas nach Haus?«

»In zwei Stunden. Um Mitternacht, manchmal etwas früher. Es kommt auf die Züge an, drüben in Queens, wenn er die Cafeteria in Jamaica verläßt. Und manchmal auch auf meinen Bruder Harry. Wie pünktlich er dort eintrifft, um Joe abzulösen. Na? Ob die wohl gut sind?«

»Und ob die gut sind!«

»Noch mehr?«

»Nein, nein, nein! Na ja, vielleicht noch ein paar!«

»Aha.« Mamie fischte ein halbes Dutzend Teigtaschen aus dem Siedewasser. »Ich hab's dir doch gesagt: Der Appetit kommt beim Essen.«

»Und ich dachte immer, dann geht er!« Er lachte schallend, war ausgelassen und fröhlich. »Ooh, ich bin nicht mehr zu retten!« Ira fiel über die neue Portion her – mit einem Gusto, der die kleinen Teigtaschen erblassen ließ.

»Du kannst ruhig wissen, daß ich Himmel und Erde in Bewegung setzen mußte – für meinen armen Ehemann«, sagte Mamie, als sie den Topf wieder auf der Isolierplatte absetzte, »bis ich meine feinen Brüder so weit hatte, daß sie ihn als Partner ins Geschäft aufnehmen wollten. ›Ein Kappennäher, ein Schneider‹, ging der Aufschrei – Jonas war nämlich ein guter Damenschneider, weißt du! – ›Was hat das mit dem Restaurant-Busineß zu tun? Wir wissen überhaupt nicht, ob er zu uns paßt?‹ haben sie gesagt.«

»Und? Wie steht er ihnen jetzt?« Herrlich, die warmen, glitschigen jüdischen *pirogen*, gleitfähig vom Sauerrahm, sie rutschten so gut auf dem bescheidenen Wortspiel. »Aaah!«

»Was?«

»Wie er zu ihnen paßt«, gluckste er.

»Wie er zu ihnen paßt?« wiederholte Mamie verwundert. »Weißt du, die *pirogen* sind milchig. Du kannst ruhig noch ein bißchen bleiben und mit mir sitzen. Hinterher ein wenig Milchkaffee trinken und mir ein wenig Gesellschaft leisten.«

»Nein danke, Tante. Bitte!«

»Ich weiß, warum sie ihn nicht in der Cafeteria haben wollten. Jonas wirkt nicht besonders eindrucksvoll. Er ist klein, kurz gewachsen. Ja und? Deswegen könnte er nicht seine eigene Kasse führen? Wenn der Sejde kein Machtwort gesprochen hätte – ›ihr müßt euren Schwager als Partner aufnehmen‹ –, würde ich mich heute noch mit ihnen streiten.«

»Erzähl weiter. Warum muß Jonas zu Hause essen? Er hat eine ganze Cafeteria zur Verfügung – warum ißt er nicht dort?«

»Wäre das denn koscher?« antwortete Mamie mit einer Gegenfrage.

»Oh.«

»Sie sagten, wie wird sich ein Kappennäher, ein Schneider, in einem Restaurant anpassen, wie wird er –«

»Sich schneiden?« Ira kicherte.

»Was?«

»Ach nichts. Blöder Witz. Gemüse schneiden.«

»Dann sagte ich, wie ist Harry denn ein *macher* im Restaurant geworden? Er war vorher Kürschnerlehrling. Wie hat Max es denn geschafft? Er war Schildermaler, er war Handschuhmacher –«

»Und mein Vater.« Ira versuchte, sein Verzehrtempo zu drosseln – aus Höflichkeit gegenüber dem schwindenden Rest. »Mein Vater hat Naßwäsche ausgefahren, nachdem er kein Milchmann mehr war. Und in Null Komma nichts war er Kellner.«

»Genau. Nachdem er damals mit einem Wassereimer den Spiegel in Krug & Zinns Vegetarischem Restaurant zertrümmert hatte, wollte er ums Verrecken kein Hilfskellner mehr sein«, nickte Mamie.

»Ja, ich habe davon gehört. Jetzt hat er ein Diplom.«

»Er ist ein Verrückter«, tat sie Pop ab. »Aber um auf meine Brüder zurückzukommen: Auf mich wollten sie nicht hören.

409

Erst als der Sejde es ihnen befahl – ihnen befahl, Jonas als Partner aufzunehmen, erst dann haben sie es getan. Hörst du?«

»Ich höre.« Ira spießte die vorletzte kleine Teigtasche auf. »Mann-o-Mann!« machte er seiner Tante nochmals ein Kompliment. »*Werenekes* wie diese wären sogar gut genug für die sechsunddreißig Gerechten – wie nennt der Sejde die immer? –, die *Zadikim?* Um derentwillen Gott die Welt verschont.«

»Besser als deine *gojschn* Makkaronkas, oder?«

»Oh, viel besser.«

»Nimm noch ein paar«, drängte Mamie. »*Noch a bissele, noch a schissele*«, reimte sie.

»Eine Terrine meinst du wohl – ich falle gleich um wie eine Tonne«, antwortete Ira auf englisch.

»So einen kleinen Appetit hast du?«

»Ho-hooh. Nein, aber einen Denkzettel habe ich schon mal bekommen. Mamie, ich muß jetzt aber wirklich los. Es ist schon sehr spät geworden.«

»Du ißt und rennst davon?« sagte sie vorwurfsvoll.

»Genau. Ich habe gegessen, und jetzt gehe ich. Es ist zehn Uhr.«

»Laß mich nur noch eins sagen. Du bist doch ein gebildeter junger Mann. Vielleicht kannst du mir etwas *chochme* schenken.«

»Ich?« Ira fiel wieder auf seinen Stuhl zurück. »Ich könnte dir noch nicht mal etwas Hühnerschmalz schenken.«

»Geh. Ich weiß es besser. Schenk mir nur eine Minute. Ich muß dich was fragen.« Mit ihrem von Knötchen übersäten Zeigefinger fuchtelte sie vor seinem Gesicht herum. »Den Sejde habe ich in der Wohnung, den frommen Juden, und meine beiden amerikanischen Töchter – wie soll ich das bloß unter einen Hut kriegen? Das ist nämlich ganz schwierig. Verstehst du, was ich meine?«

»Ich denke schon.«

»Das freut mich.« Mamie räumte den Teller ab und begann augenblicklich, ihn abzuwaschen. Nachgespült stellte sie ihn auf das Abtropfbrett, ging zum Herd, stellte die Gasflamme unter der Isolierplatte noch kleiner, bis diese wie eine winzige

Zackenlitze aussah. Dann kam sie wieder zum Tisch und ließ sich wie ein Plumpsack auf einen Stuhl fallen.

»Es beiden recht machen, ihnen und ihm, das ist mir ganz und gar unmöglich. Wenn sie etwas wollen, ist er dagegen. ›Vater‹, flehe ich ihn an, ›wir sind hier in Amerika, nicht in Galizien.‹ Wie habe ich denn Jonas, meinen Ehemann, kennengelernt? Etwa durch einen Heiratsvermittler und über ein Photo, wie in alten Zeiten? Ich habe ihn in dem Fabrikhaus kennengelernt, in der Delancey Street, wo wir alle beide beschäftigt waren. Ich habe an der Nähmaschine gesessen. Im Nebenbetrieb war er und hat Sichtblenden an Kappen genäht. Beide waren wir Grünschnäbel, ganz neu in Amerika. Dann hatten wir mal Lunch zusammen. Dann hatten wir mal Spaß zusammen. Wir erzählten uns von unseren galitzianer Heimatdörfern. Dann lud er mich ins Jiddische Theater in der Second Avenue ein, Samstagabend. Ich weiß nicht mehr: vielleicht hat Tomaschewsky die Hauptrolle gespielt. Wer kann sich daran noch erinnern? Und so, ganz allmählich, haben wir uns angefreundet; dann haben wir uns verlobt. ›In Amerika muß sich ein Mädchen seinen Freier selbst aussuchen, Vater‹, sagte ich zu ihm. Darauf er: ›Und trotzdem kann man ein braves jüdisches Mädchen bleiben. Aber deine Töchter sind *hulladrigas*, alle beide. Die reinsten Dirnen.‹ Dann meinte er noch: ›Du bist damals immerhin arbeiten gegangen.‹ Und ich: ›Und habe geschuftet, in so einem Ausbeutungsbetrieb, den ganzen Tag an der Nähmaschine. Nein, nein, das tue ich ihnen nicht an.‹«

»Mamie, ich muß jetzt wirklich...«

»Eine Minute. Ich muß dir das erklären. Warum habe ich denn das neue Radio gekauft? Hat mich ganze hundert Dollar gekostet, das Ding, das sie jetzt gerade am Laufen haben – und dessen Klang der alte Mann verabscheut. Damit wir etwa Rabbi Wise zuhören? In dieser Sendung *Die Jüdische Stunde*? Nein, ich habe es gekauft, weil die beiden Mädchen junge Leute ins Haus bringen sollen, junge Männer, richtige Verehrer, damit sie lernen, wie man sich mit Jungs benimmt, mit jungen Männern. Die Zeit ist nicht mehr fern, daß sie an Freier denken, oder? Die eine ist jetzt siebzehn, die andere gerade eben

vierzehn geworden. Und was glaubst du wohl, hat er gemacht?«

»Ich kann es mir denken«, sagte Ira lakonisch und zog die
Füße an.

»Warte!« sagte Mamie, bevor er sich erheben konnte. »Er
kommt also ins Vorderzimmer gestürmt, das Gebetskäppchen
in der Hand – mit nacktem Tokus, ich bitte dich, ohne Hosen –
und schimpft und tobt: ›Raus mit euch, *trombinyiks*, hinaus
ihr Spitzbuben, ihr Rumtreiber!‹ Und lauter brave jüdische
Jungens waren das. Es hat mich maßlos geärgert. Ich bin extra
dabei, wenn sie hier bei uns sind, direkt hier in unserer Wohnung. Was sollen die schon anrichten?«

»Da hast du recht«, sprach Ira ihr gut zu. Dann stand er auf.

»Na, gehst du jetzt ins Bett?« fragte Mamie.

»Ich?« Einen Moment war Ira verwirrt, denn Mamies Blick
nahm eine andere Richtung. Er drehte den Kopf und blickte
hinter sich. »Oh.«

Es war Hanna. In zarter Schmollpose, mit feuerrotem
Schopf und mageren Beinchen lehnte sie in der Tür und sagte:
»Ich laangweile mich soo.«

Schnitzel, flüchtige Spelzen spalteten sich von Verlangen,
das allerdings nicht Hanna galt. Wie die Spreu aufwirbelte
zwischen dem Moment, da Mamie sagte: »Gehst du jetzt
ins Bett?« und dem Moment, da er den Kopf drehte und erwartete, Stella in der Tür zu sehen. Wie es wohl wäre, sie eine
ganze Nacht lang durchzuvögeln? Und endlich mal in einem
Bett. Viele Nächte. Ganze Tage. Sie jederzeit zu Willen haben,
jedes Mal, wenn er einen Steifen hatte. Warum sich nicht
damit abfinden, daß er ein Trottel war, ein Versager, der
nur mit dieser geistlosen Tussi konnte – und warum nicht
Mamie und Jonas ihn dabei unterstützen lassen: während
er *was* tat? Lesen, Trübsal blasen, dösen, grübeln und sich
seine ehemals kleine Cousine vorknöpfen und die flüchtigen
Jahreszeiten darüber hingehen lassen. Vergiß die stattlichen
Herrenhäuser. Einfach nur sein, was er immer war, abgesehen
von bereitwilligem, regelmäßigem, gesetzlich verordnetem
Sex. Das jedenfalls schien greifbarer als nachträgliche Minnie-
Phantasien, unmögliche, mörderische Phantasien, obwohl –

412

daran mußte er auch denken: Was würde seine Familie sagen? Zur Hölle damit. Oder seine College-Freunde? Und Edith? Nein – undenkbar. Und warum dachte er daran? Ach, schlag es dir aus dem Kopf – falls du überhaupt einen hast. Und was zum Teufel würde es dir bringen, das eine zu befriedigen, was du jetzt gerade willst? Gar nichts. Alles, was du jetzt brauchst, wären dreißig Sekunden allein. Dreißig Sekunden. Dreißig Sekunden *à fonds perdu*. Stella im Vorderzimmer wußte auch, daß es aussichtslos war, ohne Zweifel, sie wußte es. Sie wußte, es müßte schon an ein Makreli grenzen, sagte die jüdische *jente*, wo sie eigentlich Mirakel meinte, wenn er ungehindert und legal *seine* Eier beschäftigen wollte. Er unterbrach den Austausch, der bereits zwischen Mamie und Hanna stattfand, mit einem geistesabwesenden: »Vermutlich wird es für mich auch Zeit, ins Bett zu gehen.« Was aber ungehört blieb.

»Ins Bett, immer ins Bett!« Mit raffiniert gespielter Entrüstung drängelte sich Hanna an ihre Mutter. »Ist das eine Antwort auf das Gebet einer Jungfrau? Was soll ich denn bloß immer im Bett! Schlafen?«

»Was sonst! Du solltest mal den alten Mann hören«, Mamie deutete Richtung Flur, »dann wüßtest du, was es bedeutet, schlecht zu schlafen. Er ächzt und stöhnt und bejammert sein schlimmes Los. Sogar im Schlaf hadert er noch mit dem Allmächtigen. Wie diese Lubawitscher Chassidim.«

»Ich bin aber kein alter Mann!« gab Hanna zurück. »Ich bin ein junges Mädchen. Und ein Mädchen sollte sich verabreden dürfen. Es sollte etwas haben, worauf es sich freuen kann. Tanzen. Eine schöne Party.«

»Leben. Einfach nur leben«, fiel Mamie ein. »Du wirst Verabredungen haben, Partys ohne Ende. Hörst du, Ira? Ein jüdisches Mädchen, wenig älter als vierzehn. Meine Hanna, sie muß doch Verabredungen haben, sie muß auf Partys gehen.«

»Warum auch nicht?« gab Hanna zurück. »Christliche Mädchen haben schon Verabredungen, wenn sie zwölf sind. Isabella Martinez von über uns, die hat welche. Sie geht auf Partys, sehr viele Partys, in hübschen weißen Kleidern. Die kauft ihre Mutter in der 125. Straße. Sie muß nicht erst noch vegetieren, älter werden, sie lebt nämlich jetzt schon. Nur jüdische Mädchen müssen vegetieren, warten – bis ein *choßn* vorbeikommt. Ich wünschte, ich wäre Puertoricanerin!«

»Gott behüte! Ab ins Bett!«

»Immer ab ins Bett! Ich will aber Brautjungfer sein!«

»Fängst du schon wieder davon an? Ich habe nein gesagt!«

»Du brauchst mir auch nichts Neues zu kaufen. Kein weißes Kleid. Ich habe ja mein rosafarbenes.«

»Es ist mir ganz egal, ob du ein weißes oder ein rosa Kleid hast. Es ist eine *gojische* Hochzeit.«

»Oh, Mama, solche *gojim* wie die, das macht doch nichts«, sagte Hanna geringschätzig.

»Das ist mir ebenfalls egal. Es sind Katholiken. Wenn der alte Mann Wind davon kriegt, geht er mit dem Stock auf dich los. Und dein Vater, der würde dir was hinter beide Ohren geben.«

»Sie müssen es ja nicht erfahren. Es ist nichts Schlimmes, Mama. Es ist Spaß. Puertoricaner sind so fröhlich. Sie singen und tanzen und spielen Klavier und Gitarre. Sie haben so schöne Partys. Isabella möchte, daß ich mit ihr zusammen Brautjungfer bin, bei der Hochzeit ihrer älteren Schwester – oh, Mama, bitte.«

»Und die ältere Schwester ist nur ein bißchen schwanger«, blökte Stella hinter ihrer sylphidenhaften Schwester. »Hörst du, Ira? Immer wenn jemand heiratet, ist die Braut gerade schon ein bißchen schwanger.«

»Oh, halt du dich da raus. Dann ist sie eben ein bißchen schwanger. Ich soll doch nur Brautjungfer sein. Du, du –« Wütend ging Hanna auf ihre Schwester los. »Gib du mir erst mal meinen *Silver Screen* zurück!« sagte sie und riß Stella die Kinozeitschrift aus der Hand.

»Oj, gewalt!« jammerte Mamie. »Ab ins Bett! Alle beide! Geht baden, wascht euch. Laßt mich in Ruhe!«

»Sag doch, Mama. Darf ich? Bitte. Sonntag in einer Woche. Ich muß Isabella Bescheid sagen. Sie ist Brautjungfer. Du hast auch gern Spaß gehabt, als du jung warst.« Hanna war den Tränen nahe.

414

»Geh! Hör auf, mich zu foltern. Wenn du dich unter die *gojim* mischen willst, unter die Portorickies – bitte sehr, dann geh halt! Möge es nicht so sein, wie Sejde immer sagt: So ganz allmählich –«

»Das wird nicht passieren, Mama. Nur dieses eine Mal. Ich werde Brautjungfer! Ich darf köstliche Blumen durchs Kirchenschiff tragen –«

»*Nu, nu*, dann trage deine köstlichen Blumen und laß mich leben. Aber hüte dich«, sagte Mamie und drohte ihrer Tochter mit ihrem dicken Arm, »deinem Vater auch nur ein Wort zu verlauten –«

»Ich? Niemals! Oh, Mama, darf ich also? Mama, danke. Du wirst sehen, nichts passiert. Ich werde danach immer noch ganz jüdisch sein.« Hanna küßte ihre Mutter auf die Wange, drehte ein paar Pirouetten. »Morgen sag ich's Isabella. Ich bin ja so glücklich! Mein rosa Kleid bringe ich in die Reinigung. Oh, Brautjungfer werde ich sein!« Mit roten Bäckchen, strahlend, so stand sie da.

»Dann sei halt Brautjungfer.« Mamies Vorbehalte legten sich.

»Heute Brautjungfer, morgen Braut«, sagte Stella in ihrer unangenehmen Art. »Vielleicht wirst du dann bald auch ein bißchen schwanger.«

»Vielleicht wirst *du* ja bald ein bißchen schwanger«, schoß Hanna zurück. »Nur, weil sie dich nicht gebeten haben, bist du wohl eifersüchtig, oder?«

»Ich muß mir nicht drei Paar Strümpfe übereinander anziehen – wegen meiner dünnen Beinchen.«

»Halt den Mund!«

»Still jetzt! Alle beide! Ihr werdet ihn noch aufwecken!« Mamie wurde etwas lauter: »Und was euch dann blüht, wißt ihr wohl, oder? Euer Ende. Geht und wascht euch, geht baden und dann ins Bett!«

»Geh dich waschen«, befahl Stella ihrer jüngeren Schwester. »Ich muß nämlich als letzte baden«, wandte sie sich gereizt an Ira.

»Ach, ist das so?«

»Selbstverständlich ist das so. Wenn der Sejde gebadet hat, mache ich den Schmutzrand weg. Und dann kommt sie dran, weil sie die Jüngere ist –«

»Oj.« Mamie zog ihr Gähnen in die Länge. »Wäret ihr so müde wie ich, ihr wärt schon längst im Bett, gewaschen oder ungewaschen, gebadet oder ungebadet.«

Die Dünne und die Mollige. Der dünne Rotschopf, das rundliche Blondchen. Die eine schlüpfte an der anderen vorbei in den Flur hinaus. Nun, es war aussichtslos, ganz sicher. Aber jetzt, da ihre Schwester ihm nicht länger den Blick versperrte, da sah er sie, wie er früher schon von ihr halluziniert hatte, als einen schönen, kurzhalsigen Engel ohne Harfe, barfuß in babyblauen Hausschühchen mit Pompons dran, Goldhaarlocken und leichtem Goldflaumglitzern an den Waden. So sah er sie, die ergötzliche kleine Tönnchen-Fee, das heiratsfähige Butterfaß von siebzehn Jahren. Er sollte lieber machen, daß er rauskam. Doch er verweilte noch, wie festgeschweißt an seinem Sitz. So gewann man aussichtslose Fälle. Doch was taten sie dir an – da war man besser dran, wenn man sie nicht gewann.

»Sag mir, Stella, was hätte ich dir jemals abgeschlagen?« beschwerte sich Mamie erschöpft. »Was hätte ich dir *nicht* erlaubt, daß du immer gleich so tobst?«

»Das ist der einzige Weg, hier etwas zu bekommen«, warf Stella ihr vor. »Ich muß immer laut werden. Wenn ich nicht schreie, dann kriege ich hier so gut wie gar nichts.«

»*Asoj?* Ein schönes Spektakel veranstaltest du da um deine Person. Hast du das gehört, Ira?«

»Was?« sagte er. Ein Vorwand, um Zeit zu gewinnen, um sich nicht zwischen die beiden stellen zu müssen, der zwar wenig nützte, aber –

»In ihrer ganzen Länge«, sagte Mamie, »schmeißt sie sich neulich auf den Küchenfußboden und hackt so lange mit den Fersen darauf herum, bis ich einverstanden bin, ihr den neuen dunkelgrauen Mantel zu kaufen, den sie in einem Schaufenster in der 14. Straße gesehen hat. Ein so großes Mädchen und so ein Wutanfall. Ist das nicht schändlich?«

»Hast du das gemacht?« fragte Ira.

416

»Sicher hab ich das gemacht. Warum auch nicht? Nach der Schule bin ich in diesen Laden gegangen, Klein's am Union Square. Da habe ich den Mantel anprobiert. Er saß perfekt, Ira, einfach perfekt. Also, warum sollte ich ihn mir nicht holen?«

»Und ob ich ihn bezahlen kann, das spielt wohl keine Rolle?« mahnte Mamie.

»Du kannst ihn bezahlen. Du kannst. Du zahlst keine Miete. Du verwaltest zwei Häuser – und jeden Sommer läßt du Papa und Hanna in die Berge fahren –«

»Weißt du auch, warum ich Hanna mitschicke? Jonas soll keine Dummheiten machen. Er faßt gern mal den Mädchen unters Kinn und kneift sie zärtlich in den Po –«

»Egal, *sie* darf immer in die Berge.«

»Und sie haßt es. Wenn ich's dir doch sage. Die Sitze in der Bahn zerkratzen ihr die Beine. Sie hat sehr zarte Haut. Und sie geht gar nicht gern in den Bergen spazieren – dauernd tritt man in Kuhfladen. Frag sie doch selbst.«

»Ich will sie aber nicht fragen.«

Stella trat nun in die Küche ein. »Weißt du, worum es hier in Wirklichkeit geht, Ira? Mama sagt, ich schmolle. Soll ich dir sagen, was eigentlich dahintersteckt? Sie will mich nicht werden lassen, was ich will. Ich darf nicht zur Schule gehen und lernen, was ich will –«

»Nein!« wetterte Mamie, nahm sich aber sofort zurück: »Schhh! Der Alte, er ist schon im Bett.«

»Siehst du wohl?«

»Was möchtest du denn werden?« Abwartend schlug Ira das andere Bein über.

»Ich möchte Maniküre werden.«

»Niemals!« sage Mamie. »Du weißt genau, was aus einer Maniküre wird!«

»Ira.« Stella wandte sich an ihn wie an eine letzte Instanz. »Muß eine Maniküre unbedingt eine – na, du weißt schon was, werden?«

»Ich glaube nicht.« Noch nie war Ira zu so später Stunde dort gewesen. Schon zehn Uhr durch – oh, welch lustiger Gedanke, wenn er nicht so explosiv wäre: Was zum Teufel war während der Inquisition in Spanien geschehen? Er brannte jetzt auch am Marterpfahl, an seinem Pfahl. Jonas würde in wenigen Stunden nach Hause kommen, und das wies ihn in seine Schranken.

»Komm Stella, laß ihn gehen«, sagte Mamie und bedauerte ihn: »Der arme Junge ist ganz ausgelaugt. *Nu*, geh schon, geh«, drängte sie voll Anteilnahme. »Ich möchte nicht, daß deine Mutter böse auf mich wird.«

»Du hast recht«, sagte Ira und kniff die Augen zusammen. »Aber eins hätte ich doch noch gern gewußt. Glaubst du wirklich, Mamie, daß sie so eine du-weißt-schon-was wird, wenn sie Maniküre lernt?«

»Nein, das sage ich nur so. Ich habe meine Töchter zu guten jüdischen Mädchen erzogen. Aber ein bißchen Angst habe ich doch, das gebe ich zu.«

»Und warum?«

»Hanna möchte, wie du weißt, Tänzerin werden. Und erlaube ich ihr, Tanzunterricht zu nehmen? Nein. Und warum nicht? Weil ich etwa fürchte, sie könnte eine du-weißt-schon-was werden? Eine Tänzerin ist mehr Versuchungen ausgesetzt als eine Maniküre. Und doch ist das nicht der Grund, warum ich es ihnen nicht erlaube. Sieh mal, du bist Student. Hätte ich zwei Knaben, so würde ich sie aufs College schicken. Aber es sind Mädchen. Und in der heutigen Welt, welcher Beruf ist da wohl besser für ein Mädchen? Maniküre oder Buchhalterin? Tänzerin – oder Sekretärin in einem feinen Büro? Darum schicke ich Hanna auf die Julia Richmond, damit sie etwas über Wirtschaft lernt. Und Stella auf die Sekretärinnenschule am Union Square, ebenfalls wegen der wirtschaftlichen Fächer. Kommerz, Vermarktung, darum dreht sich heutzutage alles, sagt euer Onkel Saul.«

Die großen Hände über der Wölbung ihres dicken Bauches, vermischte Mamie ihr unglückliches Englisch mit Jiddisch.

»Ja, er weiß mehr als alle anderen, weil er diesen bestimmten Autor im *Daily Journal* liest«, hechelte Stella.

»Nun sag mir doch« dämpfte Mamie ihre aufsässige Tochter, »was wird wohl mehr gebraucht, wenn's ans Geldverdienen geht, eine Tänzerin oder eine Buchhalterin, eine Maniküre oder eine Sekretärin?«

»Und du glaubst, daß man in einem Büro nicht auch so eine du-weißt-schon-was werden kann?«

»Geh, du redest Unsinn. Das habe ich dich nicht gefragt. Hörst du, Ira? Habe ich das gefragt?«

»Nein, natürlich nicht.« Verdammter Idiot, verfluchte er sich. Geh und pflege deinen Katzenjammer. Mach, daß du hier rauskommst!

»Du siehst niedergeschlagen aus«, sagte Mamie.

»Ja, das bin ich. Ich habe selbst nicht viel Hoffnung für die Zukunft.«

»Und warum nicht?«

»Meine Collegelaufbahn ist *kaput. Verstejst?*«

»Geh, du bist jetzt müde. Auf jiddisch sagt man, alles hängt vom Willen ab. Wer einen Willen hat, erreicht mehr als ein Wissender.«

»Ach ja? Wissen tue ich nicht viel, Mamie, aber wollen will ich eine ganze Menge«, sagte Ira auf jinglisch – und gluckste boshaft.

»*Asoj dorf sejn.*« Mamie stand auf. »Geld verloren ist nichts verloren. Den Willen verloren, ist alles verloren. Bleib dabei, etwas zu wollen.« Sie ging zum Gasherd und versuchte, die kleinen Flämmchen unter der Isolierplatte noch kleiner zu stellen. Da verloschen sie ganz. »*Nu, verfallen*«, sagte sie. »Ich mach sie wieder an, wenn Jonas nach Hause kommt. Noch anderthalb Stunden. Vielleicht auch zwei. Es wird warm bleiben.« Sie kehrte zum Tisch zurück, drehte sich mit dem Rücken zum Küchenstuhl, um sich niederzusetzen. Die Knie verloren die Herrschaft über ihren massigen Körper, und sie plumpste schwer auf den Sitz. »*Oj!*«

»Auf diese Weise ruiniert sie alle Sofas, meine liebe Mutter«, bemerkte Stella trocken. »Alle Sprungfedern brechen.«

»Was kann ich dafür? Ich esse nun mal von Herzen gern. Ich warte schon, daß Jonas kommt und ich mir noch ein paar *werenekes* genehmigen kann.«

»Ja warum gibst du Ira nicht noch ein paar. Er sieht so traurig aus.«

»Ich hatte schon«, antwortete Ira.

»Oh, dann allerdings ist es ein Wunder, daß du traurig bist. Meine Mutter kuriert jedes Problem mit Essen. Wenn mein Vater erzählt, das Geschäft in der Cafeteria geht nicht so gut, dann ißt sie. Wenn der besoffene *schiker* über uns seine Miete nicht bezahlt, dann ißt sie. Das Problem mit dir ist, daß du alles mit Essen kurierst, Mama.«

»Sehr schlau bemerkt, Stella. Geh baden.«

»Weißt du, Ira, meine Mutter kann eine ganze Pfundschachtel Schokoladenkirschen in einer Stunde wegputzen.«

»Ich sagte: geh baden!«

»Hanna ist gerade im Bad.«

»Und dort solltest du auch jetzt sein.«

»Ich muß mich wohl erst ausziehen, oder?« gab Stella zurück.

»Dann geh in dein Zimmer. Und mach das Wohnzimmerlicht aus. Ist das Radio noch an?«

»Na-haain. Ist a-haus. Oder hörst du was?« Stella dehnte ihre Antwort, war gereizt, warf ihrer Mutter einen vorwurfsvollen Blick zu, als sie aus der Küche in den Flur ging. »Man könnte denken, wir hätten immer noch Batterien im Radio. Sie geizt, meine Mutter. Kostet doch nur einen Penny – die Elektrizität«, sagte sie und verschwand. Einen Moment später konnte man die Lichtschalter im Vorderzimmer klicken hören.

»Da war vielleicht was los, heute«, sagte Mamie zu Ira. »Ich weiß aber nicht, was. Aggressionen. Zwischen meinen beiden Töchtern und ihrem Großvater, zwischen den Mietern und der Bank, *oj*, was unsereins sich bieten lassen muß...«

»Das kannst du laut sagen.« Zeit zu gehen. Zeit, gegangen zu sein – längst. Quälende Langeweile. Wie konnte er nur so ein Schwachkopf sein! Himmel, alles um einer halben Minute willen. Dauerte es überhaupt eine halbe Minute? All diese scheinheiligen Prediger, die alle dasselbe faselten: War die Rettung oder Verdammnis einer Seele überhaupt eine halbe Minute wert? Nein, das sagten sie nicht. Lohnten die Freuden einer halbe Minute das Risiko, in der Hölle zu brennen? Offenbar.

»Von der einen ganz besonders«, sprach Mamie unter breitem, langem Gähnen. »Bis ich sie unter der Haube sehe, habe ich keine Haare mehr auf dem Kopf.« Mit ihrer schwieligen Hand strich sie sich über die Augen. Der goldene Ring an ihrem Finger schnitt tief ins Fleisch ein. »Oh, wie gerne würde ich mich ein paar Minuten hinlegen.«

»Und warum tust du's nicht? Ich bin sowieso am Gehen.« Ira meinte es ehrlich.

»Es ist möglich, daß Jonas heute ein bißchen früher kommt. Harry hatte gestern frei, darum läßt er ihn heute vielleicht etwas früher raus. So haben wir dann auch mal ein paar Minuten zusammen.«

»Ach so.« Während seine Hoffnungen wiederum vereitelt wurden, brach ein Fünkchen Mitleid bei ihm durch: Mitleid für seine üppige, schwergewichtige Tante, für deren Immigrantenkampf, die ewige, grenzenlose Aufopferung, um aus der Zwischendeckankunft im *goldene medine* aufzusteigen, als Dienstmagd und Leibeigene die Überfahrt bei Großonkel Nathan, dem Diamantenhändler, abzustottern. So haben wir dann auch mal ein paar Minuten zusammen. Mitleid. Das Fünkchen wurde größer, sandte Strahlen aus, weit gespreizt wie die Schenkel von William Blakes Stechzirkel. »Dann also gute Nacht, Mamie.« Ira wandte sich zur Schwelle.

Wo er verharrte, denn am unten Ende des Flurs surrte die Türglocke. Mit offenem Mund und voll Erstaunen sah Ira seine Tante an.

»*Oj, gewalt!*« Mamie saß plötzlich kerzengerade, wie versteinert.

»Ist es Jonas?« fragte Ira.

»Nein, nein! Der hat einen Schlüssel. Außerdem ist es dafür noch zu früh.« Sie wuchtete sich hoch. »Die werden den Alten noch aufwecken!« sagte sie und quetschte sich an Ira vorbei in den Flur.

Schon wieder surrte die Klingel.

Und wieder war Mamies Tempo überraschend. Sorge trieb sie schlurfend in den Flur. »Ja?« bellte sie durch die Tür ins Treppenhaus. »Wer ist da?« Und dann, offenbar beruhigt durch die Antwort, die sie bekam, zog sie den Riegel zurück und öffnete die Tür. »Mrs. Gomez – sind Sie es?«

Weil Mamie mit ihrer Leibesfülle die gesamte Türöffnung füllte, konnte man nicht sehen, wer draußen stand, nur hören: Eine aufgeregte Frauenstimme sprudelte ein Mischmasch von Spanisch und Englisch hervor. Dann der hohe Diskant eines kleinen Mädchens, die andere Stimme ergänzend: Irgend etwas stimmte mit Klein-Theodor nicht. »Kleine Teodoro nicht kann herrraus.«

»Wie bitte? *wie soj?* Aus dem Klo?« fragte Mamie. »Gibt's kein Schloß nicht an der Klotür, Mrs. Gomez.«

Aufgeregter Protest auf spanisch. Am Türknauf wurde wild gerüttelt, als ob man demonstrieren wollte, worum es ging, wiederum gefolgt von Mamies mahnendem »Schhh!«.

»Er kaputt gemachen«, rief die Frauenstimme. »Er schreien, drinnen. Schreien! Schreien immer ›Mama rraaus!‹ –«

Jetzt schien Mamie zu verstehen. »Wo ist Isabella? Und die andere große Schwester? Wo ist Mr. Gomez?«

»Er Nachtwächter Horna Harda Arbeit.«

Horn-a Hard-on. Ira hüstelte erschöpft und fiebrig vor Vergnügen: Horn & Hardart, das Automatenrestaurant.

Und die Kinderstimme: »Isabella weg mit großa Schwesta. Will heiraten.«

»Und gibt's keine Nachbarn? Niemand da, nebenan? Kein Problem, kein Problem. Mit eim Schräubndreher geht's auf.«

»Schräubndreher?«

»Ein spitzigs Messer, man steckt's ins Loch und macht ein *drej* – Schhh! Der Alte. Bitte kommen Sie ins Treppenhaus.«

Vielleicht konnte *er* ja helfen, was immer es war, überlegte Ira. Er sollte es versuchen. So schwer konnte es nicht sein: Ein Schraubenzieher kann die Tür öffnen, hatte Mamie gesagt. Vielleicht war es nur ein – Oh, er hatte sie nicht gehört, Stella, die keinen Schatten geworfen hatte, als sie aus der Dunkelheit des Vorderzimmers durch die Küche in das gedämpfte Licht des Flurs getreten war, die junge, sinnliche Erscheinung – »Du?«

Sie lächelte verschämt.

»O-o-oh«, schnurrte er. Unter dem grüngestreiften Bademantel tastete seine Hand verzückt und lasterhaft nach ihren
Hinterbacken, den Fingern schienen Augen zu wachsen, sie
spreizten sich weit, um besser zupacken zu können: »Ooh,
wenn meine Hand doch doppelt so groß wäre.« Und er fummelte sich voran zu ihrem Venushügel, begrapschte sie wie
vierzigtausend Männer. »Komm nach hinten.« Er stupste
sie in die Dunkelheit des Vorderzimmers. »Jesus, vielleicht
muß Mamie gleich nach oben.«

»Aber Hanna ist im Bad. Sie kommt gleich raus.«

»Mist, das habe ich vergessen.« Schach, verdammt. Schach-
matt oder nicht matt – ach, er wußte nicht genug davon. »Laß
uns in die Küche gehen.«

Sie blieb hinter ihm, als er Richtung Küche ging, und sagte:
»Diese Puertoricaner dürften noch nie in einem Haus gewohnt haben. Sie wissen überhaupt nicht, wie man in einem
Haus lebt. Gib ihnen den Gehweg. Sie lieben den Gehweg. Da
gibt es nichts zu reparieren.«

Wie konnte sie nur so dumm daherplappern, wo es doch um
Sekunden ging, ihn um ihren Steiß plappern. »Glaubst du, sie
kommt jetzt gleich raus?«

»Sie ist schon draußen. Sie muß Mama gehört haben.«

Weiter hinten im Flur quietschte eine Tür. Sekunden später
trippelte die busenlose Hanna herein, barfuß, ein Knabe im
Unterrock. »Ich hab die Klingel gehört«, sagte sie ängstlich.
»Ist Mama da draußen?«

»Was sonst? Sie ist draußen bei deinen puertoricanischen
Freunden«, beschied Stella ihre Schwester. »Sie erzählt gerade
Mrs. Gomez, wie man die Klotür ohne Griffe aufbekommt.
Die sind nämlich abgefallen.«

»Arme Mama. Wieso denn?«

»Das wußte Mrs. Gomez nicht. Der kleine Teodoro ist ein-
gesperrt.«

»Oh, meine arme Mutter«, barmte Hanna. »Alles muß sie
machen. Jetzt auch noch den Handwerker ersetzen.«

»Es sind schließlich *deine* spanischen Freunde«, sagte Stella.
»Warum gehst du nicht hin und hilfst ihr? Deinetwegen ist

Mrs. Gomez überhaupt zu uns gekommen. Sie hätte auch nebenan klingeln können.«

»Du bist so blöd! Ich bin noch nicht mal angezogen!«

»Ihr weckt noch den Sejde auf«, schlichtete Ira.

»Der ist das schon gewöhnt«, sagte Stella. »Hauptsache, wir bleiben in der Küche und das Radio ist aus.«

Man hörte, wie die Wohnungstür aufging und leise wieder zugedrückt und abgeschlossen wurde. Mamies schwere, bedächtige Schritte trugen sie in die Küche zurück. »*Oj, asa schwer lebn!*« Ihr voluminöser Busen wogte, als sie sich auf einen Stuhl fallen ließ.

»Hast du ihr gesagt, was sie machen muß, Mama?«

»Sie hatte Angst.« Mamie keuchte. »Mehr war es nicht. Eine Mutter, weißt du? Aber drei Stockwerke hätte ich rauf gemußt.«

»Ach, du warst gar nicht oben?«

»Bin ich verrückt? In einer Minute hatte sie schon alles verstanden. Einen alten Schräubndreher hatte sie auch. Und spitze Messer – von Horn und Hardot, natürlich nur geliehen, versteht sich. Gleich ist sie wieder nach oben gerannt, und die Kleine hinterher.«

»Du hast so lange gebraucht, Mama«, tadelte Hanna besorgt.

»Deine Freundin, mit der du Brautjungfer sein wirst, und die ältere Schwester, die Braut, die sind gerade im rechten Augenblick zurückgekommen«, griff Mamie auf ihr bestes Englisch zurück. »Gerade im rechten Augenblick, sage ich dir. Da mußte ich es ihnen auch noch mal erklären. Aber jetzt weiß Mrs. Gomez selbst, was zu tun ist.«

»Arme Mama.« Hanna küßte ihre Mutter auf die Wange.

»Allerdings. Ab ins Bett. Morgen ist Schule. *Oj*, hilf Himmel, es ist spät. *Nu*, Stella, in die Wanne?«

»Gute Nacht.« Ihr Abgang wirkte bewußt bockig.

»Gute Nacht, Mama. Tut mir leid«, sagte Hanna.

»Gute Nacht, mein Kind. Schlaf gut.«

»Mach einen langen Strich in der Mitte vom Bett. Ich schlafe dann besser« rief Hanna hinter ihrer Schwester her.

»Ach. Möchtest du dein eigenes Faltbett?«

»Nein, ich mag keine Faltbetten. Das habe ich dir schon mal gesagt, Mama. Gute Nacht, Ira.«

»Gute Nacht, Hanna.« Ira wartete, bis seine rotschopfige Cousine durch die Tür Richtung Vorderzimmer verschwand. »Ich dachte, vielleicht würde es helfen, wenn ich noch eine Minute bliebe, Mamie«, erklärte er, warum er immer noch da war.

»*Nu*, ein hübsches Dankeschön. Es war nicht nötig, ich kenne solche Sachen schon«, bemerkte Mamie. »O-*oj, gewalt*, hätte ich doch die Kraft für alles, was ich muß. Ich bin erschöpft. Heute war schwer ohne Maßen.« Bestätigend wakkelte sie leicht mit dem Kopf. »Man kann's nicht ändern. Ich muß mich jetzt hinlegen.«

»Das wird dir guttun, Tante. Es ist auch zuviel«, sprach Ira ihr Mut zu. »Ich weiß gar nicht, wie du das durchhältst.« Und langsam zur Tür gewandt: »Gute Nacht, Tante«, sagte er halb über die Schulter, »gönn dir etwas Ruhe.«

»Warte.« Schwerfällig kam sie ächzend auf die Füße. »Warte.« Es schien fast, als spreche sie im Schlaf, und schlaftrunken schleppte sie sich zum Schlafzimmer hinter der Küche und holte ihre Handtasche, die innen an der Türklinke hing. Vor Übermüdung laut stöhnend drehte sie sich um und öffnete sie.

»Mamie«, sagte Ira vorwurfsvoll. »Deshalb bin ich aber nicht hier.«

»Ich weiß, ich weiß. Armer Junge.« Sie holte ihre kleine Lederbörse heraus, drückte den messingfarbenen Schnappverschluß auf und löste aus mehreren Greenbacks einen Dollarschein heraus. »Mittelloser Student, erzähl mir nicht, daß ein Dollar ungelegen kommt.«

»Mamie, nicht doch!« Ira trat zurück.

»Nimm, nimm nur. Keine Widerrede. Du hast jetzt so lange gewartet.«

»Aber nicht darauf.«

»Nimm«, insistierte sie. »Wenn man dir etwas schenkt, nimm es. Wenn du ein Vermögen beisammen hast, dann zahlst du's zurück.«

»Danke, Tante.«

»*Nu*, dann gib mir einen Kuß.«

Ira küßte ihre weiche, schwammige Wange. »Danke.«

»Ich werde wohl die Tür offenlassen müssen.« Sie schleppte sich in das kleine Schlafzimmer. »Sonst höre ich nicht, wenn er nach Haus kommt. *Aj*, diese Portorickies.« Sie hängte ihre Handtasche weg. »Die machen mich fertig. Die haben immer nur das eine im Kopf.«

Gehorsamst hielt Ira inne.

»Immer nur ficken«, sagte Mamie.

»Tante Mamie!« Ira war ehrlich schockiert.

»Wahr ist wahr. Nichts bedeutet ihnen mehr.«

»Na ja«, meinte Ira abwiegelnd. Er hatte nichts mehr, womit er Zeit schinden könnte. Da fiel, als er schon zur Wohnungstür ging, sein Blick auf die jiddische Ausgabe von *Der Tag*, die auf der Waschwanne lag. Er blieb stehen.

»Du kannst immer noch Jiddisch lesen?« Eine Hand auf der Klinke der Schlafzimmertür, so beobachtete Mamie ihn schläfrig aus der Dunkelheit des Zimmers.

»Ich wollte mal sehen, ob ich es noch kann.« Ein Schritt, und Ira näherte sich der Wohnungstür.

Er hörte das Bettgestell quietschen und dann Mamies entspannten Seufzer. Länger konnte er es nicht hinauszögern. *Verfallen*, ja, verdammt. Dort war sie, im perlmuttweichen Lichtschein hinter dem Glasfenster in der Badezimmertür, als er den Flur betrat. Wenn er doch nur eine halbe Chance hätte –

»Kind«, Mamies Stimme folgte ihm.

»Meinst du mich, Tante?« Ira ging ein, zwei Schritte zurück.

»Du bist immer noch da?«

»Ich war gerade am Gehen.« Oh, Jesus, war sie durch sein Herumlungern mißtrauisch geworden?

»Tu mir doch einen Gefallen.«

»Sicher. Welchen denn?« Er ging wieder in die Küche.

»Zieh doch eben meine Tür zu.«

»Ganz zuziehen, meinst du? Aber gern.«

»Nein, einen Spalt offenlassen, daß ich das Licht sehe.«

»Wie weit?« Polymorphe Brandung fing an, in ihm zu hämmern.

426

»Nur ein kleines bißchen, damit ich Jonas kommen höre.«

»Ungefähr so?« Langsam zog er die Schlafzimmertür zu sich heran, bis auf wenige Zentimeter.

»*Asoj, asoj.*« Schlaf belegte ihre Stimme. »So ist es gut. Einen Schlitz. Sehr lieb…«

Unschlüssig blieb er stehen, lauschte: hörte den Atem seiner Tante schwerer werden, schnappend in ein Schnarchen übergehen. Was tun? Improvisieren. Auf Nummer sicher gehen. Den Rücken freihalten. Er hatte keinen Plan. Ein Ansturm von rosigem Fleisch, *ce cor a longue haleine, ce cor, ce cor,* fahler Schutz, nichts dabei. Er zog die Semesterarbeit aus der Innentasche, schlich auf Zehenspitzen hinüber zur Waschwanne, legte seinen Aufsatz deutlich sichtbar auf die jiddische Ausgabe von *Der Tag,* blickte die vollgetippten Seiten drohend an, als wolle er sie dort festnageln, und ging in den Flur zurück. Mit drei großen Schritten war er an der Badezimmertür, öffnete diese in das volle Bananenlicht auf ihrem glatten, weichen, von Tröpfchen glitzernden Rücken, der aus dem Wasser ragte. Sie drehte den seifigen Rumpf mit kleinen Brüsten. Und lächelte schuldbewußt.

»Hör zu, Stella, ich bin gleich zurück. Komm raus, ja? Sobald du kannst.«

»Jetzt?«

»Nein, bin gleich wieder da!« Mehr konnte er nicht sagen, um nicht vor Ungeduld lauter, statt eindringlicher zu sprechen. »Fünf Minuten. Hörst du?«

»Aber wo ist Mama?«

»Sie schläft. Jaa. Ich hab meine Semesterarbeit hier vergessen – mit Absicht natürlich, für den Fall, daß sie aufwacht. Kapiert? Und darum bin ich dann noch mal zurückgekommen.« Er setzte sich über ihren verdutzten Blick hinweg. »Mach schnell, ja? Komm raus, sobald du kannst.« Und schloß schon wieder die Tür.

So schnell es bei dieser Heimlichkeit möglich war, und dazu noch auf Zehenspitzen, huschte er an der geschlossenen Zimmertür des Sejde vorbei, beschleunigte sein Tempo, als er an der schmalen, die Dunkelheit rahmenden Bürotür vorbeikam, näherte sich der Wohnungstür, zog die Zunge des Schlosses zurück und ließ den kleinen Messingnippel einschnappen, um ein Zurückschnellen zu verhindern. Und raus. Tür zu. Im Treppenhaus die Marmorstufen abwärts gerannt bis zur beleuchteten Eingangshalle. Durch die unverschlossene Doppeltür auf die nächtlich verlassene Straße, Häuserdächer an den Himmel geklebt, der Planet-Stern einen Strich östlich. Kühl und spät und elf die Stunde. Vielleicht sogar später. Mach schon. An schwarzen Schaufenstern vorbei, vom Gehen über einen flotten Schritt, verfiel er dann in Trab. Schneller. Schuhsohlen knallten auf das Pflaster. Oh, so viele Erinnerungen: Farleys trainierte Beine in der Exerzierhalle. An der Fifth Avenue hörte Ira auf zu rennen, wurde langsamer und marschierte nur noch so schnell er konnte. Den nächsten Abschnitt nur gehen, sagte er sich, in der windigen Septemberluft bis zur 113. Straße. Du kannst nicht völlig außer Atem in den verdammten Drugstore eintreten. Der Inhaber würde denken, du bist verrückt.

Du *bist* verrückt. Verrückt ist, wer Verrücktes tut. Rissiger Gehweg wie Schlagzeug in der Straßennacht, dein Herzschlag die Trommel. Ankommen, das ist alles. Zum Laternenpfahl an der Ecke, wo hoch über dir... huiii.

Er umrundete die unbeleuchtete Kurzwarenhandlung, über der, als Kontrast zur Stille, die Billardkugeln laut zusammenprallten, wenn an einem der Tische des Spielsalons im ersten Stock ein neues Spiel begann. Schneller, aber nicht so aus der Puste sein. Einen Block noch. Tief durchatmen. Langsamer werden. Einen Block. Und... »Ich habe meine Semesterarbeit vergessen. Ich bin noch mal zurückgekommen.« Seine Lippen bewegten sich in deutlich vernehmbarem Eigenkreuzverhör und probten Selbstrechtfertigung.

»Warum ich sie aus der Tasche gezogen habe? Ja, warum? Meine Brieftasche, darum. Der Dollarschein, den du mir gegeben hast. Ich mußte doch –« Er hatte ein Alibi. Großartig. Das helle Licht des Drugstores wie eine feste Barriere, durch die er sich hindurchkämpfen mußte.

Im klinisch sauberen Glanz des Inneren, reflektiert von Myriaden Schattierungen der Krüglein und Fläschchen und Tuben verschreibungsfreier Markenarzneien, Lotionen und

Tinkturen, Herbiziden, Fungiziden, Beruhigungssäften, Shampoos, Zahncremes, Abführmitteln, stand hinter der Glasvitrine mit den Tabakwaren, die ihm als Tresen diente, der Apotheker –

– Halt. Wo ist der Einschub?
Ich habe die gottverdammte Passage verloren, Ecclesias. Ich dachte, ich hätte sie gesichert, aber das habe ich wohl nicht.
– Zu dumm. Sowohl die Sache wie der Zeitpunkt verlangen nach dem Text. Falls du es nicht schaffst, das hier einzufügen, wird die Unterlassung bis ans Ende deiner Tage an dir nagen.
Oh, Mist. Ich bin gerade in allerbester Erzählform. Hab doch Erbarmen, Ecclesias.
– Ich bin barmherzig. Ich erspare dir nämlich endlose Qualen zukünftiger Reue. Du weißt so gut wie ich, der – zufällig authentische – Kontrast gehört hier hinein. Bist du nun Künstler?
Oh, Mist!

Der Marmortresen des Drugstores war in zwei Abschnitte unterteilt: auf der einen Seite die pharmazeutische Abteilung, auf der anderen die kleine Getränkebar. Verdammt, fluchte Ira am Eingang leise vor sich hin. Ausgerechnet *die* mußten hier sein: Zwei junge Leute saßen am Tresen, den Strohhalm im Schaum ihres Schokoladengetränks, ein junger Mann und eine junge Frau. Auf der anderen Seite des Tresens der Verkäufer im Ausschank.
Rundgesichtig und mit Brille, angenehm und aufgeweckt war die junge Frau und sagte: »Ich wünschte, wir hätten jemanden wie Hutchins als Präsidenten. Nicholas Murray Butler ist so ein sturer alter Knochen. Nicht einen fortschrittlichen Gedanken im Kopf.«
Und Ira näherte sich indessen der pharmazeutischen Abteilung. »Genau«, sagte da ihr Begleiter. Der war fast ein Albino, bar jeglicher Pigmente im Haar, sein dürftiger Schnurrbart erst zu sehen, als Ira den Tresen erreichte. »Das fehlt uns an der Columbia: ein Programm zur Anschaffung von Fachliteratur. So ähnlich wie Hutchins es in Chicago eingeführt hat.«

Teufel auch, dachte Ira, und das mir. So müßte ich sein, aber ich bin's nicht. Über so etwas müßte ich mir Gedanken machen, aber ich tu's nicht. Das Programm zur Anschaffung von Fachliteratur, meine Fresse. Nun paßt mal gut auf, ihr alle, ihr guten Jungs und braven Mädels. Er wartete darauf, daß der Apotheker seine Zeitung weglegte und aufstand –

Als der junge Getränkeverkäufer sich einmischte: »Hutchins liegt richtig. Wozu brauchen wir Football? Das College ist ein Ort, in dessen Mauern gelernt werden soll. Intramuraler Sport für alle reicht doch wohl –«

Spinnst du – eh?

Ärztlich gekleidet, machte der Apotheker in der weißen Medizinerjacke einen vertrauenswürdigen Eindruck. Auf die Fingerspitzen gestützt, wartete er auf Iras Bestellung. Menschlich, brauner Bart und Fliege, erkennbar jüdisch. Neben ihm, und doch Welten entfernt, lagen zwei verschieden große Rollen weißes Hochglanzpapier und versprachen eine schützende Verpackung. »Ja? Was kann ich für Sie tun?«

»Trojaner.« Ira versuchte, die Marke des Gewünschten möglichst leise zu nennen. Er neigte sich zur Seite und zog zwei Scheine aus der Tasche. Der eine war von Mamie, der andere war Ediths Fünfdollarnote.

»Ja. Wie viele? Ein Dutzend?«

»Nein, nein. Die kleinste Menge.«

»Zwei. Zwei für einen Quarter.«

»Genau.« Ira legte den Ein-Dollar-Greenback auf das Glas. »Das reicht fürs erste.«

Die Unterhaltung zu seiner Linken wurde deutlich leiser. Nur weiter so. Hört ruhig zu. Mir ist, mir ist das scheißegal. Haßerfüllt, als hätte er seine brutale Verachtung laut geäußert, funkelte Ira den Getränkeverkäufer wütend an, quer über den ganzen Tresen hinweg. Du auch. *Jeezas Christ.* Der Kerl hatte einen Haarschopf auf dem Kopf, der sah aus wie eine buschige Matte und unterstützte den lächerlichen Eindruck seiner weißen Verkäuferuniform. Gut, bürgerlich. Aber ich knöpf mir gleich meine Cousine vor, ätsch. Was dagegen?

»Zwei? Ja, Sportsfreund.« Der Artikel war diskret, aber griffbereit auf einem niedrigen Bord neben dem Tabaktresen untergebracht.

»Meine Freundin«, fachte der junge Getränkeverkäufer die Unterhaltung aufs neue an, »ist Studienanfängerin und eine von Hutchins Hiwis. Sie bekommt ein A nach dem anderen. Sein ganzer Stab ist verrückt nach ihm.«

Der Apotheker brachte eins von den vertrauten runden Döschen zum Vorschein, legte es auf den Tresen und nahm mit geübter Hand den Dollarschein auf. »Können Sie es irgendwo reinstecken?«

»Kein Wunder, das wäre ich auch«, ließ sich die junge Frau vernehmen.

»Ach, du auch?« neckte ihr Begleiter.

»Er ist so jung und sieht so gut aus. Er sieht selbst noch wie ein Studienanfänger aus.«

»Häh? Reinstecken? Oh, geht schon.« Alles konnte jetzt den Geist irritieren, so angespannt vor Ungeduld, auf dem Höhepunkt des Wagnisses. Er war sicher, sich verraten zu haben – wegen der eingetretenen Gesprächspause nach der kurzen, keineswegs neugierigen Nachfrage des Apothekers – und versuchte, dies durch übertrieben langsame Inbesitznahme des Gekauften zu kompensieren: des niedlichen kleinen, runden Aluminiumdöschens mit dem helmbewehrten griechischen Heldenkopf auf dem Deckel. Hör auf zu zappeln. Sei ein Trojaner wie der Held mit dem Helm. Würden Sie sich gütigst mal beeilen, Mister? Ich will hier raus. Hilfe. Was für ein Unterschied – jene und ich, und dabei gehe ich doch auch aufs College.

Er mußte die Transaktion durchstehen, die vornehme Wohlanständigkeit dieser beiden verdrängen – nein, die würdige Konformität ihrer Studienanfängermentalität notdürftig unter verzweifeltem geistigem Schrott verscharren: Meine Mutter gab mir ein paar Nickels für Mixed Pickles. Ich kaufte aber keine Pickles. Ich kaufte ein paar Saugummis. Da sitzt die Katz, macht einen Satz, geht pissen in die Kissen. Was sagt der Vater? Es war der Kater? Er mußte es durchstehen: ach, Teufel, vielleicht lieber abbrechen. Geh nicht zurück.

Laß einfach die verdammte »*Untersuchung über amerikanische Einwanderungsquoten*« auf der jiddischen Zeitung liegen. Der Aufsatz war ohnehin nicht gut. Je mehr er vernünftige Studenten reden hörte, desto klarer wurde ihm das. Geh nach Haus, Blödmann. Immer wieder bringst du dich in solche Situationen. Oh, Jesus, in die Klemme. Typisch für dich. Kannst du dir patentieren lassen: die Stigman-Klemme.

»Sonst noch etwas?«

»Nein.«

»Der sieht genau wie Nicholas Murray Butler aus«, witzelte der Getränkeverkäufer. Und erntete Gelächter.

»Um das zu erkennen, bedarf es eines schweren Falls von Astigmatismus.«

»Fünfundzwanzig Cent.« Ein mageres Lächeln, und die lappige Dollarnote landete auf dem Alabastersims der kunstvoll gearbeiteten Messingkasse, der Hebel wurde nach unten gedrückt, das Fähnchen mit dem Preis erschien: 25 ¢. Den Geldschein im Auge behaltend, gab der Apotheker heraus. »Das sind fünfzig«, sagte er und legte einen Quarter auf das Glas. »Und fünfzig auf einen Dollar.«

Das Wechselgeld zusammenraffen. Was konnte ihn jetzt noch aufhalten – welche Fesseln? Himmel, die hatten ja keine Ahnung, wer er war, der Apotheker auch nicht. Ira steckte das Silber ein. Soso, der Kunde hatte es also eilig, so eilig – aber: Gehen. Er mußte aus dem Drugstore hinaus*gehen*, mindestens sechs würdevolle Schritte machen, nicht weniger. Würde er hinausrennen, könnte so ein blöder Polizist denken, er hätte den Laden überfallen, wäre so ein *holdupnik*, wie Mamie sagen würde. Jesus. Ob sie wohl immer noch schlief? Mann, du vergeudest hier deine gottverdammte Zeit, tadelte er sich. Und fing dann doch zu rennen an. Schneller. Hör auf zu denken. Renne. Du bewaffneter Räuber. Kriegst noch 'ne Kugel verpaßt und hast nichts als zwei neue Kondome dabei. Neue. Was sonst sollte der Apotheker ihm wohl verkauft haben? Gebrauchte konnten es kaum sein. Secondhand-Kondome – Gifttaschen wurden sie von den Iren in der 119. Straße genannt: Rotzbeutel. Nein, nein, nicht anhalten. Kannst ruhig keuchen.

In den Arsch geschossen wegen zweier neuer Kondome, frisch gekauft, und fünf Dollar fünfundsiebzig noch im Sack. Und das in der 112. Straße, fast vor Mamies Haus. Was wohl aus dem einen Dollar geworden war, den sie ihm geschenkt hatte, würde sie doch sicher denken, wenn er tot wäre. Tja, der mußte sich vermehrt haben. Und Mom? Und Pop? Und die ganze *mischpoche?* Jesus, todsicherer Beweis. Ja, tot – und ertappt. Das Kind, das einzige Kind, dem der Vater für zwei Taler ein Lämmchen kaufte, für zwei *susim chad godjo, chad godjo* für das Kind.

Keuchend hastete er ins Treppenhaus. Halt, halt, halt mal an. Kleine Pause. Das kommt vom Rauchen. Keine Luft. Na, geht schon wieder. Hol wenigstens deine Semesterarbeit: die hast du doch vergessen, nicht wahr? Ja, und wenn Jonas jetzt da ist – nein, er kann noch nicht zu Hause sein. Aber angenommen, er ist da. Hallo Jonas, weißt du was? Ja, da drüben liegt sie. Genau auf der jiddischen Zeitung, genau da, wo ich sie vergessen habe: direkt auf der Waschwanne. Mann, war ich blöd...

Die Atemlosigkeit von eben wandelte sich in langes, bedeutsames Heben des Brustkorbs, als er die Stufen zu Mamies Stockwerk erklomm und vor der stumpfen, mit Bleifarbe gestrichenen, metallbeschlagenen Wohnungstür stehenblieb. Auf los geht's los. Er überprüfte seine Ausreden, als würde er seine Waffe laden. Moment! Wäre Jonas inzwischen gekommen, würde die Tür verriegelt sein. Endlich einmal war er auf Draht. Warum war er nicht immer so? Die Tür wäre jetzt verriegelt, und Jonas würde Stella gefragt haben, warum sie nicht verriegelt war, als er nach Hause kam. Vielleicht wäre sie schon neben Hanna ins Bett abgetaucht. Sie wußte von nichts. Schuld hatte Ira, als er ging. Wenn die Tür aber nicht verriegelt war – dann los.

Die Tür war nicht verriegelt, die Zunge noch zurückgezogen, von der Sperre arretiert. Der Flur war dunkel – bis auf das Küchenlicht am anderen Ende. Wer zum Teufel konnte wissen, ob jemand da war, und wenn ja: wer? Er war jetzt in großer, großer Gefahr. *Boy.* Er hielt den Riegel fest, schob die Zunge ganz ruhig zurück. Junge, du bist in großer Gefahr.

Nein, doch nicht. Er konnte sich immer noch mit der vergessenen Semesterarbeit herausreden. Geh einfach hinein, als würdest du nach ihr suchen, schnapp sie dir. Auf Zehenspitzen schlich er am Zimmer des Sejde vorbei und, aah, immer noch beflügelt von der List, raffte er das Papier zusammen, verstaute es – auf Nummer sicher – in der Innentasche seines Jacketts, während seine Blicke zu Stella schweiften, die in ihrem grünen Bademantel am Tisch saß, vor sich die aufgeschlagene Kino-Zeitschrift. Die Lippen leicht geöffnet, erwartungsvoll, wartend. Er deutete auf die Schlafzimmertür, hinter welcher Mamie lag. Sie befand sich in exakt derselben Stellung, einen winzig kleinen Spalt geöffnet, wie er sie verlassen hatte. Stella nickte, fügsam, erwartungsvoll. Der Klang von Mamies Atemzügen füllte die Küche – Ira beugte sich einen Augenblick vor, lauschte mit gespitzten Ohren, hörte auf das beruhigende Schnarchen. Es klang gurgelnd, dachte er, regelmäßig, unerschütterlich, rauh vor Erschöpfung. Ira gab ihr einen Wink, mit den Augen, mit dem Kopf. *Boy.* Stella stand leise auf, kam näher, die wäßrig blaugrünen Augen wie in Trance. Sie begab sich, blond und immer noch feucht, in seine Umarmung, ergab sich seinen flinken, fordernden Liebkosungen und den rücksichtlosen Signalen seiner Lust. Er zog das kleine Döschen heraus, zeigte es ihr für den Bruchteil einer Sekunde: es müßte alles erklären, sein Weggehen, seine Abwesenheit, die Besorgung, die er zu machen hatte – und das tat es auch, denn als er es öffnete, kicherte sie.

»Dreh dich um.« Er bestückte seine Flinte. »Beug dich vor.« Willfährige Schultern niederdrücken. »Wow.« Er konnte seine Wonne nur schwer zügeln, ließ zumindest einem Flüstern über den beglückenden Anblick freien Lauf: den Anblick kugelrunder, entblößter weiblicher Spinnaker. Entblößt, weil erlöst aus den beiden grünen Frotteefittichen des Bademantels, von hohler Hand umfaßte, seidenweiche, sich wölbende Vorhut der Erfüllung. Blitze im Hirn. Anheben. Sie war leicht wie eine Feder, verlor an Gewicht zugunsten von Ekstase.

»Ooooh, Ira!«

»Schhht!«

»O-o-oh, Ira, o-o-oh, Ira!«

»Sei still!« Aufsteigen. Rammen. Keuchen. Auf, auf, auf-
steigende Löwen von Juda, goldene Löwen von Juda auf
Saphirgrund, die Thora bewachend. Ramm-ramm-ramm,
Teki'aaa, teki'aaa. Den Schofar blasen. *Teki'aaa, teru'a.*
»Ooooh, Ira, ooooh, Ira, ooooh!«
Bis zum letzten lüsternen Japsen. Atemlos beide, ließen sie
voneinander. Der grüne Vorhang fiel wieder über das dralle,
jugendfrische Hinterteil, viel zu rasch, während er um Fassung rang und sich in Windeseile die Hose zuknöpfte. »In
Ordnung?« fragte er, als sie sich umdrehte.
Und erhielt zustimmende Blicke aus flackernden, blassen,
blaugrünen Augen.
»Mann, war das gut.« Er atmete schwer, aus der Verzük-
kung erwachend. »Du gehst jetzt besser ins Bett, und ich
schleich mich raus.« Zum ersten Mal verspürte er echte Zärtlichkeit zu ihr, eine zärtliche Regung. Er küßte sie – auf weniger süßen Hauch verströmende Lippen. »G'bye.«
Sie lächelte mädchenhaft, unsicher, dankbar. »Bye-bye.«
Ein letzter kurzer Blick auf die Schlafzimmertür beruhigte
ihn: Alles unverändert. Mamies regelmäßiges Schnarchen
krächzte aus der Dunkelheit. Alles sicher. Ganz und gar geschützt. Seinen Schutz, der noch an ihm klebte, wollte er loswerden, abpellen, sobald er draußen wäre. Stella hatte sich
schon in Richtung Vorderzimmer in Bewegung gesetzt, er
in Richtung Wohnungstür am anderen Ende des Flurs. Gerade
setzte er die Fußballen auf, um auf Zehenspitzen zu gehen, als
er es hörte. – Er hörte: das Geräusch von Sprungfedern, das
Quietschen eines Bettes, ein Ächzen und dann plötzlich das
Klicken eines elektrischen Schalters. Dann Licht unter des Sejdes Tür. Jesus Christus! Ira wankte. Nie würde er es nach
draußen schaffen, ehe der alte Mann seine Tür öffnete.
Dem Sejde sagen, er wäre hier inzwischen eingenickt?
Nein! Nein! Ira wich zurück. Auf Zehenspitzen, Zehen und
Spitzen, Jesus, wie ein Ballettänzer, zurück ins Küchenlicht.
So tun, als würde er immer noch Jiddisch lesen? Des Sejdes
Tür öffnete sich, und eine furchterregend weiß leuchtende Fi-
gur stolperte unheilvoll aus dem Zimmer und überquerte den
engen Flur. Allmächtiger! Da stieß Ira mit Stella zusammen.

»Es ist der Sejde«, flüsterte sie hinter ihm.

»Ich weiß.«

»Er geht aufs Klo.«

»Schhh!« Verzweifelt mahnte er zur Vorsicht. Sollte er sie losschicken, in das Zimmer, das sie mit Hanna teilte, die schon schlief? War es so am sichersten? Wo es doch schon so spät war? Vielleicht würde sie Hanna aufwecken – oh, Jesus – und Jonas schon bald zu Haus – oh, Jesus Christus. Jetzt saß er aber in der Klemme! Das Fenster im Vorderzimmer. Öffne es. Den Weg über die Feuerleiter. Vorbereiten. Aber der Krach – nein, lieber in die Küche zurück. Jiddisch lesen, ganz egal, was. Zu spät. Er wich ins tiefere Dunkel zurück, in die hintere Ecke des Vorderzimmers, und zerrte Stella mit.

Vor sich hin brummelnd tauchte der Alte auf und schlurfte in langer Unterwäsche und Filzpantoffeln über den Flur. Die eine Hand drückte immer wieder das verknautschte Gebetskäppchen auf dem Kopf zurecht, die andere Hand glitt an der Wandkehlung entlang, damit er den Weg fand und nicht fiel: »Oj, wej, oj, wej, Rebboine shel olim. Welche Freuden habe ich gekannt? Mit fünfzehn ein Bräutigam, mit sechzehn ein Vater. Kaum zweiundzwanzig, und bankrott mit vier Töchtern. Welche Freuden habe ich gekannt? Achtgeben, immer nur achtgeben, von Jugend an. Und Schmerzen, Kummer und Schmerzen ohne Maßen. Alt und heimgesucht vor der Zeit, verwitwet und erblindet vor dem Alter. Rebboine shel olim, wie lange noch, bis es dir gefällt, mich zu holen?«

Er schien vor sich den Lichtstrahl aus der Küche zu bemerken, blinzelte einen Moment besorgt – blieb stehen, aber ging dann doch ins Bad. Eine dritte Leuchtbrücke überspannte den Flur, als das Licht im Bad anging und, von den Milchglasscheiben gefiltert, weicher wurde, als er die Tür hinter sich schloß.

»Jesus, jetzt oder nie. Solange er noch drin ist.« Ira trat vor.

»Er hat gute Ohren«, flüsterte Stella. »Er kann nichts mehr sehen, aber hören kann er –«

»Wenn er die Toilette abzieht, dann vielleicht –« Ira bückte sich, um seine Schuhbänder zu lockern. »Ich kann es schaffen.« Die Schuhe in der Hand, richtete er sich wieder auf. »Du verschwindest im Bett, sobald ich draußen bin.«

436

Er wagte sich bis ins Küchenlicht, lehnte sich vor wie ein Sprinter, der auf das Startsignal wartet, stellte sich auf Zehenspitzen und wartete mit gespitzten Ohren... hörte die Klobrille gegen die Rohrleitung schlagen... ein Strömen, ein Plätschern... jetzt... jetzt... und schlich einen Schritt weiter vor. Na?... Jetzt?... Nein! Nichts tat sich... der Alte hatte immer noch nicht gespült. Oh, heiliger Bimbam. Da drehte sich schon der Knauf an der Badezimmertür... und sie ging auf. Ira zog sich ins Vorderzimmer zurück. Aus klickte das Licht im Bad. Das konnte nicht sein! An diesem Ort, in dieser Falle gefangen, in dieser üblen Lage? Das durfte nicht sein! Das durfte einfach nicht passieren. Nicht einem Ira Stigman. Er war schließlich kein – zurück! Ins tiefere Dunkel zurück –

»Warte, gleich geht er ins Bett«, hauchte Stella ihm ins Ohr.

»Jaa.« Tonlos, damit es geschah.

Statt dessen schlurfte der graue Bart, das Käppchen und der Unterwäschewanst, was der Sejde war, Richtung Küche und blieb neugierig im Licht stehen: »Mamie?«

Aufgeschmissen! Wenn Gedanken in der Hirnschale brüllen könnten, das ganze Haus müßte ihn hören. Er war aufgeschmissen.

»Schläfst du schon, Mamie?« fragte der Sejde schläfrig und verdrießlich. Grauenvolle Stille, während er mißbilligend das Deckenlicht in der Küche betrachtete.

Aus dem Fenster. Die Feuerleiter. Übers Dach. Wenigstens würden sie nicht wissen, wer es war. Es könnte ein Räuber gewesen sein, der flüchtete! Dennoch riskierte Ira keine Bewegung: Der alte Mann war so nah, er würde das Fenster hören und laut schreien. Wenn der Sejde aber jetzt Mamie aufweckte, dann gab es keine Rettung, dann mußte er zum Fenster flitzen. Mit den Schuhen – Jesus, oh, die Schuhe in der Hand – oh, das kannst unmöglich *du* sein!

Der Sejde blinzelte noch einmal, runzelte die Stirn: ein ganzes Leben voller schwerer Gottesprüfungen. Gib auf, Ira, laß dich erwischen, gestehe, leugne, rede dich heraus – oder spring auf die Straße, auf eine der Treppen – wie tief? Die Höhe war geringer, wenn man sich von der unteren Feuertreppe fallen ließ; man würde vielleicht nur ein Bein brechen, nicht getötet werden. Oder die Feuertreppe nach oben, aufs Dach, das war vielleicht besser. Oder unters Bett.

»*Nu*, dann schlaf weiter, wenn du schon schläfst. Schlaf, bis Jonas kommt. *Oj, wej is mir.*« Schwerfällig drehte der Alte bei. »Eine Plage, diese Nacht. Etwas hat meinen Schlaf gestört.« Er schlurfte zurück zum Lichtschein in seinem Zimmer.

»Ich hörte Menschenmengen in seltsamen Zungen zum Himmel rufen und schreien und habe doch verstanden: Siehe, es ist nicht vollendet, heulten sie: Siehe, es ist nicht vollendet. *Nu?* Häh? *Rebboine shel olim*, wenn Dein Denken das Universum füllt, warum müssen wir leiden? Wie kann Dein Denken vollendet sein? Ein Kobold kroch aus dem Schofar und schrie: Da muß doch irgendwo ein Riß drin sein? Torheit. Torheit. Oh, warum kommt der Messias so spät?«

Laut gähnend kratzte sich der Sejde unter seinem Käppchen und betrat sein Zimmer. Die Tür schloß sich. Das Licht unter der Tür erlosch.

Zwei Uhren tickten im Vorderzimmer. Die Intervalle wurden kürzer... vereinigten sich... und liefen wieder auseinander...

»Ich gehe«, schnarrte Iras Stimme.

»Warte noch ein kleines bißchen«, bat Stella eindringlich. »Er schläft gleich ein. Noch eine Minute, und du bist sicher.« Sie zog ihn am Arm.

»Ich kann nicht warten. Als nächstes kommt dein Vater nach Haus. Meine Güte.« Mit einer Bewegung des Ellbogens befreite er sich von ihrer Hand. Dummes Luder. Er hatte sie ja unbedingt heut abend bumsen müssen. »Komm, wir gehen zusammen. Wenn ich gehe, gehst du auch.«

Ihr leeres Gesicht hob sich in der Dunkelheit, unsicher und flehend: »Du willst, daß wir zusammen gehen?«

»Ja.« Hektisch vor Ungeduld hätte er schreien mögen. »Er wird mich nicht hören.« Er griff seine Schuhe. »Dich wird er hören. Geh direkt zur Tür. Wenn er fragt, sagst du, daß du es bist.«

»Und was noch?«

»Oh, verdammt. Sag einfach, das Schloß. Irgend so etwas. Du hättest jemanden gehört und wolltest mal nachsehen!« Er schubste sie voraus, sein molliges, leichtgläubiges Opferlamm, und ging auf Zehenspitzen hinter ihr her: auf Strumpfsocken suchte er Deckung im Gleichschritt mit ihren leisen Hausschühchen –

»Mamie?« tönte es da hinter des Sejdes Zimmertür. »Bist du das, Mamie?«

Ira gestikulierte, deutete auf das Schloß, machte ihr Zeichen, drehte verzweifelt sein Handgelenk in der Luft.

»Ich dachte, ich hätte gehört, wie jemand am Schloß dreht, Sejde«, antwortete Stella, und zu Iras heftigem Nicken: »Ich werde mal nachsehen.«

»Wer ist das? Bist du das, Stella?«

»Ja ich, Sejde.«

»Mach nicht die Tür auf.«

»Nein. Ich wollte nur sehen, ob sie verschlossen ist.«

Ira stieß sie weiter voran. Auf Zehennägeln an der Tür, das Gesicht zur Grimasse verzerrt, zog er den Riegel zurück, öffnete behutsam die Tür, nickte Stella heftig zu und witschte hinaus. Die Tür fiel zu, der Riegel glitt zurück, alles in einem Rutsch, während seine Füße auf dem Treppenabsatz in die Schuhe traten. Sollte sie es doch erklären, so gut sie konnte. Er war draußen. Er war frei.

Frei! Draußen! Nicht mehr in Gefahr! Vergiß die Schuhbänder. Die Treppe hinunter. Du wirst schon nicht stolpern. Halt dich am Geländer fest. Runter zum Erdgeschoß. Foyer, Fokus, Feuer. Raus. Auf die Straße. Rabe fliegt zum Himmel auf, brütet Straßenlampe. Eier, Vogel Rochs Eier. Ziemlich überdreht. Pfeilschnell ausweichen, zwischen geparkten Autos abtauchen. Ja, mit allen Wassern gewaschen. Ha. Andere Straßenseite, ehe noch jemand – ehe Jonas kommt. Jetzt: ein, zwei Zähne zulegen. Beweg deine Schinken, deine guten alten koscheren Schinken. Hörst du das, Sejde? Wumm, wumm, wumm – *wow*, hab dein Enkelkind gebumst, *in flagrante copulante*, *in flagrante copulante* – und ooh verdammt, war das gut... Er ließ zwei, drei Hauseingänge hinter sich... vier... ein Wunder, da heil herausgekommen zu

sein... am puertoricanischen Lebensmittelgeschäft vorbei:
Hernandez.

Mr. Hernandez, gestatten Sie, daß Ihr ergebener Johnny
Dooley einen Fuß auf Ihre schöne dunkle Eisenstufe stellt,
um – *oh boy, oh joy* – sein Schuhband zuzubinden? *Oh
boy, oh joy*, noch einmal davongekommen! Jetzt noch den
Gummi loswerden – Gummiband, Wummsiband, Trickser-
band, Wichserband, wie Joyce: Sindbad der Seefahrer, das
Laster aus Alabaster – hoffe, daß es überhaupt noch – Bauch
rein, und verstohlen um sich blickend schob Ira eine Hand
hinter dem Hosenbund nach unten, um das Kondom abzu-
ziehen – und erstarrte. Blieb stocksteif stehen. Bewegungs-
unfähig vor Panik. Das Kondom hatte er – immerhin; er
zog es herauf, drohend sichtbar, fahl und phallisch, mit feinem
Samengeruch. Aber seine Arbeit, seine Papiere! Hatte er sie
auf der jiddischen Zeitung vergessen? Du verdammter Idiot!
Hatte er? Unvorsichtig, weil zutiefst erschrocken, schleuderte
er das Kondom hoch durch die Luft zum Bordstein hin – nein,
nein, nein, er steckte seine Hand in die Innentasche: er hatte
sie, er hatte sie! Er hatte die Papiere doch eingesteckt. Junge,
was für ein Glück! Welches Glück! Er hatte sie bei sich. Hatte
sie. Hatte nichts Belastendes zurückgelassen – hey, was war
das? Konnte es sein, daß der schmächtige Mann da drüben,
der gerade von der Lenox Avenue herüberkam – dieser Zwerg
da: Sah wie Jonas aus. Ach, du liebe Güte, das Kondom, das er
soeben so hastig weggeschleudert hatte! Er hatte es in die Luft
geworfen: hoch wie eine witzige, spritzige Wunderkerze.
Durchsichtig wie ein Gläschen Rotz. Landete in der Gosse
mit all den Funken seiner Rakete. Nichts wie weg.

Nichts wie weg. Er wandte sich nach Osten, durch die Dunkelheit des frühen Montagmorgens, mit ungestümen Beinen,
klappernden Absätzen auf verlassener Straße, um schnellstens
von hier wegzukommen. Davongekommen! Steuerfrei. Feuer
frei auch, einen Freischuß hatte er gehabt. He-e-e-ya! Ob das
Jonas war? Nein, ein anderer schrumpliger Zwerg.

III

Er beeilte sich sehr, krähte beim Hahnenschrei seinen wortlosen Jubel laut hinaus und ging nach Osten, auf direktem Weg zur Park Avenue. Er war der Glücklichste unter den Lebenden, ein Glücksschwein, ein Glücksschwanz, ein Glücksbastard war er. Vor sich sah er unter der großen grauen Trasse der New York Central Railway ein Feuer brennen, ein Feuer in einer großen Blechtonne. In dem Moment, wo oben in luftiger Höhe ein Pullman-Zug mit abgedunkelten Fenstern vorüberfuhr, das Rattern von der massiven Trasse verschluckt, begannen die Flammen unten am Boden hoch aufzulodern. Die in den Schlafwagen Träumenden hätten sich nicht träumen lassen, daß auf der Marktfläche unter ihnen in einer Tonne ein Feuer brannte und würden nie erfahren, daß sie über ein jüdisches Marktviertel rollten, würden nie erfahren, daß er, Ira Stigman, an der offenen Telefonzelle neben Gabes Großhandel stehenblieb, um sie durch die Nacht rollen zu sehen, würden nichts über ihn erfahren, über seine wilde Eskapade, sein knappes Entkommen, die da oben, die friedlich in Zügen schliefen, die Namen trugen wie *Lake George, Fort Collins* und *Atlanta*. Er hatte Lust, bei dem Gedanken ein wenig zu verweilen, zu verweilen, um wieder normal zu werden. Die Flammen beleuchteten die Unterseite der Trasse und machten aus ihr einen gespenstischen Sonnenschirm aus Gelb und Rot, beleuchteten flackernd die querverstrebten Pfeiler, daß es aussah, als bewegten sich die Beine eines riesigen, wandelnden Tausendfüßlers. Es tat so gut, sich an die Telefonzelle zu lehnen, nur anzulehnen, sich fallenzulassen, abzuschalten. *Nach des Lebens Fieberschauern ruhet er nun sanft.* War das *Lear?* Nein, *Macbeth.* Nur daß *er* noch nicht sanft ruhte, er genoß sein Entkommen, glückseliger Flüchtling. Junge, war das gut gewesen. Besser als damals mit Minnie. Angenehm mollig, frisch und feucht. Ein schöner, schöner Rücken zum Entzücken. Ein göttlicher Hintern zum Pimpern. Mensch, wenn er nur daran dachte, konnte er glatt noch einmal einen hochkriegen. Sollte er es sich jemals selbst machen, daran würde er dabei denken. Wie konnte etwas so

wunderschön und so schmutzig, so verkommen, so niederträchtig und so himmlisch sein? Heiliger Bimbam. Das versteh
mal einer. Oh, kein Problem: typisch für dich.

Neben der Tonne parkte ein großer Transporter, und der
Feuerschein gaukelte über einen stämmigen jungen Mann,
der auf der Ladeklappe stand und einen Haufen Abfall von
oben in die Tonne schaufelte, um das Feuer zu nähren:
zerbrochene Leisten von Gemüsekisten, Obsttüten, Verpak-
kungsmaterial, Müll. Jede Schaufel dämpfte vorübergehend
die Flammen, die sich bald erholten und ihr Licht bis zur
Granitmauer in der 111. Straße warfen, wo der massive Bahn-
damm begann. Feuerschein fiel über die Aufgänge zu den
Mietshäusern, glitt über die Schaufenster der geschlossenen,
armseligen kleinen Läden in den Erdgeschossen zu beiden
Seiten des Marktes, der unter der Trasse Zuflucht gefunden
hatte, und wo Mom immer... Sonntag morgens... Ira
schürzte die Lippen – ach, das waren noch Zeiten.

Kurzer Moment des Verschnaufens, nutzlos wie alles in seinem Leben. Dann wieder weiter: Ira auf dem Gehweg und der
junge Mann auf dem Transporter musterten einander flüchtig, und er spürte, wie sich dieser Moment als geistiger Ab-
druck in sein Hirn eingrub. Im Weitergehen warf er einen
Blick durch die weit geöffneten Schiebetüren von Gabes Großhandel: Zwei Männer waren dort zu sehen, ein schwerfälliger
Riese mit einem Klemmbrett für Rechnungsformulare in der
Hand und ein kleiner Dicker mit einem breiten Kehrbesen.
Neben ihnen standen im trüben Licht Kisten mit Feldfrüchten
an der Wand, auf der anderen Seite, zwischen Schiebetür und
rückwärtiger Mauer, waren mit Segeltuch abgedeckte Hand-
karren für die Nacht untergebracht.

Das Scharren der Schaufel, das Knistern des Feuers, der Geruch von Rauch schwebten durch die knackig frische Nacht-
luft, grüßten die Sinne, und die Szene in Gabes Laden fügte
einen Hauch Zitrus hinzu: Grapefruit, Limonen, Orangen,
hmmm. Als würden sie den letzten Rest seiner inneren Unruhe vertreiben. Ach, den letzten Rest der schändlichen Ekstase zerstreuen – auch des Schreckens und der Schuld.
Und der junge Bursche hinten auf dem Transporter versenkte

seinen Abfall in die Tonne, und der Abfall wurde zu einer lodernden Flamme, und die Flamme verklärte die Verkommenheit, die den Ort umgab.

»Etwas langsamer, Giorgio.« Der schwerfällige, trügerisch weich wirkende Mann klappte sein Klemmbrett zusammen und kam wiegenden Schrittes durch die weit geöffnete Schiebetür, gefolgt von dem anderen, dem untersetzten, angegrauten, italienisch aussehenden Verwalter des Ladens – oder war es der Wachmann? Er blickte zu Ira hinüber.

»Ich? Langsamer? Wenn man so alt geworden ist wie ich, dann ist es zu spät für langsam.«

»Zu spät? Ich dachte, dann wäre es gerade recht.« Der Riese steckte sich das Klemmbrett unter den Arm und zog eine Schachtel Zigaretten aus der Tasche.

»Danke. Für einige vielleicht, aber nicht für mich.«

Ein Streichholz flammte auf. Des alten Wachmanns graues Gesicht beugte sich zum Feuer, es sah zerfurcht und müde aus. »Danke.« Während er inhalierte, glätteten sich seine Züge. »Das is 'ne Camel, stimmt's?«

»Ja.« Der andere steckte sich ebenfalls eine an. »So ab und zu kannst du doch sicher ein Nickerchen machen, auf der Arbeit, oder?«

»Ich? Nein. Die einzige Zeit, wo ich schlafen kann, ist am Tage. Nicht in der Nacht, nicht mal, wenn ich frei hab. Nachts, ich weiß überhaupt nicht, wie das kommt: andauernd platzen Kartons in meinem Kopf.«

»Ach ja?« Der Mann mit dem Klemmbrett lachte. »Verdorbene Ware, häh? Da sind wohl keine saftigen Pfläumchen dabei.« Er hatte eine fette, herzliche Lache.

»Nee«, knurrte der alte Wachmann ablehnend. »Nicht für mich. Als ich meine Gina verlor, hab ich alles verloren.«

»War doch nur Spaß, Giorgio. Du weißt, wie ich's meine.« Träumte er? Schlafwandelte er? Nein, weder noch. Da tauchte gerade ein Typ auf, klein, drahtig, dünn wie ein Brett, mit zerknautschtem Hut, vielleicht ehemals geformt wie eine Suppenschüssel. Im verbrannten, verwitterten Aussehen eines verwahrlosten Tramps, kam er schnell auf sie zu. Aufgeschreckt aus seiner momentanen Versunkenheit trat Ira in weiser Voraussicht an die Bordsteinkante und musterte im Feuerschein das knochige Gesicht des Hinzukommenden: die Kinnbacken waren blutverschmiert, die Nasenlöcher wund, die Nase schief und krumm. Jesus, den mußte jemand vermöbelt haben: außerdem war er betrunken. Der Mann rieb sich über den Mund, schien alles um sich herum zu vergessen und stürzte in die offene Telefonzelle vor Gabes Großhandel. Das Licht ging an. Nein, kein Traum, es war deutlich genug: das wilde, laute Wummern aus der halbgeschlossenen Zelle war überdeutlich. Ebenso der gewalttätige Schatten, den das trübe Deckenlicht der Zelle auf den Gehweg warf: der Schatten eines Mannes, der wild auf den Münzkasten einhämmerte.

»So ist's recht, das muß doch kaputtzukriegen sein«, mischte sich der Wachmann ein. »Die ganze Nachbarschaft aufwecken. Sind Sie wahnsinnig, oder was?«

Ein neuerlicher Angriff auf den Münzkasten war die Antwort.

»Hey Guido, hörst du den Verrückten da?« rief der Fahrer des Transporters dem jungen Burschen auf der Ladeklappe zu. »Der führt sich wie ein Zuhälter auf, der seine Nutte verprügelt. Guck bloß mal.«

Der junge Bursche lehnte sich auf seine Schaufel, beugte sich vor, um besser zu sehen. »Kitzeln muß er sie, genau. Er hat die Finger schon drin. Hey, versuch's mal im Liegen.« Sein junges Lachen verhallte unter der düsteren Trasse.

Noch ein paar Schläge, ein idiotischer, hartnäckiger Angriff auf die Stille, beendet durch die Drohung des alten Wachmanns: »So kriegst du da nichts rausgefickt, verdammt noch mal. Ich komm gleich mit meiner dicken Stange und werd dir was erzählen, du blöder Arsch!«

Mit einem Ruck der Falttür ging das Licht in der Telefonzelle aus. Der Betrunkene kam heraus wie ein mageres, halb verhungertes Tier aus seinem Bau und trat in den züngelnden Feuerschein. Ira setzte sich diskret in Bewegung und riskierte nochmals einen verstohlenen Blick zurück, als schon eine größere Entfernung zwischen ihm und den anderen lag. Was der Betrunkene in seiner aufdringlichen Haltung gewollt hatte, war offensichtlich, denn jetzt streckte sich den beiden Männern die offene Bettelhand entgegen. Die Abfuhr fiel drastisch aus: ein schonungslos nach unten gerichteter Daumen, dann die höhnische Verweigerung: »Zieh Leine, Saufkopp.« Zu Iras Bestürzung löste der Mann sich plötzlich von den anderen und stürmte hinter ihm her. Was sollte er tun? Wegrennen? Quatsch! Einfach nur gehen, so schnell wie möglich. Das nützte nicht viel. Nach ein paar Dutzend Schritten hatte der Mann ihn eingeholt.

»Hey Kumpel, bin total pleite. Wie wärs mit'm klein Dime. Ohne Flachs. Bin ärmer als die Zehn Gebote. Bin auf dem Güterzug mitgefahren, seit gestern früh. Den ganzen Weg von Aroostook in Maine bis hier, verstehst du? Bin kein Säufer. Ehrlich, hab Kartoffeln geerntet, bin kein Säufer. Hab nur verdammt Kohldampf. Bin am Verhungern. Bin überfallen worden, und jetzt ist meine Knete futsch«, flehte das zusammengeschlagene, knochige Gesicht, blutverkrustet und entnervt. Die Nasenlöcher wie rohes Fleisch, sie zuckten. War die Lücke in den Schneidezähnen, die man beim Sprechen sah, frisch? Jesus, mitten in der Nacht konfrontiert mit dieser Erscheinung in entsetzlicher Not, von Angesicht zu Angesicht mit blanker Not, erbarmungsloser Not in der dunklen, menschenleeren Park Avenue, der breiten, häßlichen Park Avenue, zwischen unbeleuchteten Ladenfronten, schwach beleuchteten Hausfluren, dicken Backsteinmauern und der Eisenbahnüberführung, hoch aufgepflanzt auf gelähmte Beine. Nicht einmal ein Auto kam vorbei, noch waren Scheinwerfer zu sehen. Ob die anderen wohl zuschauten, dort an der Ecke, wo aus der Tonne Flammen flatterten wie ein indianischer Federschmuck? Warum zum Teufel war er bloß stehengeblieben?

»Ich hab kein Geld.« Ira versuchte, seinen Verfolger durch Bärbeißigkeit abzuschrecken.

»Fünf Cent, irgendwas. Mit fünf Cent könnte ich in einen Billigladen gehen. Da krieg ich was von gestern und 'ne Tasse Kaffee. Wie sieht's aus, Kumpel?« Er führte einen Finger zur Nase und zog ihn zitternd zurück: »Dieser Arsch von Bahnpolizist hat mich entdeckt – ich bin besoffen zwischen den Pullman-Wagen mitgefahren. Am Bahnhof 125. Straße hat er mich erwischt. Da hat er mich dann dumm und dämlich geprügelt, und die Kacke war am Dampfen. Ich schwöre, Mann, ich sag die Wahrheit.«

»Ich hab aber keine fünf Cent.«

»Dann Pennys. Bitte! Vielleicht reicht's für ein Brötchen, eine Scheibe Brot. Ich fühl mich, als ob ich gleich tot umfall.«

Mistkerl, fluchte Ira. Doch wer konnte dieses flehende, übel zugerichtete, blutverkrustete Gesicht verleugnen? Er griff in seine Hosentasche und fühlte zwei Münzen, einen schweren halben Dollar und einen Vierteldollar, auch ziemlich dick und viel zu wertvoll – soviel wert wie ein Döschen Kondome. O Jesus, warum hatte er den Apotheker nicht gebeten, den Vierteldollar Wechselgeld kleinzumachen? Einen ganzen Vierteldollar! Soviel wie Moms Zuschuß für einen Tag am CCNY. Aber er hatte ja noch die fünf Dollar, Ediths milde Gabe, arme Frau. O Mann, wie unschlüssig er war, wie hin- und hergerissen: die kleine Cousine gevögelt, mit knapper Not entkommen – sogar *mit* der Semesterarbeit. Sollte er nun Almosen geben, damit der Sejde nichts merkte, Almosen geben, weil der Zwerg da nicht Jonas war? Dummes Zeug. Aberglaube. So aber webte das Hirn sein Netz: Hier ein bettelnder Vagabund, und der Bettler heilte eine Art notorische Unausgeglichenheit bei ihm. »Ach übrigens.« Iras Stimme war viel lauter als beabsichtigt, schallte schrill und durchdringend in die hohle Nacht hinein. »Du solltest dir mal das Gesicht waschen.« Seltsam, wie Feindseligkeit der Vorbote von Nachgiebigkeit zu sein schien.

»Hast recht. Ich muß ja aussehen wie ein Schwein.« Verlegen, als habe er die Hoffnung auf weitergehenden Trost aufgegeben, machte der Bettler ein unbeteiligtes Gesicht. »Und mein Ohr. Siehste das? Das hat auch der Scheißbulle gemacht.« Er leckte seine Fingerkuppen an und begann, blindlings seine Wangen zu säubern. »Darum wollte ich auch keinen in der 125. Straße anhauen. Wenn mich 'n Cop beim Betteln erwischt, läßt der mich gleich in den Knast werfen, nur um auch was einzusacken.«

»Ich habe hier einen Quarter. Mehr hab ich nicht.« Ira zog die Münze aus der Tasche.

»Wie – du meinst, den gibst du mir?«

446

»Nur wenn du ihn wechseln kannst.« Sein eigener Sarkasmus ärgerte ihn, denn er lief komplett ins Leere. »Hier, nimm.«

»Jesus, du bist ein Prinz! Ein ganzer Quarter! Gott segne dich! Gott segne dich!«

»So ein Schwachsinn!«

»Ich werde für dich beten, Gott ist mein Zeuge, ich bete für dich. Du bist ein Weißer. Ich mein's ernst. Vielleicht bist du Jude. Aber du bist ein Christ. Ein feiner Mensch.« Er tippte sich an den verknautschten Hut.

Ira krümmte die Hand und machte eine Bewegung schärfster Verachtung, schärfster Distanzierung. »Geh und such dir einen Laden, wo du was essen kannst, ja?« Er trat an die Bordsteinkante. Ein Christ, meine Fresse, hörte er es in seinem Kopfe widerhallen.

»Danke. Gott segne dich. Ich besorg mir sofort 'n Kaffee mit Snack. Sofort. Fünfundzwanzig Cent!«

»Ja.« Der breite Schatten der Überführung erzitterte im kräuselnden Flammenspiel eines entfernten Feuers: Gott segne dich. Ira kreuzte zur Nordecke der 114. Straße. Jesus, Mamie müßte mal erfahren, was er für ihren Dollar alles bekommen hatte: eine gut gevögelte Tochter, direkt unter der Schnarchnase der eigenen Mutter, dann einen Riesenschrekken – und was für einen! Dann ein Gummikondom, weißlich im Rinnstein für ein sprachloses Kind, das es morgen früh findet und zu einem Ballon aufbläst, und noch ein Kondom in seiner Tasche. Und Segenswünsche im Wert von fünfundzwanzig Cent von einem Tramp mit verbeultem Hut, der sein Fett weggekriegt hatte. Donnerwetter, das war günstig, oder? Wenn er doch jemandem davon erzählen könnte: vom Delirium, den wirren Gegensätzen einer einzigen Nacht, eines einzigen Tages, von wilder Ekstase, echtem Mitgefühl und falschem Pathos. Aber das unterschied ihn ja von Larry. Larry konnte seine Erlebnisse erzählen, sie eigneten sich problemlos für jede normale Unterhaltung. Seine nicht, seine waren deformiert, paßten in keine Unterhaltung, konnten nie erzählt werden.

Du mußtest dir das Denken angewöhnen. Mürrisch setzte Ira seinen Weg nach Norden fort: erst denken, dann handeln. Denken, denken, denken. Das war dein Problem: du dachtest nicht nach. Versuch zu denken. Mensch, denken, Himmel Arsch, wurde er plötzlich wütend auf sich: Er war nicht dafür geschaffen. Er hatte auf einem flachen Sprungfelsen am Ufer des Hudson gestanden und sich das damals schon gesagt. Er war dafür geschaffen zu fühlen und zu glauben. Er war geschaffen zu leiden und sich etwas vorzustellen. Er war nicht auf Draht. Alle wußten das. Doch wann wollte er endlich damit beginnen? Mit Denken, mit dem Versuch nachzudenken: über die praktischen, die prosaischen Dinge des Lebens, über Konsequenzen, wie andere erwachsene Menschen es auch taten, die ihr Handeln richtig einschätzten und vorher abschätzten. Sogar junge Menschen. Wie diese Klugscheißer von der Columbia in dem Drugstore vorhin. Oh, du müßtest, müßtest endlich damit anfangen. Denn so war die Welt: Was verdiente Gabe in dem Großhandel, dessen Inhaber er war? Wieviel Miete zahlte er, und wieviel berechnete er jedem Straßenhändler, der seinen Karren bei ihm unterstellte? Wieviel bezahlte er dem Wachmann, und wieviel verdiente er an einer Kiste Apfelsinen oder Tomaten? Solche Fragen sollten für ihn von Interesse sein. Nicht fühlen und leiden und sich etwas vorstellen: Was der alte Italiener wohl bei sich gedacht hatte, als der Lastwagen ihn bei Gabes Großhandel absetzte und er aus dem kleinen Fenster in der Tür auf das Feuer in der Tonne schaute? Vielleicht erinnerte er sich an seine tote Frau – wer weiß, er sagte doch, er sei allein: oder daran, wie sie im Rinnstein Pferdemist sammelte wie die anderen schwarzgekleideten italienischen Frauen aus der 119. Straße, um die Geranien in den Blumenkästen vor ihren Fenstern damit zu düngen. Vielleicht hatte der Alte früher einen Kohlenkeller gehabt und einen Keller für Stangeneis wie der Italiener bei Ira gegenüber. Vielleicht hat er früher »Die Glocken von Italien« vor sich hin gepfiffen, wenn er an einem Sommermorgen auf dem Gehweg seinen Pickel ins Stangeneis stieß. Das war es aber nicht, worüber Ira nachdenken sollte. Er war ein Narr.

Bergauf bis zu dem geschlossenen Toilettenhäuschen unter der Trasse an der Hundertsechzehnten. Dann über die Gleise der Straßenbahn. Straßenlampen von Ost nach West. Linoleumrollen wie in Packpapier eingewickelte Mumien im Schaufenster des Eckladens. Und wieder bergab, dem gedämpften Rumpeln eines oben auf der Überführung fahrenden Zuges folgend. Wohin wollte dieser Penner überhaupt, dieser bettelnde Tippelbruder? Nach Süden? Wenn er irgendwo und irgendwann seinen Kaffeesnack bekommen hatte. Er legte wohl seinen Vierteldollar auf den Tresen, um zu zeigen, daß er ihn hatte, bestellte einen Becher Kaffee, nahm sein Wechselgeld und ging zu den Toiletten, um sich das Blut abzuwaschen. Wandte sich dann zur West Side, zum Hudson River, wo die Güterzüge fuhren. Er war früher schließlich auch mal klein gewesen. Hatte er sich auch an Daddys Hand gehängt, wenn sein alter Herr abends von der Arbeit nach Hause kam? Hey Dad, wie wär's mit 'nem Nickel? Komm schon, Dad, schenk uns fünf Cent. Hatte der schäbige Bastard mit dem Suppenschüsselhut das nicht auch gemacht – früher einmal? Wie konntest du dem Fühlen, dem Leiden, den Vorstellungen entfliehen? Wie konntest du dich wenigstens zu einem gewissen Grade davon freimachen? Er würde es müssen – eines Tages. Aber wann?

Es war spät. Und dunkel. Er hatte gespielt. Mit der Gefahr. Wer außer ihm hatte je so damit gespielt? Larry nicht, in seinem schönen, gemütlichen Zimmer in dem Apartment West 110. Straße. Aber Larry durfte am nächsten Sonntag auch nicht Edith vom Schiff nach Hause begleiten. Ira war es, dem sie vertraute, ihn hatte sie dazu eingeladen. Ira war es, der Bescheid wußte. Auch nicht der große blonde Ivan, das Physikgenie, der zu seinem Mitschüler bei der Nachhilfe im 28er Gruppenraum sagte: Nun müssen wir nur noch das richtige Integral finden. Weder Sol, dessen Vater in der Delancey Street Bruchbänder und Bandagen verkaufte, oder der rothaarige Sol, der alles, was Professor Cohen im Unterricht erzählte, herumtratschte. Noch die Columbia-Studenten, die alles über Hutchins wußten. Nein. Niemand. Nur er hatte gespielt, wahnsinnig viel riskiert. Und jetzt den Heimweg eingeschlagen.

Da war ja die Kreuzung mit den vier Häuserecken, wo er wohnte, wo er lebte und aufgewachsen war, und der New York Central-Viadukt, der Tausendfüßler aus Stahl, wie immer in seiner Nähe.

Er hatte mit der Gefahr gespielt, und nun ging er nach Haus. In der Tasche hatte er noch die Hälfte von Mamies Dollar, ein halbvolles Döschen Kondome und fünf Dollar von Edith. Gab es dafür eine *broche*? Ein Dankgebet? Na, Sejde, du alter Knabe, alter Hypochonder du? Juden hatten doch für alles ein Gebet, oder? Gab es ein *schechijanu*, einen Segensspruch? Ein Erlösungsgebet, weil er des Sejdes Enkeltochter durchgevögelt hatte und nicht erwischt worden war? Er hatte es riskiert. Und war damit durchgekommen. Wer hatte ihm geholfen, das zu tun und mit heiler Haut davonzukommen? Er hatte sie befriedigt, pazifiziert und Pasiphaeiert. Und wer hatte ihm dabei geholfen, Sejde, alter Knabe? Der Kobold, der aus dem Schofar entwischt war? Sehr witzig.

Er hörte sich selbst kichern, kurz und freudlos. Und hier war sein Zuhause, jedenfalls noch: 108 East 119. Straße.

IV

Weil Ira noch etwa eine Stunde zu überbrücken hatte, ging er zu Fuß durch die im Sonntagsdunkel liegende 116. Straße bis zum U-Bahn-Kiosk an der Lenox Avenue. Er besaß nun keinen IRT-Paß mehr; den hatte er abgeben müssen, als er seinen Ferienjob kündigte, gleich nach Labor Day. Darum warf er nun wieder eine Münze in den Schlitz und schwang das quietschende Drehkreuz herum. Er hatte sich vorgenommen, heute abend Kavalier zu sein, ein ritterlicher Kavalier, völlig anders, als er sich vergangenen Montag bei Stella benommen hatte, zwei Tage nach Ediths Bitte. Und wieder hatte er Mom daran erinnert, daß er »ganz, ganz spät in der Nacht« nach Hause käme, damit sie sich nicht sorgte.

Er fuhr auf der U-Bahn-Linie weiter, die – anders als die Rapid Trains – alle Stationen mitnahm, um noch mehr Zeit totzuschlagen, kam aber immer noch zu früh am Bahnhof Christopher Street an. Also bummelte er die tote Seventh Avenue entlang, an den verschieden hohen Gebäuden vorbei. Die Septembernachtluft hatte einen kalten Hauch in die Dunkelheit gemischt. Er blickte auf die mondgesichtige Uhr im Fenster der Tankstelle am Ende der Morton Street: zwanzig vor zehn. Gemach, gemach. *O lente, lente, currite noctis equi.* Immer langsam voran. Wie stellte man es an, daß zwischen dir und einem Haus, das nur noch eine Straße entfernt war, mindestens fünf Blocks lagen? Wenn er ein paar Minuten früher käme, würde es sie wohl nicht stören; sie wären beruhigt, daß er schon da war. Also überquerte er die Morton Street, ging auf deren Südseite an Ediths Haus vorbei, weiter nach Westen ganz bis zur Hudson Street, die in Sonntagsruhe, Sonntagsdunkelheit dalag, dunkler als die Seventh Avenue. Halt, stopp. Die Hudson Street zählte also zu den Straßen, obwohl sie doch in nord-südlicher Richtung verlief und eigentlich eine Avenue war, Hudson Street mit Namen. Wenn diese pechschwarze Überführung ganz in der Nähe, die Ninth Avenue El nicht den Blick versperrte, könnte man den Hudson River sehen. Bald würden sie zu dritt auf die andere Seite fahren. Aber untendurch. Abenteuerlich, etwa nicht? Dunkel, Sonntagsdunkel, die Dunkelheit, die unweigerlich entstand, wenn die Menschen am Ende eines Wochenendes im Herbst in ihren Wohnungen waren. Die Dame Edith nach Hause begleiten. In dem Moment jedoch, da du anfingst, dich darauf einzustellen, wurdest du nachdenklich, und im Moment des Nachdenkens tauchten aus dem Morast abstoßende Flecken der Erinnerung auf. Vorsichtshalber so gut benehmen wie du kannst, nahm er sich vor: sich ein einziges Mal benehmen, wie ein Gentleman und es nur nicht vergessen. Sein wie Lewlyn, wie Larry. Jesus, wenn das kein Witz war: wie Larry sein. Ira kehrte um, ging an den Aufgängen der beiden angrenzenden, unrenovierten Mietshäuser vorbei, wo immer noch die Italiener wohnten, und steuerte dann auf Ediths Haus zu, Morton Street Nummer 64. Er drückte die Klingel.

Beim rasch folgenden Summton warf er sich schnell gegen die Tür und platzte hinein –

Da war sie, stand oben vor ihrer Wohnung, zwei Treppen hoch. Sie rief seinen Namen, als er die mit Teppich ausgelegten Stufen erklomm, erwartete ihn am Geländer. Unter dem Saum ihres dunklen Kleides blitzten seidenglatte Waden hervor, die von unten zu sehen er nicht vermeiden konnte.

»Ira, ich bin so froh, daß du früh kommst.«

Immer noch ein Stockwerk unter ihr, gab er ein beiläufiges »Dachte, es wäre vielleicht besser« zur Antwort.

Wie liebevoll sie, mit den Fingern an ihrer schwarzen Gagatperlenkette spielend, ihn begrüßte, als er oben angekommen war. Sie *mußte* ihn mögen, dachte er: wo sie doch so zärtlich lächelte. Aber warum? Er senkte scheu den Kopf, fast züchtig, beinahe verschämt, und trat ein. Navajo-Teppiche, Jutedecke auf dem Sofa. Kaminsims. Blaues Bild vom Großen Wagen. Der Flügel. Und neben einem der Mahagonibeine des Instruments stand auffällig vielsagend, dick und bauchig ein mächtiger Lederkoffer, die Riemen festgezurrt und vertäut, fix und fertig gepackt. Lewlyn trat hinzu, um Ira die Hand zu schütteln. Groß und mannhaft in seinem grünlichen Tweed, sagte er mit seinem üblichen, trockenen, herzlichen Glucksen: »Wie ich sehe, halten Sie darauf, Verabredungen pünktlich einzuhalten.«

»Ja, stimmt schon«, antwortete Ira mit unsicher angemessener guter Laune. »Später als jetzt wäre es schwierig, noch hierherzukommen. Sie verstehen, was ich meine? Ich wüßte nicht, wann ich jemals abends um zehn eine Verabredung hatte.«

»Ja, ich verstehe. Keine normale Zeit für einen Besuch. Aber das ist eine Frage von Zeit und Gezeiten, wie Sie wissen. Die Cunard Line hat das festgesetzt.«

»Wir wissen es beide sehr zu schätzen, daß du nicht später gekommen bist. Reisezüge, Dampfschiffe machen mich immer sehr nervös, selbst wenn ich weiß, daß noch viel Zeit ist. Kann man das überhaupt je überwinden? Ich glaube kaum.« Edith seufzte. Sie machte die Tür zu – und brachte damit das Tapa zum Vorschein, das innen befestigt war,

Marcias Präsent, Marcias Präsenz, das Tapa mit den dunklen Blumen auf der braunen Baumrinde. Ein kurzer Augenblick, mehr Zeit war nicht, um über gewisse Dinge nachzudenken: das Tapa an der Tür und neben dem Flügel der dicke Lederkoffer, festgezurrt und zugeschnallt. Edith nahm schon ihren erikafarbenen Mantel vom Sofa und Lewlyn seinen geistlichen schwarzen Überzieher vom Korbsessel. Und eine neue Wahrnehmung verdrängte alles andere: Sie wollten sofort los.

»Wir nähern uns dem Punkt, wo es als schick gilt, zu spät zu kommen«, sagte Edith, als Lewlyn ihr, galant wie immer, in den Mantel half. »Du hast diese schlechte Angewohnheit anscheinend noch nicht angenommen«, lächelte sie Ira an. »Darüber bin ich sehr froh, besonders jetzt. Aber Ira, hast du denn nichts Warmes zum Anziehen dabei?«

»Nein. Ich dachte, das wäre nicht nötig.«

»Am Wasser kann es ganz schön windig sein«, bemerkte Lewlyn, als er seinen eigenen Mantel anzog.

»Wir haben Ende September. Ich würde dir liebend gern etwas von mir leihen«, sagte Edith noch und lächelte.

»Nein danke, ich trage eine Weste. Mir wird nicht kalt.« Ira konnte sich nicht ganz auf die Anspannung einstellen, unter der die beiden zu stehen schienen. Sie hatten noch viel Zeit und mußten sich nicht beeilen. Das konnte es also nicht sein, aber es lag eine Spanung in der Luft. Er spürte eine beunruhigende Aura, die in Ediths Wohnzimmer die Zeit anzuhalten schien. Er empfand, sie begrüßten ihn überschwenglicher als ihm zustand, wie Erwachsene etwa ein Kind begrüßten, das angelaufen kam, oder eine anschmiegsam buckelnde Katze streichelten, um seelischen Druck und innere Unruhe abzubauen – froh, ihre Selbstbezogenheit auf ein anderes Objekt verlagern zu können. Oder war die Spannung nur natürlich: wegen der langen Reise, die vor Lewlyn lag und der Sorge, rechtzeitig zum Schiff zu kommen? Aber sie hatten noch stundenlang Zeit. Ira spürte, wie er die Nervosität im Raum mit einem tiefen Atemzug abzuschütteln versuchte. Oder waren sie so angespannt, weil sie sich trennen mußten? Ja, genau wie Mom es vorausgesagt hatte, als er ihr und Minnie bei einem Frühstück mit frischen Bulkies und

Lachs von Ediths und Lewlyns unglückseligem Arrangement erzählte.

»*Asoj? Oj, wej, oj, wej*«, hatte Mom genüßlich gemurmelt, als sie erfuhr, daß Lewlyn Edith verlassen würde, um nach England zurückzukehren. »Es ist schrecklich, mit dem Herzen einer Frau zu spielen. Arme Edith, mein Herz bricht um ihretwillen«, hatte Mom bemerkt. »Hätte ich einst einen Revolver besessen, mein untreuer Verführer hätte bezahlt.«

»Wenn wir jetzt gehen«, sagte Lewlyn, der kaum der richtige war, Moms Vision zu widerlegen, »dann brauchen wir kein Taxi. Wir können ab Christopher Street die U-Bahn nehmen und sind wahrscheinlich schneller an der Vierunddreißigsten als mit dem Taxi.«

»Es ist schön draußen«, bekräftige Ira. »Ich bin grad zu Fuß von der U-Bahn gekommen.«

»Wir müßten sowieso ganz bis zur Seventh Avenue gehen, ehe wir überhaupt ein Taxi finden«, sagte Lewlyn zu Edith, »außer, ich rufe von deiner Wohnung aus an. Macht es dir etwas aus, wenn wir laufen, Liebes?«

»Aber nein, Lewlyn. Laß uns ruhig zu Fuß gehen. Es ist ja wirklich nur ein kurzes Stück.«

»Was ist mit dem Koffer? Brauchen Sie Hilfe?« bot Ira an.

»Nicht jetzt, danke. Es könnte aber sein, daß ich später darauf zurückkomme. Sie haben es wahrscheinlich auch schon bemerkt: Koffer werden beim Tragen immer schwerer, das haben sie so an sich.« Er wandte sein freundliches Gesicht zu Edith: »Sind wir so weit?«

»Ich bin fertig. Ich will nur noch das Licht ausmachen und die Tür abschließen«, sagte sie und zog die Schlüssel aus der Tasche.

Dann wurde fast nicht mehr gesprochen. Sie machten sich auf den Weg: Aus der Wohnung, die Teppichstufen hinab, aus dem Haus, in die Nacht auf der Straße, in die Kühle der Nacht auf der Straße, hinein in die Stille der Morton Street, auf deren Gehweg Ira zwei Menschen begleitete. Er war gehemmt, weil sie ihn um diesen Gefallen gebeten hatten und weil er spürte, daß etwas Unbekanntes hinter seinem Tun lauerte, etwas weit Entferntes, Dunkles, zu dem er durchdringen mußte.

Und er mußte sich benehmen, mußte mit ihnen gehen, den Eindruck erwecken, Teil ihres Weltbilds zu sein, obwohl er nicht einmal wußte, woraus es bestand. Er wußte nur, daß *ihr* Leben, *ihre* Gewohnheiten, *ihr* Verhalten, beiden völlig selbstverständlich, ihm in vielem unbekannt, dennoch Zutaten einer aufgehenden Möglichkeit für ihn waren. Er bog mit ihnen in die Seventh Avenue ein, umrundete dabei die Tankstelle, wo die Zeiger der mondgesichtigen Uhr im Schaufenster fast auf halb elf standen. Jetzt würden Mom und Pop sich allmählich bettfertig machen. Minnie war zum Tanzen. Ihr Faltbett neben dem Doppelbett von Mom und Pop würde leer sein, und sein Bett war ebenfalls leer. Er war hier, im Village, am Vorabend einer neuen Collegewoche, hatte eine fröhliche Miene aufgesetzt, versuchte, mit zwei Professoren Schritt zu halten – nein, mit zwei promovierten Liebenden, Dozenten am College, durch und durch amerikanisch, unterwegs zum U-Bahn-Kiosk Christopher Street, auf ihrem Weg zu einem Schiff, zu einem Ozeandampfer der Cunard Line, einem »Cunarder«, wie Lewlyn sagte. Er stammte, rief er ihnen in Erinnerung, aus Pennsylvania: Früher einmal hatte er Theologie studiert, war Geistlicher gewesen und erzählte jetzt von seinen Griechischkursen und wie viel sie ihm immer noch bedeuteten. Und sie war seine – ja was? Mätresse, ein Wort, das er Edith manchmal verwenden hörte: Eine Hetäre aus Silver City, Neumexiko, wo ihr Vater ihren Worten zufolge niemals eine Pistole trug, sondern sich sofort zu Boden warf, wann immer eine Schießerei begann. An der Berkeley University in Kalifornien hatte sie sich auf ihr Examen vorbereitet. Nein, in Berkeley gab es keine Hetären mehr – die gab es nur noch im Lexikon. Und er, Ira, schleifte an Lewlyns Seite, der Seite mit dem Koffer, den jener so kraftstrotzend trug, ganz Galizien hinter sich her, Juden und Juden und Juden, einen Ozean weit entfernt, den er wahrhaftig in Moms Armen überquert hatte: Galizien und die Lower East Side und Irish Harlem: ein Judenjunge. Ein Judenjunge und *diese* feinen Leute. Ach vergiß es, vergiß es! Aber erinnere dich auch, erinnere dich. Warum warst du überhaupt hier? Du klautest einen silberverzierten Füllfederhalter und schenktest ihn deinem besten Freund, und darum warst du hier. Du hattest ein Stipendium für Cornell gewonnen, aber dein bester Freund war in New York, und darum warst du hier. Mensch, du würdest nicht wagen, ihnen das zu erzählen: Nicht im Traum kämest du auf die Idee, ihnen von deiner Cousine, der fetten kleinen Färse zu erzählen, die du erst letzten Montag noch gefickt hattest, während dein frommer Großvater in seinem Bett still vor sich hin säuselte und aufrichtig um seinen Tod betete. Du würdest auch nicht wagen, dieses »f«-Wort vor ihnen zu gebrauchen. Und doch warst du hier bei ihnen. Alles, was du zu sagen wagtest, war das, was jeder sehen konnte: daß die Nacht über der Seventh Avenue allmählich frostig wurde und der Eingang zur U-Bahn nur noch einen Block entfernt war.

Die U-Bahn-Treppen hinunter. Und waren Züge nicht immer etwas Widernatürliches – jedenfalls, wenn man es nicht eilig hatte? Der Zug fuhr rumpelnd in den Bahnhof ein, als Lewlyn gerade die Münze einwarf, um den übers ganze Gesicht lächelnden Ira durch das Drehkreuz auf den Bahnsteig zu schleusen, und ehe der Zug noch hielt, waren er und der Koffer auch an der offenen Tür, um sich ihnen anzuschließen. Was für eine elegante Verbindung. Dieser eine gehetzte Augenblick verschaffte ihnen allen einen Grund für kleine, von sich ablenkende, gegenseitige Glückwünsche:

»Lewlyns Glück«, gluckste Ira.

Nach wenigen Minuten waren sie schon an der 34. Straße, standen auf, um auf das Öffnen der Türen zu warten. Sie stiegen aus, und schelmisch anerkennend lächelnd reichte Lewlyn Ira seinen Koffer zum Halten – und Tragen.

Er war schwer. Und wieder einmal war Ira davon beeindruckt, wie kräftig Lewlyn sein mußte, wie ausdauernd und stark der Körper unter diesem Tweed, was für eine Vitalität in ihm stecken mußte. Was hatte er doch gleich gesagt? Auf wieviel Morgen Land mußte man Weizen anbauen und ernten, um ein Collegestudium zu finanzieren? Hatte er zehn gesagt? Der Koffer war schwer – abwechselnd in jeder Hand. Ira fiel zurück… und würde nicht zeigen, wie schwer ihm die Anstrengung mit dem Koffer fiel. Vor ihm wandelten die beiden Liebenden, jetzt wahrhaftig wie Liebende, vielleicht, weil nur so wenig Menschen zu sehen waren. Lewlyn hatte seinen Arm um Ediths Taille geschlungen. Wie bei einer Drehung im Tanz lehnte sie sich leicht gegen den Arm, der sie im Rücken hielt, und machte dabei entschieden und unbekümmert einen Schritt nach vorn, als sei – Ira versuchte, seine Gedanken von seinem schwer tragenden Arm loszureißen – ihre sprühende Ausgelassenheit aufrichtig, ohne Zwang oder Täuschung. Sie genoß die ganze Sache. Tapfer, nicht wahr, oder sie nahm sich nur zusammen. Stolz. Das war sie, oder? Ira versuchte, sein Tempo ein wenig zu steigern, geriet dabei außer Atem und erlaubte sich, wiederum zurückzufallen.

Sie betraten den langen, weiß gekachelten Fußgängertunnel, der die IRT U-Bahn-Station mit dem Terminal der Hudson Tubes verband. Eine lange, lange weißwandige Höhle. Mühsam schleppte er sich mit dem Koffer hindurch, das Grinsen auf seinem Gesicht zur Fratze erstarrt. Bleich und verhängnisvoll glitten die Kacheln auf beiden Seiten langsam vorüber, entrollten zu beiden Seiten die Hochglanzquadrate ihrer Oberfläche, saugten neue Quadrate an, die den Durchgang immer länger machten, der fast menschenleer war bis auf die beiden Liebenden, die anmutig vor Ira hergingen. Was hatte das zu bedeuten? Bedeutete es überhaupt etwas? Zwei Liebende, kurz davor, sich zu trennen, gefolgt von einem, dessen Arme bald nicht mehr mitmachten, der eine Last beförderte, die langsam so schwer wog wie eine Tonne.

Endlich, endlich erreichten sie das Kassenhäuschen, wo man die Münzen für das Drehkreuz erhielt, und kurz darauf den Eingang zum muffigen, zugigen Bahnsteig der Hudson Tubes.

Wiederum hatte Lewlyn das Fahrgeld gezahlt, und sie stiegen in den wartenden, fast leeren Zug, setzten sich und nahmen Edith in die Mitte.

»Sie haben sich tapfer geschlagen, Ira. Danke.« Lewlyn übernahm nun wieder die Verantwortung für seinen Koffer und schob ihn zwischen seine Beine. »Wir liegen sehr gut in der Zeit, nicht wahr?« Er beugte sich leicht vor. »Noch fünf Minuten, und der Zug fährt ab.«

»Ist die Fahrt lang?« fragte Ira.

»Nein, sehr kurz – kurz und ziemlich unangenehm. Du solltest einen Schleier nehmen, Edith, gegen den Staub.«

»Meinst du *einen* Schleier oder *den* Schleier«, sagte sie und sprach geradeaus, als hätte sie ein Gegenüber.

Er gluckste. »So weit ist es hoffentlich noch nicht. Ehrlich, Edith, ich befinde mich an einem Scheideweg. Das brauche ich eigentlich nicht zu wiederholen. Entschuldigen Sie uns einen Moment, Ira?«

»Oh, sicher, sicher.« Ira lehnte sich zurück, hörte weg.

»Und ich brauche nicht zu wiederholen«, sagte Edith, »daß der Kardinalfehler an der ganzen Idee von der unverbindlichen Freundschaft in der Annahme liegt, Männer und Frauen seien gleich. Daß sie gleich beschaffen seien, das gleiche fühlen – und ähnlich reagieren. Das tun sie nämlich nicht.«

»Wir waren uns einig, daß es ein Risiko war, worauf wir uns da eingelassen haben.«

»Ja, aber nicht jeder hat gleich viel riskiert. Wir haben nicht jeder das gleiche Risiko getragen.«

Ira konnte zwar mithören, wagte aber nicht hinzusehen, legte keinen Wert darauf. Allein die Stimme, Lewlyns vernünftige, trockene, verkrampfte Stimme und Ediths aus dem Augenwinkel wahrgenommene versteinerte Haltung, vermittelten ihm eine Bedrohlichkeit, die er ohne einen Blick verstand, die einen Blick sogar ungehörig und überflüssig machte. Zwei oder drei vereinzelte Fahrgäste stiegen ein. Der Zugführer kam durch den Wagen und trug die Bedienungskurbel in seiner behandschuhten Hand, warf einen Blick auf die drei, als er vorüberging. Und kaum war der Zugführer an ihnen vorbei, sagte Lewlyn sehr ernst: »Aber es steht doch noch nicht fest, Edith, noch ist nichts entschieden. Mehrere Leben stehen auf dem Spiel, ja – deines und meines, und Cecilias auch. Du siehst das auch, dessen bin ich mir sicher. Ich brauche eine Chance, die Alternativen zu überdenken. Täte ich es nicht – ich hielte es für einen unverzeihlichen Fehler.«

»Was nur einmal mehr beweist, wie äußerst unfair die ganze Sache ist. Für mich gibt es keine Alternative.«

»Bist du sicher?«

Und nun konnte Ira fühlen, wie Edith neben ihm versteinerte. »Das meinst du doch nicht wirklich, oder?«

»Wie kann ich andere Faktoren ignorieren, wenn sie nun mal existieren?«

»Blödsinn.«

»Glaube mir, Edith, das muß ja zu gegenseitigen Vorwürfen führen.«

Sie sagte nichts, verharrte in entschiedenem Schweigen, verweigerte die Antwort.

»Nein, wirklich«, drängte Lewlyn. »Wo alles doch noch in der Schwebe ist.«

Ira konnte sehen, wie sie Lewlyn den Kopf zuwandte. Ob es aber in versöhnlicher Absicht, vorwurfsvoll oder abwägend geschah, das konnte er nicht sagen. »Es ist jammerschade, daß wir beide nicht in derselben Stadt sind«, hörte er sie sagen. »Ich glaube, deine Beteuerungen kämen bald auf den Prüfstand. Und –« Sie kratzte sich an einem kleinen Ohr.

»Und?«

»Entschuldige.« Ihr Stimme wurde eisig. Unmißverständlich ihre starre Haltung, auch wenn Ira sie nicht sah. »Entschuldige, daß ich nicht weiterspreche, Lieber. Wozu noch Wunden schlagen? Jedes unserer Worte würde unweigerlich dazu führen, wie du schon sagtest. Das ist nicht meine Absicht, und ich werde es auch nicht tun. Wir befinden uns kurz vor der Trennung, nicht wahr?«

»Nur vorübergehend. Das versichere ich dir, Liebes. Ich befinde mich kurz vor der Abreise, das ist richtig.«

Die Zugtüren schlossen sich. Sekunden später ruckelte es, der Zug setzte sich in Bewegung und beschleunigte.

Das Dröhnen in der engen Tunnelröhre war ohrenbetäubend. Stinkende unterirdische Böen wehten durch das Innere des Wagens, drehten auf dem Boden liegende Zeitungsreste im Kreis, wirbelten Staub auf. Am anderen Ende runzelte die Dame in dem blauen Mantel, die als letzte zugestiegen war, die Stirn und klemmte sich die Zipfel des Mantels zur Sicherheit zwischen ihre erbärmlichen Schenkel. Ira schluckte schwer. Wow! Mitten durch den Schlamm des Flußbetts über ihnen. Er sah, wie Lewlyns Hand sich vortastete und Ediths

Hand tätschelte; er sah, wie Lewlyns Lippen Worte formten, wovon er nur eines hören konnte: »Gottesurteil.« Sie nickte. Hatte sie »Sozusagen« gemurmelt? Alles bekam eine andere Bedeutung, einen anderen Sinn. Sozusagen. Gottesurteil. Warum hatte sie ihn überhaupt zum Schiff bringen wollen? Sie hätte ihn auch direkt in der Morton Street verabschieden können. Guten Weg und gutes Gelingen. Aber nein. *Er* würde sich bald mit einer anderen Frau treffen und sich seine Meinung über sie bilden: zwischen ihr und Edith eine Entscheidung treffen. Und? Warum mußtest *du* ihn unbedingt zum Schiff bringen? Warum überquertest du nicht gleich den Ozean mit ihm? Komm, fang nicht an zu spinnen. Oder dir das Maul zu zerreißen. Du klingst schon bald wie Mom. Ach ja... Allmählich wurde es spät, das war sein Problem: elf Uhr, vielleicht auch schon halb zwölf. Längst Schlafenszeit für ihn, und außerdem juckte der Staub in den Augen, so daß er zwinkern mußte. Und du warst noch nie verliebt, hatte Minnie gesagt. Also, was weißt du schon davon, Dummkopf. Mal überschlagen: etwa um zwölf würden sie das Schiff verlassen. Dann den ganzen Weg zurück zu Ediths Apartment: inzwischen wäre es wahrscheinlich eins. Dann noch bis nach Harlem: zwei Uhr. Uff – und noch im Schlaf würde er die Beine bewegen.

Wenn Iras verzweifelter innerer Aufschrei doch lauter gewesen wäre, er hätte nicht so viel Zeit vertan, hätte nicht gebärmt, hätte nicht so lange herumlaviert. Er war einfach ein wenig zu schüchtern gewesen, sogar mehr als ein wenig. Er hatte, um es milde auszudrücken, die Schnauze gestrichen voll von sich. Die Zeit war zu knapp. Er hatte sich übernommen, zu hoch gepokert – oder welches Klischee auch immer auf die Situation paßte. Die Situation, die Geschichte mußte geklärt werden, und zwar schnell. Er hatte seine Fähigkeiten zu lässig eingeschätzt, die Fähigkeit, innerhalb der kurzen Frist, die er sich gesetzt hatte, ein großes Stück voranzukommen – obgleich die Zeitspane für jemand anderen, jüngeren, intelligenteren, einen mit größerer Ausdauer, angemessen schien. Der Prozeß des romanhaften Erzählens – und es war ein Prozeß, nicht nur eine Verfahrensweise – trug nur eine gewisse Zeit. Danach fraß der Prozeß sich fest wie ein überdimensionierter, überlasteter Motor, unabhängig davon, wie hoch die jeweilige Drehzahl war. Der Motor würde abgewürgt, würde absaufen wie ein alter Flugzeugmotor, der beim Fliegen in einen Vogelschwarm geriet, verstopfte und nicht genügend Leistung brachte, die Stare zu verdauen. Das Flugzeug, durch den Umkehrschub langsam und niedrig, würde abstürzen, die Reise bliebe unvollendet.

Und tatsächlich, das Dröhnen ließ wieder nach. Der Zug verlangsamte seine Fahrt. Die eng anliegenden Tunnelwände traten zurück und schufen Raum für einen breiten Bahnsteig, der vorüberglitt und mit dem Zug zum Stillstand kam. Lewlyn stand auf, Edith und Ira desgleichen, ebenso die wenigen anderen Fahrgäste.

»Möchten Sie, daß ich den trage?« fragte Ira.

»Nein danke. Jetzt bin ich wieder dran.« Lewlyn nahm den Koffer in die Hand, geleitete Edith zur Tür, und als diese sich öffnete, half er ihr über den Abgrund zwischen Zug und Bahnsteig hinweg. Die drei traten hinaus in die große, verlassen daliegende Betonkammer: HOBOKEN.

»Hier geht's lang.« Lewlyn führte sie zu den Treppen.

Frische Luft strömte von oben, wurde noch frischer, als sie ihr entgegenstiegen, wurde schärfer, als sie zu ebener Erde den Zeitungsstand erreichten, taghell erleuchtet von Karbidlampen. »Ist dir nicht kalt?« fragte Edith.

»Nicht besonders. Oh, ich spür schon, daß es ein bißchen frisch ist. Vielleicht sollte ich deshalb den Koffer noch mal tragen.« Ira zog die Schultern hoch.

»O nein, wirklich nicht. Es ist nur ein kurzer Weg. Man kann schon sehen, wo es ist.«

»Das Gebäude mit den Lichtern?«

»Ja. Das ist eine der Cunard-Piers. Nummer 92.«

»Ich kann trotzdem noch einmal mit anfassen.«

»Nein danke. Sie haben schon mehr als genug getan.«

»Es würde mich aufwärmen.«

461

»O-jeh! Ich hätte dich doch nicht ohne etwas Warmes ge-
henlassen sollen.«

»Es geht mir gut. Ich habe ja meine Weste.«

»Außerdem sind wir in einer Minute da.«

Über Kopfsteinpflaster in die Dunkelheit einer sternen-
klaren Nacht, auf eine undeutliche, triste, klobig wirkende Ge-
bäudereihe zu: die Piers. Vor dem gähnenden Eingang fiel
schwacher gelber Lichtschein auf die Holpersteine. An der
Pier hatte ein Schiff festgemacht, von Scheinwerfern hell erleuchtet, vom Ladebaum bis zum Mast mit einem Geflecht aus
Lichtstrahlen überzogen.

»Hier ist es«, sagte Lewlyn.

»Ist das nicht komisch? Ich bin immer ganz verwirrt. Ich
hätte schwören können, der Hudson ist da drüben«, sagte
Ira und deutete mit dem Daumen über seine Schulter nach
hinten.

»Da geht's eigentlich mehr zum Ohio. Kannst du auf dem
Kopfsteinpflaster laufen, Edith?«

»Doch, geht schon.«

»Das ist eher etwas für Fuhrwerke, weniger für Damenab-
sätze. Sieht am Tage malerisch aus, ist aber völlig unprak-
tisch.«

»Vielleicht sollte ich lieber auf der anderen Seite gehen«,
sagte Ira und machte einen kleinen Schlenker.

»Danke, Ira.«

»Hoppla! Das sind keine Holpersteine, das sind ja richtige
Stolpersteine.«

Nun traten sie etwas vorsichtiger auf.

»Hoffentlich bereust du nicht, daß du mitgekommen bist«,
sagte Lewlyn fürsorglich.

Ira spürte in ihrer Antwort sofort die unerträgliche Ruhe
vor dem Sturm, das innere Brodeln, das keine Linderung
durch Sprechen duldete. Seine Gegenwart war beides, wichtig
und überflüssig zugleich, aber auch ablenkend, sogar stärker
als im Zug, als Lewlyn diese stümperhaften Entlastungsver-
suche, diese symbolischen Bitten um Entschuldigung hervorbrachte. Sie waren zwei Menschen, in ihrem persönlichen

Strudel gefangen, der nur sie in Mitleidenschaft zog und niemanden sonst, ganz gleich wie nah.

»Oh, echt malerisch, spannend. Überseereisen, Abschiede sind –« Edith schien bewußt innezuhalten, eine etwas unverständliche Wortstellung zu wählen. »In erster Linie poetisch. Ich bin froh, daß ich mitgekommen bin. Ob ich überglücklich bin? Nein… Ich finde es gut, daß ich dabei bin – dies eine Mal. Ich brauchte das. Ein zweites Mal werde ich es ja nicht müssen. In gewisser Weise ist das tröstlich.«

»Meine Frage war wohl nicht besonders klug. Ich habe halt gehofft, es würde uns beiden gleich viel bedeuten, als etwas Schönes und Gemeinsames.«

»Wie ist das möglich?« erwiderte Edith.

»Ja, das geht mir jetzt auf. Für mich sollte es ein Erlebnis werden, das wir teilen – jedenfalls dachte ich, du siehst es so. Wenn auch ohne freudigen Anlaß. Es gibt solche Zeiten. Die Trennung von einem Nahestehenden, wie wir es zum Beispiel mit meinem älteren Bruder Andrew erlebt haben, als er in den Krieg zog. Zum Glück ist er aus Frankreich zurückgekehrt. Ich hab dir doch von dem Mohn erzählt, der auf der Wäscheleine aus seiner Uniform rieselte. Geht's denn noch, auf dem Kopfsteinpflaster?«

»Oh, ich habe vorsichtshalber die Schuhe mit den niedrigsten Absätzen angezogen.«

»Das war vernünftig.«

Ein paar Schritte, ohne zu sprechen. Autoscheinwerfer näherten sich dem Eingang zur Pier, kamen zum Halt und legten einen doppelten Lichtstrahl über den gelblichen Schimmer des Kopfsteinpflasters. Die Türen öffneten sich, Stimmen wurden laut, fingen schnell zu lachen an. Edith fuhr fort: »Nur ungern gebe ich es zu, aber ich habe nicht erkannt, wie weit Marcia deinen Charakter umgemodelt hat. Verändert hat. Und ich denke, nicht zum –« Sie zögerte. »Verweichlicht.«

»Das glaube ich nicht.«

»Und ich glaube, du irrst dich. Der Mann, der du gewesen bist, für den ich dich gehalten habe, als du mich mit zu deinen Eltern nahmst, dieser Mann war ein ganz anderer. Dieser

Mann, da bin ich mir sicher, hätte eine vollkommen andere Entscheidung getroffen als du jetzt.«

»Und hier, liebste Edith, bist du im Irrtum. Ich habe die Entscheidung noch nicht getroffen.«

Edith schien nicht zu hören, was er sagte. »Es sieht beinahe so aus, als suchtest du jemanden, der dir hilft, dich wieder aufzubauen, jetzt, wo du Marcia verloren hast.«

»Ach, Edith.« Lewlyn war bemüht, seine Antwort mit einer Prise Humor aufzulockern. »Wenn es an meiner Entscheidung – will sagen, wenn es überhaupt einen einzelnen Faktor gibt, der meine Entscheidung beeinflußt hat, dann ist es – ehrlich, Edith, hör mir zu, dann ist es die Frage, ob ich imstande bin, deine negative Lebenseinstellung zu ertragen.«

»Schon wieder höre ich Marcia sprechen.«

»Nur weil Marcia und ich zufällig einer Meinung sind, heißt das noch lange nicht, daß es ihre Ansicht ist oder daß sie mir ihre Ansicht aufgedrängt hat. Diese Überlegung habe ich ganz allein angestellt – sei vorsichtig, Liebes!«

»Ich stütze sie auf der anderen Seite«, versicherte Ira.

»Sehr gut, danke. Edith, ich gebe ja zu – als ich ihr von meinen Bedenken erzählte, sagte Marcia: ›Ich hab mich schon gefragt, wann du es merkst.‹« Lewlyn schien auf Ediths Antwort zu warten, und als keine kam, fuhr er fort: »Ich spreche für mich selbst, als Individuum, ich versuche, eine sehr schwierige Situation so objektiv wie möglich zu beurteilen. Das mußt du mir glauben. Und bitte, Edith, keine voreiligen Schlüsse. Die gehen immer zu Lasten der Objektivität, eines ruhigen Urteils. Drei Leben stehen hier auf dem Spiel, es geht um die Zukunft von drei Menschen: um deine, Cecilias und meine.«

»Und Marcia entscheidet über alle drei.«

»Das ist nicht fair, Edith.«

»Ach, wirklich? Es mag unschön klingen, aber zufällig ist es wahr.«

»Der Meinung bin ich nicht. Tut mir leid.«

»Nun... was soll's.« Edith stand im heller werdenden Licht und schüttelte den Kopf. Es war eine wiegende Bewegung, müde und resigniert. Die Autoscheinwerfer vor ihnen gingen aus, Türen knallten, Gestalten mit Gepäck näherten sich der Pier. »Das eigentlich Bedauerliche ist, daß eben der Negativismus, von dem du da redest, mein sogenannter Negativismus, durch dein Verhalten noch gesteigert wird – auf Marcias Geheiß. Ich kann die Veränderungen spüren, die in mir vonstatten gehen, als Resultat von all dem hier.«

»Was für Veränderungen denn, meine Liebe?«

»Beklagenswerte Veränderungen. Zum einen frage ich mich, ob Männer überhaupt vertrauenswürdig sind.«

»Aber ich war doch ehrlich. Ich war die ganze Zeit ehrlich zu dir, Edith.«

»Ehrlich – was du so ehrlich nennst.«

»Warum sagst du das?«

»Du kannst gar nicht ehrlich sein. Nicht, bis du wieder aufgebaut bist.«

»Oh mein Gott! Edith, bitte. Du reitest immer auf demselben herum. Wieder aufgebaut – wieso denn nur?«

»Aus den Trümmern, die einmal ein Pfarrer waren, jener Pfarrer, den Marica zuerst einmal geschaffen hat.«

»Du glaubst also nicht, daß ich in jedem Fall zu denselben Schlußfolgerungen gekommen wäre wie jetzt? Selbst dann nicht, wenn sie als meine Frau zu mir zurückgekehrt wäre? Wenn sie sich nicht in Robert verliebt hätte? Sich nicht für eine Scheidung ausgesprochen hätte? Glaub mir, trotz allem wäre ich heute skeptisch gegenüber der Wirksamkeit des Gebets, ja der Religion ganz generell.«

»Schon möglich. Was aber noch zu beweisen wäre, wie man so schön sagt.«

»Edith, willst du nicht wenigstens warten, bis ich zurückkomme?«

»Ich fürchte, das werde ich wohl müssen.«

»Und dein Urteil inzwischen aussetzen?« schmeichelte er.

»Soviel schuldest du mir.«

Zum ersten Mal lachte sie – kurz. »Ich – dir?«

Das Kopfsteinpflaster wurde von ebenen Planken abgelöst. Die drei waren am Eingang zur Pier angelangt, der wirkte wie ein riesiges Scheunentor. Lewlyn schien völlig vergessen zu haben, daß er seinen schweren Koffer trug. Er hatte immer

noch nicht die Hand gewechselt. Gott, war der Mann stark –
oder geistig total abwesend. Die elektrischen Lampen an den
Schnüren über ihren Köpfen kämpften mit ihrem schwachen
Schein gegen die Düsterkeit des Innenraums – bis zu der ge-
ballten Ladung Licht an der Gangway: dort war alles Helligkeit. Helligkeit ergoß sich über die Passagiere und deren Begleitung, sobald sie in den strahlenden Lichtkegel traten.
Stimmen. Fröhlichkeit der neu Hinzugekommenen.

Lewlyn zeigte dem Uniformierten seine Bordkarte vor, und
das Trio wurde lächelnd durchgewunken. Sie hielten sich am
Geländer fest und kletterten über die mit Querleisten bestückte Gangway vom Kai aufs Schiff, überquerten so die Rin-
ne trüben Wassers zwischen Kaimauer und hell erleuchtetem
Deck. Das Schiff schien für einen Ozeandampfer ziemlich
klein. Oder wirkte es durch die Illumination des Mittelteils
nur optisch verkürzt? Nur wenige Passagiere waren zu sehen,
aber schon hörte man, je mehr Fahrgäste neu an Bord kamen,
aus verschiedenen Richtungen die fröhlichen Stimmen, die
solchen Abreisen eigen sind. In der Gruppe, die gleich neben
ihnen stand, rauchte eine Frau mit Pelzstola ihre Zigarette aus
einer silbernen Zigarettenspitze, und wie bei einer Schau-
spielerin auf der Bühne glitzerten ihre Augen im Scheinwer-
ferlicht. Ein Stuart in weißer Jacke erschien mit sprudelndem
Sodawasser auf einem Tablett, wobei das Markenzeichen, das
Mädchen auf dem weißen Felsen, aus den Tagen bei Park &
Tilford wohlbekannt, deutlich auf der Flasche zu sehen war.
Lewlyn hatte seinen Koffer abgestellt, und Edith und er sprachen leise miteinander, was Ira veranlaßte, die Unterhaltung
noch vertraulicher zu machen, indem er sich diskret entfernte.
Er stand nah an der Reling und genoß den scharfen Wind, der
so frisch vom Fluß her wehte. Doch wehte er auch schneidend
kalt und weckte in ihm den Wunsch, ein zusätzliches Klei-
dungsstück zu haben, das er überziehen konnte, einen Pullover, ein Hemd, egal, was. Vielleicht besaß Edith ja ein Pyja-
maoberteil von Lewlyn.

Während er noch auf die Lichter von Manhattan blickte, die
ihm über das kabbelige Wasser hinweg kleine Pfeile in die

466

Augen schossen, war er erleichtert, Edith sagen zu hören: »Ich glaube nicht, daß wir warten sollten.«

»Ich glaube, da hast du recht«, stimmte Lewlyn ihr zu. Sie umarmten sich wortlos, aber sehr beredt. Lewlyn hatte seinen Hut abgenommen, sein Mantel war offen, und Edith, die sich ganz dicht an ihn kuschelte, mit Körper und Lippen an ihm klebte, Edith verschwand völlig in dem weiten Mantel, im Halt des Armes, der den Hut hielt. Es war eine Szene, viel zu intim und schön für das richtige Leben – es war eine Szene zum flüchtigen Hinsehen und schnellen Wegschauen: ein Mann und eine Frau, ein Lichtkegel, eine Umarmung.

Sie trennten sich. Und genau in diesem Augenblick setzte eine Kapelle ein, und Musik – eine neue Cole-Porter-Melodie – wehte aus der offenen Tür einer nahe gelegenen Kneipe zu ihnen herüber.

»Passen Sie gut auf sie auf, ja? Sehen Sie zu, daß sie sicher nach Hause kommt.« Mit erhobener Stimme, um die Musik zu übertönen, sprach Lewlyn und drückte Ira die Hand.

»Oh, sicher. Wünsche eine gute Reise.«

Innerlich bebend und doch verpflichtet, nach außen hin Ruhe zu bewahren, nahm Ira Ediths Arm und geleitete sie zur hell beleuchteten Öffnung in der Reling, wo immer noch der Uniformierte stand.

Ihr Gang war steif. Andere kamen ihnen auf der beleuchteten Gangway entgegen, sie taumelte in sie hinein. Ira faßte sie noch fester. Dann fester Boden unter den Füßen. Ira blickte zurück. Lewlyn sah ihnen von der Reling aus nach, von dem hohen Deck über ihnen. Und es schien Ira, als schüttele Lewlyn den Kopf, mitleidig und mit humoriger Kameraderie. Konnte es sein, daß er erleichtert war zu sehen, daß ein anderer ihm die Bürde abnahm? Edith und Ira winkten ein letztes Lebewohl.

V

Ira führte die blind aus der Pier tappende Edith an aufschlie-
ßenden Autos und Taxis vorbei, über das verschwommene
Kopfsteinpflaster hinweg, zurück zum Karbidlicht des Zei-
tungskiosks. Sie wirkte vollkommen orientierungslos, verlassen, ziellos. Er wagte nicht, ihren Arm loszulassen. Was war
mit ihr geschehen? So selbstverloren hatte er noch keinen
Menschen gesehen. Eine Hand am Geländer, die andere
Hand an ihrem Arm, half er ihr die Treppen zum Kassenhäuschen hinunter. Den ganzen Weg sprach sie kein Wort; erst als
sie stehenblieben, um Münzen für das Drehkreuz zu tauschen,
brach sie ihr Schweigen.

»Ira, hast du Fahrgeld?«

»Oh, sicher.« Er hatte noch einen Großteil der fünf Dollar,
die sie ihm geschenkt hatte, und wechselte einen Quarter. Er
manövrierte Edith, die immer noch wie betäubt wirkte, zum
Drehkreuz. Zweimal zehn Cent in den Schlitz. Und durch.
Und wieder mußten sie nur kurze Zeit warten, bis der Zug
einlief. Offensichtlich hatten sie das Schiff lange vor der Abfahrt verlassen, denn diesmal spuckte der ankommende Zug
weit mehr Passagiere aus als der, den sie genommen hatten.
Außer ihnen fuhr jetzt niemand zurück, und als die verschiedenen Grüppchen lebhaft sich unterhaltender Neuankömm-
linge die Treppen hinauf entschwunden waren, blieb der
Bahnsteig menschenleer.

Ira half Edith durch die Zugtür. Sie setzten sich, waren in
dem großen, leeren Wagen ganz allein. Was sollte er ihr sagen? Alles, was ihm einfiel, schien eitel, oberflächlich und geschmacklos gegen das undurchdringliche Schweigen, in das sie
sich zurückgezogen hatte. »Komm schon, Zug, fahr endlich«,
sagte er schließlich laut, schloß dann, als ihre Selbstversun-
kenheit sein Unwohlsein noch steigerte, leicht gereizt eine
Frage an: »Wie lange brauchen diese Züge eigentlich, bis
sie gewendet sind?«

Wie gelähmt, ausdruckslos. Sie reagierte nicht. Wenn es
je auf einen Menschen zutraf, dann auf sie: Sie war vollkommen verstört, leere Blicke aus vorstehenden Augen irrten vom

Fußboden zum Fenster, vom Fenster zur Sitzreihe gegenüber und ohne Hoffnung weiter zu den Werbeplakaten an der Decke.

Minuten vergingen. Ein Mann und eine Frau stiegen ein, setzten sich auf die andere Seite des Gangs. Endlich schlossen sich die Türen, der langersehnte Ruck setzte den Zug in Bewegung. In Sekundenschnelle waren sie von der düsteren Tunnelröhre umschlossen, das ohrenbetäubende Dröhnen schwoll an, diesmal nicht ganz unwillkommen – rechtfertigte es doch das Unterlassen jeglicher Sprechversuche. Doch dies galt nicht für das Pärchen gegenüber: Der junge Mann, klassischer Hemdkragen, glattrasiert, Krawattennadel mit Rubin, hatte einen schlanken, segmentierten Spazierstock zwischen den Knien, einen biegsamen aus Perlbambus, wie Charlie Chaplin ihn hatte; die junge Frau, hübsch, mit Perlen im Ohr und einem leichten, blaugrauen Mantel, unter dem die Fransen ihres schieferfarbenen Rocks herausschauten. Sie hatten sich aneinandergelehnt. Und als genössen sie den Versuch, sich bei diesem Lärm verständlich zu machen, schienen sie sich anzubrüllen, so laut sie konnten, und nicht ein einziges Wort war auf der anderen Seite des Gangs zu hören. Ira beobachtete sie fasziniert – bis ihm die Augen weh taten. Übermütige Heiterkeit umfing das junge Paar, als die Fahrt langsamer wurde, und sie kreischten vor Lachen, als der Zug hielt. Ira sah Edith an – sie schien vollkommen abwesend. Die Situation wurde allmählich ernst. Was sollte er tun?

Er steuerte sie durch die geöffnete Zugtür, dann vom Bahnsteig hinüber in den allgemeinen Untergrundbereich, wobei er mit erhobenem Blick nach dem gekachelten Fußgängertunnel Ausschau hielt, der die Hudson Tubes mit der IRT U-Bahn verband.

»Ich glaube –« Unsicher runzelte er die Stirn, suchte über ihren Köpfen nach einem Hinweisschild. »Wir gehen – ach, ich glaube, hier geht's zur IRT, stimmt doch, oder? Einen Moment, Edith, ich frag mal schnell.«

»Nein. Ira. Bitte.« Sie hielt ihn zurück, senkte den Kopf und öffnete ihr Portemonnaie. »Bitte laß uns ein Taxi nehmen«, sagte sie und zog, wie neulich schon, einen Fünf-Dollar-Schein heraus. »Würdest du bitte das Geld an dich nehmen?«

»Und du willst das wirklich?«

»Ja.« Wie ein Automat hielt sie ihm den Geldschein hin.

Er nahm das Geld aus ihrer Hand. Grausig, wie grausig er sich fühlte angesichts ihrer Entschlossenheit und seiner Verantwortung für die Durchführung: Noch nie im Leben hatte er nach einem Taxi gewunken. »Zuerst müssen wir mal nach oben, auf die Straße. Schaffst du das?« Wieder nahm er ihren Arm, hielt sich mit der anderen Hand am Geländer fest und half ihr die Treppen hinauf.

Aus dem U-Bahnhof kamen sie auf die gut beleuchtete, kühle und wenig bevölkerte 34. Straße. Direkt vor ihnen fuhren viele Taxis vorbei. Also war *er* jetzt Larry, der weltgewandte Larry. Er war jetzt Lewlyn, der erwachsene Lewlyn. Beherzt und entschlossen reckte er einen Arm hoch, winkte. Sofort zog ein gelbes Taxi mit Schachbrettgürtel zu ihnen herüber und hielt mit quietschenden Reifen am Straßenrand.

»Wir möchten zur Morton Street Nummer 64«, informierte Ira den Fahrer. »Am besten durch die Hudson Street. Sobald es geht, nach Süden in die Hudson.«

»Ich weiß, wo es ist.«

Ira hielt die Autotür auf, Edith stieg ein, er folgte. Das Fähnchen am Taxameter klappte nach unten, und schon waren sie unterwegs.

Und dann – mit erschreckender Plötzlichkeit – weinte sie los! Weinte, heulte. Ein Sturzbach von Tränen, nie hätte er so etwas für möglich gehalten: verzweifelt, hemmungslos. Es schien sie zu zerreißen. Das hier waren nicht Moms Tränen, gefüllt mit Flüchen auf die Alte Welt, und auch nicht Minnies provozierende Tränen der Wut. Dies waren Tränen von nicht enden wollendem Kummer. Gott, was tun? Wie sie beruhigen, zum Schweigen bringen? Was sollte der Fahrer denken? Denn zweifellos konnte er sie hören, obwohl er es nicht zeigte. Angst wegen ihres Zustands, Sorge über ihren Schmerz – und dann noch seine Hilflosigkeit: Alles zusammen überfiel Ira auf einmal, lähmte ihn, den Ratlosen, das Opfer einer Überflutung. Mit Mühe zwang er sich zum Handeln.

»Edith, bitte!« beschwor er sie. »Um Gottes willen, versuch doch, dich zu beherrschen. Du mußt jetzt damit aufhören, Edith!«

Schluchzer. Rauhes, ersticktes Jammern. Ein Sturzbach überschwemmte das hell schimmernde kleine Quadrat von Taschentuch, mit dem sie ihre Tränen trocknen wollte.

»Hier, nimm das.« Ira zückte sein eigenes, das Mom gerade frisch gewaschen und gebügelt hatte. »Hier, es ist ganz sauber. Komm, Edith. Beruhige dich. Hörst du, was ich sage? Es reicht jetzt!«

»Ich versuch's, ich versuch's.« Erstmals mischten sich zusammenhängende Worte unter ihre Schluchzer. »O je, o je!«

»Du gehst kaputt daran, soweit wird es noch kommen.«

»Ich weiß, ich weiß. Es macht aber nichts.«

»Doch, es macht was. Wie meinst du das, es macht nichts? Du mußt doch morgen unterrichten.«

»Ich kann absagen.«

»Sicher, absagen kannst du. Aber es geht doch auch um dich! So kannst du nicht weitermachen.«

»Ach, es tut mir so leid, Ira, dich da mit hineinzuziehen. Oh, mein Gott!«

»Ach, das ist nicht so tragisch. Ich möchte aber auf keinen Fall, daß du krank wirst.«

»Ich war so eine verdammte Idiotin, ein unbeschreiblicher Trottel.«

»Wieso? Was hast du denn getan? Ich weiß gar nicht – Vorsicht, du hast etwas fallen lassen.« Er beugte sich vor, um ihr Taschentuch aufzuheben. »Ich kenne nicht alle Einzelheiten. Aber ich« – sagte er hitzig –, »du weißt, was ich sagen will. Ich sehe nicht, was du falsch gemacht hättest. Was hast du denn Falsches getan?«

»Ich habe mir etwas vorgemacht. Ich habe mir selbst etwas vorgemacht. Auf die Erfüllung meiner Wünsche gehofft. Was war ich nur für eine Idiotin. Wie konnte ich nur? O Gott! Eine Frau in meinem Alter und verliert sich in Schulmädchenträume!«

»Wunschträume? Wegen Lewlyn?«

»Ja. Ja, natürlich.«

»Aber er kommt doch zurück, oder? Du selbst hast gesagt, er fährt nur nach England, um eine Entscheidung zu treffen.«

»Das stimmt nicht. Er hat sich schon entschieden. Egal, was er sagt. Selbst wenn er mit leeren Händen zurückkommt, wer weiß, was er dann vorhat.«

Bestürzung ballte sich im Hirn zusammen, ein Wirbelsturm. »Wie meinst du das? Woher weißt du?«

»Das ist doch ganz offensichtlich, Ira. Gütiger Himmel!« Ein Seufzer schüttelte sie. »Ich weiß, wann ich verloren habe. Ich wußte es gleich. Aber habe ich etwas dagegen getan? Nein! Kann man sich eine größere Närrin vorstellen?«

»Hat er es denn ausgesprochen? Hat er gesagt, es ist vorbei? Ich habe nur gehört, wie er sagte, du solltest nicht – gee!« Viel mehr, als sich im fahrenden Taxi vorbeugen und im Wechsel von peitschendem Licht und Schatten heftig gestikulieren, konnte er nicht. »Ja, was *hat* er überhaupt gesagt? So etwas wie: gib nicht auf. Er hat nichts entschieden, ist sich noch nicht im klaren. Oder?«

»Ira, Lieber, diese Reise nach England hat er seit Monaten geplant. Sie haben sich geschrieben. Er hat mir erzählt, was *sie* geschrieben hat. Und ich hab mit ihm unter einer Decke gesteckt, ja – nur, um mir die ganze Zeit etwas vorzumachen.«

Sie weinte still in das Taschentuch vor ihrem Gesicht. »O je. So ähnlich muß es sein, wenn man weiß, daß jemand sterben wird, und man muß der Tatsache ins Auge sehen.«

Ira versuchte, einen Blick auf das Straßenschild zu erhaschen. Sie mußten bald da sein. Er spürte einen unwiderstehlichen Drang, sich unter seinem Hutband zu kratzen. »Gee, das habe ich nicht gewußt.«

»Du mußt mich für eine hoffnungslose Idiotin halten, dieses Verwirrspiel mitzumachen.«

»Nein, das tue ich nicht.«

»Du hättest aber allen Grund dazu. Ich darf niemand anderen dafür verantwortlich machen als nur mich selbst.«

Sprachlosigkeit. Sie lehnten sich in die weichen Sitzpolster, während die Straßenlampen an ihnen vorüberzogen. Schweigend, einsam, gespenstisch, alles zusammen: Der Fahrer lenkte das Taxi, sein Gesicht im wechselnden Spiel von Licht und Schatten so unbeteiligt, als sei es aus Blech geformt, Blech von der dunklen Sorte, Walzblech sagte man dazu und machte Bratpfannen daraus – oh, Mann, war er verrückt. Abwegige Gedanken auf der Suche nach einer Pause... In einer Kurve bog der Fahrer in die Hudson Street ein; das Taxi pulsierte nach Süden – nur wenige Straßen von dem Fluß entfernt, an dem er sich einst umbringen wollte und wo der Cunarder nun lag. Oder nicht mehr? Hatte das Schiff schon abgelegt? Das Schiff bewegte sich gen Süden, gen Sandy Hook, zur Hafenmündung – während auch sie gen Süden fuhren, an elenden, unbeleuchteten Wohnblocks vorbei. Gefahren wurden auf der ausgegrabenen Straße einer verschütteten Stadt von einem Fahrer ohne Mimik, der kein einziges Mal den Kopf umwandte, von einem ägyptischen Wagenlenker. Gefahren wurden durch eine Totenstadt mit Laternen an den Kreuzungen – während Edith dazu leise weinte.

»Sieh mal, Edith«, versuchte Ira, sie zu trösten. »Du bist doch Englischdozentin. Ich meine, du kennst dich in der Literatur aus. Du bist solchen Situationen bei deiner Lektüre doch sicher schon hundertmal begegnet.« Er rang die Hände, öffnete sie der Dunkelheit. »Weißt du, was ich meine?«

»Du meinst, ich hätte besser vorbereitet sein müssen, was ich nicht bin.«

»So ähnlich, ja.«

»Du hast vollkommen recht. Ich hätte besser vorbereitet sein müssen. Besser vorbereitet durch jede Minute, die ich mit ihm zusammen war. Aber wie du siehst, ich bin es nicht – und war es nicht. Und werde ich denn besser vorbereitet sein, wenn er in ein paar Wochen wiederkommt? Er kommt zurück, hast du gesagt. O ja, er wird. Mit denselben Nöten wie zuvor.« Verzweifelt schüttelte sie den Kopf, während sie ihre Worte einwirken ließ. »Die Nöte eines anderen werden zu meiner Not. Ist das nicht zum Lachen?«

»Noch zwei Straßen.« Ira beugte sich vor, um mit dem Fahrer zu sprechen. »Die übernächste ist Morton Street.«

»Ich weiß.«

Jesus, hatte er die fünf Dollar noch? Ira griff in seine rechte Tasche. Jaa. Zum Teufel, die brauchte er doch gar nicht. Er hatte noch sein eigenes Geld, in Wahrheit stammte es aber auch von ihr. Dachte der Fahrer womöglich, er sei der Schuldige? Wer wollte das wissen? »Hier hinein. Nummer 64 ist ziemlich in der Mitte.«

Der Fahrer nickte, fuhr um die Ecke.

»Und halt.«

Das Taxi fuhr an den Straßenrand. Kaum hatte es angehalten, da sprang Edith auch schon ungeleitet aus dem Wagen, überquerte, von neuem tränenüberströmt, den Gehweg bis zur Haustür und verschwand.

»Was macht das? Fünfundachtzig Cent?« fragte Ira und versuchte zu erkennen, was auf dem Taxameter stand.

»Genau.«

»Hier ist ein Dollar. Tut mir leid, das mit... na ja.«

»Okay, Kumpel. Schön' Dank.« Kurz angebunden wurde der Geldschein eingesackt. Und hoch das Taxameterfähnchen. Ira ging zur Haustür. Das Taxi, unter lautem Motorgeheul, auf leerer Straße, mit stinkendem Abgas, im Licht der Laterne, mit einem Reifen am Kantstein, quietschend, rollte dahin zur dunklen Biegung der Seventh Avenue.

VI

Sie lag ausgestreckt auf dem jutebezogenen Sofa und weinte, als er das von der Flurlampe beleuchtete Apartment betrat. Sie setzte sich auf, als er hereinkam. Und unsicher, wie er sie weiter trösten sollte, wie er ihr – außer durch seine Anwesenheit – zu innerer Ruhe verhelfen konnte, ließ er sich in den gegenüberstehenden Korbsessel fallen. Sein feuchtes Taschentuch lag zerknautscht auf der Kommode; deren oberste Schublade war offen, und zwei oder drei ihrer hübschen kleinen Taschentücher lagen jetzt neben ihr auf dem Sofa. »Ich habe mich ganz schön zum Narren gemacht«, sagte sie. »In jeder Hinsicht. Wirst du mir je verzeihen?«

Wegen der späten Stunde war er dicht im Kopf, und er wußte nur wenig Tröstliches zu sagen: »Oh, sicher. Gee. Aber was ist mit ihm? Gebührt ihm denn kein Dank?«

Diesmal lachte sie – kurz: »Dafür, daß er dabei mitgeholfen hat?«

»Nein, nein, so meinte ich das nicht!« Jesus, es wäre besser, er würde aufwachen. »Also, du hoffst nicht mehr, er würde jemals seine Meinung ändern?«

»O nein. Das hieße ja, dasselbe Wunschdenken fortzusetzen, dessen ich mich so lange schuldig gemacht habe und das ich mir jetzt lange genug geleistet habe. Du kannst ganz sicher sein: Falls es in dieser Richtung irgendeine Hoffnung gibt, und ich weiß, es gibt keine, dann wird Marcia schon zur Stelle sein und dafür sorgen, daß er es sich eben doch nicht anders überlegt. Ich füge hinzu, sogar wenn er es wollte. Aber ich weiß sicher, daß er es sowieso nicht will. Du bist ein Engel, daß du dich um eine kümmerst, die gar so dumm daherschwätzt.«

Achtung, lieber die Klappe halten. Was konnte er schon Leuten bieten, die älter, klüger, kultivierter waren als er? Was wußte er denn schon vom Leben dieser Leute? Er kannte nur einen kleinen Ausschnitt aus Ediths Leben: ein kleines Etwas: ihre Affäre mit Larry, ihre Affäre mit Lewlyn. Am Abend hatte er den schönen, den dramatischen Abschied an Bord eines Schiffes gesehen. Zum Glück war er bis jetzt noch in kein Fettnäpfchen getreten, hatte sowenig wie möglich von seiner Taktlosigkeit offenbart. Wäre sie Stella, er wüßte, was er zu tun hätte. Ja, bei Stella – ein Kinderspiel. Und jetzt allein, *boy*. Und alles, was er zu bieten hatte, war ein Seufzer. Ein Seufzer mit gespaltener Zunge: Mitleid mit ihrem Leid – Mitleid, das mit niederträchtiger Genugtuung verschmolz, weil sie verloren hatte. Ein Seufzer mit dreifach gespaltener Zunge, vielleicht: denn er fühlte, er konnte ihr Leid ausnutzen, wie er es bei Minnie gekonnt hatte, wie er es ganz leicht bei Stella konnte und gerade jetzt bei *ihr* nicht wagte... Andere Welt, andere Klasse, alles anders. Eine erwachsene Frau. Dieselbe alte Geschichte. Woher zum Teufel nahm Larry bloß den Mut? Augenblick mal. Nicht gleich aufgeben: verloren, verlassen, niedergeschlagen und durchgedreht als Folge der Katastrophe, so nennst du das? Klein, durch Meineid besiegt:

Minnie mit einem Dr. phil., wenn du schon etwas ändern wolltest – in ihr, in dir.

Sie redete, schimpfte abwechselnd auf Marcia, weil diese ihre Chancen, Lewlyn zu heiraten, zerstört hatte, und auf Lewlyn, weil er so charakterschwach war, auf die Frau zu hören, die ihn verstoßen hatte, und zog sogar über Cecilia her, ihre raffiniert charmanten Briefe, die Briefe einer alten Jungfer, zehn Jahre älter als Lewlyn und verzweifelt bemüht, ihn für sich zu ergattern. Und auf all das wußte Ira keine Antwort. Was konnte er ihr sagen? Auch nicht mehr als der Spiegel, den Edith von Zeit zu Zeit befragte. Nüchtern dasitzen und mit schmerzlicher Aufmerksamkeit zuhören – oder halbwegs so tun, das konnte er, und oft verstand er ohnehin nur die Hälfte von dem, was er hörte.

»Ich habe so ein wahnsinniges Pech mit Männern«, wiederholte sie immer wieder. »Ja, es waren genügend, die mich Liebchen und Schätzchen nannten, aber alle waren entweder unmöglich wie Shmuel oder jung *und* unmöglich wie Larry, oder es waren Erwachsene aus Silver City, elende Langweiler, die ständig aus ihrem Leben erzählten, bis man hätte schreien mögen. Oder Boris – ich kann ihn körperlich nicht ausstehen, obwohl, früher mußte ich das. Ich glaube bald wirklich, ich sollte ins Wasser gehen.«

»Aber Edith. Gee.«

»Dieser unerträgliche Tinklepaugh, den ich geheiratet habe, damit er seine Doktorarbeit in Berkeley fertigschreiben konnte. O mein Gott. Mein fetter Cousin Ralph, der in New Jersey mit Autoteilen handelt, hat mir auch den Hof gemacht. Dann Wasserman – das war schlichtweg Vergewaltigung. Nur der mexikanische Junge, es ist Jahre her, und natürlich hatten wir damals keine Gelegenheit, aber er war so sanft und zärtlich. Und jetzt der einzige Mann, mit dem eine Ehe funktioniert hätte.«

Eine merkwürdige Art, sich auszudrücken: mit dem eine Ehe funktiert hätte. Was hatte er einmal gesagt – über die Ehen von Larrys Schwestern? Er hatte den jiddischen Ausdruck *gitn schidech* ins Englische übersetzt. Und war dafür gescholten worden. Was für subtile Unterscheidungen: eine

476

Ehe hätte funktioniert. »Aber es gibt doch noch andere«, traute er sich zu sagen.

»Ich habe eben nicht diese feminine Ausstrahlung. Den Sex-Appeal einer Louise Bogan, die Männer immer so fesselnd finden.«

»Oh, der Meinung bin ich nicht.« Das war wohl das Beste, was er ihr sagen konnte – zu dieser nächtlichen Stunde. Jesus, zu dieser nächtlichen Stunde wäre er fähig, alles zu sagen: Wäre er jemand anderer, jemand, der sich jüdisch benahm, dann wäre er jetzt aufgebraust, wäre unhöflich geworden, hätte ihr sarkastisch zugestimmt, hätte ihren tränenreichen Selbstvorwürfen ein Ende gemacht. Aber es wäre nicht ehrlich. Selbst mit kummerumwölktem Gesicht und vor Erschöpfung müdem Körper war sie noch genau so mädchenhaft und attraktiv. Teufel auch, noch viel lächerlicher wäre es, wenn er sich jetzt enthusiastisch über ihren Sex-Appeal auslassen würde: ihre elisabethanischen Züge priese, ihre vorstehenden braunen Augen, den Haarknoten in ihrem Nacken, ihre Fesseln, die winzigen Füßchen, die Wespentaille. Himmel, schau bloß mal auf die Uhr, die Uhr über dem gewölbten Kaminsims. Sie leidet zwar, gewiß, sie leidet, aber es ist gleich nach halb zwei. Schon der Gedanke an diese Uhrzeit ließ seine Augen zufallen.

»Weißt du eigentlich, wie spät es ist, Edith? Fast zwei Uhr.«

»Ach. Schon so spät?«

»Ja. Ich denke, du solltest jetzt ins Bett gehen.«

»Ich kann sowieso nicht schlafen.«

»Aber sicher kannst du. Zwei Uhr? Boy, ich kann selbst kaum noch die Augen offenhalten.«

Sie rührte sich nicht, grübelnd, weit weg mit ihren Gedanken. »Ich bin dir fürchterlich zur Last gefallen. Es tut mir so wahnsinnig leid, Ira.«

»Ich weiß. Aber du bist jetzt müde. In Ordnung?« Er stand auf, war sich seiner eigenen Unsicherheit bewußt. »Laß mich dir helfen.«

Sie rutschte auf dem Sofa nach vorn, als er sich näherte, wankte leicht beim Aufstehen, hielt sich einen Moment an seinem Arm fest und ließ wieder los. »Ich schaff das schon,

Ira. Himmel. Ich weiß überhaupt nicht, wie ich das je wiedergutmachen kann.«

»Ach, weißt du«, sagte Ira und rieb sich den Schlaf aus den Augen, »wenn ich jetzt nicht so müde wäre, dann würde ich dir sagen, was ich darüber denke: So hatte ich nämlich das Glück, etwas zu sehen, was ich sonst nicht gesehen hätte.«

»Ich glaube, ich weiß, was du meinst. Obwohl, Wiedergutmachung kann man das kaum nennen, diesen Ausbruch wegen meiner Selbsttäuschung – als hätte ich nicht verdient, was da über mich gekommen ist.«

»Nein, das war es nicht, das ist nur ein Teil davon. Da war noch sehr viel mehr.«

Sie schüttelte den Kopf. »Du bist unglaublich. Jemand so jung wie du, und schon solche Gefühle. Wer an deiner Stelle würde sich mit einer Närrin wie mir abgeben?« Langsame, schwere Lider verschlossen ihre Augen. »Es ist an der Zeit, diesen Unsinn zu beenden. Zeit für mich, ins Bett zu gehen, du hast recht.«

»Vielleicht sollte ich heute lieber hierbleiben.«

Ihre Augen öffneten sich weit, als sie sein Gesicht prüfend ansah. »Oh, ich komme schon zurecht. Versprochen. Ich werde ins Bett gehen.«

»Nein, ich meinte, ich würde gerne bleiben.« Er verwässerte seine Kühnheit, zerschlug seine Motive: »Es ist doch schon so spät. Mich nur ganz außen auf die Bettkante legen.«

»Auf jeden Fall. Natürlich kannst du bleiben, Ira. Ich wünschte, ich hätte ein zweites Bett.«

»Das geht schon in Ordnung. Nur, daß ich mich legen kann.«

»Das habe ich ja nicht geahnt. Ein paar Minuten, dann bin ich fertig im Bad. Ich lege ein Handtuch für dich bereit. Und einen Waschlappen brauchst du wohl auch?«

»Häh? Ach ja, danke.« Einen Waschlappen? Erst vor kurzem hatte er gelernt, was das war.

Sie holte Bademantel, Nachthemd und Pantoffeln aus dem Schrank und verschwand hinter der Badezimmertür. Er hörte die Toilettenspülung, den Wasserhahn. Er setzte sich und wartete.

Wummm. War er jemals so überreizt, vor Aufregung so erschöpft gewesen? Die späte Stunde fing an, ihren Tribut zu fordern. Er sprach kein Wort, die Stille war es, die er hörte. Und noch einmal. Wummm. Nein, es waren seine Gedanken, die so laut in ihm widerhallten, ein Wort, im Hals gebildet, das nie geäußert wurde. Müde. Herzzerreißende Gefühle, nun sprengten sie die ruhige Schale. Du hast es schon einmal erlebt, sagte er sich matt: in Woodstock. Die Katze. Ihre Hysterie. Würdest du sie heiraten? Du bist jetzt Lewlyn. All die Grübchen, das Lächeln, die Reize, die gute Figur, die zarten Fesseln, die Bildung, das Stipendium, die akademischen Titel? Würdest du? Nur weil der Metallrahmen seiner Brille ihm den Blick versperrte, merkte er, daß er den Kopf schüttelte... Was also stimmte nicht? Was war nicht in Ordnung-gung-gung-wummm? Was hatte er doch einst zu erkennen geglaubt? Sie spielte eine Rolle in ihrer eigenen Tragödie. Sie beweinte sich selbst, die Heldin. Konnte es sein, daß er recht hatte? Er hatte recht, jaa, er hatte recht. So war sie. Sie beweinte sich selbst, die Heldin. Sie hatte den einzigen Mann verloren, von dem sie sagte, daß eine Ehe mit ihm funktioniert hätte. Und, *er* hatte es so gewollt. Er hatte *gewollt,* daß alle anderen ausgeschaltet wurden. Und sein Wille geschah. Und jetzt war tatsächlich *niemand* mehr da außer ihm... Du bist verrückt... Aber wenn kein anderer mehr da war... Du bist verrückt... Aber wenn doch kein anderer mehr da war, und es das ist, was du in deinem tiefsten Inneren gewollt hast, was dann? Dann ist es das, was geschehen sollte, und jetzt ist es an dir zu tun, was getan werden muß. Wenn er nicht so verdammt schüchtern wäre, wenn er nicht so verdammt schuldig-schüchtern wäre, er wüßte schon, was geschehen würde, gleich jetzt, heute abend oder heute morgen, oder wie immer man die Tages- oder Nachtzeit nennen wollte: fünf nach zwei. Er war einundzwanzig Jahre alt. Wie alt war sie? Er war den weiten Weg aus Galizien gekommen und sie den weiten Weg aus Neumexiko. Schicksal, sagte Mom dazu auf jiddisch, Schicksal mit einer Schickse.

Der elfenbeinfarbene Halsausschnitt ihres Nachthemds blitzte unter den wenigen braunen Karos ihres Bademantels

479

hervor, als sie aus dem Bad kam und zu lächeln versuchte: »Du bist dran. Du findest ein frisches Handtuch am Türhaken. Der Waschlappen – tut mir leid. Ich konnte keinen besseren finden.«

Ira gaffte sie an. Mit offenem Mund stützte er sich mit den Armen auf dem knarrenden Korbsessel ab und stand auf. »Was ist das auf deinem Gesicht?« Zwischen heruntergelassenen Zöpfen bedeckte eine weißliche Wachsschicht ihr ganzes Gesicht. »Das da.« Er zeigte darauf.

»Oh. Cold Cream. Meine Haut ist sehr trocken.«

»Oh. Cold Cream. Und wann wäscht du dich?«

»Bevor ich sie auftrage.«

»Oh. Dann wischst du sie also später wieder ab?«

»In ein paar Minuten. Benutzt deine Schwester denn keine?«

»Bei ihr habe ich das noch nie gesehen. Entschuldige. Ich wußte nicht.« Er zog sein Jackett aus. »Ich gehe jetzt.« Und eilte ins Bad.

Jesus, bist du dumm, er nahm den Schlips ab, Jesus Christus, bist du dumm, er öffnete den Kragen, schlug ihn nach innen. Larry mußte das schon gesehen haben, mußte das kennen; seine ältere Schwester benutzte Hautcreme. Aber Minnie nie. Wie zum Teufel kam es, daß er es in Woodstock nie gesehen hatte? Hey, vielleicht sollte er sein Hemd lieber ausziehen. Jaa. Er stank unter den Achseln wie ein – wie ein Skunk. Was zum Teufel ist ein Skunk? Er nahm die Brille ab. Einseifen, jaa. Dieser Dreck aus der Hudson Tube, *boyoboy*, sieh zu, daß du ihn aus der Fresse kriegst. Auch nicht rasiert. Das ist der Waschlappen? Hey, keine schlechte Idee: ein *schmatte* aus einem Stück Handtuch. Jetzt aber kräftig einseifen. Morgen, da kannst du dann baden oder duschen. Und nicht vergessen: den Hosenladen zuknöpfen. Ab-trock-nen. Unterhose und Socken anlassen, richtig? Jackett auch? Jesus, es wird tatsächlich kalt. Auf der Bettkante ausstrecken. Boy, kann's nicht erwarten. Er setzte die Brille wieder auf, fummelte den Hemdkragen wieder zurecht. Hoffte, ordentlich auszusehen.

Mit dem Schlips in der Hand verließ er das Bad. Sie lag schon im Bett, die zurückgeschlagene Rupfendecke enthüllte

dunkle Wolldecken bis zum Kinn. Er würde an der Wand liegen. Okay. Zum Glück. So weit wie möglich von ihr abrücken.
»Es ist jetzt gleich – gibt's hier einen Wecker? Soll ich ihn stellen?«
»Ich habe ihn schon gestellt, danke. Ich wache sowieso auf, bevor er klingelt.«
»Und das Fenster?«
»Nur einen Spalt, das genügt.«
»Okay.« Er schob den Schieberahmen hoch. Dann trat er die Schuhe von den Füßen. Er prägte sich Richtung und Entfernung zur Wand und zu seiner Seite des Bettes ein – mach bloß keinen Fehler und reib dich womöglich an ihr – und knipste das Flurlicht aus. Dunkelheit. Im restlichen Dämmerlicht tastete er sich voran, schlängelte sich auf seine Seite des Bettes. Um Himmels willen bloß nicht in der Nacht so aufwachen, wie er es einmal bei Mom getan hatte. Vielleicht hätte er doch lieber das Jackett anbehalten. Ganz ruhig lag er auf dem Rücken, Schenkel und rechte Schulter zur Wand.
»Kommst du denn nicht unter die Decke?« kam ihre Stimme von der anderen Seite.
»Nein, es geht schon.«
»Sei nicht so störrisch, Ira. Komm unter die Decke. Du wirst dich noch erkälten.«
»Also gut, ich nehme den Überwurf.« Er machte es sich unter der Tagesdecke bequem, streckte sich aus und wünschte wiederum, er hätte sein Jackett angelassen. Störrisch hatte sie ihn genannt. Eingebrannt. Boy. Schiffe und Schuhe und Siegelwachs. Brennend, die in Stein gehauene Umarmung unter den Schiffsscheinwerfern. Den Hut in der Hand, den Mantel offen, und sie in seinen Armen, eingekuschelt... Fröhlich ankerten wir unter der Kirche, unter dem Berg, unter der Leuchtturmspitze – ach, dann war der dämonische Taxifahrer auf dem Nachhauseweg also der Pharus: nicht der Fahrer des Pharaos. Nein. Es war der *Alte Seefahrer*, der sein Taxi durch die Basaltschlucht der Hudson Street lotste: Das Eis zerbrach mit Donnerkrach. Oh, boy, der Steuermann lotste uns heil hindurch, hey-ho...

Also, was ist Wahrheit? sagte höhnisch Pilatus. Und wartete nicht auf Antwort, sagte Francis Bacon. Jaa. Ira unterbrach, um sich an der Augenbraue zu kratzen. Manchmal, beim Tippen, vermischten sich Gesichter und Personen. Es gab Zeiten, da dachte er, es sei M., neben der er durch die Breite des Bettes so penibel getrennt lag. Nicht Edith. Denn nach einer Weile hörte das Getrenntsein, dieses von Edith Getrennt*liegen* auf. Und wurde zur gleichen Art Intimität, die er später bei M. kennenlernte und immer noch kannte, selbst fünf Jahre nach ihrem Tod. Mit Edith gab es natürlich nicht dieselbe verklärte Intimität wie mit M., dennoch echte Intimität – über einen langen Zeitraum hinweg, eine ganze Dekade. Jaa. Wohin sollte das alles führen? Warum hatte er mit den Worten begonnen: Was ist Wahrheit, sagte höhnisch Pilatus? Doch nicht, weil er von einem Lotsen, einem Piloten erzählt hatte und das phonetische Echo des Wortes ihm noch im Ohr klang? Nein. Woher aber das Vermischen der Personen, das Eindringen einer Periode in die andere, der sich entfernenden Jugend in das Alter? Wurde sein Verstand allmählich umwölkt, unscharf vor Senilität? Nein, das glaubte er nicht. Neulich erst hatte er eine Microkassette abgehört, eine von den kleinen Kassetten, mit denen er heimlich Gespräche belauschte. Dieses spezielle Band steckte in einer Plastikhülle, auf der geschrieben stand: Anhören.

Anhören. Das – oder eine andere Warnung – schrieb er gelegentlich darauf, um zu vermeiden, daß er ein solches Band aus Versehen löschte, wenn er plötzlich etwas Neues aufnehmen wollte. Und es war gut, daß er es sich dann tatsächlich anhörte. Das Band war es wert, erhalten zu werden, und zwar im Original. Er hatte nämlich, wie Edith es in bezug auf Männer geäußert hatte, wahnsinniges Pech gehabt, als er diese kleinen (und übrigens relativ teuren) Tonbänder auf billigere, größere Kassetten überspielen wollte. Aus welchem Grund, wußte er nicht, weil er nicht Fachmann genug war. Als er sich ebenjenes Microband über Kopfhörer vorspielte – er besaß einen Satz sehr gute, die aber schmerzhaft drückten, fast so stramm saßen wie ein Schraubstock –, da konnte er alles, was darauf war, mit großer Klarheit hören. Als er dann versucht hatte, das Band mit einem Steckkabel auf ein anderes Gerät zu überspielen, war das Ergebnis außerordentlich enttäuschend: Rauh wie Schotter, die Sprache ertrank in einem sandigen Grummeln, fast so laut, wie früher in der 119. Straße das Grummeln der Kohlen, wenn diese, von den einzelnen Parteien in der Mietskaserne getrennt bestellt und im eigenen Verschlag gelagert, vom Lieferwagen mit einer Schütte in eine Öffnung im Gehweg gekippt, über eine Rutsche in den Keller kullerten; unten wartete dann schon der irische Hilfsarbeiter mit den hellen Streifen im Gesicht und seiner Kiepe auf dem Rücken. (Homerisch, wie Männer in jenen Tagen, die noch nicht allzu lange Vergangenheit waren, schuften mußten.) Ira hatte also seine eigene Anweisung beachtet und sich die Microkassette angehört. Ach, was ist Wahrheit? sagte höhnisch Pilatus. Oder willst du einfach die Entgegnung, Bacons Epigramm, sich mit *All's fair in love and war* überschneiden lassen? Der übliche unanständige Ausdruck dafür war – Ludensprache würden es die Anständigen nennen – sich die Eier massieren. Lewlyn mußte sich die Eier massieren (er allerdings würde Hoden sagen); Ira mußte sich die Eier massieren. Welcher erwachsene Mann mußte das nicht? Und alles ist Sieg in Liebe und Krieg.

Dann tat Ira, was er sich vorgenommen hatte, und hörte, belauschte das alte Band. Das Jahr mußte ungefähr 1979 sein – oder vielleicht das Jahr davor. Der Ort war dort, wo er und M. und Lewlyn, inzwischen über fünfzig Jahre älter geworden, gemeinsam zu Mittag aßen; es war, das konnte man wegen der Kinderstimmen vermuten, die in unmittelbarer Umgebung zu hören waren, ein kleiner Picknickplatz an der Straße nach Jemez Springs. Die Straße lag gegenüber einer stillgelegten Kupfermine, die Sohn Jess, der Geophysiker, kurz zuvor durchforscht hatte; er war sogar fündig geworden und mit ein paar Proben zurückgekommen.

Warum verspürte man so eine eigenartige Bitterkeit? Und war es überhaupt Bitterkeit? Es war schwierig zu entscheiden, was für ein Gefühl das war – beim Zuhören: Man hörte nicht eine Stimme aus längst vergangenen Zeiten, sondern eine Stimme beschwor die längst vergangenen Zeiten wieder herauf. Und nicht nur das, sie berichtigte auch Eindrücke, die man von der Vergangenheit hatte, korrigierte sie, verlieh der eigenen Verschwommenheit Kontur, verlieh ihr Substanz, wie er sagte, Schärfe.

Vielleicht trug die Vorführung seiner jämmerlichen geistigen Unzulänglichkeit (zumindest seines Mangels an gesellschaftlicher Gewandtheit, an »vornehmer Erziehung«) ebensoviel zu seiner Bitterkeit bei wie alles andere: daß er in ein Milieu gestoßen werden sollte, das er nur mit Mühe verstand, für dessen Verständnis er so erbärmlich schlechte Voraussetzungen mitbrachte, das ihm so wenig vertraut war und für dessen Erfassung seine Auffassungsgabe viel zu langsam war. Die Wirklichkeit, diese kleine Kostprobe der Wirklichkeit, brachte den Kontrast zwischen dem, was vor sich ging, und dem, was er begriff, zwischen der Vielschichtigkeit des tatsächlichen Geschehens und dem Stäubchen, das er davon erhaschte, noch deutlicher zum Vorschein. Notgedrungen war und blieb also seine Auslegung der Geschehnisse stark vereinfachend. Und ihre Umsetzung ging *pari passu* damit einher, und somit das Bewußtsein, daß er trotz seiner beschränkten Fähigkeiten und dieser Slum-Erziehung seine verkorkste Jugend, seine stärker als üblich belastete Jugend, seine verdrehten, verkrampften, deformierten Einschätzungen, seine Beurteilung der Ereignisse und Umstände in viel größerem Umfang, als es schließlich der Fall war, hätte wahrnehmen und in Erinnerung behalten können. Man mußte nun das Beste daraus machen und die Trophäen der Phantasie an wenigen authentischen Erinnerungen festmachen.

Irgendwo beginnen, allerhand überspringen. Es würde immer noch genug übrigbleiben, genug Material vorhanden sein, um das Wesen der Protagonisten zu skizzieren, um darzustellen, wie ihr Denken funktionierte, wie ihre Persönlichkeiten sich gegenseitig beeinflußten. Tatsächlich kam Ira der Gedanke, daß ihm angesichts seiner Wurzeln, seiner verbogenen Entwicklung, Erziehung und Zukunftsaussichten – und der ihrigen – kein anderer Weg offenstand, als auf das Unpersönliche, das durch Zeit mutierte Fiktive, auf das »elektronische« Zeugnis zurückzugreifen – um nicht nur die Abbildung, die Interpretation der anderen Figuren, sondern auch die seiner eigenen Rolle in der Geschichte geradezurücken und ein für allemal dem Zugriff der geneigten Milde des Chronisten zu entziehen.

Aua! Was taten die Kopfhörer doch weh! Sie mußten noch aus der Glanzzeit der festen, dick gepolsterten Modelle stammen, ehe die leichteren, komfortableren eingeführt wurden. Sie dämpften Außengeräusche besser ab als diejenigen, die man im Schießstand trug. »Bis zu unserer Hochzeit haben wir abstinent gelebt«, konnte man Lewlyns Worte außerhalb der Kopfhörer immer noch verstehen. »Wir waren sehr, sehr vorsichtig.« Das war schon hart, dachte Ira: Versetz dich mal in seine Lage. Was hättest du wohl getan? Na ja. Mit Stella brauchte er sich das nicht vorzustellen, das wäre irgendwie zu einfach. Kein moralisches Problem. Lediglich eine alte Gewohnheit. Mit Minnie dasselbe, wenn so eine Situation überhaupt denkbar war. Keine von beiden bedeutete ihm mehr – und umgekehrt genauso – als emotionale Hingabe der vergänglichsten Art; nein, noch nicht einmal das, es war sonnenklar, selbst zu Zeiten von Minnies größter Zärtlichkeit war es sonnenklar, daß es eben nicht möglich war. Und ganz genauso war es auch bei Stella. Ach, wenn es nun aber Dorothy gewesen wäre? Dorothy aus L. A., Jahre später, in dem Jahr, da er Treue schwor, da er M. seine Liebe erklärte und seine Absicht, sie zu heiraten? Angenommen, Dorothy wäre auch nach L. A. gekommen, um bei ihrem Vater Bill Loem zu sein, als Ira sich mit ihm dorthin geflüchtet hatte, um aus seiner Abhängigkeit von Edith zu entkommen? In seiner Erzählung, zwölf Jahre später, hätte er es dann zugeben müssen. Glücklicherweise war Dorothy aber in New York, die sommersprossige, ungebildete Dorothy aus der Arbeiterklasse. So konnte sie nicht einmal als Probe aufs Exempel dienen; er wußte ja nicht, was passiert wäre, wenn. Also hatte er Glück gehabt; er hatte einfach nur Glück gehabt: sechs Monate ohne Frau. Du kannst dir gar kein Urteil erlauben, dachte Ira. Und doch: wie unbewußt der Mann einen Satz Regeln auf Cecilia anwandte, auf die Frau, die er zu lieben gelernt hatte und nun rasch wie möglich heiraten wollte, und einen anderen auf Edith, die er verlassen würde. »Wir waren sehr, sehr vorsichtig« – er sagte: vorsichtig. Und das Wort, das er benutzt hatte, um das Maß ihrer selbstauferlegten Zurückhaltung zu beschreiben, »abstinent«, war in diesem Zusammenhang nicht ganz angemessen. Oh, jetzt wurdest du aber kleinlich und pedantisch, rügte sich Ira. Doch dann war er wieder ganz Literat: »abstinent« war eben *nicht* das geeignetste Wort, das er hätte verwenden können – ach, es ging doch, es ging – allemal besser als »zölibatär«. Das Wort jedoch, das Lewlyn hätte wählen sollen, war »kontinent«. Keine Körperflüssigkeiten.

Einmal in den wenigen Stunden, die von der Nacht noch übrig waren, wurde Ira wach. Er erwachte und sah Ediths Gesicht in der zerfallenden Dunkelheit zu ihm gewandt; und sie mußte gesehen haben, daß er wach und sich ihres Blickes bewußt war, denn das Gesicht, das der zerstoßenen Düsterkeit aufgestempelt war, schien verhärtet vor Mißmut – oder Hochmut – oder Verachtung. Er fühlte sich ganz klein, wollte sie versöhnlich stimmen: wollte sie um Verzeihung bitten, daß er das Bett mit ihr teilte, ohne ihr den elementaren Trost zu spenden, den sie ersehnte und brauchte. Wie konnte er nur so kindisch sein, nicht von ihrer Nähe erregt zu sein, sich nicht mit einem Steifen auf sie zu stürzen? So jedenfalls interpretierte er ihren Blick… obgleich er in der kurzen Zeitspanne zwischen ihrem verängstigten Blick und dem Moment, da er sich lammfromm zum Schlafen auf die Seite drehte, auch versuchte, eine mildere Erklärung für ihre Härte zu finden: sie war Ausdruck des grimmigen Grolls, den sie wegen ihres Ressentiments gegen Lewlyn gegen *alle* Männer hegte. Dennoch sagte ihm sein Instinkt, wenn auch verschwommen, daß er sich etwas vormachte. Sie *wollte* gevögelt werden, brauchte es sogar als Trost für die Ablehnung, die sie erfahren hatte. Das war es auch gewesen, was ihn zu seinem zaghaft-kühnen Angebot gedrängt hatte, die Nacht bei ihr zu verbringen. Eine innere Stimme hatte ihm zwar zugeredet, aber: wie einen Steifen zustande bringen für eine erwachsene Frau, für eine richtige Dame, wo seine Libido – mit Ausnahme der einen Begegnung mit einer schwarzen Prostituierten – bislang doch nur bei Minderjährigen funktioniert hatte, nur in einem Umfeld von Heimlichkeit und Schuld? Es war nicht schwierig für ihn, sich zu suggerieren, daß seine innere Stimme sich irrte.

Wie sie vorausgesagt hatte, wachte Edith auf, ehe der Wekker klingelte. Sobald sie sich bewegte, erwachte auch Ira – glitt

486

aus dem Bett, setzte sich ans Fußende, kratzte sich, nieste, gluckste verschlafen und legte sich sein Jackett über die Schultern gegen die morgendliche Kühle. Er wartete, bis er mit dem Bad an die Reihe kam, versuchte, sich zu waschen, band sich den Schlips um und kam wieder heraus, als Edith, olivfarbene Haut im Ausschnitt ihres Bademantels, Weißbrotscheiben in den Rippen des Toasters über der Gasflamme wendete, und der Kaffee in der neumodischen elektrischen Kaffeekanne leise plätscherte.

»Hast du wenigstens *etwas* Schlaf gehabt?« fragte sie besorgt, und nichts von dem Vorwurf in ihrem anhaltenden Blick von vor wenigen Stunden war mehr vorhanden. Und als er sie beruhigte, fügte sie an: »Ich verstehe gar nicht, wie. War dir nicht kalt?«

»Nein, es ging«, log er. »Und du? Konntest du schlafen?«

»Ich denke, ein paar Stunden wohl.« Sie zog einen flüchtigen Blick aus geschwollenen Augen ein wenig in die Länge. »Ich fühle mich wie der Zorn Gottes.«

»Du siehst aber gut aus«, munterte er sie auf.

»Tatsächlich? Danke.« Sie gähnte. »Nett von dir, das zu sagen. Ich fühle mich wie durch den Wolf gedreht.«

»O nein«, protestierte er. »Ich weiß zwar nicht, wie du das machst, nach allem, was du durchgemacht hast, aber du siehst sehr gut aus.«

Ihre Augen suchten den Wandspiegel. »Du bist ein Engel, daß du mir beigestanden hast, Ira. Nie hätte ich gedacht, daß ich so dumm sein kann.«

»Aber nein – ach, darf ich noch mehr Toast machen?«

»Soviel du willst.«

Er stand auf und legte vier Scheiben des vorgeschnittenen Weißbrots in die abgeklappten Seiten des nach unten schräg ausladenden Toasters. »Möchtest du auch noch?«

»Nein danke, mehr kann ich nicht vertragen. Nur noch ein wenig Kaffee für mich.« Sie füllte ihre Tasse und trank ihn schwarz, verschmähte also den kleinen gesunden Schuß Sahne, den Mom immer hineingab. »Es tut mir leid, daß ich dir zum Frühstück nichts anderes bieten kann als noch ein bißchen Marmelade. Wenn ich gewußt hätte, daß du über Nacht bleibst, dann hätte ich noch Eier und Schinken besorgt.«

»Das macht nichts.« Ira schaute sie aus dem Augenwinkel an, während er schwungvoll den Toast wendete. »Schinken ist sowieso nicht koscher.«

»Mein Gott!« rief sie plötzlich. »Deine Eltern! Die habe ich ja völlig vergessen. Ihr habt wohl kein Telefon? Du kannst sie nicht anrufen?«

»Nein.«

»Du kannst immer noch ein Telegramm schicken.«

»Damit würde ich sie zu Tode erschrecken. Entschuldige. Aber ich habe Mom gesagt, es wird spät.«

»Spät? Du lieber Himmel! Ira, was werden sie denken?«

Er leckte sich die Lippen, als er die gerösteten Brotscheiben vom Toaster auf den Teller beförderte. »Glaub mir: Ich habe Mom gesagt, daß ich nicht wüßte, wann ich zu Hause wäre. Sie soll sich keine Sorgen machen, das ist alles. Ich habe auch schon einige Male bei Larry übernachtet.«

»Du bist sicher, das geht in Ordnung? Wissen sie überhaupt, wo du bist?«

»Ich habe ihnen erzählt, was ich vorhätte. Sie müßten sich denken können, wo ich bin – und übrigens habe ich deine Telefonnummer hinterlassen. Meine Schwester hätte angerufen, falls sie sich Sorgen machen.«

»Dem Himmel sei Dank, daß du daran gedacht hast.«

»Ja, und wenn sie angerufen hätte, dann hättest du ihr sagen können, ich wäre als blinder Passagier mitgefahren.«

»Ich kann gar nicht darüber hinwegkommen, wie distanziert du mit deiner Familie umgehst. Und doch leuchtet dein Gesicht, wenn du von deiner Mutter sprichst. Die Liebe, die du für sie empfindest, ist so anrührend.«

»Ach ja?« Er senkte den Kopf, griff nach der Kaffeekanne. »Nun, meine Eltern sind Einwanderer, das brauche ich dir nicht zu sagen. Und ich bin der einzige aus der ganzen Sippschaft, der aufs College geht. Also gebe ich den Ton an in Sachen amerikanisch. Verstehst du? Ich bin die Autorität.«

»Das ist ganz anders als in Larrys Familie.«

»Stibimmt. Hier sind noch drei Scheiben Toast. Du willst keine mehr?«

»Du kannst sie essen. Ich würde deine Mutter gern kennenlernen.«

»Mom spricht nicht besonders gut Englisch.«

»Oh, wir würden uns schon verstehen, ganz sicher.«

»Hamm.« Krachend biß er in die zweite Scheibe. »Was für ein hübsches Glas, worin sie die Marmelade verkaufen. Crosse & Blackwell. Weißt du, wenn ich meiner Mutter sage, was ich gern esse, sofort geht sie los und kauft es. Sie verwöhnt mich bis zum Gehtnichtmehr – äh, ich meine, besser geht's nicht.«

»Und deine Schwester?«

»Oh. Kein Vergleich. Die muß praktisch selbst für sich sorgen. Sie ist der Liebling meines Vaters.«

Edith betrachtete Ira stetig, wohlwollend, wie es ihre Art war, eine ganze Sekunde lang – und dann schweifte ihr Blick hinüber zur Uhr auf dem Kaminsims. »Ich muß mich jetzt anziehen. Um zehn hab ich ein Seminar. Aber du brauchst dich nicht gehetzt zu fühlen.«

»Nicht? Das ist gut.«

Ihre Augen, beseelt jetzt, konnten wohl kaum zu dem Gesicht gehören, das ihn – wann? – wenige Stunden zuvor so unversöhnlich angestarrt hatte: grollendes, granuliertes Elfenbein im Dunkeln funkelnd: Du Tölpel, ich brauche es. Siehst du nicht, daß ich es brauche? Wie Minnie, als sie nach Hause kam und an der Richmond abgeblitzt war. Und was, wenn er zu ihr sagte – Weißt du, in der Nacht, da hast du mich so angestarrt, was sollte das bedeuten? Jaa, er war zugegebenermaßen ein Tölpel, daß er es nötig hatte, überhaupt eine so dumme Frage zu stellen. Doch wohin hätte das geführt? Was würde eine Frau sagen, wenn man sie das fragte? Würde sie ausweichen? Oder freimütig antworten? Wahrscheinlich wollte ich, daß du mich in den Arm nimmst. Nein, nein. Wie käme sie dazu? Aber sie hatte so viel verloren, so viel hatte sie verloren. »Wie viele Seminare sind es denn heute morgen?«

»Zwei. Direkt hintereinander. Je eineinhalb Stunden.«

»Oh, *boy*.«

»Glücklicherweise beide Male dasselbe Thema. Und außerdem bekanntes Terrain: Weibliche Dichter in Amerika. Emily Dickinson, Amy Lowell, Teasdale, Flanner, Taggard, Léonie – und natürlich unsere liebe Edna Millay. Nicht alle auf einmal. Aber heute werde ich ihnen vielleicht Marianne Moore vorstellen.« Sie fing an, ihre heruntergelassenen Zöpfe aufzumachen. »Bitte laß dich nicht beim Frühstück stören, Ira.«

»Danke. Das dürfte kein Problem sein.«

»Und nimm noch etwas Kaffee.« Sie stand auf. »Ich würde gern noch länger mit dir quatschen, aber ich wage es nicht.«

»Oh, warte mal eben. Weißt du was? Ich schulde dir noch vier Dollar. Den Rest von den fünfen. Der Fahrpreis betrug nur –«

»Wehe!«

»Was?«

»Wenn du es auch nur erwähnst.«

»Aber, *gee*, warum denn nicht?«

»Ich will nichts davon hören. Du beschämst mich, wo ich dir doch so viel verdanke. Also bitte!«

»Hey, ich sollte Geschäftsmann werden.«

»Ich weiß einfach nicht, was ich ohne dich gemacht hätte. Du weißt das sehr wohl.«

»Ach ja?« Er spürte die Schlangenlinien seiner eigenen Unzufriedenheit über sein Versagen angesichts ihrer inneren Not. »Weißt du was? Dann wärst du jetzt viel besser dran. Vielleicht wir beide.«

Auf dem Weg zum Bad blieb Edith stehen. »Wieso?«

»Weil du gar nicht erst mitgegangen wärst. Verstehst du? Wenn du mich nicht gehabt hättest, um dich zu begleiten, dann wärest du nicht mitgegangen.«

»Ich gebe zu: daß ich mitgegangen bin, war reine Torheit, und ich weiß auch, daß ich mich hinterher benommen habe wie ein romantischer Trottel. Aber wieso wir beide? Abgesehen davon, daß du zu Hause in deinem eigenen Bett sicher besser geschlafen hättest. Und ich kann mir sogar vorstellen, daß ich da nicht ganz falschliege.«

»Nein gar nicht, ich hätte ja nach Hause fahren können.«

»Was meinst du denn nun wirklich? Doch nicht, daß ich
dein Bleiben nicht zu würdigen weiß?«
»Ich habe etwas sehr Schönes mit angesehen, und du hast
dafür teuer bezahlt. Darum hast du mich gehaßt.«
»Oh, dummes Zeug!«
»Hast du mich in der Nacht nicht angestarrt?«
»Schon möglich. Vielleicht habe ich mich gefragt, was die-
ser fremde Mann da in meinem Bett macht.«
»Oh, das war es? Du hast mich also nicht gehaßt, weil ich
das Ganze verursacht habe? Und dir danach nicht geholfen
habe?« Er gestikulierte.
»Verursacht? Was denn?«
»Alles, was du letzte Nacht durchlitten hast.«
»Um Himmels willen, Kind! Verursacht – du? Du hast mir
großartig beigestanden. Nein, wegen der Dinge, die *ich* ver-
ursacht habe. Du bist der seltsamste junge Mann, den es gibt!«
Das Gesicht über dem karierten Bademantel wurde sachlich.
»Ich muß los.« Und als Nachgedanke, während sie schon ein
Kleid mit bronzefarbenen Rauten aus dem Schrank zog, sagte
sie, ehe sie ins Bad ging: »Du meinst, du bist die Ursache? Die
Ursache ist aber, daß ich eine Rolle spiele, das ist es. Mein Versuch, unter Vorspiegelung falscher Tatsachen ein ganz klein
wenig Schönheit zu ziehen – aus einer hoffnungslosen Situation. Das kann emotional ganz schön teuer sein. Aber ich glaube fest daran, daß ich diesmal etwas gelernt habe.« Die Badezimmertür ging zu.
Schönheit. Schönheit. Schönheit. Immerzu redeten sie davon. Ira mampfte seinen Toast mit Marmelade. Er wußte, was
eine schöne Statue war, oder glaubte, es zu wissen, schöne
Musik, ein Gedicht, ein Bild, ja, selbst auf dem Lande, in
Woodstock hatte er es gewußt, wenn der Feldweg auf eine bestimmte Art hinter einer Kurve verschwand oder Lichtströme
von den Bergen fluteten wie ein Sturzbach bernsteinfarbener
Muschelschalen. Ja, und auch das Schiff auf dem dunklen
Wasser inmitten all seiner Lichter war schön. Und diese Szene
mit den beiden Liebenden, die sich verabschiedeten – phäno-
menal: als trennten sie sich auf ewig. Das alles konnte schön
sein. Er verstand das. Aber sobald er sich zu konzentrieren

versuchte, warum es schön war, segelten die Gedanken fort, zerstoben in alle Winde wie die Schirmchen einer Pusteblume. Er wurde müde. Jesus, er *war* müde. Schönheit. Schönheit. Schönheit. Himmel, wovon handelten denn Tragödien? *Romeo und Julia*, was er nicht mochte: Es troff vor verliebter Gefühlsduselei. Und alles, was *er* bis jetzt kennengelernt hatte, war nicht Schönheit, sondern jener schmutzige Höhenflug vergangener Jahre, das Verschieben des kleinen Messingnippels im Türschloß – nach oben! Und so schnell wie möglich ab in Minnies verkommenes Kabäuschen. War das schön? Oder wenn Stella sich mit gespreizten Beinen auf seinen Ständer setzte? Oder sie von hinten rammen, sie hochwuchten, während die Tanzmusik im Radio plärrte, die live aus dem Ballsaal des Commodore Hotels übertragen wurde?

Als der Computer beim Neustart seine Melodie spielte, wurde jeder seiner Sinne zur Antenne. Siehst du? Du bist abgestürzt. Der einzige Artgenosse, der es auch so weit gebracht hatte, war Joyce. Doch selbst er war nicht annähernd so weit durchgedrungen wie du: zur Schönheit der Angst, zur Schönheit der Heimlichkeit, der Verkommenheit. Joyce hatte Angst vor dem Risiko, Angst vor dem Schock, Angst vor dem realen Alptraum. Es war etwas faul an der Art, wie Bloom um zwei Uhr nachmittags – oder wann immer dieser Blazes Boylan sich mit Molly wegen ihres Auftritts treffen wollte – Höllenqualen litt. Seine Qualen waren übertrieben. Wenn es so schlimm für ihn gewesen wäre, hätte er etwas dagegen unternommen – und zwar schon längst. Und Teufel auch, selbst wenn er Jude war, und er war einer, hätte er schon viel früher mit ihr darüber gesprochen, wäre zu einem Arzt gegangen. Hätte andere Möglichkeiten gefunden, wenn sie sich immer noch liebten. Nein, nein. Der Kollege, der so interessiert herauszufinden versucht hatte, wie tief die Gesäßfalte der Statue in den Marmor einschnitt, war Jimmy Joyce, die furchtsame irische Leier. Nicht der semi-demi-hemi-halbärschige Jidl, den er erfunden hatte – ach komm, hör schon auf. Er machte Fortschritte.

Edith kam aus dem Bad, geschniegelt und gespornt, ihr olivfarbener Teint heller in dem bronzefarbenen Kleid, die feinen

Lippen rot nachgezogen, ein Lächeln aufgesetzt, aber das Gesicht immer noch gekränkt und angespannt. Sie schien über das Notwendigste hinaus nicht sprechen zu wollen. »Hilfst du mir schnell, das Bett zu machen? Das Geschirr ist kein Problem.« Sie trank einen letzten Schluck kalten Kaffee, betrachtete sich noch einmal gründlich im Spiegel, fuhr mit winziger Fingerspitze über ihre großen Augenlider, zog eine tragikomische Grimasse. Nein, sie wollte nicht, daß Ira sie zur Universität begleitete. Unschicklich – der Gedanke schoß ihm durch den Kopf – sie fand es unschicklich, zu so früher Stunde gemeinsam aus dem Haus zu gehen. War ja auch nicht nötig. Es war ein schöner Morgen, obgleich kühl, und sie erlaubte, daß er ihr in die dunkle seidige Jacke half. Ach ja, hier waren auch noch Lewlyns Schlüssel. Die konnte Ira haben, um damit die Tür von außen abzuschließen.

»Du darfst gern so lange bleiben, wie du möchtest«, sagte sie. »Wenn das Telefon klingelt, geh einfach nicht ran.« Mit vollkommen sachlichem Gesicht unter ihrem schwarzen Filzhut, packte sie ihn am Revers und küßte ihn. »Bitte ruf mich in den nächsten Tagen an.«

»Mach ich.«

Sie öffnete die Wohnungstür, um zu gehen. Wie forsch sie sich in den Schultern aufrichtete, die Lippen aufeinanderpreßte, das Kinn hochreckte, mit schwungvollem Griff ihre Aktentasche nahm. Boy, das erforderte Mut. Mühelos prägte er sich ihr Verhalten in jenen letzten Sekunden genau ein: Diese winzige Frau war wild entschlossen, sich der Welt zu stellen. Als sie die Tür hinter sich zuzog, wurde er sich plötzlich einer verschämten Bewunderung für sie bewußt. Wäre er fähig, so entschieden zu handeln wie sie, wenn er durchgemacht hätte, was sie durchgemacht hatte? Er war heilfroh, daß er nicht gezwungen war, sich zu beweisen, die Probe aufs Exempel zu machen. Ganz sicher hätte er versagt. Selbst jetzt verspürte er ein ungeheures Bedürfnis, sich noch einmal hinzulegen, gleich hier auf das Rupfenbett. Aber, sagte er sich, es war wohl besser, jetzt nach Haus zu gehen, ehe Mom noch anfing, sich Sorgen zu machen. Zum zweiten Frühstück nach Hause gehen – und noch einmal richtig schlafen. Seine Augen

493

waren wie ein synchronisiertes Getriebe: riß er das eine gewaltsam auf, fiel das andere automatisch zu. Er könnte schnell noch die paar Teller und Kaffeetassen vom Klapptisch abwaschen. Wäre eine nette Geste. Er sammelte die paar Frühstücksutensilien ein, trug sie zu der kleinen Spüle in der Kochnische, ließ Wasser darüberlaufen, seifte sie ab und spülte noch einmal nach. Dann stellte er das Geschirr auf das Abtropfblech.

Nun, jetzt konnte es keine Mißverständnisse mehr geben: genügend Zeit war verstrichen, um jedwede Verbindung zwischen ihrem Verlassen des Hauses und dem seinen auszuschließen, wenn es das war, was sie wollte. Sie mußte inzwischen den Washington Square Park schon durchquert haben. Er sah sie im Geiste vor sich, wie sie mit schnellen Schritten und unverändert unglücklichem Gesichtsausdruck auf das schmutzigweiße Verwaltungsgebäude der Universität zueilte und hier und dort das Lächeln des einen oder anderen Studenten oder Kollegen mechanisch erwiderte. Gott, was die alles nicht wußten.

VII

Und plötzlich strömte noch eine Erinnerung aus dem Gedächtnis des alten Mannes, der an der Tastatur vor dem bernsteinfarbenen Monitor saß: nicht an die Frau mit dem schwarzen Filzhut, die er eine Zeitlang aufrichtig geliebt hatte, deren Bild wie eine Erscheinung, der Eurydike gleich, zurücktrat in eine Unterwelt, die er einst bewohnt hatte, sondern an seine Ehefrau in Maine, in Montville, an M. in ihrem Overall, den er ihr aus Restbeständen von Army und Navy gekauft hatte, als er in der Nähe von Boston für die Firma Keystone Camera Co. als Werkzeugmacher arbeitete. Diese beständigere Erinnerung kehrte zurück, das Bild seiner hochgewachsenen, fröhlichen, tapferen Frau in ihrem khakifarbenen Overall, wie sie die Wärme des Hauses gegen die Eiseskälte draußen tauschte, den Melkeimer in der behandschuhten Hand. (Sie hatte sich selbst das Melken beibringen müssen – wegen der beiden gemeinsamen Söhne, denn es gab in der ländlichen

494

Gegend, in die ihr Mann sie verfrachtet hatte, weit und breit keine Geschäfte.) Und als sie dann wieder die Wärme der Küche betrat, ganz verfroren, mit weißer Nase und roten Wangen, da fröstelte sie in ihrem khakifarbenen Overall und hatte nicht allzu viel Milch in ihrem Eimer, denn die Kuh näherte sich dem Ende ihres Zyklus und mußte wieder trächtig werden, brauchte wieder ein Kalb, was bei ihr, wie sich herausstellte, aus irgendeinem Grund überhaupt nicht möglich war, was der Yankee-Nachbar wußte, der weggezogen war, nachdem er ihnen das Tier verkauft hatte: ein echter Yankee-Handel. Mit dieser Frau war er fünfzig Jahre verheiratet gewesen, fünfzig Jahre und vier Monate. Und noch einmal mußte er es sagen: fünfzig Jahre. War er nicht einfach wundersam, der Siedlermut seiner durch Neuenglands Tradition geprägten Frau, ihre Seelenstärke, ihre Treue?

Die fünf Jahre, die seit ihrem Tod so quälend langsam vergangen waren, als wäre die Zeit stehengeblieben, erlaubten ihm nicht, wie gewohnt voranzuschreiten. Per Knopfdruck konnte er sich ihre Stimme, ihren Tonfall, die Spitzfindigkeit ihrer Logik zurückrufen. Er erinnerte sich daran, daß er sich trotz ihrer beschwichtigenden Worte am ersten Abend nach ihrem Einzug in das Apartment, das sie während ihres Aufenthalts in Mexiko bewohnten, so wahnsinnig aufgeregt hatte, weil eine Unmenge von *cucarachas*, Küchenschaben, groß genug, um darauf zu reiten, wie das Bonmot lautete, große, braune, allgegenwärtige Küchenschaben den neuen Haushalt fest im Griff hatten. Sie verkörperten für ihn alles, was in seiner Kindheit auf der East Side gemein und häßlich war – und noch viel mehr in seiner frühen Knabenzeit und Jugend, die er in Harlem verlebte, der Zeit, als er in der 119. Straße wohnte. So viel von dem, was ihm an diesen frühen Lebensjahren eklig und verhaßt war, schien eng verbunden mit huschenden Küchenschaben, die damals übrigens nicht halb so groß gewesen waren wie die in Mexiko und die trotz Moms ständiger Vernichtungsangriffe ewig in irgendwelchen Ritzen lauerten. Er haßte sie mehr als Wanzen oder sogar Läuse. Nach nunmehr fast neunzig Jahren war ihm immer noch das Bild einer dem Untergang geweihten Schabe im Gedächtnis, die ihre glänzende äußere Flügeldecke ausbreitete, um ihre in Milliarden Jahren verkümmerten Gazeflügel ins Spiel zu bringen bei dem vergeblichen Versuch, der Schuhsohle ihres Verfolgers zu entkommen. Ha, so ein Mistvieh. Wie konnte er doch innerlich jubeln, wenn er den kleinen Knacks hörte, der das Ende einer ekelerregenden Laufbahn anzeigte: du Mistvieh, du kannst nicht beides haben: Flügel und ein beschütztes Leben... Aber die Kakerlaken von damals, die hatten in Harlem gelebt und waren eigentlich nur ein Fliegenschiß im Vergleich zu den Monsterdingern im Land der *alegría.*

Nachdem Ira und M. von dem leichten Abendessen zurück waren, zu dem Señora Orozco und ihr Ehemann, der Tierarzt Dr. Orozco, sie eingeladen hatten (Dr. Orozco war ihnen behilflich gewesen, die Wohnung zu finden), begann Ira mit einer ersten und plötzlich sehr hektischen Untersuchung der neuen Räume. Die Untersuchung ergab, daß einer der wichtigsten, wenn nicht sogar *der* wichtigste aller Nistplätze, Schlupfwinkel, Ruhestätten der Schaben ein brauner Sessel war, etwas heller im Ton als das Ungeziefer. Als er das Sitzpolster vom Sessel aufnahm, entdeckte er zu seinem Entsetzen (M. war um vieles gelassener in dieser Angelegenheit) so viele Küchenschaben auf einmal, daß sie das Polster – in seiner überreizten Phantasie – leicht hätten davonschleppen können. M. hatte eine Dose Anti-Schaben-Spray, und er begann, wie wild zu sprühen, aber verdammt: warum die Biester im Wohnzimmer erledigen und den ganzen Raum mit beißenden DDT-Dämpfen vernebeln? Er zerrte den Sessel hinaus auf den Balkon und sprühte ihn dort ein, zuerst von vorn, dann von unten und von beiden Seiten. Es war eine rasende *matanza,* und nie hat ihm eine widerliche Aufgabe größeren Spaß gemacht. Schließlich ließen sie den Sessel über Nacht draußen auf dem Balkon auslüften.

Als sie die Wohnung wieder betraten, fühlten sie sich besser. Er ganz bestimmt. Und M. sicher auch, seinetwegen.

»*Am besten betet, wer am besten liebt* – und dieses ganze Geseich«, knurrte Ira, als er sich auf einen Holzstuhl am Eßtisch in der Küche setzte.»Gottlob habe ich am schlechtesten gebetet.«

»Aber nein.«

»Aber ja. Wann hast du mich je beten hören? Du meinst doch nicht meine Flüche, meine blasphemischen Verwünschungen? Da bricht Harlem bei mir durch, wo man so geredet hat.«

Sie setzte sich ebenfalls auf einen Küchenstuhl, ihm gegenüber. »Ach, du forderst immer Höchstleistungen von dir, von deiner Gewissenhaftigkeit, deinen Orakelsprüchen. Ich habe noch keinen Mann erlebt, der sich so zusammenreißt wie du. Das tust du doch, oder?«

»Was soll das jetzt… Weißt du, Schatz, das ist mehr oder weniger genau dasselbe, was Skelsy mir in L. A. gesagt hat, als ich 1938 aus der Abhängigkeit von Edith flüchten wollte. Dummkopf, der ich war. Ich hätte nur ein halbes Dutzend Straßen weiterzuziehen brauchen und wäre genauso verloren gewesen. Allerdings hätte ich, als ich dann pleite war – na, ist ja auch egal jetzt. Skelsy jedenfalls sagte immer zu mir: ›Als Typ bist du mir völlig fremd. Du fragst dich andauernd, ob etwas richtig ist. Ich frage mich das nie. Ich versuche immer, mir vorher auszurechnen, ob etwas funktioniert oder nicht.‹«

»Wer ist Skelsy?«

»Ein sehr gefährlicher Mann, das kannst du mir glauben. Als Buchhalter getarnt, der für den Staat arbeitet, schob er eine ruhige Kugel. Doch von Zeit zu Zeit mußte er immer mal ein Faß aufmachen. Und warum? Weil er sich ausmären mußte. Und ich war der Empfänger so manch eines seiner Geheimnisse. Während der Prohibition hat er Schnaps geschmuggelt. Ein hervorragender Scharfschütze mit der Pistole. Ich vermute mal, er hat drei Konkurrenten auf einer einsamen Insel ins Jenseits befördert, die versucht hatten, sich in seinen hochkarätigen Handel hineinzudrängen. Er und sein Partner, ein Schwede, hatten in kleinen Schnellbooten teure Spirituosen aus Kanada geschmuggelt. Der Partner wurde erschossen aufgefunden, und sein Schnellboot trieb herrenlos umher, leer. Aber ich muß dir schon von ihm erzählt haben. In L. A. wohnten wir im selben Fremdenheim, gleich nachdem ich Edith zum letzten Mal verlassen hatte.«

»Du hast mir von deinem Vermieter erzählt, der beim Goldsuchen ein krankes Herz bekam.«

»Ja, während der Weltwirtschaftskrise. Quinn. In die Berge gegangen, von Pfannkuchen gelebt, nachdem seine Frau ihn an die Luft gesetzt hatte. Sie sagte zu ihm, er solle sich erst wieder blicken lassen, wenn er Geld verdient hätte. Willst du mir erzählen, ich hätte Skelsy all die Jahre nicht erwähnt? Im übrigen war es Skelsy, der zu Quinn sagte, als wir mal zusammen einen Drink nahmen, er hätte seine Frau bis zum Bauchnabel aufschlitzen sollen, er hätte ihr ordentlich weh tun sollen.«

»Wie gräßlich. Nein, den hast du noch nie erwähnt. Skelsy?«

»Heiliger Petrus. Er glaubte nicht daran, daß man je zu Geld kommen *und* gleichzeitig die Gesetze achten könne. Und – es ist kaum zu glauben, aber er wollte mich zum Partner.«

»Dich! Du und Partner eines Verbrechers? Mein Lämmelchen.«

»Jaa, mich. Aber ich bin gar nicht so ein Lümmelchen. Er sagte natürlich, daß von mir kein Raubüberfall erwartet würde, der ein Folterverhör nach sich zieht. Du weißt doch, wenn einen die Bullen so richtig in die Mangel nehmen, dir die Seele aus dem Leib prügeln, damit du ein Geständnis ablegst. Unter solchen Voraussetzungen konnte ich natürlich nicht mitmachen. Er war sich ganz sicher, daß ich ihn nie hintergehen würde. Eigentlich war er ganz schön raffiniert. Hat versprochen, mir auch 'ne süße schwedische Braut zu besorgen«, neckte Ira.

»Sicher mit weißblonden Haaren. Wie konntest du da widerstehen?«

»Schiß hab ich gehabt. Und was heißt hier widerstehen? Nie werde ich vergessen, wie meine Augen tränten, wie mir die Tränen vor Kälte über die Wangen liefen, als ich mit dem Güterzug nach Hause, bis nach New York gefahren bin – jedenfalls den halben Weg. Zu dir in dein gemietetes Einzimmerstudio zu ebener Erde« – Ira gluckste. »Wie konnte ich da widerstehen?«

Ein schwacher Rest von DDT lag in der Luft. Diese Ruhe. Ein Gefühl wie Ferien in einem fremden Land, in der freien, nächtlichen, mexikanischen Natur.

»Verdammt, darüber haben wir doch eigentlich gar nicht gesprochen. Wie sind wir bloß darauf gekommen?«

»Coleridge, erinnerst du dich?«

»Ach ja, Coleridge und *cucarachas*. Du hast mir vorgeworfen, ich würde immer beten. Was ist das denn, wenn man im Gebet Forderungen an das eigene Gewissen stellt? Das ist doch nicht beten. Wo bleibt die Gottheit?«

»Ich glaube nicht, daß Coleridge unbedingt eine Gottheit meinte, so wie du und ich uns Gott vorstellen«, antwortete M. »Ich spüre einfach, er war eingeschränkt durch seine Zeit. Was er meinte, war etwas Universelles. Er konnte nicht anders, als das Universum zur Gottheit zu machen, zu Gott.«

»Schon möglich. Du bist schließlich die Pfarrerstochter.«

»Nicht so abfällig, Liebster.«

»*Siccusa me*, Boß. Meine ummtertänigste Bitte um Vergebung. Carlyle hat geschrieben, daß Coleridge, als er den alten Knaben interviewte oder besuchte, einen endlosen Monolog über Summjekt und Ommjekt angestimmt hat.«

»Mal ernsthaft, Darling – was versuche ich überhaupt zu sagen? Was ich sagen will, ist: Hätte er die Chance gehabt, in unserer Zeit zu leben, sich einer modernen, existentialistischen Sicht der Dinge, unserer Sichtweise zu stellen, sein *Am besten betet, wer am besten liebt* und den ganzen Rest – ach, du weißt schon, was ich meine.« – Sie gluckste leise. – »Dieser Schluß und was er bedeutet, Coleridges Definition des Objekts der Anbetung – das hätte alles ganz anders ausgesehen.«

»Da könntest du recht haben. Tja... ich habe dazu keine wie auch immer geartete Philosophie. Das brauche ich dir nicht zu sagen. Ich erinnere mich aber, einen seiner Kommentare zum *Alten Seefahrer* gelesen zu haben, wo er etwa sagte, die Worte *Am besten betet, wer am besten liebt* stellten ein unglückliches Aufdrängen moralischer Grundsätze in seinem Gedicht dar. Und der Grund, weshalb ich mich daran erinnere, liegt darin, daß er ausgerechnet das Wort *aufdrängen,* von lateinisch *obtrudere,* benutzt. Nun weiß ich, was *ein*dringen bedeutet, *auf*stoßen, *vor*stoßen« – Ira erhob die Stimme, um hervorzuheben: »Aber was beim Jesus ist *auf*drängen? Weißt du es?«

Nachdenklich rieb sie ihr Auge. »Nein, ich glaube nicht. Nicht genau.«

»Brennt das Insektenspray dir in den Augen?« fragte Ira.

»Nein, du hast das meiste abgekriegt. Das Auge hat nur gejuckt.«

Er betrachtete sie noch einen Augenblick länger. Und ganz plötzlich, ehe sie noch die Hand herunternahm, bemerkte er, daß sie in einer einzigen Scharfeinstellung viele der Merkmale vereinigte, die ihr äußeres Erscheinungsbild bestimmten und die er sich heraufzauberte, wenn er an sie dachte: die älter werdenden, vornehmen, sanften braunen Augen, das Haar, welches er in jüngeren Tagen von der Sonne in Cape Cod zu leuchtendem Gold hatte verbrennen sehen und das jetzt graumeliert und glanzlos war. Ihre einst so schönen Zähne wirkten beim Lachen unregelmäßig und porös, und ihre knochigen Pianistenhände hingen schlaff von ihren Hangelenken. Sie war auch am Körper inzwischen knochig und ausgemergelt.

»Wir haben doch den Großen Webster dabei«, erinnerte sie ihn. »Liegt er nicht in deinem Arbeitszimmer? Warum schlägst du nicht einmal nach?«

»Es macht mehr Spaß zu raten. *Ab, ante, con, in, inter, ob, post, prae, pro, sub, super.* Da haben wir doch schon das *ob*. Es führt im Lateinischen den *ablativus* – den Befreier.«

»Sehr hilfreich. Und nun, wo wir das wissen: Was sagt uns das?«

»Das sagt uns, ich bin jetzt Klassenbester.«

»Der ewige Besserwisser. Macht sich andauernd Luft.«

»Was tue ich denn – *kwetchn?* Stöhnen? Warum sagst du, ich mache mir Luft?«

»Weil ich höre, was du von dir gibst, mein Geliebtester, und dann weiß ich, was du denkst.«

»Wenn du mich hörst?« grübelte Ira.

»Ja. Hast du je versucht, deine Gemütsverfassung, Emotionen oder Enttäuschungen vor mir zu verbergen? Die Trauer um einen Verlust? Du stöhnst, du ächzt, du seufzst, du fluchst doch ständig vor dich hin.«

»Aah, jetzt verstehe ich. Also gut. Du bist das andere Extrem. Es ist wahr, ich stamme nicht von den puritanischen Pilgervätern ab wie das kleine Mädchen, das in der Bahn neben seiner Mama sitzt und still sitzenbleibt, wenn seine Puppe aus dem offenen Fenster fällt, ohne zu zeigen, daß es etwas verloren hat. Nicht eine Träne. Hast du mir selbst erzählt.«

»Wir durften nicht weinen.«

»Durften nicht weinen, meine Fresse! Wer zum Teufel entscheidet, ob du das darfst? Ich hätte losgeheult, warum denn nicht?«

»Nun, wir haben die Unterdrückung von Gefühlen zu weit getrieben.« Zärtliche Blicke aus sanften Augen ruhten auf ihm. »Oh, ganz sicher haben wir das.«

»Ja, und wahrscheinlich liebe ich dich deshalb«, gab er widerwillig zu. »Und du sagst von mir, ich bete immer. Meine Stoßseufzer. Das macht uns quitt.«

»Nein, das macht, daß ich dich liebe.«

»Oh, tatsächlich? Ziemlich unmoralische Regung.«

Sie lachte.

»Etwa nicht?« hakte Ira nach.

»Bei mir oder Coleridge?«

»Bei euch beiden, schätze ich. Seltsam, nicht wahr? Das habe ich schon als Kind erkannt«, erinnerte er sich. »Ich meine *Die Weise vom alten Seefahrer*. Alles an dem Gedicht hat mich verzaubert, besonders, als ich es in der neunten Klasse zum ersten Mal las. Doch später spürte ich dann eine Art Kribbeln im Bauch bei der Zeile *Am besten betet, wer am besten liebt*. Ich dachte immer – und bitte um Vergebung für den zotigen Ausdruck: Aha. Poppen!«

Sie lachte, wie sie immer über seine Unflätigkeit lachte.

»Und genau das tue ich seitdem. Popp-popp-popp-paaah!« intonierte er derb und possenhaft. »Popp-popp-popp-paaah! Der Mann mit den Stoßseufzern tut nichts als Beten, als Bitteln und Betteln, als Lärmen und Tosen, als Stoßen und Kosen, als Jagen und Klagen. Bumsfallerah! Popp-popp-popp-paaah. Na? Wie klingt das für ein Zitat aus der Fünften?«

»Das klingt mir eher nach einem Zitat aus Stigmans Fünfter«, antwortete M. »Die Tonart kommt ungefähr hin, c-Moll, aber im Dreivierteltakt, oder?«

»Weißt du, mir kommt gerade eine Erleuchtung zu Beethoven. Seine größten Dramen finden in seinen Sinfonien statt.«

»Gut be-ob-achtet. Da ist wieder deine Freundin *ob*.«

»Ja genau. Ich will dir sagen, warum er keine aufregende Oper schreiben konnte: in ihm haben Jupiter-Stürme getobt, mit denen er nicht fertig wurde. Er konnte die irdischen Konflikte gewöhnlicher Menschen überhaupt nicht nachempfinden.« Ira machte eine Pause –

Sie war aufgestanden. »Nur einen Augenblick, Lieber.«

»Jaja.«

Sie verließ die Küche und kehrte kurz darauf mit ihrem Tabaksbeutel zurück. »Du bist selbst auch ein bißchen so«, sagte sie und setzte sich.

»Oh, heißen Dank. In einem Atem genannt zu werden mit dem Erhabenen – boy.«

»Nein, ich meine nur«, sie öffnete den Reißverschluß des Lederbeutels, »du kannst dich auch nicht besonders gut in andere hineinversetzen.«

»Kann ich nicht?«

»Kannst du?« Sie nahm ihre kleine Pfeife heraus.

»Nein, es stimmt. Ich bekomme immer solche olympischen Anwandlungen – hey, wohin gehst du schon wieder?«

»Ich brauche noch den Alkohol.« Sie nahm die Flasche mit dem denaturierten Alkohol aus dem Küchenregal und schaute sich um, suchte noch etwas anderes. »Ich kann die Pfeifenreiniger nicht sehen.«

»*Mea culpa. Mea maxima culpa.* Sie liegen auf meinem Schreibtisch – laß mich, ich gehe und hole sie.«

»Nein, nein, bis du dich von deinem Stuhl erhoben hast –. Sie ging aus der Küchentür und war nach dreißig Sekunden zurück. Für eine Minute saß er still da und schaute ihr zu. »Hey, weißt du eigentlich, daß du das ganz entzückend machst? Noch nie hat ein Auge jemanden so geschickt eine Pfeife reinigen sehen. Schau doch bloß mal.« Und als sie das braune Ende des Pfeifenreinigers herauszog und das andere, frisch mit Alkohol getränkte Ende hineinschob, da sagte er: »Ich wünschte, ich könnte das auch so.«

»Das kannst du doch. Natürlich kannst du das.« Hin und her reinigte sie den kurzen Pfeifenstiel. »Jeder kann das. Komm, tu nicht so.«

»Jaa, aber die Methode, die Methode macht's, meine geliebte Frau. Wenn du etwas in die Hand nimmst, dann ist es hinterher richtig erledigt und muß nicht gleich noch mal gemacht werden.«

»Also – diese Pfeife hier, die wird es recht bald schon wieder nötig haben. Ich müßte eigentlich den Kopf zuerst ausräumen, aber der Stiel bekam schon einen ganz schlechten Geschmack.«

»Erinnert mich an Larry, die Art, wie du Pfeife rauchst. Der verkohlte Tabak saß bei ihm immer unten drin, wie ein fester Zapfen.

So, wie es sein sollte. Er rauchte immer alles auf, bis zum letzten Krümel.«

»Tust du das denn nicht?« Sie bog den Pfeifenreiniger in der Mitte zusammen und legte ihn in den großen, quadratischen Glasaschenbecher auf dem Tisch. »Siehst du, wie schmutzig die Enden geworden sind?« sagte sie und zog einen neuen Pfeifenreiniger heraus.

»Ja doch.«

»Möchtest du, daß ich deine auch reinige?«

»Teufel nein. Weiber. Laß doch die Pfeife in Ruh.«

»Willst du denn nicht rauchen?«

»Jetzt gerade nicht. Orozco hat mir schon eine von seinen billigen Verdauungszigarren angeboten. Uaah.« Vor Ekel fuhr er sich mit der Zunge über die Lippen. »Ich wollte noch sagen: es geht nicht nur ums Nachempfinden. Manche Menschen können Ideen mit Dramatik ausfüllen. Ich kann das ums Verrecken nicht. Und Beethoven, verdammt noch mal, konnte es auch nicht. Aber er konnte Dramatik mit Ideen füllen. Na, wie gefällt dir das? Hey, wo hast du denn den Blue-Boar-Tabak her?«

»Kurz vor unserer Abfahrt aus El Paso habe ich noch drei Päckchen gekauft.«

»Unglaublich. Welch weise Voraussicht.« Er seufzte bewundernd: Beim erneuten Füllen ihrer Pfeife ging sie so untadelig methodisch vor, immer nur ein paar Tabakfädchen auf einmal. »Du bist so reinlich.« Er schüttelte den Kopf. »*Jeezas*. Aber Mozart konnte es.«

»Was konnte Mozart?«

»Das, was Beethoven nicht konnte. Ideen mit Dramatik füllen.«

»Ganz sicher würde ich mir lieber *Don Giovanni* als *Fidelio* ansehen, wenn ich die Wahl hätte«, bemerkte M.

»Na bitte, da haben wir's schon. Ich erinnere mich nicht mal, wovon *Fidelio* überhaupt handelt. Von Gattenliebe und Treue, stimmt doch, oder? – Also, wie du dir ein Streichholz anzündest, so etwas Komisches habe ich ja noch nie gesehen. Warum faßt du es nicht weiter oben am Köpfchen an?«

»Weil ich Angst habe, daß ich mich verbrenne.«

»Blödsin. So wie du es machst, ist das viel wahrscheinlicher.«

»Nächstes Mal machst du das dann für mich.«

»Mit Vergnügen.«

Sie blies duftenden Tabakrauch in die Luft. »Ja, so ein treuer Gatterich wie der meinige.«

»Wer will schon einen treuen Gatterich?«

»Ich.«

»Ach, du gute Seele. Du bist sogar eine *madre de cucarachas.*«

Stirnrunzelnd blies M. eine weitere Rauchwolke aus. »Eine *madre de cucarachas* bin ich nicht.«

»Ach, bist du nicht?«

»Das ist ziemlich unfreundlich von dir.«

»Aber, aber, ich habe es doch gar nicht so gemeint.«

»Und das ist das Problem. Deine boshafte Seite kommt immer bei dir durch, wenn du es gar nicht so meinst.«

»Gut beobachtet.«

»Nein, ich meine es ernst.«

»Nun, vielleicht bin ich ein wenig zu grob gewesen, weil ich mal wieder mit meinem Spezialproblem so gepestet bin. Meine Blase. Also gut, ich nehme es zurück. Was für eine *madre* bist du denn?«

»Ich bin eine *madre* von zwei Söhnen. Und meistens war ich eine *madre* von *dir.*« Ihre Heftigkeit deutete auf etwas Tiefergehendes als nur den Ärger über seine törichte Bemerkung.

»Von mir?« Er ging in Deckung. »Was habe ich denn getan?«

»Es ist weniger, was *du* getan hast. Es ist, was *ich* getan habe.« Beide Pronomen sprach sie mit Nachdruck. »Es geht darum, was ich tun *mußte.* Ich habe meine ganze Zeit damit verbracht, mich um dich zu kümmern – dich in all deinen Launen vor deinen Launen zu schützen, vor deinen Depressionen, deiner Verzweiflung. Meine Güte! Mich um dich gekümmert, statt die Zeit auf meine eigene Arbeit zu verwenden, statt die Zeit mit Komponieren zu verbringen.«

Das verstand er. »Ich schätze, da muß ich dir recht geben«, sagte er nüchtern.

»Ach, tatsächlich? Ganz sicher?«

»Ja ja. Wenn es sich um Kunst handelt, dann verstehe ich. Ja, und was soll ich nun dabei machen?«

»Nichts, gar nichts. Sei einfach mein geliebter Gatterich. Ganz wie Fidelio.«

504

»Das reicht aber nicht. Warum zum Teufel hast du mich nicht aus deinem Leben rausgeschmissen – oder tust es jetzt noch?«

»Also, sei nicht albern. Ich habe es mir so ausgesucht. Ich habe es so gewollt.«

»Ach ja? Aber wie kann ein Mensch sich so etwas aussuchen?« fragte Ira. »Wie kann überhaupt jemand so etwas *wollen?*« Es schien ihm, als hätte er einen Schimmer, den ehrfurchteinflößenden Schimmer von einem wahrhaft disziplinierten, wahrhaft beherzten Gemüt erhascht. Selbst dieser Schimmer, diese leise Ahnung verwirrte ihn. »In diesem Sinne habe ich nie etwas gewollt, mir nie etwas ausgesucht. Ich bin blind wie ein Rinnsal im Staub.«

»Und darum muß ich dich beschützen.«

»Und du hast das gewollt?«

»Ja. Und nichts anderes auf der Welt. Ist dir klar, daß mein Leben schon in gesetzten Bahnen verlief, als ich dich kennenlernte? Ich hatte mir meine Zukunft schon gesichert. Ich lehrte am Western College Musik, und Elizabeth lehrte am Englischen Seminar. Sie und ich, wir wollten in dem Jahr nach meinem Sabbatical eine Wohnung suchen und zusammenziehen. Und ich wollte komponieren. Ganz in Ruhe, gut geplant. Und dann kamst du daher und hast in Yaddo alles auf den Kopf gestellt.«

»*Dies allein noch hab ich dir zu sagen...*« Unwiderstehlich drängten sich ihm Iokastes letzte Worte aus Sophokles' *Ödipus* auf, drängten sich einem Manne auf, der süchtig danach war, seinen Gedanken Ausdruck zu verleihen. »*Dies allein noch hab ich dir zu sagen«,* wiederholte er düster, »*andres nimmermehr fortan.*«

»Mein süßes Lämmchen. Du bist mein süßes Lamm.«

»Ja, ich weiß. Was bin ich doch für ein Betrüger.«

Der Duft des Tabaks, der in ihrer Pfeife brannte – und wieder die Ruhe. Das Gefühl von Ferien in einem fremden Land, in Mexikos nächtlicher freier Natur.

»Nein, du bist kein Betrüger.«

»Bin ich nicht?«

»Nein. Du bist so mit dir selbst beschäftigt, daß es dich überrascht, wenn Menschen sich erklären, wenn sie in *deine* Welt eindringen, wie ich es soeben getan habe, was mir auch ein bißchen leid tut.«

»Nein, ich habe ja selbst schuld. Ich sollte viel öfter an früher erinnert werden. Täglich. Stündlich. Meerjungfrauen drehen ihm den Hals um.«

»Darling, bitte keine Selbstgespräche. Wir waren große Kinder, als wir heirateten. Wir mußten beide erst ganz schön erwachsen werden. Von mir weiß ich, daß ich es geschafft habe.«

»Auf mich angewandt, wäre das sogar noch untertrieben. Als wir uns kennenlernten, hattest du schon eine respektable Stellung. Für ich weiß nicht wie viele Jahre hattest du dich schon selbst ernährt. Wohingegen ich – Christ, was für eine Null! Eine Larve! Der verhätschelte Jüngste in einer Ménage-à-trois. Würg!«

»Darling, das darfst du nicht sagen. Es bricht mir das Herz.«

»Boyoboy, wenn du nicht das netteste Wesen bist, das es gibt. Wäre es nicht um deinetwillen, ich wäre schon längst tot. Tot wie ein Schellfisch.«

»Mein süßes Lämmchen, mein Lämmelchen. Bitte!«

»Ich sehe, was du tust. Für mich und meine gottverdammten Launen. Dich um mich kümmern, mich und meine Stimmungen, meine Anfälle.«

»Mein Lämmchen, laß uns das Thema wechseln. Bitte. Ganz doll bitte bitte. Mir zuliebe.«

»Ja, dir zuliebe. O je, was für eine Last du trägst.«

»Das macht mir nichts aus. Solange du mich liebst.«

»Dich lieben? Mein Gott, wie einfach sind Frauen doch zufriedenzustellen. Dich lieben? ›Und wenn ich dich nicht liebe, kehrt Chaos zurück.‹«

»Jetzt erkenne ich mein Lämmchen wieder. Das klingt so wunderschön.«

»Ach ja? Ist aber nicht von mir. Darum wohl.«

Sie lachte.

»Und worüber haben wir uns vorher unterhalten?«

»Coleridge.«

»Genau. Okay, nun sag mir mal, wie du den ganzen Kram verstehst, dieses Am besten betet, wer am besten liebt.«

»Ich interpretiere es so, daß Coleridge einfach meinte, alles Leben sei geheimnisvoll und ungewöhnlich. Möglich, daß wir einiges zerstören müssen, um unser eigenes Leben zu retten. Ach, ich habe ganz vergessen, dir zu sagen, daß ich auf dem

Nachhauseweg zwei Dutzend Garnelen gekauft habe. Ich mache morgen früh noch die Schalen ab, ehe ich zu den Diazes gehe. Sie hat einen göttlichen Steinway.«

»Ja?«

»Sie sind im Kühlschrank. Und daß sie auch einmal lebendig waren, brauche ich wohl nicht zu erwähnen.«

»Ach so. Jetzt verstehe ich. Lebendig vor nicht allzu langer Zeit, hoffe ich.«

»O ja. Ich bin immer sehr vorsichtig mit dem, was ich dir vorsetze.« Sie beugte sich ganz ernst zu ihm vor. »Ich wünschte, du hättest meinen gußeisernen Magen.«

»Ach, ich bin schon froh, daß wenigstens einer von uns einen hat. Was hast du denn beim Fischhändler gemacht, während ich im Auto saß? Die Meeresfrüchte gefragt, welche am frischesten sind? Ihnen erzählt, du hättest einen Ehemann mit empfindlichem Gedärm?«

»Nein. Ich habe sie nach den neuesten Nachrichten aus der Tiefsee gefragt.«

»Oh, Donnerwetter. Mit Hilfe weiblicher List und Tücke, ja? Du bist wunderbar. Weißt du was? Wie kommt es, daß etwa eine Million anderer Männer dich mir nicht weggeschnappt haben?«

»Ich war doch gar nicht das herkömmliche, hübsche Mädchen – wie meine Schwester Elizabeth. Und ich habe immer für die falschen Männer geschwärmt.«

»Und später dann noch einmal.«

»Das glaube ich nicht.«

»Es geht mich nichts an, warum du das nicht glaubst, aber jedenfalls danke ich dir.«

Sie lachte leichthin. »Mein ulkiger Mann.«

Ein bißchen ermüdet, fuhr sie fort: »Das Leben ist jeweils einzigartig und doch immer gleich. Ich denke, das hat Coleridge gemeint. Es ist besonders. Jedes Fitzelchen Ichbewußtsein ist kostbar. Das ist es, was ich meine. Und ich denke, daß er das auch gemeint hat.«

»Uff!«

»Es ist dieselbe Art Kraft. Wir alle haben sie. Denkst du denn, es gibt einen Unterschied zwischen dem Leben der – nein, dem

Leben einer Küchenschabe und unserem? In bezug auf die Lebenskraft?«

»Nun, eine viel höhere Bewußtseinsstufe.«

»Nein, ich spreche von der Lebenskraft.«

»Die uns animiert?« Er zuckte mit den Schultern. »Wahrscheinlich nicht. Was also wird von mir erwartet? Ich soll traurig sein,
weil ich einen Haufen Kakerlaken erledigt habe? Den Teufel
werd ich tun. Ich wünschte, es wären noch viel mehr gewesen.«

»Das habe ich nicht gesagt. Ich spreche von jenem erstaunli-
chen Fitzelchen Ichbewußtsein, in das – in das Materie sich verwandelt hat.«

»Sag mal, wieso bist du eigentlich so schlau? Musikern sagt man
nach, sie seien dumm. Louise Bogan ist immer herumgerannt und
hat die Musiker schlechtgemacht. Sie seien etwas minderbemit-
telt.«

»In der Gewandtheit des mündlichen Ausdrucks vielleicht, aber
das heißt noch nicht, daß sie dumm sind. Die University of
Chicago hat mir in meinem ersten Jahr eine Phi Beta Kappa-Mit-
gliedschaft angeboten. Und mein Geschichtsprofessor hat mich
gefragt, ob er aus meiner Semesterarbeit zitieren darf. Also.«

»Jaa.«

»Ich glaube kaum, daß Musiker, Tänzer oder Maler dümmer
sind als Dichter. Wir denken nur anders. Das tust du auch, obwohl
du Schriftsteller bist.«

»Ich wünschte, ich hätte dich schon gekannt, als die Bogan
diese Bemerkungen machte, aber ich hatte ja ohnehin Angst
vor der Dame.«

»Ach, tatsächlich?«

»Was für ein blondes Weib in diesem eng anliegenden, pfirsichfarbenen Samtkleid. Ich glaube, sie beurteilte Männer ausschließlich nach ihrem Stehvermögen. Sie sagte einmal, Dalton, du erinnerst dich, der dritte in Ediths Ménage, also Dalton sei immer
wie ein junges Kaninchen zur Sache gekommen. Du kannst dir
vorstellen, was sie von mir gehalten hätte.«

»Wieso, du kommst doch nicht wie ein junges Kaninchen.«

»Danke, Liebste. Nicht mehr, seit ich dich kenne. Sag, wo wir
schon von den Fitzelchen Ichbewußtsein reden: vielleicht ist

Liebe doch das höchste der Gefühle. Oder das beste. Na, was sagst
du?«
»Mir gefällt die Idee.«
»Du meinst, die Empfindung.«
»Nein, die Idee. Das, worüber du gesprochen hast, die Idee,
die von Empfindung erfüllte Idee.«
»Ach du lieber Himmel. Ist das dein Ernst? Darüber habe ich
gesprochen? Hosianna!«

Ein Augenblick der Stille, Silikonstille, Ira und M. unter den gelben
Leuchtstoffröhren an der Küchendecke, Erinnerungsfetzen, vor
wenigen Augenblicken noch unwiederbringlich versunken, jetzt
ausgegraben und so wohltuend wiedergewonnen und neugestal-
tet durch den Lauf der Zeit.

Ein neuer Augenblick der Stille, ein einsamer Augenblick,
als die Dämmerung über die Bücher, die er so sehr liebte, ihre
Schatten warf. Die letzten Streifen des schwindenden Tageslichts
waren schon vor so langer Zeit am fernen Hudson hinter den
Klippen der Palisades versunken, und nun, als Helios' feurige
Rosse auf ihrer abendlichen Bahn an ihm vorüberzogen, beleuchtete die untergehende Sonne den Basalthorizont der Wüste.

Ein Augenblick der Stille. Der Monitor summte. Hätte er doch
nur gewagt, sie damals mit der leidenschaftlichen Verehrung anzusehen, die er nun so schneidend spürte.

Glossar der jiddischen und hebräischen Wörter und Ausdrücke

Anmerkung: Die Orthographie einiger jiddischer Ausdrücke im Text ist lautmalerisch zu verstehen und gibt die Aussprache wieder, wie sie in Galizien üblich war. Die Notation weicht leicht vom »normalen« Jiddisch ab und mag dem kundigen Leser ungewöhnlich erscheinen. Einige Ausdrücke sind eine Mischung aus Jiddisch und Englisch, dem sogenannten Jinglisch.

a broch is mir	mir ist eine Katastrophe widerfahren
a ganzer jid	ein guter Jude
a gitn jontef	Schönen Feiertag! Frohes Fest!
a gitn schidech	eine gute Partie
aj, bist di a hint, mejn sindele	o jeh, was bist du für ein Hund, mein Sohn
a jid mit a bord	ein Jude mit einem Bart
a mieße-meschune uf dir	ein böses Schicksal über dich
a nar und schojn	was für ein Narr
asa giter kop	so ein kluger Kopf
asa parschiwe schmutz	so eine nichtswürdige Laus
asa Paskudnijack	so eine verhaßte Person
asoj	aha, ach so ist das, ist das so?
asoj dorf sejn	so soll es sein
asoj is es schojn	so ist es schon
asoj schejn und asoj trorig	so schön und so traurig
Baruch ata Adonai elohejnu melech ha ojlam … la s'man haseh	allgemeiner Dankspruch, Gebet (»Gelobt seist Du, Ewiger, unser Gott, König der Welt, der uns hat erleben lassen und uns erhalten hat und uns hat erreichen lassen diese Zeit.«)
bist schojn a grojß mojd	bist schon ein großes Mädchen
bord	Bart
briderl	Bruder, Brüderchen
broche	Segen, Gebet
bulbes	Kartoffeln
chad godjo	ein Lämmchen (aus einem Lied zu Pessach)

chejder	eigentlich: Zimmer; Schule für Knaben vor der Bar-Mizwa: Nach Vollendung des 13. Lebensjahres werden männliche Juden auf die religiösen Vorschriften des Judentums verpflichtet
chejder jingl	Schuljunge
chochme	Weisheit, Intelligenz, Witz
choljeria	Cholera, Seuche
chomez	Brot, gesäuerter Teig; hier auch: Krümel
chompkn	mampfen, schmatzen
choßid	Chasside, frommer orthodoxer Jude
choßn	Bräutigam
dawenen	beten
drejdel	Kreisel mit vier hebräischen Buchstaben für ein Kinderspiel an Hanukka
drejn	drehen
dschid	Jude (speziell: russischer Jude, abfällig gemeint)
erew schabbes	der Abend des Sabbat (Sabbatbeginn)
Erez Isroel	Erez Israel, Heimatland Israel
fojlenser	Faulenzer
fress	Heißhunger
gej gesunt	bleib gesund
gej gesunthejt	geh in Gesundheit
gej mir in kewjer	fahr ins Grab
gewalt!	Ausruf des Entsetzens: »Um Himmels willen«
gimmel	hebräischer Buchstabe
glatt	glatt, einfach; hier: streng
gleibst	du glaubst, glaubst du?
goj, gojisch	eigentlich: Stamm, Volk; Goi, gojisch; Nichtjude, nichtjüdisch
goldene medine	das goldene Land; Amerika
Haaretz	hebräische Zeitung (»Das Land«)
Hawdala	»Unterscheidung«; Gottesdienst zur Verabschiedung des Sabbat
hint	Hund

holdupnik	jinglisch: Straßenräuber
hulladriga	unziemliche Frau
hullupkes	gefüllter Kohlkopf
jente	zänkische, boshafte Frau; Klatschbase
jid	Jude
jidischkajt	Jüdischkeit, Jiddischkeit, jiddische Kultur
Kaddisch	jüdisches Totengebet
kaput	fertig, beendet, kaputt
kichel	Küchlein, Brötchen, Keks
klopn	klopfen, schlagen, unter Toben jammern
knisch	(vulgär) Fotze
koptsn	Bettler
kwetchn	klagen, beklagen
latkes	Pfannkuchen
l'chaim!	Auf das Leben! (hebräischer Trinkspruch)
loksch	Nudel zur Suppe; auch: langer hagerer Mensch, einfältiger Mensch
loschen	Sprache, Zunge
loschen kodesch	Heilige (Mutter-)Sprache
lumene gojlem	Golem, Monster aus Lehm; grobschlächtiger, tölpelhafter Mensch
lyupka	Liebe (angelehnt an Polnisch)
macher	»Macher«, Boß; auch: Schwindler
malamut	eigentlich: melamed; Hebräischlehrer, Lehrer in jüdischer Elementarschule
masel	Glück
mejn orem kind	mein armes Kind
mejvn	Experte, Kenner
mensch	Mann, Mensch (beinhaltet Menschlichkeit, Reife, Verläßlichkeit)
menschele	(auch verächtlich) kleiner Mann, Homunkulus
met	Tod
mieße chaje	verkommenes Subjekt
mizwa	gute Tat; ein biblisches Gebot

513

moschav	Farm, Bauernhof, Lebens- und Arbeitsgemeinschaft
mujik	russischer Bauer; verächtlich: Bauer
noch a bissele, noch a schissele	noch ein kleines bißchen; noch ein Schüsselchen voll
nu	nun, nun gut
nu, wus denn?	nun, was denn, was ist denn?
oj, wej is mir	was für ein hartes Los
oriman Talianer	armer Italiener
parwe	neutrale Speisen, die zusammen mit Milchigem und Fleischigem gegessen werden dürfen
Paskudnijack	verhaßte Person
pejgern	krepieren
plotzn	platzen, bersten
poretz	gewitzter Kerl; eigentlich: Landbesitzer, reicher Goi
puschke	Almosenbüchse, Sammelbüchse
Rebboine shel olim	Herr der Welten
Rebe	chassidischer Rabbiner
row	Rabbi
rusjinke	kleiner Russe, kleine Russin
saftig	mollig, »saftig«
Schabbes	Sabbat
schechijanu	Segensspruch: Daß der Ewige uns das Leben geschenkt; Anfang eines Feiertags oder frohen Ereignisses (möge Er uns leben lassen)
schejn	schön
schiker	Trinker, Betrunkener, Säufer
schikse	Unreine, nichtjüdisches Mädchen, nichtjüdische Frau
schin	»sch«, hebräischer Buchstabe
schleppers	hier: Arbeiter, die »Schlepper«; auch: Bettler, Landstreicher
schlimasl	Schlamassel; auch: Pechvogel, Unglücksrabe
schlob	Monster
schmalz	Fett, Schmalz; auch: Rührseligkeit
schmatt	konvertiert (aus dem Judentum)
schmattes	Fetzen, Lappen, billige Kleidung

schmusn	sich unterhalten; auch: intrigieren
schof	Schaf
schojn	schon
schul	Synagoge
se hom sich balt geschlugn	sie haben sich gegenseitig fast umgebracht
zum toit	
s'is mir git	mir ist es recht; ironisch: um Himmels willen!
s'kimt dir take a schechijanu, Tate	es gebührt dir ein Segen, Vater
soll gejn mit masel	geh mit Glück
Sollst verfojlt weren	du sollst verfaulen, verrotten
susim	Münzen (altertümlich); kommt in »chad godjo«, einem Lied zu Pessach, vor
take	in der Tat, tatsächlich
tate	Vater
teki'a – teru'a	verschiedene Tonlängen beim Blasen des Schofar, des Widderhorns
trejf	nicht koscher
tremoss, tremor	Wortspiel auf englisch: zittern, zucken
uf ejbik	auf ewig
uf mir gesugt	das wünsche ich mir
werenekes	Teigtaschen
wus macht sich?	was liegt an?
zadikim	Gerechte, heilige Männer

515

Der Autor dankt seiner Agentin Roslyn Targ, seinem Lektor Robert Weil, seiner Assistentin Felicia Jean Steele und seinem Anwalt Larry Fox für Zuspruch und Unterstützung.

Stammbäume

DIE FAMILIE DES IRA STIGMAN

Der Stammbaum von Iras Mutter

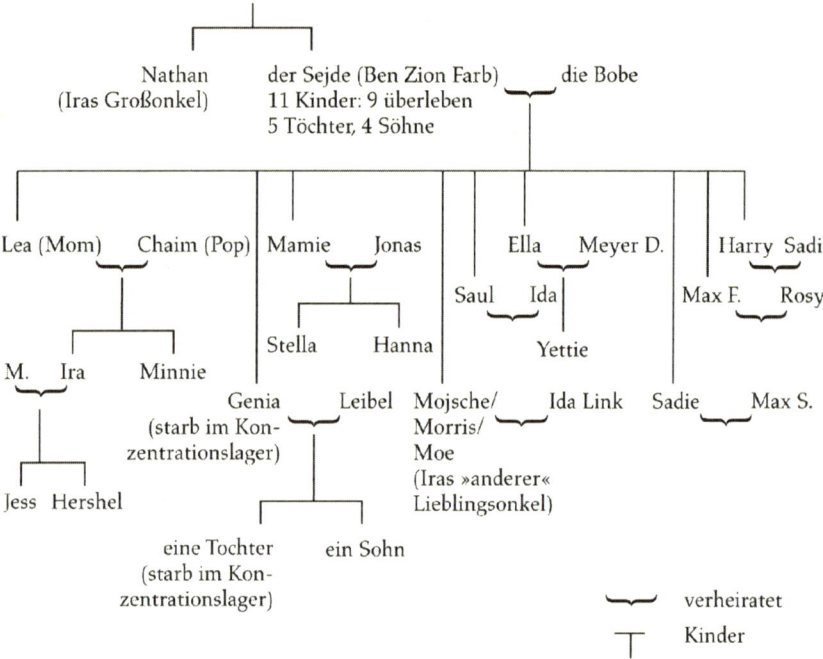

Nathan
(Iras Großonkel)

der Sejde (Ben Zion Farb)   die Bobe
11 Kinder: 9 überleben
5 Töchter, 4 Söhne

Lea (Mom)   Chaim (Pop)   Mamie   Jonas   Ella   Meyer D.   Harry Sadie

Saul   Ida   Max F.   Rosy

M.   Ira   Minnie   Stella   Hanna   Yettie

Genia   Leibel   Mojsche/   Ida Link   Sadie   Max S.
(starb im Kon-   Morris/
zentrationslager)   Moe
                      (Iras »anderer«
Jess Hershel   Lieblingsonkel)

eine Tochter   ein Sohn
(starb im Kon-
zentrationslager)

⌣   verheiratet
┬   Kinder

Stammbäume

DIE FAMILIE DES IRA STIGMAN

Der Stammbaum von Iras Vater

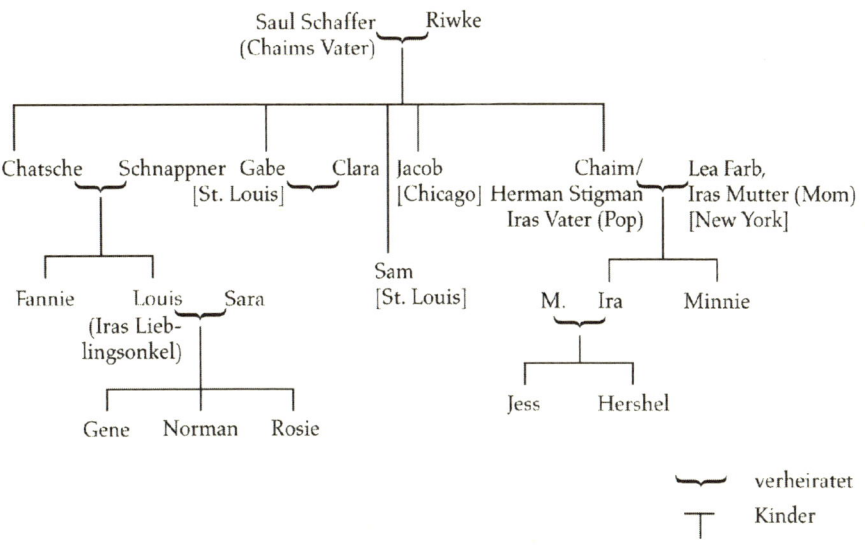